U0455167

感知与抒怀

——俞邃随笔

俞　邃◎著

当代世界出版社
THE CONTEMPORARY WORLD PRESS

图书在版编目（CIP）数据

感知与抒怀：俞邃随笔／俞邃著. -- 北京：当代
世界出版社，2025. 3. -- ISBN 978-7-5090-1875-0

Ⅰ. I267. 1

中国国家版本馆 CIP 数据核字第 2024DT0730 号

书　　名：感知与抒怀——俞邃随笔
作　　者：俞邃 著
出 品 人：李双伍
策划编辑：刘娟娟
责任编辑：刘娟娟　姜松秀
出版发行：当代世界出版社
地　　址：北京市东城区地安门东大街 70-9 号
邮　　编：100009
邮　　箱：ddsjchubanshe@163. com
编务电话：(010) 83907528
　　　　　(010) 83908410 转 804
发行电话：(010) 83908410 转 812
传　　真：(010) 83908410 转 806
经　　销：新华书店
印　　刷：北京博海升彩色印刷有限公司
开　　本：880 毫米×1230 毫米　1/32
印　　张：19.5
字　　数：490 千字
版　　次：2025 年 3 月第 1 版
印　　次：2025 年 3 月第 1 次
书　　号：ISBN 978-7-5090-1875-0
定　　价：138.00 元

作者简介

俞邃　1933 年 5 月出生，江苏如东人。1953 年就读于中国人民大学俄文系，1957 年毕业于北京俄语学院。1958 年 9 月调到中联部，被立即派往布拉格各国共产党和工人党合办的理论性和报道性刊物《和平和社会主义问题》杂志编辑部工作，历时四年多。此后长期从事苏联－俄罗斯问题、世界战略形势、中国外交研究和党的对外联络工作。先后被聘为北京大学等全国六省市十二所高校兼职教授，中国国际战略学会高级顾问、中国国际问题研究基金会高级研究员、中国社会科学院世界社会主义研究中心特邀研究员。1999 年当选为国际自然和社会科学院院士，同时被俄罗斯科学院远东研究所授予荣誉博士学位。

出版《莫斯科的冬与春——一个时代的终结》（在越南翻译出版）、《苏联解体前后》、《俄罗斯萧墙内外》、《变化中的中国与世界》（英文本 China in a Changing World）、《俞邃文集》、《俞邃论集》、《世界变局与中国风范——俞邃著述》等专著十多部，出版《当代世界政治经济基本问题》《中国著名学者：苏联剧变新探》《普京：能使俄罗斯振兴吗?》等合著数十部，主编《外国政党概要》，主译《国际共产主义运动》《当代的政治体制》等。

感　知

岁月激流如梭，
奋力上下求索。
悠然逾越九旬，
遑论人生蹉跎。

抒　怀

历经磨难，弥足平安。
磊落诚笃，心田灿烂。
夕阳临界，笑对几关。
送别梅花，又迎牡丹。

前　言

　　本书定名为《感知与抒怀——俞邃随笔》，汇集了多年来以随笔方式撰写的一批文稿。本书是继 2005 年《俞邃文集》、2013 年《俞邃论集》和 2021 年《世界变局与中国风范——俞邃著述》之后，由当代世界出版社出版的第四部大型文集。在此，谨对中联部领导的关怀、对当代世界出版社朋友们的支持，表示由衷的谢意。

　　本书共分为八部分：时论篇、缅怀篇、励志篇、欢庆篇、足迹篇、文史篇、游记篇和诗墨篇。这里就各篇的内涵做一简要说明。

　　时论篇，并非纯粹专业性的关于国际形势与中国和平发展的论文，而是选择一些具有散文随笔品味的相关文稿。鉴于最近一年国际关系中出现的几件大事备受关注，故作为例外，将 2023 年 9 月 1 日、2024 年 3 月 20 日和 2024 年 8 月 7 日先后发表的《金砖国家扩员的特殊重大意义》《俄罗斯总统选举引发的思考》《百年未有之大变局四要素》三篇文章，纳入其中。

　　缅怀篇，涉及我亲身感受到的党和国家领导人、老一辈革命家和科学家的崇高风范，以及学界长辈与同事友人对我毕生事业的关注和影响。

　　励志篇，侧重收集了推动我所在工作单位的建设和发展，以及参与或协助一些部门开展学术活动乃至帮助年轻人成长所提供的见解与主张。

　　欢庆篇，多半是为业界事业的成功和为专家学者的寿诞表示祝贺。值得一提的是，其中还有一篇为热烈祝贺中国女排在2016年里约奥运会上夺冠，用数小时突击写成，《新民晚报》临时改版将其与8月22日党中央国务院贺电同一天刊登，题为《郎平的战略思维与辩证理念》。该文当时曾得到舆论较为广泛的认同。

足迹篇，大致上反映了在我成长过程中，父辈家人、学校老师、工作单位领导、业界泰斗，对我的教育、引导和帮助。

文史篇，容纳了时间跨度较长、涉及古今中外的些许文章。这里说明一下，1957年4月15日《人民日报》刊发的欢迎伏罗希洛夫主席一文《敬爱的主席，我们欢迎您》，是在北京俄语学院（1959年与北京外国语学院合并，后成为现在的北京外国语大学）担任团委负责工作时以学院全体学生名义撰写的。文章率真表达了当年中国大学生对苏联的尊敬和向往，作为一篇历史记载，今天读来固然不是滋味但也无须忌讳，或可引发某种反思。本篇还收进我在中学读书期间首次在《新华日报》发表的一篇关于共青团工作经验的浅作，以及大学一年级的两篇课堂作文。

游记篇，记述了在国内外的某些观感，其中在美国半年写下的四篇《美国之行掠影》算是比较充分。可惜，去国外的许多地方并没有留下系统文字，只是将即兴写下的几首游记式短诗放在本篇了。

诗墨篇，列入了一些杂诗和书法条幅。常言道，诗言志。我写的四言、五言、七言之类的短诗，着重趣味，不拘格律，表达一下处人处事的意境罢了。书法也只是在纪念重要节日和庆祝朋友寿诞之际完成的作品。这些都是为了留下一点生活的痕迹，说不上有多大的观赏价值。

最后说明一下，另作为附录，收进三篇文稿。其一，中国人民解放军原副总参谋长、中国国际战略学会原会长熊光楷上将撰写的《藏书·记事·忆人：签名封专辑》一书中关于我的一篇文章。其二,《从南师附中走出的院士》一书中,记述我的一篇文章。其三,论文《当惊世界殊》,是 20 年前我为一部大型辞书撰写的长篇宏观序言。辞书未出,文稿被搁置下来。不少朋友主张将该文入集,否则不免可惜,采纳这个建议。

俞　邃

2024 年 10 月 1 日

目　录

第二部分　缅怀篇

第三部分　励志篇

第四部分　欢庆篇

第五部分 足迹篇

第六部分 文史篇

第七部分　游记篇

目录 |

第八部分　诗墨篇

附　录

第一部分

时论篇

复兴之路 "中国梦"

习近平总书记满怀激情展示"复兴之路"的"中国梦",引起举国上下的强烈共鸣。领导者言人民之所念,做人民之所盼,可谓同声相应,同气相求。人民从中看到了决心,看到了办法,看到了希望,为之震撼,为之欢呼!

"复兴之路"是众望所归之"路","中国梦"是各族人民孜孜以求之"梦"。

"中国梦"充满诗情画意,却不虚无缥缈。中央领导身体力行,一步一个脚印。随后中央政治局做出了改进作风的八项举措,接着习近平总书记又阐述了对外开放政策和外交政策,令人感觉这个"中国梦"正在变得越来越清晰,越来越现实,深信一定会梦想成真。

习近平总书记的讲话充满哲理,令人产生诸多联想。

"空谈误国,实干兴邦。"这让我们自然地联想到苏联。20年多年前的苏联领导人,不能不说他们也有过强国富民的雄心和梦想,可是当他们推行的改革在错误的道路上滑行、面临的形势非常严峻时,他们不是处处为人民着想,找原因,想办法,群策群力,通过实干来扭转局面,而是变换着花样空谈"政治新思维",标榜"人道的民主的社会主义",结果非但不能兴邦,反而陷入彻底失败的深渊。《汉书·贾谊传》中说"前车覆,后车诫"。苏联解体、苏共垮台之后,国际上就有人在幸灾乐祸之余,预言中国将步苏联的后尘。然而,中国不是苏联。在苏联、东欧乌云密布的时候,中国领导人及时提出并实践了冷静观察、稳住阵脚、沉着应付、善于守拙、决不当头、韬光养晦、有所作为的方针，不尚空谈，一代接着一代埋头实干。迎来的是硕果累累，如：北京奥运会和上海世博会壮观非凡，神舟飞船光照寰宇，中国经济总量提升到世界第二位更是震惊世界。中国的和平发展让那些巧舌如簧的预言家们失望了。

"道路决定命运，找到一条正确的道路多么不容易，我们必须坚定不移走下去。"这让我们回忆起，新中国成立之初，学习苏联、效法苏联社会主义模式，虽精心探索，却屡遭挫折。经过不断实践，反复总结教训，终于认清并逐渐排除了苏联模式的弊端，根据本国国情和时代特征，实行改革开放，找到了难能可贵的中国特色社会主义道路。坚持改革开放，意味着中国对于人类文明（包括物质文明与精神文明）在资本主义阶段的成果采取合理借鉴而不是一概排斥的态度。"中国模式"并不是有人渲染的似乎要强加于人的所谓"北京共识"。中国人民正在中国共产党的领导下，沿着这条康庄大道昂首阔步。

"落后就要挨打，发展才能自强。"这是中国世代人的共同感受。中国人民对于被欺凌、被宰割的历史有切肤之痛。中国一定要强大起来，也一定会强大起来。的确，中国正处于历史上最为接近中华民族伟大复兴目标的时刻。这对中国本身当然是极大好事，对于世界同样是极大好事。"国强必霸"这种陈腐观念，是从历史上帝国主义列强侵略扩张行径中得出的结论，不适用于社会主义中国。中国的发展和强大是维护世界和平与稳定的因素，是对于人类进步的贡献。"中国威胁论"是脱离实际的奇谈怪论。

"要把蓝图变为现实，还有很长的路要走，需要我们付出长期艰苦的努力。"中国人民懂得，个人的命运与祖国的命运是紧密相连的。国外一些华人媒体说得好，中华民族必须从心理上崛起；在行走的岁月里，每一个华人的梦想都是要实现国家的昌盛、民族的富强；要想实现"中国梦"，全世界华人必须要以爱国主义为核心的伟大的民族精神为共识和底线，这是实现中华民族伟大复兴的基础和落脚点。现在我们需要的是脚踏实地、锲而不舍。承前启后、继往开来，昭示着全国各族人民团结一心的伟大重任。引用毛泽东词句"雄关漫道真如铁"，下一句便是"而今迈步从头越"，一切也就尽在不言中了。

（译载《中国日报》，2012 年 12 月 10 日）

和平发展：中国必由之路

四分之一个世纪改革开放的辉煌历程，无可置疑地向全世界昭示：中国选择的是一条和平发展道路。

和平发展，掷地有声，名副其实。这就是：在安全、稳定的条件下加速社会经济变革与发展，为此要营造一个良好的周边环境与国际环境；本着崇高的以人为本的和平目的，造福于中华民族，同时造福于全人类；采取和平的方式并经过和平的途径，奔向全面建成小康社会的彼岸；维护世界和平与稳定，促进人类共同繁荣与进步，亦即中国几代领导人倡导的"中国应当对于人类有较大的贡献"。

选择和平发展道路，乃是基于中国特色社会主义推进现代化建设的内在要求，基于饱经忧患的中国讲信修睦、崇尚和平的历史文化传统，基于复杂多变的当今世界中求和平、促发展、谋合作的主体潮流。和平与发展血脉相通，和平是条件，发展是目标；和平是发展之基，发展是和平之本。

和平发展将经济建设、政治建设、文化建设、和谐社会建设融为一体，统筹国内发展和对外开放，既积极参与和平国际竞争，又坚持广泛平等合作。和平发展就是在变革中发展，在开放中发展，在合作中发展，在和谐中发展。

和平发展要求总结以往的经验，借鉴人类现代文明的成果，探索一条科技含量高、经济效益好、资源消耗低、环境污染少、人力资源优势得以充分发挥的新型工业化道路，同时又是一条促使整个社会走上生产高涨、生活富裕、生态优良三者有机结合的可持续发展道路。

和平发展、振兴中华，这是全国各族人民理想的追求，宏愿的体现，情感的交汇，意志的凝聚。和平发展带来了综合国力增强、国际联系密切、世界影响扩大。其惊人的速度、卓越的成就，令世人刮目相看。可是，国家大、人口多、底子薄、历史包袱重，这是中国的基本国情，与世界先进国家相比，还存在较大差距。对此，我们要头脑清醒。

光荣而艰巨的现实任务摆在我们面前，这就是：坚持以科学发展观统领经济社会发展全局，加快改革开放，增强自主创新能力，推进经济结构调整和经济增长方式转变，提高经济增长的质量和效益，使全体人民共享改革发展的成果。

和平发展离不开外部环境。当今世界，经济保持增长势头，科技进步日新月异，国家间相互依存与合作加深，人类社会发展面临着良好机遇。同时，影响和平与发展的消极因素增多，局部战争和冲突此伏彼起，贫富差距拉大，恐怖主义、跨国犯罪、环境污染、严重传染病等全球性问题凸显，人类社会发展又经受着严峻挑战。

中国高举和平、发展、合作的旗帜，坚持独立自主的和平外交政策，在互利共赢基础上积极发展同世界各国的友好合作关系，积极推动有关重大国际及地区问题的合理解决。

中国坚持与邻为善、以邻为伴的周边外交方针，全面推进与东盟的战略伙伴关系，促进上海合作组织全面的实质性合作，与南亚联盟建立和发展稳定关系，在朝鲜半岛核问题上坚持劝和促谈，妥善处理海洋权益争端、跨国非传统安全威胁等敏感问题。

中国支持发展中国家加快发展步伐，对于依然遭受着战火、贫困、疾病、自然灾害的国家和民族，寄予深切同情，并提供力所能及的帮助。

中国重视调整与其他大国的关系，充分意识到经济全球化导致国家之间的共同利益和共同挑战都在增多，主张借助坦诚的沟通与磋商，增进了解与互信，寻求利益交汇点，扩大合作的领域和空间。

中国提倡国际关系民主化和发展模式多样化，推动经济全球化朝着有利于实现共同繁荣的方向发展，致力于建立公正合理的国际政治经济新秩序，从而营造一个兼有民主、和睦、公正和包容的和谐世界。

面对中国的和平发展，国际舆论反应不一，赞赏者有之，疑虑者有之，攻击者亦有之。从总体看，"中国机遇论"渐成主流，"中国威胁论"市场黯淡。更多地了解一个真实的中国，疑虑可以化解。

（载《当代世界》，2006 年第 2 期，"卷首语"）

"中国的发展：世界的挑战还是机遇" 国际研讨会*点评

本次研讨会的发言充满对中国发展的关注、对中国与世界关系的潜心研究。研讨会圆满成功的标志不在于观点完全一致。这次研讨会的特色，我想概括为两句话，叫作"严肃的探讨，坦诚的交流"。

会议涉及的范围广泛，是一次全方位的学术讨论。诸位的发言蕴含着各自独到的新鲜见解，有战略思维，有确凿数据，有历史知识，有哲理分析。把这些精华集中起来，堪称五彩缤纷！

第一点：如何评价中国的发展？不少学者乐于认同：中国的发展是和平发展，是可持续的发展，是与全球其他一些大国和绝大多数发展中国家同步的发展。中国加入国际体系是大势所趋，作为利益攸关者，没有任何力量阻挠得了。中国离不开世界，世界需要中国；中国从世界发展中获得好处，同时为世界发展作出贡献。既然要索取，不能不包含某种挑战因素；既然能作出重大贡献，无疑是提供了机遇。机遇远远大于挑战，"中国机遇论"毕竟是主流，而"中国威胁论"的市场越来越小。田中真纪子女士从合理利用能源、重视环境保护等方面，就中日合作提出了善意的设想，这也恰恰表明了她把中国的发展看成一种机遇。

第二点：如何评价中国的国际地位？史蒂夫·曾博士指出，

---

* 由中国当代世界研究中心和德国卢森堡基金会联合举办的"中国的发展：世界的挑战还是机遇"国际研讨会，于 2006 年 11 月 16—17 日在北京召开，来自德国、美国、俄罗斯、英国、日本、埃塞俄比亚和中国的 30 多位专家学者出席会议。

"中国是一个正在崛起的大国",这一事实不应被理解为"中国已经是一个超级大国",或者"将在未来数年内成为超级大国"。"自冷战结束以来,全球只有一个超级大国,那就是美国。"这个评估非常客观。我们中国人必须始终保持清醒的头脑,成就再大,还是一个人均国内生产总值水平很低的发展中国家。史蒂夫·曾博士又说:"一个承诺将和平发展政策作为确保和谐世界手段的崛起的中国,应该受到国际社会其他成员的欢迎和拥护。国际社会也应该以和对待其他任何上升中的强国一样的方式来对待中国。"对于这种风格高尚的论断,我个人表示钦佩。

第三点:美国应该如何看待中国?罗伯特·古德曼先生说:"新的世纪,新的领导者正在形成,这迫使美国看待其余世界尤其是中国的态度和观点发生变化。""美国人不知道是否会受到中国威胁,还是应把中国看作一个新的伙伴和朋友。"这个问题提得十分中肯,我相信美国有识之士会选择后一个结论。罗伯特·古德曼先生在发言中表示"自豪",说:"美国人民对中国有了比较正确的看法""希望更多的人认识中国的重要性"。对此,我感到欣慰。

第四点:怎样才能使得中国与世界其他国家特别是大国和平相处?诺曼·帕克先生说,"大国之间的力量均衡是和平的保证"。这是真知灼见!的确,合作需要平等,平等离不开力量均衡。安德鲁·布里先生就欧盟与中国的战略合作关系,提出了自己的主张。瓦伦廷·费德罗夫先生谈到冷战结束后的安全观,指出其核心是互信、互利、平等和协作,以及决不干涉别国内政和决不允许别国干涉内政原则。我想,这个体现"上海精神"的新安全观,会越来越引起国际社会的广泛共鸣。

第五点:如何看中国经济发展对其他国家的影响?阿伯拉罕先生指出:"中国经济的持续扩展给其他国家经济增长所带来的促进作用,可能超过了其阻碍作用。中国经济的持续发展和稳定将会成为整个世界贸易体系不可缺少的一部分。"我想，这个评价并不算是过誉。

第六点：外国朋友最关心中国和平发展中的政治体制改革特别是政党体制问题、军事建设特别是中国军队现代化问题。黄宗良教授以他精深的造诣，就中国政治体制状况与改革目标作了深刻的分析；杨毅教授以他对军队情况的全面熟悉，作了透明度很强的说明。我觉得应该是很有说服力的了。但是，外国朋友在这两个问题上，往往不容易被说服、被打动。而且，每次研讨会几乎都要重复这种情形。但愿我们大家都能认真琢磨一下，缩短彼此认识上的距离的障碍究竟在哪里？

第七点：各位中国学者为这次研讨会提供了多方面的思考。例如：黄仁伟教授关于中国为什么可能做到和平发展的分析；肖枫教授、杜燕凌副主任、姜述贤先生对"和谐世界"的诠释；张新华教授结合中国国家战略关于当代国际关系范式革命的论述；时殷弘教授、裴元伦教授、杨恕教授、贺文萍女士围绕中国和平发展与对外关系多角度的阐述，都给我们留下深刻的印象。

第八点：研讨会涉及其他几个问题，我想用最简短的语言谈谈看法。

其一，和平与和谐的关系。中国自 1954 年率先倡导和平共处五项原则以来，先后提出了在此基础上建立国际政治经济新秩序，时代主题是和平与发展，高举和平、发展、合作的旗帜，建设和谐世界等一脉相承的口号。其中贯穿着中华民族"和为贵"的文化传统精髓。和平，主要是从政治角度提出问题，相对于战争而言。和谐，则是从政治、社会、经济、文化等更宽广的角度提出问题，不仅相对于战争，还相对于矛盾、冲突、动乱而言，因而富有更深层次的内涵。（这与非传统安全威胁上升有关）实现和谐比实现和平更艰巨。和谐世界覆盖了和谐地区，是一个理想目标，要靠世界各国人民共同努力来实现。

其二，竞争与合作的关系。国家之间的竞争与合作是一个硬币的两面，不必回避竞争这个事实。在竞争中合作，在合作中竞争；重要的是，竞争要守规矩，合作要诚信。目标是双赢、共赢，而不是任何单方面获益。

其三，"人权问题"与国家关系的关系。中国重视而不是回避所谓的"人权问题"，所以愿意与欧盟对话。中国人权状况是在不断改善而不是恶化。中国从来没有认为自己在人权方面不存在任何问题，相反，积极地采取措施不断加以改进。我们不能苟同外国朋友仅仅从他们自身国情和理念出发，不了解或者不考虑中国在"人权问题"上的进展，而总是把注意力放在往往被夸大了的问题方面。我们更不赞成以"人权问题"为借口，给国家关系的发展制造种种障碍。

其四，苏共垮台与中国发展前景的关系。会上发言多次涉及这个问题。苏共垮台的教训值得借鉴。究其原因，苏联一位大学者、老院士回答我的问题时曾说："因为苏联没有自己的邓小平。"我的看法是：苏联解体、苏共垮台，有内因，也有外因，内因是主要的；有现实原因，也有历史原因，现实原因是主要的；有领导人的错误，也有改革本身的难度，领导人的错误是主要的。导致剧变的各种原因在深层次盘根错节，执政党及其领导者的路线错误与僵化的管理模式弊端相交织所体现的现实内因，则是问题之根本。中国之所以能够有今天，恰恰是因为避免了重复苏联改革的错误。

（2006 年 11 月 17 日）

"中国模式"之我见

随着中国改革开放获得巨大成功，尤其是在应对全球金融危机方面的作用凸显，国际舆论出于不同动机，一再出现关于"中国模式"的热议。焦点是究竟有没有"中国模式"？该不该宣扬"中国模式"？"中国模式"与"北京共识"是不是一回事？为便于讨论，这里简要地归纳一下有关观点。

第一，"中国模式"既融入国际社会，又不依附西方；既借鉴吸取资本主义因素，又坚持独立自主道路；既促进顺势的发展，又显示逆势的承受力。"中国模式"的精髓是政府强力参与经济，集中财力办大事。在全球金融危机中，中国的指挥和控制体系实际上比其他市场经济体系更有效。中国经济虽然也受全球金融危机巨大冲击，但相对于千疮百孔的西方国家，实力仍相对增强。这场危机使中国在全球金融框架的重构中获得足够话语权。"中国模式"不仅对发展中国家有吸引力，而且受到了西方的羡慕，具有全球吸引力。

第二，中国发展模式的价值内核，吸取了延续几千年政治传统的经验。一是古代的中央集权制度，国家机器和军队由中央掌握；二是自隋唐起，官员由公正、普遍的考试制度选拔；三是政治对人民负责，体现"民本主义"。上述政治传统不仅使中国在历史上保持长期统一、稳定与先进，而且在人类现代化进程中体现出积极意义。

第三，中国在短短十几年的时间里，走过了西方几十年乃至一百年才能走过的道路。"中国模式"的提出，很大程度上表明，世界上不是只有西方的自由经济制度和议会民主制度才行得通。"中国模式"确有自己的独到之处：比如，在处理稳定、改革和发展三者的关系方面，中国找到了平衡点。虽然西方国家抱怨中国在推进民主改革方面步履缓慢，却无法掩盖中国人比批评者更具竞争力、更有效率。

第四，中国的发展道路也处在不断地发展、完善之中。中国社会存在众多矛盾，发展进入新阶段。中国如何面对这些矛盾，如何在发展过程中不断建立和完善一种自我调节机制，以及应对来自外部的许多干扰，成为中国面临的艰巨挑战。

也有媒体是把"中国模式"作为"中国威胁论"的翻版来谈论，如有人指出，中国是在一片"威胁"和"围堵"声中发展的。我的看法是：

第一，邓小平多次讲过"模式"问题。他说："世界上的问题不可能都用一个模式解决。中国有中国自己的模式。""在革命成功后，各国必须根据自己的条件建设社会主义。固定的模式是没有的，也不可能有。""中国有自己的特点，所以我们只能按中国的实际办事，别人的经验可以借鉴，但不能照搬。"所以，不能因为顾虑有人别有用心地渲染"中国模式"，就压根儿否认中国有可能形成自己的社会发展模式。

第二，新中国成立之初，由于诸多复杂原因，曾经学习苏联模式；经过数十年的不断改造，初步形成了今天的中国特色社会主义。中国特色社会主义是根据本国国情和时代特征，既改造曾经效法的苏联模式，又借鉴人类文明在资本主义发展阶段的成果，而取得的带有独创性的发展模式。这是一种探索与形成过程中的模式；一种立足于实践而逐渐上升到理论，并使两者相结合的模式；一种取得显著成效但仍需进一步完善的模式；一种大方向明确但也还存在某些不确定因素的模式。

第三，承认是一种"模式"，不等于就要他人效法。"中国模式"在世界上受重视、被借鉴，并不是中国有意推销。这其实属于"中国机遇论"的内涵。"中国模式"不等于"北京共识"，宣扬"北京共识"是夸大其词，如同夸大"华盛顿共识"一样，是有害的。鉴于中国发展模式的探索性和不成熟性，中国常见的是"中国发展道路"之类的表述。"发展道路"指的是实现目标的途径，而"发展模式"指的是政治经济体制、社会政治结构，两者是有差别的。有人主张把中国发展模式称作"中国案例"。"案例"的概念模糊，值得商榷。在谈及中国发展模式时，还是要坦然面对，不必躲躲闪闪。

第四，当今世界的多样性包含着发展模式的多样性。各国的发展模式，有个性也有共性（如开放性），有优势也有缺陷。模式既不会一成不变，也不能一蹴而就。模式的有效性，在比较中相对地存在。经济效益是衡量模式的重要标志，但不是唯一依据。发展模式存在着内在的规律性与外在的借鉴性或者说互动性。全球金融危机对所有国家，特别是发展中国家的发展模式产生不同程度的冲击，模式的优势和弊端无例外地浮出水面。发展中国家普遍面临着如何进一步调整和完善发展模式的问题。在这种情况下，中国发展道路或发展模式的影响，势必与日俱增。

（载《红旗文稿》，2010 年第 11 期）

"中国威胁论"的本质是"威胁中国论"

中共十九大制定未来发展战略之后，西方的"中国威胁论"再度弥漫。中国第十三届全国人大一次会议将中共十九大精神具体化，内外政策体现和平发展理念，足以让"中国威胁论"无地自容。王毅外长在记者招待会上畅谈新时代中国特色大国外交，义正辞严地驳斥了"中国威胁论"。

"中国威胁论"究为何物？又从何而来？我看它有五大特性。

第一，虚构性。"中国威胁论"是在中国经济持续高速增长、中国发展模式显示巨大成效、被渲染的"中国崛起""强国战略"引起外界敌视或疑虑的背景下，杜撰的一种说法。

新中国自诞生以来，始终追求和平发展。从20世纪50年代倡导和平共处五项原则，到当今高举"和平、发展、合作、共赢"旗帜，漫长的岁月中从道理到实践，都证明了"中国威胁论"并不存在。试问，至今有哪个国家能像中国这样郑重宣布"不首先使用核武器"？有哪个国家像中国一样，根据联合国安理会的部署派出那么多的维和部队？

"中国威胁论"属于冷战思维。一旦冷战思维作祟，在有些人眼里好事也变成了坏事。例如，"一带一路"的原则分明是共商共建共享，怎么就成了"中国国际扩张主义"呢？

在冷战结束后，"中国威胁论"一直主导着西方尤其是美国的对华思维。这正是美国政府消极回应中国构建新型大国关系主张、导致美中关系曲折发展的根本原因。

"中国威胁论"的制造者和推行者不喜欢社会主义，总想借"中国威胁"来改变中国的颜色。中国有句俗话，叫作"井水不犯河水"。两种不同社会制度的国家，应该是也只能是长期共存。硬是要把自己的一套强加于人，历史得出的结论是"行不通"。

所以说，"中国威胁论"的本质是"威胁中国论"。

第二，阵发性。自新中国诞生以来，西方散布"中国威胁论"可以说是一种常态。但随着国际形势的发展和攻击者心态的变化，时有起伏。

自冷战结束以来，"中国威胁论"突出表现在三个时期。

一是在苏联解体、中国改革开放起步并获得显著成就之后。西方在庆贺苏联解体的同时，祭出"中国威胁论"法宝，试图接着搞垮社会主义中国。邓小平洞若观火，先后提出应对局势的"28字方针"：冷静观察、稳住阵脚、沉着应付、善于守拙、决不当头、韬光养晦、有所作为。中国岿然不动，继续沿着和平发展的道路稳步前行。

二是在美国开始走下坡路的时候。进入21世纪以来，美国连续经受"9·11"事件、伊拉克战争，尤其是全球金融危机等多方面的冲击，而中国于2010年成为世界第二大经济体。资本主义制度的弊端与"中国模式"的成功形成鲜明对比，又激发"中国威胁论"猛然抬头。

三是在中共十九大制定中国发展的近期、中期和长期宏伟规划之后。面对中国特色社会主义取得辉煌成就，出现了为"中国威胁论"添油加醋的种种新名词，如"锐实力""债权帝国主义""新帝国主义列强"等。

第三，劣根性。编造和传播"中国威胁论"者，背景并不相同。始作俑者多出于霸道与张狂，自以为"老子天下第一"，接受不了文明的多样性，容不得他国根据本国国情与人民意愿，选择自己的社会制度、发展道路和生活方式。随声附和者，多半是对中国的强劲发展存在顾忌和忧虑。总之，缺乏实事求是精神、心态扭曲、摆脱不了冷战思维，是其共同的劣根性。

第四，迷惑性。西方拥有强大的舆论工具，其煽动作用不容小觑。"中国威胁论"的确能够迷惑一些对中国怀有传统偏见的人，尤其是一些不明真相的人。这类舆论工具常常歪曲中国的形象，把中国存在的问题和正在着力解决的问题加以夸大渲染，然后按照"中国威胁论"的思路加以解读。

本来，国与国之间的合作与竞争是并存的，在合作中竞争，在竞争中合作，进而促进互利共赢。而"中国威胁论"鼓吹者，却蓄意把国与国之间合理的竞争夸大为对抗，从而让人相信"中国威胁论"。

第五，脆弱性。"中国威胁论"终究经不起时间考验。根本原因在于它脱离中国的现实，违背事物的逻辑。

中国有句俗语，叫作"你走你的阳关道，我过我的独木桥"。中国坚定不移地沿着中国特色社会主义道路前进。究竟谁是"阳关道"、谁是"独木桥"，要由实践检验，不是自己说了算。

今后中国仍会在"中国威胁论"鼓噪声中和平发展。但可以深信，随着人们对中国实情的了解增多，"中国威胁论"的市场会越来越小。

"中国威胁论"与"中国崩溃论"是一体两面。如果说"中国崩溃论"业已成为国际笑柄，那么"中国威胁论"迟早也会被公正的国际舆论所唾弃。

（载中美聚焦网，2018年4月2日）

和平共处五项原则刍议

和平共处五项原则问世半个世纪以来，经久不衰，和者日多。和平共处五项原则之所以富有强大的生命力，是由于它植根于特定的历史背景，具有深刻的本质特征，符合当今的时代精神。

和平共处五项原则的诞生，反映了二战结束之后、殖民主义瓦解过程中，广大新独立国家维护主权成果和建立国际新秩序的强烈愿望，融会了新独立国家试图运用软实力防御任何强大外来侵略势力的卓越智慧。它的问世，体现了和平与发展开始成为时代主题所产生的强大动力，同时也显示了中国、印度、缅甸等发展中国家一批政治精英，对于人类历史的责任感和二战结束后在世界舞台上崭露头角后所起的独特的进步作用。

和平共处五项原则的本质特征，表现在理论和实践两个方面。其理论意义在于它具有丰富的科学内涵。一是完整性。它继承了《联合国宪章》的精神，高度概括了国际法（国际关系中国家的行为规范）中最主要的基本原则，反映了新型国际关系最本质的特征，是一个相当完整的体系。二是兼容性。当代国际关系中经常提到的一些原则，例如：反对霸权主义和强权政治，反对领土扩张主义，反对革命输出和反革命输出，各国人民有权选择自己的价值观念、社会制度和发展道路，以和平方式解决政治争端、不诉诸武力或以武力相威胁，各国共同解决和平、发展、生态、人口、资源等全球性问题，等等，从根本上说，均可在不同程度上纳入和平共处五项原则体系之内。打一个比方，如果说宪法是"母法",其他法律是"子法",那么,从国际关系角度来说,和平共处五项原则堪称各种国际关系准则中的"母法"。三是稳定性。和平共处五项原则具有长远的普遍的意义,其内容无可争议,连和平共处的实际破坏者也不得不至少在口头上表示承认它。而有一些原则,如"尊重人权"等等,由于可能有各种不同的解释,不一定能充分体现共性,因此难以被各国所一致接受。

和平共处五项原则的实践意义在于它可以能动地加以运作。一是务实性。和平共处五项原则不是空洞的口号,其矛头旗帜鲜明地指向绝大多数国家和人民所坚决反对的霸权主义、强权政治、黩武主义和恐怖主义。对于这种客观上存在的针对性,不必有什么忌讳。二是普适性。和平共处五项原则反映了一切国家特别是弱小、贫穷国家的利益,它不仅适用于社会制度不同的国家,也适用于社会制度相同的国家;就其实质而论,由于超越意识形态差异,它不仅适用于国与国之间,也适用于政党与政党之间。后来我们党提出的党际关系四项原则(独立自主、完全平等、互相尊重、互不干涉内部事务),就是从和平共处五项原则派生出来的,两者相辅相成,相得益彰。三是动员性。当今世界上所出现的处理国际关系的诸多原则中,影响最大、最能引起共鸣和反响最强烈的,莫过于言简意赅的和平共处五项原则。这已经被半个世纪的历史所证明。

和平共处五项原则体现着时代精神并将在新时期继续得到深化,其原因是符合历史潮流。世界要和平、国家要独立、民族要振兴、社会要进步、经济要发展、生活要提高,已成为不可抗拒的历史潮流,这一潮流急切地要求履行和平共处五项原则。再者,在经济全球化大背景下,国家之间的依存性加深,维护国家利益成为处理国与国之间关系的优先事项,和平共处五项原则的本质恰恰是既能维护自身国家利益,又要尊重他国的国家利益。

进一步说，在国家关系特别是大国关系中，贯彻实施双赢、共赢原则才符合各国的利益要求，而和平共处五项原则正是产生这种良性互动的基本条件。

上述"时代精神"体现了和平共处五项原则的现实意义，还可以从另外两个角度加以观察。

一方面，在和平共处五项原则基础上，派生出一系列适合时代发展和变化、维护和平与发展的具体论断或主张。例如：

世界多样化论。和平共处五项原则包含了求同存异、淡化意识形态和各自选择发展道路等多样化的因素。接受世界多样化这一论断的国家逐渐多了起来。

新安全观。新安全观以互信、互利、平等、协作为核心内涵。如今各大国在这一方面共同点增多。

国际关系民主化论。这要求国家无分大小、强弱、贫富，法律上主权一律平等。多边主义便在更大程度上体现国际关系民主化。

建立国际新秩序主张。支持者更为普遍，绝大多数国家都希望实现独立、平等、公正、互利，共同发展、共同繁荣。这些正是和平共处五项原则要达到的目的，尽管在霸权主义横行的状况下做起来有较大难度。

另一方面，如同围绕和平共处五项原则产生许多新论断、新主张一样，其对立物——强权政治也在制造不少新提法、新花样，实质上是在挑战和平共处五项原则。例如："有限主权论""人权高于主权论"挑战国家主权原则；"侵略有理论"挑战互不干涉内政原则；"先发制人论"挑战互相尊重、互不侵犯原则；"单边主义""单极世界论"挑战主权平等原则与联合国地位；"文明冲突论"挑战世界多样化论与和平共处原则。

这些强权政治理论虽曾风靡一时，但多半是要么夭折，要么遭唾弃，要么不得不用冠冕堂皇的外衣重新加以包装，仍具有一定欺骗性。而和平共处五项原则，光辉不减，认同者越来越多。

还应该指出，和平共处五项原则为振兴中华创造了良好舆论环境。中国在和平共处五项原则基础上形成并逐渐完善独立自主和平外交。和平共处五项原则体现"和为贵"与"和而不同"的中华文明传统。和平共处五项原则塑造中国和平发展的形象，成为"中国机遇论"的重要依托。

（载《中国经济时报》，2004年6月28日，原标题《和平共处五项原则的理论与实践》）

"一国两制"的光辉典范
——香港回归十周年感言

　　20 世纪 90 年代非同凡响，世界上发生了一系列惊天动地、扣人心弦的大事。其中，1997 年 7 月 1 日香港回归，举世瞩目。十年过去，喜见在祖国怀抱中奉行"一国两制""港人治港""高度自治"方针的香港的辉煌，不禁心潮澎湃！

　　谈及香港，抚今追昔，人们悲喜交集。从 1841 年英国武力侵占香港开始，100 多年来，为赢得这块宝地回归，中华民族无数志士仁人为之奋斗牺牲，始终壮志未酬。

　　二战结束后，殖民主义在世界范围内开始土崩瓦解，然而，香港的地位依旧。1949 年中华人民共和国成立，昭示一个新时代诞生，这为香港回归奠定了坚实基础。随着中国国力日趋强盛、香港新界租期行将届满以及国际形势出现有利变化，至 20 世纪 80 年代初，香港回归问题提上议事日程。中国政府与英国政府的有关谈判，从联合声明、基本法起草，到预委会、筹委会、临时立法会、行政会形成，可谓充满艰辛。因为有伟人邓小平掌舵，秉持宏图大略，将原则坚定性与策略灵活性巧妙结合，最终如愿以偿。

　　香港回归这一壮举，结束了中国的屈辱历史，中国政府开始对香港恢复行使主权，标志着香港同胞从此成为祖国这块土地上的真正主人。

　　香港回归的百余年历史充分说明，落后必挨打，弱国无外交。只有在"立党为公、执政为民"、忠实地代表全国各族人民利益的中国共产党领导下，坚持社会主义，才能最终实现中华民族几代人为之奋斗的夙愿。

香港回归具有划时代的意义。它是祖国和平统一大业的一座丰碑，为随后澳门顺利回归、为未来祖国的完全统一，树立了光辉范例。

香港顺利回归且平稳过渡，是史无前例的"一国两制"伟大构想的成功实践。十年来，中央政府坚定不移地贯彻"一国两制"方针，严格按照香港基本法行事，全力支持香港特别行政区行政长官和政府依法施政，保障香港居民依法享有各项权利和自由，广泛团结香港各界人士，共同维护和促进香港的繁荣、稳定和发展。同时，大陆与香港在经济、文化、科研等领域共促发展的合作越来越密切。

香港回归后，凭借本身足够的财政储备和稳健的金融体制，成功地击退了亚洲金融风暴的冲击。基本法保留了香港世界贸易组织成员的身份，使其具有新的发展空间。香港仍保留着自由港的特色和国际贸易、金融、航运中心的地位，继续被公认为亚洲乃至全球最具发展活力的地区之一。

香港回归后，其民主和选举制度更加开放，更加透明。回归前，港督由英国委任，香港人无权参与；而今，行政长官经选举委员会选举产生，全部立法会议席也都由选举产生。中央赋予香港的高度自治权是名副其实的，特区与中央的关系理应保持畅通和谐。香港必须坚持行政主导的政治体制，必须按照循序渐进的原则引入民主机制。

曾记否，唱衰之声一度鹊起，有人对"一国两制"满腹狐疑。香港回归前夕，西方主流媒体如美国《时代》周刊，曾宣称1997年是"香港的死亡之年"。然而，同一刊物于2007年6月18日发表文章称，香港作为正在快速发展的中国内地的一部分，会继续保持繁荣；日益自由和开放的内地，可以给予香港更多机会。路透社于同年 6 月 17 日也报道说，十年前有人预言香港充满活力的经济将会被中国挤垮，然而，香港在感受到来自中国内地激烈竞争的同时，它的经济依然在繁荣发展，尤其是过去三年更是 20 世纪 80 年代以来发展最快的时期。

事实证明，香港回归祖国后，不仅原有的社会、政治、经济制度和生活方式未变，而且经济更繁荣、社会更和谐、法制更健全。

香港十年的业绩，展现了中央政府对香港社会的强有力支持，显示了香港特别行政区政府治理香港的卓越能力，反映了香港对于内地不断增强的影响力，彰显了香港民众日益加深的对国家和民族的认同感与自豪感，体现了国际社会和香港各界对香港未来发展的信心。

香港，正满怀豪情，在探索中昂首阔步前进。

（载《当代世界》，2007 年第 7 期，"卷首语"）

2008 奥运彰显中国风采

举世瞩目的世界体育盛会——第 29 届奥运会于 2008 年 8 月 8 日在北京开幕,奏响了"和平、友谊、进步"的乐章。

自北京于 2001 年 7 月 13 日申办奥运会成功之后,中国政府和人民不辱使命,持续七年,倾注全力,从基础设施到场地环境,从接待流程到文艺表演,都作了精心准备,交出了一份让世界满意的答卷。

中国举办奥运会得到国际社会的普遍支持,其原因为:一是中国改革开放以来取得了巨大的成就,二是中国始终奉行和平发展的方针,三是中国具备办好奥运会的各种物质和精神条件。

回顾北京奥运会的前奏,各种筹备工作成果令人目不暇接:

体育竞赛设施齐全而新颖,包括令人称奇的鸟巢、水立方。

交通保证畅达,如地铁增线,机场线时速 110 千米每小时;机动车每日按单双号限行,并给境外记者提供临时驾照。

环保成绩可喜,北京大力开展清除蚊、蝇、蟑螂和老鼠"四害",奥运气象服务网每小时更新一次信息。

安全工作充分,组建了由 15 000 名专业人员、武警公安、地方群众构成的三大护线体系队伍,以及 400 人的涉奥线路特殊巡护队,对华北电力重要输电通道和北京地区重要涉奥线路进行特殊巡视防护。

文艺表演练出真功,出现"有史以来人力、物力投入最大且创意无限的奥运会开幕式表演",给人们带来惊喜与震撼。

美国布鲁金斯学会东北亚政策研究中心主任理查德·布什说

得好：为迎奥运会，北京发生了巨大变化。例如：市政建设大刀阔斧，城市面貌日新月异，新机场落成并投入使用；高耸入云的摩天大楼竞相拔地而起；出租车座位套雪白；奥运礼仪小姐超强化集中训练；全北京市民学说英语（外国人到中国参加活动，应该是他们学说中国话才对呀！这有点倒过来了！）。他还不无幽默地说：总之，我这个在华盛顿和北京之间来回飞的"中国通"，经常站在北京大街上感到茫然，"找不到北！"

北京奥运会充分体现传统的奥林匹克精神，展示出运动会的国际性、运动形式的多样性、运动员的专业性，以及各国人民之间的友好往来，维护了世界和平。

对于中国来说，举办一个世界瞩目的盛会确非易事，不仅要面对实际工作的困难，还要承担来自外界的压力。鉴于此，我们需要保持平稳的心态。

要引以为豪，但无须过分张扬。正如舆论指出的那样，任何一个奥运会的主办国都希望向世界展示自己的形象；任何一个奥运会主办国的国民都会为争得主办权而感到自豪和骄傲。中国是第一次举办奥运会，又有着"饱经沧桑的历史"，中国人民自然会对北京奥运会表现出更加高昂的激情。承办奥运会作为一种"软实力"的体现，会大大提升中国在国际上的正面形象。但是，中国不单是为了塑造形象，更多的是为了尽地主之谊，把事情办好。

要加大投入，但并非不计后果。有人担忧举办奥运会影响中国经济，对此，国家统计局新闻发言人在 2008 年 7 月 17 日表示，今年上半年，中国经济运行总体较好，而且，由于中国经济总量相对比较大、地域比较辽阔、经济结构比较齐全，回旋余地比较宽宏。

要力争金牌，但不能形成包袱，反而把自己压垮。世界冠军刘翔笑对别人创造的新世界纪录，把竞赛当作一种游戏，其心态特别端正。

要构建宽松环境，但必须提高警惕。国际舆论较普遍认为，北京面临的安全形势总体是稳定的，但依然要面对来自传统和非传统安全领域的威胁，面对来自恐怖势力、分裂势力、极端势力的挑战。舆论还指出，在"藏独""疆独"和其他敌对势力有可能趁机破坏奥运的形势下，北京在安全防范上力图做到滴水不漏，这些努力是值得赞赏和肯定的。

国际反华势力对北京奥运会百般非难，竭力使奥运会"政治化"。2008年7月9日，小布什在与胡锦涛会见时表示，不希望宗教自由问题与奥运会联系起来；胡锦涛高度赞赏小布什多次表示反对把奥运会"政治化"。《联合早报》评论员杜平的文章堪称入木三分。他说，把人权、宗教、西藏和其他不相干的话题当作抵制奥运会的理由，是彻头彻尾的政治伪善。只要有政治利益的需求，他们对中国的不友善便原形毕露。过去是那么趋之若鹜般地前往北京，如今却在矫情地推三阻四，这不禁令人感到十分地疑惑：既然因为不满中国的人权和宗教状况而抵制北京奥运会，那以后是否也要抵制中国的商业订单？

我们可以从那些反华势力当中看到种种微妙的现象。他们被中国的成就所震慑，唯恐天下不乱，但心虚理亏，往往是搬起石头砸自己的脚。他们标榜"维护西藏人权、民主"，却无法否认打砸抢烧的暴乱事实；他们拿火炬传递、出席奥运开幕式闹事说事，却不敢抵制奥运会本身；他们在宣传"报道自由"上大做文章，却无法掩盖中国为提供宽松条件所付出的真诚努力；他们渲染北京环保方面的缺失，却不敢驳斥国际奥委会主席罗格所说的，中国人已在环保方面取得了长足进步。

如此这般反华的实质何在？奥斯陆和平研究所所长斯坦·托纳森说得好：很多国家，尤其是西方国家，包括一些非政府组织和部分西方媒体，把北京奥运会看作一个"改变中国"的机会，甚至希望从此后，中国可以成为一个符合西方标准的"民主国家"。这些人希望奥运会带给中国的变化，是激进的、颠覆性的变化。

当然，也有人并非出于恶意，表现出不同程度的担心。对此，中国领导人和有关方面负责人给出了切实的回答，国际友人也作出客观的评价。

第一，安全问题。奥运安保是成功举办北京奥运会的最重要因素。据了解，北京奥运安保部队在奥运安全保卫工作中主要有七项任务：一是负责北京市及京外赛区的空中安全；二是负责濒海地区周边海上安全；三是参加处置生核化恐怖袭击，协助公安部门处置爆炸等恐怖事件；四是提供情报支援；五是组织抢险救援、医学救援和直升机运输等；六是加强奥运会期间边境管理控制，维护边境和海岸地区稳定；七是完成奥运安保工作协调小组赋予的其他任务。

为了万无一失地完成任务，奥运安保部队按照"就近用兵"的原则，确定动用陆军、海军、空军部分力量，兵力涉及四个军区和海、空军及总部直属部（分）队，包括陆军航空兵、工程兵、防化兵和卫勤专业力量。动用了作战飞机、直升机、舰船、地空导弹、雷达、防化、工程保障等武器装备。为应对突发情况、突发事件，奥运安保部队有明确的对策和措施。

第二，新闻报道自由问题。相关负责领导在视察北京奥运新闻中心时，表示欢迎记者前来采访北京奥运会，并愿意尽全力为奥运采访提供充分服务。还表示，我们中国这么大国家，负面的难以避免。我们会保持开放的心态，相信大家会对中国改革开放的主流进行充分估计、综合评价。

国际奥委会主席罗格于2008年7月17日证实，媒体可以在中国进行自由报道，中国还将取消对互联网的检查。

第三，环保问题。国际奥委会派了一个小组进行最后检查，国际奥委会北京奥运会协调委员会主席维尔布鲁根表示满意。他说，关于环保，中国政府制定了一部新的环保法，作出了真正的长期的结构性努力。中国在北京和戈壁之间种植了数百万棵树，还将烧煤的工厂改为烧天然气的工厂，关闭了污染最严重的工厂，在水处理方面也作出了巨大的努力。这些努力在奥运会后将会保持下去。

舆论还指出，对于北京奥运会，西方表现出的似乎是两种截然不同的态度：一方面，西方国家政府大多给予北京奥运以积极的评价，反对将奥运会"政治化"；但另一方面，一些非政府组织和民间人士仍在鼓噪抵制北京奥运会。总的来说，反对将奥运会"政治化"已成国际社会的主流认知。

北京奥运会的理念是"绿色奥运、科技奥运、人文奥运"。这就是"同一个世界，同一个梦想"的真谛所在。

盛誉寓于诚信务实之中，卓越寓于携手共创之中。北京奥运会以铁的事实证明，这是一次成就斐然、充满活力的奥运会。北京奥运会弘扬奥林匹克精神、彰显中国风采，以其特有的辉煌载入人类体育史册。

（载《当代世界》，2008 年第 8 期）

协和万邦正月红

　　"一元复始，万象更新"，按照中国传统文化，选择大年正月访亲探友，被认为是最亲善的礼仪之举。2009 年年初，中国领导人胡锦涛、温家宝和习近平，分别出访了亚洲、非洲、拉丁美洲和欧洲的 15 个国家以及欧盟，温家宝还出席了在瑞士达沃斯举行的世界经济论坛 2009 年年会。中国领导人热情洋溢地与本国人民共度了新春佳节，随即又风尘仆仆地出访了一系列友好国家，这正应了中国的一句古语："百姓昭明，协和万邦。"

　　中国几位领导人的出访，堪称"友好之旅""合作之旅""信心之旅"。他们所到之处的言行，充分反映了中国与被访国家的"同声相应，同气相求"。

　　这个"声"和"气"，就是谋求共同解决全球金融危机。当前全球金融危机的影响仍在扩散和深化，世界上任何一个国家都难以独立应对。中国作为世界上最大的发展中国家，要与各国特别是广大发展中国家加强沟通、协调立场，克服全球金融危机所产生的影响。

　　这个"声"和"气"，就是加强友好合作，促进共同发展。中国古语说："不谋全局者，不足以谋一域。"中国领导人以开放促进理解，以包容、平和、理性赢得尊重，显示了独立自主、坚持和平发展的全方位外交，展现了中国作为一个负责任大国的风采和气度。

　　第一，和气。如评论所说，中国领导人致力于巩固传统友谊，强调履行承诺，夯实大国外交基石。向世人深刻地阐述了什么是"国家道德",什么是"负责任大国"。用真诚的交流来解读发展的中国,它开放兼容,坚定地融入世界。中国领导人此行,付出了足够的真诚与耐心,显现出随和、亲近和领袖魅力。"用发展的眼光看中国",也请用对等的真诚来解读发展的中国!

第二,大气。"清气澄余滓,杳然天界高。"如评论所说:"尽管时势与实力让中国悄然迎来外交盛世,但高层仍然相当谨慎,有所为,有所不为。"2009 年 2 月,温家宝在剑桥大学发表演讲时,面对跳梁小丑的干扰,处变不惊、从容镇定,表现了庄严、大气和宽容。这是真正做到了:"人之谤我也,与其能辩,不如能容;人之侮我也,与其能防,不如能化。"

第三,勇气。习近平严斥西方某些人无视中国贡献、妄加非议的言论,被认为道出了中国人的心声,给国人心头带来一股清风。中国人在风浪中就是要有坚持不动摇的风骨。

2009 年年初的中国领导人出访,给人们留下方方面面的美好回忆。举例来说:

胡锦涛"握住了中国外交的主旋律——温和、务实、沉稳"。他参观毛里求斯中国文化中心,在那里,博大精深的中国文化在"各美其美,美人之美"的文明交流过程中展现。文化交流让世界近悦远来,让朋友遍天下。

温家宝说"国强必霸,不适合中国!"掷地有声,铿锵有力。外界说,温家宝的欧洲行强调了中国对克服全球金融危机的信心与希望,显示出中国的底气与实力。

习近平说,中国经济"挺过今年就能看到曙光,看到转机,这当然离不开国际环境,但关键是办好自己的事情"。对此舆论反应十分热烈。

总之,一家评论所概括的"中国奉行人本外交的政策",越来越成为世人的共识。

(载《当代世界》,2009 年第 3 期,"卷首语")

亚洲共赢正逢良时

今日亚洲，肩负着共同崛起的重大历史使命。时代迅猛前进，世局复杂多变，既给我们提供良好机遇，也让我们经受严峻挑战。机遇带来裨益，挑战激扬斗志。只要有诚信合作的愿望，并善于赢得机遇、征服挑战，亚洲各国就可能实现共同发展的目标。

我们生活在一个极富特色的亚洲。亚洲人杰地灵，资源丰富。亚洲的悠久历史和灿烂文化别具风采和魅力。亚洲面积占世界近三分之一，人口占世界一半以上。亚洲在世界和平与发展事业中充当着不同凡响的角色。

诚然，亚洲各国的国情存在多样性，但这并不是什么先天缺陷。著名的、经久不衰的、影响日益深远的和平共处五项原则，恰恰诞生在政治模式多样的亚洲。和平共处五项原则这个卓越成果的问世，反映了二战结束之后、殖民主义瓦解过程中广大新独立国家维护主权和建立国际新秩序的强烈愿望，融会了新独立国家试图运用软实力防御强大外来侵略的卓越智慧，也显示了亚洲发展中国家一批政治精英对于人类历史所肩负的责任感，以及其在世界舞台上崭露头角后所展现的独特进步作用。

我们所处的是一个休戚与共的亚洲。饱受侵略之害和战争之苦的亚洲各国人民，最懂得和平之珍贵、发展之急需、合作之必要。

尽管亚洲各国的经济发展存在着不平衡性，但这方面的差距完全有可能逐步缩小。

在一个国家内部，只有缩小贫富差距才能实现社会和谐；在邻国之间，也只有缩小贫富差距才能营造和谐的毗邻关系。

共同发展原则至为重要。亚洲地区的和平稳定离不开交流合作，亚洲各国的繁荣发展少不了联合自强。

在亚洲各国的共同努力下，一个平等、多元、开放、互利的地区合作新局面正在逐步形成，形式多样的亚洲区域组织和多边合作机制也在不断发展。国家无论大小、贫富、强弱，主权一律平等，这已成为亚洲绝大多数国家的理念。

亚洲各国面临经济振兴的共同使命，存在较强的经济互补性。经济合作正从单一的双边合作发展到双边合作与不同范围的地区合作相结合；从单纯的贸易和投资合作发展到贸易投资与货币金融相结合的多领域的合作；从非机制性合作发展到非机制性同机制性合作相结合的多种性质合作并存。

亚洲拥有世界上最具活力的经济实体、最有潜力的新兴市场和最大的能源储备。亚洲在世界经济中所占分量越来越重，在国际上的影响力越来越大。

在 1998 年乌云密布的全球金融危机猖獗之际，亚洲人民心心相印、互相支持；在 2005 年印度洋海啸浊浪排空的悲惨时刻，亚洲人民情同骨肉、相互声援。亚洲各国的合作精神，经受住了这两次灾难的考验。

亚洲经济关系的迅速发展是和政治关系的逐步改善同步进行的。

政党在亚洲各国的政治、经济、文化和对外关系中担当着极为重要的角色，在促进国家关系、增进人民的了解和友谊方面有着独特的作用。

为了应对亚洲安全经受的各种威胁，我们要树立正确认识。各国人民有权根据本国国情和自己的意愿，选择社会制度和发展道路，而不应受到任何外来势力的干涉。国家之间相处的正确选择便是根据和平共处五项原则，友好相处，互利合作，促进发展，共同繁荣。

为了应对亚洲安全经受的各种威胁，我们要建立有效的安全机制。国家安全、地区安全、世界安全三者是紧密相连、不可分割的。

"和平崛起"是一个美好的概念。所谓"崛起"，意思是摆脱贫弱、走向富强。和平崛起就是要在安全、稳定的条件下加速社会经济发展，为此营造一个良好的周边环境与国际环境；就是要本着崇高的以人为本的和平目的，造福于本民族，同时也造福于全人类；就是要采取和平的方式并经过和平的途径，到达胜利的彼岸；就是要维护世界和平与稳定，促进人类发展与进步。亚洲各国都希望和平崛起，也都有可能和平崛起。

和平崛起面临的挑战首先在于有没有自信。不能妄自菲薄，看不起亚洲自身。那种要么试图脱离亚洲，要么高踞于亚洲其他国家之上的观念和行为，都是不可取的。任何对霸权主义亦步亦趋的做法，都只会丧失国格。

随着经济因素作用飙升，国家之间涉及市场、自然资源、科技和人才的竞争会日益激烈，但同时，谋求合作的势头也越发突显。国家之间出现良性互动的可能性在增大。这种良性互动是由起点、过程与结果三个环节构成。起点——维护各自的国家利益，同时必须尊重他国的利益，两者缺一不可；过程——竞争与合作同在、矛盾与妥协并存，合作要诚信、妥协要适度、竞争要守规矩、摩擦要不导致对抗；结果——双赢、共赢，而不可能是任何单方面的获益。

平衡政策符合国家最大利益。在世界多极化和经济全球化背景下，利益平衡性决定了政策平衡性。只有准确地估量自身的国情，全面地审视自身所处的国际环境，遵循平等、互利、共赢的原则，才能为本国的发展谋取最大限度的好处。

意识形态因素不应该、也不能够影响国家之间的关系。处理意识形态分歧的最好办法是求同存异。

国家利益发生冲突，有时难以完全避免，解决悬而未决的领土争议的最好办法是"搁置争议，共同开发"。

亚洲的区域整合逐渐提上日程。要承认当今时代一国之力的局限性。依靠集体的力量，方能推动"亚洲联盟"早日建立。旧传统战略"远交近攻"已被淘汰，"远攻近交"的主张亦不可取。适合时宜做法应该是"远交近通"，也就是全方位外交。

亚洲不需要军事同盟，更不需要亚洲以外的势力以拼凑军事同盟的形式干预亚洲事务。在亚洲乃至整个亚太地区，任何一个国家都没有能力领导一个多边军事同盟。亚太地区的安全合作，由任何一个大国主导都是无法实现的。

亚洲合作将向外扩大，拥有39个成员的亚欧会议已成为亚欧国家间新的丝绸之路。亚欧经济合作道路将会越走越宽。

中国走的是和平发展之路。坚持与邻为善、以邻为伴的方针，对此，中国言行一致、表里一致。不带偏见的人们都认为，中国和平发展的愿望是真诚的，"中国威胁论"是没有根据的。

我们将迎来一个政治上互信、经济上互补、文化上互通的亚洲。

我们将迎来一个共同发展的、前景辉煌的亚洲。

世界在前进，亚洲要以更快的步伐前进。

机遇与挑战存在客观性与主观性两个方面。机遇诚然好，但处理不当也会丧失。挑战固然是一种威胁，但处置得当，也会转化为机遇。

我们以生活在亚洲而自豪，积贫积弱的亚洲已成过去。有人说，21世纪是"亚太世纪"；也有人说，就经济发展水平而言，21世纪将是"亚洲世纪"。这并不全然是恭维话。一个古老的亚洲正在走向复兴，一个崭新的亚洲正在蓬勃崛起。我们对21世纪亚洲的未来充满信心。

（在博鳌亚洲论坛 2006 年年会的演讲，载《人民日报》，
2006 年 4 月 22 日）

倏然十载飞逝　未来十年可期

跨入 21 世纪时的激情犹在，不觉十载倏然飞逝。过去的十年喜忧参半，辉煌与祸殃同在、创新与危机并存。这是变革频仍的十年、纷乱丛生的十年、治理助力的十年，世界史上将赫然书写"变""乱""治"三个大字。

21 世纪初的 20 年被公认是重要战略机遇期。前十年形成了这样的主流态势：和平是人心所向，发展是大势所趋，变革是必由之路，竞争是通用手段，合作是最佳选择。人类面临的将是期盼与悬念交织的又一个十年。

"和平、发展、合作"业已成为时代的旗帜，和平是条件，发展是目标，合作是手段。维护和平、促进发展、增强合作，是未来十年的崇高使命，集中反映了世界人民共同的正义呼声。

维护和平的条件愈益改善，但有忧患。经受住半个多世纪考验的和平共处五项原则，凝聚"和为贵"的精神，充满生机，深入人心。借助平等协商对话而不诉诸武力或以武力相威胁的安全观，公正合理，广为普及。构建持久和平、共同繁荣的和谐世界设想，指明方向，令人鼓舞。新兴大国群体性崛起，给世界多极化带来积极因素，为维护世界和平注入新活力。大国之间谋求建立彼此受益的互不敌对、互不对抗的新型关系，渐成主流。

传统意义上的世界大战在可预见的未来或许不会发生，但霸权主义、恐怖主义、核扩散、领土和资源争夺等，刀光剑影，不可小视。借助军演，或耀武扬威，或狐假虎威，还有人不时采取自欺欺人之举。世界不容再被推向对抗与冲突的深渊。

美国受挫，并非衰落。它仍是"一超"，其战略是全球扩张性的，不会因一个时期的侧重点有所调整而改弦易辙。中国的世界影响在扩大，同时受压分量加重。居安思危、保持忧患意识，乃理所当然。中国立志要对人类作出较大贡献。

促进发展的基础愈益深厚，但须审慎。和平与发展的时代主题下，经济因素跃居首位，且其作用日益突显。经济全球化既促进世界经济持续增长，又使各国的经济安全面临风险。全球化在很大程度上导致资本主义的影响向全球扩张。全球金融危机后期，围绕市场、资源、人才、技术的竞争更趋激烈，气候、能源、粮食、金融安全等全球性问题尤其突出。

面对经济全球化这把双刃剑，包括新兴市场国家在内的广大发展中国家不能无所作为。要加强防范，趋利避害，力争在承认经济发展模式多样化的基础上，建立一个统一开放、利益均衡和非歧视性的世界市场，形成和完善国际通用的经济活动准则和惯例。

增强合作的途径愈益多样，但要善处。各国之间的相互依存性空前加深，彼此合作已成为无可替代的必然选择。在合作中竞争、在竞争中合作，乃属常态。

推动国际关系民主化是增进合作的前提。国家不分大小、强弱、贫富，主权一律平等。要继续坚决反对以大欺小、以强凌弱、以富压贫的霸道行径。

承认和尊重发展模式多样化，是增强合作的基础。世界上不存在统一的、一成不变的社会发展模式。各国人民有权根据本国国情和时代特征，选择自身的发展道路和生活方式。不同文明应该互补而不是排斥。

社会主义和资本主义两种社会制度，应该也可能实现和平共处。吃掉对方的想法是邪念。面对全球金融危机和诸多全球性难题，彼此唯有同舟共济。这与20世纪中叶广为流行的社会主义最终归向资本主义的"趋同论",有本质差别。两种社会制度国家的存在、发展或受挫,在于能否善于在变革中吸取和借鉴人类文明的成果。

增强国家之间的合作,离不开政党交往的特殊作用。中国共产党提出的党际关系四项原则——独立自主、完全平等、互相尊重、互不干涉内部事务,贯穿着"和而不同"的非意识形态化精神,与国家间的和平共处五项原则交相辉映。

世界局势复杂多变,全球治理难之又难。我们仍要冷静观察,沉着应付。"伞幄垂垂马踏沙,水长山远路多花。眼中形势胸中策,缓步徐行静不哗。"宋代诗人宗泽留下的《早发》这首诗,值得我们寻味。

（载《当代世界》,2011 年第 1 期,"卷首语"）

苏联解体对中国的四点影响

　　苏联演变包含苏共垮台与苏联解体两层意思。苏联解体*对中国的影响巨大而深远，有正面的，也有负面的。随着时间的推移，这种影响越来越清晰。

　　第一，敲响了警钟。苏联演变促使中国增强忧患意识。一是增强加强党的自身建设与执政能力的意识。苏共是国家的灵魂，是人民的精神支柱，是各加盟共和国的联系纽带。党垮，国家必然垮，苏联解体乃是苏共垮台带来的直接后果。苏联的信仰危机首先是从党内出现并泛滥起来的。中国共产党人引以为戒，着重质量建党，从思想建党、组织建党、作风建党和形象建党等各方面加强党的建设。二是增强防范和应对外部敌对势力和平演变的意识。苏共垮台、苏联解体，尽管其内因是主要的，但外因也不可低估。西方为促成苏联和平演变，花了几十年的工夫。针对东欧剧变和苏联解体，邓小平审时度势，站在战略高度，先后形成了冷静观察、稳住阵脚、沉着应付、善于守拙、决不当头、韬光养晦、有所作为的"28字方针"，具有长远指导意义。三是增强加快改革开放步伐的意识。中国改革开放起步之日，正是苏联陷入停滞时期最严重之时。苏共垮台、苏联解体，使中国领导人进

---

　　* 1991年12月21日，苏联各共和国领导人发表《阿拉木图宣言》，宣告苏联停止存在，并成立独联体（既不是国家也不是超国家实体），这意味着苏联实际上解体。12月25日，戈尔巴乔夫总统宣布辞职，苏联国旗从克里姆林宫降落，这标志着苏联形式上解体。12月26日，苏联最高苏维埃共和国院开会，通过解散苏联的决定，这从法律上确认苏联解体。

一步坚定了改革开放的意志和行动。

第二，改善了环境。苏联虽是一个社会主义国家，但历史证明，列宁之后的历届领导人都含有沙俄军事封建主义的遗传基因，表现出大国沙文主义倾向。随着国力的增强，苏联的侵略扩张意识愈来愈浓厚，到勃列日涅夫时期尤其嚣张，对中国形成强大的压力。苏联解体一分为十五，情况发生变化。

苏联解体之后，俄罗斯面临与中国相似的振兴国家的历史使命，且经受多重外部压力。美国等西方国家对俄罗斯采取弱化其综合国力、挤压其战略空间的战略，奏响北约东扩、"颜色革命"和在东欧部署反导系统的"三步曲"，迫使俄罗斯增强与中国合作的意愿。中俄战略协作伙伴关系的意义深远，上海合作组织的影响巨大。俄罗斯和中亚国家对华友好，政治上互信、经济上互补、文化上互通、外交上互商，出现让中国得以实行能源进口多元化等积极因素。

第三，提供了机遇。随着冷战时期两极格局的终结，中国在多极化世界格局中的地位明显上升，招致外界不适当的恭维，出现所谓"美中共管世界论"。中国的世界影响主要表现在对世界格局、国际秩序和社会发展模式的影响三大方面。当今世界上存在多种三角关系，影响最大的则是美中俄三角关系。而在这个大三角中，美国虽然实力占优，但中俄关系密切。

第四，招来了压力。社会主义中国的地位突出起来，正所谓："木秀于林，风必摧之；堆出于岸，流必湍之；行高于人，众必非之。"中国实际上成为那些推行霸权主义和强权政治者的主要防范和打击对象，"中国威胁论"由此而生。人们关注国外媒体渲染"中国模式"的用意何在？三种情况：一是认识现实，二是心存畏惧，三是制造"中国威胁论"新借口。

（载《环球时报》，2011 年 12 月 26 日）

数字解析世界局势

2009 年的国际形势依然复杂多变。本文试用"数字"方式加以简括，以增强形象性与趣味性。限于篇幅，只能提纲挈领，点到为止。

一阵惊雷。指的是全球金融危机。这场旷日持久的危机，不仅威胁广大发展中国家，也冲击发达国家，其中诱发危机的始作俑者——最大的发达国家美国受损尤甚。冷战结束后，美国在经受了"9·11"事件、伊拉克战争、阿富汗战争后，再次遭受沉重打击。

两制交错。指的是资本主义和社会主义两种社会制度只能和平共处、互相借鉴，谁也吃不掉谁。2009 年是以"柏林墙倒塌"为标志的东欧剧变发生 20 年。当今世界并非资本主义一统天下，社会主义不仅没有消亡，而且在世界范围内，尤其在亚洲和拉丁美洲充满生机，共同面对全球金融危机的资本主义美国要与社会主义中国"同舟共济"。

三潮澎湃。指的是世界多极化、经济全球化和国际关系民主化。三大潮流在这一年更加凸显。美国推行单边主义频频碰壁，新兴市场国家极其活跃，这是世界多极化的体现，又为推进多极化创造了条件。经济全球化是一把双刃剑，唯有趋利避害适应之；全球金融危机阻止不了经济全球化的大势。在此国际大背景下，倡导国际关系民主化，坚持国家不分大小、强弱、贫富一律平等，秉持互利共赢的呼声日益高涨。

四处热点。广义上是指热点频发，狭义上是指朝鲜问题、伊朗核问题、阿富汗严峻形势和俄格冲突。"四处"之外，又如：巴以两国对立不止；塔利班势力向巴基斯坦蔓延；缅甸边境的果敢发生动乱；索马里海盗行为猖獗；迪拜再掀金融动荡；甲流肆虐、疫情扩散；气候变化挑战增大，各国聚首哥本哈根为减排展开博弈；等等。

五常互动。广义上是指大国关系调整，狭义上是指联合国安理会五个常任理事国的相互作用。大国之间多种双边关系与三角关系交织，例如，中美-中俄-中日关系、俄美-俄欧（德英法等国）关系、中印-俄印-美印关系、中美俄三角关系，以及二十国集团领导人金融峰会、"金砖四国"领导人首次会晤共商全球经济等，都在不同程度上直接影响地区乃至世界的安全与发展。

六方会谈。广义上是指和平协商解决国际争端乃是唯一可取的办法，且越来越得到国际社会认同；狭义上是指解决朝核问题和伊朗核问题的六方会谈。后者虽然暂时受挫，但其协商框架不应该也不可能被完全打破，争端最终只能在谈判桌上解决。

七洲奇景。五大洲中的美洲分为南美洲与北美洲，加上南极洲，故称"七洲"。"奇景"多多，如：中国隆重庆祝新中国60周年华诞；日本民主党上台执政；亚太经济合作组织成立20周年；俄罗斯"梅普组合"在人们疑惑眼光中巧妙运作；欧盟27国签署《里斯本条约》迈出新步；美国诞生历史上第一位黑人总统；奥巴马提出"无核世界"主张、放弃东欧反导系统建设计划；拉丁美洲左翼活跃，有人甚至提出建立"第五国际"的主张；非洲联合进一步增强；南极洲探索吸引许多国家；等等。

八项遗产。指的是当今世界局势与20世纪遗产密切相关。一是刻骨铭心的两大灾难（两次世界大战）；二是石破天惊的两大震撼（十月革命与东欧剧变、苏联解体）；三是方兴未艾的两大主题（和平与发展）；四是锐不可当的两大潮流（世界多极化与经济全球化）；五是反差悬殊的两大方阵（南北贫富差距）；

六是天怒人怨的两大祸源（霸权主义与恐怖主义）；七是意图迥异的两大口号（中国主张在和平共处五项原则基础上建立的"国际新秩序"与超级大国试图主宰的"世界新秩序"）；八是难以逾越的两大选择（本国特点社会主义或本国特点资本主义）。

九例辩证。指的是认识国际形势的方法论。一是对立统一性，如两种社会制度的关系；二是事物两重性，如全球金融危机带来的挑战与机遇；三是内因与外因，如东欧剧变、苏联解体意味深长的原因；四是现象与本质，如美国既是真心反恐又别有企图；五是主流与支流，如堪称典范的中俄关系尚有提升空间；六是相对与绝对，如对中国经济实力的评估不仅要看总量还要看人均；七是必然与偶然，如俄罗斯大乱之后必然出现能人治国，但选中普京则具有偶然因素；八是矛盾转化，如美国发动伊拉克战争反使自身陷入困境；九是否定之否定，如台湾地区选举结果。

十大关系。指的是影响当今世界局势的一系列重要因素。一是和平与发展时代主题与"天下并不太平"的关系；二是单边主义与世界多极化的关系；三是世界多样性与国际关系民主化的关系；四是国家利益原则与双赢、共赢原则的关系；五是国家之间和平共处与意识形态的关系；六是人权与国家主权的关系；七是非传统安全与传统安全的关系；八是反对恐怖主义与反对霸权主义的关系；九是联合国核心地位与地区安全组织作用的关系；十是中国和平发展的巨大积极贡献与所谓"中国威胁论"的关系。

（载《中国经济时报》，2009 年 12 月 31 日）

大国关系及其良性互动

冷战结束以来，大国关系一直处于波动与调整之中。在和平与发展时代主旋律支配下，各大国几乎无例外地都在奉行对内自强不息、对外竞争共处的方针。对内，将经济建设与变革设置于首位，借助科学技术推动经济发展，以提高综合国力；对外，力求改善自己的处境，赢得尽可能有利的位置，为本国的发展创造良好的外部条件。

大国关系是影响国际形势发展的重大因素。地区冲突和局部战争的出现或转移，都有着深刻的大国背景，直接或间接反映了大国之间的利害关系。大国内部发生的事情，也往往会牵动外部世界。不仅大国之间的矛盾性影响着世界，而且其依存性亦即有时表现出的"合力"，也会对世界事务产生重大影响。名目繁多的"战略协作伙伴关系""建设性战略伙伴关系""全面伙伴关系""友好合作伙伴关系"等，不具有结盟性质，是冷战后的新鲜事物，成为构建国际政治经济新秩序与构建和谐世界的一种过渡现象。

受制于时代主题和国家利益，大国关系调整的首要前提是谋求、协调和平衡经济利益。大国之间依存性加深，同时竞争性加剧；自主性加强，同时互补性日增。大国关系有可能产生良性互动。

邓小平在1989年会见尼克松时说过，考虑国与国之间的关系主要应该从国家自身的战略利益出发。着眼于自身长远的战略利益，同时也尊重对方的利益。大国之间应当是一种彼此受益的互不敌对、互不对抗的新型关系，要以对话、协商的办法来解决存在的矛盾和分歧，而不应诉诸武力或以武力相威胁。任何两个大国之间的关系势必牵动第三方，形成多角，既相互牵制，又互动促进，从而保持某种相对平衡。健康双边关系的标志在于不针对第三国，三角关系的合理运行在于"不打牌"（联合一方反对另一方），而集团政治则完全不符合冷战结束后的时代潮流。保持大国关系的良性互动，对于国际形势的稳定至关重要。

大国关系良性互动有其规律性，它是由起点、过程与结果三个环节构成。起点——维护各自的国家利益，同时必须尊重他国的利益，两者缺一不可。过程——竞争与合作同在，矛盾与妥协并存。合作要诚信，妥协要适度，竞争要守规矩，摩擦不要导致对抗。竞争对手与合作伙伴其实是一个硬币的两面。结果——双赢、共赢，而不可能是任何单方面获益。

随着经济因素的作用飙升，国家之间的竞争（包括对市场、自然资源、科技和人才的争夺）变得日益激烈。但同时，各国为了自身的安全利益和发展利益，彼此之间谋求合作的势头也越来越突出。尤其是大国之间，出现良性互动的可能性在增大。

大国关系能否产生良性互动，甚至走向机制化，需要各方坚持不懈地努力。反对冷战思维、霸权主义和强权政治是大国关系调整中不可避免的一项长期任务。平等互利原则（双赢、共赢原则）适用于一切国家。中国始终坚持这一原则，在此基础上形成了中俄关系的迅速发展、中欧关系的平稳发展、中日经济关系的持续发展、中印关系在日益改善中发展和中美关系在曲折中发展。

我们在讨论大国关系时，必然要涉及发展中国家的地位。中国历来非常重视发展中国家的作用，强调中国是一个发展中国家，永远同广大发展中国家站在一起。强调大国关系意义重大，绝不意味着忽视广大发展中国家作用上升的事实，更不能否定国家无论大小主权一律平等的原则。

（载《世界经济与政治》，2006 年第 12 期，"卷首语"）

理论常青树期待"环保"

以"复杂多变"描述当今国际形势的表征，以"多极化"概括二战后特别是冷战结束以来世界格局的走势，是经过集体智慧多年凝聚而形成的科学概念，言简意赅，精当得体。尽管体现"复杂多变"与"多极化"的具体形态在不同时期会有所变化，也会不断得到丰富，但其实质内涵是相对稳定的。值得关注的是，近年来在研究和解析国际形势与世界格局新特点时，往往为了"创新"产生诸多悖论，让国际关系理论这棵常青树也面临"环保"问题。

如何诠释国际形势"复杂多变"，有几点值得关注。

第一，对美国战略调整的评估。近年来美国战略调整乃是不争的事实，调门儿多种多样，其中以奥巴马带头宣扬的"重返亚洲论"最为响亮。何谓"重返"？美国并不是"还乡团"，二战结束之后它从来没有离开过亚洲。美国不仅长期在这里驻军和扩大政治、经贸、文化渗透，还借助《美日安保条约》、美韩军事同盟、所谓"与台湾关系法"等，始终紧盯亚洲。"重返亚洲论"无非一种神经战，亦即希拉里刻意渲染的"美国要在亚洲重新扮演领导者角色"。2012 年 1 月 5 日，美国国防部发表《国防战略评估文件》，扬言中国的发展将"以各种方式影响美国的经济与安全"，则是进一步为"重返亚洲论"加上一个注解。

美国政府"重返亚洲"这个调子引发舆论对"美国战略重点东移论"的热议。当然也有人不同意这种说法，他们或者论证美国战略并没有东移，或者认为美国战略东移尚处于初期阶段，或者强调美国战略东移说来容易做来难，等等，理由甚多，不胜枚举。但是，从主流来看，基于"美国战略重点是追随国际关系重心所在地，其战略重点东移是必然的"这一认识，相关的提法大致有三种：一是美国战略东移，二是美国战略重点东移，三是美国战略重心东移。细细琢磨起来，三者其实是有差别的，"重心东移"的提法相对比较贴切。美国全球战略历来不只有一个重点，通俗点说，不是"跳蚤战略"，今天跳到这里，明天又跳到那里；而是"蜘蛛战略"，在一个覆盖全球的战略网络中时有游动。所以，如果要用"重点"这个概念，那么把当今美国的战略部署称为"突出亚太重点"，可能要比"重点向亚太转移"更合理一些。

第二，对中美俄三角关系的认识。如今流行一种说法，认为中国的国际地位取代了冷战时期的苏联，中美矛盾上升到首位，俄罗斯的地位虽等而下之却可从中渔利。此说涉及三个问题：一是"高估"了中国。诚然，中国今天的国际地位和作用明显上升，但远不是也不会是当年的超级大国苏联，夸大中国的影响力属于西方"G2论"的不良反应。二是低估了依然尖锐存在的俄美矛盾。美国对俄罗斯历来采取弱化其综合国力、挤压其战略空间的方针。俄罗斯在北约东扩、"颜色革命"以及美国部署欧洲反导系统问题上，一直在与美国激烈较量。梅德韦杰夫和普京都曾明确表示，一旦俄罗斯与美国和北约就建立欧洲反导系统的谈判破裂，俄方将采取一系列应对措施。美国尤其不满或者说畏惧普京这个维护国家尊严、敢于与之顶撞的"硬汉"当政。三是忽视了中美俄大三角的基本格局。在当今中美俄三国关系中，美国虽实力占优，但处境不利。

第三，对西亚、北非形势的判断。首任欧洲理事会常任主席范龙佩宣称"代表专制时代的结束"，国内也有人一味地强调西亚、北非之乱和卡扎菲之死的根本原因在于伊斯兰国家的专制制度、长期社会经济矛盾的积累和各级政权的贪污腐败等。这些内因固然重要，但"落后文明原罪论"不能成立，笼统地将动乱归因为政治民主化潮流势不可挡，不免令人困惑。一是不应忽视北约日益暴露的扩张性与侵略性。以美国为首的北约的使命原限于欧洲防务，如今却肆无忌惮地将触角延伸到亚洲和非洲。二是不应混淆国内民主化与国际关系民主化的关系。国内民主化进程取决于一个国家本身的变革条件，首先是人民的意愿；国际关系民主化要求，国家不分大小、强弱、贫富一律平等。不能借口推进一个国家内部的民主化进程，而破坏《联合国宪章》精神和国际关系基本准则。三是在联合国提出"全球治理"口号下，不同文明互相尊重的原则不应是纸上谈兵，而应付诸实施。四是美国和西欧大国在西亚、北非的一系列行径说明，在经济全球化背景下，资本主义转嫁危机不仅采取经济手段，而且动用军事手段。

第四，对中国周边安全环境的说法。一个时期以来，中国周边形势出现了一些新的情况，最突出的是南海问题。但是，对于中国的安全环境也要作具体分析，不能危言耸听。实际情况是，中国北部环境稳定，这得益于中国与俄罗斯及其他中亚国家的良好双边关系、得益于上海合作组织的存在。东北亚朝核问题虽较复杂，但中国与朝韩两国的双边关系均属正常。中国支持日本抗震救灾和灾后重建，中日关系取得新进展。中国与东盟关系正常，在南海问题上制造麻烦的只是个别国家。中国与南亚国家关系基本保持原来态势。由此看来，构不成所谓中国"腹背受敌"，更说不上西方媒体渲染的"四面楚歌"。

如何看待世界格局"多极化"，也有几点值得关注。

第一，美国与中国共管世界的"G2 论"。自全球金融危机爆发以来，中国和平发展取得骄人的成就并为克服危机发挥着独特的积极作用，于是出现了所谓的"G2 论"，亦即"新两极世界论",乃至冒出"中国将统治世界"的"中国时代论"。这种论调的散布,一方面也许是要肯定曾经被邓小平称作"既是大国又是小国"的中国如今在全球战略格局中的地位和影响力增强,另一方面不排除是在别有用心地制造新版"中国威胁论"。更应该强调指出的是,"G2 论"歪曲了当今世界极化趋势深入发展的客观现实。有看法认为,美国战略理论界推出中美共管世界的"G2 论",实质上是重新推出两极争霸格局理论,以图"一箭双雕",既把中国当作主要对手,从而让中国的和平发展成为美国领导西方世界共同加以遏制的借口,又可达到离间中俄关系的目的。

第二,世界格局"无极论"以及相关的"碎片论"。2008 年 1 月 18 日,法国总统萨科齐在外国驻法使节新年招待会上说:冷战结束后一度形成的"单极世界"局面已经结束,数年前流行的"超级大国"一词业已过时,未来 30 年至 40 年内世界将进入"相对大国"时代。无独有偶,同一天,日本《时事解说》周双刊发表题为《日益复杂的"无极"世界》一文,其中引证伦敦国际战略研究所所长奇普曼的话,说目前世界上"缺乏出色领导国的现象"是一种"无极的世界";当今世界不是走向有秩序的"多极化",而是走向不稳定的"无极化"。2009 年,美国对外关系委员会主席哈斯在《外交》杂志上发表文章,也提出了"无极时代"的概念。他认为民族国家的权力正在分散和下降,"美国优势"相对衰落之后,世界将进入一个"无极时代"。

与世界格局"无极论"相呼应,中国出现了一种被称作"碎片论"的时髦提法。理由与上述"无极论"相同,称当今世界格局进入一个"无领导者"的"碎片化"时代。这里包含着如何评价美国"衰退"的严重程度,亦即不应否认美国仍是当今唯一超级大国,它并没有放弃霸权主义野心以及它所拥有的特殊的实现手段。的确,冷战结束以来,特别是进入 21 世纪之后,世界格局多极化的表现形态有了较大的变化，例如，八国集团实际上让位给二十国集团，以金砖国家为代表的新兴市场国家的崛起尤其引人注目，等等。但这些现象足以证明的不是"无极化"或曰"碎片化"，而是证明了世界多极化在以新的形态继续深入发展。

第三，"多极化停滞论"。持此观点者以 20 世纪 70 年代尼克松所说世界存在"五大力量极"为依据，认为"五极世界"中的日本、欧盟和俄罗斯都在向"中等强国沉沦"，而印尼、尼日利亚、南非、韩国、土耳其、墨西哥、哈萨克斯坦、澳大利亚、伊朗、加拿大、巴西等一批中等强国正在加速崛起，因此得出结论：多极化停滞并转向"G2 化"。这里的问题在于：一是尼克松作为一位资产阶级政治家，那时能看出"五大力量极"，不无远见，值得借鉴。二是中国提出世界多极化的观点，并不限于而是超越尼克松的说法，是根据世界发展的新情况得出的新结论。这一点在《邓小平文选》中已有充分的反映。三是当今世界多极化呈现多彩多姿，"停滞"一说可谓空穴来风。

"多极化"本是一个国际政治术语，是指存在和不断出现多种影响世界的力量或力量中心。曾几何时，有人还坚持说，物理学上只有阴极和阳极、地球学上只有南极和北极，哪有"多极"？可是他们不仅不用这一"论据"驳斥风靡一时的美国"单极世界论"，如今反而又大谈起"新两极"来了。其实，多极化的"化"，指的是一种趋势和过程，多极化不等于说现在就已经最终形成了多极世界。多极化作为一种客观现象，是任何国际势力也阻挡不了的，其趋势的发展在更大程度上反映了广大发展中国家的利益需求，也必然导致联合国作用的增强。

（载《当代世界》，2012 年第 2 期）

世局嬗变中的文化哲理性

中国有着古老而深厚的文化，那些传承不衰、脍炙人口的至理名言和诗词佳句，寓意隽永、形象生动，用来比喻当今世界局势中千姿百态的现象，既富有哲理性和文化品位，又十分恰当而有情趣。不妨略举数例。

冷战结束后，这个"地球村"一方面呈现世界格局多极化、经济趋向全球化和发展模式多样化的相对稳定性；另一方面，国家和政府领导人的更迭却十分频繁。世界格局框架的基本常态与领导人面孔的不断变换，形成鲜明对照，真可谓"年年岁岁花相似，岁岁年年人不同"。

中国古语云："同声相应，同气相求。"纵观当今世界，可以说，"同声相应"体现了各国人民维护和平、促进发展和推动合作的一致呼声，因而和平与发展被称作时代主题；"同气相求"则反映了广大发展中国家谋求主权平等和实现国际关系民主化的强烈愿望，因而建立国际政治经济新秩序的任务被提上日程。

明代有一位名叫吕坤的人，曾写下"鉴不能自照，尺不能自度，权不能自称，囿于物也"的警句。"囿于物"而无自知之明，是形容贪得无厌者的利令智昏，这既可用来诠释腐败分子的丑恶行为，亦可扩大到描绘扩张主义者的霸权野心。

地区热点或其他重大国际事件的发生，如同地震，往往有其征兆。回首科索沃战争、伊拉克战争前夕，美国和北约就是作了充分的舆论准备。美国针对伊朗核问题是否采取强硬举措，也正在显露"非不为也，乃不能也"的蛛丝马迹。这一切都印证了"月晕而风，础润而雨"的道理。

美国反对恐怖主义，总不能笼统地说它是假的，其实国际"反恐"缺少了美国的实力支撑是不行的；可是，美国有没有借机谋求扩张利益之嫌呢？——"司马昭之心，路人皆知。"美国把"反恐"触角延伸到它原先苦于不能破门而入的中亚和外高加索地区，实属"醉翁之意不在酒"。

冷战结束特别是"9·11"事件之后，恐怖主义活动十分猖獗，不择手段地伤害无辜，破坏社会稳定，成为各国共讨之、世人共诛之的邪恶对象。"多行不义必自毙"，已成为恐怖主义必然下场的写照。

日本小泉政府傲慢放肆，不是与邻为善，而是"以邻为壑"，结果只能陷入自我孤立。小泉首相为参拜靖国神社辩解，认为应遵照孔子讲的"恨罪不恨人"原则。他们怎么就忘记了孔子的话"德不孤，必有邻"，偏偏反其道而行之？

俄罗斯总统普京治国，公认比较有方，先是治愈叶利钦时期的后遗症，稳住阵脚，加强中央权力，缓解经济当务之急，做法谨慎；继而加快变革步伐，争取时间，开创新局面，又显得颇有气魄。这不仅使人想起《三国演义》中诸葛亮舌战群儒的一段精辟之言："譬如人染沉疴，当先用糜粥以饮之，和药以服之；待其腑脏调和，形体渐安，然后用肉食以补之，猛药以治之；则病根尽去，人得全生也。若不待气脉和缓，便投以猛药厚味，欲求安保，诚为难矣。"

"木秀于林，风必摧之；堆出于岸，流必湍之；行高于人，众必非之。"这几句高论常被用来形容出类拔萃人物的境遇。其实，对于一个国家，又何尝不是如此？自中国走上改革开放坦途并取得巨大成就以来，"中国威胁论"便在世界一些角落鹊起，原因固多，但也足见中华腾飞惹得一些心胸褊狭的人很不舒畅。

北宋儒将宗泽有一首题为《早发》的诗："伞幄垂垂马踏沙，水长山远路多花。眼中形势胸中策，缓步徐行静不哗。"邓小平在东欧剧变和苏联解体时提出了冷静观察、稳住阵脚、沉着应付、善于守拙、决不当头、韬光养晦、有所作为的方针。两者之意境，何其相似乃尔！

（载《世界经济与政治》，2006 年第 6 期，"卷首语"）

礼赞上海合作组织

复杂多变的国际形势使得全球治理的任务越发繁重、越发迫切。人们关心的是，被普遍看好的上海合作组织在全球治理中应该和能够发挥怎样的作用。

从参与全球治理意义上来说，在冷战后形成的国际组织中，上海合作组织堪称最为成功的一个跨地区组织。上海合作组织所覆盖的人口占全球一半、版图占欧亚大陆四分之三，展示了长期安全的相对稳定性，尽管依然存在着不容低估的隐忧。我们固然不必对上海合作组织的成就过度赞美，但也没有任何理由像西方某些媒体那样找茬儿唱衰它。上海合作组织成立之初，我曾经用过这样一句评语加以鉴定：上海合作组织的意义首先在于它的存在。今天不妨还可以这么说。

为了说明上海合作组织在参与全球治理中应该和能够发挥的作用，首先必须厘清当今世界局势发生了哪些变化。鉴于世界力量对比加速演变，传统热点与非传统安全难题交织，我想对当今国际形势变幻的主要方面作以下解读。一是资本主义制度弊端滋生的经济困扰与利益冲突，引发美国挑起贸易摩擦、英国"脱欧"一波三折、法国掀起"黄马甲"运动等等。二是中国扩大开放推动世界合作共赢，中国特色大国外交开创新局面。中国特色社会主义发展模式备受世界关注，同时也引起西方一些国家的顾忌和防范。三是发展中国家的道路选择处于徘徊之中，非洲国家较普遍看好中国，拉丁美洲多国大选政治版图生变，右翼势力抬头。四是与大国干预、单边主义和民粹主义肆虐相关，地区热点难以消除，例如：朝鲜半岛局势虽发生积极变化，但疑点仍多，障碍犹存；中东地缘博弈依然纷繁交错，矛盾迭起。五是大国关系微妙，但不能一概而论。有中俄关系这样的典范，也有中美关系之反反复复；有美俄关系之近乎冷战，也有美欧传统盟友之间的反目；有印度那样的左右逢源，也有日本对中国的态度趋于比较务实。六是非传统安全威胁上升，如恐怖主义、武器扩散、跨国犯罪、毒品走私、非法移民、环境污染、疾病蔓延、网络安全、洗钱等全球性问题。人类生存环境的严重恶化，也给国家生存与发展构成了现实威胁。网络安全的极大隐患，越来越直接威胁主权国家的安全。

总之，全球治理面临社会层面与自然层面的挑战。上海合作组织的责任侧重于社会层面，但也要在自然层面尽其责任。

上海合作组织本身就是为全球治理而生，自然承担着参与全球治理的繁重任务。反对恐怖主义、分裂主义和极端主义"三股势力"是上海合作组织的初衷，至今仍是它的强项。上海合作组织做好自己的事情，本身就是对全球治理的一份贡献。上海合作组织作为地区性的命运共同体，其成员国较好地做到了保持利益与责任两者平衡。上海合作组织应该、也可能成为全球治理的榜样。

上海合作组织要在参与全球治理中发挥更大的作用，奉行"三自一包"非常重要。"三自"分别是：

一是自知之明，也就是要审时度势，摆正位置。清醒地认识自身在参与全球治理中的使命和能力，哪些是应该做而且能够做的、哪些是应该做却难度很大的、哪些是不属于自身职能范围的。从全球治理的角度来看，也不要把扩员的好处看得过分，因为扩员本身存在着利与弊的两重性。不要由于非适度地扩员，引发内部掣肘又受外部牵制。

二是自强不息，也就是要不断总结经验教训，扬长避短。既要把握自身的优势，加以弘扬；又要认清自己的短板，加以弥补。

三是自我革新，也就是要革除弊端，创新发展。要对上海合作组织中业已形成的规章制度和具体办法不断加以审视和调整，推陈出新，革旧鼎新。

"一包"，就是包容互鉴。无论是处理上海合作组织成员国之间的关系，还是应对与其他国际组织的关系，都需要包容互鉴。包容互鉴是求同存异的升华，意味着从求同存异上升为"求同尊异"，也要善于从"异"中得到某种借鉴。

这里涉及另一个问题，亦即如何评估上海合作组织的历史成就与现实能力。

上海合作组织是冷战结束后面临传统与非传统威胁交织，侧重安全领域合作应运而生的；是适应经济全球化态势，将经济合作作为重要领域而逐渐展开的；是为增强互信，不断加强人文领域交流合作而运行的。作为一个新生事物，上海合作组织经历了磨合期、考验期和成熟期，如今进入成熟期的创新阶段。

上海合作组织发挥的积极作用是始终如一的。一是威慑作用，这是对"三股势力"而言。二是凝聚作用，对于各成员国，它是一个平等对话、友好合作的平台。三是平衡作用，中俄关系、中亚各国与俄罗斯及中国的关系，加上后来加入上海合作组织的印巴两国的关系，以及印巴两国与其他成员国的关系，都存在利益平衡的问题。四是牵制作用，它是对外部任何侵略扩张势力的防范。五是吸引作用，这是对周边一些国家而言。

上海合作组织是当今世界发展最为稳定的一个多边组织，称得上是欧亚命运共同体、人类命运共同体的一个样板。人类命运共同体由利益共同体和责任共同体构成。上海合作组织取得的成就和存在的问题，都要从安全、人文、经济三方面的利益和责任去分析。安全领域，利益比较相近，分歧相对较小；差异在于各自付出成本的多少。人文领域，重在营造友好气氛，尊重文明多样性。经济领域，则有一个成本与收益的问题，排他性比较明显，往往成为矛盾的焦点。"一带一路"与各国发展战略对接，其难度恰恰在于成本与收益的计较。

基于构建人类命运共同体的总目标，为了最大限度地发挥上海合作组织在全球治理中的作用，需要保持三点基本认识：其一，作为一种软实力，尤其要弘扬"上海精神"。"互信、互利、平等、协作、尊重多样文明、谋求共同发展"，是上海合作组织的精神支柱，是一笔巨大的精神财富，谁也难以反对，生命力强，意义深远，值得大力弘扬。其二，国际组织并非越大越好，上海合作组织的历史经验证明，深入发展比起扩大发展，更为切实，更为重要，理应处于优先地位。其三，上海合作组织总体上是令人满意的，但对其期望值也不要过高到脱离实际。作为一种实践样板，尤其要做好"一带一盟"的对接合作。不能让标榜"美国优先"的单边主义、保护主义向上海合作组织领域渗透。

习近平总书记提出的"放眼世界，我们面对的是百年未有之大变局"这个论断，让我们懂得参与全球治理的关键所在。就宏观而论，从纵向来看，我们不妨参考美国历史学家沃勒斯坦的说法：迄今为止，在全球范围内出现了三个世界性大国，即 17 世纪的荷兰、19 世纪的英国和 20 世纪的美国。也有一种看法，加上 18 世纪的法国。当今国际上有看法认为，21 世纪将是中国领军的世纪。这引起美国精英阶层的惶恐不安，于是千方百计地遏制中国的和平发展。"修昔底德陷阱"学说表面上往往多被否定，但实际上作用力依然很大，尤其表现在美国和西方一些舆论对中国和平发展的反常态度上。身处上海合作组织之中，我们对此要心中有数。

（载国际网，2019 年 6 月 10 日，原标题《增强上海合作组织在全球治理中的作用》）

有感于政治大明星引退

国际形势的变化，犹如中国一首通俗古诗描绘的那样："年年岁岁花相似，岁岁年年人不同。"国际形势也有一朵"花"，名曰"复杂多变"，可谓年年岁岁相似；而担任国家领导的"人"，则是在不断地变换面孔，几乎岁岁年年不同。

2007年6月27日，任期本可到2009年届满的英国首相布莱尔却宣布卸职，向女王递交辞呈，结束了其首相生涯。由此让人联想到法国总统希拉克，他于同年3月11日也曾不无感伤地宣布，他在今年的总统大选中不再竞选连任。又让人联想到同年4月23日去世、曾于1999年年底出人意料地宣布辞去俄罗斯总统职务的叶利钦。甚至让人进一步联想到2008年迎来换届选举的美国总统小布什和俄罗斯总统普京。常言道，没有不散的筵席。然而，这些叱咤风云的世界政治大明星，往往并不是"功成身退"、体面"收官"，而是带着某种尴尬下野。个中的缘由，颇耐人寻味。

应该承认，每个国家、每个民族，都哺育着、涌现出一代又一代的政治精英。清代诗人赵翼曾写过这样的诗句："江山代有才人出，各领风骚数百年。"被历史推上权力顶峰的这些角色，往往都有自己精心营造的形象工程或曰"品牌"业绩，同时又往往带有各自的缺失。英国的布莱尔、法国的希拉克、俄罗斯的叶利钦等人，在他们主政期间，或者在整体上，或者在某些方面，都不同程度地铸造过辉煌。但同时，又都做了一些不得人心、自食其果的事情。

先说布莱尔。这位首相的特点是内政有佳绩，外交不光彩。神奇的是，昔日的摇滚青年成了当今的绅士首相，他是英国自1812年以来最年轻的政府首脑，入主唐宁街10号时是何等的意气风发！他自称在其任期内"英国经济强劲增长、民生改善"，此说并非虚夸。他上台伊始，便摈弃工党传统社会理念，力推"第三条道路"，呼喊着"新工党创建新英国"而带来一股改革之风。布朗也称赞布莱尔"十年来以其卓越的领导能力、极大的勇气、热情和洞察力领导英国走向繁荣"。然而，事物还有另一面。布莱尔在外交上，特别是追随美国发动伊拉克战争，劣迹斑斑，留下骂名。英国《卫报》在布莱尔辞职当天即发表评论，历数布莱尔犯下的滥用新干涉主义、充当美国"小跟班"，以及在欧盟一体化进程方面不能坚持英国立场等三大错误。布朗也承认"在伊拉克问题上我们已经犯了错"，表示将吸取教训，避免重蹈覆辙。可见，事情并不像布莱尔自诩的那样，都是"做了有利于英国的事情"。眼看在政治舞台上难以为继，他不得不选择了提前退位。

常言道，惺惺相惜。美国总统小布什称赞布莱尔是"具有宏观、深思熟虑而且信守承诺的政治人物""是一个非凡的人"。布莱尔于2007年5月16日赴美国，罕见地被安排在白宫中丘吉尔曾经住过的房间过夜。《迈阿密论坛报》评论称："布莱尔首相为他与小布什的友谊付出了极高的代价""这个道别是苦乐参半的"。

再说希拉克。这位担任总统12年之久的资深政治家，特点是内政外交各有得失。2007年5月16日，美国《基督教科学箴言报》对这位长者推崇备至，说："1956年，当希拉克率领一支法国军队在阿尔及利亚打仗时，英国首相布莱尔还是个三岁的孩子；1950年，当希拉克在哈佛参加暑期课程并游历美国时，现任法国总统萨科齐还没出世……不管人们对他的看法是好还是坏，他总是在那里，好比一件公共设施。"

正如舆论认同的那样，希拉克在反对伊拉克战争、推动援助发展中国家以及保护全球环境等方面的立场，赢得国内外公众的好评。但是，希拉克执政期间，法国经济增长乏力，失业等社会问题未得到根本解决，民众对现状日益不满，尤其是在2006年政府强力推出的"首次雇用合同"引发大规模社会抗议浪潮并最终被废止后，希拉克的民意支持率大幅下降。于是，他不得不放弃竞选连任之念。在告别讲话中，希拉克恳切呼吁法国继续致力于欧洲一体化进程，建设一个强大的政治欧洲以迎接全球化挑战；呼吁法国政治家致力于建设社会团结与和谐。

同样，又是惺惺惜惺惜惺。俄罗斯总统普京在写给曾"与之并肩反对伊拉克战争"的希拉克的信中，称赞他是"睿智、果敢和富有创造精神"的政治家。2007年5月15日，普京还给希拉克这位"老朋友"寄去了一封私人信件，为其拉近俄罗斯与欧盟关系所作的努力表示感谢，称赞他是"大欧洲"的建设者，表示希拉克将永远是整个俄罗斯"最期待的客人"。

再说叶利钦。叶利钦逝世期间，世界上评说如潮，这是"以潮回潮"，因为他就是一位亲手拆毁庞大帝国——苏联的时代弄潮儿。

叶利钦在大国领导人中，开了主动让贤之先河。他执政期间的特点是治国有误，外交可嘉。他竭力推动俄罗斯向市场经济转型，带来了民主生活气息，选择了普京这样一位出色的接班人，促进了中俄战略协作伙伴关系稳步发展，面对北约东扩既顶且忍并与西方保持了基本正常的关系。这些，他功不可没。但是，叶利钦主政的八九年，经济江河日下、民众生活水平陡降、炮轰议会、血战车臣等等，国家总是在乱中徘徊。叶利钦深知社会支持率每况愈下，回天无力，于是托付普京"要照管好俄罗斯"。

纵观世间，离开权柄总难免恋恋不舍，这也许是人之常情。上述各位自觉地告别政治舞台，无论是急流勇退，或是知难而退，都不失为明智之举，正所谓"识时务者为俊杰"。

中国古话说："人无完人，金无足赤""人非圣贤，孰能无过"。当然，对于那些寄托着人民期望的顶尖政治精英们，应该考虑的不是一时闪光的桂冠，而是能为本国人民做些什么、为世界人民做些什么、给世人与后代留下些什么。

"前车之覆，后车之鉴。"这就让人联想到美国总统在2008年更迭之后，评说将复何？美国《新闻周刊》网络版于2007年5月5日公布的民意调查结果显示，小布什的支持率下滑到28%，创下了历次调查之新低。1979年德黑兰美国大使馆人质事件曾使当时的总统卡特创下同样的28%的低支持率，从那以来还没有一任总统遭遇如此低的支持率。可以说这次调查结果再次显示，美国现任政府正在加速成为"跛脚鸭"。同年5月10日，美国民主党领袖则说，自尼克松1974年在白宫度过最后那段阴暗日子以来，小布什是美国最孤立的领导人。

俄罗斯总统普京，同样面临2008年换届的问题。然而，普京的社会支持率却始终保持在70%以上。这表明了普京的做法和政绩顺乎本国民意与时代潮流，反证了任何人逆潮流而动是不行的。普京不会连任第三届总统，但俄罗斯老百姓仍希望他继续发挥作用和影响力。

政治大明星们的是非功过，还是任后人去细细评说吧。这里不妨品味一下《三国演义》开篇那首词：

滚滚长江东逝水，浪花淘尽英雄。是非成败转头空。青山依旧在，几度夕阳红。

白发渔樵江渚上，惯看秋月春风。一壶浊酒喜相逢。古今多少事，都付笑谈中。

（载《中国测绘报》，2007年7月3日）

李光耀先生百日祭言

在李光耀先生过世百日之际，我们深切缅怀这位举世公认的大政治家。

中国国家主席习近平称李光耀先生为"先贤"，曾表示，李光耀先生是中国人民的老朋友，是中新关系的奠基人、开拓者、推动者。

李光耀先生对中新关系所作的贡献，不仅以其业绩推进两国关系，还凭借自己的影响力促成了台海两岸首次汪辜会谈，奠定了两岸关系稳定器的"九二共识"。这里，我从另外角度谈几点看法。

第一，他支持中国根据自身国情选择政治体制。他曾指出，中国有自己的方式，绝不可能发展为一个西方概念下的民主国家。他认同19世纪法国历史学家泰纳所说，适宜一个民族的社会和政治形态，是由民族的性格和历史决定的。新加坡本身就是这么做的。他说过，如果新加坡决定发展成为像西方国家如英国的两党制政治，新加坡必然走向平庸。

李光耀先生"将心比心"，认为中国现在的首要选择是国家复兴。中国有自己5000年的文化与历史，相信中央强大，国家才能安全；西方民主制度模式并不适合中国。他甚至说，从中国国情看，一旦照搬西方政治模式，中国的经济会崩溃。

舆论界较普遍认为，李光耀先生是全球少有的敢于公开肯定"中国模式"，或者公开为中国辩护的重要政治人物，而且没有人有资格能够反驳他。

第二，他肯定中国走和平发展道路，以及经济实现可持续发展。他说，中国为了强调本身的发展是遵循一条和平的道路，特地将"和平崛起"的口号改为"和平发展"。他认为，中国仍然有机会维持两位数字的增长，因为中国从出口到转为内需经济模式，这个机会仍然很高。在他看来，中国实行改革开放以来，经济高速发展，国际地位不断增强。由美国金融业引发的全球金融和经济危机，不但重创了美国经济实体，也殃及世界各国。世界其他新经济体的崛起，如中国、印度、巴西，都意味着国际大格局将发生重大调整。

他还预言，中国国内生产总值最终会超越美国，但又尖锐地指出，中国的创新能力可能永远比不上美国。这个说法足以引起中国人的思考。

第三，他反对散布"中国威胁论"，对中国采取双重标准。2007年12月，他在著名财经杂志《福布斯》时评专栏发表文章，指出世界对中国和印度两国的不同态度。他质问道，如果目前是印度的发展领先于中国，欧美国家是否也会以同样的态度支援中国？他说，我对此相当怀疑。他们对中国仍存有恐惧。

第四，他客观评论中美关系并预测其前景。他认为，中美关系既存在合作也存在竞争，竞争是必然的，纠纷却不是。如果美国要维持在太平洋地区的超级强国地位，如何处理好中美关系显然是关键中的关键。他认为，和平发展的中国不但影响力越来越大，而且日益赢得亚太地区大多数国家的友谊和信任。在对外政策方面，中国会继续"低调地"强大起来，使影响力提升，但必要时也会展现力量。

针对一些人认为美国"重返亚洲"是要防堵中国，他说，当今中美关系和过去美苏关系是完全不同的，因为中美之间并非冷战关系，并不是当时跟苏联的一种零和游戏的关系。中国本身也不是苏联，因为中国过去苦了这么多个世纪，中国志在维护国家的利益，而不是改变世界。他指出，美国人不该把中国当敌人，也不该把冷战的思维从苏联转到中国身上。

李光耀先生也讲过一些引起争议的话。如说，美国如果不意识到亚太地区是未来的经济活动中心，而失去了在这里的经济优势或是在太平洋地区的"领导力"，它就会失去其世界范围的"领导地位"。这番话似有充当美国谋士之嫌。

李光耀先生是一位透明度很强的政治家，国际上对他的争议甚少。他之所以能创造新加坡经济持续繁荣、政局历久稳定、社会秩序井然与外部环境和顺的奇迹，一方面在于他有高超的治国才能，带领国家在独立后走出了一条符合国情、独具特色的新加坡道路；另一方面在于他应对复杂国际关系的非凡智慧，能够时时处处把握新加坡的国家利益原则，在东西方世界中求取平衡，在大国夹缝中图生存谋发展。

李光耀先生观察和处理问题善于运用辩证法，不走极端。所以撒切尔夫人曾赞赏说："我观察这个人几十年，他的预言从来就没有错过。"刘禹锡的《陋室铭》中有句名言："山不在高，有仙则名。水不在深，有龙则灵。"新加坡国家虽小，却因李光耀这样的大政治家而辉耀世界。

（载《联合早报》，2015年7月2日）

说几句关于基辛格

　　基辛格是一位了不起的高寿政治家和战略家，令人赞叹，但也并非他的所有论断都是金科玉律。特朗普在台上对华极度猖狂之时，基辛格也说过当时很流行的话：美中关系不会再回到过去。就此论说，我曾公开提出以下看法：中美之间的竞争与合作（美国人所谓的"遏制+接触"），如同一枚硬币的两面，是不会截然割裂的。问题是，在新形势下"遏制+接触"两者的侧重发生巨大变化，遏制凸显，接触受限，但也不可能仅仅剩下遏制一面，而彻底摈弃接触一面。人们喜欢说，遏制中国是现在美国民主共和两党、朝野各界最大的共识，唯一的区别就是如何遏制。这个结论源于美国对华"遏制+接触"的传统政策。这一基本政策今后仍将长期起作用，这是定数。美国政府或遏制与接触两手并用，或有时侧重某一面，甚至铤而走险将遏制引向对抗，这是变数。如今中美关系"不会回到过去"的说法几乎成为国内外的一种共识。但如果拿这一结论来认定美国政府今后会彻底放弃传统的"遏制+接触"的对华两手政策，则是不能成立的。所以，我在 2020 年 12 月撰写的《新冠病毒世界影响之我见》一文中提出中美关系"不会回到过去"的含混说法，这并非对两国未来关系精准的科学解读。

（2023 年 12 月 1 日）

全球金融危机背景下的全球左翼发展

简要地讲几点看法。

第一点：本次会议就是一次成功的交流方式。左翼之间的交流内容，既有认识方面，也有举措方面。重在道义上的相互支持。无论彼此之间的见解存在多少差异，都有一个可贵的结合点，那就是社会主义信念，显示了社会主义价值观的生命力。中共十八大报告在对外关系部分提出"包容互鉴"，这比起常说的"求同存异"在内涵上有升华。"求同存异"是把"异"搁置一边，而"包容互鉴"则对"异"也要有所借鉴。

第二点：20世纪80年代后期至90年代初，东欧剧变和苏联解体是对苏联社会主义模式的否定，对世界社会主义是一次巨大的冲击，引起思想杂乱。从负面看，是"混乱"；从正面看，是不服输，竭力总结教训，探索社会主义新途径，难免见仁见智，乃至组织上分裂。2008年全球金融危机，在很大程度上暴露了资本主义制度的弊端，对资本主义世界是一次巨大的冲击，在美国和欧盟一些国家尤其突出。这两次巨大冲击都给世界左翼力量提供了深入思考、发展自己的机会，问题是如何把握和利用机会。中国特色社会主义正是利用了这样的机会，并取得举世瞩目的成就。令西方世界感到困惑的是，他们不喜欢中国的政治体制，千方百计给中国施加压力，中国却偏偏能够顶住东欧剧变和苏联解体的压力，顶住全球金融危机的压力，实现经济持续稳定增长。"华盛顿共识"破产，尤其在拉丁美洲，这是不争的事实；如今出现了所谓"北京共识"的说法，我们是不能接受的。

中国特色社会主义还在不断探索和完善过程之中，还有很多不确定因素。我们心中是有数的。

第三点：西方发达资本主义国家为摆脱困境，总是利用自己手中还有的优势，千方百计转嫁危机。不仅采取经济手段转嫁危机（包括针对中国，如利用债务渠道、迫使人民币升值）；还利用政治手段转嫁危机，如到处挥舞政治民主化大棒；甚至利用军事手段，这也可以用来解释为什么西亚、北非局势持续动荡。

第四点：世界左翼力量为社会主义而斗争，对于任何一个国家来说，都必须考虑本国国情和时代特征，还要恰当地巧妙地吸取人类文明在资本主义阶段的成果，从而来丰富发展社会主义，这一点很重要也较难以兑现。在此过程中，我们不要低估现代资本主义自我调节的能力，同时我们也深信，正如马克思主义所认为的，资本主义社会孕育着积累着社会主义因素。世界左翼力量对社会主义充满信心，但要把口号变成行动、理想变成现实，有漫长的路要走。我们需要的是坚忍不拔。

（2013 年 11 月 8 日，在北京由当代世界研究中心和卢森堡基金会联合举办的"国际金融危机背景下全球左翼的新发展与世界社会主义的未来"国际研讨会上的发言）

推进万里茶道的八大理念

诸位专家学者，诸位同仁朋友：

万里茶道作为"一带一路"的重要支撑领域，每次市长峰会都是在呼应"一带一路"，致力于总结经验、发掘潜力、开拓前景。本届峰会以"共商、共建、共享——让城市连起来"为主题，这意味着以务实为特色的万里茶道城市合作，又将迈上一个新台阶。

推进万里茶道的发展，认识是行动的基础，成果则是对认识的检验。今天我的演讲，基于对共商共建共享的理解，阐述推进万里茶道的八个基本理念。

第一个理念：视野。共商，首先要以全球视野来审视一下我们的事业所处的国际环境。当今世界局势发生新变化，最引人注目的是以下几个方面：特朗普上台后摇摆不定的政策举措频繁制造事端；英国"脱欧"引发的欧盟内部纠葛仍在蔓延；美国巡航导弹袭击叙利亚空军基地，导致一度唱好的俄美关系陷入窘境；由于朝鲜核导试验、韩国部署"萨德"反导系统，美国扬言不排除对朝鲜动用一切手段的可能性，朝鲜半岛局势变得紧张高危；"伊斯兰国"极端组织激励下的国际恐怖主义在多国疯狂发动袭击；等等。唯独"一带一路"方兴未艾，响应者、参与者遍及各大洲，联合国安理会第2274号决议予以首肯，从而将带动万里茶道的影响力进一步提升。正所谓"风景这边独好！"

特朗普当选美国总统后掀起一股冲击波，诱发了孤立主义、民粹主义和逆全球化思潮泛滥。但这三种思潮毕竟只能是阵发性的，最终还是抵不过时代的主流——经济全球化发展的大趋势、国家间相互依存性加深的客观现实和合作共赢原则的生命力。而"一带一路"和万里茶道，恰恰是在顺应着这个时代主流昂首前行。

第二个理念：意愿。共商，就要有坚定不移的信念、知难而进的意志和"不到长城非好汉"的决心。万里茶道是继丝绸之路、海上丝绸之路之后又一条横跨亚欧大陆的国际商道。一度湮没于历史长河的万里茶道，今天不仅唤醒中蒙俄三国人民共同的美好记忆，而且正在通过我们的协同努力，推动文化传承和经济合作，成为利益交融、兴衰相伴、安危与共的命运共同体的一个缩影。地缘优势、传统因素与时代精神，成为我们三个国家亲密合作的天赋条件。我们怀着强烈的共同心愿，致力于推进万里茶道发展合作。处理好企业与企业之间的关系、地区与地区之间的关系、国家与国家之间的关系；处理好短期安排与长远规划的关系；处理好只争朝夕与循序渐进的关系。

第三个理念：珍惜。这是共商的又一个要素。万事开头难。经过几年的共同努力，我们积累了初步的经验，也具有了较为切实可行的合作办法，使得万里茶道以骄人的姿态融入"一带一路"的总体进程，这是值得我们引以为自豪的。中俄之间丝绸之路经济带同欧亚经济联盟合作对接，中蒙之间"丝绸之路"与"草原之路"对接，中蒙俄建设三国经济走廊、发展三方合作中期路线图，凡此种种，都为万里茶道的发展铺设了有利条件。万里茶道正在打造成为文化交流、经贸合作、旅游联手、基础建设的发展之路。常言道："红花还需绿叶配。"如果说"一带一路"是鲜艳的"红花"，那么万里茶道便是青翠的"绿叶"。这一切来之不易，值得我们珍惜。

第四个理念：诚信。共建，首先必须做到诚信。中国有句古话，叫作"人以信为本"。引申开来说，企业以信为本，城市以信为本，国家以信为本。唯有诚信，方能保持彼此关系的长期稳定与和谐。社会是靠合力推进的，"一带一路"是靠合力推进的，万里茶道也是要靠合力推进的。诚信便是合力的源泉。这里包含了一个如何处理好义务和利益的关系问题。习近平主席说："'国不以利为利，以义为利也。'在国际合作中，我们要注重利，更要注重义。""只有义利兼顾才能义利兼得，只有义利平衡才能义利共赢。"万里茶道既是利益共同体，又是责任共同体，更是政治互信、经济融合和文化包容的命运共同体。诚信足以让利益共同体与责任共同体两者有机协调，从而决定命运共同体的前途。

第五个理念：求同。共建，就要力求寻找彼此的共同点和结合点，实现优势互补。我们各有长短，需要取长补短。尽管我们各国的历史渊源、文化传统、社会制度、经济水平、风俗习惯等方面存在着不同，但是我们本着求同的精神，能够借助"一带一路"实现政策沟通、设施联通、贸易畅通、资金融通、民心相通；而万里茶道的价值就在于从一个重要侧面帮助完成"一带一路"的崇高使命。孔夫子说："君子和而不同，小人同而不和。"中国与俄罗斯、中国与蒙古国，先后形成并深化为全面战略协作伙伴关系和全面战略伙伴关系，向全世界展现了君子之风的示范作用。

第六个理念：包容。共建，就得承认并且处理好彼此之间存在的差别。鉴于国情差异，国家利益、城市利益、企业利益的确带有一定的排他性，因此彼此难免产生分歧。针对这种情况，中国曾先后提出求同存异和管控分歧的主张，意在不让分歧影响正常关系的发展。自中共十八大以来，中国进一步提出了包容互鉴的主张。也就是说，对于"异"，不仅要"存"，而且要包容，除"己所不欲勿施于人"而外，还要从差异中寻找有利于自身发展的借鉴价值。合作共赢原则正是包容互鉴精神的体现。

第七个理念：创新。共建，必须具备创新意识，这是共建中最重要的一环。在文化交流、经贸合作、旅游联手、基础建设等合作领域，都需要拓展合作新空间，构建产业新体系。中国曾提出创新、协调、绿色、开放和共享的发展理念，这对于万里茶道不无参考价值。我们这个正在享誉世界的万里茶道，堪称走向世界的商贸路、国家交流的文化路，只要沿线城市把握住机遇，扎实连接起来，致力于创新发展，那就会树立务实求真的典范、义利统一的典范、包容互鉴的典范、合作共赢的典范。

第八个理念：共赢，也就是共享。合作共赢原则的高尚性、公正性、普适性，如今被越来越多的国家认同与推崇，因为它符合所有国家合理的利益诉求。于2017年5月15日在北京圆满闭幕的有30个国家元首和政府首脑出席的"一带一路"国际合作高峰论坛，便是佐证。随着世界多极化、经济全球化、社会信息化的不断发展，利益交融与合作共赢势必成为中蒙俄三国实现振兴国家之"梦"的对接纽带。这也正是我们大家通力合作的最终奋斗目标。让我们认知万里茶道、充实万里茶道、弘扬万里茶道，共同创造万里茶道日新月异的美好未来。

[2017年5月16日，在第五届中蒙俄万里茶道市长峰会（晋中·平遥）高端论坛的演讲]

且看中国外交风貌

本文拟就 2017 年中国外交风貌作一论述，以解读中国"全方位、多层次、立体化的外交布局"。

第一，中国领导人的外交思想境界。这可从四个方面观测。

勤于探索。中国共产党是为中国人民谋幸福的政党，也是为人类进步事业而奋斗的政党，因此总是在考虑当今世局的演变规律。对时代特征的判断至关重要。习近平总书记指出，当今世界正处于大发展大变革大调整时期。据此，认为人类应该顺应时代发展潮流，齐心协力应对挑战，开展全球性协作，这就为构建人类命运共同体创造有利条件。

精于策划。中国领导人基于对和平、发展、合作、共赢原则的执着，不断谋划如何推动建设相互尊重、公平正义、合作共赢的新型国际关系。竭力借助"一带一路"推进人类命运共同体，也就是要创建持久和平、普遍安全、共同繁荣、开放包容、清洁美丽的世界。

勇于倡导。中国领导人在上海合作组织、金砖国家、亚太经济合作组织乃至二十国集团等多边平台，本着平等互信、包容互鉴、合作共赢的精神，一再倡导共商共建共享原则，不断提出各种新建议、新办法。

敢于担当。中国发挥负责任大国作用，积极参与全球治理体系改革和建设，不断贡献中国智慧和力量。2017 年，成功举办首届"一带一路"国际合作高峰论坛、金砖国家领导人厦门会晤等。

第二，中国外交面临的局面。中国致力于扩大同各国的利益交汇点，外交侧重四大方面。

处理大国关系。推进大国协调和合作，构建总体稳定、均衡发展的大国关系框架。如今，中美关系在转折中发展，中俄关系在深化中发展，中日关系在磨合中发展，中印关系在协调中发展，中欧关系在平实中发展。

改善周边环境。中国按照亲诚惠容理念和与邻为善、以邻为伴方针，竭力与周边国家保持睦邻友好、互利合作的关系。个别国家在领土领水问题上挑战中国主权这样的核心利益，中国在坚持原则的同时仍以极大耐心与之和平协商，使得相互关系缓和下来。

加强与发展中国家关系。中国秉持正确义利观和真实亲诚理念，加强同发展中国家团结合作。当今无论非洲还是拉丁美洲的许多国家，与中国的关系气象一新。

应对地区热点。中国在尊重文明多样性、尊重自主选择发展道路的基础上，根据是非曲直处理国际事务、应对热点问题。例如，在朝鲜半岛无核化问题上，中国不仅是六方会谈的倡导者和推动者、相关多方利益的斡旋者和协调者，而且根据形势的发展变化不断地提出合理主张。

第三，中国外交的新时代风格。这从不同角度展现。

自信而不是孤傲。中国的自信基于实现中华民族伟大复兴的坚强信念。中国一贯反对孤立主义与保守主义，已与80多个国家、地区或区域组织建立了不同形式的伙伴关系，并主张广交朋友。2017年11月30日—12月3日在北京成功举办了中国共产党与世界政党高层对话会，就是例证。

进取而不是示威。中国举国上下，正秉持创新、协调、绿色、开放和共享的发展理念，奋发图强，加速改变自己的命运，丝毫不构成对任何国家的威胁。

竞争而不是格斗。任何一个国家都要为自身谋利，因此国家之间存在着一定的竞争性是合乎常理的。竞争与合作是一体两面，中国历来守规矩，从不损人利益，以邻为壑。

包容而不是软弱。中华文明的传统美德在今天大为弘扬，中国是豪迈地奉行和而不同精神的示范者。

中国国力壮大、外交成功，因而国际影响力增强，这是世界和平之幸、全球发展之幸。

（载《中联晚晴》，2018 年 2 月，原标题《2017 年中国外交风貌》）

人类命运共同体的五大特性

习近平总书记在中共十九大报告中，对国际形势与中国外交部分采用了"坚持和平发展道路，推动构建人类命运共同体"的标题，系统地阐述了构建人类命运共同体的背景、宗旨、理念和做法，立论新颖，气势磅礴，感召力极强。学习后的初步体会是，其中贯穿着时代性、务实性、包容性、示范性和普适性五大特征。

第一，时代性。报告驾驭时代高度，立足中国，洞察世界，展望未来。

对时代精神的把握，关系到国家如何从战略高度作出内外决策。报告的总论断是，世界正处于大发展大变革大调整时期，和平与发展仍然是时代主题。报告中对大发展大变革大调整时期的表征作了精辟的阐述，那就是：世界多极化、经济全球化、社会信息化、文化多样化深入发展，全球治理体系和国际秩序变革加速推进，各国相互联系和依存日益加深，国际力量对比更趋平衡，和平发展大势不可逆转。正是在这样的时代背景下，世界各国之间的联系与依存变得越发紧密，人类命运共同体成为"地球村"的最佳载体和不二选择。

回顾历史，从二战到战后的 20 世纪 50 年代至 70 年代，人类处于以革命与战争为主题的时代，那时不可能提出构建人类命运共同体的命题。20 世纪 80 年代，邓小平提出和平与发展成为时代主题，此后直到 20 世纪最初十年，我们党提出了促进持久和平、共同繁荣的和谐世界的愿景。随着世态的进一步发展变化，在和平与发展时代主题覆盖下，习近平总书记审时度势作出了世界进入大发展大变革大调整时期的判断，进而独创性地提出了构建人类命运共同体的主张。

就中国本身而论，正处在中国特色社会主义新时代，这个时代是奋力实现中华民族伟大复兴中国梦的时代，是中国日益走近世界舞台中央、不断为人类作出更大贡献的时代。因而中国有理由、有条件大力倡导构建人类命运共同体。

构建人类命运共同体成为新时代中国外交战略的核心理念，也是中国参与全球治理变革的奋斗目标。这个豪迈主张的提出，是与中国和平发展的强劲势头和国际地位的急剧提高相适应的。

第二，务实性。面对当今世界现状，报告中切实地指出，我们生活的世界充满希望，也充满挑战。

国家要富强、社会要进步、经济要发展、人民要幸福，这是世界上所有国家的共同期盼。而当今世界却充满挑战，突出表现为：经济增长动能不足，贫富分化日益严重，地区热点此起彼伏，恐怖主义、网络安全、重大传染性疾病、气候变化等非传统安全威胁持续蔓延，等等。人类只有"抱团"才能应对这些共同挑战。这个"团"就是命运共同体。

现实是复杂的，但不能因复杂而放弃梦想；理想是奋斗目标，但不能因理想遥远而放弃追求。报告斩钉截铁、令人信服地指出，没有哪个国家能够独自应对人类面临的各种挑战，也没有哪个国家能够退回到自我封闭的孤岛。这说明，构建人类命运共同体是从实际需要出发的，是要脚踏实地去创造的。当今世界以联合国为中心，在全球治理过程中虽历经艰辛，但仍取得多方面的业绩。这意味着众志成城，构建人类命运共同体有成功经验可资借鉴。

第三，包容性。人类命运共同体并不因社会制度、文明传统、宗教信仰、价值观念等方方面面的差异，而将任何国家、任何民族排斥在外。

可以这样说，人类命运共同体的成员中既有和而相同者，又有和而不同者，人类命运共同体则是"和而不同"精神在世界层面的集中体现。任何国家领导人，只要把本国的命运与人类的命运当成一体，对世界和平与发展抱有诚意，对人类命运持负责任的态度，不怀损人利己的霸权野心，就不会对构建人类命运共同体的主张产生格格不入之感。

就中国本身而论，包容性体现为中国人民的梦想同各国人民的梦想是息息相通的，实现中国梦离不开和平的国际环境和稳定的国际秩序。报告就中国与世界如何处于相互包容之中，作出了周密的回答。一方面，统筹国内国际两个大局，始终不渝走和平发展道路、奉行互利共赢的开放战略，坚持正确义利观，树立共同、综合、合作、可持续的新安全观，谋求开放创新、包容互惠的发展前景，促进和而不同、兼收并蓄的文明交流，构筑尊崇自然、绿色发展的生态体系。另一方面，秉持共商共建共享的全球治理观，倡导国际关系民主化，坚持国家不分大小、强弱、贫富一律平等，支持联合国发挥积极作用，支持扩大发展中国家在国际事务中的代表性和发言权。总之，中国始终做世界和平的建设者、全球发展的贡献者、国际秩序的维护者。

第四，示范性。为构建人类命运共同体，中国身体力行，勇于担当，已经并将继续作出示范。

报告庄严地宣称，中国共产党是为中国人民谋幸福的政党，也是为人类进步事业而奋斗的政党。中国共产党始终把为人类作出新的更大的贡献作为自己的使命。

最近五年中国的示范性实践，举世瞩目，有口皆碑。举其大者，例如：实施"一带一路"倡议，发起创办亚洲基础设施投资银行，设立丝路基金，举办首届"一带一路"国际合作高峰论坛、亚太经济合作组织领导人非正式会议、二十国集团领导人杭州峰会、金砖国家领导人厦门会晤、亚信峰会，等等。

以上事实和中国外交史充分地证明，中国一贯坚定不移地奉行独立自主的和平外交政策，尊重各国人民自主选择发展道路的权利，维护国际公平正义，反对把自己的意志强加于人，反对干涉别国内政，反对以强凌弱。中国积极发展全球伙伴关系，推进大国协调和合作，按照亲诚惠容理念和与邻为善、以邻为伴周边外交方针深化同周边国家关系，秉持正确义利观和真实亲诚理念加强同发展中国家团结合作。加大对发展中国家特别是最不发达国家援助力度，促进缩小南北发展差距。中国决不会以牺牲别国利益为代价来发展自己，中国发展不对任何国家构成威胁，中国永远不称霸、永远不搞扩张，这些是世人有目共睹的。

还应该指出，新中国自成立以来在世界上的示范作用是一以贯之的。从成立初期提出和平共处五项原则，到一贯强调中国要对人类作出较大贡献，再到构建人类命运共同体，是一脉相承的。

第五，普适性。构建人类命运共同体不只是一句口号，而是普遍适用于世界各国特别是发展中国家的明智主张。许多国家深受鼓舞，热烈响应。人类命运共同体的普适性显示了很强的动员作用。

之所以把人类命运共同体说成具有普适性，还因为任何国家及其领导人都没有理由公开反对建设一个持久和平、普遍安全、共同繁荣、开放包容、清洁美丽的世界。报告中提出的构建人类命运共同体的前提，是公正合理、颠扑不破的：一是要相互尊重、平等协商，坚决摒弃冷战思维和强权政治，走对话而不对抗、结伴而不结盟的国与国交往新路。二是要坚持以对话解决争端、以协商化解分歧，统筹应对传统和非传统安全威胁，反对一切形式的恐怖主义。三是要同舟共济，促进贸易和投资自由化便利化，推动经济全球化朝着更加开放、包容、普惠、平衡、共赢的方向发展。四是要尊重世界文明多样性，以文明交流超越文明隔阂、文明互鉴超越文明冲突、文明共存超越文明优越。五是要坚持环境友好，合作应对气候变化，保护好人类赖以生存的地球家园。

和平、发展、合作、共赢，这是中国坚决奉行的方针。当然，维护和平不是搞绥靖主义，国家主权绝对没有妥协的余地；促进发展并非一味地施舍，专做赔本交易；倡导合作不是乞求谁，而是彼此相向而行；谋求共赢出于诚意，绝不是忽悠谁。"一带一路"中的共商，基于平等互信；共建，基于包容互鉴；共享，基于合作共赢。

人类命运共同体是相对于自然和社会两个层面而言。人类命运共同体由利益共同体与责任共同体组成，要求利益与责任保持平衡，不能只图利益，而忽视责任。利益共同体与责任共同体的协调，决定着命运共同体的前途。构建人类命运共同体是一个辉煌而又艰巨的过程，绝不等于马上实现世界大同。它具有前瞻性，但不是超越现实；具有务实性，但不可能一蹴而就。总之，人类命运共同体彰显了崇高的理想和人道主义情怀，凝聚了人类共同的殷切期待。我们要扫除障碍、创造成效、收获信心，一往无前地坚持下去。

（载国际网，2017 年 11 月 29 日）

中苏友谊值得缅怀
两党交恶的历史教训已转化为精神财富

在欢庆中国共产党建立 100 周年之际，自然要想起当年为世界社会主义事业曾经与中国共产党并肩奋斗的苏共，想起 30 年前因遭遇逆境而消亡的苏共。怀旧之情、惋惜之情，不禁油然而生。

苏共是世界各国共产党的先驱，也是中国共产党人曾经效仿的榜样。十月革命一声炮响，唤醒了中国有识之士。随后苏共 [时称俄共（布）] 主导的共产国际，于 1921 年帮助建立了中国共产党，并提供经费支持。中国共产党建立之后，苏共又帮助培训了大批中国革命的中坚人物。

在中国共产党领导的红军长征途中，在历史转折的关键时刻，苏共通过共产国际，表明了对毛泽东领导地位的肯定。延安时期，中国共产党继续得到苏共的经费支援。中国共产党多位领导人曾去苏联治病养伤。

在世界反法西斯战争期间，包括毛泽东的儿子毛岸英在内，许多中国青年加入苏联红军队伍，浴血奋战。

新中国诞生之初，奉行向苏联"一边倒"方针，既出于自身需要，也是为壮大苏联和世界社会主义的声势。1950 年签署《中苏友好同盟互助条约》，影响深远。苏联对中国提供 156 项工程的援助，意义重大；苏联专家们的热诚奉献，令人难以忘怀。

中国人民志愿军抗美援朝付出极大牺牲赢得胜利的壮举，不仅是对朝鲜人民的支持，也是对苏联、对世界社会主义的支持。

苏联派出空军配合，中苏关系密切。

斯大林逝世后，苏共领导层出现争议和危机，中国共产党顾全大局的做法有助于苏共的稳定和苏联人民的团结。1956 年先后发生波兰和匈牙利事件，苏共陷入困境，中国共产党协助解围。尽管两党之间存在分歧，中国共产党对于苏共倡导建立的华约和经互会总体上还是支持的。

我曾于1958 年至1962 年在由苏共倡议、各国共产党和工人党合办的刊物《和平和社会主义问题》杂志编辑部与苏共人员共事，虽发生过不愉快的争论，但也产生了友好情谊。1991 年5月，我在莫斯科中国使馆遇见当年杂志的总编辑鲁缅采夫院士，他为苏联局势担忧、赞扬中国改革开放成就的一席话，让我深受感动。

中国共产党与苏共当年的友谊，值得缅怀；两党交恶的历史教训，已转化为精神财富。如今中国共产党与统一俄罗斯党、俄罗斯共产党的关系均能保持健康发展，因为都在奉行独立自主、完全平等、互相尊重、互不干涉内部事务的原则。

（在中国共产党成立100 周年之际接受俄罗斯卫星通讯社采访）

金砖国家扩员的特殊重大意义

金砖国家领导人第十五次会晤于 2023 年 8 月下旬在南非约翰内斯堡举行，8 月 24 日发表宣言，决定邀请埃及、埃塞俄比亚、伊朗、沙特、阿联酋等国从 2024 年 1 月 1 日起成为金砖国家正式成员。另据报道，40 多个国家希望加入金砖合作机制，其中有 23 个国家已正式提出申请。举世瞩目的是，出席此次金砖峰会的有 50 位国家领导人之多，彰显了金砖国家的感召力和吸引力。金砖国家扩员之势，影响非凡，具有特殊的重大意义。

金砖国家以其旺盛态势彰显和平发展时代精神

最近若干年由于美国霸权主义猖獗加之民粹主义抬头等社会因素作乱，以及新冠疫情暴发、气候变化等自然因素搅和，世界和平与发展的总体趋势受到严重干扰，乃至和平与发展这个时代主题备受质疑。

其实，世界正义人士所共同追求的始终是和平与发展，而霸权主义者倒行逆施，所针对的也正是和平与发展。这从正反两方面说明，和平与发展一直是当今时代的主导大方向。这次金砖国家扩员及其产生的效应，从一个重要侧面证实了和平与发展的时代主题是不可逆转的。

习近平主席在金砖国家领导人会晤时指出，金砖国家要坚持和平发展的大方向。这次扩员是金砖合作的新起点，将给金砖合作机制注入新活力，进一步壮大世界和平与发展的力量。

扩员后的金砖国家，分量非同小可，领土总面积占全世界的36%，总人口占全世界的45%。金砖国家新老成员都毫不动摇地秉持和平发展时代精神，竭力争取在营造和平国际环境中携手共谋发展。这在《金砖国家领导人第十五次会晤约翰内斯堡宣言》中得到充分体现。这也是发展中国家和新兴市场国家借助其地位不断增强、合作日趋紧密，用切实行动确认了和平与发展的时代主导方向。

金砖国家以其巨大影响力推进世界多极化

冷战结束以来，关于世界战略格局的判断，存在两种极端倾向。一种是，由于美国作为唯一超级大国，恣意谋取私利在全球挑起事端，凸显其世界霸主地位，于是"单极世界论"获得某种市场。另一种是，中国由于成为世界第二经济体，和平发展的势头强劲，于是被某些人不适当地夸大，一时间"两极世界论"得以传播。这两种不良倾向无疑是对世界战略形势的误判，是对世界多极化客观趋势的蓄意否定。

反对霸权主义和强权政治，推动多极化和国际秩序朝着更加公正合理方向发展，是广大发展中国家的共同愿望。金砖国家原本就是在世界多极化进程中具有全球影响力的一个国际组织。例如，金砖国家新开发银行等新的金融机构的成立，就在一定程度上打破了西方国家主导的金融秩序，促使国际经济体系更加公平合理。金砖国家这次扩员，影响力将大增，使世界多极化的色彩变得更加鲜明。金砖国家的发展趋势是对"单极世界论"（基于对自身国际影响力的狂妄认知）的否定，也是对"两极世界论"（基于对其他具有不同程度全球影响的力量或力量中心作用的漠视）的否定。

值得一提的是，西班牙《公众》日报网站于 2023 年 8 月 25

日刊登的《金砖国家的新丝绸之路穿过欧亚大陆、非洲和南美洲》一文指出："在这个动荡和变革的时代，'全球南方'希望发出自己的声音，并使这种声音具有决定性作用。"

金砖国家以其宗旨与实力昭示经济全球化

近几年，随着美国猖狂使用包括经济手段在内的极限手段遏制中国和平发展，破坏全球生产链和供应链，扬言经济"脱钩"，大搞"制裁"，激发民粹主义抬头，致使经济全球化受挫。一时间，"美国终于埋葬了全球化""经济全球化已荡然无存"之类的论调甚嚣尘上。可是事实如何呢？2021 年中美贸易额达到了创纪录的 7500 多亿美元，同比增长了 28.7%；而 2022 年的数据显示，全年中美间进出口贸易额为 7594.27 亿美元，达到历史最高水平。2023 年 8 月 28 日，美国商务部长雷蒙多来中国访问期间，双方就稳定经贸关系构建沟通新渠道进行磋商，引发广泛关注。一向尾随美国的英国，也派外交大臣克莱弗利于 8 月 30 日访问中国，他表示"试图孤立作为世界第二大经济体的中国将是一个错误"。

金砖国家从来不去理睬所谓"经济全球化不复存在"的谬论。美国西方搞"小圈子""小集团"，非但推倒不了经济全球化，反而恰恰不得不受制于经济全球化。如今金砖国家扩员，南非总统拉马福萨不无自豪地表示："金砖国家加在一起占世界经济的四分之一，占世界贸易的五分之一。"这里还要补充说明的是，金砖国家粮食总产量占世界的三分之一，拥有全世界 44.35% 的石油储备。这一切展示了金砖国家推进经济全球化的深厚实力，意味着经济全球化是不可逆转的时代潮流。

金砖国家以其现身范式弘扬国际关系民主化

金砖国家的强势发展，充分展示了人类共同价值观——和平、发展、公平、正义、民主、自由的意义，也证明了中国倡导平等互信、包容互鉴、合作互惠的国际关系原则是完全合理的。这些正是国际关系民主化的基石。

主持这次金砖国家领导人会晤的南非总统拉马福萨宣称："金砖国家建设一个公平、公正、包容、繁荣的世界的努力翻开了新的篇章。"的确，金砖国家自成立以来，日益成为促进世界经济增长、完善全球治理、推动国际关系民主化的建设性力量。

金砖国家成员国特点各异，为何却能凝聚在一起？英国《金融时报》专栏作家加内什的解释是"不满、反对西方至上主义，反对过去的轻视"。对此，香港《南华早报》网站于 2023 年 8 月 26 日刊登文章指出，这些不满包括对美国愈发偏好单边"解决"争端感到焦虑；世界贸易组织在解决贸易分歧方面的作用正在消失；美元在实施金融制裁方面的武器化。除了不满，还有一个共同目标和关切清单，首先便是发展"真正的多边主义"以及重构全球金融框架的共同决心。

西班牙《公众》日报网站于 2023 年 8 月 25 日刊登的题为《金砖国家的新丝绸之路穿过欧亚大陆、非洲和南美洲》的文章还特意指出，伊朗和沙特是世界主要的石油生产国，这一伟大成就使这两个主要竞争者走到一起。约翰内斯堡会晤之后，远景发生了变化：所有国家都可以在国际上发出自己的有效声音。

金砖国家以其行为准则变革和完善国际秩序

金砖国家是塑造国际格局的重要力量。很多发展中国家申请加入金砖合作机制，这样可以集众智、汇群力，推动全球治理朝着更加公正合理的方向发展。除了既有成员国和本次扩充的新成员国，还有许多国家也十分认可金砖国家的包容性多边主义等基本理念。未来更多的国家加入金砖合作机制，将为推动地区和全球治理朝着更加公正合理的方向发展发挥更大作用。

围绕这次金砖国家领导人会晤的成果，国内外舆论普遍认为，新兴市场国家和发展中国家在推动建设公正合理全球治理体系方面的努力取得了重大进展。

南非总统拉马福萨在全国电视转播的讲话中表示，金砖国家谋求"一个更加平等、平衡且受包容性全球治理体系管理的世界"。巴西总统卢拉指出："来自'全球南方'其他国家的数十位领导人出席金砖国家领导人会晤，这表明世界比某些人想要恢复的冷战思维更为复杂。"俄罗斯总统普京强调，在金砖国家之间的交易和转账中弃用美元是一个"不可逆转"的进程。

法新社于2023年8月24日报道，金砖国家从2024年开始接纳新成员国，这个由人口众多的大国组成的新兴经济体俱乐部正寻求重塑全球秩序。英国《独立报》网站于同年8月27日刊登题为《金砖国家扩员是否意味着新的全球秩序到来？》的文章指出，现在金砖机制进一步扩大，以提供一种制衡力量，牵制西方联盟在全球事务中的主导地位。还有很多候选国的动机也是渴望消除全球竞争格局中对其不利的不公平现象。印度贾瓦哈拉尔·尼赫鲁大学国际关系学院教授辛格说，此举还旨在增强金砖国家作为"全球南方"国家捍卫者的影响力，因为许多国家都感受到了由美国和其他富裕西方国家主导的国际机构的不公平对待。

金砖国家以其成就引发国际舆论共同认可中国的重大贡献

金砖国家从构想到形成再到发展壮大，其中的中国智慧、中国方案和中国力量，是众所周知的。中国方面提出的打造和平发展大格局的主张，并结合全球发展倡议、全球安全倡议、全球文明倡议，推动金砖合作机制"三轮驱动"提质升级，更是以中国智慧为金砖合作注入强大新动力。

国际舆论对中国贡献的评价纷纭，这里列举几例。

西班牙《公众》日报网站于 2023 年 8 月 25 日刊登的文章《金砖国家的新丝绸之路穿过欧亚大陆、非洲和南美洲》指出，过去三四十年里，中国投入了大量的资金和巨大的外交努力，在欧亚大陆打造了一条古代丝绸之路的新版路线。

香港《南华早报》网站于 2023 年 8 月 29 日刊登文章称，美国在非洲的影响力已经减弱，而中国的影响力却在增强。这引起了华盛顿的担忧，促使它对非洲各国政府施压，要求他们与中国拉开距离。然而，非洲人应该问一问：除了非洲大陆的资源被掠夺，与西方结盟给了他们什么好处？

《莫斯科共青团员报》于 2023 年 8 月 27 日刊登文章指出，目前"全球南方"国家大都渴望成为金砖国家组织一员，这是因为其创始国具有极高威望。中国提出了世界上最有效的经济加速发展的模式——中国特色社会主义。同样重要的是，中国正在全球推动基础设施建设，这是许多潜在金砖国家所希望的。近年来，中国向全世界展示了中国特色社会主义的优越性，一个接一个地宣布了在全球范围内的独创政治思想理论。中国的现代化是建立在 40 多年来发展成功的经验基础上的。因此，金砖国家以及全世界都对此感兴趣。

（载国际网，2023 年 9 月 1 日）

俄罗斯总统选举引发的思考

2024 年 3 月举行的俄罗斯总统选举，是俄罗斯民众在战乱时期充分行使主人翁权利的一大喜事。普京再度高票当选连任，体现了俄罗斯民众对他的支持、信任和拥戴。无论是热烈祝贺，还是漠然诋毁，都彰显了或反衬了这次总统选举的特色。

第一，弘扬民主，举国团结。俄罗斯中央选举委员会的数据称，约有 1.1 亿俄罗斯公民具有选举权，其中超过 180 万人常年居住在国外。俄罗斯为此次选举设立了 90 000 多个投票站。自 3 月 1 日以来，身处 41 个国家的 62 791 名俄罗斯海外选民进行了提前投票。俄罗斯中央选举委员会于 3 月 18 日下午公布了 100% 的选票统计结果：普京获得了 87.28% 的选票，在四名总统候选人中位列第一。另据相关报道，投票率为 73.33%。投票率和普京的得票率两项数据，都创下了俄罗斯当代史上的最高纪录。

普京这是第三次以独立候选人参选。这种方式有助于塑造自己是全俄罗斯而不是某个党派代表的崇高形象。当然，统一俄罗斯党无疑是他的强有力后盾。

普京于 3 月 14 日在选举前的演讲中称，俄罗斯正在经历一段"困难时期"，他说，"我们必须继续保持团结和自信"。此次俄罗斯总统选举，的确是俄罗斯民众展示"爱国情怀"的方式，堪称一幅壮丽图景。法新社也不得不认同，俄罗斯民众团结起来"鼎力支持总统"，在这位领导人带领下，这个国家"难以置信地凝聚起来"。

第二，依法行使，公正透明。俄罗斯邀请了来自 129 个国家和地区的 1115 名国际观察员监督投票，且没有听到国际观察员的非议。俄罗斯联邦委员会主席马特维延科认为，不需要对俄罗斯的选举制度进行一些全球性的改变，因为它是完美的。他还说："这些选举表明我们的公民支持总统所追求的方针，加强国防能力，保护本国公民，加强社会政策。"

第三，抵制无力，黯然失色。开始选举以来，经受了外部对"新地区"和俄罗斯边境各州的狂轰滥炸，线上投票系统遭遇了16 万次的网络攻击，这些攻击使用的是西欧和北美的互联网协议（IP）地址。一些非友好国家驻俄罗斯使领馆频频搞小动作，试图策动抗议示威活动。但这一切都显得微不足道，丝毫无损选举进程的顺利和获得圆满成功。

俄罗斯总统选举后，存在对待选举结果的不同认识和表达方式。

第一，理所当然。从俄罗斯国情与民意来看，普京为维护国家统一、实现经济振兴、改善民众生活、增强国家实力、抵制外部压力，呕心沥血，殚精竭虑，这在俄罗斯民众心目中已牢牢扎根。据多方面记者报道，采访中几乎每一位民众都提到，俄罗斯当下确实处在一个比较困难的时期，他们需要选出的是一位有经验的总统，能够带领俄罗斯走出当下的困境。法新社于 3 月 16日的一则报道称，和许多其他俄罗斯人一样，46 岁的康斯坦丁认为，除了普京别无他选。

从俄罗斯所处国际处境来看，西方某些势力一直欲置普京于倒地而后快，这无疑是与俄罗斯民众作对。事实一再证明，外界对普京的攻击越是强烈，普京越是得到俄罗斯民众的坚决拥护。

第二，不以为然。据报道，开始选举期间美国驻俄罗斯大使馆曾发布一则煽动性公告，宣称"极端分子"企图在莫斯科制造混乱与恐怖袭击。3 月 18 日，美联社报道说，西方认为这次投票是一场骗局。英国外交大臣卡梅伦在社交平台 X 上写道：

"这看上去不是自由公正的选举。"俄罗斯外交部选举委员会副主任阿斯卡利多维奇说："美国人想让全世界都认为我们的选举是非法的。这是他们的基本出发点。"3月18日，当记者问到西方对俄罗斯选举的负面反应时，普京总统不失幽默地回答："至于某些国家的反应，那是意料之中的""别说我本人了，难道他们会为那些站在我身后支持我，为巩固俄罗斯国家和主权、提高其国防能力、增强经济独立性和经济-金融主权而努力的人鼓掌吗?"

第三，听其自然。3月18日，俄新社称，联合国秘书长古特雷斯副发言人哈克没有对俄罗斯总统选举结果发表评论，他说："我们对这些选举不予置评。"这或许可以说是一种中性反应。

这次俄罗斯总统选举，值得引起我们作一番深入思考。

第一，要尊重事实。对于普京毫无争议高票当选，西方媒体可以说是五味杂陈。英国《金融时报》称，普京是继斯大林之后掌舵俄罗斯时间最长的政治家："尽管西方百般阻挠，并对俄罗斯实施了严酷的经济制裁，但普京依然成功巩固了自己的政权。"俄罗斯为什么是压不垮的? 道理其实很简单，那是因为它拥有丰富的能源、丰产的粮食和充足的农林牧副渔产品，而且在教育、医疗等百姓最重要生活领域保持着优良的惠民政策，所以即使遇到经济转轨的难题和美西方的极限制裁打压，俄罗斯经济依然展现出韧性，2023年其国内生产总值增长高达3.6%。在战火纷飞的两年内，民众依然可以安居乐业，从而保持政局稳定，挫败种种颠覆破坏活动。

第二，要换位思考。美西方一些人惯于冷战思维，总是戴着有色眼镜看问题。这次俄罗斯总统选举应该让他们变得清醒一点，学会换位思考，多问几个为什么。俄罗斯的事情，不会以他人的霸道为转移，而只能以俄罗斯民众的意志为转移。对于俄罗斯的民主选举，美西方总是利用其"话语权"横加诋毁，这是它们的"自由"，更是一种惯技。美西方历来倒还不吝对孔老夫子表示某种推崇，那就请用孔子的名言"君子坦荡荡，小人长戚戚""多行不义必自毙"，来对照一下自己的言行吧。

第三，要着眼长远。普京主政近四分之一个世纪，虽也年届七旬，但仍保持比美国现任总统年轻的优势。诚然，未来若干年俄罗斯仍然会遭遇美西方在金融、投资、技术产品进口等领域的封锁，但可以深信，英勇不屈的俄罗斯民众在普京总统的坚定领导下，将找到应对举措，包括加快推动"进口替代"政策，大力发展制造业，实现非资源和非能源出口增加三分之二、能源和原材料出口不超过出口总额三分之一的目标。

俄罗斯这次大选之后，普京总统特别强调俄中关系的重要性。他指出，俄中关系将继续深化发展，取得新成就，造福两国人民，并对维护中国的核心利益——台湾问题表示极大关注。习近平主席则在贺电中表示，在普京总统领导下，俄罗斯一定能够取得国家发展建设的更大成就。总之，正如普京总统在赢得大选后于3月18日所说，未来俄罗斯将会进一步向前发展，变得更坚实、更强大、更高效。

（载国际网，2024年3月20日）

百年未有之大变局四要素

当今世界局势依然复杂多变，但具有与冷战时期不同的新特征。这些特征源自世界局势今非昔比。"百年未有之大变局"这个表述，可以说是对当今世界总体局势所作出的一种特别新颖、最为精准的科学概括。那么，何以称之为"百年未有之大变局"，其中又包含哪些要素？这里试从四个方面作一初步探讨。

第一，美国作为唯一超级大国的世界霸主地位呈现颓势，其心态严重扭曲、侵略性变本加厉，这是标志世界战略格局发生历史性变化的一大因素。

众所周知，几个世纪以来都出现过世界霸主，不说更远，19世纪是英国、20世纪是美国称霸世界。当今美国依然是世界唯一超级大国，因为它在军事、经济、科技和话语领域拥有超强的实力。对此无须有任何怀疑。或者，换一个形象的说法，导致世界局势复杂多变的依然是美国政策影响下的地区热点，在很大程度上左右国际形势走向的依然是以美国为主要矛盾方面的大国关系。

作为超级大国，美国在世界上的所作所为，无不着眼于维护世界霸权。它违背和平与发展两大时代主题，顽固奉行单边主义，诉诸强权政治，干涉他国内政，损害他国正当权益，制造矛盾、分歧和对抗，阻碍人类社会在和谐中发展进步。其后果是导致和平赤字、发展赤字、安全赤字、治理赤字有增无减，人类社会面临的安全挑战越来越严峻。

美国为维护世界霸主地位，手法之一就是渲染"基于规则的国际秩序"。其实质就是强行在美国"领导"下，以西方价值观为认知标准，奉行美国说一不二的霸道规则，维护"美国优先"的霸权秩序。这几乎为当今世界所共知。

但是，美国的全球霸主地位毕竟在逐渐削弱，在走下坡路。这也是不争的事实。这正是它面对中国和平发展、俄罗斯竭力抵制其霸凌霸道行为，以及广大发展中国家和新兴市场国家群体性崛起，而显得气急败坏的原因。

这里值得引起注意的是，我们既不能因为美国的世界霸主地位走向衰落而忽视乃至否定它仍是唯一超级大国，又不能因此就看不清美国在世界上不择手段胡作非为恰恰是为了挽救其霸主地位的颓势。

第二，中国特色社会主义的形成、发展与壮大，是苏共垮台、苏联解体之后世界社会主义事业的辉煌成就，已成为影响当今世界战略格局的又一重大因素。

苏联解体之后，美国西方政客们弹冠相庆，那位美国日裔学者福山曾得意一时，散布"历史终结论"。可是，中国特色社会主义的持续稳定高速发展，只能令其哑口无言。当然，那种不切实际地过高估计中国的实力，看不到中国与美国之间存在的差距，无视世界多极化发展总趋势，乃至宣扬"美中两极论"，从而将世界格局描绘成仿佛是中国在与美国争霸世界，是绝不可取的。

历史一再昭示，人类社会发展到今天，资本主义与社会主义是在不同国度和不同发展阶段经过探索和选择而出现的必然现象。两者之间的优劣，是相比较而存在的。当今两种不同社会制度的国家，唯有奉行和平共处五项原则，才是生存之道。

还要强调指出的是，中国特色社会主义确实形成了一种发展模式。"中国模式"既融入国际社会，又不依附西方；既借鉴吸取资本主义因素，又坚持独立自主道路；既促进顺势的发展，又显示逆势的承受力。"中国模式"的精髓是政府强力参与经济，集中财力办大事。中共二十届三中全会审议通过了《关于进一步全面深化改革、推进中国式现代化的决定》，聚焦处理好政府和市场关系这个核心问题，更是把作为中国式现代化重要保障的构建高水平社会主义市场经济体制，摆在突出位置。

鉴于中国特色社会主义获得巨大成功，因而坚持道路自信、理论自信、制度自信和文化自信，是有坚实根据的。

通常被解读为中国发展道路的"中国模式"，在世界上越来越受到重视。承认这是一种模式，不等于要他人效法。应该警惕和防止有人像渲染"华盛顿共识"那样编造所谓"北京共识"。

第三，以金砖国家为代表的"全球南方"的形成和实质性发展，对于世界战略格局变化具有划时代意义。

"全球南方"这一概念打破了传统说法中绵延多年的单纯提法"南北关系"。"全球南方"所体现的以金砖国家为代表的新兴市场国家和发展中国家群体性崛起，呈现一片崭新景象，正在深刻改变世界版图。以日益壮大的金砖国家为主要标志，亚洲、非洲、拉丁美洲乃至中东欧的各种双边多边合作组织日益凸显整体性"南方"趋势。美国在非洲和中东地区的影响力大幅下降，美国再也无法任意主宰拉丁美洲所有国家，所有这些现象都与"全球南方"的作用力密切相关。

诚然，作为新生事物，如今对于"全球南方"的解读不尽相同。常见的说法有："全球南方"最简单的定义是指大多数非西方国家；"全球南方"这一概念突出了全球化对发展中国家的多重影响；"全球南方"体现了"南方"国家抵御"北方"国家霸权力量的决心；等等。

值得一提的是，英国《经济学人》网站于2024年4月8日刊登的一篇题为《谁是全球南方的领头羊?》称，"全球南方"这个词语的使用表明，新兴经济体希望在全球事务中拥有更大发言权，并经常对西方政策持批评态度。"全球南方"据称对加沙战争感到愤怒，对西方在乌克兰、新冠疫情和气候政策上的决定感到不满。美国智库昆西治国方略研究所的希多尔说："'全球南方'与其说是一个有凝聚力、有组织的团体，不如说是一个地缘政治现实。"

《莫斯科共青团员报》于 2023 年 8 月 27 日刊登文章，从另一个角度指出，目前"全球南方"国家大都渴望成为金砖国家组织一员，这是因为其创始国具有极高威望。中国提出了世界上最有效的经济加速发展的模式——中国特色社会主义。同样重要的是，中国正在全球推动基础设施建设，这是许多潜在金砖国家所希望的。近年来，中国向全世界展示了中国特色社会主义的优越性，一个接一个地宣布了在全球范围内的独创政治思想理论。中国的现代化是建立在 40 多年来发展成功经验基础上的。因此，金砖国家以及全世界都对此感兴趣。

总之，独立自主的政治底色、发展振兴的历史使命、公道正义的共同主张，被认为是"全球南方"国家的共性。或者说，反对霸权主义和强权政治、推动多极化和促使国际秩序朝着更加公正合理的方向发展，是"全球南方"国家的共同愿望。

习近平主席于 2023 年 8 月 22 日在约翰内斯堡金砖国家工商论坛闭幕式发表致辞时说，作为发展中国家、"全球南方"的一员，中国始终同其他发展中国家同呼吸、共命运，坚定维护发展中国家共同利益，推动增加新兴市场国家和发展中国家在全球事务中的代表性和发言权。2024 年 7 月 29 日，习近平主席同首次访华的东帝汶总统奥尔塔会谈时，又提到共建"一带一路"和共促"全球南方"事业。

第四，以人工智能为标志的新兴科技的突飞猛进，使得人类社会的生活方式和生产方式都将发生根本性变化。

当今世界呈现的高新科技，被公认是知识与技术密集性高、技术难度大、智力要求高、竞争性和渗透性强、投资多、风险大、对人类社会的发展进步具有重大影响的前沿科学技术。以人工智能为代表的前沿数字技术及其催生的经济模式，彻底改变了人类社会的运作方式，并深刻影响几乎所有区域政治活动的内容与主权国家内外政策的选择，从而使得处理人类相互关系以及人类与自然关系的手段，都将发生史无前例的重大变化，包括战争。未来的世界战争，一旦发生，将不止于使用无人机，而是毁灭性无与伦比的名副其实的"代理人战争"。

鉴于上述多方面原因以及与气候变暖等自然因素相叠加，构建人类命运共同体的使命被迫切地提上日程。人类命运共同体彰显了崇高的理想和人道主义情怀，凝聚了人类共同的殷切期待。举世瞩目的全球发展倡议、全球安全倡议和全球文明倡议，则是中国共产党人基于国际形势现状以求破解全球发展难题、应对国际安全挑战、促进文明互学互鉴的中国方案与中国智慧。

（载国际网，2024 年 8 月 7 日）

第二部分

缅怀篇

永恒的纪念
——忆在毛泽东邓小平身边留影

1963 年 7 月 21 日，北京首都机场上欢腾而庄严。毛泽东和邓小平两位世纪伟人在机场罕见地并肩合影，而我们这些普通一兵紧靠在领袖身边，留下了一张宝贵的照片，这于我而言是不敢想象的事。历史的铸成往往有其渊源。这个令人难忘的时刻，弹指间已过去 34 年，想来恍如昨日，不禁心潮澎湃。

20 世纪 60 年代初，中苏思想分歧被扩大到国家关系方面之后，中苏关系乃至整个国际共运的形势变得越来越复杂，迫切需要通过谈判对话来消除分歧，增进团结。经过双方反复磋商，终于达成协议，决定以中共中央总书记邓小平为团长，中共中央政治局委员、书记处书记彭真为副团长率中共代表团于 1963 年 7 月 5 日赴莫斯科同苏共代表团举行会谈。半个月的会谈未获进展，这中间，苏共中央于 7 月 14 日发表了《给苏联各级党组织和全体共产党员的公开信》，对中国共产党进行攻击，实际上导致本次会谈成为赫鲁晓夫时期中苏两党的最后一次接触。中共代表团于 7 月 21 日从莫斯科回到北京时，毛主席和其他中央领导同志、党政军各部门和北京市负责同志、各民主党派和人民团体负责人，以及首都各界群众代表 5000 多人去机场迎接。红旗招展，锣鼓喧天，情景感人。新中国成立后毛主席到机场迎接从国外回来的自己的代表团，共有三次。除了这一次，还有 1961 年周恩来同志参加苏共二十二大提前回国、1964 年赫鲁晓夫下台后周恩来同志去莫斯科与勃列日涅夫会谈提前回国，毛主席都曾去机场迎接。这一次，我们大家（我当时为代表团翻译组成员）心照不宣，这是一个特殊重大行动，表明了以毛主席为首的党中央对代表团"坚决维护中国共产党独立自主的原则立场，反对党与党之间不平等关系"的完全支持和充分肯定。

7月下旬北京进入盛暑，这一天烈日当空，气温很高。代表团分乘两架图-104专机，于中午间隔20分钟先后在机场落地。毛主席和其他领导人在迎接了邓小平、彭真同志乘坐的第一架飞机之后，仍在机场等候。我们大家没料到毛主席会亲自前来（代表团出发时送行的是刘少奇、周恩来和朱德等同志），一下飞机，喜出望外，激动不已。

毛主席和其他中央领导同志以及各方面负责同志，在机舱出口处附近排成长长的一字弧形，同我们大家一一握手。毛主席的手宽厚柔软，少奇同志严肃表情中露着微笑，周总理无比亲切，仿佛一见如故，朱德委员长态度特别慈祥。也许由于过分激动，我在同朱老总握手之后，竟从他和董必武副主席两人稍宽的间隔中穿出了首长欢迎队列，当我察觉时，后面的同志已经一个接着一个跟上来了。我不好折回，于是"当机立断"返回最前头去，又从毛主席开始握手。当我再次走到周总理面前时，记忆力极佳的周总理似乎发现问题，他目光炯炯，伸出手，温和而又机敏地盯着我，虽无责怪之意，但那神情却使我感觉是在发问：你这位不是刚才握过手了吗？我当时颇有些惶恐不安呢。这件事回想起来，真是其乐无穷。

毛主席等中央领导人还走向苏联机组人员，同他们握手，表示谢意。他们表现出意外的喜悦和兴奋。

合影开始了，不知是哪位礼宾官员呼叫了一声：工作人员可以随便站！在那稍纵即逝的宝贵瞬间，我们大家来不及更多思索，便纷纷疾步站到领导人后面，尽量往中间靠拢。大家都踮着脚尖。我幸运地站在了小平同志后侧的位置。

　　不久前一个偶然的机会，老朋友、人民日报社的崔奇同志（当时为代表团顾问组助理之一）发现美国《纽约时报》于1995年4月的一天刊登了题为《邓之后的生活》的文章，并附一幅"邓小平和毛泽东在一起"的照片，也就是本文所说的这张照片。我经常凝视这张照片，回溯中苏关系，重温国际共运历史，思考几十年来世界上发生的沧桑变化……

　　　　　　　　　　（载《世界知识》，1997年第15期）

最幸福的日子
——记周恩来总理来我校

　　7月25日，明耀的阳光照射着绿荫掩映的校园，偶尔微风吹拂。对于人们来说，这一天只不过是普通的炎暑天罢了，可是对俄语学院来说，却是一个不平凡的日子。就在这一天，我们最敬爱的周总理来到我们学院，和大家见面，还做了长达三小时的内容极其丰富的报告。

　　知道周总理下午来我校的当天，谁都不能平静。天气不算很热，可是由于激情而引起的内心的炽热，使我们没有午睡，怎么睡得着呢？全院同志总动员，把阅览室、饭厅、礼堂洗涤一新。礼堂（第二饭厅）装扮起来了，虽然没有彩旗和其他华丽的陈列品，但是朴素、整洁、美观。阅览室和饭厅的门前张贴着"欢迎您，敬爱的周总理""感谢党和政府的深切关怀"等欢迎标语。一切都准备好了。5000人团坐着，微笑着，攀谈着。老教授们显得像少年，笑容里绽露出内心的欢欣。年轻的同学们更不用说了，他们把会见周总理当成终身最幸福的事情。

　　"总理来了！"突然传来的这句话顿时打开了5000人的心扉。叽叽喳喳的声音传到老远。"不守秩序"的同学挤到门边，伸长脖子，东张西望。说实在的，这时候要求大家笔挺地坐着，似乎是有点不合情理了！

　　周总理和他的秘书在办公大楼前下车。"啊，这么高的楼，几层？"总理第一句话便亲切地问道。"五层。"张锡侗院长迎上去回答，并和院的其他负责同志陪总理去二层休息室。总理依然不断地观望着大楼，并意味深长地说："这么好的大楼培养出来的学生怎么会有问题？"他第一个走近院长办公室。"好，让我看看你们的院长办公室。"负责接待的许华同志见到总理，呆住了。一种幸福的崇敬的心情使她不知道说什么好。总理跟她握手，她更加激动，顿了好一会儿才找到早已准备好了的话："总理，您好！"总理知道全校师生都在等着他，略坐一会儿，便向会场走去。

从办公大楼到会场有一段不小的距离。总理边走边观看校园。"空地这么大，应该种点粮食。"总理关心地说，而这也正是给我们的批评。图书馆门口的人群骚动起来了。"来了，走近了，快到了！"自发的通讯员在传话。总理还没有走进阅览室，暴风雨般的掌声就到处鸣响起来了。总理不时挥手致答。"这些是谁？"总理问道。当他得知坐在阅览室的是教员的时候，接着又说道："教员都这么年轻呀！"他仔细端详着每一个人。他那亲切的目光不知给多少人带来了力量呀！随后总理走过同学们的夹道，绕场一周。他走到哪里，哪里就响起了欢呼声和热烈的掌声。

在欢呼声中，总理缓步登上主席台。要知道，这个礼堂就是我们的饭厅呀！总理来到了我们的饭厅，这真是难以想象的事情。可是这是真的呀，瞧，他老人家含笑站在我们的面前！

总理开始做报告。他的声音多么熟悉呵！不久以前我们在广播里听过他的政府工作报告，从那里曾给予了我们建设社会主义和当前政治斗争莫大的鼓舞。现在我们就坐在他的面前，静静地，怀着一种崇高的荣誉和幸福，聆听着总理循循善诱的教诲。

总理用通俗的风趣的语言阐述了反右派斗争和整风的形势。"所有制改变了，不等于各方面都胜利了。政治、思想战线上还没有完全取得胜利。"总理还告诉我们："所有制改变，不是所有人都满意。有些人不喜欢这种生产资料公有的所有制，因此也就不喜欢这个基础上的政治生活。于是就反对我们，所以我们和右派的斗争是完全必要的，我们要通过这一斗争，进行一次广泛的社会主义教育。"总理接着详细深刻地分析知识分子必须改造的问题。他用亲身的革命经历说明思想改造的长期性和艰巨性。他说："年轻人虽然年轻，但是旧思想总是有的。剥削阶级的家庭和旧社会学校教育的影响，就像铅字打印在纸上那样难消。"不正是这样吗？有些人常常说自己年轻单纯，可是转眼在专业等问题上就闹起个人主义来了，我们当中有不少人常常把自己描绘得完满无缺，不肯承认自己有错，这岂不可笑？

最令人难忘的是总理谈到什么是幸福、怎样对待困难、我们有没有前途等问题。总理说："幸福就是克服困难，没有困难的幸福是假的幸福。"总理恳切地批评了有些人不愿意当中学教员是极端的虚荣和个人主义思想。总理在谈到前途问题时说："有人说他个人的前途茫茫。我们首先要问，我们的国家和民族有没有前途？我们的国家和民族有着光辉的前途，个人便是其中的一分子。为什么会没有前途？"总理的话说得多么平易而深刻，多么值得我们深思。看来我们多么需要改造、锻炼、学习呵！总理号召我们跳到斗争的火炉中锻炼。我们要回答说：敬爱的周总理，我们决不辜负党和政府的关怀，决不辜负您的教导。祖国需要我们到哪儿，我们就到哪儿。我们一定克服一切困难，我们要做党的忠实儿女。

说真的，谁也没有料到国务繁忙的周总理给我们做了长达三小时的报告。下午7时半，我们怀着不舍的心情送别了周总理（听说周总理晚上还有重要会议哩）。同学们炙热的目光传达了内心的感激：谢谢您，敬爱的周总理，我们一定按照您的指示去生活，去战斗！

（载校刊《北京俄语学院》，1957年9月）

思念李一氓恩师

李一氓同志离开我们，不觉整整十年了。他对我的教诲犹在耳际萦回，他的音容笑貌使我难以忘怀。随着岁月的流逝，我对他的思念越发深切。

我最初知道"李一氓"这个名字，还是在我的孩童时期。我是江苏如东人，我的故乡在 1941 年新四军东进之后建立了人民政权，成为解放区。1945 年冬至 1946 年秋，我经常见到乡间的墙壁上张贴着苏皖边区政府的公告，落款是主席李一氓和副主席刘瑞龙、季方、方毅等。"李一氓"三个字尤其令我好奇。我经常从父辈们那里听说，李一氓是共产党和新四军里头有名气的大才子，于是更增添了我对他的崇敬和仰慕。我当然绝对没有料到，30 年之后，在新中国的首都北京，在中联部这个重要外事部门，我会成为李老麾下，且受到他的精心栽培和格外器重。也许，这就是人们常说的一种"缘分"吧！

我第一次与李老照面，非常之偶然，大约是在 1965 年秋。他当时担任国务院外事办公室副主任（陈毅副总理兼主任）。有一天，他来到中联部新建的办公大楼二层，与赵毅敏部长商谈什么事，我正巧去找赵部长，在办公室门口瞄见他们两位促膝交谈，我从赵部长秘书那里得知，他就是鼎鼎大名的李一氓。我未便进屋，侧对着李老，好好地打量了一阵子。十年后，1975 年，李老调到中联部来担任领导，并主管苏联和东欧方面的事务。从那时起，在长达十年的时间里，我有幸在李老的关怀和领导下工作。党政机关不兴以师生相称，而李老确是我的一位恩师。这位老一辈无产阶级革命家、著名社会活动家和知识渊博的学者，给过我许许多多的亲切指点和帮助。我记忆最深刻的，有以下一些事情。

李老特别关注苏联事态的发展和变化。他时常对我说，研究苏联问题要从该国的实际情况出发，要把握全貌，要了解它的历史，要有发展的眼光，又要把苏联问题同整个国际关系和世界局势联系起来加以思考。他的这些精辟见解，对于我所从事的苏联问题和世界战略形势研究，一直起着重要的指导作用。我撰写的一些内部文稿或者公开发表的文章，常常向他口头陈述，每当这个时候，他总是端着烟斗，幽默地微笑着，耐心听我的说明，从不打断我的话，有时给我补正几句，或者提出新问题，让我作更深入的回答。他对我那些年以"啸楼"笔名在《人民日报》发表的系列文章非常关注，曾多次加以评说，其中对 1976 年 2 月苏共二十五大召开前夕的长文《江河日下的五年》，谈论兴致更浓，给我以很大鼓励。他还曾亲自点题，要我写文章。例如，1982 年 3 月 1 日《人民日报》观察家文章《评意共和苏共的论战》，便是李老通过冯铉副部长，交代我突击撰写并由李老定稿的。他在文中亲笔加进了一些警句，明眼人一读就会悟出是李老的语言风格。他有时还向我提示报刊上的国际信息，例如 1981 年 2 月，他让秘书转给我一张从台历上撕下的字条：

俞邃同志：《世界经济》1981 年（No. 1）有关苏联卖军火的一篇文章，请注意一下。李一氓　二月十四日

令我难忘的还有一件事。1981 年年初，李老召开过一次会议，提出将中国"文革"以后几年当中苏联出版的反华书籍归总一下，看看里面究竟讲了些什么内容。随后，他又委托吴学谦副部长给我打招呼，指定由我负责，带领十多位同志，集中精力做好这件事。我们通过各种途径找到了 68 册书，用半年时间，编成了一本 10 万余字的《苏联反华著作简介和论点提要

（1977—1980）》。从编选原则、体例直至封面设计和字体选择，都是经李老反复斟酌并在他的指导下完成的。他还利用在青岛休息的时间，亲自动笔，写了一篇气度恢宏、极富特色的前言，注明时间是 1981 年 8 月 18 日，当时李老已是 78 岁高龄了。

李老在中联部工作期间的卓越贡献之一，就是实现了对一些重大国际问题的拨乱反正。对此，我是有切身体会的。1980 年年中至 1981 年年初，在李老领导下，部里专门组织班子，撰写了涉及世界革命形势、国际共运大论战、欧洲共产主义、三个世界划分和存在的问题、苏联经济发展情况及其前景、新建的左派党和组织的情况和我们工作中的经验教训等内容的六篇文章。这些文章统称"讨论稿"，其实是经过反复推敲的精品之作。其中《苏联经济发展情况及其前景》一文，难度更大，收工也最晚（1981 年 2 月）。为了写好这篇材料，李老亲自主持，乔石副部长亦参加，写作班子在万寿路宾馆集体办公多次。一氓同志将他关于国际共运问题的一些思考，于 1979 年 10 月在中央党校做了一场题为《关于国际共运问题的讨论意见》的报告。他思想解放，见解新颖，理论性强，紧密联系实际，加之语言精辟，其报告深受欢迎。当然，既是拨乱反正，就难免产生某种异议，这也是正常的。李老在报告结束时，谦虚地说了这样一段话："关于国际共产主义运动许多问题，许多方面，我还在研究思索。有好多理论问题，有好多实际问题，我也还弄不清楚。提出的这些意见，纯粹是讨论性质的，请批评。"这表现出了一位革命家学者的气度。

李老对我个人的厚爱和期望，我是深有感受的。他经常让我阅读一些本部业务之外的文稿。1982 年年中，有关部门将中国外交史纲初稿送请一氓同志审阅。李老叫我先看看，他在函中称：

俞邃同志：请你代我看一下，如有可能用另纸提些意见，总

的可以，具体的也可以。不忙。李一氓　三月十日

李老来函

李老对我的要求是严格的，我知道这是给我提供了一次极好的学习机会。我用数月时间认真地阅读并提出了若干看法，经他审阅、斟酌、修改之后，将意见送出。李老在国务院古籍整理出版规划小组会议上的讲话和有关文稿，有时事先也让我过目。这些都使我获益匪浅。

1982 年上半年，中央机关进行机构调整，李老找我谈话，意思是准备让我承担更重的工作。我向他表明了想把精力主要用于研究方面的意愿，并在 1982 年 7 月 6 日《北京晚报》"百家言"栏中撰文《李典*的风格》以明志，对此李老大为赞许。1989 年秋，一家出版社打算将我有关苏联问题和世界战略形势问题的研究成果汇集出版，一氓同志欣然题写了书名：《苏联——今天与昨天》。鉴于种种缘故，那本书当时未能问世。尊敬的李老于 1990 年 12 月与世长辞，而苏联亦于 1991 年 12 月消失了。1995 年江苏人民出版社终于为我出版了《苏联解体前后》这本文集，我在"作者前言"中特意提及此事并写了一段缅怀的话，作为对李老的纪念。

李老曾将所著《一氓题跋》《花间集校》等书，亲笔题字赠我。他非常细心，签名盖章之后，唯恐印章油墨未干，还特意撕开一小块粉红色吸水纸覆盖着，免得弄脏。有一次他给我讲过一个关于周总理处事认真细致的故事。新中国成立初期，中央任命张闻天为代表、李一氓为副代表，准备出席联合国大会，那时起草了一套文件，送给周总理审阅。周总理召集大家黄夜开会，逐

---

* 据《三国志》记载，名将李典"好学问，贵儒雅，不与诸将争功"，自认为"弩怯功微，而爵宠过厚"。

字逐句讨论，并亲手用曲别针将一份份文件别好，摆得整整齐齐。

李老对于我向他索字，几乎有求必应。这种偏爱连他的秘书也感到惊诧。1985 年，李老慨然应允，为我的长兄俞远书写了一幅字，内容是唐朝诗人韦应物的《滁州西涧》："独怜幽草涧边生，上有黄鹂深树鸣。春潮带雨晚来急，野渡无人舟自横。"这是一首山水诗，也是一幅风景画。当时俞远同志担任安徽省哲学社会科学联合会副主席（钱俊瑞任主席）。滁州唐属淮南东道，州治今在安徽省滁县。20世纪 40 年代中担任苏皖边区政府主席

李老题字

的李老，曾管辖过此地。他为家兄题写这首诗，不仅出于他对该诗的喜爱，且别有深意。韦应物曾在唐建中二年（781 年）担任滁州刺史，而家兄俞远在新中国成立之初曾在滁县地委担任过重要职务。

还有一个例子。1987 年我的一位朋友托付于我，烦请李老给南通抗日战争烈士张兰美纪念碑题字。张兰美曾是苏中四分区南通县人民政权的一位区长，是当时牺牲者当中级别最高的革命干部。他牺牲后建立的墓碑，就是时任苏皖边区政府主席李一氓所写。该墓地在解放战争期间被国民党反动派摧毁。当地政府决定重建，烈士后代希望李老能再次题字。我为此事去求李老，他看了当地政府提供的文字说明，欣然书写：

抗战烈士张兰美纪念碑 李一氓

李老也有一件事没有满足我的要求。20 世纪 80 年代中，安徽省社会科学院副院长徐则浩同志找我，拟当面请教李老关于撰

写皖南事变历史的事宜。李老当即婉拒，和蔼地对我说，他不准备接受任何人的采访，但愿意对这项工作给予支持，可以"当个顾问"。李老向我大致解释了他对皖南事变的一些看法，但没有把话说透，给我的印象是他对过去侧重宣传项英同志错误的一面是有看法的。这一点在他后来出版的回忆录《模糊的荧屏》中有较详尽说明。1998年5月，解放军总政治部、中央党史研究室在北京举行"纪念项英同志诞辰一百周年"座谈会，中央军委副主席、国务委员兼国防部长迟浩田在会上说："项英同志是杰出的无产阶级革命家，工人运动的著名活动家，党和红军早期的领导人之一，他把毕生的精力献给了中国人民的解放事业，献给了共产主义事业，我们将永志不忘。"其中还说到项英同志是抗日战争的名将之一，他为新四军的组建、为华中抗日民主根据地的创建和发展，付出了极大的心血；项英同志根据党中央和毛主席扩大新四军的指示，指挥部队向苏南、苏中、皖东挺进，开展游击战争。关于项英同志的错误，迟浩田是这样讲的："1941年1月，国民党顽固派发动'皖南事变'。项英同志对顽固派的反共阴谋不够警惕，在顽军进攻时处置失当，对新四军皖南部队遭受严重损失负有责任，他在突围中不幸遇难，年仅43岁。"李老的看法，同党中央批准的这次纪念项英同志百年诞辰时的评价是一致的。

李老一向以大局为重。我清楚地记得，1982年中央准备委派吴学谦同志任外交部部长时，该部有同志提出，外交部是周总理亲手培育起来的，难道本部就没有人能当部长吗？为此事，李老特地把我找去，说我认识外交部的人较多，顺便给做做工作，告诉他们，中联部的部长、副部长不少人就是从外交部过来的（他列举了王稼祥、耿飚、姬鹏飞、刘新权和他本人），为什么中联部的人就不能过去当外交部部长呢？

李老平日表情严肃，却富有幽默感，也喜欢听别人幽默。毛主席曾有"以其昏昏，使人昭昭，是不行的"说法。有一次人民日报社就一篇稿子给中联部回信，字迹奇特，飞拳踢脚，引起在场同志一番趣谈。我戏之曰："以其草草，使人昏昏，是不行的。"李老听后开怀大笑。李老是一位自成一体的书法家，笔力浑厚，苍劲古朴。1998年7月，我去山西途经阎锡山故居，第一眼便见到李一氓题写"阎锡山故居"五个金色大字。我对李老的缅怀之情，不禁油然而生。

李老逝世后，我曾受命为几位领导同志撰写一篇纪念文章。我细读了李老的回忆录手稿和其他有关资料，深受教益和感动。1991年2月，乘一架赴上海专机之便，我登门采访了陈国栋、汪道涵、胡立教、夏征农四位老同志。他们对一氓同志的回忆，更加深了我对李老的认识。为完成这篇长文，我倾注了自己对李老的爱戴和追思。

李老，我的恩师，将永远活在我的心中！

（载中华书局编辑部编：《李一氓纪念文集》，北京：中华书局，2002年版）

附一：乔石同志夫人郁文同志函

俞邃同志：

你好！谢谢你托交协同志转来你所写刊登在测绘报上的纪念一氓同志的文章。文章抒情叙事，真切感人。难得你笔头勤，把李老当年的一些所为所言，都详细地记下了，今天写出来，成为对他老人家很好的纪念。

老乔并此向你问好！

祝新世纪一切顺利！

郁文

2001 年 2 月 24 日

附二：中联部部长李淑铮同志函

俞邃同志：

　　你的新年祝贺和寄来的纪念文章均已收悉，谢谢。你对一氓同志的纪念文章写得很好，很有感情，同时从一个侧面体现出一氓同志的某些特有的风格和为人。

　　在此，也祝你新春快乐，遇事称心，阖家幸福！

李淑铮

2001 年 1 月 8 日

我与夏征农老人之缘

人瑞夏征农同志以 105 岁高龄，于 2008 年 10 月 4 日仙逝。我很悲痛，更是怀念。

我从 1941 年认识夏老，到 1991 年最后一次采访他，相隔整整 50 年。这期间，我还多次见过夏老，留下许多温馨的回忆。夏老的儒雅、慈祥、谦逊、友善，贯穿在往事之中。

1941 年新四军东进后，苏中四专署的专员季方和秘书长夏征农，骑两匹枣红马，随军来到我的家乡江苏省如皋县双甸北乡冒家庄。当时大家都称呼他"夏秘书"，住在我家。我家当时有三间房，夏秘书在堂屋搭了一张木板床。那时我八岁，在父亲俞笃周当校长的冒庄小学读三年级。夏秘书对我的喜爱溢于言表，叫我"小鱼儿"。我喜欢下陆军棋，但农村条件差，只能用马粪纸做成一副陆军棋。我放学回家，夏秘书工作之余就说："小鱼儿，来杀一盘!"他一边下棋，一边笑着逗趣说："小鱼儿你可输了。"我不服气，他却用右手拇指捏着无名指哒哒作响，好像在打拍子庆祝胜利。

一晃数十年过去，我先后在扬州、上海与他会面，堪称奇遇。

20 世纪 60 年代，我陪外宾到扬州访问，恰巧与夏老同住一个宾馆。我向他表示问候，并主动提起小时候和他下陆军棋的事。他的记忆力极佳，记得文化氛围甚浓的冒家庄，记得写一手好字的俞笃周校长，也依稀记得不轻易言败的"小鱼儿"。谈到他当年骑的枣红马，他哈哈大笑，对我说，什么时候去上海，到他家玩玩。这次与夏老邂逅，让我难以忘怀。

20世纪70年代末，我陪外宾到上海，住在东湖饭店。当时赖少其同志住在我的楼上。赖少其时任安徽省文联主席，我的长兄俞远是安徽省社联副主席，他们相识，且一起蹲过牛棚。一天夏老去东湖饭店看望赖少其，我又见到了他。夏老非常高兴，与我谈起国际形势，问及故乡情况，还对我说，个人在上海如交通工具有什么不便，可以找他。

1991年2月，我受命撰写由几位领导同志联名纪念李一氓同志的文章，组织上让我乘坐苏共中央副总书记伊瓦什科访华时的包机去上海，采访了陈国栋、胡立教、汪道涵和夏征农四位老同志。上海市委秘书处将采访安排在老同志居住的康平路。我又一次见到夏老，彼此都很兴奋。他们四位根据自己的记忆，为我撰写文章提供了不少素材。其中夏老特别说起，李一氓同志担任苏皖边区政府主席时，亲自编写京剧《九宫山》，演出多场，引起轰动。如今这四位老人虽已作古，但留给我的印象却是永存的。

夏老是2008年10月4日逝世的。1957年的10月4日，是世界上第一颗人造卫星成功发射的辉煌日子。夏老作为"半是战士半书生，一行政治一行诗"的历史人物，无愧为一颗革命家兼学者的"人造卫星"，将永远在太空翱翔。

（载《新民晚报》，2008年10月14日）

沃尔托瓦河畔的光辉集体

《和平和社会主义问题》杂志是各国共产党和工人党合办的理论性和报道性刊物，创刊于 1958 年 9 月，编辑部设在原捷克斯洛伐克首都布拉格。由王稼祥、刘宁一、赵毅敏同志组成的中共代表团参加了同年 3 月在布拉格举行的创刊会议。6 月，中共中央候补委员、中联部副部长赵毅敏作为中共代表赴杂志编辑部，担任编委。我于 1958 年 9 月调去编辑部，在赵毅敏同志领导下担任翻译和研究工作，至 1962 年年底奉命撤回，历时四年多。该刊于 1990 年 6 月出版最后一期，宣告停刊。"致读者"中称："国际共产主义运动和工人运动中的变化，世界的新条件，东欧国家发生的急剧的、不同涵义的进程，出现的包括物质上和技术上的困难，已使本杂志继续出版实际上成为不可能了。"《和平和社会主义问题》杂志的创办，是特殊历史条件下的产物。我们党派往《和平和社会主义问题》杂志编辑部工作的同志，在赵毅敏同志领导下，形成了一个团结的、富有战斗力的工作集体。

按照苏联方面原先的想法，不仅希望中国同志担任副主编，而且向杂志各部派人，并担任一些部的负责人。我们党没有赞成这样做。派去的中国同志人数是精打细算的，最多时六人，经常五人，被称作"中国组"。这是一个很有分量的"组"。赵毅敏同志是 1925 年入党的，张仲实同志（著名马列主义著作翻译家）和凌莎同志（赵毅敏同志的夫人、助手、原北京师范学院院长）也是 1926 年的干部，都是革命老前辈。我去布拉格没几天，张仲实同志便奉调回国。凌莎同志因患肝病，于 1962 年 9 月在北京逝世。担任翻译工作的是徐坚同志（后来由崔松龄同志接替）和我。打字员罗运潮同志兼做机要秘书工作。我和罗运潮当年被外国同志亲昵地称作"中国小朋友"，而今都年过半百了。在内部，还有国内派去的炊事员傅香余夫妇和陈玉河同志，先后为我们服务。

我们在编辑部工作，突击性很强。每一期杂志文章的清样拿到手，在编委会讨论之前，赵毅敏同志带着我们先分析研究，准备意见。杂志是月刊，作业频繁，而且要从大量来稿中筛选。杂志文章涉及理论和实践各个领域，包括政治、经济、哲学、历史、军事、科技乃至文艺。对于我这个刚跨出校门不久的大学生来说，难度是很大的。然而，困难磨炼人。记得我到达布拉格的第二天，便投入工作。接手的第一篇文章是苏联哲学家米丁写的《自然和社会的关系》，内容深奥，俄文生词连篇，我熬了个通宵，不断出冷汗，到头来也没弄得很明白。第二天，介绍文章的内容，我十分惶恐。这时赵毅敏同志和凌莎同志鼓励我，开导我，叫我不着急，只要勤奋，会逐步提高，适应工作的。此情此景，至今历历在目。为了向国内提供更多的信息，领导让我具体负责编一份《编后思想零报》，从内容到文字，都由赵毅敏同志把关。这使我从中学到不少东西。

我们这个集体，是由两代人组成的，资历和级别的跨度很大，但相处融洽，情同一家。我们不仅有繁重的工作，严格的党的生活，也还经常安排一些轻松的文体活动，如星期日集体唱歌，有时郊游、野餐，业余打打扑克，而请老前辈讲革命往事，更是我们的"保留节目"。例如，他们讲到当年莫斯科东方大学和中山大学的情形、延安时期的经历，一直深深刻在我的脑子里。使馆对我们也非常关心。先是曹瑛大使，后是仲曦东大使。曹大使和赵毅敏同志是相知很深的老战友，在使馆对工作要求严格又能关心人，威信很高。仲大使的精明能干，一直为大家所称道。使馆的重要政治活动，我们都去。访捷或路过的领导同志中，接见我们的有彭德怀、郭沫若、乌兰夫、胡耀邦等。周末使馆有什么文娱活动，都派车来接赵毅敏同志，我们也一道去。由于政治气候的原因，赵毅敏同志后来常在国内，抓政治工作的重任就落在使馆党委的肩上，党委副书记、曹大使夫人陈维清同志曾亲自管我们。使馆组织专题政治学习，我们同驻世界工联的马纯古、王家宠等同志，驻国际学联的徐葵、时钟本同志编在一个学习小组，由马纯古同志担任组长。编辑部中国同志人数最少的时候，只剩下我一人。我们懂得"慎独"的重要性。

　　这里，我不能不着重谈谈赵毅敏同志。他是一位可敬可亲、既严格又宽厚的领导和长者。他担任党代表的工作，兢兢业业，谦虚谨慎，一丝不苟。杂志创刊会议前，苏联提出要中国同志担任副主编时，赵毅敏同志便从大局出发，不赞成担任，在代表团致中央的电报中提到"赵毅敏同志特别强调这一点"。他阅历丰富，知识渊博，通晓英语、俄语，但从不宣扬自己。他贯彻中央精神原则性很强，同时又善于把握时机，兼顾各方，灵活处置，思想不僵化。他经常表扬我们年轻人，但又及时指出缺点，总是循循善诱，绝无疾言厉色，令人心悦诚服。他做报告、谈问题，要言不烦，逻辑性强，生动活泼，深受同志们欢迎。我们几个年轻同志常在一起谈论，为能有机会同赵毅敏同志朝夕相处、在他的指点下进步成长，感到由衷的高兴。

　　在布拉格一道工作的中国同志们身处这样一个令人怀念的好集体。就我个人而言，在赵毅敏同志和凌莎同志的关怀和指导下，度过了临近"而立之年"人生中最宝贵的时光。我从他们那里学习如何为党工作，熟悉外事工作的特点。编辑部的工作环境，也使我开阔了国际问题的知识视野，学到了一些外文，特别是对苏联和苏共有了较系统的认识。这些使我立下志向，毕生从事国际共产主义运动问题，尤其是苏联问题的研究，并为我此后几十年的业务工作打下了一定的基础。这正是党对我的培养，是党给我提供的机会，我铭记在心。

在《和平和社会主义问题》杂志工作的几年，是战后国际共产主义运动开始出现波折的几年，是中苏两国两党关系逐渐恶化的几年。这一页历史，教训是深刻的，值得认真地研究总结。

"38年过去，弹指一挥间。"以斯大林逝世为起点，苏联和国际共产主义中逐渐发生巨大变化，迄今38年。《和平和社会主义问题》杂志从酝酿创办到宣告停刊，亦已34年。对于历史长河来说，30多年只不过是一瞬。杂志结束了，然而，创刊会议决议中为发展和壮大国际共产主义运动的宗旨，是辉煌的。杂志编辑部所在地捷克斯洛伐克的政治颜色如今在发生变化，然而，那里富有革命传统的人民对社会主义的怀念和追求，如同布拉格的绮丽风光和伏尔塔瓦河的清澈流水一般，是不会泯灭的。我们党派去杂志编辑部工作的同志们，有的进入耄耋之年，有的已经作古，然而，他们为共产主义事业奋斗的崇高理想和献身精神，将永存并代代相传。

（摘自《〈和平和社会主义问题〉杂志初创的几年》一文，载刘敬钦等：《历史瞬间的回溯——中国共产党对外交往纪实》，北京：当代世界出版社，1997年版）

两位核物理学家 78 年挚友情

2018 年 12 月 10 日，是"两弹一星"元勋王淦昌先生逝世 20 周年，他是我岳父施士元先生的挚友。两位寿逾九旬的核物理学家之间的友谊，绵延 78 年之久。

我手头存有王淦昌老伯给我岳父的 13 封信。第一封信是王淦昌为从事核弹研制隐姓埋名 17 年之际，于 1965 年 11 月 21 日悄悄写的，怀念之情跃然纸上。最后一封信是 1997 年 3 月 16 日写的，赠我岳父《核物理学家王淦昌》一书，距王淦昌逝世只有一年零几个月时间，他还在忙碌不休。

王淦昌与施士元于 1920 年同时进入上海浦东中学读书，1925 年一起考进清华大学首届物理系本科，拜读在中国近代物理学先驱叶企孙宗师门下。当时清华大学物理系共四名学生：王淦昌、施士元、周同庆、钟间。1929 年毕业后，王淦昌与施士元都考取江苏省官费留学，王淦昌到德国柏林大学威廉皇帝化学研究所读研究生，师从被爱因斯坦称作"天赋高于居里夫人"的著名物理学家麦特纳女士；施士元到法国巴黎大学镭研究所读研究生，师从两次诺贝尔奖获得者居里夫人。两人都是 1933 年获得博士学位后回国。

从王淦昌的信中能够领略两人之间的深厚情谊，亦可看出王伯的谦虚品德和敬业精神。我们小辈也与王淦昌多有接触，深感他的学者、长者风范。

王淦昌为人特别谦虚。为祝贺他 80 寿辰，科学出版社于 1987 年 7 月出版了《王淦昌和他的科学贡献》一书，其中以苏步青先生的贺诗代序，由周培源先生作序，汇集了杨振宁、李政道、钱临照、钱三强、程开甲、周光召等50多位科学家和亲友的文章。收进该书首篇的是施士元所写《从核物理黄金时代谈起——为祝贺王淦昌八十寿辰而作》一文。文章系统评述了王淦昌卓越的科学成就与艰苦奋斗精神，称赞他："西马反超泡室前，国际风云路八千；投身核弹研制中，沐阳山沟十几年。""几十年来，他日日夜夜克服了无数艰难险阻，才登上一个又一个高峰。惟其难能，因此可贵。际此寿辰，千里之外，高举美酒，敬祝一杯。"王淦昌一再婉拒对他的高度评价。他在1986年7月15日信中写道："我自己知道天资既不高，努力学习又很不够，以至蹉跎几十年毫无建树。同志们为我80岁写文章，是万万不敢当的。但我也无法不让大家写。只有恳请你们不要写。"信中他还幽默风趣地说："'王淦昌受其学生们的景仰……但美好的事物我们都希望保留下来。'我建议把这段去了，因为我并不为我的学生们景仰，也不能和大熊猫相比。"

1991年11月19日他在信中再次表示："士元我兄惠鉴：你好！手书敬悉。关于你要为我在现代物理知识上写文章，我感到非常惭愧。希望不要再写了。原因如下，你在《王淦昌和他的科学贡献》那本书上已经写得很多很好了，我也为此很感激你。"

王淦昌的贡献之大，不是本文所能说清的，但仅从他赠送给我们的为青少年所著《无尽的追问》一书，就可以得知，1969年、1975年和1976年中国的三次地下核试验，都是他在现场直接指挥的。他说：1969年，"文革"还在进行，一些领导干部还不能出来工作，组织第一次地下核试验的任务就落到我的身上。1975年和1976年的这两次试验也是我现场指挥，到第三次试验时已是年近古稀的老人了。不过我的老毛病还是没有改，我一直坚持在第一线，坚持亲自检查，逐项验收。

王淦昌不让人称呼他"大科学家"，遇事常说"我不懂"。

例如，1990 年 3 月 16 日他在信中称："士元我兄：你寄来的大作 The Structure of Electron（《电子结构》）我又送给了我们研究院的较年轻的理论物理学家……请他们看看，他们的答复现在附上，请你审阅。我因不懂，无法参加意见，只能转达，专此。即请研安！"有一次我和夫人施蕴陵去看望他，他对在北京大学无线电电子学系任教的蕴陵说："你的专业我不懂。"他从来不以担任某种领导职务为荣。他在 1965 年 11 月 21 日的信中写道："原子能所的职务只挂个空名，并无实际联系。"1984 年 7 月 9 日的信中又写道："本拟回京后即写信给你，因为不断的会议，致使我无法安静下来。只得等开完会（连续约有五个会）后，始能有暇写此信。其实开会我只跑跑龙套，没有起什么作用。看来龙套还得跑。实属无可奈何。"

王淦昌特别重情谊，这更多表现在学术交流方面。例如，1966 年 2 月 5 日他在信中写道："关于氚靶的问题，据我了解，都是进口的（据说从苏联进口的），你们可得到，我建议要求承担些任务。例如测高能中子对某些元素的非弹性散射……"1989 年 9 月 13 日，他在信中还谈道："我前些日子，去苏联一次，是应那里的老朋友邀请的。去了两个星期……除 Dydha 的联合所外，还参观了高能研究所和原子能研究所。设备都很好，经费也很充足。比我们是好多了。但中国若能少而精，也未必比他们差很多。"他们二老既是同学同行，又亲如手足。1965 年 11 月 21 日，他在信中写道："士元我兄惠鉴。很多时没有见你，很是想念。前次看见你校鲍家善魏荣爵两位教授，曾请他们向你多方致意。近来在物理学报上常看见你发表的文章，足见你的研究工作，仍是活跃，很是钦佩……便时希望常通通信（通信交北京西郊中关村科学院宿舍 X 楼 X 号），信可以由我家人转来（只是费些时日）不胜盼涛。弟淦昌上"

二老直到 20 世纪 80 年代才在南京再见一面。时光又过去十年，1995 年 3 月 19 日，王淦昌在信中说："今年 4 月中旬将去上海。若有机会将来南京看望你。我的次女仍在南京师范大学。我经常和她电话联系。在此我希望你告诉我你在南京的电话号，因为这样我可以和你电话联系啊。"

次年 2 月 7 日，他在信中写道："士元我兄惠鉴：久未通音，思念为劳。前得清华校友通信第 32 期第 89 页见你与吴健雄先生的合影，很是高兴，特此祝贺，还有你为叶老师企孙的铜像揭幕仪式赠的油画一张，我也看到，非常好，也向你祝贺。我现在仍如以前，非常的忙。但很想来南京看望你，1995 年我去了上海，很想来南京看你。惜未成行。下次有机会必来看你。"1997 年 2 月 14 日的信中介绍了他去黑龙江哈尔滨、牡丹江，四川成都、绵阳，广东深圳，以及上海等地的感受，称："见到各地都兴旺发达，与十年以前大不一样，实属可喜。"他还说："今年也将去杭州、上海一带。若有机会，必来南京拜访我兄。最近友人为我出一本书，伺机当送上不误。"

王淦昌的信中还表现了他对两人共同相识的学者和朋友的关心，如多次提到周培源、袁翰青诸位先生，以及他们在清华的同班同学周同庆先生的健康状况。

令我们尤其感动的是，王淦昌将对我岳父的情谊转化到对我们小辈身上。1966 年 2 月 5 日的信中写道："您的二位女儿在北京工作，我从前听同庆兄谈过，但把名字忘了，真糟。请您再告诉我她们的名字和住址（一位在北京大学？离我家很近）我去联系，请她来我家玩玩。虽然现在我在外的时间较多，但仍有不少次数回京。"此后，信中一再牵记、关怀我们。其中，1984 年 7 月 9 日的信中写道："刚才与俞鐾同志通了电话，知道他家里都很好。你的女儿蕴陵同志要到 8 月初才放假。又要去昆明开会。他们都是骨干分子，忙也是应该的，很好的。"1993 年 2 月 12 日的信中说："前些时候，看见令爱蕴陵同志及快婿俞鐾同志，非常高兴，特别因为蕴陵身体非常健康，和以前判若两人，堪为庆贺。"由于我是二老之间的实际联系人，王淦昌在1989年9月13日的信中说："令婿俞邃同志为人最好，经常有联系，关于你的情况，都是他告我的。我很感谢他。"1986年5月，我去中国驻苏联大使馆工作，王淦昌来我家中看望，并赠我派克笔和俄汉词典。他还解除了我因切尔诺贝利核电站事故所引发的对那次旅程的顾虑。

王淦昌非常关心对后代的培养教育。上面提到的《无尽的追问》一书，是1997年12月由湖南少年儿童出版社出版，讲述他毕生事业的科普著作。他在该书前言中说："每当我在马路边空地散步，看到一群群小学生、中学生走过，一种责任感就在我的心中油然而生。少年儿童是祖国的未来，我们应该尽力多做一些工作，把工作做得更好些，为他们创造更好的生活、学习条件。"我则亲历王淦昌一件感人至深的事。1998年7月，91岁高龄且重病在身的王淦昌欣然接受我的请求，为我的母校江苏省如东中学60周年校庆题词，写下苍劲有力的"面向新世纪育才树人"九个大字。当时他知道自己时日无多，感慨地对我说："我还有许多事情没做完，再给我五年时间也好呀！"

王淦昌的高尚品德，与我岳父之间的深厚感情，铭记在我们小辈心中，成为鼓舞我们上进的动力。

（载《解放日报》，2018年12月23日，原标题《七十八年挚友情》）

受教王淦昌老伯

王淦昌先生是我岳父施士元的同窗挚友。他常说："我比你老丈人年长大半岁。"我和妻子施蕴陵历来称呼他"王伯"。

王伯生于 1907 年 5 月 28 日,我的岳父生于 1908 年 3 月 20 日,二人是上海浦东中学的同学,1925 年又同时考进清华大学物理系。这是清华大学物理系首次招生,共有四名学生,我们认识的还有一位是后来长期在复旦大学任教的周同庆先生。我们早已听说王伯的高尚人品和卓越成就,而第一次见面则是在"文革"结束之后,岳父来北京开会的时候。王伯居住在木樨地 22 楼,与我们家一河相隔,可谓咫尺之间。

自从认识王伯之后,他让我不断受教,正所谓润物细无声。点点滴滴记心头,永志不忘。

三本赠书

王伯先后赠送我们三本书并题字。三本书侧重告诉如何做人和什么是真知识。

王伯赠书

第一本书《王淦昌和他的科学贡献》,是科学出版社于 1987 年 7 月出版,学界庆贺他 80 寿辰的一本文集。

我是从岳父撰写的这篇祝寿文章中,开始比较全面认识王伯的。虽然涉及专业的内容我一点不懂,但可以领略王伯崇高的精神境界。文章是这样写的："西马反超泡室前，国际风云路八千；投身核弹研制中，沭阳山沟几十年。科学大会以后，各专门学会相继活动起来，尤其是中国核学会成立后，我看到阔别多年的王淦昌，其姿态、风度、语言语调依然如故……王淦昌很健康，气色很好，心平气和。这和他开朗的性格、乐观的情绪有关。几年前他把副部长辞掉了，只领导一个科研小组，搞惯性约束，也许带几个研究生。同时，把核物理学会理事长职务也辞掉了。他说，'别人可担任的工作何必自己一直担任下去呢？'王淦昌很受其学生们的景仰。人人喜欢他不仅在其学术上的成就，而且在其为人。他的处世为人之道，使人们对他都有好感。这些美好的事物都将在人们的心中永存。也许有人以为王淦昌几十年来一帆风顺。有点儿像苏轼的词中描写周瑜那样，谈笑间，樯橹灰飞烟灭，轻而易举地大破曹操 80 万大军。其实科技工作每走一步都是作用与反作用的结合。失败是成功之母。几十年来他日日夜夜克服了无数艰难险阻，才登上一个又一个高峰。唯其难能，因此可贵。际此寿辰，千里之外，高举美酒，敬祝一杯。"

第二本书《核物理学家王淦昌》，是几位作者编写的一部传记，1996 年由原子能出版社出版。

该书分为 13 章，加上年谱，近 30 万字，朴实、深刻、生动地叙述了王伯光辉的一生。周光召教授的序和编著者的后记，对王伯的成就和人品都有精当的概括。序言中称，王淦昌教授是一位德高望重、科学成就突出的核物理学家。他热爱祖国、艰苦奋

王伯赠书

斗、实事求是、无私奉献的高尚品德和谦虚朴质、坦率真诚、清正廉洁的工作作风，值得广大科技工作者很好地学习。他对核物理学的贡献是多方面的，也是中国核武器研制的主要奠基人之

一，还是最早在中国介绍活动站的科学家。他学识渊博，思想活跃，治学严谨，善于学习新知识始终站在科研前沿，具有不可多得的杰出科学家的优秀品质。

第三本书《无尽的追问——大科学家讲的小故事》，应湖南少年儿童出版社之约，于1997年12月出版。其中谈道："1969年年初，党中央决定在国庆20周年大庆之前，进行中国第一次地下核试验……第一次地下核试验的任务就落到我的身上。""由于'文革'，中国的地下核试验中断了一段时间，一直到1975年才进行第二次地下试验，1976年进行第三次地下试验。这两次试验也是我现场指挥。"王伯在后记中留下一番极其感人的话，他说："我这个人很平常""我没有什么值得夸耀的""我的缺点很多"。他还说："希望青少年朋友们以我为鉴，做比我更多的工作，做得比我更好。最后，我送你们三句话，知识在于积累、才智在于勤奋、成功在于信心。"

四人留影

四人留影

自从认识王伯之后，我成了岳父与他之间的联系人，所以接触比较频繁。王伯在给岳父的信中，多次提及我在这方面发挥的作用，甚至得到他的称赞。1989年9月13日，他在给我岳父的信中说："令婿俞邃同志为人最好，经常有联系，关于你的情况，都是他告我的。我很感谢他。"真是让我受宠若惊！

我们多次去看望王伯，可是一直没有抓住机会与王伯合影留念。20世纪80年代末的一个春节，我和蕴陵去看望，与王伯和吴月琴伯母拍过一回合影。那时他们家中无别人，我们也不会用照相机自拍，于是只能分开两次拍摄。可惜那天室内光线较暗，照相机又不先进，照片不太清晰。但极其宝贵，我们一直珍藏着。

二次挥毫

1998 年，我的一个早期母校江苏省如东高级中学 60 周年校庆，校领导托我请党和政府高级领导人题词。这方面我的门路不多，况且我想，学校是从事教育事业的，请著名专家学者题写可能更合适。于是我请到了六位在各界有代表性的著名人物：物理学家王淦昌、经济学家于光远、诗人臧克家、历史学家刘大年、原文化部部长/时任全政协教科文卫体委员会主任刘忠德、中国第一位乒乓球女冠军也是第一位世界女冠军邱钟惠。

我去请王伯题写时，一心想的他是一位大科学家，对教育事业非常关注，为人也特别善良，相信他一定会给予支持。同时，我也担心老人家高龄，近来身体欠佳，会不会有什么不便之处。1998 年 7 月的一天，我去王伯家。说明来意，他毫不犹疑，立即让他的儿子铺开笔墨纸砚，兴致勃勃地挥毫命笔，写成"面向新世纪育才树人——贺如东中学六十周年校庆"20 个大字。

王伯题词

我第一次见到王伯的毛笔字，是那样挺拔而又清秀。发现有一个字被墨汁染脏，欣然又重写了一遍。同年 12 月，王伯辞世，此件成为绝笔。

一句遗言

在我与王伯接触的过程中，他很少谈及自己的健康状况。1986 年 5 月我去驻苏联使馆工作，王伯特意来我家中看望，赠给我一支派克笔、一本俄汉词典。那时他的身体和精神都很好。记得从我所住大院走出门时，遇见我所在单位的领导、谷超豪院士的哥哥谷力虹同志。王伯与谷超豪院士熟悉，我介绍之后，他们互致问候。王伯回头说了一句，哥哥比弟弟消瘦。随后我陪他到会城门花园转了转，他不觉得累，表示有兴趣以后由我陪同再去走走。

1990 年秋的一天，我去王伯家，他告诉我应苏联科学院邀请要去访问。唯恐他有不便之处，我请他的秘书带去我给当时驻苏使馆张震公使的信，请予关照。王伯未拒绝，但他还是没有给使馆添麻烦。

后来王伯母病重，未能就近住进一墙之隔的复兴医院，而是不得不送到很远的医院治疗。王伯不埋怨，也不求人。王伯母去世之后，他生活很寂寞。没想到有一天他到院外林荫道散步，被一骑车莽汉撞伤，从此身体每况愈下。那个骑车人逃之夭夭。

再后来，王伯又查出胃癌。1998 年 7 月，他为我母校题字时曾对我说："还有许多事情没做完，再给我五年时间就好了！"孰料四个月后，敬爱的王伯与世长辞！

（载《文汇报》，2024 年 12 月 10 日）

忆于光远先生二三事

　　著名经济学家于光远先生于 2013 年 9 月 26 日以 98 岁高龄仙逝，这在我崇敬的心灵中激起无限怀念之情。

　　我在新中国成立之初就知道了于光远的名字。胡绳、于光远和王惠德三位编写的社会发展史教材《社会科学基础知识讲座》，曾是 20 世纪 50 年代初我们读中学时的课本。我还听说他的知识面极广，是自然辩证法权威专家。后来我进一步得知他早年就读于清华大学物理系，我的岳父施士元与他先后同学且相知颇深。大名鼎鼎的于光远，一直是我心中的偶像。这里简述三件难忘的往事。

　　第一件事，在国外相识并亲密合作。

　　我与于光远先生是 1960 年在捷克斯洛伐克首都布拉格相识的。1957 年 11 月，各国共产党和工人党莫斯科会议召开之后，赫鲁晓夫给毛主席写信，提出要创办一个对各国共产党和工人党"指导性"的国际刊物。鉴于当时中苏两党关系尚存，我方勉强表示同意，并派出由王稼祥、刘宁一、赵毅敏同志组成的代表团参加了 1958 年 3 月在布拉格举行的创刊会议。经过我方力争，刊物定性为"理论性和报道性"而不是"指导性"，取名《和平和社会主义问题》。同年 6 月，中共中央候补委员、中联部副部长赵毅敏作为中共代表前往布拉格常驻，担任杂志编委。9 月该刊出版第一期，这时我被中联部选调去从事翻译和调研工作。杂志编辑部于 1960 年 4 月召开"社会主义制度下国家的经济作用"座谈会，我们党派孙冶方和于光远两位顶尖经济学家出席，另一位经济学家罗元铮作为秘书随行。会议期间我为于光远担任翻译。

我在当时的日记中记载道，孙冶方同志 52 岁，思维缜密，文质彬彬，平易近人，俄语很好；于光远同志 45 岁，才华横溢，风度潇洒，话语幽默。4 月 1 日，于光远在座谈会上发言，由我口译。他的发言令苏联人很抵触，但受到与会许多人的好评，称赞他的发言具有"战斗性与创造力"。于光远仔细倾听外国代表的发言，及时琢磨，或同意，或持异议，言之成理，显示了才思敏捷。

同年 9 月下旬，于光远先生与周培源先生一道出席在匈牙利布达佩斯举行的世界科学大会。他经新华分社给我发来一份电报，说会后拟转道布拉格看望小孟（他的爱人孟秀英，后改名为孟苏，孟用潜的女儿，时为留学研究生），请我代他准备住所。我们当时住在捷共中央提供的公寓楼科涅夫大街 153 号，正巧赵毅敏部长和凌莎同志夫妇当时在国内，于是我将客人安排在赵老住处（与我对门）。为时一周，我抓紧机会聆听这位老师难得的指教。他谈起研究学问的方法，介绍了担任《学习》杂志总编辑时的体会，以及与领导同志接触的故事。他的勤奋、睿智和才华，给我留下极为深刻的印象。他笑称，以往人们叫他"小于"，称他是个"自由主义者"。我理解其真正涵义是称赞他善于独立思考，求真务实，不搞本本主义，不随波逐流。"文革"期间，于光远的这次布拉格之行成为被审查的重大嫌疑。我曾接到该单位革委会的外调函，询问他为什么要到布拉格去、有什么政治意图等等。我如实地写了事情的原委。"文革"结束后于光远告诉我，这件事没再受到纠缠。

第二件事，请教他对苏联问题的看法。

"文革"结束后，中国与苏联的关系备受重视，苏联问题的研究也突出起来。20 世纪 70 年代末，有一天，中联部六局（主管苏联、东欧事务）局长兼苏联东欧研究所所长刘克明同志带领我们几位助手前往于光远先生家求教。他理论联系实际，高瞻远瞩，侃侃而谈，给我印象最深的是，强调要对苏联做全面的、客观的评价，要从过去反修的历史程式中跳出来。他谈到恩格斯的"合力论"对于认识苏联社会发展的重要性，当即拿出《马克思恩格斯文集》，引述恩格斯的话："历史是这样创造的：最终的结果总是从许多单个的意志的相互冲突中产生出来的，而其中每一个意志，又是由于许多特殊的生活条件，才成为它所成为的那样。这样就有无数互相交错的力量，有无数个力的平行四边形，由此就产生出一个合力，即历史结果，而这个结果又可以看作一个作为整体的、不自觉地和不自主地起着作用的力量的产物……"他还着重剖析了苏联模式的弊端，认为苏联经济中存在的症结问题迟早会产生恶果。他的前瞻性见解给我们以深刻启迪。我们请他担任苏联问题研究的高级顾问。

第三件事，请于光远先生为我的母校校庆题词。

1998年我的母校江苏省如东高级中学60周年校庆，校方委托我请一些名家题词，于是我找到于光远先生。他欣然接受，说他只给上海他的母校大同中学和我的这个中学母校题词，令我十分感动。他的题

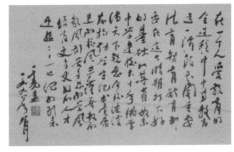

于光远题词手迹

词意境深远，对于当今现实更有指导意义。题词全文如下：

"在一个人受教育的全过程中，中等教育这一阶段至关重要。德育、智育、体育都要在这个时期打下好的基础。江苏省如东中学建校六十年，桃李满天下。祝愿今后继续发扬勤学守纪求实奋

进的校风，严谨善教的教风，刻苦多思的学风，培育更多更好的人才，迎接二十一世纪的到来。于光远　一九九八年八月"

（载《新民晚报》，2013 年 10 月 15 日）

悼李慎之同志函件

俞邃同志：

兹发上《悼慎之》一文，请阅正。

何方
2003 年 5 月 8 日

何老：

《悼慎之》一文昨夜见着，并立即在灯下拜读。这既是一篇感情真挚、缅怀故交的祭文，又是一篇品味高、学术性强的佳作，把这位"思想界一代英才"的人格、风貌和学识，恰如其分地、再好不过地刻画出来了。其中的文化知识、历史经验和为人之道，使我获益匪浅，谢谢！我想，倘若慎之在天有灵，定会以习惯的幽默和满意的微笑来回应的。

慎之同志逝世，我是很悲痛的。那天您打电话将此噩耗告诉我之后，我一直沉浸在对他的回忆之中。我与慎之先生，无论是辈分，或者是接触机会，都不可能像您那样与之深交。但是，自从和他相识以来，承蒙他对我一直非常友善，且显得器重。

20 世纪 80 年代后期到 90 年代，国务院国际问题研究中心每年召开年会，尤其是宦乡同志健在时，慎之同志每次都出席，而我也应邀参加，于是彼此见面较多。我清楚地记得，在一次会议休息的间歇，他曾兴致勃勃地找到我，领着社会科学院有关研究所的几位同事所长，与我畅谈，仔细征询和认真听取我对苏联问题以及后来苏联发生剧变的看法。他确实待人平等，无拘无束，

137

谈吐幽默风趣，当时我也冒昧地回敬了一句俏皮话："研究苏联问题，慎之又慎。"

1994 年，我受聘担任首钢国际问题研究所所长，为了扩大影响，慎之同志和您一起，欣然接受我的邀请，参加该研究所的年会。他与王殊同志交谈时甚至说"俞邃有请，就得参加"，这使我既感动又感激。在那次年会上，诸位国际问题研究界的老前辈，都做了精彩的发言，慎之先生着重谈了国际关系中的文化因素。他的独特见解，我至今记忆犹新。后来形成多篇文章，他以不同的名义发表在《太平洋学报》等刊物上，我也都认真地阅读过。

慎之同志走了，国际问题研究界又少了一位资深的前辈。这方面的损失是无法弥补的，也不是任何人都能感受的。我深知《悼慎之》一文所反映的您的复杂心情。尚望节哀，更要保重身体！

俞邃

2003 年 5 月 9 日晨敬复

何老、宋大姐：

转上钱李仁同志对何老文章的评价。我与钱李仁同志过从较密切，所以将《悼慎之》一文转给他看看。此举何老请勿见怪。

祝安康愉快！

俞邃

2003 年 5 月 13 日午后 2 时半

附：钱李仁同志函

俞邃同志：

　　昨晚收到来函后，当即回复，想已奉达。当时只是表示在一段时间未通讯后收到你的来信的一种高兴的心情，同时也有告以我在非典流行中安然无恙的"报平安"之意。当时尚未打开附件。该信发走后，连夜打开附件，阅读至深夜。慎之不幸去世，我是从你这次来件中才得以知晓。我与慎之同志主要是在共同参加一些会议或写作活动中有接触，几乎没有一对一的深入交往，但他的才华横溢、胸怀坦荡，给我留下深深的印象。我对于中国学术界失去这样一位难得的英才而深感悲痛和惋惜。转来的何方文章和你的去信，情真意切，既使我感动不已，也令我得知许多历史内情，对我很有教育意义，也向你表示感谢。再次希望你多保重平安如意！

钱李仁

2013 年 5 月 13 日

缅怀郁文同志

2019 年 1 月 28 日是郁文同志逝世六周年。我们大家都怀念她。

郁文同志有很高的文化素养，风度儒雅，举止端庄，朴实无华，平易近人。作为党和国家卓越领导人乔石同志的夫人，她以其崇高的风范受到广大人民群众的尊敬。

我与郁文同志业务上的接触，开始于 20 世纪 70 年代后期。她治学严谨，给我印象深刻。记得是在 1983 年年初，由她主持的《共运资料选译》（《当代世界》杂志的前身），刊发我撰写的《勃列日涅夫当政十八年回顾和苏共新领导政策初探》一

20 世纪 90 年代俄中友协名誉主席齐赫文斯基院士访华时，郁文同志与他交谈

文。她在主编过程中，与我反复商议，从重要提法到标点符号，一丝不苟。早先我就听说她才华横溢文笔高超，这次合作让我对她产生了由衷的钦佩。

郁文同志待人诚恳。我手头保存着她写给我的三封信，记载着她对我的关心、爱护和帮助。2000 年 12 月，我将在报纸上发表的一篇纪念李一氓同志的长篇文章，转给郁文同志看看。她于

2001 年 2 月 14 日给我回信，赞许说：文章抒情叙事，真切感人。难得你笔头勤，把李老当年的一些所为所言，都详细地记下了，今天写出来，成为对他老人家很好的纪念。老乔并此向你问好！2001 年江苏人民出版社筹划出版我的一本专著《俄罗斯萧墙内外》，出版社提出可否请乔石同志题写书名。我把此意向郁文同志转达，她在同年 5 月 23 日给我回信，一方面解释说：因乔石同志从不为人题书名，仅李一氓老前辈的回忆录是例外，故只能请你谅解了。同时鼓励我说：你的作品再次得以辑集出版，殊堪嘉慰。不负你多年心血。2003 年 1 月 5 日，她接到那本书之后，又给我来信说：因杂事及到外地，至今才给你回信，实在抱歉之至！书还不及好好拜读，但已看了何方同志为你作的序，很赞同他对你的观点的高度评价，这是公允的。

苏联解体后，郁文同志还曾积极推荐我出使国外，对此我一直心怀感激。

郁文同志重同志情谊，还可举一例。刘克明同志于 2012 年 5 月逝世时，我建议他的子女将讣告送给郁文同志。结果乔石同志和郁文同志联名送了花圈，这对逝者、其家人以及我们中联部的老同事都是很大的安慰。

郁文同志为人谦和，就像一位大姐。记得 1994 年俄中友协主席季塔连科院士来访时，她以中国国际交流协会副会长名义在朝阳公园宴请。我们几位曾经率交协代表团访俄的同志作陪。席间她要我代表她致辞，散席后路上她亲切地对我说，老乔经常谈起你。

郁文同志突然逝世后，悲痛之余，我总想以什么方式公开表达一下对她的悼念。我利用 2013 年 3 月 2 日在上海《新民晚报》发表文章《李一氓的学者风范》的机会，在文中特意写道："今年 1 月李老之子李世培同志与我们商议李老诞辰 110 周年纪念活动事宜，正准备请教郁文同志，孰料郁文同志突发脑出血，于 1

月 28 日不幸逝世。"

讣告《郁文同志生平》中有这样一段话："郁文同志一生光明磊落，襟怀坦白，严于律己，乐于助人，谦虚谨慎，作风正派，艰苦奋斗，廉洁奉公。"这是对她的客观评价和真实写照。

（载《中联晚晴》，2019 年 4 月）

良师益友王愿坚

王愿坚同志于 1991 年 1 月 25 日逝世,刚过甲子之年。斯时他担当解放军艺术学院文学系主任,正是他创作经验最为丰富、文学造诣最为成熟的时期。解放军总医院那么好的医疗条件,虽竭尽全力,却未能挽回他的生命。痛惜之情,在我心中郁闷了20 个年头。

我和愿坚同志是 1953 年相识的,那时他的夫人翁亚尼就读于中国人民大学俄文系与我同班,我们几个同学不时到他们家去"串门"。作为一名文学爱好者,我总是抓紧机会向王愿坚请教,从他那里获得了许多文学知识和军史知识。此后,我与他结下深情厚谊,推心置腹,无话不谈,保持 30 多年的友好交往。他是我真正意义上的良师益友。

王愿坚是山东诸城人,1929 年生,1945 年参加八路军,新中国成立后成长为一位卓越的军旅作家,社会知名度很高。他从1952 年开始发表短篇小说,其中《党费》《七根火柴》等作品被选入中学语文课本。他的许多优秀作品被译成多种文字向世界发行。

王愿坚的小说极具特色,以弘扬革命传统为主要题材,精心地、集中地、富有创意地刻画人物心灵的闪光点。他运用生花之笔,把主人公放在尖锐的斗争环境中凸显他们崇高的思想境界和忠贞品质。无论是人物刻画或情节描绘,都充满浓郁的革命浪漫主义气息。正如有的评论家所说,在有的片段里,人物精神的美只是光华的一闪;这一闪虽短,却光辉耀眼,令人心惊目眩,蕴育着充沛的激情和发人深省的思想力量。

据王愿坚本人回忆，他写作《七根火柴》时的思绪是这样的："深夜，灯前，我照例对着稿纸'神游'于长征路上。忽然，眼前浮起一幅景象——一队红军战士在白茫茫的雪山上迎着风暴走着，一个红军战士身子一仄歪，摔下了雪坡。几番挣扎，他被深雪埋住了。随着战友的视线望去，只见雪上留着一只手，手心里托着鲜红的共产党员党证。这就是《七根火柴》的最初胚芽。"他说自己的写作心愿就是要让"当年长征中迸发出的革命精神的火光，能给新长征中的战士们带来一点温暖"。

愿坚同志下笔十分严谨，他对我以及对其他不少人都说过，文学艺术界的通病是写得太散，扯得太远，往往乏味缺力。说他

写《党费》《亲人》《七根火柴》《普通劳动者》等作品时，都"割爱"删去了很多东西。他曾向我描述过湖南衡宝战役，娓娓道来，让我着迷。我一直盼望他的这部作品问世，可惜这只能永远停留在期待上了！

王愿坚为人诚朴、谦逊、儒雅，人缘极好。他在与我的交往

愿坚同志赠书

中，从不宣扬自己，总是习惯于赞美他人的成就。有一件事给我的印象特别深刻。电影《党的女儿》取材于他的著名短篇小说《党费》，电影银幕上却未作相关说明，更没有他的署名。我曾经问过为什么，他微微一笑，毫不介意。

愿坚同志对我情真意笃，如同兄长。他是我的挚友，也是许多同辈人的挚友。他赠给我多部作品，还送给我的孩子一些作品，我们一直珍存着。20 世纪七八十年代，我还没有出版个人专著，只写过一些国际问题论文，他很感兴趣，认真与我交流切

磋。1984 年我送他由我主持翻译的《国际共产主义运动》一书，他说了许多鼓励的话。有一次，我的女儿代我去他家看望，他赠我唐三彩骏马。说他有两匹，一为昂首、一为垂颈，将昂首的一匹赠我。仰视与俯瞰，彼此呼应，象征我们之间的友谊。愿坚同志的家长期住在东城南小街，平房小院。我去看望或路过，常在他家用餐"吃火锅"。他全家人也曾到木樨地我家来欢聚畅叙。

愿坚同志爱抽烟，有些过量，每次相遇，总见他右手食指和中指夹着一支烟。我曾劝他少抽点，他说习惯难改。不幸最后还是被烟所害，酿成肺癌不治。1990 年年底，他住进 301 医院，我去探视，病中的他仍详细询问我的工作，对我被国防大学聘为兼职教授一事特别看重。最后一次见面时，他正在全神贯注地倾听一位中医介绍气功疗法。

如今 20 年过去，每念及愿坚同志，他那悠然自得的吸烟神态，就在我眼前浮现；他那浓重而亲切的山东话音，就在我耳际萦回……

（载《新民晚报》，2011 年 1 月 25 日）

医学大师陶寿淇

2002 年 3 月 20 日是著名的心脏病学专家陶寿淇教授逝世两周年。陶教授谦虚和蔼的音容笑貌，八宝山革命公墓告别仪式上"一代宗师，巨星陨落，沉痛悼念，继承遗志"的醒目条幅，灵堂内哀乐呜咽、大厅外风声呼啸的天同人悲情景，深印在我的脑海之中。

陶教授是中国现代心血管病学与预防心脏病学奠基人之一，中国医学科学院中国协和医科大学心血管病研究所、阜外心血管病医院名誉院长、前院（所）长。他出生于上海，1940 年从上海医学院毕业后，留校任教。1947 年赴美国进修一年后返回母校，直至 70 年代初，在沪工作长达 30 年（1951 年曾参加抗美援朝志愿医疗队），先后任华山医院内科副主任、上海医学院医疗系副主任和中山医院内科主任等职。早在风华正茂的岁月，他便以医德高尚、医术精湛而闻名遐迩。

我和陶教授相识，要追溯到 30 年前。那时他奉周恩来总理之命，只身调到北京。我与他朝夕相处，在同一餐厅用膳，前后达八个月。因工作关系，我方知陶教授的特殊使命和非凡功绩。正如他的生平介绍中所说：在他从医的几十年生涯里，一直肩负着党和国家领导人以及老一辈无产阶级革命家的医疗保健工作，"他为这一光荣而艰巨的使命作出了巨大的奉献，并表现出卓越的智慧""他以精湛的医术，多次挽救外国领导人的生命，为中国的外交事业作出了贡献"。后来，我见到一张中央领导集体接见医疗组的大幅照片，陶教授居中坐在江泽民和李鹏两位领导人身边。

我在与陶教授相处的日子里，感觉非常愉快。他举止儒雅，和颜悦色，一副银丝眼镜更增添他的学者风度。晚间稍有余暇，我们便坐在一起畅叙，偶尔玩玩多米诺骨牌游戏。时隔十多年，我从莫斯科带给他一盒"苏联制造"多米诺骨牌，勾起往事，他不禁开怀大笑。

对于陶教授的医术，我有切身体验。医疗组的名家们交口称赞陶教授用药精当。20世纪80年代中，我在国外工作，突发心律不齐，苏联医院的住院部和门诊部结论不一。我回到国内治疗，北京的医院也有不同看法。于是我去求教阔别多年的陶教授。他将国内外给我做的心电图全部拿去分析，然后约我去他家促膝交谈。他告诉我算不上冠心病，但要我注意防范，不再熬夜写作，晚间不迟于10时就寝，也不必服用任何药物。我照此办理，不到一年，早搏现象全然消失，康复至今。1997年春，我90岁高龄的岳父施士元教授患心动过缓，迫需安装心脏起搏器，难度颇大。我从南京打电话向陶教授请教，他让我将诊断书传真给他，当日便提出详尽意见，被江苏省人民医院采纳，效果极佳。我的妻妹施蕴渝院士一度心脏不适，她所在省医院的措施缺乏疗效，后来请教了陶教授并按照他的办法处置，不久便恢复了健康。

陶教授是位医学大家，从不摆架子，以提掖后辈为乐事。我单位医务室李茂夫医生想请教他几个心脏病疑难问题，陶教授欣然应允，不厌其烦地给予指导，李医生深受教益和鼓励。

陶教授是一位廉洁奉公的学者。他的小儿媳在美国患乳腺癌，病情危急，需从国内不断捎中药，曾托我相助。有人提醒他说，您在中央领导人身边工作，打个招呼，带药这点小事还不好办？陶教授摇头笑笑，说他不习惯这么做。

陶教授是一位严守纪律的人。1995年一段时间，社会上关于邓小平健康状况的传闻颇多。有一次我去看望他，顺便提及此事，他并不因我是老朋友而有所透露。

陶教授患白血病，早先我已得知，但每逢见面，我总是避问他的病情。我见他越来越消瘦，面容清癯中带着苍白，内心实在不安。他却依然谈笑自若，忙于工作。2000 年春节，按例我们夫妇要去陶教授家看望，不巧我俩都患感冒，我在电话中向他拜年并表示歉意。陶教授谦和地说，通通电话就很好了。我绝对没有料到，这竟是我最后一次听到他那依然浓重的上海话音！

陶教授走过了人生 82 岁的历程。他为社会建树了一座不朽的人道主义丰碑。

（载《新民晚报》，2002 年 5 月 22 日，原标题《缅怀陶寿淇教授》）

挚友兄长朱剑同志

我于 1952 年从南京回过一趟家乡南通如东之后，直到 1988 年才又踏上这片朝朝暮暮眷念的故土，间隔长达 36 年之久。这期间，南通市和如东县的领导同志不断更迭，除个别人曾有所耳闻外，几乎全都不相识。

1986 年 5 月初，我奉命去中国驻苏联大使馆工作，出发前几天，我接到邵铁真同志的电话，说南通市委书记朱剑同志来北京出席全国人代会，还在中央党校学习的副书记李明勋同志，正在他家做客，欢迎我前往一聚。我非常高兴，于是认识了朱剑同志。他给我的印象是坦诚、儒雅、谦逊，让我产生敬佩与亲近感。此次别后，一直到 2009 年 9 月，才有机会与朱剑同志建立了联系。开始我们互通电子邮件，后来有了手机操作。我坚持每天清晨转发两套被他称作"早餐"的新闻信息。我们连续友好交往了整整十年，建立了"同志+挚友"的深厚情谊。

朱剑同志是一位意志坚强、初心不改、豁达开朗的老革命，又是一位求知欲强、学而不厌、诲人不倦的文化人。他的崇高品格给我留下了极其深刻的印象。这在他十年来的信件中得到充分体现。这里我将其中一些内容简要地分类整理，这也许是我个人所能采取的一种对他最好的纪念方式。

建立联系，友情绽开

我与朱剑同志建立联系之后，从未间断。他比我年长五岁，是我一生中难得的良师益友。我总是称呼他"剑老吾兄",他开始出于传统文明习惯叫我"邃兄",后来逐渐认我为"邃弟",有时涉及学术评价也称我"邃公"。

2009年9月,我从管惟滨教授那里得知剑老的电子邮箱,遂于当月26日尝试着给他发去一封电子邮件。我写道:我们还是1986年4月底我赴驻苏联使馆工作的前夕,在邵铁真同志家首次见面,不觉23年过去!此后我数次去过南通(最后一次是2008年10月应邀在南通市委党校做国际形势报告),因不知您的情况和住址,未能再次晤面,实为憾事。您近况可好?下次回家乡,一定前往拜望。我给故乡《南通日报》写了一篇文章《中国和平发展如何影响世界》,不知能否麻烦您转给报社编辑部?如不刊用,也无所谓,只是表达一点心意而已。

9月30日,我接到剑老回音。他说:很高兴地接到您发来的电子邮件来信,读大作如见其人。23年前在铁真同志家初晤,至今仍有印象,记得曾留下合影,待寻找到这一珍品即寄给您。我已经离休近15年了,身体尚可,社会活动连连不断,尤其到节日更是频繁。这两年来,为《记忆经典南通》工程需要,收集、编辑了数宗档案资料,由于我出生于南通至今未离开过家乡,所留下的资料可以说从一定的层面上记录了南通自20世纪30年代以来,尤其是改革开放初期重要时期的历史轨迹。根据中共中央办公厅去年年底通知要求,将其中五卷(个人的影集、文集和中央领导同志来通的影视和文字资料)已于今年4月赴京呈送中央有关部门保存,获得好评。待再次晤见时或用电子邮箱发给您,能得到您的指正,乃幸甚矣!你的大作已转发《南通日报》总编辑了,一有信息,即告。今发上几则我最近参与活动的小资料,如您有暇一阅,并望以后多联系。我的那篇文章于10月23日发表,这是我在故乡报纸上刊登的第一篇文章。剑老非常认真,随后将报纸邮寄到北京我的家中。

我与剑老再次晤面是在 2009 年 10 月。10 月 24 日，我应南京解放军理工大学之邀做国际形势报告，接着前去出席淮安外语学校十周年校庆。我和夫人施蕴陵教授，与南京解放军理工大学原政委毋瞩远将军及夫人刘珊同志结伴，乘此机会于 10 月 30 日从淮安转到南通与剑老见了一面。28 日，他先在短信中称：30 日莅通，时间实在短促，能晤见乃一大幸事。这次见面我们彼此都特别兴奋，亲切促膝交谈，剑老赠我三张光盘，内容包括他个人经历、1984 年胡耀邦同志视察南通。剑老还与李明勋同志一道，兴致勃勃地陪同我们参观了狼山和园博园。当夜我们回到北京，我给他发邮件说：我们一路上回味着与您相处得极为愉快的一天。这次回到故乡南通，最大的兴奋点就是与您晤面畅叙。您老，精神矍铄、思维敏捷，很使我惊喜。如果不是您做那样周密的安排，我们不可能在如此短的时间内看到那么多精彩的东西。毋瞩远将军感受至深，在途中给我短信说，朱书记给人的印象太深了，既重情谊又无官谱，且善思好学，真让人钦佩！

自从故乡第一次见面之后，我与剑老便经常地传递各自的文章或研究心得，这成为彼此交流的主要内容。剑老对我关怀备至，一再恳切地约我每年回去一次。我多半利用到上海讲学的机会，在剑老的关照下，如愿地做到了几乎年年与他晤面。

交流心得，彼此切磋

剑老不仅关注国家大事，而且重视国际问题。他喜欢看我写的关于世界局势与中国外交的文章及电视访谈，于是我经常给他传送。他认真仔细，随时做出评论。他把自己写的涉及多方面的文稿，也发给我，并谦虚地征求修改意见。从中还可以看到他对老战友例如王太祥、邵铁真、李明勋等同志的关心。这样的交流是大量的，这里仅举数例。

2009 年 10 月 16 日，剑老来信：拜读了您《中国和平发展对世界的影响》和为新民网撰写的专文，很有感受，特别是对近日中日韩三国首脑会议这一重要事件有了全面深入的理解，其文言简意明，通俗易懂，很适合如我们这些读者（广大的而不是专业）的需要，希望能多看到您的文章，我已向友人推荐。

2009 年 11 月 3 日，我告诉剑老，我出席了国际问题研讨会，议题是"后金融危机：发展模式的改变与竞争"。与会的有德国、美国、日本、印度、新加坡和中国的知名学者 20 多人。我的任务是闭幕时对会议做一个总结性点评，结果受到了意想不到的热烈欢迎。我将"点评"给他发去，供参阅，请指正。剑老阅后于 11 月 4 日回复称：一是为您的论点获得成功而高兴，二是为我有了一位国际政论的好老师而欣慰。这个发言，对我们这些做实际工作的人来说，它深入浅出，言简意明，回答了人们议论纷纭的时政问题，其作者不愧为中央领导层智库精英！以后一定多向您请教，祈勿却是幸！此文拟转我市里有关宣传、理论机构的友人学习。

2010 年 3 月 12 日和 16 日，我收到剑老两次电邮，我回复他：南通市党史部门和好友们"督促"您写回忆录《与南通一起走过》，这是一件非常有意义的大事，值得认真对待。得知您正在积聚资料，我很高兴。您已有不少的文章和讲稿，完成回忆录的基础条件是很好的。如果觉得重新动笔撰写完整的回忆录精力有所不济，可否考虑将该书的内容分为几类，其中包括您撰写的一篇综合性回忆长文，这是主体部分；加上您现成的一些文稿和讲话，还可以附上其他作者谈论您的成就和贡献的文章。在全书形成过程中，如需要我做点什么，请吩咐，我将尽力帮助。6 月 15 日，剑老来信称：今发送我最近出版的《与南通一起走过》资料汇编（电子版）第二版，这一版有自动翻阅功能，只要点击题目那文字就可自动出现阅看了，也可调节字的大小。发上两本，一本是可复制和改动的，一本是不可的。望提出意见，使之更完善。也望对文稿提出修改意见。

2010年7月25日，剑老来信：《王太祥纪念文集》序言草稿，今日刚写成。王老，如东掘港人，长期在地方工作，您可能熟悉他，今发送给您，请帮助修改，也可推倒重来。恕我找烦，祈谅！我当日回复：您的序，充满对战友的真挚情谊，对事业的负责精神，评价真切，文笔流畅，朴实无华。这是一篇佳作，我很难做什么修改。若能给我几天时间，我可以帮助做一些文句润色，如何？受您之托，为故人鞠躬尽力，是应该的。您老高龄，在这大热天勤勉笔耕，我实在佩服您！7月26日，剑老再度来信：拙作经大师出手，大为增色。近日，李明勋同志的著作《紧随时代的足迹》已编成，约我作序，转上一阅，待您空闲时给此文"诊断"一下。恕我添烦，祈谅！

2011年4月20日，我去信：纪念王野翔同志的文章写得好，情真意切，朴实无华。我小时候见过王野翔同志，家中长辈经常称赞他，在我的记忆中他很了不起。

2011年9月12日，剑老来信：送上答市电台的采访稿，请指正！今日下午报社记者来采访，拟展开谈"党要管党"的问题。这次被选为即将召开的市党代表大会的代表，该讲的话讲讲，你以为如何？

2012年1月8日，我去信：剑老十分关注《邵铁真纪念文集》，充分表明了您的高尚人品和对战友的深情厚谊。由通州党史办负责筹办甚好。铁真的子女应主动积极参与。

2012年6月16日，剑老来信：弟又被选上新一届市人民代表，本月下旬将出席第一次会议。为履行职责，正准备一件提案：在濠河博物馆群中建一座"南通历史博物馆"，借鉴北京"国家博物馆"，展示南通自"青墩遗址"时始经古代、近代、现代以至当代的历史进程。此构思的基础是我及几位热心文化的友人于 20 年前想法和近年来的建议，相信也反映南通籍有识之士的愿望。今发上两件文稿，敬祈批评指正！7 月 11 日，剑老再次来信：今发上《关于建立南通历史博物馆的建议》，请批评指正，并恳祈邃公为家乡文化建设作贡献。7 月 19 日，我回复：来函并《关于建立南通历史博物馆的建议》收到，谢谢。您的始终不渝的人民公仆使命感和富有远见卓识的崇高责任感令我非常感动。如建成南通历史博物馆，将传承辉煌，造福后代，功在千秋。对此建议我举双手赞成，并向签名的所有老同志致敬！

2013 年 10 月 20 日，剑老信：发来《新民晚报》刊载的近作《忆于光远先生二三事》已初步拜读，文字通俗、情真意切，体会到思想理论界人士交往的高尚境界。20 世纪我担任市委书记时曾聘任于光远先生为南通市的高级顾问，是南通人民敬仰的理论家。同样，我们南通人民有堪称"江海之子"的俞邃公而深感骄傲和自豪！

2014 年 3 月 29 日，我致剑老：回京之后撰写并发表了《瞩目乌克兰局势》一文。外，还有一篇理论性文章《要有创意，但不能离谱》，受到社会重视，现一并送上，供参阅，请指正。

2015 年 8 月 11 日，我给剑老发去近期五篇文章，请他参阅指正。剑老当即回复："哈哈！早餐换大宴了！要好好品赏，猛增营养，大享清福，延年益寿！！！"

2016 年 7 月 26 日，剑老来信：得知"走红"的中联部专题片，甚欣！凡看了此视频者无不赞赏，认为其内容和形式确实可谓党史党建好教材，应列为中国大中学校的政治教科书。尤其是，从视频中看到邃公列入为中国首名国际政治和党史党建领域知名专家学者的光辉形象，不愧为我"江海之子"佼佼者，吾等深为敬佩，并为之感到光荣和骄傲！

诗词书法，增添情趣

剑老和我都算不上诗词人和书法家，但在这些方面却有着共同的爱好，偶有交流，增添乐趣。

2010年2月16日，"朱剑敬赠"：瑞雪报春喜万家，飞越网空绘梅花。神州大地虎显威，人活百岁哈哈哈。当日，"俞邃回应"：朱门白雪喜万家，剑亮笔端报春花。快马奋蹄胜虎威，乐迎百岁笑哈哈。同日，"朱剑赠友人并祈教正"：有生遇老俞，心头倍深邃。兴国赖精英，华夏皆人瑞。17日，"俞邃回谢"：挚友难遇，剑老过誉；权当鞭策，矢志不渝。

2010年10月16日，剑老接到我发去的名人诗，感言：电波传友情，天涯呎尺近；今又重阳日，朗诗更思亲。

2011年7月9日，剑老来信：欣然拜读邃兄为建党90华诞的诗并书法，令弟"目不转睛"，不失"情深意远，腕健力张"之佳品，乃"江海之子""中华精英"者神形彰显也，可赞可颂！发上拙作几幅，敬请指正。弟深知自己的字不难看，但缺乏功底，懒之所致，后悔莫及矣！10日，我回应：剑老，您的题字，气势与潇洒兼备，端庄与谐趣并蓄，阅后很是高兴。

2015年12月30日，敬告剑老：支部活动时，回应主持人给群体的贺年话语，我作诗应答：喜逢元旦，心田灿烂。磊落人生，弥足安全。古稀耄耋，无非几关。梅花过去，又有牡丹。当日剑老和韵：乐度元旦，青山灿烂。快乐人生，天赐平安。喜逢耄耋，已越几关。雨雪过去，手捧牡丹。

2016年1月21日晨，剑老发来院内漫步吟诗的视频，"感赋"如下：岁寒三友舔剑翁，瑞雪纷飞共一丛；万象更新迎春到，三幸有生乐融融。我当即"友情呼应"：视频欣然望剑兄，吟诗作赋笑隆冬。惊羡已是米寿人，活泼潇洒胜顽童。

2017 年 12 月 29，剑老发来 90 寿辰全家四代同堂照片，并赋诗一首《九十感怀》：忽忽光阴九十载，与时俱进新时代。四代同堂乐庆贺，更喜祖国辉煌灿。我回贺：如诗如画九十载，盎然迈进新时代。江海学子群星灿，剑老堪称一品牌。

不断思念，永远缅怀

我与剑老是名副其实的莫逆之交，做到无话不谈。他不止一次对我说起他的"命"。他是从抗日战争和解放战争枪林弹雨中奋斗过来的。他还曾告诉我，1976 年 7 月 28 日唐山大地震当天，他和几位朋友原计划离开北京住在唐山，幸亏临时变更了日程。所以他对"三生有幸"这句成语体会深刻，并且风趣地变动一下说他是"三幸有生"。有朋友对他的这一变动文法存疑，于是征求我的看法。我说两者本意相似，变动一下符合您自身的境遇，且富有幽默感，未尝不可。他对我的解读感到高兴。

我和夫人与剑老合影

剑老的体质一向甚佳，在他 90 寿辰时我和夫人施蕴陵联名赠他条幅"光照期颐"，意思是深信他能健康地活到百岁。但我与他毕竟最多也就一年见面一次，所以还是经常牵挂。

2010 年 1 月 10 日，我在日记中写道：有一阵子没有得到朱剑同志回音，今天直接并通过晓丹询问情况。剑老回短信称：谢谢您的问候！我现在一切正常，由于年关，活动较多。您的文集是党和国家文库中的经典著作，翻开浏览，获益匪浅。常常收到您发来影像和文史资料，大大丰富了我的精神生活，但我无报答，祈谅！

2012年5月19日，他回答我的询问：剑弟之伤情已近痊愈，乃不幸之大幸也！务望以弟为鉴，以安全、快乐、健康为座右铭，欢度晚年！共勉之。6月16日，我问候，剑老康复否？念念！回复：弟之伤情已近痊愈，能正常参与各种活动，勿念！

2013年5月1日，考虑到剑老对我和夫人南非之行难免担心，我站在南非好望角，给他发短信报平安。他回复：天涯海角传佳讯，江风拂面递谢意。祝邃公夫妇旅途快乐！愚剑。

2018年1月19日，我的日记：朱剑老一段时间无回音。经询问，告诉我：愚剑近来服药治疗两腿走路稍有好转，谢谢关心！望二老不忘乡愁，待天暖花开时相叙！3月8日，我的日记：朱剑老回音不大及时，担心他的健康。经询问，回答是：愚剑的健康总评价——好，能吃能睡尚能走路，头脑没有糊涂。

2018年12月28日，我的日记：台历上标注，今天是朱剑老90周岁生日。立即与蕴陵联名发去贺信：热烈祝贺尊敬的兄长朱剑同志90大寿！他回复：感谢邃公、蕴陵教授来电祝贺！值辞旧迎新佳节，愿共同幸福美满！

较长一段时间剑老很少用邮件，显然与他的健康状况有关。

2019年6月24日，星期一，晴天霹雳，传来噩耗！当天中午我关闭手机，到下午2时半开机，突然见王乃熊和尤来宗二位同志来信，说朱剑老书记昨天早晨突发疾病，一直昏迷，今天中午12时许逝世。我万分震惊！随即转告毋瞩远、管惟滨、曹振志等熟悉他的老同志，还告诉了小辈邵旭军同志。我通过微信把毋瞩远将军的悼念诗、管惟滨教授的悼念信转给晓丹。

晚间8时38分，晓丹传来讣告：家父由于突发主动脉破裂引发的心力衰竭于2019年6月24日（星期一）12时44分于通大附院在家人的陪伴下安详地离开了。遗体告别仪式定于2019

年6月28日（星期五）10时开始在南通市殡仪馆（天福园）景福宫举行。特此告知。

这时，我含泪打开2016年7月2日剑老发来的视频——建党95周年之际南通电视台对他的采访，我回复他的那首诗：欢庆党建，九五周年。江海之子，当数朱剑。扎根故土，毕生奉献。耄耋已矣，风度翩翩。掬酒一杯，遥祝康健。促膝畅叙，期待来年。

6月28日晚间，晓丹发来送别时的系列图片，场面之隆重令人既震撼又欣慰。现场横幅：送别朱剑老书记。两侧：鹤去清风曾尽瘁 思追一剑展长虹。我发给晓丹20字：人民的爱戴，隆重的悼念。丰功的写照，不朽的朱剑！

（2020年5月完稿，6月载《朱剑同志逝世一周年纪念文集》）

悼念南师大附中[*]三位老师

缅怀老师许志和同志

许志和同志1925年出生于四川，是1949年4月南京解放后南师大附中党支部中最早的党员之一。1951年夏，因积劳成疾，患黄疸肝病去世，年仅26岁。

许志和同志是南京解放前夕加入中国共产党的。他来附中之前，是南京大学法律系司法组的高材生。由于工作需要，大学四年级的时候，亦即1949年10月，他同刘英杰同志一道，被组织上派到附中来。他在执教政治课的同时，承担着创建新附中的使命。

1950年2月初，我经南京军管会文教委员会引荐，从苏北南通平潮中学转学到附中。在教导主任吴耀卿老师安排下，我顺利通过笔试和面试，分配在初三级丙班。初三级分为四个班，甲、乙、丙班是男生，丁班是女生。那时我尚不足17周岁，属于少年党员，引起周围同学的好奇心，纷纷围到我们班教室前来窥视，弄得我很不好意思。这个年级的同学堪称人才辈出，后来涌现出了一批著名的科学家、教育家和翻译家，有中外院士、将军、教授、学科带头人和各级行政管理干部等。这些同学都受过

---

　　* 南师大附中，即南京师范大学附属中学，当时校名为南京大学附属中学，简称"南大附中"。

许志和老师人品与知识的熏陶，都对许老师抱有极大的好感。

许志和同志是我的老师，又是同一个党支部的成员。就个人关系而言，他还是我非常尊敬的一位兄长。我与他的接触和对他的了解，主要体现在党支部的活动中，所以本文对他更多以同志相称。

我的党组织关系随着我入校便转到了附中。当时党支部的成员有老师陈克（女，专职支部书记）、刘英杰和许志和，高三级学生汤滨（副支部书记）和王鸿樟，加上我，一共六个人。不几天，李夜光同志调来任教，支部变成七人。同年暑期前后，陈克同志调走，汤滨、王鸿樟毕业，支部剩下刘英杰、许志和、李夜光和我四人，由刘英杰任支部书记，许志和任副书记。同年年底，开始个别吸收新党员。支部商定了一个五六人的积极分子名单，主要是团组织和学生会的骨干，经常吸收他们列席党支部会，实际上是把他们作为培养对象。从1950年年底到1953年年中，我从附中毕业，这期间先后发展的教师党员有罗运盛，学生党员有眭璞如、倪继华（51届）、卢央、徐文梅（52届）、李贤芳、欧阳洪武、陈韫宁（53届）等，他们都曾受到过许志和同志政治上的引导和帮助。

我刚到附中的时候，学校团总支书记由王鸿樟同志担任。王鸿樟同志于1950年暑期毕业离校，许志和同志兼任团总支书记。1951年上学期，又改由我接任团总支书记。为此，许志和同志不断给予我具体指导，向我传授如何做好共青团工作的经验。我记得有这样一件事，当时党支部决定推行"宣传员"制度，在同学们每天集体早操时，由宣传员讲一些动员性的激励的话。在党支部会上讨论时，是许志和同志提议，得到刘英杰、李夜光同志支持，让我先行试验，"开了头炮"。

我们党支部四个人期间，相处十分融洽，集体行动也比较多，大家对我也特别关照，所以给我留下的印象非常深刻。附中党支部有别于其他中学的党支部，不列入市教育局党组织系统，而是隶属于市委学区党委中学分党委。我记得该分党委书记是一位名叫杨致平的新四军老干部，额头上有一道很深的刀疤印（后来担任过南京农学院党委书记，如今90多岁，仍健在）。我们四个人经常到市里开会或听报告，有时晚了，就在街上吃夜宵。每次都是刘英杰、许志和、李夜光三位老师付款，轮不上我这个穷学生掏钱。我们一路走回学校，开怀畅聊，气氛和谐，内容健康。我们一起在南京人民大会堂观看过中国杂技团的演出，这对于从农村来的我，无疑是大开眼界。我们还一起观赏了尚小云主演的京剧《姚期》，这是我第一次见识什么是"四大名旦"。当我们1951年10月集体参加钱启珍同志婚礼的时候，许志和同志的缺席成为一大憾事。

我和许志和同志朝夕相处了一年半的时间。那是我永远不会忘怀的日子。直到今天，时隔五十七八年了，每念及此，他那沉着稳健、凝神思考的形象就会在我的眼前浮现。

他勤奋好学。读书成为他的最大爱好，他总是手不释卷，走在路上往往兜里还揣着一本杂志。他学的是法律，可是知识面很宽。他有抱负，很自信，却不自傲。

他讲课透彻。他每次备课都很认真，注意充实新内容，讲解条理性强，语言简练，一字一句，铿锵有力，没有空话废话，深受同学们欢迎。

他举止儒雅，文质彬彬，书卷气甚浓。他性格温和，说话从容不迫，绝无疾言厉色。他平时寡言，但不言则已，言则有据，有独到见解，有理论深度。

他待人诚恳。他的真挚让人可以放心地与他相处。在一次支部生活会上，他对我语重心长地提建议，要我多读书，开阔视野，积累知识，打牢根基。用现在的话说，就是要不断"充电"。他的这番话我一直牢记心头，可以说影响了我一辈子。

他特别能忍。遇有不同看法，他会坦然地却又温和地阐述己见，点到为止，从不与他人"博弈"争执，更不会盛气凌人。

他生活俭朴。留给我印象最深的是，他总爱穿着一双黄色大兵翻毛皮鞋，走起路来嗒嗒作响。他的卧具非常简单，但十分整洁。

他也有点孤独。他很少对人谈及私生活，所以周围的同志不了解他的家庭底细和亲友交往情况。他去世后，从他的遗物中找不到这方面的线索。

他在鼓楼医院逝世时，我前往挥泪告别。洁白的被单覆盖着身体，蜡黄的面容，坚毅的神态，戴着一副深度眼镜沉睡的样子，至今历历在目。

许志和同志逝世后，我在团总支和学生会编辑的油印刊物上发表了一篇纪念他的文章。学校在池塘边的大礼堂举行追悼会，我代表学校共青团组织讲话，回忆了他的高尚人品和敬业精神，称颂他为人师表、深受学生喜爱。我一走下讲坛，坐在前排的历史课老师褚步程先生当即站起身来，拉着我的手说："你讲得很全面，很得体，是我们大家想说的话。"

1954年夏，我从中国人民大学回南京度假，与几位同学相约，去雨花台附近的一座山上寻找许志和墓地。按照模糊记忆中的方位，几经周折，费了一个多小时，终于找到了竖立在草丛中一尺（约33厘米）多高的石碑，上面镌刻着"许志和同志之墓"。我们鞠躬致敬，注目良久，依依离开。一路上我们的话题就是许老师。

许志和同志本是一位大有作为的人才，不幸英年早逝，所有认识他的人无不为之叹息。半个多世纪过去了，刘英杰、李夜光两位老师已八十五六岁高龄，依然精神矍铄，多么值得庆幸！我们这些当年的学生，也都年逾古稀之年了。每当我们老同学聚会时，就会谈起许志和老师，异口同声地感激他、怀念他。这正表明了许志和老师不朽的人格魅力。

（载南师大附中《校友通讯》，2008 年 4 月）

良师益友李夜光同志

10 月 21 日我有事外出，途中接到一位老同学的短信，告知李夜光老校长今天逝世了。我大吃一惊！夜光同志虽已 92 岁高龄，但我一直深信他是能活到百岁的。

我最后一次与夜光同志晤面，是 2014 年 9 月 26 日。那天我刚从上海开完会，返回北京时路过南京作短暂停留。我和施蕴陵商定，趁机去看望相见日稀的李夜光同志。我们从他的儿媳那里打听到，他当时住在省人民医院。取得联系之后，大早去看了他。他精神颇好，听力也佳，只是治疗冠心病服药导致视力下降，说是停止服药恢复视力之后即可出院。孰料此次竟成永诀！

我与夜光同志有 65 年的深厚情谊。他既是我的老师和同志，又是我的挚友和兄长。

1950 年 1 月，我从苏北平潮中学转学到南师大附中读初三，当时学校党支部有教师党员陈克（支部书记）、刘英杰和许志和；有学生党员高三级的汤滨（支部副书记）和王

2014 年 9 月 26 日，我在江苏省人民医院看望李夜光同志

鸿樟，加上我共六人。李夜光同志那年 3 月进附中，几乎同时陈克同志调走，党支部还是六人，改由刘英杰同志任书记，许志和

同志任副书记。汤滨和王鸿樟暑期毕业后，一段时间支部就是刘、许、李和我四人。支部人数虽少，却非常团结，十分亲密。组织生活既严肃又活跃，讨论学校工作兢兢业业，学习文件和贯彻执行上级指示一丝不苟，开展批评与自我批评和风细雨。我们四人经常一起外出开会或听报告，有时晚了，途中在街上小吃，三位老师轮流做东，而夜光同志似乎经济宽裕一点，往往"首当其冲"。1951年9月，我们集体到大方巷鼓楼区民政科参加钱启珍同志的婚礼，兴高采烈的情景，至今历历在目。

从1950年年底至1953年年中，党支部发展了新党员眭璞如、倪继华、卢央、徐文梅、李贤芳、欧阳洪武、陈韫宁等人，其中五位由李夜光同志和我共同担任入党介绍人。

我自从认识夜光同志之后，对他一直抱有好感。他遵医嘱护眼，戴平光镜，被我首先"发现"。他温文尔雅，助人为乐。我因从老区过来，英文底子欠缺，党支部曾委托他帮我补习。我经济比较困难，他慨然将一条黄色毛毯相赠，我一直用到后来大学毕业。他还与刘英杰、许志和两位同志合力，支持我担任校团委书记，为我在学生时期提供了难得的锻炼机会。

夜光同志宽厚待人，对年轻人是一位慈祥长者，因此备受其他老师的尊重和同学们的爱戴。他负责教政治课，备课仔细认真，每堂课除规定教材之外，还加进一些自选的新鲜时政内容。他有见解而不自诩，尤其善于包容，从不与人争执，更不去谈论别人的短处。这也许正是他长寿的要诀。"春风大雅能容物，秋水文章不染尘"，这副楹联可说是对李夜光同志崇高风范的写照。

我离开母校之后，与夜光同志一直保持联系，也有过多次接触。我们曾一起参观校史初展，并坐出席校庆活动。我在母校或南京做国际形势讲座（包括吕鸣亚老师联系为南京八个民主党派作的报告），他总是乐于到场，给我以鼓励。我还从多种渠道欣然听说，他担任校领导期间廉洁奉公，一身正气，务实求真，有口皆碑。

夜光同志的经历表明，他毕生奋斗在中等教育岗位，忠诚奉献，建树斐然，是一位当之无愧的教育家。

夜光同志，我珍存着您和稽才华大姐的金婚照片。您安息吧！

附：给李夜光同志的一封信

亲爱的夜光同志：

你和才华同志的金婚照片，作为贺年片寄赠给我和蕴陵，这是珍贵的特殊礼物，充满深情厚谊，使我俩非常感动。谢谢！

你和才华大姐，婚后数十年如一日，亲密无间，相濡以沫，风范矗立，有口皆碑。你们获得"江苏省金婚模范"称号，是当之无愧的。谨致贺忱，祝身心愉悦，祝健康高寿！

夜光同志，你是我的老师和兄长。我永远记得，你曾经是那么热诚地帮助我。1950年年初在附中相识之后，我们党支部人数最少的时候只有你、我、刘英杰和许志和四人。我这个小同志被当作小弟弟备受爱护。我们大家相处融洽，工作配合默契，气氛和谐的组织生活成为彼此交流和帮助的有益园地。有许多次我们从外面参加会议或其他活动回校晚了，就一块儿在山西路等处边吃夜宵边畅叙，当然总是你们做老师的付钱。我们一同参加钱启珍婚礼的热闹场面，至今记忆犹新。支部会上曾经专门商议决定，我的英文基础差，由你负责辅导。我经济困难，你割爱把一条浅黄色垫褥毛毯相送，我一直用到大学毕业。后来由于工作地点相隔遥远，我们之间的联系不那么方便，尽管如此，我们仍相互惦记着，只要有机会总想见见面、谈谈心，同志加兄弟的情义从没有因岁月的流逝而稍减。

夜光同志，你的优秀人品给我的印象极深，对我的良好影响也许你自己都没有察觉。你性情温和，谦虚谨慎，待人诚恳，宽宏大量，爱好读书，没有癖好。我想，这些特点应该说是你受到社会尊敬和得以健康长寿的要诀。

借此机会说了上面一些话，算作是对你和才华同志金婚的简短祝辞吧！

蕴陵一并问候二位。

俞邃

2006 年 1 月 24 日

悼念刘英杰老师

母校南师大附中早期的党支部书记、政治课老师刘英杰同志，2024 年 2 月 26 日在北京安详离世，享高寿 102 岁。我与刘老师保持密切交往 74 年，在师生关系、同志关系中，是直接相处时间最久的。我曾得到他的精心培育和帮助。他的逝世，让我特别难过！

1949 年 4 月 23 日南京解放，同年 7—8 月间，市军管会学区党委派陈克同志到南师大附中担任党支部书记，连同学生党员汤滨、王鸿樟共三人，支部未公开。同年 10 月，政治教员刘英杰、许志和两位党员被派进附中。1950 年 2 月我进附中的时候，党支部已公开。不久陈克同志调走，政治教员李夜光进校，党支部有六人，由刘英杰担任支部书记，许志和为副书记。同年暑期汤滨、王鸿樟毕业离校。党支部在 1950 年上半年先后变动的七位党员，如今六位已经作古！

刘老师是参与南师大附中新时期变革和建设的一位开拓者。他注意团结老师，首先是尊重校主委曹刍先生（曾担任国民政府

166

教育部中等教育司司长），彼此和谐共事，使得学校稳定发展，在全市保持很高声誉。他关心培养学生。例如我的前任校团委书记王鸿樟，当时组织上要安排他到市里担任青年团职务，而他希望升学深造。刘老师顾全他的愿望，鼓励他考上清华大学，后来王鸿樟成为上海交通大学科技专业的知名教授。学生会主席杨霖，因社会关系复杂，当时不能入党，但刘老师一视同仁，充分发挥他的作用，为杨霖后来担任江苏省文化局副局长职务创造了条件。

刘老师是为新中国教育事业，特别是在中等教育领域作出重大贡献者。1986 年他已经 64 岁，却一心要为中国教育事业的改革发展做些实事。在国家教育委员会（教育部前身）支持下，1987—2013 年，由他主编了《中国教育大事典》《中国名校丛书》

刘永坦获国家最高科技奖后，一同看望刘英杰老师

《中国名校优良传统丛书》三套丛书，共 1500 万字。完成如此浩繁的巨著，该付出多大的心力！刘老师寿享百岁有余，正所谓天道酬勤！

刘老师是一位乐于助人者。我记得很清楚，我的一位同事涉外工作情况特殊，他的夫人在北京远郊区中学任教，家中孩子很小，双方工作和生活都遇到困难。结果是经刘英杰老师帮助，将他的夫人调到了城里。

刘老师的才华是多方面的。他有诗词天赋，还写得一手好书法，但他从不张扬，所以许多人并不了解他。

这里，我还要提及刘老师的夫人倪继华同志。她比我高两班，是 1950 年后期附中最先发展的两位党员之一。因工作需要，她没有毕业便服从组织分配，奋斗在公安战线，因病不幸于 1994 年早逝。愿刘英杰老师与倪继华同志在天堂一起安息！

（2024 年 3 月 2 日）

梅兆荣大使 2023 年最后微信

中国前驻德国大使、中国外交学会前会长梅兆荣同志于 2023 年 11 月 22 日仙逝。他给我最后一次微信是 4 月 4 日。下面是 2023 年微信交流文字部分的记录。

2 月 6 日 16：37 梅：尊敬的俞邃同志，我想寄给你我刚出手的文章，世发所下周将印出，请告你的通信地址，我托世发所发去！我现在正住院治疗！

2 月 6 日 17：18 俞：尊敬的梅大使兆荣同志，你住院治疗还是老毛病吧？甚念！望多保重。谢谢你拟给我寄文章。我的邮编和通信地址是……（略）

2 月 7 日 07：16 俞：我与郭业洲谈起您。他在微信中写道，"梅大使对我很好，帮助很大，很正直高尚！"

2 月 7 日 07：48 梅：我当大使时，郭业洲在使馆研究室工作，中德文均好，调研和对外工作能力均出色，我有意把他调到外交部，中联部得知后立即提升他为处长级，并不同意把他调走，我也不强人之愿！

2 月 7 日 08：05 俞：多亏你的栽培。业洲优秀，还有发展空间。

2 月 7 日 08：16 俞：我与业洲交流后，他写道，"是的是的，有这段故事！真的从内心感谢这位长者，就因为有这样的榜样，我不敢不努力啊！替我问他老人家好，祝他健康长寿！"

2 月 22 日 09：00 梅：俞邃同志，世发所寄去的文章是否已收到？很想听到你的批评指正！

2月22日09:23俞:尊敬的梅大使,昨天收到的,我立即很高兴地浏览了一遍,准备仔细再次阅读之后,今明天将受益感想写了告诉你。你真谦虚,佩服!

2月23日10:42俞:大作读后,感想殊多。概括为一段话,未必合适,敬请指正。

梅兆荣大使文章读后感

梅兆荣大使近作《对"敢于斗争、善于斗争"的实践体会》,通过自身经历,采用务实笔法,发自内心,深入阐述了学习习近平总书记二十大报告有关内容的真切体会。一位年届九旬的老同志,如此认真不苟,令我感动。

文章体现以下四个特点,简言之:

第一,坚忍不拔。刻苦攻读,勤奋进取;自信自强,当仁不让。敢于斗争靠忠诚,善于斗争靠本领。

第二,视野开阔。把握全局,审时度势;了解对方,刚柔并济。这是敢于斗争和善于斗争的前提与方法。

第三,语言朴实。将严肃外交政治斗争寓于生动故事叙说之中,娓娓道来,引人入胜。

第四,揭示本质。实际上外交工作更多是要做相互沟通、促进了解和理解的工作,起推动互利合作的桥梁作用。

俞邃

2023年2月23日

2月23日17:40梅:衷心感谢俞邃同志的鼓励!

2月23日17:49俞:要感谢的是梅大使给予我优先得益的机会!

3 月 11 日 08：22 俞：兆荣大使久违了。下面是近期在家中随意拍摄的一张照片。（照片略）

3 月 11 日 09：02 梅：俞邃同志多谢多谢，你的健康身体和灵活思维令我羡慕无余。

3 月 17 日 19：05 俞：下面是今天 17 日下午中国日报社记者就习近平主席即将访俄对俞邃的电话采访报道。（略）梅大使随意看看。

4 月 4 日 09：32 梅：谢谢俞邃同志的赠言，值得品味！

4 月 4 日 09：50 俞：兆荣同志安康！

（此后连续多次发信问候，梅大使再无回音。11 月 22 日 21：42 郭业洲副部长微信：刚听说，梅兆荣大使今日仙逝。）

（2023 年 11 月 23 日）

附：2021 年 8 月 5 日记我与梅兆荣大使在微信中的一段对话

梅兆荣大使在"天下事风雨声"群里见到我演唱的视频，给我来信称呼"俞邃老师"，说："你在家里演唱的《没有共产党就没有新中国》很动人。"我对他说："称我'老师'，岂敢岂敢！俱老矣，友情交流，假日消遣，快慰一下。"他回复："称你为'老师'，完全符合实际。你的年龄比我大一年，更重要的是你的学术水平比我高。我高中和两个大学均未毕业，受教育程度先天不足，都是因为工作需要把我割韭菜了。你的学术著作丰富，望尘莫及，称你老师一点也不为过。也许，我的外交工作实践略多一些。"我说："你过谦啦！你在外交领域的卓越贡献，有口皆碑，加之谦和儒雅，令我尊敬亲近！"他说："谢谢你的鼓励！"

马世琨同志最后的交流

《人民日报》原国际部主任马世琨同志，我与他相识相知半个多世纪。20 世纪 70 年代中，我奉命去人民日报社国际部，合作撰写有关当时国际形势的文章，与他相识，此后联系增多。他

《八十述怀》条幅

做事勤奋，为人谦和，很好相处。我们曾一起出席中国人民大学国政系的学术会议。彼此都退休之后，2013 年秋我曾去朝阳区金台西路他的住处，给他送去新出版的《俞邃论集》，并共进午餐。此后十年，一直保持微信联系。2018 年 6 月 10 日，他来信说：多年前我写过几句为一位老同志祝寿的打油诗，现抄上，祝您健康长寿——自古人生七十稀，如今八十黄金期。九秩华诞轻松越，寿过百岁何足奇。我回应：七十久往矣，八旬亦别离。九秩迎面来，任我度期颐。2020 年 9 月，他把自己写的一首诗《八十述怀》发给我，希望我写成条幅，时值疫情猖獗，体力缺乏，我勉强写成并装裱了快递给他。

下面是摘录他在生命最后几个月与我互通的微信，以资纪念。

2023 年 11 月 1 日 7 时 10 分，在马世琨同志手机微信中出现这样一句话："老马 28 日早上走了！"我大吃一惊，非常难过。立即回复："非常震惊！痛悼挚友马世琨同志！请家人节哀顺

变!"老马最后一次给我微信是9月1日15时27分，他见到我体检情况之后，断续写了三句不成文的话："建议您不去11""医生对症了大药，针对性强""手机出毛病"。显然，他的身体很差了！令我难忘的是，在他重病缠身的时刻，写了祝贺我90寿辰的诗句。下面是我手机中保存下来的2023年最后一段时间的来往邮信记录。

3月11日09：09马：俞兄，看您老当益壮，亲朋好友自然高兴。因怕您担心，我的身体状况一直未告实情，2021年（原文错写成2020年）7月手术，切掉恶性胆囊肿瘤，大约四个月后发现转移到肝，于是进行化疗、放疗，目前依靠中医，后果只能用"撞大运"来形容。我精神状态一直不错，乐观对待，手术已超过一年半，医生认为是个奇迹。

3月11日09：33俞：世琨兄，见信息，大吃一惊！所说手术一年半了，应该是2021年7月做的。人到老年，身体某个部位出现毛病，这是自然现象，难以意料。您心态好，这非常重要。希望您积极治疗，安心静养，早日康复！有什么需要我帮助的，请告知。

3月11日11：12马：谢谢！2021年7月做的手术。

3月30日20：25马：俞兄，请告您家地址，有本小书（指的是《病中漫写打油诗》）快递给您。

3月30日21：02俞：谢谢世琨挚友。（地址略）

3月30日21：03马：收到。

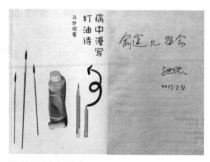

马世琨同志赠书

3月31日17：02马：小书是我生病头一年就已印出，怕老朋友担心，故未敬赠。算起来手术已十几个月，够长了，不必瞒着了。我对音律是外行，只能写写打油诗。见笑。

　　4月1日07：59俞：世琨挚友，快递员昨夜很晚来电话，约定今晨将吾兄佳作送来。立即浏览并制图写下几句感言。祝您早日康复！

　　4月19日19：25马：谢谢您的谬赞和精美的制图，实在不敢当。我将遵嘱以乐观心态配合治疗，尽量延长与癌共存时间。乍寒还暖时节望多保重！

　　4月1日19：56俞：心态好是战胜疾病的良药。深信峰回路转的神奇！

　　4月4日17：53俞：

　　　　　诗仙李白，激情澎湃。
　　　　　倾心恭听，难以忘怀。
　　　　　知识无限，勤学不怠。
　　　　　美哉乐哉，信息时代。

　　　　　　　　　　　　　　　——俞邃感言

　　4月10日19：35马：多年前，金台园全天对家属开放。春秋季节，风和景明，这里更是老人和儿童的乐园，呈现一幅幅自然和社会风情画。数年间，我无数次带外孙女游乐其间，并作短诗以记之。

昔日金台园小景

　　　　　金黄白玉翠绿，
　　　　　迎春玉兰新竹。
　　　　　顽童保姆翁妪，
　　　　　大闹扎堆絮语。

4月10日19：41马：发去打油诗两首（略），前者是近作，后者写于十多年前。一笑。

俞：地道的"六言诗"，有品位，并非打油诗。

4月12日09：06马：谢谢俞兄指正。我因自己写的诗不像样，便统统称为打油诗。其实是低估了打油诗，要写好并不容易。

4月14日20：01

俞：今天有亲属来京看望，我也单独拍摄了一张。

马：精气神俱佳！

4月21日09：31

马：3月19日北京出现今年来最大的沙尘暴，诗记之。

沙尘暴

久违沙暴袭京城，
危楼悉数隐其形。
高速路上不高速，
长空难觅飞机影。
天公地母相较力，
神仙难断谁输赢。
企盼彻夜潇潇雨，
喜闻春笋拔节声。

俞：绘声绘色，饶有风趣。

4月23日09：20马：谢谢谬赞，欢迎指正！

4月30日19：35俞：世琨挚友并家人五一劳动节快乐！

4月30日20：21马：祝您全家节日快乐！

贺俞瀭兄九十大寿

寿享九秩老少夸，

俞公正当好年华。

步履矫健羞青壮，

神来之笔妙生花。

——马世琨拜贺

4月30日20：30俞：深情厚谊，挚诚感谢！

7月16日10：13马：《等》说得好，看看吧……（附视频《等》）

7月17日15：10俞：发去视频《台传来，热血沸腾》。

7月19日17：07马：发来视频《弄巧成拙的生造新词》。

8月7日08：44俞：发去视频《1420百岁寿星调查！有一个共性……》。

8月18日18：27俞：世琨老友有一段时间未发信息，比较牵挂。今见视频，让我放心。

8月21日07：53俞：昨天8月20日是钱李仁老部长百岁（虚岁）生日。不便登门祝贺。我打电话致意。家人说身体还好。（附视频《记忆 百岁钱李仁——忠于理想的那束光》）

9月1日10：49俞：告知自己体检后治疗详细情况。

9月1日15：27马：建议您不要去11。

9月1日19：29俞：感觉文字不大清楚。

10月17日09：08俞：发去文稿《俞邃："一带一路"倡议的时代意义》。

10月22日20：15俞：发去《俞邃：重阳节感怀》。

11月1日07：10俞：老马28日早上走了。

11月1日07：22俞：非常震惊！痛悼挚友马世琨同志！请家人节哀顺变！

第三部分

励志篇

《从南师附中走出的院士》序

《从南师附中走出的院士》一书，堪称南师大附中历程非凡、人才荟萃和影响深远的缩影。一所中学涌现出如此之多的著名学者，的确难能可贵，但尚不足以反映学校成就的全貌。南师大附中历代培养出的优秀学子，是难以胜数的。他们离开母校之后，或继续深造，或直接就业，在学界、政界、军界、医界、教育界、文艺界和工商界，毕生为祖国、为人类奉献自己的精力和才智，业绩累累，各领风骚，不禁令人肃然起敬。此乃感言之一。

院士校友们的成功之路，得益于母校"嚼得草根，做得大事"的著名校训。这是母校造就人才的要诀与精神支柱。凡成功者，无不秉持校训，自少年始便刻苦勤学，锲而不舍，牢牢把握自己的命运。此校训的内涵，与中国古训"宝剑锋从磨砺出，梅花香自苦寒来""千淘万漉虽辛苦，吹尽狂沙始到金""天行健，君子以自强不息"，是息息相通的。法国生物学家巴斯德说过："立志、工作、成功是人类活动的三大要素。立志是事业的大门，工作是登堂入室的旅程，旅程的尽头就是成功。"附中学子们深明其义，身体力行。此乃感言之二。

南师大附中师资实力雄厚，德艺双馨。老师们尽全力传道授业解惑，教书育人结合，如启功所云"学为人师，行为世范"，应苏辙之评"齿发虽衰而风力犹存"。母校曾十易校名，七迁校址，但万变不离其宗，教学高质量始终如一，德智体美熔于一炉。此乃感言之三。

南师大附中校风优良，文化精髓熠熠生辉。这被归纳为：和而不同、和衷共济的组织文化；掏出心来、相互尊重的行为文化；权责平等、民主公正的制度文化；追求诚朴、追求卓越的质量文化；行胜于言、锐意实验的教育文化；批判与建设、解构与建构的思维文化。文化是造就人才无可替代的一种软实力。此乃感言之四。

我们为母校南师大附中而自豪，并将竭力维护和弘扬母校的荣誉。正所谓："风雨多经人不老，关山初度路犹长。"

（载本书编写组编著：《从南师附中走出的院士》，南京：江苏凤凰科学技术出版社，2017 年版，"序"）

调研与人生

年轻同志们非常关注如何做好调研工作，也很想知道我这个年逾古稀之人毕生从事调研的心得和体会。"调研与人生"这个题目由此而来，我的本意是想说明"千里之行始于足下"。限于篇幅，不可能像座谈时那么用语随意，那么举例充分。

认 识

联络和调研是我部业务工作的"双轮"或叫"两翼"，主体是为中央服务。调研工作历来是我部的强项，从世界共运和政党角度来说则是我部的专项。所谓调研，一是调查，弄清真相；二是研究，抒发见解、作出判断和提供对策。

第一，做好调研，首先要认识调研工作的重要性。

调研工作是向中央提供服务的直接手段。要根据中央的需要，通过对形势的观察和判断为中央提供新情况、新见解、新思路、新对策。中央需要了解的内容，有全局性的，也有地区、国别性的；有情况资料性的，也有理论政策性的；有长期性的，也有应对当前事件的。为中央服务可以有几个层次的做法：执行指示，完成交办研究任务；想中央领导之所想，发挥调研工作中的主动性；想中央领导之未想，把调研工作做在了前头。要从实际出发，坚持实事求是，不唯书、不唯上。切忌"摸风"，即揣摩某位中央领导人的看法，加以迎合。

调研工作是推进联络工作的保证，这取决于联络工作的长远目的和深层次要求。调研工作又是培养干部、储存干部、延长干部业务生命的重要途径。学外语的，往往都是从当翻译起步。要养成翻译与调研兼顾的习惯，然后有所侧重。我曾经向自己也向我主管单位的同志提出过"出将入相"的比喻，也就是出差能当翻译，坐下能搞调研。一个人年龄大了不适宜再搞翻译，调研便成了主项。

第二，做好调研，掌握观察和研究的方法至关重要。

与一切事物一样，国际形势的产生、发展和变化无不受某种内在规律性的支配。关于方法论，举例说：一是事物两重性（例如，经济全球化是一把"双刃剑"）。二是对立统一性（例如，两种社会制度既对抗又依存）。三是内因与外因（例如，地区热点产生的动因）。四是渐变与突变（例如，时代主题从革命与战争向和平与发展转变）。五是现象与本质（例如，美国反恐中的霸权图谋）。六是主流与支流（例如，欧盟一体化进程中受到挫折）。七是相对与绝对（例如，美国全球战略的绝对性与不时调整的相对性）。八是必然与偶然（例如，乱世俄罗斯必然呼唤能人治国，而普京的出现则带有偶然性）。九是一般与特殊（例如，苏联解体后社会主义因素一般不会泯灭，而摩尔多瓦共产党人多次掌权则较罕见）。十是个性与共性（例如，东欧剧变后对待民主社会主义、"华盛顿共识"、北约和俄罗斯等方面既相似又有差别的发展趋势）。十一是矛盾转化（例如，美国发动伊拉克战争的惨重损失是它始料不及的）。十二是否定之否定（例如，台湾地区大选中国民党与民进党的更替）。

第三，做好调研，要有孜孜以求、锲而不舍的精神。

要有志向。教育家陶行知先生说：人生天地间，各有所禀赋；为一大事来，做一大事去。什么是大事？要有个界定，有个坐标。

要不畏难。确定目标之后，要坚持不懈，非做成不可。例如，2011 年 12 月是苏联解体 20 周年，我决心撰写系列文稿供中央和部领导参考，从 6 月 30 日至 9 月 28 日，完成 15 篇"再思考"。

要甘于"坐冷板凳"，不见异思迁。我的座右铭是：板凳要坐十年冷，文章不写一字空。

第四，做好调研，要运用写作的基本规则。

写文章讲究起、承、转、合，这是写好文章的常理。完成一篇调研稿，需要经过反复酝酿、反复修改，从宏观到微观，再从微观返回宏观的创作过程。构思、谋篇、立意、布局、写作、加工，每一环节都非常重要。要讲究事实依据、理论依据、判断依据，重视思想性、科学性、可读性。

经　验

第一，从直接为中央服务的角度：提供新材料、捕捉新动向、解释新现象、概括新论点。

一是为中央出主意。例如，2000 年，我曾当面向江泽民同志阐述对俄罗斯现状与发展趋势的判断，受到重视。其中谈道：俄罗斯各派政治势力之间仍存在权力分配与道路选择之争，但在实行市场经济、多党政治、社会稳定与民族和谐、以大俄罗斯民族精神重振大国雄风、全方位外交等方面，有着不同程度的共同点。大家几乎都反对回到高度集权的旧管理体制，俄共也不能不如此；又程度不等地都不赞成照搬西方资本主义那一套，"民主派"也不得不如此。因此，俄罗斯国内政治斗争的实质，从总体上说，从长远看，是"本国特点资本主义"与"本国特点社会主义"之争。再如在讨论处理对日本关系时，我曾提出要区别日本执政当局、人民和右翼势力的不同情况，采取"晓之以理、动之以情、施之以威"的方针。

二是维护中央论断的正确性。例如，我曾针对有人否认世界多极化，提出多极化问题战略家、政治家不能不说，专家学者可以这样说那样说，但不能给中央帮倒忙。再如，针对有人质疑"中俄关系是大国关系典范"的表述，我从理论上阐述"典范"的特色：关系密切而不存在依附性，维护自身利益和尊严而不怀颠覆对方之心，根据是非曲直处理国际事务而不搞双重标准，等等；表现为政治上互信，经济上互补，文化上互通，外交上互商。

三是诠释中央的理论方针政策。例如，在谈到国际问题研究中如何贯彻科学发展观的问题时，我认为：其一，研究目的。要明确处境，增强自觉性，减少盲目性，提高警惕性，发挥主观能动性，从而把国内的事情办好。其二，研究方法。要跟踪研究，用发展的眼光看问题；要温故知新，用历史的眼光看问题；要把握规律，用辩证的眼光看问题。其三，基本判断。世界局势：复杂多变；安全环境：居安思危；外交战略：趋利避害。其四，防止三种倾向：随意性、情绪化和跟着西方调子跑。

四是对不妥或值得斟酌的理论性、政策性提法阐述自己的观点。例如，我曾多方面阐述将世界多极化称作政治多极化的不妥之处；还率先提出不宜用"安邻、富邻"来替代"共同安全、共同繁荣"。

第二，从间接为中央服务的角度：阐述看法和澄清一些认识问题。

一是前瞻性地诠释形势发展的动向。例如，在苏联解体之初，我便指出俄罗斯的发展轨迹将是"破—乱—治—兴"。再如我在普京 2000 年上台时，经过对他的言行与前任叶利钦的比较研究，将其治国方略概括为十点：以国家利益为核心、以强国富民为使命、以经济发展为前提、以民族精神为动力、以强有力政权为依托、以团结全社会为手段、以历史教训为借镜、以选择适合本国国情道路为方向、以创造良好外部环境为条件、以重振大国地位为目标，得到了俄方智库的认同和好评。又如还提出俄美关系变化的特征是：骤然变暖的权宜性、不时降温的必然性、冷暖之间的相对性、难以逾越的规律性、对华影响的必然性。

二是提供理论分析。例如，指出：国际总形势趋于缓和，但存在与冷战结束相悖的矛盾性；大国关系深入调整，若干"双边"和"三角"关系出现不平衡性；发展中国家的地位不断提高，要求增强南北关系中政治经济作用的协调性；和平进程时有逆转，地区热点带有不同程度突发性；苏联、东欧地区经济形势逐渐好转，体现某种内在的发展规律性。再如，概括大国关系良性互动的规律：由三个环节构成，即起点、过程和结果。起点：维护各自的国家利益，但必须同时尊重其他国家的利益，两者缺一不可。过程：竞争与合作同在，矛盾与妥协并存，要善于合作，善于妥协；竞争对手与合作伙伴其实是一个铜板的两面。结果：双赢、共赢，而不可能是任何单方面的获益。

三是评价历史人物。例如，斯大林是一位有巨大历史功绩的人物，是一位有非凡领导才能的人物，是一位有严重政治错误的人物，是一位有致命性格缺陷的人物，因而，是一位功过成败兼而有之、不可避免地引起长期争议的人物。

四是辨析争议问题。例如，指出：苏联演变的模式弊端因素与路线错误因素不能偏废。苏联模式弊端确实根深蒂固、积重难返，但不应该把体制弊端这一客观存在与从事改革的主观努力割裂开来，把改革难度大与改革必然失败画上等号。

感　想

第一，要持之以恒。

这取决于从事调研的志向与决心。50 多年来，包括退休之后，我坚持业务实践，矢志不移，其乐无穷。我的研究工作最先从苏联问题开始，鉴于苏联问题涉及国际共运、社会主义和国际关系，所以我有心在深入探讨苏联问题的基础上，拓宽、加厚研究领域，注意研究整个世界战略形势及中国的国际战略与外交政策。调研工作十分辛苦，也比较枯燥，但我干得欢畅。记得1962年年底我们从布拉格《和平和社会主义问题》杂志编辑部集体撤回之后，我在调研中写了一篇关于苏联左派的调研稿，得到部领导的表扬，深受鼓舞，使成动力。

第二，要不断充实自己。

研究国际问题需要较宽的知识面，涉及马克思主义基础理论、历史、哲学、政治经济学、军事、科技等方面。个人感到哲学思维和文学语言用途特别大。要立志在本研究领域攀登高峰，社会回报与否不必看重。现在我在国内外有30多个兼职头衔，全国各地赠送我的报刊资料有50多种。我深感在中联部搞调研大有可为。

第三，要精益求精。

一是力求高度概括性。例如，1998年，我应约为《世界知识》就撰写了《世纪伟人邓小平与世界风云》一文，用四个小标题加以贯穿：高瞻远瞩洞察世界、宏图大略把握世界、远见卓识影响世界、昂首阔步走向世界。再如，我所写曾受到江泽民同志批示赞扬的《20世纪全球性问题回眸》一文，用八句话加以概括：刻骨铭心两大灾难、石破天惊两大震撼、方兴未艾两大主题、锐不可当两大潮流、反差悬殊两大方阵、天怒人怨两大祸源、意图迥异两大口号、难以逾越两大选择。又如，在解析中国周边环境时提出：确定因素多于不确定因素，认识这一点，可避免模棱两可；总体因素高于局部因素，认识这一点，可警惕以偏概全；直接因素重于间接因素，认识这一点，便于区分轻重缓急；传统因素逊于非传统因素，认识这一点，有助于适应新形势；主流因素优于非主流因素，认识这一点，不至于本末倒置；长远起作用因素强于暂时起作用因素，认识这一点，可防止迁就眼前事变。

二是富有文采风趣但不可花哨。例如，评论美日搞联合军演，形容它们一个是"耀武扬威"，一个是"狐假虎威"，其用心是"项庄舞剑，意在沛公"。

三是避免雷同。记得当年曾经有三家刊物就俄罗斯形势同一内容向我约稿，如何拟标题？《当代世界》：《俄罗斯总体形势的良性变化》；《世界经济与政治》：《俄罗斯在艰难转折中迈出新步》；《世界知识》：《阴霾中绽出曙光》。

四是古为今用。例如，借用北宋抗金名将兼诗人宗泽题为《早发》的诗，来比照邓小平讲的"冷静观察，稳住阵脚，沉着应付"。诗曰："伞幄垂垂马踏沙，水长山远路多花。眼中形势胸中策，缓步徐行静不哗。"再如，引用曹操回复孙权推其称帝的典故，来讽喻西方渲染"G2论"是把中国放在炉火上烧烤。

最后谈一点期望。2007年12月，《中联青年》刊登《俞邃访谈录》，其中回答了对年轻同志提高调研能力和综合素质的希望，这里就不重述了。回到"调研与人生"题目上来，"调研"，要把握20个字：足够的勤奋、必备的知识、敏锐的头脑、辩证的方法。"人生"，牢记四句话：以大公无私为境界，以公而忘私为尺度，以公私兼顾为基点，以损公肥私为羞辱。

（2011年10月19日，与中联部年轻同志座谈要点，载《中联青年》，2011年12月26日，第3期）

成长在中联部 成就在中联部

中联部部训"忠诚、敬业、求实、开拓",是每位中联部人的座右铭。

"忠诚",可以用"忠贞不渝、志存高远"八个字来体现。忠贞不渝,就是从世界观、人生观和价值观的高度,把自己的理想追求融入祖国伟大复兴的事业之中。

讲座发言

业务的成长离不开人品的修炼。我们这一代人跨进中联部,是在三个"耐得住"的教导下成长起来的。一是耐得住寂寞。长达20多年,苏联和东欧地区除阿尔巴尼亚,没有党的交往。我们忠于职守,信仰从未动摇。二是耐得住清贫。1956年以前,大学毕业生每月工资62元,1956年以后,工资56元,且有抚养孩子的负担,我们从未见异思迁。三是耐得住接受严格管理。纪律严明,没有私心杂念,面对困境我们从没有怨天尤人。

如今年轻同志进部,将在新时代从事弘扬党势国威、改变世界格局的大事。2035年基本实现社会主义现代化时,大家40岁刚出头;新中国成立100周年建成社会主义现代化强国时,大家也就55岁左右。多么值得庆幸,多么令人羡慕!

志存高远,何谓"志"?著名教育家陶行知先生有句名言:

"人生天地间，各自有禀赋；为一大事来，做一大事去。"不过，这有"君子之志"与"小人之志"之分。志存高远不是好高骛远，更不是自我膨胀。志存高远也不能志大才疏。

我的母校南京大学附属中学（现南京师范大学附属中学）建校115周年之际，出版了一本书《从南师附中走出的院士》，中外院士有50多位，包括严济慈、巴金、丁衡高、袁隆平、刘永坦等。我在序言中写道：院士校友们的成功之路，得益于母校"嚼得草根，做得大事"的著名校训。这是母校造就人才的要诀与精神支柱。凡成功者，无不秉持校训，自少年始便刻苦勤学，锲而不舍，牢牢把握自己的命运。

中联部为每一位同志提供了同等发展的机遇，是大有可为的。

"敬业"，可以用"自强不息、见贤思齐"八个字来体现。为了做好调研，要有苦心孤诣的思想境界。调研要下苦功夫，苦中有乐，要乐此不疲。我曾给自己立下规矩："板凳要坐十年冷，文章不写一字空。"为了做好联络，需要具备高超的外语水平和其他方方面面的知识。联络也是调研的重要途径。

事业不可能一帆风顺。在荣誉与挫折面前都要经得住考验。人不能没有自信，但自信不是自负；人应该为成就感到自豪，但自豪不是自夸。"见贤思齐"是一种涵养和美德。同事之间在工作密切配合的同时，客观上也会有竞争。切不可嫉妒他人，贬低他人，更不能内斗。要善于汲取他人之长，弥补自身之短。

"求实"，可以用"保持清醒、脚踏实地"八个字来体现。深入调研，是为了增强自觉性，减少盲目性，提高警惕性，发挥主观能动性，从而把自身的事情做好。联络与调研相辅相成，不能偏废。学外语的人要争取做到"出将入相"，也就是走出去胜任翻译，坐下来能搞调研。当翻译毕竟有年限，提高调研素养足以延长业务寿命。

"开拓",可以用"讲究方法、锐意精进"八个字来体现。要处理好锐意创新与继承传统的关系。党和国家领导人做到了从"古为中用""洋为中用"到"中为洋用"的创新发展,是我们的典范。还要讲究方法,那就是跟踪研究,发展地看问题;温故知新,历史地看问题;把握规律,辩证地看问题。观察和研究国际问题要警惕三种倾向:随意性、情绪化、跟着西方调子跑。

我们是过来人,深深感到弘扬部风、做好调研,需要有所为又有所不为。我归纳为"五要五不要":

第一,要严于律己,不要放任自流。人总是要有点精神的,精神来源于信仰,信仰产生于初衷。我们既然肩负着历史使命,首先要处理好公与私的关系。牢记四句话:以大公无私为境界,以公而忘私为尺度,以公私兼顾为基点,以损公肥私为羞辱。

第二,要持之以恒,不要心猿意马。这取决于从事调研的志向与决心。研究国际问题需要较宽的知识面,要不断充实自己。贵在知难而进。

第三,要坚定信心,不要随波逐流。我长期研究和主管苏联方面的事务,亲身经历苏联各个时期的变化,不因苏共垮台、苏联解体而丧失对社会主义的信念。苏联失败,不是西方扬言的所谓"历史终结",而是没有把社会主义搞好。中国特色社会主义证明了社会主义拥有无穷的生命力。

第四,要珍惜时光,不要玩物丧志。人与人之间成就的大小,取决于业余八小时。爱因斯坦说过:"人的差异产生于业余时间。业余时间能成就一个人,也能毁灭一个人。"

第五,要贯彻始终,不要半途而废。我们这一辈已到晚年,"但得夕阳无限好,何须惆怅近黄昏!"我要求自己,尽力而为、量力而行,不忌讳力不从心。

数十年来我把自身的实践经验归纳为四句话:足够的勤奋、必备的知识、敏锐的头脑、辩证的方法。

　　我写过一首《感怀》的歌，其中关于年轻同志有这么一段，现赠送给大家："年轻朋友，满怀壮志。沧海沉浮，生逢其时。自强不息，实现价值。前程无量，当共勉之。"祝愿同志们在今后的工作中继承传统，创新发展，取得成就，无愧于中联部的光荣使命。

　　（2020 年 10 月 20 日，"践行部训"讲座提纲）

锲而不舍 奋发有为
——在中联部欧亚局六次新春联欢会上的讲话

志存高远 自强不息

第一，今天与会的同志，无论年龄结构，还是工作经历，属于三代人。联欢会是为庆祝元旦和春节两个新年举办。大家难得见面，欢聚一堂。"三代、二庆、一堂"，可谓"三、二、一"联欢会。

第二，触景生情，往事如潮。想起孔夫子的"三戒"：少之时，血气未定，戒之在色（意思是不要玩物丧志、被声色所迷）。及至壮也，血气方刚，戒之在斗（意思是不要自以为是、逞强好斗）。及至老也，血气既衰，戒之在得（意思是不要居功自傲、贪心不足）。

自我检讨：青少年阶段，"戒之在色"，自知勤勉，循规蹈矩。壮年阶段，"戒之在斗"，教训就多了。既有当年"斗字当头""其乐无穷"的时代背景，也有个人修养上的缺陷。老年阶段，"戒之在得"，正在经历之中，当以"三乐"自律：知足常乐、自得其乐、助人为乐。

看来，人生无论哪个阶段，座右铭是：所发必正言，所履必正道，所居必正位，所迎必正友。

第三，在中联部数十年，业务上感触最深的是如何对待"冷板凳"。原先的苏联和东欧地区，现在的俄罗斯、中东欧、中亚地区，从任何角度看，均非等闲，大有文章可做。我在本部青年培训班上谈调研时，曾根据个人体会，赠送四句话20个字：足够的勤奋、必备的知识、敏锐的头脑、辩证的方法。总之，海不择流，有容乃大；锲而不舍，厚积薄发。这样，"冷板凳"可以坐热。

第四，退下来之后，我欣赏南京大学98岁高龄的德文教授张威廉先生（身体硬朗，还能上街买菜）的经验之谈：奋发追求，淡泊名利；与人为善，心地宽阔。说真心话，我不怎么喜欢"余热"这个词。我的准则是：保持乐观，笔耕不辍；与时俱进，量力而行。逐渐地感受到叶剑英元帅诗句"满目青山夕照明"的意境，也就是说，但得夕阳无限好，何须惆怅近黄昏！

第五，最重要的，向大家拜年！祝中青年同志事业有成、生活有序、教子有方；祝老同志身心愉快、诸事顺遂、健康长寿。

（2000年1月12日，新年春节联欢会上的讲话）

弘扬好传统 开创新局面

欧亚局历来被公认为一个出色的团队。欧亚局的优良传统是中联部优良传统的缩影。个人看来，优良传统表现在以下几个方面。

第一，自强不息——有一支合格的干部队伍。

大家对任务的重要性认识端正，保持安心、专心、尽心、上进心。业务队伍朴实、精干。

多数同志是"复合式"人才，能做到"出将入相"，既重视并且善于搞好联络接待，又重视并且擅长撰写调研稿件。"双肩挑"带来双赢。

甘于坐冷板凳。所谓"板凳要坐十年冷，文章不写一字空"。

第二，团结协作——有一个融洽的共事集体。

一方面，人自能战，组（处）自能战；另一方面，保持同志个人之间、各业务处之间的协作与配合。我们打交道的对象——苏联和东欧"大家庭"不复存在，而我们业务工作中的"大家庭"风格却一如既往。

传帮带。弥补断层，后继有人。

十分尊重和照顾老同志，也在一定程度上借助老同志。"借助"也是信任和尊重的一种表现。

这个集体，能够适应或者努力适应工作需要，经常富有成效地突击完成部领导乃至中央领导交付的紧迫任务。

第三，"质量建局"——有一组得力的领导班子。

重视政治思想工作，并讲究工作方法，特点是处事公正，以理服人，耐心细致，注意正面引导，将矛盾化解于萌芽状态。所以欧亚局很少出"乱子"。

各级领导干部吃苦耐劳，"身先士卒"，起到榜样的作用。

多年来欧亚局一直保持着敬业、团结、活跃的气氛，可以说这三大特点经久不衰。由于工作成绩，欧亚局多次获得中直机关的表彰，一再得到中央领导同志的肯定。

在新的一年里，祝欧亚局开创新局面，赢得新成绩。

（2004 年 1 月 9 日，新年春节联欢会上的讲话）

无悔既往 未来可追

廉颇老矣　如今深知
岁月苦短　青春易逝
荣辱贵贱　何足挂齿
回首既往　感慨系之

沧海沉浮　人各有志
年轻朋友　生逢其时
自强不息　实现价值
前程无量　当共勉之

（2005 年 1 月 12 日，在部办公大楼新春联欢晚会上即兴朗诵）

行为要诀"勤""宽""醒"

回溯几十年做人做事，感觉"勤""宽""醒"三个字至关重要。

勤者，勤劳、勤奋、勤俭。韩愈说，业精于勤，荒于嬉；行成于思，毁于随。韩愈还说过，书山有路勤为径，学海无涯苦作舟。还有一副代代相传的门联——勤能补拙，俭以养廉。

宽者，宽阔、宽厚、宽容。知识面要宽阔一些，腹有诗书气自华，厚积薄发。对人要宽厚一些，厚德载物。"严于律己，宽以待人"被视为立身之本。宽容是美德，宽容、大度、豁达，"得饶人处得饶人"，不要"得理不饶人"。心胸开阔还被公认为长寿秘诀。

醒者，清醒、觉醒、提醒。保持清醒的头脑，清醒地看到自身事业的意义，清醒地评价自己的能力和水平，清醒地看待别人。更要清醒地认识国内形势，居安思危；清醒地评估国际形势，切实搞好调研。觉醒地对于一个民族、一个人，都非常重要。"恍然大悟""大梦初醒"，是豁然开朗之意。人不是什么时候都有自知之明，要求助于人，经常请别人给提个醒。

（2006年1月25日，在万寿宾馆新年春节联欢会上的讲话）

"足"字与做人治学之道

我今天想从"知足常乐"引伸开来讲。

人到晚年，时常琢磨成语"知足常乐"的深厚蕴涵。这个"足"字，让人产生许多联想。

在汉字当中，与一个人的关系最为密切的，莫过于"足"字。

描绘起步之"足"：千里之行，始于足下。

体现完美之"足"：金无足赤，人无完人。

形容亲密之"足"：人生得一知己足矣，斯世当以同怀视之。

要求自强不息之"足"：要有自知之明，学无止境，学而后知不足，教而后知困；要抓住机遇，奋力捷足先登；要锐意精进，防止裹足不前；要恰如其分，避免画蛇添足；要灵活豁达，切忌削足适履；要目光远大，不可明足以察秋毫之末而不见舆薪。

要警惕人们容易犯的通病：识不足则多虑，威不足则多怒，信不足则多言。

要加强自我修养。凡为外所胜者，皆内不足。凡为邪所夺者，皆正不足。

要警惕享乐主义、拜金主义、极端个人主义恶性膨胀，一失足成千古恨。

最后，联系欧亚局一年来取得的成绩，有人在"求是杯"理论征文竞赛中获奖，我想再用一个"足"字表示祝贺：辛勤付出，获得成功；长足进步，再攀高峰。

(2007 年 2 月 13 日，新年春节联欢上的讲话)

六局颂

新春喜气浓，今宵再相逢。长者寿而康，又见新面孔。情义割不断，心潮似泉涌。继往迎开来，六局好传统。

我部使命重，六局乃先锋。调研难度大，源于老苏东。频频受表彰，向来不骄纵。自强兼自律，六局好传统。

团结贯始终，集体乐融融。欢声传笑语，相处沐春风。个性人各异，事业志向同。和谐而不俗，六局好传统。

形势多变动，勇于攀险峰。开拓图创新，时刻不懈松。随部长前进，唯中央是从。更上一层楼，六局好传统。

曲谱

弘扬六局好传统！六局永在我心中！

(2010 年 2 月 3 日，新年春节联欢晚会上的朗诵词)

凝聚合力 为国争光
——在部侨联第八次代表大会上的讲话

感谢各位代表对我们的信任，感谢陈凤翔副部长的指导性讲话，感谢上级侨联代表和各位负责同志莅临指导。

我们深感侨联工作的重要性和特殊性。侨联最富有生命力。只要经济全球化的趋势不减，党和政府改革开放的政策不变，随着国家日益振兴，新归侨和新侨眷势必不断增加，且呈良性循环。侨联最富有凝聚力，因为"爱国主义"是每一个有良知的侨胞的永恒的核心价值观。

侨联的意义在于客观存在，侨联的作用则在于主观努力。

我们将根据侨联的章程和党规定的方针，本着有利于增强团结、有利于增长知识和有利于增进健康的原则，做该做的事情，做能做的事情。既不好高骛远，又不无所作为；不求轰轰烈烈，但得扎扎实实。

"组织起来、活跃起来"，这是党对侨联工作的期望。我部新侨眷据估计不下百户，有不少人表示关注侨联，也愿意加入。如何组织起来？首先要摸清情况。恳请部领导和党委考虑，以什么方式在较短的时间内，对此做一个确切的统计，然后再筹划下一步工作。

多年来我部侨联就是一个团结、和谐、温暖的集体，历届委员们都显示了无私奉献的精神，并积累了丰富的工作经验（刚才施辉业同志详细谈到）。第八届侨联委员会将紧紧依靠部领导、部机关党委和上级侨联组织的关怀和领导，依靠休干局和本部各有关部门一如既往的关心和支持，群策群力，兢兢业业，更多发挥年轻同志的作用，把事情尽可能办得好些，以不辜负大家的托付和期待。

　　谢谢。

（2012 年 9 月 4 日）

《中国的周边外交》序言

　　《中国的周边外交》是中国人民大学国际政治系陈岳副教授主持编写的图书。这是一个很有意义的尝试，类似的题目在中国浩如烟海的图书中尚不多见。作者倾注了自己的热情，以严肃认真的态度，从历史、地理、经济、政治和外交的广阔视角，概述了与中国相邻的东南西北所有周边国家的关系。我相信，这本书的真实性、知识性和可读性，对于教学人员、外事干部和所有关心国际问题的人，都会产生一种特殊的吸引力。

　　我们正处在一个以和平发展为主题的，然而又是大变革的时代。时代的特征日益强烈地表明，世界要和平、国家要发展、社会要进步、经济要繁荣、生活要提高，已成为各国人民的普遍要求。任何一个国家都不是生活在真空之中，既不能置身于国际社会之外，更不能凌驾于国际社会之上，都需要与其他国家特别是邻国友好相处，共同继承和发扬人类文明创造的成果，在经济和文化建设过程中相互吸取和补充。"远交近攻"的外交斗争策略早已成为某种历史典故，而不为今人所取。由中国和印度、缅甸于1954年共同倡导的和平共处五项原则，体现了国家之间的现代文明关系。互相尊重主权和领土完整、互不侵犯、互不干涉内政、平等互利、和平共处这些原则，经过了岁月的严格检验，显示了它们的合理性和现实性，从而成为当今世界最普及和最具生命力的指导国家间关系的基本准则。

　　和平共处五项原则的核心是主权平等和互不干涉内政。国家无论大小，无论在国际事务中的作用有多少差别，它们作为国际社会的成员，主权是平等的。它们有权根据本国的国情和意愿，选择合适的社会制度和发展模式。主权平等的本质规定了主权的不可侵犯性，任何以大欺小、以强凌弱、以富压贫的做法，都是与之不相容的。作为总的原则，和平共处要求同霸权主义和强权政治的一切表现形式作斗争。

从和平共处五项原则的内容可以看出，它们是以维护国家的安全利益和发展利益为出发点。在遵循和平共处五项原则的前提下，地缘因素将会使国家之间的关系更加密切，从而为实现经济上的互补性创造更为有利的条件。意识形态的异同不应当是处理国家间关系的依据，也不应当影响国家关系的发展。因而，和平共处五项原则是超越意识形态分歧而存在的。如果把意识形态问题以任何方式带进国家间关系，那么其结果只能是影响甚至破坏国家间的正常相处，这对于任何一方都没有好处。这方面的历史教训是深刻的，值得认真汲取。

写了以上几段简短的话，仅仅是这本书勾起的点滴感想。这本书的内容和写法还有某些不足之处，但我相信，它的出版对于全面了解和深入研究我们的周边外交，会产生积极的作用。

俞邃

1996 年 7 月 1 日

（载《中国的周边外交》，香港：香港社会科学出版社，1997 年版）

脚踏实地 开拓进取
——论文期刊评述三则

中联部局长论文参选点评

常言道，文字是思想的外壳，文如其人。论文评比是从一个重要角度考核干部的独特方式。实践表明，这样做是富有成效的。

第一，总的印象：

一是作者们都兢兢业业，做到紧扣中共十八大精神，紧密结合自身业务的实际。这两点是共性，只是表达风格与"信、达、雅"的程度有所不同。

二是通观全貌，各显所长，有智慧谋略，有经验总结，有政策建议。无论是来自业务部门，管理部门，还是后勤部门，都提供了很多很好的知识。较之"求是杯"理论征文，宏观氛围更浓，立足点更高，尤其体现在政策性、前瞻性方面。即使涉及国际形势的某些论述，也多是抒发己见，很少有复制网上文章的痕迹。从多数文章来看，水准相当，难分伯仲，打分的时候只好侧重于抓好两头。

三是出现若干篇上乘之作，思考缜密，见解新颖，语言精炼，朴实无华。读来令人欣喜。

四是不少文章仍未摆脱工作总结模式，比较拘谨，有点刻板。

第二，较突出的佳作举例：

这些作品，或小题大做，或大题小做，不落俗套，不赶时髦，不矫揉造作，可读性较强。

例一：5 号。回答李源潮同志的出题，独立思考，颇有新意，娓娓道来，有滋有味。

例二：42 号《关于构筑中美新型关系的看法和建议》。内容全面，意见切实，话语朴实，文笔流畅。

例三：26 号《以中共十八大精神为指导，做实我对欧政党的宣介工作》。仰视十八大，手头出主意。自己的思想，自己的语言，实实在在，入情入理。

例四：10 号《实现和平发展，强军是硬道理》。篇幅不长，思想敏锐，说理透彻。

例五：8 号《烹小鲜与对外传播》。从生活小节提升，饶有风趣，津津有味。

第三，存在不足之处举例：

不少同志仍未完成从搞调研到写文章的转型。

一是平铺罗列，欠缺文采。大"一二三四"套小"1234"，仍较普遍。

二是不善于分段、分句。例如 35 号，一段话长达整整四页。再如 5 号，一句话长达七行字或者十行字。

三是套话仍偏多。有些小标题缺乏逻辑性。甚至文不对题，例如 2 号《十八大之后我部调研工作创新发展面临新机遇》，第一节"面临新机遇"几乎谈的全是挑战。个别文稿编造新词，有点做作，显得晦涩，如 15 号。

第四，从中得到的启发：

从评分标准看：一是如何准确把握十八大精神，不在于引证分量。二是如何巧妙联系实际，不在于情况罗列多少。三是如何使文章可读性强，不在于用语花哨。看来要做到"三多"：一是多读书。尤其是要读经典哲学书、文学书，前者为深化思维，后者为丰富文采。二是多练笔。勤于笔耕，掌握写文章的技巧；要习惯于反复修改，力求简洁凝练。三是多请教。向上级请教，向同事请教，向能人请教。

总之，文章在理论性和观赏性上都还有上升的空间。

（2013 年 1 月 22 日）

评述中联部刊《当代世界》*

第一，评估：

杂志越办越好，有独到之处，亦即特色。

一是做到"几个兼顾"：中央领导同志与部领导活动兼顾，国内外形势研究报道兼顾，政治经济文化外交内容兼顾，理论与实际兼顾，部内外作者兼顾。

二是杂志质量明显提高。一是具有上述几个"兼顾"；二是以本部政党色彩区别于其他外事部门刊物；三是能够紧跟形势，每期基本上有重心、重点，有"领头羊"文章；四是装帧精致美观大方；五是文字技术性硬伤已经少见。

三是被列为国家社科核心期刊，开始打造品牌，从一个重要侧面树立和维护中联部的业务形象。

第二，建议：

一是适当发挥编委的作用。每年召开一两次座谈会（可以是部分成员），听取意见。

二是配合本部培养人才，尽量挖掘自身潜力，多发表本部作者文稿。每期不能没有本部的作者。这样在本部更有吸引力和起到激励作用。

---

* 2015 年 2 月 6 日上午 10 时半，《当代世界》杂志社社长王金根、副社长丁云并年轻人刘娟娟、魏银萍前来看望。向我通报情况、告知喜讯：杂志发行量已逾万份，领导重视且评价甚好。

三是提倡文章内容、观点"新、精、深",篇幅短些好。加强学术性,又避免学究气。

四是重视部外稿源,珍惜来自各地的热心投稿者,依靠与扶持相结合,形成作者联系网络。

五是肯定多样性原则,但对于明显违背中央精神的观点要避免采用,至少请作者修改,如曾经有文章公开否定世界多极化。

第三,认识:

一是处理好政治上、思想上、行动上与党中央保持高度一致,与文稿内容不唯书、不唯上、只唯实、不说空话套话的关系。

二是注意防止三种不良倾向:随意性、情绪化和跟着西方调子跑。后者几乎是不少刊物的通病,让人费解,不知所云,莫测高深。

(2015 年 2 月 6 日)

《求是杯》征文竞赛点评数语

第一,理论征文竞赛再次证明是个好办法:

一是增强党性。此次征文竞赛是为迎接中共十八大举办,是奉献给中共十八大的一份答卷,对党性教育有着特殊意义的。

二是推动工作。鉴于写文章要深入思考,反复加工,在此过程中会发觉无论是肯定工作中的成绩还是检查存在的缺点,都需要作风严谨,实事求是,从而有利于改进工作。

三是激励精神。激励奋发向上的勤勉精神和集体主义的团队精神,以及对于所从事工作的责任心和荣誉感。

四是培育人才。征文本身既能体现一个人的"才",又从不同角度透视他的"德"。通过竞赛可以发现人才,这为干部的提拔任用提供了某种平台和途径。

第二，论文的总体水平有一定提高：

一是把握形势，提炼经验，抒发见解，各篇文稿基本上能做到思路清晰，特点鲜明，归纳得体，也比较简明扼要。有的文章或者有的章节，一定程度上升到规律，提炼为理论，可读性较强，有较好的启示作用。看来参赛的单位或个人都是认真对待，花了功夫的。

二是以工作为主题的论文和以形势为主题的论文，写起来不一样，效果往往也不一样。形势论文的参考资料来源较多，容易显得内容开阔、行文流畅，这就要鉴别哪些是作者自己的创意，哪些是借鉴（甚至复制）得来的。以总结工作为主题的文章基本是自己的东西，只是工作对象不同，水平的差别就是要看评分标准规定的那三条体现如何。其中有几篇明显要强一些，也有几篇显得单薄一些，容易鉴别；大多数论文的风格和水平差别甚微，不那么好打分。

第三，注意提高写作技能：

一是征文普遍内容扎实，经验可取，但不免偏于拘谨、刻板。要逐渐学会将例行工作总结模式上升为生动活泼的论文，例如，文章少不了"1234"，但要避免全文布满大写小写的，甚至一开头就是数字罗列。

二是常见的技术性毛病：标题冗长，不善于分段，不注明引语出处（例如，《和平发展 和谐世界 互利共赢》一文引用了我文章中的几个论断——"中美关系在曲折中发展，中俄关系在共识中深化，中日关系在磨合中改善，中欧关系在平实中波动"，没有注明来源）。

本次征文竞赛，组织周密，是一次成功的活动。相信在这次征文竞赛的基础上，会进一步总结出更宝贵的经验。

（2012 年 12 月 10 日）

亲历中苏大论战
——一部具有特殊价值的好书

20世纪五六十年代发生的中苏大论战,从产生争议之时算起,已经过去了半个多世纪。这次论战曾经震撼了国际共产主义运动乃至整个国际社会,其原因和后果至今一直受到人们的关注。2009年4月,人民日报出版社出版了崔奇同志的专著《我所亲历的中苏大论战》,该书从一个独特的角度,为深入了解和探索大论战的来龙去脉,提供了翔实的第一手材料。

书影

崔奇同志是人民日报社资深的著名国际时事评论家。他是大论战期间钓鱼台"写作班子"为数极少的执笔者之一,而且如今健在的也就是他了。该书从中苏两党出现分歧谈起,披露了大论战期间我方发表的"前七篇""二十五条""九评"等重要文章和文件的起草细节,毛泽东、邓小平等党的主要领导人提出具体修改意见的细节,1957年《莫斯科宣言》起草的详细过程和毛泽东在莫斯科会议上的讲话细节,以及1963年7月赫鲁晓夫时期两党在莫斯科举行最后一次会谈的细节,真实地再现了争论的焦点和论战的过程。

值得一提的是,尽管崔奇同志近年来体弱多病,但他以高度的使命感、责任感,以顽强的毅力和深厚的文笔功底,在他82

岁耄耋之年，终于完成了这部十分难得的、不可替代的 30 万字佳作。

(载人民网–国际频道，2009 年 12 月 17 日)

《关于邓小平理论国外述评资料》一书论证

我阅读了中央党校《关于邓小平理论国外述评资料》书稿，觉得这是一本颇有价值的资料，将其付印成教学参考书是适宜的。

第一，外国人谈论邓小平理论，称颂邓小平理论，这从一个重要侧面，以其特殊的说服力，证明了邓小平理论不仅属于中国，而且属于世界。例如，他们说："邓小平虽然声称进行的是'改革'，然而却带来了一场真正的革命"（美国）；"当今关于建设社会主义的理论多种多样，但是邓小平同志在中国推行的理论是最正确的"（墨西哥）；"我曾经认为'社会主义市场经济'的提法是矛盾的，什么地方肯定会出现破绽……然而，现在我却认为加上'社会主义'的修饰语是不矛盾的，相反，我甚至感到应该加上这样的修饰语"（日本）；"邓的中国曲调里夹杂着西方的经济改革和资本全球化的音符，但经历了30多年革命的中国人不会屈服于压力而放弃自己的遗产……他们能够控制开放所带来的西方的不良影响"（尼日利亚）；"邓小平对于那些企图使中国离开社会主义道路的人给予了坚决的回击，在他的直接参与下所通过的文件都在强调，'只有社会主义才能救中国'"（俄罗斯）；"邓小平的影响力，不仅超过他生活的时代，而且超越了他生活的国度"（日本）；"邓小平关于建设有中国特色的社会主义的理论非常英明，我们十分重视这些理论，将从中学习适合古巴国情的经验"（古巴）；等等。读了这些评价，我们不仅可以加深对邓小平理论的认识，而且十分引以自豪。

第二，总的来看，书中所收集的言论比较客观，具有一定代表性。其中有许多真知灼见。例如，不少人将中国的改革与苏联和东欧国家的做法相比较，认为："邓的经济政策并不像斯大林时代的苏联那样，单纯追求经济增长，而是给中国经济带来空前繁荣，使亿万中国人的生活水平得以提高，消费品更加丰富"（新加坡）；"中国从正统的社会主义向由国家指导的务实的市场经济过渡，同俄罗斯、东欧和前苏联国家的失败形成鲜明对照，这些国家在走向所谓自由市场的政治和经济改革后陷入危机"（墨西哥）；"改革是以渐进的形式出现的，从而避免了东欧与苏联经济改革中出现的许多经济创伤"（美国）；等等。对于中国改革遇到的困难，估计也较实际，如说"错误是不可避免的，我们也可以看到事情有反复。但是，认为中国会摔倒的人是傻子。"（德国）

第三，当然毕竟是外国人，有的表述、引证，乃至观点，不一定合乎我们的想法和习惯，但这些并不影响他们对邓小平理论所持的肯定和赞扬态度。

第四，本书编排合理，内容层次清楚，有较完整的体系，可读性甚强。这一点值得加以充分肯定。

（1998 年 12 月 31 日）

《国家形象论》

国家形象是国家力量和民族精神的表征，是主权国家重要的无形资产，是综合国力的集中体现。由管文虎任主编、邓淑华、罗大明任副主编的《国家形象论》一书，已由电子科技大学出版社出版。全书分为五篇，即：理论篇——国家形象概说；沧桑篇——东方大国形象的沉沦；塑造篇——新中国崭新形象的塑造；巨变篇——当今中国改革开放的大国形象；展望篇——高举伟大旗帜，塑造辉煌形象。

该书深刻地总结了旧中国衰落形象的历史教训，生动地谱写了新中国成立 50 年来，特别是改革开放以来，当今中国的光辉形象，努力向世界说明中国改革开放的伟大成就，说明邓小平开创的建设有中国特色的社会主义道路的正确性，充分展示了中国人民坚定不移走自己的路、实现社会主义现代化的形象；向世界说明中国反对霸权、维护和平、支持国际正义事业的立场，充分展示中国人民爱好和平的形象；向世界说明中国政治稳定、经济发展、社会进步、民族团结的形势，充分展示中国人民为维护安定团结和实现繁荣富强而不懈奋斗的形象；向世界说明中国社会主义建设的成就，充分展示中国人民依法治国、建设社会主义法治国家的形象，并热情地颂扬中国共产党和毛泽东、周恩来、邓小平等领导人对塑造新中国形象的伟大贡献。

（载《人民日报》，2000 年 12 月 28 日）

关于《世界知识》改版的几点建议
——致姚东桥主编

《世界知识》杂志改版之后，内容与形势结合更紧密，编排更活泼，可读性增强，令人高兴。

鉴于《世界知识》的影响非常之广泛，这里仅就近两期上的两处内容，提出个人的一些看法，供讨论参考。

第一点，关于中俄关系现状的评价。贵刊第 21 期《石油管道背后的中俄关系不均衡》一文，对事情的原由做了较深层次的分析，但作者通过某个侧面举例，断言"中国人的'俄罗斯情结'和俄罗斯人的'中国情结'都进入了'终曲'阶段"，未免言之过分了。2003 年 9 月我去俄罗斯访问，接触了各阶层的俄罗斯人，他们对中俄关系的状况是比较满意的，对中国人民怀着友好的感情，对中国的蓬勃发展深怀敬意，当然也为两国关系中出现的消极因素而忧虑。至于在我们中国，从中央领导人到普通群众，也都发自内心地关注着俄罗斯走向振兴的历程和中俄关系的发展。上述文章将石油管道铺设这个具体问题，上升到实际上让人看不清中俄战略协作伙伴关系的重大意义，这对读者可能会产生某种误导。

2003 年 5 月，胡锦涛同志访问俄罗斯时两国发表《联合声明》称："中俄关系的发展给两国和两国人民带来了实实在在的利益，成为处理邻国和大国之间关系的典范。"这一基本论断并不因石油管道铺设的暂时波折而发生根本改变。多年来的中俄关系不像其他大国关系那样发生扭曲甚至恶化，而是以其基础之坚实，状况之和谐，协作之周密，进展之稳健，引起举世瞩目。诚然，中俄经济关系与政治关系相比是滞后的，对此双方领导人深有感触，并大力予以扭转。不过，我们在探讨两国经济贸易问题时，也不宜仅仅拿中国与美国、日本、欧洲、韩国的贸易数字相比，还要看俄罗斯本身的对外贸易状况。按照中国海关的统计：2000 年中俄两国贸易额为 80 亿美元，占俄当年贸易总额的 5.4%；2001 年两国贸易额为 108 亿美元，占俄当年贸易总额的 7.6%；2002 年两国贸易额为 119 亿美元，占俄当年贸易总额的 7.8%；2003 年两国贸易额有望达到 150 亿美元。中俄贸易额虽低于德俄、美俄的贸易额，但要高于法俄、英俄、日俄和印俄的贸易额。油气领域合作是中俄经济关系中的重要内容，但不是问题的全部。关于两国在石油管道铺设问题上的分歧及如何看待，贵刊第 20 期中陆南泉教授的谈论就比较客观、全面。

其实，中俄之间出现一些新情况、新问题，并非怪事。两国关系中的合作是由安全利益与发展利益的需要构成。冷战结束之初的一些年，中俄两国都受到外部的强大压力，两国在维护安全利益方面存在着许多共同点，合作非常默契。安全利益方面的问题理顺之后，发展利益方面的需求便突出起来。这是两国关系深化的表现。随着这种关系的深化，涉及经济利益的问题愈来愈多，因而矛盾和摩擦势所难免。况且，俄罗斯在解决自身安全问题时，中国堪称主要合作伙伴；而轮到解决经济发展问题时，俄罗斯面向世界上更多的国家，特别是发达大国，中国就不一定成为它的主要合作伙伴了。反过来说，中国也是一样。中俄两国在铺设石油管道问题上出现曲折，根源则在此。鉴于两国领导人都重视在互补基础上加强合作，在共识基础上应对世界，在互信基础上排除干扰，所以，经过磋商与磨合，石油管道问题总会得到妥善解决的。这种状况不应该、也不可能损害来之不易的中俄战略协作伙伴关系。

那么，应该如何解决两国之间的矛盾和分歧呢？我们要从当今大国关系中找到良性互动的一般规律。大国关系良性互动的规律由三个环节构成，即起点、过程和结果。起点：维护各自的国家利益，同时必须尊重他国的利益，两者缺一不可。过程：竞争与合作同在，矛盾与妥协并存，要善于合作，善于妥协。竞争对手与合作伙伴其实是一个铜版的两面。结果：双赢、共赢，不可能是任何单方面获益。这个规律同样适用于中国与俄罗斯两国之间。

第二点，关于世界格局的提法。贵刊第 20 期发表了一则关于"中国人文社会科学论坛"国际分论坛在中国人民大学举行的消息，其中提到"世界基本趋势仍将是政治多极化和经济全球化"。这里以"政治多极化"取代常说的"世界多极化"（其他报刊亦有所见），是不妥的。

"多极化"是"世界格局多极化"的简称。世界格局是指具有世界影响的力量（国家）或力量中心（国家集团）的布局及其相互作用的战略结构状态，多极化则是当今世界格局表现的一个主要特征。所谓世界影响，其构成包含经济、政治、军事、科技乃至文化等多方面的综合因素，而不仅是政治因素。

世界多极化固然指的是政治格局，但不能简称为"政治多极化"。"多极化"的涵义离开了经济、军事等要素，也就形不成"极"的概念。如若以政治倾向作为划分世界格局的标准，那么致力于维护和平与发展、反对霸权主义的广大发展中国家可以归之于"一极"，可是，这样一来，就不仅掩盖了发展中国家之间的差别，而且无法体现本来意义上的世界格局多极化。如若把多极化归之于政治多极化，那么无可非议，中国现在就足以堪称世界上的"一极"，因为中国是一个政治影响十分重大的社会主义国家，是最大的发展中国家。可是，无论如何中国还不能说是当今世界上的"一极"，因为中国在经济实力和军事实力等方面显然还不具备条件。如若仅从政治上看问题，那么作为一个经济大国而不是政治大国的日本，在世界多极化格局中就没有它的地位了。如若仅从政治角度来衡量多极化，那么西欧和美国就可以纳入同一种政治力量中心的范畴，这也恰恰是美国"单极世界论"的基本依据，美国标榜的正是由它领导并与其他发达资本主义大国共同主导的单极世界。事实上，西欧一些大国与美国在世界多极化问题上存在着矛盾、分歧和斗争。还要强调指出的是，多极化是一个渐进的、曲折的过程，多极世界的最终建立将是一项长期的任务。这恰恰说明，构成世界多极化进而形成多极世界的因素是多种多样的，其中科技发展影响下的经济因素占有特别重要的地位。进一步说，世界多极化的前景是多极世界，政治多极化的前景岂不成了多极政治？政治只能说多元，"多极政治"的提法会令人费解。

世界多极化与经济全球化互相关联和贯通，但不能为了与经济全球化提法相对应，便以词害意，将世界多极化改称为"政治多极化"。

（2003 年 11 月）

理性的交流 集体的智慧
——《"文明对话与和谐世界"文集》简评

　　我们面前的这部文集，以其立意之新颖，内涵之丰富，装帧之精美，吸引着大家。

　　这部文集的作者是一批著名的专家学者，来自中国科研机构和高等院校，来自俄罗斯、印度、奥地利、英国、意大利、法国、美国、加拿大等国家。文集共 50 篇章，围绕"文明对话与和谐世界"这个极具魅力的主题，中文、俄文、英文并蓄，国别问题与全球问题交错，学术性与政治性融合，务虚与务实兼备，历史与现状贯通，各抒己见，多彩多姿。文集汇合了不同国度专家学者们的真知灼见，闪烁着文明智慧之光。如果用文学语言来形容、来赞美，可谓"篇篇金玉、字字珠玑"。

　　这次国际会议洋溢着的文明对话激情，构成文集的主旋律。鉴于世界的多样性和文明的多样性，如果作者们阐述问题的侧重点有所不同，或者，在某个问题认识上存在着差异，那是很正常的，恰恰体现了人们所崇尚的"百花争艳""和而不同"的境界。

　　文集还是我们所处时代特征的写照。当今世界，和平是人心所向，发展是大势所趋，合作是最佳选择，对话是必由之路。文集作为国际会议的产物，是与会者随着时代脚步前进的一个重要标志。

　　这次国际会议富有开拓精神的研讨成果，浓缩在这部文集之中。

第一，系统性。文集诠释了文明对话的内涵与外延，文明对话的由来与发展，文明对话的机制与途径，文明对话的价值与意义，以及文明对话的条件与障碍，等等。文集还追溯渊源，阐述了文明对话与中国、俄罗斯、印度等国传统文明的关系。

第二，多维性。文集的内容涉及政治、经济、科学、教育、生态、外交等各个领域。命题恢宏而切实，如：文明对话与金融危机、文明对话与人权发展、文明对话与国际秩序、文明对话与世界格局、文明对话与经济全球化、文明对话与全球治理，以及和谐理念对世界和平的贡献。

第三，务实性。正如本书主编张德广理事长在前言中所说，由中国国际问题研究基金会和"文明对话"世界公众论坛联合举办的国际会议，以其非官方性，显示了彼此诚意合作、平等交流的精神。与会代表通过对话加深了不同文明之间的相互理解，提出了有价值的见解和建议，为文明对话与和谐世界作出了积极贡献。

总之，文集给予我们以这样的启示：文明具有多样性、兼容性和互补性，世界文明是人类的共同财富。文明对话有助于人们沟通思想、消除隔阂和协调行动，有助于改善双边关系，加强多边协作，构建持久和平、共同繁荣的和谐世界。在科学技术日新月异地蓬勃发展，经济全球化显示出越来越强劲的势头，国际关系民主化呼声不断高涨的背景下，文明对话正在经历一个交流、探索、积累、丰富和发展的过程。文明对话必将在全球蔚然成风。

（2010 年 11 月 17 日）

《胜利与悲剧（斯大林政治肖像）》 一书简介

　　苏联陆海军总政治部主任、哲学博士、教授德米特里·安东诺维奇·沃尔科戈诺夫上将撰写的《胜利与悲剧（斯大林政治肖像）》一书，苏联《十月》杂志从 1988 年 10 月号开始连载，预计分四期载完，中文约 20 万字。该书作者所写的序言摘要，于 1987 年 12 月在苏联《文学报》发表后，引起国际舆论的广泛兴趣和强烈反应，读者们期待该书及早问世。

　　作者对"历史上最复杂的人物之一"斯大林，作了详尽的、客观的、历史的评价。书名中"胜利与悲剧"，概括了斯大林的一生。从序言和已发表的部分来看，该书材料翔实，观点鲜明，文笔流畅，语言生动，说服力和可读性都很强。作者的基本观点是：一是斯大林的历史集中反映了他的时代的复杂的辩证法。坦诚地面对历史，面对真理，不能不承认斯大林对争取和维护社会主义的无可辩驳的贡献，也不能不承认他毫无根据迫害千千万万无辜者的这种政治错误和罪行。二是对斯大林的评价，随着历史真相的明朗化，发生了根本的变化。不能用算术的方式评价斯大林是功多还是过多。三是苏联人民周围多色调、多声部、多灾难的人世，是打开斯大林的思想奥秘的主要钥匙。但是在分析斯大林的时候，有时科学逻辑会陷入死胡同。例如，斯大林既同布哈林保持过友好的个人关系，在同托派斗争中得到过布哈林的帮助，但后来又下令将其迫害致死。四是斯大林拥有无限权力，不受民主监督，至高无上，为所欲为，但他却内心孤独。他毕生都尽力把自己的这个弱点变成力量的标志。列宁指出的斯大林"凶狠"的特点，在政治家身上起了极坏的作用。列宁建议中央的同志们"想办法"把斯大林从总书记岗位上换掉，但中央委员会和十三大代表态度不坚决，季诺维也夫和加米涅夫"这两个老好人"对斯大林让步，后来使党付出了昂贵代价。悲剧的主要原因在于没有彻底执行列宁关于民主的遗训。五是从列宁逝世直到20世纪 30 年代初，在革命领袖中也许只有斯大林一个人最彻底、最坚决地维护党关于确立和加强世界上第一个社会主义国家的方针。他没有能取代列宁的天资，但别人也没有。他在智力和道德上不及许多人，但在争取新制度生存的斗争时刻，极端重要的是目标明确和领袖的政治意志。"在这个问题上，除了列宁，无人能胜过斯大林。"

《胜利与悲剧（斯大林政治肖像）》一书已陆续同苏联读者见面，受到欢迎，据说不久将出单行本。在今天苏联正在进行改革，并对 20 世纪 30 年代开始形成的管理模式进行批判性总结，因而必然涉及对斯大林评价的情况下，该书中文译本将会同样受到中国读者的重视和欢迎。

（1989 年 10 月）

《警示》
——透析苏联演变背景的一本好书

苏联的演变经历了怎样一种复杂的过程？一场轰轰烈烈的"改革"最终为何导致苏共垮台、苏联解体？弄清其中的原因和教训，已成为世界范围内多年来普遍关注的一个焦点问题。这不仅是历史学家的责任，更是世界社会主义运动现实的迫切需要。这也是摆在我们面前的一项长期的研究任务。应该承认，俄罗斯人、特别是那些亲身经历苏联改革失败全过程的苏联-俄罗斯高层领导人，在这方面具有他们独特的优势。

当代世界出版社于 2001 年 8 月出版的《警示》一书，是苏联 20 世纪 80 年代改革时期苏共"第二把手"利加乔夫的一部重要著作，是作者在 1992 年 1 月出版的《戈尔巴乔夫之谜》一书基础上加工、修改、拓展而成的，整个中文篇幅由原先的 17 万字扩充到 34 万字。书中不仅对原著内容作了较大的调整和补充，还增添了非常重要的一章——《摆脱深渊的出路虽然困难，但是可能》和附录——《世界功勋（艰难的日子常有，但都不会长久）》；并以《43 年后再访中国》一文作为代前言，以及增加了《真理将归于人民》的绪论。这本书通过作者的亲身经历和深切体会，着重从领导决策过程中的矛盾分歧这个角度，为我们了解苏联改革逐步走向绝路的背景原因提供了翔实的资料和独到的见解。用作者的话说，该书尝试回答当时困扰着全社会的问题：国家究竟发生了什么？戈尔巴乔夫是什么人？世界上最伟大的国家为什么终止存在？

　　利加乔夫是一位特殊历史人物，他是苏联改革失败的见证人。他同戈尔巴乔夫既有过合作，又意见相左，并与之做过斗争。他在《警示》这本书中，坦然地记述了历史的本来面目和他本人的真实想法，情节系统完整，说理充分透彻，立场客观鲜明。作者将自己摆在苏联改革的进程之中，不给人以"事后诸葛亮"或者任何牵强附会的感觉。作者的历史地位和马克思主义修养，使该著作具有较高的权威性。书中有许多精彩的篇章。例如，对戈尔巴乔夫思想演变的分析非常中肯，详细说明了这位"改革的发起者和领导者"是如何经过曲折斗争才当上苏共中央总书记，如何满怀改革豪情却又"只相信他自己"、为自己"戴上'救世主'的光环"并"在最困难的时候背叛了党"。再如，对雅科夫列夫在苏共演变中的恶劣作用刻画入微，具体阐明了这位伪装马克思主义理论家如何得到重用，控制意识形态部门，运用舆论工具极尽否定社会主义历史之能事，从思想信念上瓦解苏联人民的意志，从而为苏共垮台和苏联解体开辟道路。此外，书中对赫鲁晓夫和勃列日涅夫时期消极遗产的一些回顾，对安德罗波夫的改革初衷与精明作风的描述，对契尔年科其人既平庸又较廉洁的评价，都给人以新鲜感。

　　作者以浓重笔墨抒发的一些感受和信念，颇发人深思。这里不妨引用几段原话："改革初期的设想是要克服停滞现象和对社会主义的扭曲，对社会主义进行改革以最大限度地满足人们的物质和文化需求，改善人民生活。结局却是国家跌入了深渊，许多令全世界，包括最敌视社会主义的人都无条件承认的伟大成就，都被葬送了。""苏联被瓦解，一个强大的国家在世界版图上消失了。取代它的是那些饥寒交迫、忍受着民族骨肉分离之痛并被当今世界强国瓜分的'主权'国家……这就是戈尔巴乔夫-雅科夫列夫以及更甚于他们的叶利钦-盖达尔-切尔诺梅尔金'改革'行动的结果。""二十世纪是伟大十月的世纪，是伟大卫国战争的世纪。这使得有理由相信，目前的衰落无论怎样悲惨，都将以人民爱国力量的胜利而告结束，苏维埃国家将得到复兴，重振实力，并在世界民族之林重新占据应有的位置。"

利加乔夫于2000年访问了中国，他在《43年后再访中国》一文中运用对比的手法，回首苏联改革失败的教训，讴歌中国改革的成就。根据他个人的体会，总结了中国改革成功的四点基本因素：一是中国共产党的领导作用，这也是"最重要的一个因素"；二是民族政策和民族团结，这是"改革成功的前提"；三是保持政治和社会的稳定，珍惜过去取得的经验和成果；特别提到"党反对不负责任的思想和观点的多元化，反对所谓的西方价值观"；四是和平对外政策，这是"改革成功的条件"。作者慨然指出："中国今天的变化证明，假民主派和苏联的破坏者们关于社会主义不可能改进和完善、只能靠打碎它并以资本主义的生产方式来代替的说法是荒谬的，这种论调只有一个目的，就是为自己的变节行为开脱，逃避葬送国家的责任。"

本书由钱乃成、王敏、路晓军、张振坤、阎英华这几位从事苏联-俄罗斯问题研究颇有成绩的年轻朋友担当翻译，内容把握准确，译文洗炼流畅，可读性大为增强。

特此向读者推荐。

（2001年10月）

俄罗斯转型理论的有益探索

由知名学者冯绍雷教授和相蓝欣教授担当主编的论述转型中的俄罗斯丛书，已于 2005 年 4 月由上海人民出版社出版。丛书包括五卷：《转型理论与俄罗斯政治改革》《俄罗斯经济转型》《转型中的俄罗斯社会与文化》《转型中的俄罗斯对外战略》《俄罗斯与大国及周边关系》，共 280 多万字之多。这是一套富有理论性和前瞻性，体系完整且资料翔实的丰厚佳作。丛书涉及的主要问题，诚如冯绍雷教授在总序中指出的那样，是要回答苏联解体 14 年来 "俄罗斯以及苏联各国以制度变迁为核心的社会转型，具有怎样的起因与动力、将如何起步、并遵守何种途径，还有对迄今为止的转型过程及其结果作出何种评价，以及给予怎样的前瞻性估计"。

《转型理论与俄罗斯政治改革》作为丛书的核心部分，写作难度最大，因而对于读者更具吸引力。该书无论是关于转型理论的研究，或是对俄罗斯政治改革的分析，都能以其风格之新与剖析之实，给人留下深刻的印象。

转型理论部分，该书立足于俄罗斯却又超越俄罗斯，把发生在俄罗斯的转型与世界范围内的 "大转型" 紧密联系在一起，从而使读者能在更深层次上领会俄罗斯转型的时代背景。作者指出，这个 "大转型" 始于 20 世纪 70 年代中期的南欧，随即波及拉丁美洲，接下来是东亚，最后是苏联和东欧；"大转型" 的基本目标是民主化和市场化。对此，作者运用丰富的历史知识与深厚的理论功底，明确指出，先后发生在拉丁美洲、东亚和苏东地区的制度变迁与社会转型，固然有着某种内在联系的客观同一历史过程，同时又是多样的；转型的实质不仅在于普遍性，还各具独特性。

与转型多样性相关的另一研究热点，是转型范式问题。该书指出，国际上对转型范式的认识发生了根本转换，某种程度上甚至可说是革命性变化。针对曾经盛极一时的"华盛顿共识"，作者指出："简单地预言非欧美文明背景或者准欧美文明背景的国家（尤其是大国）经过制度变迁能够在一个短时期内迅速成长为欧美型市场经济与民主国家的这一判断是缺乏根据的。"作者进一步指出，转型问题的关键是要"更多地关注模式选择与本土环境的互动和相互适应"。至于俄罗斯转型的去向，作者又从历史中得到启迪，认为法国大革命中拿破仑的"回归保守"的历史逻辑比较符合俄罗斯的变迁路径，即"激进—稳健—保守"。

类似理论上的分析与判断，显示了作者把汲取诸多转型理论家、实践家综合研究的思想成果，与作者自己多年对转型理论、对俄罗斯社会转型实践的研究心得，巧妙地加以结合的功力。

政治改革部分，该书涵盖了民主、政党、选举、法制和行政等诸多方面，还涉及对政治领导人物和政治文化的分析研究。书中汲取了这一领域国内外学者的有益见地，运用了大量翔实的西文资料，致使一些结论更具有客观性和启发性。例如：

关于俄罗斯政治体制，作者认为既不宜笼统地称作"民主体制"，也不能简单地框架成"权威体制""寡头体制"，而是采用了"带有委任式民主特点的混合体制"提法。这个表述不仅新颖，而且切实。

关于俄罗斯政党制度，作者提示了转型的基本脉络：其建立由混乱步入规范，其活动由无序变成有序，其作用由微弱转为上升。还指出，俄罗斯政党制度是"无执政党"的多党制，政党在国家生活中被边缘化。

关于俄罗斯联邦制度，作者指出，通过联邦条约与联邦宪法，地方同中央政府的谈判能力愈来愈强，事实上形成了一种"协商性联邦"。这一结论对于研究与理解俄罗斯内政和外交中地方势力的影响力，以及普京总统推进改革为何要加强中央权力，是有助益的。

关于俄罗斯选举制度，该书从多次议会和总统选举中，揭示了若干规律：其一，每次选举都有很大的"不确定性"，但又都是在制度框架内进行的，属于"有组织的不确定性"；其二，无论是议会选举还是总统选举，体现了整个社会实际上分化为"改革派"和"反对派"；其三，选民行为高度"规范化"，不是媒体和政客可以随便灌输观点的；其四，爱国主义、民族主义情绪在选举中的影响力上升。这些结论为我们提供了新的视角，有助于澄清种种纷乱的选举现象。

关于俄罗斯法制改革，该书认为法制大厦业已成型，特别是司法改革长期存在的两大"瓶颈"——政治支持不足和资金匮乏，随着普京新一轮司法改革已得到切实解决。

至于该书中的政治人物和政治文化部分，也颇具特色，有助于读者认识俄罗斯领导人、俄罗斯民族及其性格对于内政外交的影响。

（载《中国经济时报》，2006 年 2 月 20 日）

《双重悖论》一书推荐语

美国专家魏德安（Andrew Wedeman）刻意研究中国腐败问题近 15 载，著就本书，开外国学者全面解读中国腐败问题之先河，备受各方关注。书中着重阐述在中国腐败何以能与经济快速增长并存，剖析中国的腐败相比韩国、日本、拉丁美洲、非洲一些国家和中国台湾地区的特殊性，对中国反腐的积极成果予以肯定，表示对中国的反腐斗争更有信心。立足实情，旁征博引，或纵向追溯，或横向比较，成就与弊端、原因与治理兼论。见仁见智，值得一读。

（载魏德安著，蒋宗强译：《双重悖论：腐败如何影响中国的经济增长》，北京：中信出版社，2013 年版）

人才推荐两篇

推荐裘援平报考北京大学博士研究生

第一，对考生思想品德、道德修养方面的介绍：

裘援平同志到中联部工作 21 年来，包括常驻国外和挂职唐山市委副书记期间，一贯严格要求自己，思想端正，作风稳健，奋发进取，成绩显著，多次受到表彰。她是目前中联部担任局长职务的唯一女同志，在部内有较高威信，是中青年特别是女同志学习的榜样。

第二，对考生业务水平、外国语水平、科研能力的介绍：

裘援平同志的业务水平，是本部同龄人中的佼佼者。她的知识面较宽，撰写了大量的关于拉丁美洲问题和国际问题的调研成果，有见解、有深度，且文笔洗练流畅。她的西班牙语好，口译、笔译均属上乘，多年担任高级口语翻译。她的英语亦有较好基础和运用能力。她的科研能力不仅在个人写作方面，而且在主持研究室工作中都有突出表现。她是中联部兼有翻译和科研才能的一位中青年代表人物。

第三，从硕士生学习阶段和考生从事科研工作的情况看，该考生有无继续培养前途，对考生报考博士生的意见：

裘援平同志的研究能力实际上已经达到甚至超过我部一些博士生的水平，在她领导下的博士生也都佩服她。如果她能有机会在北京大学进行更系统的专业培训，今后定会在业务上有新的飞跃，会给工作带来莫大的好处。我认为她已完全具备报考博士生的条件，我愿意大力推荐。我希望她能够如愿以偿，利用高校的有利条件，进一步加深理论功底，扩大知识视野，提高综合概括能力，以便在更高水平上为今后党的对外工作作出贡献。

（2000 年 1 月 13 日）

《王海运文集》* 评语

王海运将军文集出版，是国际关系学界的一件盛事。长期以来，他既立足本职工作又超越自身业务，以宽阔的视野，勤奋的精神，严谨的作风，关注和研究当今世界诸多领域的重大问题，从宏观到微观，经常提出一些富有创见的看法与建议。政治性与学术性结合，时评性与研究性结合，理论性与实践性结合，贯穿在文集的字里行间，充分体现他的学术风格。他对于中国安全环境的分析，对于中俄关系，以及相关对于上海合作组织地位与作用的评估，对于国际能源关系与中国能源外交的论述，尤具特色。将军兼学者，笔耕不辍，著作之丰，难能可贵。

（2014 年 6 月 27 日）

---

* 本书由上海大学出版社于 2014 年出版。

北京十一晋元中学开学典礼视频讲话

亲爱的老师们，同学们：

我热烈祝贺十一晋元中学在建党百年光辉照耀下隆重举行开学典礼。在这里，我愿用几分钟，讲一讲人生中的几段小故事。

我出生在苏北农村一个小学教师家庭。小时候爱玩，八岁跟老师学拉胡琴，喜欢与年长的同学比赛毛笔字，不轻易服输。我喜爱读书，尤其是背诵唐诗宋词元曲明代歌谣。我从小就记住老师的话，写作文不要多余的一个字。

1944 年，我 11 岁小学毕业，向往革命子弟学校——苏中四分区联合中学（四联中）。在一位长辈陪送下，我徒步 50 多公里（50 多千米），夜间穿过日本鬼子封锁线，去那里求学经受锻炼。路上出汗大腿内侧的皮肤都磨破了，疼得厉害，但我咬牙坚持了下来。

解放战争期间，我作为党的外围秘密组织青年先锋队成员，积极参加了土改、惩奸运动。蒋匪军扫荡，我们背着铺盖卷跟随老师夜行军，边走边打瞌睡，有同学发困踩空掉进了水塘里。1949 年我 16 岁时，被组织上安排到一所新解放的中学读书，做学生会主席，在那里加入中国共产党。我永远不会忘记，一个夜晚，入党介绍人朱校长带着蜡烛，领着我和另一位同学，走到附近农民大爷家举行入党宣誓。我在党旗面前举手握拳，激动得哭了，我把誓词铭刻在心中。

南京解放不久，1950 年年初，"老革命"哥哥姐姐把我接到南京大学附属中学（现南京师范大学附属中学）读书，我被选为校团委书记。1951 年 8 月，我作为华东区代表出席中华全国学生第十五次代表大会，媒体以《从小就受革命锻炼的俞邃》为题，做了采访报道。会上我聆听了朱德总司令的教诲，他深情地说，同学们生活在毛泽东时代，很幸运，要努力向上。我们还看了话剧《长征》，表演艺术家于是之第一次扮演毛主席在大渡河边出现，让我们觉得特别新奇。

1953 年，我考进大学的俄文系，毕业时全校 500 多位本科生和专科生，组织上把我一人留校工作。1958 年 9 月，我 25 岁，正在团中央礼堂列席国际学联代表大会，突然被中共中央对外联络部选调，派往布拉格，到各国共产党和工人党合办的刊物《和平和社会主义问题》编辑部工作。布拉格当时是我们党与拉丁美洲兄弟党联络的一个点，为适应特殊工作需要，我突击学习了西班牙语。

后来由于中苏关系破裂，1962 年 11 月我从布拉格撤回国内。此后一直在中联部，主要从事国际问题研究和党的对外联络工作，为各级领导当参谋哨兵。这期间直至退休后，我心无旁骛，积累知识，博取信息，深思熟虑，写出了十几部专著和几十部合著。我先后被北京大学、中国人民大学、国防大学、外交学院、电子科技大学等全国六省市十二所高校聘为兼职教授。1999 年 9 月，我当选为总部设在莫斯科的国际自然和社会科学院院士，同时被俄罗斯科学院远东研究所授予荣誉博士学位。

2021 年是建党 100 周年，我 88 周岁了，入党将满 72 载。不忘初心，牢记使命，我还在中联部业务咨询班子做点事，为党和国家献计献策。我还与全国各地数十名年轻学者保持着联系，关心和帮助他们的业务发展。今天面对可爱的同学们，让我想起毛主席 1957 年说过的话，年轻人朝气蓬勃，好像早晨八九点钟的太阳，世界是你们的。习近平总书记在"七一"讲话中，号召新时代中国青年要以实现中华民族伟大复兴为己任，不负时代，不负韶华，不负党和人民的殷切希望。

我衷心祝愿十一晋元中学越办越好。祝愿小辈同学们既要会玩，有利于增强体质、增长智慧；更要会读书，勤勉自强，全面发展。不能老抱着手机，记住爱因斯坦的话：人的差异在于如何利用业余时间。希望你们将来成为党和国家的创新人才、栋梁之材。

（2021 年 9 月 1 日）

第四部分

欢庆篇

故乡啊，紧随祖国迈进

新中国 50 华诞来临之际，百感愈交集，思乡情更浓。

我于 1952 年离开故乡如东，经党的引导，走上求知、探索、奋斗的人生征途，投身党的外事工作和国际问题研究。"天地者万物之逆旅，光阴者百代之过客。"倏忽数十载，时而国内重荷在身，时而衔命远涉重洋，这中间仅回过如东三次。第一次是在 1988 年秋，间隔时日之久，超过了毛泽东诗云"故园三十二年前"。1997 年和 1998 年，我有幸接连回去两趟。故乡之巨变，愈往后愈显著，令我感慨万千，振奋不已。

如东这块亲切的土地，浸透着故乡人民在抗日战争和解放战争中洒下的悲壮血泪，如今又在改革开放的里程中建树光辉的新篇章。

故乡变化之大，难以用言语形容。老家袁庄乡冒家庄，当年的凌河被填平，仅剩下截留的池塘。我的诞生处与南河屿子连成一片，宽阔的公路纵横其间。哺育过我的那座老井犹在，我情不自禁地依偎着井柱凝思留影。乡亲们的衣着与城里人无甚差别，双层楼房逐渐普及。庄稼长得茂盛，养蚕、纺织等副业增多。第一次回故乡（我深深怀念的孙纬经书记一路陪同），"汽车跳，如东到"的感受，后来便消失了。掘港俨然是一座现代化城市，布局合理，气魄不凡。黄海大酒店服务上乘，饮食可口，堪称星级宾馆。如东中学教学质量在全省名列前茅，60 周年校庆成绩大展示，作为一名校友我为之骄傲。我从县领导那里略知故乡的跨世纪规划，受到莫大鼓舞。

　　如东曾有南通"西伯利亚"之称，意思是较"穷"。殊不知，西伯利亚亦有得天独厚之处。俄罗斯若要振兴，必先开发西伯利亚及其远东地区，这已成共识。从这个意义上类比，如东在南通乃至江苏的地位也并非一般。

　　故乡的前程，同祖国的振兴、时代的发展，是息息相通的。半个世纪来，我们的祖国昂首奋进，已跻身于具有世界影响的大国之列。我到过许多国家，常常不由自主地产生对比心情。在原捷克斯洛伐克首都——风景如画的布拉格，我度过了青春年华中最美好的四年半时光。莫斯科、华盛顿、巴黎、柏林、罗马、贝尔格莱德、布加勒斯特等，无不各具特色，但我总的感觉还是：祖国好，北京美，故乡亲。

　　第一个社会主义国家苏联从地球上消失了，而社会主义中国却巍然屹立在世界东方。俄罗斯如今仍在痛苦中煎熬，而我们的祖国却在井然有序中迈向美好未来。俄中友协会长、我的老朋友齐赫文斯基院士说得好：苏联-俄罗斯与中国之所以情况迥异，关键在于中国有共产党领导，有邓小平理论。

　　西方发达大国，如美国、法国、德国、意大利，都有数百年的资本主义发展史。我们重视人类在资本主义阶段创造的文明成果，目的是借以发展和充实我们的社会主义。这些国家的科学技术先进，人口素质较高，环保意识很强，值得我们学习和借鉴。但是，对那里消极腐朽的东西，必须保持警惕。我们绝不应妄自菲薄。中国在改革开放中取得的辉煌成就，为举世瞩目。中国高新技术领域的骄人创造，令西方刮目相看。中国在处理世界重大事务中的作用，越来越凸显。我们为祖国不断繁荣富强和国际威望日益提高，而引以为自豪。

　　人类即将跨进充满变数，然而势必更加辉煌的21世纪。我们的祖国已在世界多极化中占据重要一席，并积极参与经济全球化进程。祖国大有可为，前程似锦。我相信，故乡如东，将紧随祖国脚步迈进，会变得更加富饶美丽。

（载江苏省《如东日报》，1999 年 8 月 27 日）

卓越部风　辉煌业绩
——贺中联部建部 60 周年

中联部于 1951 年 1 月 16 日建立，2011 年是 60 大庆。

中联部 60 年的历程，是我们党关注世界、认识世界、走向世界、影响世界的重要窗口。

作为全党事业的一部分，中联部既历经曲折，又造就辉煌。

中联部的前一个 30 年，世界处于冷战时期，那时对于时代主题从战争与革命向和平与发展逐渐转变，认识尚不很明朗。建部最初几年至 1956 年中共八大之前，党的对外联络工作重点是亚洲国家的共产党，以及苏联、东欧国家的执政党。在当时历史条件下，保持与苏共的密切关系乃至在一些方面并不情愿地迁就苏共的做法，是难以避免的。1959—1961 年，王稼祥同志向中央提出了构建良好外部环境的系列建议（曾被错误地批判为"三和一少"），其实是符合当时国情的富有胆略的创见，是以经济建设为中心的思想萌芽，是时代观转变、升华的睿智反映。

从 1956 年 2 月苏共二十大中苏两党之间产生分歧，至 1966 年 4 月苏共二十三大中苏两党断绝交往，出现了历时十年的国际共运大论战。形势决定政策，论战产生"支左反修"方针。教训固然深刻、沉痛，但也要历史地看问题。坚持国家利益原则，维护国际共运团结，反对党与党之间的不平等，抵制"老子党""指挥棒"，是有积极意义的。我方在论战期间引用的诗句"沉舟侧畔千帆过，病树前头万木春"，后来果真成了以"苏联模式"破产、中国特色社会主义兴起为主要标志的世界社会主义的写照。

中联部的后一个 30 年，是与党的改革开放政策同步进行的。气度恢宏、远见卓识的改革开放战略，是在充分认识和平与发展成为时代主题的基础上形成的。同时，独立自主、完全平等、互相尊重、互不干涉内部事务的党际关系四项原则，也就酝酿成熟、应运而生了。20 世纪 80 年代末 90 年代初，面对苏联解体、东欧剧变的严峻国际形势，党中央提出了冷静观察、稳住阵脚、沉着应付、善于守拙、决不当头、韬光养晦、有所作为的对外工作战略方针，中联部是一以贯之的。

中联部建部 60 年来，在党中央领导下，在历届部长主持下，在几代同志努力下，形成了"忠诚、敬业、求实、开拓"的优良部风。事实表明，唯有忠诚，方能敬业；基于求实，才有开拓。

中联部传统的质朴廉洁之风，是有名的。在党际关系中断、失去对外联络的漫长岁月里，中联部广大干部甘愿"坐冷板凳"，勤勤恳恳、谦虚谨慎地从事本职工作，没有任何怨言，不计较个人得失，更未见异思迁。令人难以忘怀的是，建部之后，长期以来下级对上级——直至部领导，从不叫什么"长"，而是亲切无间地以"同志"相称。

中联部传统的重视调研之风，是有名的。建部初期，王稼祥同志曾提出向中央报送材料做到"要新、要快、要短、要尖、要深、要广"，同时要求每个科级以下干部每天至少要撰写 500 字的调研资料。中联部一大批出色的调研人才，就是这样积年累月精心培育起来的。可以说，从首任部长王稼祥，到现任部长王家瑞，调研"祥瑞之风"，在不断地得到发扬光大。

"忠诚"孕育凝聚力，"敬业"酿溢感召力，"求实"展宽影响力，"开拓"丰富生命力。在部风的熏陶下，中联部形成了三大特点或曰三大优势。一是凝聚力强。卓有成效的联络工作、富有特色的调研工作、日臻完善的政治思想教育和后勤保障工作，成为增强凝聚力的坚实基础。二是影响力大。党际交往形成了多渠道、深层次、广角度的局面，如今同世界上 160 多个国家和地区的近 600 个政党和国际组织保持不同形式的联系和交往，以密切配合国家总体外交；而且还在推动解决一系列重大国际问题上发挥着独特的作用。三是生命力旺。中联部的职能在扩大，肩负着其他部门不可替代的崇高使命。正是"问渠那得清如许？为有源头活水来！"

衷心祝愿我部上上下下，踏着时代的步伐，高举和平、发展、进步的旗帜，精诚团结，奋发进取，开拓创新，再铸辉煌！

（2011 年 1 月）

附：2006 年 1 月 23 日在"中联部部庆 55 周年"座谈会上的发言

今天我们纪念部庆 55 周年。我大致算了一下，从建部到 1978 年年底中共十一届三中全会，27 年半；从中共十一届三中全会至今，大约也是 27 年半。

前半，建树辉煌，历经曲折，大家熟悉，不拟多说。

后半，可以用下面三句话加以概括。

第一，凝聚力更强了。过去，外语毕业生首先选择经贸部，其次是外交部，第三才是中联部。如今情况在变。中联部质朴廉洁的传统部风，不仅在部内成为共识并发扬光大，而且得到中央其他外事部门乃至社会的普遍好评。如今，我们部卓有成效的联络工作，富有特色的调研工作，日臻完善的后勤工作，成为增强这种凝聚力的坚实基础。

第二，影响力更大了。人们对于中联部的地位和作用，一度曾经有所怀疑。原因大致有三：一是中共十一届三中全会确立了以经济建设为中心的基本路线以来，党的对外工作亦围绕着这个中心，那么中联部能有多大作为？二是冷战结束之后，国家关系地位上升，意识形态因素下降，在这种情况下中联部的作用将复如何？三是20世纪80年代后期90年代初，苏联和东欧国家发生剧变，执政的共产党纷纷垮台了，中联部的活动阵地大大缩小了。事实上，中联部经过对外方针的及时调整，这些年不仅扩大了党际交往的范围，而且在政治上和经济上也都大有作为。中联部不仅有条件顺乎自然地做执政党和在野党的工作，以促进和保障国家关系的持续发展；而且还在推进朝核问题的解决和做与台湾地区保持政治关系国家的工作方面，发挥了独特的作用。中联部借助安排党的高层领导人出访，促进对外经济合作，如成功地推动了苏丹等国家扩大与中国的能源合作。

第三，生命力更旺了。中联部的职能在扩大，不举更多，就拿王家瑞部长在报告中所说，中联部将非政府组织的工作统起来，就是一项意义深远的重大举措。美国等西方势力正是利用各种非政府组织，在原苏联地区策动了所谓的"颜色革命"。中联部这方面的工作，不是可有可无，也不是外交部、统战部所能轻易取代的。

对于以上概括的三句话，王家瑞部长昨天给离休干部所做的精彩报告，就已提供了佐证。

中联部今后的工作必将再铸辉煌。对此，我们充满信心。

贺《东欧中亚研究》百期

《东欧中亚研究》自 1981 年创刊以来，我便与之相伴、相友，感情甚笃。值此百期华诞，由衷祝贺，谨向精心培育本刊成长的研究所历届领导和编辑部诸多朋友致敬。

《东欧中亚研究》走过一条不凡之路。刊物初创阶段，中国与苏联和东欧地区国家的关系还不正常，需要研究的问题敏感性很强。这是最大的难点，也是与其他国际问题学术刊物相比最特殊之处。为此研究所领导和编委会经常商量办法，我作为一名编委便曾参加过多次讨论。难能可贵的是，本刊始终采取严肃的科学态度，坚持从实际出发，不唯书、不唯上，掌握恰当的分寸并加以妥善的表达方式，先是涉及苏联的社会性质，后来针对东欧剧变和苏联解体特别是苏联解体的原因，以及苏联模式的功过等重大问题，由浅入深地进行探讨，实事求是地作出论断。这样做确实需要足够的理论勇气和高度的政治责任感。我觉得这是本刊最值得自豪的业绩。

《东欧中亚研究》是原苏联和东欧国家以及苏联解体后俄罗斯、东欧、中亚一系列国家发展变化的真实写照。刊物多角度地开展对理论问题和实际问题的研究，在较深层次反映了该地区各国将近 17 年来复杂多变的经济、政治、民族、军事和外交形势；同时，又以适当容量对这些国家各个重要历史阶段多方面的问题，加以综合性或专题性阐述。饶有风趣的实地考察报告和风土人情纪实文章，对该地区各国风云人物的点睛评介，也为刊物增色不少。

　　《东欧中亚研究》是集体智慧的结晶，群策群力的结果。刊物内容不断丰富，文字日见精炼，编排大有改进，总之越办越好，可读性增强。刊物是研究所本身学术水平的主要体现，亦在相当大程度上反映了国内同行专家学者们的有关研究成果，使之具有名副其实的代表性和权威性。登载不同意见文章，以贯彻双百方针，推动研究工作走向深入，此法十分得体。刊物精益求精，足可说明研究所领导者和编辑部同仁的锐意进取精神。研究所的物质条件并不优裕，业务人员外流又给研究力量带来一定影响，尽管如此，本刊还是成功地独树一帜，在国内外的影响日益扩大。这是非常值得称道的。刊物曾获奖，乃属情理之中。

　　《东欧中亚研究》已成为广大国际问题爱好者，特别是关心该地区社会主义历史命运的人们的挚友。面向 21 世纪，大家寄予厚望。我深信本刊前景辉煌。百尺竿头须进步，请不妨设计有效途径，更多地借助社会研究力量，经常地征询读者意见，以使刊物在理论与实际结合、现状与历史结合、个性与共性结合、经验与教训结合诸方面取得新突破。

　　（载《东欧中亚研究》，1998 年第 1 期，原标题《既往足以自豪 未来无可限量——贺〈东欧中亚研究〉出版百期》）

祝贺与期待
——在北京大学国际关系学院中东欧研究中心的致辞

尊敬的王逸舟副院长,

尊敬的孔凡君主任,

尊敬的波兰驻华大使塔杜兹·乔米奇先生,

尊敬的在座老中青同行学者朋友们:

北京大学国际关系学院成立中东欧研究中心,是基于战略思维采取的一项有远见的学术举措。作为数十年来从事涉及这方面研究的一名老兵,我由衷地感到高兴,谨表示热烈的祝贺。

二战结束之后,中东欧国家纷纷走上社会主义道路,成为以苏联为首的社会主义阵营的成员国。那时,我们基本上是把这些国家作为着重研究苏联的小伙伴,陪衬地加以关注的。20世纪40年代,南斯拉夫率先针对苏联模式尝试变革的做法,50年代的匈波事件、60年代的布拉格之春,显示了这些国家对禁锢它们的苏联模式的抗争和冲击。80年代,中东欧国家与苏联相互作用,剧变走在了苏联的前头。苏联解体之后,这些国家图安全、谋发展,积极向西方靠拢,大多数先后成为欧盟和北约的成员国。如今在我们的视野中,恐怕多半还是把这些国家作为俄罗斯与欧美夹缝中的地带投以目光,可以说依然是作为研究俄罗斯问题、欧盟问题,以及俄美欧关系问题中的一个环节来加以研究,并没有形成对中东欧国家研究的相对独立性。伊拉克战争之后,美国为发泄对德国、法国等老盟友的不满,把中东欧国家赞誉为"新欧洲"。这些国家地位的表面提升，似乎并没有因此就在我们的研究工作中充分体现出来。在我的印象中，国内专题探究中东欧的学术活动相对较少。年前，新华社世界问题研究中心召开过一次关于中东欧20年发展的研讨会，我应邀出席，使我觉得颇有新鲜感。现在，北京大学国际关系学院成立中东欧研究中心，无论在观念上，还是在行动上，都是一个突破性的进展。

其实，中东欧问题是很重要的，值得我们研究的历史问题与现状问题，是很多很多的，而这些问题与中国的建设和发展都有着密切的关系和借鉴作用。有些问题至今还没有取得一致的看法，有待进一步深入研究。

例如，在中东欧国家中，原先一些国家（如捷克斯洛伐克）的经济发展水平和民主化程度都要高于苏联，为什么会接受苏联模式？此后又产生了怎样的后果？

再如，中东欧国家发生剧变，是因为它们搞了民主社会主义造成的，还是执政党领导人搞不下去的时候，拿民主社会主义作为挽救危局的旗帜？

又如，20年过去了，应该如何评价、总结和展望中东欧国家的发展道路？

最近，我个人经过不很成熟的思考，就20年来中东欧国家发展的个性与共性问题，产生这样几点看法：

——扬弃苏联模式社会主义既是共识也是共性；

——效法新自由主义的"华盛顿共识"是暂时共识但不等于共性；

——选择民主社会主义是共性但并不一定是共识；

——经历一个痛苦的过渡期是共性但并未形成共识；

——加入欧盟既是共性也多半是共识；

——倚仗北约、远离甚至孤立俄罗斯是共识但并非共性。

我深信，以孔凡君教授为主任的北京大学国际关系学院中东欧研究中心成立之后，将借重北京大学的声望，以此为新起点，历史研究与现状研究相结合，理论性与实践性相交融，温故知新，开拓创新，从而产生丰硕的研究成果并带来积极的社会影响。

谢谢大家。

（2010年1月8日，在北京大学国际关系学院中东欧研究中心的致辞）

电子科技大学人文学院院庆题词

　　人文学院建院十年来，自强不息，锐意进取，在探索中发展，在积累中创新，以其精干的师资阵容、求实的学术氛围、丰硕的教研成果，为久负盛名的电子科技大学锦上添花。祝愿人文学院再接再厉，日臻完善，独树一帜，大放异彩！

（2003 年 12 月 12 日）

母校如东高级中学校庆函件与贺辞

一

如东高级中学：

代母校请名人学者为 60 周年校庆题词一事，业已办理就绪，现奉告如下。

第一，一共请了六位题词，他们是：于光远、王淦昌、臧克家、刘大年、刘忠德和邱钟惠。臧克家先生因摔倒骨折，尚在卧床养伤，答应 8 月底可以手书（届时我会立即给你们寄去）。现挂号寄上其他五位的题词，请收。刘大年先生的私章被单位拿去使用，一时找不回，我们建议用了手头"大年藏书"印记，如觉不妥，请在制作时将该印记略去。王淦昌院士题词中"世"字请作技术处理。臧克家先生的题词若等之不及，务必提前告我，绝不能万一题写了又不采用。

第二，于光远、王淦昌、臧克家和刘大年四位老前辈分别是中国经济学界、物理学界、文学界和历史学界的泰斗，在国内外享有崇高声誉。刘忠德同志多年担任中国文化界主要领导，邱钟惠同志是体育界的杰出代表。前四位均已耄耋之年，有的身体甚差，他们欣然为一所普通中学题词，实非易事，当特别珍视。

第三，你们在编排题词时，请按照以下次序和评介（对他们的评介，我作了认真查考并慎重征求了有关方面意见）：

著名经济学家、自然辩证法大师于光远教授；

248

　　著名物理学家、中国核武器研制的主要奠基人之一王淦昌院士；

　　著名诗人、中国新诗歌先驱者之一臧克家先生（评介如有变动，请以下次寄题词时的说法为准）；

六位名家的题词

　　著名历史学家、运用马克思主义研究中国近代史贡献卓越的刘大年教授；

　　全国政协教科文卫体委员会主任、原中国文化部部长刘忠德同志；

　　中国第一位女子乒乓球世界冠军、中国第一位女子世界冠军邱钟惠同志。

　　第四，校庆纪念册印出之后，请赠送每一位题词者一本，我可以帮忙转交。最好各附上一封感谢信。

　　第五，我作为一位普通校友，我想就不必题写或自我介绍什么了，请见谅。

　　第六，还有什么事情，请随时联系。

　　谨祝

校庆筹备工作顺利！

俞鋈

1998 年 8 月 12 日

二

严仲卿校长、樊志瑾书记，

冒亚平、曹津源、张承基副校长：

　　此次有机会回如东参加母校校庆，感受至深，十分振奋。这是临近世纪之交的一次隆重校庆，总结了既往的成就，展示了今天的辉煌，预告了未来的期待，可以用"圆满成功、意义深远"八个大字载入校史、县史和省教育史。井然有序的精心组织工作，体现了诸位校领导的卓越才干和丰富经验。热烈欢庆的动人场面，使老校友们感到莫大的欣慰，对新一代学子无疑是有力的激励。母校这些年在育才树人方面取得如此光辉的业绩，首先要归功于诸位校领导和全体老师的坚韧奋斗和辛勤劳动。我亲眼见到了母校有一个团结、得力的领导集体，有一支知识层次甚高、充满活力的教师队伍，接触了一批勤奋好学、聪明可爱的学生小朋友。我作为一名20世纪40年代的老校友，对比今昔，感慨万千，喜悦之情，难以言状。我由衷地向诸位校领导和全体老师致谢、致敬！顺便说一下，这次未能直接地面对母校全体老师，讲一讲我长期从事研究的世界战略形势问题及其他有关问题，谨表歉意。

再次感谢母校对我的热情接待和周到照顾。今后母校有什么需要我做的事情，请尽管提出，我将竭力为之。

祝愿哺育过我的亲爱的母校：意气风发争取新成就，昂首阔步迈向新世纪！

俞邃

1998 年 10 月 21 日于北京

三

王继兵校长，

各位老师，

各位嘉宾：

70 年前，1948 年的今天，由如东中学栟茶分校改名的如东二中与如东一中合并，我来到这里。经受战火洗礼的母校，让我懂得珍惜读书时光。老师们的言传身教，让我懂得如何做人、如何做学问。

历历 80 年，母校如东中学树立了一座中等教育的丰碑。

我为母校取得的成就感到骄傲。我为母校未来的创新发展寄予厚望。

关于母校的光辉历程，我尝试着写了这样一段话：

> 濒海之乡，抱负一方。
> 苦心耕耘，锐意独创。
> 力克艰辛，永葆自强。
> 与时俱进，宏图绽放。
> 名师高徒，教学相长。
> 德智体美，全面弘扬。
> 育才万千，层出栋梁。
> 桃李云集，共赞辉煌。

这里，我想对同学们说几句话。2035 年，国家基本实现社会主义现代化，你们也就 30 岁出头；2049 年，新中国百岁，实现建成社会主义现代化强国目标，你们也就 40 多岁。这是人生最珍贵的、足以大显身手的年华。我祝愿你们，不负祖国、人民和父母的期待，以"两弹一星"元勋为榜样，以各条战线的英雄模范人物为楷模，在中华民族伟大复兴的崇高事业中，不断进取，竭力奉献，造就自己，为母校争光。

（2018 年 10 月 18 日，母校如东高级中学 80 周年校庆祝辞）

四

母校如东高级中学紧随新时代脚步，开启高质量发展新征程。作为一名老校友，我为母校已经取得的成就和充满希望的未来，感到高兴。母校蒸蒸日上，得益于三要素：领导坚强、师资优秀、学生勤奋。如东中学地处江苏省偏僻的小地方，但教学成就赢得的声誉，与不少大城市名牌中学相比，却毫不逊色。这让我想起唐代诗人刘禹锡名著《陋室铭》中的16个字：山不在高，有仙则名；水不在深，有龙则灵。我衷心祝愿母校，在高质量发展中取得新的辉煌成就。

（2024年10月18日，在江苏省如东高级中学高质量发展会议上的视频讲话）

三贺老领导刘克明同志

祝贺刘克明同志 80 寿辰

　　谢谢欧亚所领导邀请我前来，参加祝贺刘克明同志 80 大寿和从事学术研究近半个世纪这样一个非常有意义的聚会。

　　刘克明同志是我们这个研究领域的一位积极开拓者。新中国诞生之初，同苏联和东欧各社会主义国家的关系，主要是开展友好活动。对这些国家进行比较系统的研究，实际上是从 20 世纪 50 年代中后期开始。刘克明同志的研究工作走在了前头。中央还曾有过明确指示，在外事职能部门当中，对苏联的研究主要由中联部负责。而刘克明同志从 50 年代中后期起，便主管中联部这方面的调研工作。所以，我们有理由称刘克明同志是我们这个研究领域的一位主要开拓者。记得 15 年前在北戴河的一次研讨会上，我曾有感而发，特意讲了刘克明同志功不可没的一段话。我想，可不可以借用比较通俗的但也不失尊敬的一种说法：刘克明同志无愧为我们这个研究领域的"老爷子"。

　　刘克明同志是一位知识渊博、治学严谨的学者。他很早便担任领导职务，行政级别很高，与一般领导干部相比，不同的是他始终处在调研工作的第一线，是一位学者素质非常鲜明的领导干部。他历来重视调研，喜欢调研，醉心于调研，一贯讲究实事求是、从实际出发，特别着力于理论探讨，强调在通晓经济基础上的综合研究。他亲自撰写过大量高水平的、富有创见的调研成果，并且在我们这个研究领域里精心培养了一代又一代人。如今进入耄耋之年，他仍然勤于思考，笔耕不已，实在令人感佩。

20 世纪 80 年代初，刘克明、徐葵与我合影于北戴河

刘克明同志是一位宽厚正直、虚怀若谷的长者。他善于同上下左右各种人相处。他与叶蠖生同志共事多年，我见他对叶老非常尊重，在我们面前总是称赞叶老的高明之处。他平日安排工作，有时难免顾此失彼，但绝无厚此薄彼。他从不拉帮结派，从不整人，也可以说他压根儿就不会整人，甚至曾经因不肯整人而付出过代价。他也遇到过令他不快的事情，但他总是襟怀坦荡，处之泰然。时间愈久，他的这些美德愈是唤起我们的回忆。"春风大雅能容物，秋水文章不染尘。"这副对联可说是刘克明同志风范的写照。

刘克明同志是一位珍惜人才、诲人不倦的智者。在座我们同行当中，恐怕很少有谁没有得到过他的悉心指点和诚挚帮助。我想举一个也许鲜为人知的例子。"文革"后期，由于不公正的原因，徐葵同志已被决定分配到外省去工作。在紧急情况下为把徐葵同志留下来，刘克明同志是起了关键作用的。我想，徐葵同志后来在研究所和学会的建树，同这一步是分不开的。至于我，从1962 年年底回国之后，我就在刘克明同志手下工作。"38 年过去，弹指一挥间。"岁月的流逝，丝毫淡化不了刘克明同志给我的教益。他曾慨然为我的一本书作序，我则有意将自己的研究工作同他联系在一起。平日每当我去看望他，彼此总是情不自禁地就业务问题没完没了地交谈，每次都使我获益匪浅。刘克明同志过去是、现在是、将来依旧是我敬重的老师。

我衷心地祝愿刘克明同志健康长寿。刘克明同志：待到您90岁寿辰、100岁寿辰的时候，我们将再次相聚庆祝！

（1999年7月28日，在中国社会科学院欧亚研究所庆祝会上的讲话）

刘克明同志85寿辰祝辞

今天，中联部"老苏联组"的同志欢聚一堂，热烈庆祝我们的老领导刘克明同志85岁寿辰。

中国社会科学院欧亚所庆祝刘克明同志80寿辰的活动，仿佛还是昨天的事情。这五年当中，刘克明同志保持健康的身体状态，并且依然笔耕不已，这是非常值得庆幸的。

刘克明同志曾经把我们在座的每一个人带进了苏联问题研究的广阔空间，如今又把我们也带进了古稀、花甲之年。刘克明同志的高尚人品和严谨学风是我们学习的楷模，刘克明同志的养生之道和健康体魄值得我们效法。

我们大家在刘克明同志的领导和影响下，在苏联问题的研究和实际工作领域，取得了国内外公认的成就。在座的各位，都成为具有高级职称的专家学者，其中有的同志当过局长、所长、副秘书长，有的同志获得了外国博士、院士称号，有的同志曾服务于外交战线，担任过大使、总领事职务。这是一个值得自豪的集体，应该说是国家的一笔宝贵财富；甚至可以说，这个集体在国内的有关研究方面发挥了开拓性的作用。我想，这样一个颇为光彩的阵容，是会使得我们的领路人、我们的老师刘克明同志感到欣慰的。

同时，我们情不自禁地深切怀念我们队伍中先后过早地离去的欧阳菲同志、王振茹同志、常飞同志。

我们长期研究的对象——苏联，已经解体十多年了，但是对于苏联问题的研究并没有终结。党和政府一直关注着苏共垮台、苏联解体的原因。当今世界形势如此复杂多变，究其根本，很大程度上是与苏联因素密切相关的。刘克明同志和其他一些同志，从自身的条件出发，以不同的方式，仍然在为深入研究苏联问题和相关问题继续提供自己的见解和思考。

今天我们能够在这里聚会，多亏李静杰同志积极倡议并提供财力支持。我们向他和有关同志表示感谢！

现在请举杯：

为尊敬的刘克明同志和夫人俞芝平同志的健康高寿，

为在座各位老朋友的健康快乐，

为各位的家庭幸福，

干杯！

（2004 年 7 月 27 日，于北京张家港饭店）

贺刘克明同志 90 寿辰 *

---

* 中联部老一处苏联组健在的十多位同志，于当日聚集到刘克明同志家中祝寿，并在此件上签名致敬留念。

克明同志，九十寿辰。后生毕至，何等欢欣！
成就斐然，悉数难尽。略陈感受，聊表寸心。
年少怀志，步兄后尘。战乱岁月，奉献青春。
历经艰险，愈显坚贞。风华之年，已负重任。
世纪后叶，更逢艰辛。研究苏联，开拓创新。
彤云密布，众说纷纭。率领集体，务实求真。
唯物辩证，不二法门。苦心孤诣，探索原因。
博采众长，业精于勤。硕果累累，表彰频频。
功名利禄，不将手伸。品行为上，注重学问。
素养深厚，在于底蕴。长者风范，众所公认。
笑对挫折，毫无沉吟。豁达大度，莫此为甚。
资格弥老，文质彬彬。级别殊高，唯多知音。
坦荡做事，诚信做人。德高望重，学子成群。
毕生奋勉，服务人民。鬒发银白，建树永存。
刘老克明，可敬可亲！刘老克明，百岁进军！

（2009 年 7 月 28 日）

贺何方*教授80寿辰

何方同志：

偶尔从《何方集》"作者年表"中发现，今天是您的生日。我非常之兴奋。我和施蕴陵一起，恭贺您80大寿，祝健康长寿幸福！祝永葆写作青春！

我与何老合影

何老，在我数十年的人际交往中，能结识您是我的幸运。我最初是从您的文章中了解您的。大约是20世纪70年末80年代初，我第一次读到您写的一篇关于国际形势的内部文稿（十六开本白皮书）。您那深刻独到的见解和洗练流畅的文字，给我留下极好印象，甚至有点惊奇。我从内心产生对您的佩服。后来，您被调到国务院国际问题研究中心担任领导工作，我与您接触的机会增多，经常可以直接听到您的学术见解，这对我的启

---

* 何方（1922年10月18日—2017年10月3日），出生于陕西临潼，国际问题和党史研究专家。1945年毕业于延安外语学院俄文系，后奔赴东北，历任辽阳县委宣传部部长、辽东省青委副书记。1950年，任职于中华人民共和国外交部，历任中国驻苏联大使馆研究室主任、外交部办公厅副主任。1959年，受到错误处理。1978年，获得平反并恢复名誉。1979年，参加中央国际问题写作小组。1981年5月—1988年8月，任中国社会科学院日本研究所党委（分党组）书记、所长。1989年—1995年，任中国国际问题研究中心副总干事。1998年，离职休养。2006年，当选为中国社会科学院荣誉学部委员。2017年10月3日，在北京逝世，享年95岁。

发和帮助确实是很大的。宦乡同志和您，是在国际问题研究领域对我影响最大的两位学者。宦老逝世后，为了我是否去国务院国际问题研究中心工作一事，您曾竭力排除干扰，同时又反复权衡利弊，为我作种种设想，使我深受感动。多年来，我把您的器重和特殊关怀，作为一种动力，促使我在研究、写作中不敢有丝毫懈怠。您"告别"国际问题研究之后，全力从事党史研究，成就卓著，且把我当作一位知己，让我不断地分享您的研究成果。对我来说，您是一位真正意义上的良师益友！

何老历来治学严谨，锲而不舍，尊重事实，勇于探索，坚持真理，刚直不阿，决不随波逐流、趋炎附势，这种品格永远值得我学习。您是一位自学成才的典范。说到自学，顺便告诉您一个情况，兰州大学出版社当年的《名家谈自学》一书中，与您一起的作者施士元，就是我的岳父。他还健在，即将95周岁了。

何老，步入耄耋之年，不是所有人都能做到的，应该满怀乐观并为此庆幸。同时，也要注意劳逸结合，工作量保持适度。有宋以敏大姐这位学者加贤内助，可以叫人放心。

请多多保重。

俞邃

2002 年 10 月 18 日

附：何方教授回信

俞邃、蕴陵同志：

在我生日之际，承蒙祝贺，非常感谢！至于对我的赞许，实不敢当，只看作对我的鞭策和期待。我也希望能再多活几年，尽可能地将一些想法写下来（《党史笔记》打算写完整风——还差一小半——即停笔，如果天假以年，再写点有关外交方面的问题），或可为对你们错爱的报答。

学界友人季崇威同志家人要出本纪念集，我可谓责无旁贷，并借题发挥，写了有关对外关系的意见，随信附上，请你们指正。

亲切的握手！

宋以敏亦此问候致意。

何方
2002 年 10 月 19 日

贺管文虎*教授 70 寿辰

尊敬的文虎教授：

2008 年 7 月 16 日是您的 70 寿辰。我和施蕴陵一道，向您致以热烈的祝贺，衷心祝愿您身体健康，青春常驻，快乐永远与您相随！

文虎教授，我们从相识到亲密相处，已经十年。您成为我一生中难得的知音和挚友。您勤奋执教，善于开拓，学风严谨，为人谦和，这些品格给我留下了深刻的印象。您给予我们的关心和帮助是很多的。"人生得一知己足矣"，我为有您这样一位诚笃的知己感到庆幸，更是十分珍惜。

古人云"仁者寿，乐而康"，我冒昧地还要加上"勤助健"三个字。这几点您都充分具备，所以我深信您会成为知识分子当中的一位高寿典范。

本月 14 日和 15 日我将外出去太原，今天提前向您祝寿，同

＊管文虎（1938 年 7 月—），河北衡水人，电子科技大学马克思主义教育学院教授，原人文社科学院院长。曾兼任中国高教学会公共关系专业委员会副理事长、四川省高校邓小平理论教学研究会会长、四川省高校世界政治经济与国际关系教学研究会会长、四川省中共党史研究会副会长等。长期从事历史学、政治学和马克思主义理论的教学与研究。其教学成果获国家级教学成果一等奖 1 次，四川省教学成果一等奖 2 次、二等奖 2 次；论文与专著获全国党史优秀论文一等奖 1 次、二等奖 1 次。1992 年，被评为部级有突出贡献专家。1997 年，获"全国'两课'百名优秀教师"称号。2009 年，入选中国校友会课题组发布的《2008（第二届）中国杰出人文社会科学家名单》。

时问候为您健康长寿作出无可替代的重要贡献的黄老师。

俞邃

2008 年 7 月 13 日

附：管文虎教授回复

俞老师：

您好！向施老师问好！

谢谢您的祝福，昨天学生们聚了一下，看到他们的成长很高兴。

岁月催人老，人已到古稀之年，不胜感慨！在人生道路上您是我的好榜样。能结识您，不仅是缘分，实在是我的福分！您是师长，又是挚友，我从您身上学到很多东西，增添了很大的力量。您长我五岁，但仍那样勤奋，那样精力充沛，那样开朗进取！我自愧不如。我一定牢记您"勤助健"的指教，为国家贡献余力，快快乐乐地过好每一天。

贺邢书纲老友 80 寿辰

我和邢书纲同志相知很早、很深。1958 年 9 月，我被调到中联部派去国外工作，书纲同志不久从苏联留学回国分配到中联部当时的一处，其时我们俩的工作呼应，彼此就相当了解。1962年年底，我从布拉格回国，与老邢在一个处、一个办公室，朝夕相处，工作中相互切磋。后来我还接替他分工负责与苏联使馆打交道，不时得到他的指点和帮助。整整半个世纪过去，我们真是名副其实的老朋友了。

书纲同志是中联部受命于党中央，最早负责研究苏联问题的团队（由刘克明同志牵头）的主要成员之一，是这方面的一位开拓型的研究工作者。

书纲同志为人真诚，光明磊落，爱憎分明。他总是襟怀坦白，表里一致，对同事和朋友能做到推心置腹，让人感到是一位值得信赖的朋友和兄长。在政治生活不正常的漫长的岁月里，我们这一代人由于各种原因差不多都被戴上"紧箍咒"。书纲同志如果没有沉重的"紧箍咒"，凭他的人品和能力，定可担当较高的行政职务。面对这样的处境，他对党从无怨言。

书纲同志是一位善于思考、有真知灼见的专家。他从不随波逐流、人云亦云，更不是那种一有机会就竭力标榜自己、爱出风头的人。他在业务上精益求精，却无哗众取宠之心，无沽名钓誉之意。

书纲同志年轻时就表现出领导才干，是留苏学生中的佼佼者。毛主席于 1957 年在莫斯科大学发表著名演说，书纲同志搀扶着毛主席进会场，那时他是莫斯科大学留学生党总支书记。毛主席问他的姓名，得知他姓"邢"后说："古代商周时期有个'邢国'，就在现在的河北省。"

书纲同志多才多艺，不仅汉语和俄语造诣颇深，而且书法也很出色。他的朗读技巧，曾被称作是中联部的"夏青"。

总之，邢书纲同志人品好，人文知识好，人缘好，是一位难得的人才，值得我们尊敬，值得我们学习。

衷心祝愿邢书纲同志健康更健康、高寿更高寿！

（2009 年 3 月 7 日，祝寿讲话）

贺刘永坦同学获国家最高科技奖[*]

条幅

永怀报国心，
坦荡为人民。
雄踞海疆域，
伟哉雷达神。

（2018 年 1 月 8 日）

合影

书影

---

* 为祝贺刘永坦院士于 2018 年 1 月 8 日荣获国家最高科学技术奖而作。刘永坦，1936 年 12 月出生于江苏南京，祖籍湖北武汉。1953 年，从南京大学附属中学（现南京师范大学附属中学）毕业；同年 9 月至 1960 年 3 月，先后就读于哈尔滨工业大学电机系、清华大学无线电系、成都电讯工程学院二系；1979 年 1 月至 1981 年 1 月，就读于英国伯明翰大学；1981 年 1 月至 1987 年 1 月，任哈尔滨工业大学电子工程教研室主任；1987 年 1 月至 1990 年 1 月，任哈尔滨工业大学无线电系主任；1987 年 1 月至 2001 年 1 月，任哈尔滨工业大学电子研究所所长；1993 年至 2013 年，任哈尔滨工业大学研究生院院长。他长期致力于电子工程的教学和研究，特别是新雷达系统和信号处理技术的系统研究，是中国对海探测新体制雷达理论体系的奠基人。1991 年，当选为中国科学院院士；1994 年，当选为中国工程院首任院士；2018 年 1 月 8 日，荣获国家最高科学技术奖。我与刘永坦院士于 1950—1953 年为南京师范大学附属中学同学。

贺刘盛纲院士 90 华诞

2023 年 12 月 26 日是刘盛纲院士 90 华诞，谨致热烈祝贺！

刘盛纲教授于 1980 年当选中国科学院学部委员（院士），那时他还不足 47 岁。我早已听说他是南京师范大学附属中学校友，钦佩之至，深感是母校的荣光，但从未谋面。直到 1999 年 5 月，一个偶然的机会，我才与他会晤并结下深厚情谊。

"隔行如隔山"，刘盛纲院士的专业我不懂，但他那卓越成就的影响力我是理解的，他的崇高思想境界和优秀品德更是令我难以忘怀。

1999 年 5 月，我的夫人施蕴陵教授到电子科技大学开会，我正巧出差与之同行，另由成都军区安排接待。在电子科技大学会上，有人传开我这个"国际问题专家"也到了成都。该校人文社科学院院长管文虎教授闻讯，抓住机会，将此情报告了上级，于是校领导决定邀请我到学校做一场以"国际形势与中国外交"为主题的报告。刘盛纲校长欣然表示，报告会全校师生参加，要由他来主持。刘校长在我报告之前讲了一番热情洋溢的话，还特意说到南京大学我的岳父施士元教授是物理学界他的老前辈。

聘任仪式

报告会之后，学校决定聘请我担任兼职教授和校刊特聘顾问。刘盛纲校长从广州开会匆忙赶回，主持了聘任仪式，党委书记、常务副校长等主要校领导出席。用管文虎教授的话说，这是学校"最高规格的聘任仪式"。刘盛纲校长在聘任仪式上的讲话，强调人文学科对于科技大学的重要性，热情挚诚，不乏幽默，感人肺腑。我当时就想，作为科技大学一校之长，如此重视人文学科的建设，足见他的远见卓识。如今电子科技大学的人文社科专业处于全国高校先进行列，刘老校长功不可没！

刘盛纲院士作风朴素。我与他闲聊时，他微笑着说起，现在独居的小楼只有使用权，这就很好呀。他的举止像一位平民百姓，毫无大学者架子。

时隔两年，我又去成都讲学，刘盛纲院士已退出校长岗位，他来看望我并畅叙，我赠他一本新著《俄罗斯萧墙内外》。后来他到北京出席院士大会，住丰台区宾馆，我去看望过他。前不久接到刘盛纲院士坐轮椅的照片，精神饱满，腿脚却不那么灵便了，让我一阵心酸。

2024 年 4 月 12 日，刘盛纲院士与夫人蒋臣琪参加新春健步活动

写完这篇短文，我情不自禁地打开网络，重温刘盛纲院士的光辉业绩：

刘盛纲，男，1933 年 12 月 26 日出生于安徽肥东，电子物理学家，中国科学院学部委员，乌克兰国家科学院院士，电子科技大学电子科学与工程学院教授、博士生导师。刘盛纲于 1955 年从南京工学院无线电系电真空专业毕业并留校任助教；1956 年至 1958 年，在成都电讯工程学院攻读硕士研究生并任专业翻译；

1958 年，获得成都电讯工程学院副博士学位后留校任教；1978年，晋升为教授；1980 年，当选为中国科学院学部委员（院士）；1984 年，担任成都电讯工程学院副院长；1986 年至 2001年 4 月，担任电子科技大学第一任校长；1999 年，获得第八届陈嘉庚奖；2001 年，获得国家高科技 863 突出个人贡献奖；2016年，获得国际红外毫米波太赫兹学会特别贡献奖。刘盛纲专于微波电子学、电子回旋脉塞理论方面的研究，被称作"中国太赫兹之父"。

遥祝刘盛纲院士平安健康长寿！

（2023 年 12 月 26 日）

2009 年全运会访谈记

一

许多读者可能都有这样的经历：在忙完一天的工作后，在深夜人们都进入甜蜜梦乡时，只有你依然坚守在电视机旁，为地球另一端的一场比赛时喜时悲；在比赛现场，随着赛事的起落，你抛弃了平时的压力和拘谨，和周围"疯狂"的观众一样，情不自禁地加油助威、疯狂呐喊；在奥运会期间，对中国队的每一场比赛都牵挂心间，紧紧盯住方寸屏幕，胜利时手舞足蹈，失败便捶胸顿足。体育，便这样深深地影响着每一个人。

体育，随着人类文明的兴起而诞生。随着时间的变迁，体育的含义也在慢慢充实。在现代，体育已不仅仅是一项单纯的竞技运动，它与政治、经济、科学、文化、艺术乃至我们的日常生活都有着密切联系。值此十一运会倒计时 100 天之际，我们采访了省内外文化、艺术和体育界的名流与专家，听他们谈谈自己对十一运会的期待，以及他们与体育有关的故事。

二

体育精神在很大程度上展现一个国家的精神面貌。特别是在中国这种新兴国家中，除了经济、科技、政治、军事因素外，属于文化范畴的体育也是体现"新兴"的一个重要窗口。2008 年北京奥运会给中国带来了崇高声誉，十一运会将是中国体育成果的一次大检阅，这不仅是全国人民的盛事，也是面向世界的展示。"发展体育运动，增强人民体质"，这是宗旨。我就是一名体育爱好者，尤其喜欢球类和田径运动。像乒乓球、女排这样的中国体育"品牌"项目，我更是关注。我清楚地记得，1959年，容国团在第25届世界乒乓球锦标赛上获得男子单打冠军时，我正在布拉格的一个国际组织工作，当时欧洲国家的许多报纸用大标题刊登这则消息，反响非常强烈，这让我感到特别自豪。2009年的瑞士女排精英赛，是中国女排新阵容的一次练兵和实力检验，由于时差关系，这边转播已是半夜了，我还是尽量观看。体育健儿取得成绩，无不付出巨大的代价，令人钦佩。谁也不可能是常胜将军。有时由于诸多原因，成绩不够理想，我们也不应苛求，而要采取包容和鼓励的态度。那种动辄要教练"下课"的情绪，我是不赞成的。

我希望十一运会上，体育健儿的成绩能有新突破，更重要的是要展示奋发向上、坚忍不拔的精神风貌。作为一名普通观众，到时我一定会观看比赛，为十一运会助威，也预祝十一运会取得圆满成功。

（载《济南日报》，2009年7月8日，原标题《2009年全运会访谈话——名家名流谈全运说体育侃健身 十一运没有旁观者》）

郎平的战略思维与辩证理念

里约奥运会闭幕了。中国女排历经艰险、奋力拼搏，在郎平的卓越指挥下勇夺冠军，令举国上下沉浸在无比欢乐之中！郎平担纲中国女排主教练组建新军三年多来，苦心磨砺，开拓进取，先后在世界三大赛中由亚军到冠军再到冠军，业绩之辉煌，极具震撼力。成就郎平的原因甚多，其非凡的战略思维和辩证理念尤其值得称道。

郎平的战略思维，集中体现在她上任伊始便提出的"大国家队"构想。这一战略构想又贯穿着处理以下十大关系的辩证理念。

第一，当今与长远的关系。2013 年国际排联公布的世界排名，中国仅列第五位。面对如此窘境，郎平决意立足当下，着眼长远。她不仅考虑 2016 年里约奥运会，而且放眼 2020 年东京奥运会。她精心培养大队伍，亲临国内女排联赛观察、选拔，成就两套优秀班底，乃至出征里约时选拔都很为难。她大胆启用新手，老队员只保留魏秋月、徐云丽和惠若琪三人。

第二，教练与队员的关系。作为主教练，她做到严格与包容结合。训练时一丝不苟，非常"苛刻"，被外国人称作"伟大的教练"。她以高情商对队员人性化的尊重，被队员称呼"郎妈妈"。她勇于担当，强调"队伍是主教练责任制，不管是好还是不好，我都应该承担责任"。世界排联终身名誉主席魏纪中说："郎平很会调教和培养运动员，不单单是使用运动员。郎平最大的贡献是带出这个队伍，教出了这个队伍。"

第三，团队与个人的关系。她当然重视队员的个人能力，如对朱婷的使用；同时，更强调团队的整体作用。她曾说："中国女排靠团队技术著称。中国女排只有最好的团队，没有最好的个人。"她把老队员当作助手，说："我们的老队员一直在帮助我们给年轻球员做工作，大家团结起来，拧成一股绳，一起往上走，能做到困难的时候靠在一起，难能可贵。"中国女排堪称一支"复合型的训练团队"。

第四，主力与替补的关系。郎平培育的这支队伍，主力与替补只是相对而言，正所谓"超级替补"。两套阵容多次同时出征。这次进入前四时还提醒大家："咱们老四，另外三个队，咱们都是人家的手下败将，从现在开始咱们从零开始往上奔，有百分之一的希望就要做百分之百的努力！"与荷兰队半决赛时，12人都上场。她把每个队员的强项凝聚发挥，从而有效地战胜对手。

第五，大局与细节的关系。郎平既有全面战略布局，又注意训练和比赛的每个细节。她要求队员一个球一个球打好。她善于抓主要矛盾，舍弃一些无关痛痒的国际赛事。她奉行的作战原则是"不在一城一地之得失，而在有生力量之消长"。她做到了既举重若轻，又举轻若重。

第六，顺境与逆境的关系。她知己知彼，摆正位置，保持淡定，强调"立足自己，做好自己"。出征里约之前她的表态实事求是，说争取奖牌，也许奖牌拿不到。谈到这次在里约奥运遇到的种种考验，她笑笑说："什么都是经历，吃点苦是好事，不够美好的经历也是积累。"赛后她直言："这场比赛打得很艰难，队员们赢了比赛非常不容易。我们就把注意力放在了比赛本身，发挥出全部的实力。这样，就算出局回家，我们也能不带遗憾。"

第七，主场与客场的关系。事物有两重性，矛盾会转化。例如巴西队占有天时地利人和，但也背负沉重的包袱。中国女排每次发球全场嘘声四起，郎平之前都跟姑娘们讲过："就要做到他们越嘘我，我越要发好，抛好球，击准它!"面对实力强劲的巴西队，中国女排姑娘们并没有丧失斗志，反而打出了精气神。

第八，心态与实力的关系。思想过硬，技术过硬，这是郎平对队员的基本要求。她说："比赛是训练成果的检验，解决问题还是要通过专心的强化训练。比赛中更注重场上经验、队员之间的配合。"郎平的心理调节能力超强。由于队伍比较年轻，心态的波动导致小组赛发挥并不理想，但她不抱怨，更没有指责，而是根据年轻队员的心理特点，及时对症下药，让她们在进入淘汰赛前彻底静下心来。

第九，勇与谋的关系。人们都说"铁榔头"郎平有颗"大心脏"。唯有宏图大略，运筹帷幄，方能如此。她说："赛前我告诉球员，不要去追求结果，我们可以接受任何结果，只要你们打出自己的水平。"她总是在关键时刻，调兵遣将，扭转战局。国家体育总局副局长蔡振华说："她能把每个人的作用发挥到淋漓尽致。根据对手的情况，她通过运动员的特点然后去使用，我个人认为有勇有谋这是最重要的。"

第十，偶然与必然的关系。四分之一决赛逆袭巴西、半决赛"复仇"荷兰和决赛战胜塞尔维亚，三场比赛看起来惊险、刺激，似乎有些偶然，其实背后是郎平孜孜以求、苦心钻研的必然结果。正所谓水到渠成、瓜熟蒂落。

关于女排精神，郎平也有辩证的解释。她说："女排精神的传承一直都在，我觉得不是赢球有女排精神，输球没女排精神。我们的训练很刻苦，要看到整个努力的过程。"的确，如有的媒体所说，没必要觉得女排精神就是中国体育制造出来的幻象，而是完全可以将其视为我们所拥有的一笔宝贵财富，值得珍惜和发扬。

拥有战略思维与辩证理念的郎平，满怀雄心壮志，又保持谦虚谨慎。一位从运动员到主教练获得奥运会冠军的女性，当今世界绝无仅有。人们称颂她是大师级帅才、神奇人物、伟大的教练，均不为过。

（载《新民晚报》，2016 年 8 月 22 日）

弹指一挥 30 载 崇高医德今仍在

编辑同志：

"每逢佳节倍思亲。"值此春节来临之际，更激起我对 301 医院和 302 医院医务工作者的思念和敬意。

早在 20 世纪 60 年代初，我从地方医院转入 301 医院治耳疾。当时在著名耳鼻喉科专家姜泗长教授指导下，由他的得力助手田钟瑞大夫主刀，为我做了右耳镫骨切除手术。我成为当年《人民日报》登载的《使聋者复聪》一文中提到的 18 名治愈者之一。记得当时捷克斯洛伐克一家大医院本已约定给我做这一手术。当我得知国内已掌握了这方面的技术时，我决定回国治疗。于 1963 年在 301 医院做完手术后的右耳，至今一直保持良好的听力。我不仅为自己庆幸，更为祖国医疗事业的发展引以自豪。

没料到，后来我的左耳也逐渐变得重听。1988 年，我试探着给 301 医院耳鼻喉科写了一封信，询问可否再为我做一次手术。我很快便得到热情的答复：同意。我忘了当年住 301 医院的病历号，他们不厌其烦，从经过"文革"仍保存完好的大量档案中找出了我的病历档案，又为我办理了治疗手续。尽管最后由于我的健康原因未动成手术，但仍使我万分感动。在所谓"新价值观"冲击着一些人头脑的今天，301 医院的崇高医德和情操并未褪色。事有凑巧，1990 年，301 医院派了一个医疗小组协助我们单位作口腔普查，我的疑难问题又被带进了 301 医院口腔科。我从谦虚勤奋的博士生林松杉等一些年轻医务人员身上，看到了301 医院的良好医德在代代相传、发扬光大。

1990 年春，我的爱人施蕴陵因患急性肝炎从地方医院转到
302 医院住院治疗。几个月里，我既为妻子的治病张罗，也在暗
暗观察、比较解放军各医院的服务质量。我从 302 医院同样感受
到了部队医院的崇高医德。与我们素不相识的施树玉大夫，对所
有病人都和颜悦色、百问不厌。我爱人出院后，她依然不断给予
关怀，我们经常打电话请教，她亲切如初。有时我们觉得过意不
去，她却说："为人民服务嘛!"

作为一个国家机关干部，我感激 301 医院和 302 医院的医护
人员，他们使我深切感受到究竟什么叫"军民鱼水情"。

俞邃
中共中央对外联络部

（载《解放军报》，1991 年 2 月 10 日）

第五部分

足迹篇

经历战乱中的最初母校
（1944 年 10 月——1949 年 8 月）

20 年前，为庆祝母校江苏省如东高级中学成立 50 周年，我写过这样一段话："如东中学具有优良教育传统和光荣革命传统。我是在解放战争结束前夕，在如东二中和一中合并后就读于如东中学的。当时母校已逐渐转入正规，既重视抓教学质量，更注意培养学生的品德，学生素质和校风都很好。从如东中学出来的许多同学，已成为国家各条战线的行政和业务骨干。我深感母校的培育之恩。值此母校 50 周年大庆之际，谨向母校的领导、全体老师和职工致以崇高的敬意和深切的感谢，向全体同学致以热烈的问候。祝母校的优良传统不断发扬光大，为祖国的四化建设培养更多的优秀人才。"

当时我没有从渊源上把如东中学与四联中、如东中学栟茶分校联系起来。值此母校 70 周年校庆之际，我在这里进行一次比较全面但又只能是零星的回忆。鉴于年代久远，难免不尽准确，姑且作为一种纪念吧。

从 1944 年 11 岁起，到 1953 年 20 岁考取大学止，随着形势的变幻，我曾穿越战火纷飞的岁月，感受新中国诞生之初的盛况，先后就读于六所中学，历时九年。这些学校是：四联中、如东中学栟茶分校、如东二中、如东中学、平潮中学和南京大学附属中学（现南京师范大学附属中学）。（邱陞中学校庆曾多次给我发邀请函，我谢复说明，我不是该校校友。细想起来，四联中是邱陞中学的延续，而我曾在四联中学习，被算作邱陞中学校友也有一定的道理。这里，谨向邱陛中学表示歉意和敬意!）四联中于抗日战争胜利后宣告解散，年长一些的同学纷纷走上工作岗位，年幼的一些同学转到住家附近的中学继续就读，我转到了如东中学栟茶分校。1946年年中，解放战争爆发，栟茶分校从栟茶镇迁移到农村蔡家庄，随后易名为如东二中并多处落脚。1948年年初，如东二中与一中合并为如东中学，校址设在掘港镇如东一中原址。1949年暑期，我参加了南通专区举办的学生夏令营，遵照组织上的安排，9月初开学的时候我跟随吴景陶老师去了平潮中学，他担任校长，我作学生会主席。景陶老师在平潮中学只工作了大约两个月，便被调去南通专区主持文教局工作，由朱建章老师接任平潮中学校长，我就是在那里由朱建章同志介绍加入中国共产党的。1950年1月，随解放军渡江到南京工作的我的大姐俞梅（余枚）和三哥俞进（江鹜）商定，由大姐乘回如东老家探望父母之便，途经平潮中学，说服再三挽留我的朱建章校长，将我带到南京师范大学附属中学去读书。如今依然存在且成就卓著的我的母校，共有四所，即栟茶高级中学、如东高级中学、平潮高级中学和南京师范大学附属中学。本文仅限于记述与母校如东高级中学有传承关系的几个时期。

四联中时期

四联中是由苏中四分区多所中学合并而成，包括邱陛中学、南通中学、如皋中学一院、如皋中学二院、栟茶中学、海安紫石中学等，地址设在比较隐蔽的东台县三仓鲁灶庙。（四联中先前称二联中，因东台县由二分区划归四分区而易名。）

1944年夏，我从如皋县（如东县是1945年由如皋县析置，以其原为如皋县东乡而得名）冒庄小学高小毕业。10月初，父母经过反复考虑乃至思想斗争，决定让我追随业已参加革命的诸

位兄姐，送我去四联中学习。十分友善的邻居周育生大爹，帮助
我肩挑铺盖卷一路送行。父亲（俞笃周，如皋师范学堂毕业后，
曾先任教于双甸小学，为刘季平的老师，后创办冒庄小学）陪伴
我到康家庄之后与我依依惜别。我回过头凝视穿着灰布长衫的父
亲渐渐远去，自然联想到朱自清的名作《背影》，不禁倏然
泪下。

去四联中必须通过沿口的日伪军封锁线。我们只能夜行，利
用敌人碉堡探照灯转向的间歇，由接应的人安置我们急速乘小船
渡河。从家到校，徒步百里，我咬着牙硬顶下来。我清楚地记
得，11 岁的我，大腿内侧磨破了皮肤，加上出汗，疼痛如盐腌。

入校时，我的年龄最小，教导主任高景芝老师以多少有些责
怪、却又无可奈何的口吻说：俞远同志（我的长兄，新四军东进
后参加革命）怎么搞的，把这么小的弟弟弄来了！

四联中的校长由原邱陞中学校长顾觊予老先生担任。顾老德
高望重，诗文两绝，名播遐迩，有"南通四才子之冠"的美称。
上面提到，学校教导主任是高景芝老师。生活指导主任先是裴定
老师（新中国成立后历经坎坷，曾被错划为右派，后任江苏省委
党校副校长，于 2003 年病故，享年 80 岁），后是吴遐老师（如
今已耄耋之年，精神矍铄，仍与我保持联系）。总务主任是赵景
桓老师（百岁人瑞，大前年去世）。其他任教的有清华大学毕业
的吴景陶老师（英语、音乐和戏剧）、浙江大学毕业的朱经之老
师（数学和物理）、中央大学毕业的吴北辰老师（生物和化学）
以及顾校长的长子顾珥亦老师（语文）等。他们都是品德高尚、
专业精深的名师。我的二哥俞迪（俞启元）和薛春老师在总务
处任职。

学校原有一个高中部，其实也就是一个年级，我进校时高中
部抽出，迁移到陆子苴，成立四分区专科学校（四专校）。其中
有我数十年来过从甚密的学长，如：黄玉章，曾任国防大学副校

长、中将军衔；高锷，曾任驻斯里兰卡大使、国务院国际问题研究中心副总干事；邵铁真，曾任光明日报社《文摘报》主编等，他们就是在这个年级。

我的二姐俞菊（余勤），是邱陞中学最后一个年级的学生，于1944年春随邱陞中学集体北上，比我早些时候到校。我记忆中的老同学有曹振志、刘明（刘长江）、高侗（周民潮）、俞铭正、吴迪、袁杰、周载宽、张秀清（陈旭）、丁固、李鉴（吴李鉴）、高志通、陈浩、于可文、薛兰（薛一青）、刘长媛、季达、张继祝、吴光伟、巫曦、张学钧、张天时、徐超和姚家政等；还有学生会主席李松桂、副主席徐伦；后来成为邓小平之弟邓垦夫人的丁华，也是同学。张学钧同学在解放战争中牺牲。

我刚入学时，初一级分为春一和秋一，我进的是秋一。不久，学校改变按年龄和入学先后分级的传统做法，而是按考试成绩重新分级。全校各年级学生全部参加语文、政治、数学和常识等课程的统一命题考试，然后按照成绩分成三级（语文特殊分为五级）。考试结果出来后，按每门课成绩我都被录取在最高一级，引起大家关注。学生会副主席徐伦一再表示惊讶，老同学、好朋友曹振志叫我"机灵鬼儿"。

当时没有正规的教材，全凭老师编写油印讲稿，但是很有知识性，也有一定的深度。语文主要来自毛泽东著作和时事报刊。我们上课就在庙宇里，把铺盖卷当作凳子，十八罗汉经常和我们做伴。

那时没有条件开英语课，我觉得是一大遗憾。记得当时有一架美国飞机被日本鬼子击中，飞行员跳伞安全降落，在送往苏中行署途中经过我们学校，由吴景陶老师担当翻译。我和同学们对吴老师会说英语羡慕之极。当然更没有料到，我后来居然一辈子与外语打交道。

学校的政治气氛非常浓厚。先后来校做报告的苏中和四分区领导，记得有陶勇、梁灵光；还有一位苏中行署研究政策理论的领导干部，来校专门讲"三三制"。毛主席说的"知无不言，言无不尽""言者无罪，闻者足戒""有则改之，无则加勉"等名言，张贴在室内。关于这些话的深刻寓意，我就是在四联中得到启蒙认识的。

我们经常搞一些社会活动。例如办冬学，晚间在煤油灯下教农民识字。还向老乡们宣传抗战形势，内容大体是苏联反法西斯战争正在取得节节胜利，日本鬼子的手伸得很长，顾此失彼，被动挨打，已是穷途末路了。我们还演出活报剧，教唱革命救亡歌曲，动员老乡青年参军。

我们的同学各有专长。有的作文写得好，例如丁固同学后来成为一位军旅记者。有的擅长唱歌或者画画，例如当时学校张挂的毛主席和朱总司令画像，就是吴迪、刘惠康和张继祝几位同学绘制的，受到大家称赞。每逢全校开大会，指挥唱歌的由曹振志、吴迪和我轮着来。曹振志是歌咏队的指挥，水准高一筹。

住宿条件非常艰苦。我们分散着住在周围农民家，垫稻草打地铺。后来，在庙宇西边大约两里路（1000米）的荒地上，盖了两座宿舍，但也很简陋。我们还是铺稻草睡觉，每个同学只有一条被子，两人合着使用，一垫一盖。我经常和刘明睡一个被窝。冬天寒风从窗户里呼啸而入，一不小心就冻得人直发抖。

伙食比较简单，经常吃面疙瘩，很少见到肉。我记得庙里的那位方丈和他的一个徒弟，特别喜欢我，有时让我端着饭碗去他们那间小屋，给我点好吃的。学校响应延安党中央"自己动手、丰衣足食"的号召，靠大粪种菜，开荒种玉米和大豆。学校还多次组织年龄大一点的同学，徒步到一仓去背粮食。有一回学校不知从哪里募捐得来一批旧衣服，分给有困难的同学，我分到了一件对襟长袖条格粗布上衣。

体育活动除了做操，就是打乒乓球。球台是由两张方桌拼起来的，球拍是木板的。记得有一位于老师，高高的个子，会左右抽杀，乒乓球打得最棒。

我们也闯过祸。1945年年初，正值寒冬，我和高侗（周民潮，比我年长六岁）等三人晚间从大庙参加完活动，回宿舍途中路过河边，高侗随身带有火柴，觉得好玩，便点燃河岸一处的干草，孰料火势蔓延，一发不可收拾。我们被吓坏了，赶紧溜进宿舍。第二天，生活指导主任吴遐老师把我们三人找去谈话，进行纪律教育。首先批评的当然是老大哥高侗（周民潮）。我是"从犯"，吴遐老师对我说的话，我记得最清楚的一句是："你应该记住，你的大哥俞远同志是怎么教导你的！"这次教训可谓刻骨铭心，从此再也不敢贪玩犯纪了。

四联中的供给制军营生活，对于我们少年时期的成长极有助益。我们远离父母，年长的同学像大哥哥、大姐姐一样对我们照顾有加，情深义重。学校注重人生观的教育，突出的是，让我们养成了团结友爱的集体主义精神、吃苦耐劳的习惯和奋发努力的志向。顾校长被裴定老师称作"我们的旗帜"。裴定、吴霞老师作为党组织的负责人，当年对于培养我们一批青少年成长，贡献巨大，功不可没。

经受四联中培育的同学们，后来分布在全国各地，为解放战争胜利、为新中国建立、为社会主义建设，作出了各自的贡献。这里简单介绍一下我最熟悉的、颇有特色的几位老同学：曹振志，军事保密技术工作专家，担任过总参三部副部长，从军级研究员岗位退下来。（我写本文四联中部分时，承蒙他帮助回忆。）吴迪，"八一"电影制片厂著名纪录片摄影师，曾与他人合著《胡志明小道上的701天》。高侗（周民潮），1945年6月离校参加新四军，长期在部队从事政治工作，《周民潮诗词散曲选集》由中国文化出版社于2007年5月出版。

如东中学栟茶分校时期

四联中解散后，我转到离家 25 里（12.5 千米）的如东中学栟茶分校。我是 1945 年暑期后列入栟茶分校名册的，因患肋膜炎，晚了几个月入校。

栟茶分校的校址就是原来栟中所在地，在栟茶镇的北端。学校门外有一个大操场。从学校大门进去之后，经过一片天井和一个过厅，进入教学区。教室是正规的平房，窗户刷绿色油漆，东、北、西三排教室与正面的过厅，连成一气，四四方方，非常规整。教室门口挂着某级某班的牌子。校园的空间比较开阔，繁茂的树木花草和弯曲小径，煞是幽静美观。

校领导班子是组织上新派的。吴北辰老师担任校长，张国梁老师为生活指导主任，是实际上的负责人。为便于开展学生工作，恢复了秘密组织青年先锋队，从掘港如东中学过来的李清涵同学和我等三人，组成青年先锋队支委会。

那时学校的主体就是初中部。高一级学生只有几个人，包括李清涵，其中一位女生是赵朋叁老师的妹妹，名叫赵亚男。她于 1946 年春离开学校投身革命队伍，赵朋叁老师和我们许多同学一起热烈欢送她登船远行的情景，至今我还依稀记得。（2010 年 9 月初，我应上海科协之邀去做题为"当今世界局势中的热点问题"的讲座，在饭桌上听老同学刘长江说起，赵亚男是上海海军医院少将政委。）

比起四联中，栟茶分校的教学要正规多了。语文、数学、历史、地理、音乐、等课程，都有课本，老师批改作业非常之严格。体育课也是按照日程表有序进行。印象中还是没有普遍开设英文课。教师队伍以原栟中的老师为主，他们都是大学毕业生。例如，文质彬彬的数学老师缪豫园（音），名气很大。音乐老师、原校长，好像也姓缪，音乐造诣颇深。这位老师也许因为从校长位置上卸职，有些失意，于是对我们从四联中老区过来的学生总有点看不顺眼，嫌我们土气，缺乏正规音乐训练。体育课赵朋叁老师的篮球打得非常出色，据说他青少年时期还在地区乒乓球比赛中得过高名次。

校长吴北辰老师是从四联中过来的唯一老师。他为人宽厚，十分尽职，也很有能力。他对我非常信任，无话不谈。有一次他悄悄地对我说，他苦于不是共产党员，许多事情不好办。

我印象深的还有一位教历史课的周寄萍老师。他讲社会发展史，从猿到人，语调拉得长长的，内容系统而又通俗，我觉得很新鲜。他没有随校去农村，后来到南通师范学校任教去了。

从四联中转到栟茶分校的同学，为数不多，我的二姐俞菊（余勤）是其中之一。她后来长期在江苏省工商银行主管人事，并在那里离休。新同学当中，家住栟茶镇的徐耀宗，年长我两岁，思想活跃，一表人才，与我断断续续接触算是较多的。他的姐夫葛子林（姐姐徐枚之夫），时任东台县（县长董希白）政府秘书，于1946年春逝世（年仅20岁出头），颇有社会影响，我曾参加追悼仪式。1953年我考进中国人民大学俄文系，徐耀宗被派去捷克斯洛伐克留学，行前到学校来看我。我于1958年赴捷首都布拉格各国共产党和工人党合办的刊物《和平和社会主义问题》杂志编辑部工作，满以为可同他时常见面，不料他却因某种政治原因被提前调回国了。1962年年底，我从布拉格撤回后，翌年在中关村中国科学院宿舍见过他。后来他从中国科学院科技政策和管理科学研究所退休。最近我又打听到他的新址，他在电话中不无遗憾地对我说，他不能出席母校栟茶高级中学80周年校庆了。

栟茶分校有过政治教育活动。我们参加了数次在栟茶镇举行的公审敌特大会，深受震撼和教育。1946年春，邱陞中学老校友高志明同志（我在四联中的同学高志通的哥哥）路过被请来，与学校部分师生座谈他的革命经历和国内形势，也谈到邱陞中学其他一些同学的近况。吴北辰校长主持会议，对从邱陞中学走上革命岗位的校友们给予高度评价。

1946年"四八"烈士纪念活动，隆重感人，一直深刻在我的记忆当中。王若飞、秦邦宪、叶挺、邓发等从重庆乘飞机赴延安，在山西黑茶山遇难，根据党中央的通知，整个解放区都举行悼念活动。我们栟茶中学召开纪念会那些天，从校园通往广场的过厅挂满白幛、黑花和挽联，哀乐凄婉，我们大家含泪祭奠，决心追随烈士们的足迹前进。

栟茶分校也组织过文化活动。印象较深的是如东县曾在栟茶分校举办过一次演说竞赛。我用张松山同学的一篇作文作演说词，获得了第一名。主要成绩当然应归张松山。顺便说一下，张松山年长我四岁，小学就和我是同班同学。他的语文天赋极高（算术却老不及格），称得上是一位天才。可惜，历史没有给予他机会，否则，我敢断言，他会成为一名优秀的作家或者新闻工作者。在分校迁移到乡下之后，他受不了压抑之苦，在一个月色皎洁的夜晚，悄悄地向我道别，独自回袁庄老家去了。后来他毕生从事中医，救死扶伤，德艺双馨，在乡间备受尊重。

栟茶分校的前身栟茶中学长期处于国民党统治之下，一般来说教学质量较高，师资的政治素质则较差。新的分校党组织特别注意加强政治思想方面的管理和教育，改变一些老师的旧观念，培养学生全面发展。

我在栟茶分校不到一年时间，解放战争爆发，学校迁移到乡下，而且很快便改名为如东二中。

如东二中时期

学校迁移到农村之后，不知为什么，吴北辰老师的校长位置转给了张国梁老师，后者便党政双肩挑。原栟茶分校的老师只有赵朋叁老师随校一起下乡，其他老师有的留在镇上，有的到蒋管区亲戚家去了，也有个别人因与国民党、三青团有牵连被公审处决了。从四联中回来的以及原邱陞中学的一些老师，这时又在如东二中会合。他们是吴景陶、朱经之、吴禹绩、冒殿猷（冒逸园）和崔季黄等老师，再加上来自其他方面的花景深老师和丛爽仲老师。

如东二中期间，国内形势非常动荡，学校来回搬迁，先是在蔡家庄，后又迁到葛家兜、陈家庄一带，可谓萍踪浪影。有时半夜突然接到命令转移，有同学因边走边打瞌睡，不小心掉进水池塘。形势最紧张的阶段，师生一度分散回家。

蔡家庄有一位姓蔡的老干部，深受社会尊重，校领导张国梁老师不时去看望他。蔡老有两个儿子、一个女儿，都很能干。二儿子蔡铨是我班班长，比我年长数岁。时隔几十年，他在北京担任基建工程兵政治部组织部部长时，我去看过他，后来他从武警政治部干部部长岗位退下来。大儿子蔡钤听说到了东北搞政治经济学。

如东二中期间，我们主要参加了两大社会运动，一是惩奸运动，二是土改运动。

解放战争爆发前夕和战争过程中，地主还乡团十分猖獗，于是开展了一场惩奸运动。之初，学校教音乐的缪老师和数学老师缪豫园因有"特嫌"，在公审大会上被处决。土改复查后期，惩奸运动延续，丛爽仲老师逃跑被抓回，连同吴禹绩老师、花景深老师，都被处决。这件事的原委我们学生是说不清楚的。邵铁真同志生前曾不止一次对我谈起,他说勤勤恳恳教学的吴禹绩老师非常忠厚正派,担任过人民政权区长的花景深老师很有个性;那时形势紧张仓促行事,以"特嫌"或"三青团骨干"名义将他们处决,做法显然过"左"了。最近我才从《如东文史资料》上看到,1983年如东县人民政府通过调查,确认花景深政治上无问题,并肯定他"在抗日战争、解放战争期间,从事革命工作,作了一些有益贡献",于是宣布平反,恢复名誉。我还从《邱陞中学纪念册》吴骅学长的一篇文章中得知,如东县政府于1988年明文为吴禹绩老师平反昭雪。这可以告慰二位老师的在天之灵。遗憾的是,还没有见到关于丛爽仲老师和其他老师的复查结论。

为发动农民支援解放战争,掀起了土改运动。这时学校处于大分散状态。我曾参与分浮财登记,和我的四叔俞属君(俞源的父亲,后来长期在栟茶中学任教,他与我父亲俞笃周在故乡被称作"兄弟书法家")、大表哥张沐清(邵铁真在顾高桥小学的老师)一起,帮助填写地契。我清楚地记得,分地标准是每人二亩三分*,我家九口人,分得土地20亩之多,作为军属由代耕队帮助耕种收割。我还曾为冒福兰表叔在家乡的一所小学代课,教娃娃们的算术和语文。

我们几乎有一次亲临前线参战的机会。那是李堡战役期间,受上级指示,要求我们学生去前线担任救护卫生员,为此我们突击学习了伤口包扎的基本操作。尽管上级后来撤销了命令,但我们的确作好了牺牲的准备。这里抄录一段关于李堡战役的历史记载:1946年7月至8月,人民解放军华中野战军在江苏省中部地区,寻机歼击分散清剿的国民党军。7月(也可能是8月,原文不清)10日夜,野战军乘李堡与海安守军调防之际,以第一师

---

* 一亩≈666.7平方米,一分≈66.7平方米。

将国民党军新编第七旅旅部及第 19 团全歼。下午又在李堡以东地区歼灭了刚换防下来的第 105 旅一个团。尚在海安的新七旅旅长由于不明情况，仍率第 21 团东开李堡接防，当进至洋蛮河地区时，被第七纵队和第六师伏击歼灭。此战，共歼敌 8000 余人。

在学校相对集中，搬迁到西部陈家庄之后，分成了三个队：文化队、生产队和卫生队。意在让学生掌握一些实用的知识和技能。文化队由吴景陶老师领导，配合反内战和土改开展宣传活动。生产队由吴北辰老师领导，第一项是学习造肥皂、造纸。卫生队由赵朋叄老师领导，学习基本卫生医疗知识。我出于好奇，报名加入生产队。当我们成功地制造出第一块肥皂时，大家欢喜若狂。这三个队中维持时间最长、发挥作用最明显的是文化队，后来我也加入了文化队，参与宣传方面的工作。

吴景陶老师带领大家自编自演了多场活报剧，赵鹏叄老师参与，马鸿同学男扮女角，演出时广场上挤满观众。吴景陶老师多才多艺，拉得一手好胡琴。每逢学校联欢或对外演出，少不了他的节目。他演奏的胡琴曲《病中吟》，凄婉深沉，百听不厌。吴北辰老师的胡琴也拉得不错。

学校的纪律严明，对学生的要求非常严格。记得文化队从魏家庄我家门口经过时，我强忍着，没敢提出进家门看一眼爹妈的请求。这种"革命毅力"受到了赞扬，但是对于一个十三四岁的少年来说，当时心里仍然很不是滋味。我还记得，有一次父亲由冒其昌表叔（冒国梁的父亲）陪同去附近学校的临时驻点，想接我回家过中秋节，提出就住一个晚上，结果遭到张周梁校长的拒绝，父亲非常难过。

鉴于我有那么点"文艺细胞"，又是从四联中过来的"老干部"，1947 年（我 14 岁那年），校领导张国梁老师动员我说，你去专区文工团吧，这样同时解决你的入党问题。可是我的兄姐们一再叮嘱我，说我的五位哥哥姐姐由于革命工作需要，都失去了读书深造的机会，让我务必好好学习，要上大学，警示我决不可三心二意，不要浮躁，千万不能半途而废。我牢记兄姐的告诫，向组织上坦诚表示，我年龄还小，想继续深造，不打算去专区文工团。结果，我被认定是不服从组织分配，因而失去了第一次加入中国共产党的机会。与此相关，学校教务处缺一名文书，曾要我脱产担任，我也答应了，结果被另一位同学取代。

那时的知识分子政策恐怕有着时代的烙印。老师们动辄挨批，普遍心情不舒畅。例如吴景陶老师，爱祖国爱共产党，长期身体力行起榜样作用。这样一位杰出的人才，被送到大会上批判，学校主持人称他是"封建典型"，使我百思而不得一解。我与吴景陶老师的关系比较密切，这不仅因为他与我父亲是至交，而且他非常器重我，经常鼓励我上进。以致景陶老师被批判时，与我关系好也成为他"偏爱某生"的一项过失。

吴北辰老师过了一段时间，不知何故，离开了学校。许多年之后，他到江苏省科协工作，我在南京见过他。我们一起回顾了如东二中的成绩与失误。

朱经之老师据说去了镇江，冒殿猷老师则去向不明。

赵朋叁老师是从栟中过来的一位先进老师，顾全大局，坚持走革命道路，加入了中国共产党，担任过南通医院院长。

负责管理行政总务的崔季黄老师，后来也成为共产党员和负责干部。

如东二中的老同学许国发、许国民、于六韬、马鸿、薛兆龙等，再未见过面。只听说许国发长期在苏州，许国民曾在南京市委和江苏省委统战部担任过负责工作。直到最近，才知道马鸿从南京军区空军副政委少将岗位上退休，并在栟茶中学校庆时晤面。陈学诗曾在江苏省文联任职，1987 年我应江苏省委宣传部之邀在南京人民大会堂就苏联和东欧改革问题做报告时，在会场上曾见面小叙。

总之，回想起来，我们在如东二中经受了特殊时期的战斗洗礼和艰苦磨练，很有价值，令人难忘。

如东中学时期

如东二中与一中合并之后，我隐约听说，领导班子调整颇费一番周折。原一中的党支部书记王舫老师和原二中的党支部书记张国梁老师，先后都被调离。校长由吴景陶老师担任，支部书记由邵铁真老师担任。两校原先的学生会主席，原一中的侯更生同学、原二中的许国发同学，也先后离开了学校。

如东中学的教学完全走上了正轨，当时只有初中两个年级。1948年我本应是高中生了，但只能又从初二读起。幸好我入学早，年龄并不偏大。再说，荒废了时间，却夯实了基础知识，有失有得。想起几位恩师的教诲，我至今心存感激。

语文老师尤梓材老先生，是南通四才子之一，与顾觊予老先生齐名。他的知识丰富，古文根底深厚。有一篇语文教材，描写某山"高几十里"，尤老师解释细微，认为这个"几"应该读成"几乎"的"几"，而不可能是"数十里"的意思，因为珠穆朗玛峰才高8000多米，也就17里左右。他还生动有趣地举例说，一句话中的重音不同，涵义就有差别，如"我还你钱"，重音放在其中不同字上，意思就不一样。重音在"我"，那就说不是别人还钱，是我还钱；重音在"还"，那就是说请放心吧，我是不会赖账的；重音在"你"，那就是说钱不是还给他人，而是还给你；重音在"钱"，那就是说不是偿还别的什么东西，而是钱。他批改作文尤其认真。他对我和陈莹同学的作文比较偏爱，在班上称赞说两人的风格一个是"热"，一个是"冷"。我写的一篇声援南京学生运动的作文，尤老师朱笔圈圈点点，批语"满腔热血，飞溅江南"，这给我极大的鼓舞，也增添了我学习语文的志趣。

程灼如老师教历史，是精益求精的。在一次考试中，我将帝国主义简写为帝国，程老师在考卷上详细批注"帝国"与"帝国主义"是两个有区别的概念，不能混淆。尽管其他题目我全对，程老师还是只给了我 88 分。这件事对我的触动很大，带来的裨益也很大，让我牢记治学必须严谨的道理，乃至对于我毕生从事国际问题研究产生了深远的积极影响。母校如东中学 60 周年校庆会餐时，我特意坐到程老师身边，向他和在座的校友们谈起这件往事（他本人却记不得了），向他表示由衷的敬意。

一位年轻的化学老师，是从上海某大学（好像是大夏大学）刚毕业分配过来的，虽然名字记不准了，但是他那一丝不苟的教学态度，留给我非常美好的印象。

邵铁真老师教我们美术课，他擅长画人物肖像。1948 年下半年，我 15 岁的时候，他介绍我入党，支部大会通过之后送呈地委审批。这时党中央颁布了恢复建立共青团的通知，停止吸收少年党员。于是我失去了第二次入党的机会。1949 年 5 月 4 日建团后，我首批入团。曹旭同志（曹振志的长兄）兼任县团委书记，由他签字批准。

我的班主任是虞儋老师（如东高级中学现任党委书记樊玉瑾同志的父亲）。他是一位严师，身患残疾，却精力充沛，思想作风要求严格，在我成长的道路上起有关键作用。

学校业余体育活动比较丰富，有时搞点歌咏文艺演出。校传达室对面有一间屋，摆了一张乒乓球台。有时我们傍晚在教室前空地上，临时摆上两张桌子作球台，比赛起来热火朝天。至于拔河之类的运动，无须什么设备，就更是家常便饭了。

鉴于学生住家较远，也为了让学生有机会帮助家里做点家务农活儿，学校规定将每月四个星期日集中到月底休。从学校到我家有 90 里（45 千米），步行将近 10 个小时，早上出发，傍晚到家，真是路漫漫其修远兮！每次往返经过潮桥，我都要在我的堂姐俞岑家歇脚。我的堂婶（革命先驱吴亚鲁的妹妹）总是心疼我小小年纪走远路，以茶水点心招待一番。

如东中学的老同学如今联系不多了。当时的学生骨干，如：胡甲祥，20世纪50年代，他在南通军分区工作，我们有一次在南京火车站邂逅。钮廷荣，1988年我时隔36年回到家乡如东时，他在唐家闸工作，我们似乎有过一次短暂的接触。朱显礼，一位非常斯文的同学，许久未见了。其他同学，如：陈圣奇，一直在北京，我曾和他有过数次交往，他还到北京市委党校听过我的国际形势报告，最后一次见面是在邵铁真老师追悼会上。金玉良，听说在如东，身体一直欠佳，我想去看他却未能如愿。这里我想提一下张国磬同学。我们两家是世交，他和我从小一起长大，同班同学，比我长一岁。他中途插进如东中学读初一，后来从南京师范大学毕业，回乡在袁庄中学任教并担任校长多年。他的哥哥张国磬，是我小学时的学长，与我的大姐俞梅（余枚）同班，从邱陞中学参军加入华野第11纵队文工团，于1946年7月在泰兴宣家堡战役中牺牲，年仅17岁。

1949年7—8月间，南通地区组织学生夏令营，我被派去参加，并担任文化队俱乐部主任。夏令营主持人是共青团地委书记章德（后来担任过南京大学党委书记）。如前所说，夏令营结束之后，组织上提出新解放的学校需要学生骨干，于是让我跟随吴景陶老师去了平潮中学。从此，我告别了母校如东中学。

（2008年9月，为庆祝母校江苏省如东高级中学建校70周年而作，原标题《记忆中的母校往事》）

爹爹为人师表与书法造诣

我的父亲名字俞崇祜，号俞笃周。这个号来自孔夫子《论语》中的笃于其亲，周而不比。子曰："君子笃于亲，则民兴于仁，故旧不遗，则民不偷。"笃，厚待、真诚。子曰："君子周而不比，小人比而不周。"周，团结多数人；比，勾结。这句话的意思是，德行高尚的人以正道广泛交友但不互相勾结，品格卑下的人互相勾结却不顾道义。

我祖上是在太平天国战乱时期从安徽婺源迁徙到江苏如皋，传统对父亲称"爹爹"。爹爹的一生，坚定地践行了"笃、周"，名副其实。

据江苏省《如东文史资料》中《俞笃周先生与冒庄小学》记载，清光绪二十五年（1899 年 8 月 27 日），爹爹生于如皋东乡冒家庄（今如东县袁庄镇内）。学生时代即勤奋刻苦，通琴棋书画，尤以书法为精。1920 年他以优异的成绩毕业于如皋师范学校，受聘于如皋县第五高等小学（今双甸小学）当教员。随后，他一手创办冒庄小学（袁庄小学前身）。

爹爹长期担任冒庄小学校长。该校原为初级小学，校舍分设在两处，相距约 5 里（2.5 千米）。爹爹不辞劳苦，两头奔波，把学校管理得井井有条。他认为初级小学不能满足家乡需要，力争办一所完全小学。但苦于缺乏经费，没有校舍。为此他经常奔波于冒家庄与如皋城之间，商请县教育局核准资助，但多年夙愿未酬。所幸同乡挚友吴景陶先生于 1932 年从北京清华大学毕业回归故里，吴老动员其四弟和五弟腾出部分住房作为校舍，才将冒庄小学办成完全小学。爹爹陆续聘请了一批优秀老师来校任教，并亲自兼课。冒庄小学以教学质量高而闻名遐迩。1933 年第二学期，如皋县第三教区教委视察冒庄小学时给予爹爹很高评价，《如皋县教育公报》写道：校长俞崇祜教授国语、写字，讨论详细，笔顺指示亦周；授作文，先引起旧观念，而后揭出题目，教法合乎规则。又写道：校长俞崇祜为人诚实，对于校务治理勤谨，颇得地方人士信仰。新四军东进以后，苏中行署文教处把冒庄小学列为重点学校之一，并在《抗日语文课本》中印有该校的名字。

爹爹为人谦虚，待人诚恳；对同事尊重、友好；对学生不论其家庭贫富或天资优劣，均一视同仁。对天资差者，启发诱导，使之学有所成；对出身贫寒、天资聪颖者，则免其学费和书本费，竭力栽培。如有一位名叫周远谋的学生，幼年丧母，又系独子，其祖父母疼爱他，不愿让他上学，经我爹爹多次登门走访，终被爹爹耐心说服。周远谋深感老师的扶掖，奋发读书，成绩优异，1941 年考入邱陞中学，后加入中国共产党，50 年代以来先后担任江苏省工业厅、电子工业厅和工商行政管理局的领导职务。爹爹的学生分布在全国，其中有担任省部级和厅局地市级领导者，有在人民解放军中任军、师职者。县以下各级职务者更多，可谓桃李满天下。爹爹对后代要求严格，首先从自己的子女做起。加之他长期帮人挥毫，有求必应。乡里谈及俞笃周老师，无不啧啧称赞。

爹爹受过人民政府多次表彰，但始终保持谦逊。新四军东进后，如东县委、县政府很重视办教育，对爹爹忠诚于人民教育事业、办学成绩优异颇为赞赏，曾授予他"模范教师"称号。当时苏中行署文教处长刘季平同志（系双甸小学时爹爹的学生，新中国成立后曾任教育部常务副部长等职），多次邀请爹爹主持县教育局工作。爹爹逊谢恳辞，并表示"小学教育是基础，打好基础十分重要"，希望继续努力办好冒庄小学，为家乡人民多做一点有益的工作。1942 年，爹爹生病，苏中党政军领导粟裕、陈丕显、管文蔚等同志曾致函慰问。1944 年，经县人民政府批准退休，并受通报表扬，被誉为终身从事小学教育工作的"模范教师"，同时奖励大米 500 斤

1965 年秋爹爹病重时爹妈与七个子女合影

（250 千克）。1953 年，爹爹迁居南京，被江苏省文史馆聘为馆员，从事书法研究。1966 年 2 月，因患胃癌，医治无效，与世长辞，享年 67 岁。

　　爹爹的书法造诣深厚。据县志记载，他在小学读书时，品学兼优，书法出众。曾参加全国书法比赛，名列 3000 人中第八名（此处有误，应为第十名）。在我的四叔俞属君（曾任多所小学老师和栟茶中学老师，亦以书法见长）于 1978 年 7 月 24 日给我的信中，曾详细谈到爹爹的书法。四叔说：书法一事看来简单，研摹的功夫却很大。想当年你父在 6 岁至 8 岁之间，毛笔字就很出色。12 岁写的对联，就传到南通。17 岁（虚龄）在如皋师范学校二年级，应上海商务印书馆征书，据称全国应征者 7300 多人，他列为第十名。如皋书法家之一、如皋师范学校的书法教师程老师也应征，仅取第 20 名。其余地方名辈书法名流名次更落下乃至落第。你父书法不管大、中、小或正、行、隶，都写得浑厚有力。他的主张与我在南通师范学校的老师相同，书法首先学柳，次学颜。柳骨颜肉，他的字是柳、颜的化合。行书则更重视王右军。我得力于他的引导不少，我到南通师范学校时几个老师也是当时地方书法家，所以以后字体渐渐学近老师了。论功夫我远逊你父。出来工作后常感有难安排的字，辄与他研究，经过示

范，渐有启发。但仍感望尘莫及也。

爹爹于 1964 年 2 月在北京书写的一幅字

我小时曾见过汇集爹爹当年书法比赛前百名原作复印件的一本书，我记得第一名是小楷，爹爹的字排在第十名，写的是中楷。每逢春节，乡里人都喜欢请爹爹写春联。这时六七岁的我，在一旁给爹爹磨墨，专注于爹爹的用笔。妈妈和兄姐们总爱逗笑说"墨童墨童，做事从容"，加以鼓励。家中张贴的春联，我记得很清楚，堂屋"勤能补拙，俭以养廉"，土围墙大门"春风大雅，秋水文章"，厨房"粒米须当惜，寸薪切莫抛"，反映了一个知识分子家庭的情操和追求。

1964 年春节，我曾接爹妈来北京住了一个多月。爹爹趁此机会，从北京大学图书馆借来一批经典书法资料参阅，先后书写留下了两套墨迹。一是用行楷小字写下了毛主席诗词 21 首，二是用中楷写了毛主席几首诗词作为后代的字帖。我请荣宝斋装订成册。其间，我还曾陪同爹爹去北海公园参观书法展。他向来话不多，加上耳背，很少发表议论。我问他，有何印象？他面对王遐举的条幅凝视良久，情不自禁地连声说，这写得好！我顺便问，毛主席的字呢？他回答，气魄大；我又问，郭老郭沫若的字呢？他回答，才子气。20 世纪 80 年代初，我曾将爹爹的这两本字带给李一氓同志看看，他品说："功底深厚，不过，有点拘谨。"这也正符合常说的"字像人"的道理。

爹爹的高尚品德，还体现在对子女教育有方。爹严格，妈慈祥，密切配合，相得益彰。爹妈的原则是，经济再困难，也要有文化。普通中学上不起，就读师范。我的大哥俞远就是从南通师范毕业的。那时新四军已东进，大哥立即投入革命队伍。鉴于读书条件有所改善，二哥俞迪（俞启元）、三哥俞进（江骛）、大姐俞梅（余枚）、二姐俞菊（余勤）四位哥姐陆续进入本县创办的邱陞中学。随着革命形势的变化，学校几经合并变迁，哥姐又中途参加了革命工作，后来都成为"离休干部"。在父母的教育、示范和影响下，儿女们都很团结友爱。我和弟弟俞适从小就得益于哥姐的关怀、指导和帮助。我于1950年年初经渡江到了南京的大姐*和三哥安排，从南通平潮中学转学到南京大学附属中学（现南京师范大学附属中学），随后不久弟弟俞适也进入同校，我们从此开启了新的人生之路。

（2024年8月27日，爹爹诞辰125周年）

---

* 大姐夫张业，南京解放后从部队转业，担任中国人民银行南京分行人事科长，为我到南京读书竭力相助。虽由于他自身原因，大姐与之离婚，但我铭记他的帮助。他们的三个子女都有出息，尤其是女儿张钟爱，曾任南京市中医院大内科主任，先后获得南京市和江苏省"名医"荣誉称号。

少年受教至深的吴景陶老师

吴景陶同志自辞世，倏忽两载。景陶老师与我，非一般师生关系。往事如云，一幕幕不断在眼前浮现。

景师是我父亲的至交，是我童年崇拜的偶像。1944 年，我进入四联中后直接受业于景师。解放战争期间，我俩同在如东二中，那时环境险恶，学校萍踪莫定，师生朝夕相处，白天配合反内战、搞土改投入文艺宣传，夜晚急行军、卧稻草抵足而眠。1949 年暑假后，我随景师转到刚解放的平潮中学，他当校长，我读书并任学生会主席，为改变校风我助他绵薄之力。不数月，他奉调去南通文教局主持工作，稍后我也离开平潮去南京上学，从此离别，直到"文革"之后他有一次去南京参加会议才又巧遇。我们多次通信，我一再建议他来北京清华母校看看，结果未能成行，实为憾事。后来在南通又一次见面，已是 1988 年的事了。1997 年秋，我应南通市党政军领导之邀去做国际形势报告，看望了垂暮之年的景师，不料这一面竟成永诀。

景师的一生，是从民主主义者到共产主义者的不平凡的一生。年轻时因经济条件所限，未能如愿留学法国攻读音乐戏剧专业。他毅然返回故里服务，奋战于教育战线 30 多年、文化战线 30 多年。他是现代南通文化教育界当之无愧的杰出代表人物之一。

景师思想超俗。他毕生追求真理，踏着时代脚步前进，竭力奉献，气充志定，自强不息，老而弥坚。他一再受到"左"的运动冲击，但他总是顾全大局，不计个人恩怨，对党的事业忠贞不渝。

景师清风峻节。他襟怀坦荡，刚直不阿，愤世嫉俗，生活简

景师的信

朴。他对劳动大众极富同情心，曾向中国青少年发展基金会和希望工程捐献九次，向袁庄中小学多次捐赠价值数万元的图书。他确实做到"横眉冷对千夫指，俯首甘为孺子牛"，有一种不可多得的大气、正气、豪气。

景师博学儒雅。他通音乐，精戏剧，书法卓越，胡琴高超，中文功底深厚，英语专长出色。他在"古为今用、洋为中用"方面树立了榜样，哺育数代人，桃李满天下。

景师奋发进取。他数十年如一日，学而不厌，诲人不倦，一丝不苟，精益求精。直至晚年，仍勤于创作，开拓求新，笔耕不已，发掘京剧优秀传统节目，自编自导话剧并巡回演出。他身体力行，扶掖后生，令同行感佩，催晚辈奋进。

景师德高望重。他严以律己，贯彻始终。他生前曾多次获得南通市委和市委机关"优秀共产党员"及"先进个人"称号，被评为"省级文明标兵"和"离休干部先进个人"。景师当年的学生，在各条战线卓有成就的陈汝明、丛斌、薛世菁、汪琪、丛永枢、丛昌源、周俊翼、张慎思等所赠一副挽联，将他光辉的一生作了极好的概括——"业精于勤西文音乐剧作南通文界真高士""德持以恒无私刚正济世江苏党内老典型"。

景师作为"养生堂百名老寿星"之一，走过了92岁人生历程。遵照老人家的嘱咐，其骨灰以树葬方式置于如东袁庄故土，为祖国绿化作最后的贡献。景师的遗愿是——"积年与累月，森林扩无边。永远防旱涝，确保丰收年。乡村既绿化，环境亦焕然。"

景师的品德和才华哺育了我，影响我一辈子。他是我的恩师，永远活在我的心中。

（载《南通日报》，2000 年 12 月 3 日，原标题《景师两周年祭》）

为人生指引航向的朱建章校长

江苏南通地区有一位老师，先后在海门、南通、如皋等数县的六所中学担任领导职务，品德高尚，业绩非凡，有口皆碑。他的名字叫朱建章。教师节来临之际，我们更加怀念他。

朱老师于1906年生在海门的一个农民家庭，就读并毕业于张謇创办的通州师范学校。1941年加入中国共产党之后，担任海启（东南）行署督学、学区主任等职。抗战胜利后奉命创办和领导东南中学，新中国成立后历任海门中学党支部书记兼总务主任、金沙中学党支部书记兼校长、平潮中学党支部书记兼校长、如皋师范学校党支部书记兼副校长、如皋县江安中学党支部书记兼校长等。他在教育领域的奉献，几乎惠及整个南通地区。

我于1949年暑期参加南通专区大中学生夏令营之后，由如东中学转去南通县平潮中学读书并担任学生会主席。时任校长的朱建章老师，对我言传身教，大力栽培，严格要求，介绍我加入中国共产党，为我的人生指引航向。我虽在平潮中学仅短短一学期，朱老师的人格魅力却在我心中竖立了一座永恒的丰碑。常言道"一日为师，终身为父"，更何况百日！

在平潮中学，朱校长那时也就40岁刚出头，却显得老成干练，豁达大度。当时平潮中学师生的思想状况比较复杂，学校基础设施也很欠缺，朱校长一方面着力抓教学与校舍建设，另一方面注重做思想工作和团结人，把学校管理得井然有序。他思维缜密，举止儒雅，处事审慎，顾全大局，以其朴实无华的风格、善于包容的涵养，将学者风范、长者风范和领导者风范融为一体，

303

从而赢得全校教职员工的信任和尊重，受到全校学生的敬佩和爱戴。

看过由朱老师后代和学生集体撰写的《人民的校长朱建章》一书后了解到，他当年的同事和学生交口称赞他是"校长榜样、教师楷模"。这让我知道了朱老师更多的感人事迹。

他忠诚于教育事业。虽工作变动频繁，却从不计较个人得失，一切听从党组织安排。

他勤奋办学。1949 年 1 月 31 日海门解放，他遵照南通专署指示，将县立海门中学、私立海门中学与他所在的东南中学三校合一，创办新的海门中学，其后夜以继日地主持校舍的整顿修缮工作，使校貌大为改观。解放初期，平潮中学规模很小，他四处奔波，筹集资金，节约开支，开辟了平潮中学分部（二院）。1958 年年底到江安中学，正逢"大跃进"时期，他继承和发扬抗大优良传统和校风，因陋就简，攻坚克难，努力培养又红又专、廉洁奉公的人才。

他以人为本。遇有师生中出现的不良行为，态度鲜明，但从不上纲上线。他总能和风细雨，换位思考，寻找双方沟通的结合点，使当事人心悦诚服。有一位老师背着沉重的历史包袱，不肯在履历表上实写，一再与组织上顶牛。朱校长一视同仁对待他，语重心长开导他，令其感动，终于化解了这位老师的疑虑。

他严以律己。江安中学一度高考成绩欠佳，朱校长主动承担责任，设法弥补理科师资薄弱环节。在平潮中学有一次见学生打架，他错怪了为劝架抓住别人手的一位同学，事后弄清真相，便去找那位学生表示歉意。

他爱生如子。平潮中学用房紧缺，朱老师租住一小间民房。远道而来的一位女生要求寄宿，朱老师主动让她与师母同住，自己搬到学校与一位职员合住在"地板裂缝、中间部分凹陷"的宿舍。在如皋师范学校，隆冬之夜他常到学生宿舍查铺，抚摸衣着，帮盖被子。对家庭经济困难者倍加关照，不让辍学。

他艰苦朴素。经常穿的是两件中式的由朱师母自织的土布褂子，一件白底蓝色方格，一件灰青色。只是在重要场合，才穿一穿卡其布中山装。

朱校长，为人师表，敬业精神和道德操守高尚。他是一位真正的人民教师，一位名副其实的平民教育家。曾任如皋教育局局长的阎廉老先生说过，"我们教育局的领导们一致认为朱建章是位优秀的校长"；曾任海门教育局副局长的管剑阁老先生也说

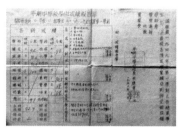

1949 年我担任学生会主席期间成绩报告单

过，他要写文章介绍两位好校长，首先是朱建章。

其实，朱老师的社会影响远超出他任教的范围。海门中学他的学生、后来成为华东师范大学著名教授的姜琦先生，曾向我深情地谈起对朱老师的崇敬之情，而姜琦教授的研究生当中就有韩正同志。

朱老师暮年有一句自励的话语："我虽老了，能力有限，但就是一堆垃圾，也要发挥它肥田的作用，何况我是一个共产党员呢！"这正是他高尚人格的总结性写照。

（载《新民晚报》，2014 年 9 月 12 日，原标题《人民教师朱建章》）

附：给朱建章老师之子朱觉人兄的回信

觉人兄：

11 月 7 日接到您寄来的信和书《人民的校长朱建章》之后，

我因腰部扭伤，且会议不断，更想把回信尽量写得详细一些，所以延宕多日，实在抱歉！

您的信是握笔写的，深情厚谊跃然纸上，我反复阅读，深受感动。书，我浏览了，有的文章读了数遍，得知朱老师许多往事，仿佛让我又回到了1949年下学期朱老师他老人家的身边。现在我把自己的情况简介一下。

我是在1949年暑期参加南通专区大中学生夏令营之后，于该年9月1日开学时随吴景陶校长去平潮中学的（读初三）。组织上让我这个老区的学生去那里担任学生会主席（书中第87页陈素琰文章说"那时我们也有来自老区的学生，当时的学生会主席"，指的就是我）。吴老师仅任校长一个月零几天，便调到南通专区文教科。朱建章老师接任校长。朱老师到任后，非常关心我、器重我，着力培养我。到平潮中学时我16周岁，1949年12月下旬有一天，朱老师把我叫到办公室，将一份油印的入党申请表交给我填写，我激动万分。党支部于1950年1月1日讨论通过，南通县委于1月15日批准我入党。平潮中学当时只有朱老师一位党员，纳入平潮镇党支部。1950年1月中下旬的一个夜晚，朱老师让我和葛明（比我年长三岁，时任团支部书记）走到学校南边一位船夫家，由他领着我俩在党旗面前举行入党宣誓。《人民的校长朱建章》第78页葛明文章中将我错写成了赵松林，我与他通话说起此事，他"醒悟"了。赵松林在平潮中学时是一位积极分子、党的培养对象，后来在南京一所中学担任校长。如今他身患重病，去年4月我到南京时他曾抱病到南京师范大学附属中学与我见面畅叙。

我在平潮中学虽然只有一个学期，但朱校长给我留下的美好印象让我永远不能忘怀。朱校长是一位将学者风范、长者风范和领导者风范融为一体的杰出教育家。他那时也就40岁刚出头，却显得豁达大度、老成干练，给人的印象是一位久经锻炼的知识型老干部。当时平潮中学师生的思想状况比较复杂，欢迎、拥护共产党的固然是多数，但对共产党误解者亦大有人在。我记得原校留任的教导主任韩觉民老师就是一位主要团结对象，朱校长总是非常注意发挥他的专长和助手作用。朱校长思维缜密，举止儒雅，处事审慎，顾全大局，以其朴实无华的风格、善于包容的涵养、为人师表的魅力，赢得全校教职员工的信任和尊重，受到全校学生的敬佩和爱戴。

朱校长是我的"百日恩师"。政治上，他引导我进步，给予我宝贵机会：一是介绍我入党，二是在全校选举过程中认可我担任学生会主席并赢得绝大多数同学支持，三是委派我出席苏北第一届学生代表大会（平潮中学有两位代表，另一位是校学生会学习委员吴松庭）。在我少年时期的这三件事，对于我的锻炼成长影响十分深远。业务上，朱老师除通过教学向我传授人文知识外，对我最大的关照是忍痛割爱放我"远走高飞"，去南京读书，为我日后的发展提供了广阔天地。

我于1950年1月下旬离开平潮中学，转去南京师范大学附属中学。1949年4月，南京解放，我的三哥俞进（江鹜）和大姐俞梅（余枚）渡江到南京工作。1950年1月中旬，我的大姐回苏北探望父母，路过平潮中学，拜见朱校长，请求将我接到南京去上学，以便深造。朱老师当时非常舍不得我离开，但又不便阻挠，在我姐姐再三恳求之下，他终于同意放行。从此我与朱老师一别38年，直到1988年春我才再次见到他。事情的经过是这样的：1988年四五月间，我应南通市委宣传部和讲师团的邀请，去做国际形势讲座。主人安排我做两次报告，做完一次报告（内容为苏联和东欧起步改革）之后，我回故乡如东看看（市委副书记李明勋同志陪我同去），然后返回南通做第二次报告（内容为苏联外交与戈尔巴乔夫新思维）。我向接待单位提出，回南通时一定要弯一下海门，看望我的朱建章老师。结果如愿以偿。记得汽车停在路边，我在侄女小真的陪伴下，一路打听朱老师的住址，所幸朱校长很有名气，经乡亲们指点，我们穿过好几个村子和许多田埂，终于找到朱老师家。他当时衣着整齐，和一位妇女（这次从材料上看到是你们子女为他找的老伴儿）在菜地里张罗。朱老师万万想不到时隔数十年之后会见到我，喜出望外，极为兴奋。我们进屋攀谈了片刻，时间已晚，不得不依依惜别（我带给他老人家一点北京蜜饯）。我每走几步就回过头遥望他老人家一下，直到视线模糊。此情此景，至今历历在目！

由于朱校长的栽培，我的工作能力从小得到一定的锻炼，在南京师范大学附属中学读书的三年半时间里，担任了两年半的校团委书记。1953 年 9 月，我考进中国人民大学俄文系。1955 年，中国人民大学俄文系与北京俄文专修学校合并，成立北京俄语学院。当时俄语学院设有一个师范翻译系、一个专修科（班级最多）、一个进修班、一个留苏预备部，我兼作师范翻译系团总支书记。1957 年，师范翻译系和专修科 500 多人毕业，留下我一人在校团委工作兼作翻译教研室教员（同时还兼任留苏预备部的团总支书记）。1958 年 9 月，各国共产党和工人党合办的理论性与报道性刊物《和平和社会主义问题》杂志创刊，国内要选派一名翻译，于是我在该年 9 月中旬被主管单位中联部选派到布拉格工作。直到 1962 年 11 月因中苏两党关系恶化我们才撤回，历时四年又三个月。在布拉格期间，我曾与朱建章老师数次通信（可惜没有将信件保留下来）。他告诉我，他有一个儿子在莫斯科留学，非常希望我与之结成朋友。他的意思是要把他与我的师生情传接下去，我内心也非常高兴。原来他说的这个儿子就是觉人兄。时过半个多世纪，我们现在终于实现他老人家的心愿了！

我从国外回到中联部之后，先后担任过苏联处处长以及负责协调中央 17 个部委有关苏联和东欧改革问题研究的联络办公室副主任、正局长级联络员等职务（中间工作有过曲折，俱往矣，

容见面时畅叙）。1986 年，在驻苏使馆担任短时间的参赞。我身
处党的对外联络部门，但长期着重于做研究工作，研究范围涉及
国际共运、科社、世界战略形势和中国外交。1994 年退休后，
中联部于 1998 年筹建调研咨询小组，我是该小组发起者与主要
成员，直到今天还在这方面做些工作。1999 年 9 月，在新中国
成立 50 周年之际，我被俄罗斯科学院远东研究所（俄中友协大
本营）授予荣誉博士学位，同时当选为总部设在莫斯科的国际自
然和社会科学院欧亚学部院士。我先后被北京大学、中国人民大
学、国防大学、电子科技大学等全国六省市十二所高校聘为兼职
教授。现在还是中国国际战略学会高级顾问，中国社会科学院世
界社会主义研究中心特邀研究员，等等。

　　我的夫人施蕴陵为北京大学无线电电子学系（现属信息科学
技术学院）教授，与我是南京师范大学附属中学的同学。1959—
1960 年，她曾在苏联科学院化学物理研究所进修。我的岳父是
南京大学施士元老先生，他是居里夫人唯一的中国物理学博士
生，又是吴健雄的导师，百岁辞世。我想你可能会知道他的
名字。

　　顺便说一下，今年 5 月，中联部当代世界出版社在我 80 岁
生日时出版的《俞邃论集》，正在全国各地大书店销售，其中
《记忆中的母校往事》一文第 640 页谈到朱建章老师。

　　好，暂且写到这里。下次去南京，一定看望您和龚学屏嫂夫
人。祝快乐安康！

俞邃
2013 年 11 月 22 日

我与中联部不解之缘[*]

中联部，我从 1958 年起与之结下不解之缘，转瞬将近半个世纪。在我倾心于国际问题研究的毕生中，是中联部培育了我，造就了我。

我能成为中联部人，纯属意外。然而，这恰恰符合了我的心愿。

说来话长。还是读初中的时候，我就对外交事业梦寐以求。那时怀着一颗难以言状的好奇心，至于什么是外交，其实认知十分朦胧。1953 年我从南京大学附属中学（现南京师范大学附属中学）毕业，准备报考高校，经查询得知中国人民大学有一个外交系。这一年填报志愿的做法比较特殊：第一志愿填写一个学校，然后写三个专业系；第二、三、四志愿各填写一个专业系，然后各写三个学校。我不假思索，第一志愿敲定了中国人民大学外交系，同时把俄文系作为退路列为第二志愿。当时我并不知晓，中国人民大学外交系只在北京、上海、济南三处定点招生，南京未设点。结果，我被录取在俄文系。进入中国人民大学之后，我自信高考成绩不差，便向学校询问缘何不把我录取在外交系，方知招生办法之原委。外交系副主任高杰老师答应我可以转到外交系，同时又劝导我留在俄文系，说外交系课程粗散，毕业分配又不都能专业对口，而俄语毕竟是一门专长，将来搞外事更有用处。于是，我定下心来学俄语。高老师这一席话，为我后来

＊ 本文曾获庆祝中联部建部 55 周年论文竞赛特等奖。

有可能跨进中联部大门，确立了先决条件。

我最初隐约听说有个中联部，是很偶然的。记得 1954 年秋的某个星期日，我和两位同学骑自行车前往玉泉路解放军政治学院探友，路过桂花飘香的木樨地*。同行的一位河南籍同学用手指着说，路南有一个专管外事的中央保密单位，好像叫中联部。我第一次听到中联部，感觉有点神秘，驻足眺望，好一个静谧去处！心想："天哪！这不正是我的理想王国吗？"我祈祷般地默诵着古典诗句："高山仰止，景行行止；虽不能至，然心向往之。"

我被选调到中联部，那就更是侥幸的了。1957 年我从北京俄语学院**毕业，本科和专科毕业生共 500 多人，只把我一人留校，担任团委负责人兼作翻译教研组教员，试行所谓"双肩挑"。同学们对我羡慕不已，而我虽说"感觉良好"，内心却惦记着外事，时不时想起桂花飘香的木樨地那个神秘单位。我从来不相信什么缘分，可是事实却让我不得不深信我与中联部确系有缘。事情是这样的：1958 年 9 月上旬，我正带着学校几位共青团干部在团中央礼堂列席国际学联代表大会。突然，我接到学校人事处长的电话，要我卷铺盖回校，说有紧急任务。我惊喜参半。原来，中联部会同中组部和教育部，派了三位"考官"前来挑选一名俄语翻译，要立即派往布拉格各国共产党和工人党合办的理论性和报道性刊物《和平和社会主义问题》杂志编辑部工作，已经选定了我。事后我方得知，他们本是从年轻教员档案中挑选，而我的档案被放在党团委系统，他们开始并没有发觉。在他们查阅档案过程中，师范翻译系党总支书记齐平同志去党委办事，探问几位来人何干，并脱口说出"这项工作俞邃倒很合适"。这句无意间的话语，却被敏感的"考官"听见，坚持要调

---

* 后来为拓宽马路，将桂花树群砍去，实在可惜。

** 1955 年，中国人民大学俄文系与北京俄文专修学校合并，成立北京俄语学院。1959 年，北京俄语学院又与北京外国语学院合并，后来成为现在的北京外国语大学。

阅我的档案，而且认定就是要我，学校再三请求通融也不行。就这样，一句"闲话"，决定了我与中联部终身相随的命运。

不数日，我即被召唤到中联部红砖一色的"深宫大院"，接受派遣任务，制装都来不及，仅买了一套并不称身的现成西服，从中直管理局领取了一件半旧冬大衣。由九处关史明同志接待安排，在中联部甲楼一单元住宿了一宵，9月16日天蒙蒙亮便直奔机场，只身前往莫斯科，翌日转去捷克斯洛伐克首都布拉格。我怀着强烈的使命感赴任，对即将肩负的任务却忐忑不安。极为幸运的是，我得以在既要求严格、又为人宽厚，情同亲人的老部长赵毅敏同志"手把手"教导下工作，直至中苏两党关系破裂才奉调回国。在国外四年多业务的艰苦磨炼，赵老高尚风范的耳濡目染，使我开阔了视野，增长了知识，学会了做人处事，为我日后兢兢业业地从事苏联问题和世界战略形势的研究，从多方面奠定了比较坚实的基础。

中联部有恩于我，我却愧对中联部。这种心情，我曾于2000年六局新年联欢会上诚挚地做了表述。我说，触景生情，往事如潮，想起孔夫子的"三戒"："少之时，血气未定，戒之在色。及至壮也，血气方刚，戒之在斗。及至老也，血气既衰，戒之在得。"自我检讨青壮年阶段，"戒之在斗"的教训就多了。既有当年"斗字当头、其乐无穷"的时代背景，又有个人修养上的缺陷。对于自身吸取教训来说，后者是主要的。

我一度产生过调离中联部的念头。20世纪80年代初，新建的国务院国际问题研究中心缺乏人力，总干事宦乡同志多次与我部商量，想把我调去，终未成功。部里不肯放行，我是有过怨气的。后来我想通了，中联部这样做，是需要我。况且，中联部肩负的崇高国际使命以及全力为中央服务所作的卓越贡献，紧扣我的心弦；我作为中联部普通一兵竟然能在世纪伟人毛泽东、邓小平身边留影的幸福情景，使我永不忘怀。我决意把精力用于本部的调研工作，想从这方面获得某种弥补。中联部为我创造了优越的条件，赋予我使不尽的活力。我在研究方面取得的每一点成绩，都是与中联部物质上的支持和精神上的鼓舞分不开的。

中联部历届部长都待我不薄，这对于蒙受过政治风云创伤的心灵，无异于莫大的慰藉。耿飚、李一氓同志等老一辈的关爱自不待言。郁文同志前不久还对我说："老乔经常谈起你。"钱李仁同志曾向外交部鼎力推荐我出任驻外使节，至今与我"过从甚密"，经常电子邮件往来。朱良同志读到我的长文《思念一氓恩师》时，感慨殊多，给我打电话，畅谈 40 分钟之久。李淑铮同志对我的理解和关心，从工作到生活，是"全方位"的。戴秉国同志为筹划本部调研咨询小组，要我提出初步名单。王家瑞同志征询我对调研工作的意见，还让我以顾问身份参与本部承担的马克思主义理论建设工程课题。今年年初，一部近 60 万字的《俞邃文集》，就是在部领导的首肯和支持下问世的。

中联部给予我的关怀，成为激励我在业务上追求精进的动力。平时，无论是撰写文稿，或是与会发言，或是接受采访，或是举办讲座，每想到这一切可能会给中联部声誉带来的影响，我就丝毫不敢苟且和懈怠。我把"板凳要坐十年冷，文章不写一字空"作为座右铭，贯彻始终。每当我欣慰地听到外单位人士赞许"中联部同志有水平"的时候，"中联部"三个字使我感到格外的亲切。1999 年 9 月，经部领导批准，我应邀前往莫斯科，当我站在来自 18 个国家百余名专家学者参加的国际会议主席台上，接受国际自然和社会科学院院士和俄罗斯科学院远东研究所荣誉博士学位的联合授衔的时候，我内心充满对中联部的感激，由衷地觉得作为中联部一员是多么值得自豪！

如今我年逾七旬，不断地寻味"戒之在得"之真谛。中联部质朴廉洁的传统部风，深深熏陶了我。我时刻提醒自己并教育后代，要力争"大公无私"的境界，不忘周恩来总理"公而忘私"的教导，起码做到"公私兼顾"，绝对不可"损公肥私"。我当以知足常乐、自得其乐、助人为乐和读书寻乐"四乐"自律。对于退休之后的物质待遇，我觉得应持低调态度，不必计较。每当有朋友不免发牢骚的时候，我喜欢打趣地说：收入多几百元成不了"大款"，少几百元照样可以活得潇洒。我结交了许多年轻博士生、硕士生朋友，部内外从我这里得到业务咨询的年轻人，数目可观。承认老而不服老，关心青年且付诸行动，这种情怀，在有王家瑞部长和蔡武副部长参加的 2005 年六局新年联欢会上，我通过下述 64 字即兴朗诵加以倾诉：

> "廉颇老矣"，如今深知。
> 岁月苦短，青春易逝。
> 荣辱贵贱，何足挂齿。
> 回首既往，感慨系之。
>
> 沧海沉浮，人各有志。
> 年轻朋友，生逢其时。
> 自强不息，实现价值。
> 前程无量，当共勉之。

中共十六大召开前夕，外面一度出现某些唱衰中联部的传言。这使我十分震惊和反感。我深信，中国特色社会主义的蓬勃发展，必将使中国共产党的国际事业更加兴旺。

古稀之年，要说一声"爱"，往往难以启齿。然而，我却要振臂欢呼：我——爱——中——联——部！

（2005 年 12 月 9 日）

赴任布拉格

这是 1958 年 9 月 16 日出发去布拉格《和平和社会主义问题》编辑部工作最初两天的日记。

一

9 月 16 日　星期二

万万没有想到，这本日记始记于莫斯科。生活的变迁是莫测的。然而，变来变去，终离不开一个轨道，这就是：听党的使唤，为党献出一切。

清晨三时半，由中联部派小汽车送我到民航局。民航局邻近便是电报局。打个电话给南京父母该多好呢！可是身边只剩下 5 角 8 分，钱不够（夜间打电话半价，1 元 8 角）。心情是惆怅的。4 时 30 分告别首都，到东郊机场。没想到老同学许华调到这儿检疫站当翻译，穿一身白色服装，使人惊喜交集。他固定在此工作，来往飞机必过他眼，这样，他便成为今后迎送我的使者了。天气不佳，由 6 时 40 分起航，改为 10 时。打电话给蕴陵，未通，却和俞逡说到了话。

飞机于 10 时整启航，许华送我上飞机而别。由中联部订的位置，我是第一排 Б 号，最好的。

第一次乘飞机，一切都使我感到新鲜。飞在一万公尺（一万米）高空，云朵统统被抛在下面。白云像海涛，但不滚动；像冰河缓缓解冻，但不游离；像刚弹成的棉絮，但一望而无际；又像终年不化的雪山，起伏没有那么巨大。透过云缝看见地面，山水天地渺小到难以目睹。实是一幅优美动人的图画。虽是第一次坐飞机，但因图-104大而稳，倒没有欲吐的感觉。到伊尔库茨克天气便转冷，到奥姆斯克则更冷，须套上大衣。抵莫斯科是16时25分，北京时间为21时25分，时差5小时。

机上，认识了邻座的苏联科学院院士、著名地质学家、地质部部长安特列诺夫，还有中国驻苏联使馆参赞李则望同志。到达莫斯科后，便是接李则望同志的梅文岗代我办手续的，他讲俄语比我流利。还遇到两个代表团：去布拉格参加会议的中国五金机械工会代表团、去突尼斯的中国贸易代表团。

莫斯科和北京相比，别有一番风味。就车站而论，给人以繁华的印象，人们的穿着较华丽，自然环境也很怡人。机场的物质设备很好。我和一位印度朋友同住一号，隔壁是南斯拉夫学生代表。

休息得很早，但以北京时间算，已是深夜两点了。

二

9月17日　星期三

印度朋友乘上午的飞机去布达佩斯，4时许便被叫醒。我也起床了——给蕴陵写信。尔后，又休息了一会儿，心情总是无法平静。

工会代表团的同志们灵活，租了广场的小汽车去克里姆林宫、莫斯科大学光顾了一番。我没赶上他们，况且，身边没钱，也不便。我想，以后总会有机会的。

为了免得"出洋相"，在食堂时，不要任何菜，请服务员按照饭票的钱数随便做点什么（что-нибудь）。外国人的规矩真多：进餐之前要脱去大衣和帽子。昨晚我没有这么做，工作人员便用惊疑的眼光向我提问了。

15 时离开莫斯科，18 时半到布拉格。布拉格时间与莫斯科时间又差两小时，故当地时间是 16 时半。

张仲实同志到机场接我的。还有一位编辑部苏联工作人员代领了行李，捷克斯洛伐克朋友开车送到寓所。

赵部长、凌莎同志、徐坚同志（因开会，后来的）围着我谈长谈短，像家人一样，多么亲切、温暖！凌大姐像个老妈妈似的慈祥，她从前和张锡俦同志（北京俄语学院院长）在苏联留学时是同学。

住宿的地方是一座新建大楼的五、六两层，每人住一号，内有四个房间加盥洗室，生活所需，一应俱全。有专门的炊事员，可以吃中餐，这些都是叫人再满意不过的了。

晚间便开始工作——集体补充杨尚昆文章《伟大的会议 伟大的宣言》译文。明天，我便正式工作了。先看米丁院士的文章《Взаимаотношения природы и общества》（《自然和社会的相互关系》）。困难降临了，迎接它，战胜它！

定好作息制度，大致是：上午办公；下午翻译；晚上阅读。阅读包括俄汉语两部分。汉语以阅读《鲁迅全集》《古文观止》为主。《人民日报》必读，时间放在中午。

赵毅敏老部长亲手培育纪实

1958 年 9 月至 1962 年 11 月，我受赵毅敏同志的直接领导，在布拉格《和平和社会主义问题》杂志编辑部工作了四年多时间。

我与赵老朝夕相处，深感他的崇高的人格力量。他对我的亲切教导，至今记忆犹新。本文侧重从日常生活中的一些感受，谈谈赵老是怎样对我进行"传、帮、带"的。内容取材于我当时的日记，我想不必发表过多的议论，也就足以说明问题了。

我与赵毅敏同志合影

扶掖后生 循循善诱

赵部长（这是我们对他的习惯称呼，他则主张称他赵毅敏同志或毅敏同志）脾气特别好，对我们年轻人既严格要求，又十分慈祥。他从方方面面引导我健康地成长。

我初去国外工作，时间一长，难免有点不安心。1958 年 10 月 14 日召开支部会（支部成员一共五人），赵部长特别强调指出，要"在什么山唱什么歌"，不妨利用这儿许多的学习条件，如时间充裕，可大学外文。至于在国外要待多久，他说：出国时我问小平同志要多久，小平同志说至少三年吧。但也未必。做最难的打算，结果反而会好。要有长远干下去的决心，才不至于三心二意，思想动荡。他接着说：我也不知道自己在这儿需多久。大家都要学会支配自己的命运。他还诙谐地打比方说，当年在延安曾经有一位报社的同志问毛主席：我在这儿要搞多久？主席说：你就打算死在 XX 山（报社所在地）！

就在这同一次支部会上，还处理了一起与公款有关的事情，有位同志检查在赴布拉格途中经费账目不清的问题。赵部长启发教育大家说，问题不在钱数，而在看法，待人处事要光明磊落，要严以责己，强调这是一次经验教训。这件事给我留下了极为深刻的印象。

赵部长常把教育寓于闲谈之中。1959 年 2 月 7 日，星期六，旧历除夕。我说起儿时对于旧年的期盼和留恋简直难以形容。赵部长笑道：儿时盼新年的热烈，那是莫名其妙的。谁都有过自己的童年，但各不一样，即或童年相仿，青年时代难免不分头前进了。三十而立，则更有鲜明的区分。

赵部长能体谅年轻人的难处。1959 年 5 月 28 日，我初次随他参加编委会当翻译。我对他说，徐坚同志回国后，我在编委会上当翻译有一定难度，建议他事前把准备说的意见告诉我，好先作准备，免得临时发慌。赵部长同意，并体贴地说，我可以减轻你的一些负担，翻译难在发生争论的时候，不过，没有我们的文章，争论不会很多的。我在日记中写道：赵部长做到关怀与培养并有，严格要求与适当宽慰结合，我应当百倍努力，提高业务水平，做好工作！

赵部长提出批评意见，令人心服口服。1959 年 1 月 9 日晚间，支部会开展批评与自我批评。我的检讨是自负，优越感，自尊心太强，听到批评脸红，爱面子，注意提高政治和理论水平的意识不够，说话有些随便。我在日记上写道：赵部长的话，当永远记住。闻过则喜就好了，把自己的缺点看得多些。发现缺点，马上打下去，要靠自己。不可屡次轻描淡写老缺点，要真正认识其严重性。要这样想：不克服缺点，将来的错误会犯大，因为更有资本。应该先考虑目前的俞邃，应该担负的工作是否完全担当起来？1960年1月17日，星期日，支部会讨论群众路线。赵部长说：个人主义是万恶之源，既知道不对，为什么又犯个人主义？聪明人不在于不犯错误，而在于不重犯错误。讲到这里，赵部长走到我面前，拍拍我的肩膀，我正在认真纪录，抬头望着他的表情。他接着说：有人说脾气不好，改不了。辩证法告诉我们，一切在变，脾气就变不了？要做到背后不谈论别人的坏话，而有人背后说自己坏话却不计较。1961年6月4日晚上，赵部长回国前夕开了一次支部会，他讲了工作意见，其中对我提了三点希望：一是搞好团结，心情愉快；二是谨慎小心，兢兢业业；三是对自己要求高些，估价低些。我表示了态度，望赵部长放心。

赵部长还利用机会给我树立学习榜样。1961年5月8日，应法共邀请，党中央派遣由乌兰夫、伍修权、熊复组成的代表团前去巴黎参加将于5月11日举行的法共代表大会。代表团没有得到签证，来我们住处吃午饭（共计五人，还有七局副局长季康和翻译王麟进）。散席后，赵部长和凌莎同志在我面前尽夸熊复同志，说他是中央十几个秀才中间写得最快的，会一开完，他就把小结写好。赵部长还说熊复同志政治上开展快，为人老实。

赵部长对我工作的每一点成绩，都给予充分肯定。1958年10月15日，由我具体负责的《编后思想零报》打印出来，我起草的文字未作改动，赵部长显得很兴奋。1959年12月4日支部会上，赵部长特别谈到毛主席的工作方法，叫作"放得松，抓得紧"，抓住关键，带动其他。一个干部必须会冲锋陷阵，埋头苦干，多谋善断。讲话的条件是言之成理，持之有故。写文章的条件是了解情况，掌握政策，提高一步。

赵部长还引导我们注意保健。1958年11月6日，他在闲谈中提到，徐老（徐特立）认为长寿的宝贵经验是：夜无梦，醒无忧。1960 年 5 月 3 日晚饭后谈到中央"五老"，赵部长说，吴老（吴玉章）长寿，与他道德水平高有关系。他还说，皇帝寿命短，好色无长寿。

由于工作需要，我和赵部长的关系格外密切。好几位外国党代表，如民主德国女编委别尔格、保加利亚编委德拉格涅夫，都曾误把我当成赵部长的孩子。1959 年 5 月 23 日，星期六，赵部长和凌莎同志原拟启程去卡罗维发利等地休养，临行前凌莎同志去医院检查，发现心脏不正常，必须于当日住院。于是赵部长带我同行。我们在卡罗维发利温泉城住宿的房间，是去年董老（必武）住过的。一路上，赵部长、司机博古达（捷克斯洛伐克人，十分尽职，对我们极为友好）和我，对捷克斯洛伐克农村风光赞叹不已，觉得很难看出城乡之间的差别，并自然地联想到中国农村的发展远景。1959 年 9 月 6 日，组织上让我返国休假，并与回国参加会议的赵部长同行。我在日记中写道：赵部长，一年来与他一起，感到他是一位严格的领导者，又是一位慈祥的长者。我们几个年轻人都尊敬他、热爱他。与他同机回国，使我十分快乐。飞行 16 个小时中，和赵部长天南地北都谈到了，谈到生活中的见闻，谈到八中全会。他真是平易可亲呀！莫斯科气候已转冷，我将毛衣给他穿了，我穿毛背心，感到冷，我没吭气，反觉得心头很舒服。还有一件难忘的事情。1959 年 11 月 1 日，星期日，写道：有趣极了，我独自一人在赵部长屋里洗照片，从晚 7 时直到凌晨 1 时半。赵、凌二老睡了，我没打扰他们。

团结同志 语重心长

增强团结做好工作，是赵部长经常谈到的话题。1959 年 10 月 17 日，星期六下午，根据使馆党委布置的计划，支部学习中央八中全会文件。赵部长讲到毛主席对犯错误的同志总是采取与人为善、治病救人、留有改正余地的方针。1960 年 1 月 22 日，星期五晚，讨论增强党的团结问题，赵部长讲了几个问题，够我一生受用。我想，值得抄录在这里。

赵部长说：团结问题是决定共产主义事业能否胜利的问题。要像保护眼睛一样保护团结，这是大道理，管一切小道理。南斯拉夫不参与社会主义阵营，少奇同志讲，讲一千条道理，破坏团结首先不对。要学习领袖。毛主席被宗派教条主义撤过职，毛主席当时没有别的想法，趁机下去搞农村调查，弥补自己深入群众不够的缺陷，结果写出了《湖南农民运动考察报告》。列宁曾被人骂为德国间谍。毛主席说，对内要和，对外要狠，团结起来，打倒敌人。列宁也说过团结就是一切。连国民党还要"党外无党，党内无派"，其实如秋白同志所说，"党内无派，千奇百怪"。回忆在地下工作时，见到同志亲切极了（赵部长讲述了他从法国到苏联一路上的许多故事）。现在，同志多了，竟不宝贵了。

接着赵部长讲到什么情况下不容易团结。他说：批评，要求自己注意态度，要求别人则看批评的本质，看是非，不要倒过来。这叫作辩证法。对人宽，对己严，在任何情况下，首先看人优点，再看缺点，用其所长，避其所短。人的脾气爱好不可能一致。"人上一百，形形色色"，要跟各种各样的人相处，关键正在这个时候。只有中央的团结，没有下层的团结，不能算全党团结。要真正做到闻过则喜，不怕批评。良药苦口利于病。不要多疑，小人长戚戚。当然，团结应当是有原则的，不是无条件的拉拢讨好。这是虚假的，不巩固的。原则就是党的政策。如果已经发生了别人批评不对，也不要疾恶如仇，不共戴天，怀恨在心。要像毛主席说的一看二帮。自己主动搞好关系，不能你对我好，我才对你好。一个共产党员闹翻天覆地，关系还能搞不好？要待人以诚，经常交心，坦率，别使人莫测高深。只有相互了解，才能在某一些问题上相互原谅。任何事情，钻牛角尖就没有辩证法。少奇同志说，如果陷进一种想法，就马上拔出来，从另一方面想想。这就是运用辩证法。真理也不能绝对化，把真理强调过分就错了。

赵部长富有同志感情，还可举一个例子。1958 年 10 月 17 日从北京开往莫斯科的图-104 飞机失事，中国访阿富汗、阿联文化代表团十人，团长郑振铎，副团长蔡树藩，团员马适安、刘仲平等，以及外交部、外贸部负责干部六人，外宾 49 人同时遇难。这个消息是赵部长首先从英文刊物上得知的，10 月 19 日晚间从广播中听得更清楚。赵部长和大家，无不以此为谈话中心，及至下午、晚间讨论文章的间歇，也是一片嗟叹声。11 月 1 日赵部长接国内电报，月中回国参加会议，不日启程，国内特嘱咐免乘飞机，而坐火车。

虚怀若谷 平易近人

赵部长资格老，级别高，建国初期的行政级别便是五级（正部级）。可是他从来不向我们炫耀自己。他那虚怀若谷、平易近人的作风，使我们感到特别亲切。

1959 年 2 月 14 日，星期六，我们跟赵部长和凌莎同志一起去使馆看电影《野火春风斗古城》。从电影谈起，引出了赵部长的故事。原来他就是赵一曼那个军的政委。赵部长被捕，坐了四年监狱，差一点因肠结核死去。谈到这里，凌莎同志流泪了。为掩护来往于中苏之间的同志，在日本刺刀威胁下，他们两人在绥芬河、哈尔滨开过小店，赵部长当"高掌柜"。斗争尖锐，处境危险，他们为了党的事业献身，从不计较个人得失。我听得入迷，深深感动。也是偶尔得知，水利部原领导人冯仲云（我的岳父施士元早年在清华大学的同学）是凌莎同志介绍入党的。

赵部长还以身作则开展自我批评。1959 年 12 月 4 日，夜 10 时半了，才开完支部会。我在日记中写道：赵部长在会上作整风自我检查，与其说是批评自己，不如说是在教育我。一个 30 多年党龄的老同志，对党忠心耿耿，作出了许多贡献，今天对自己还是很不满意，说自己"慢""浅""少"。说他在这儿工作，提心吊胆，总在考虑如何将原则性与灵活性、批评斗争与团结相结合。

赵部长不以权谋私。1959 年 7 月 23 日谈到他的儿子赵战生本想学航空，后来被保送到新华社，先说是学无线电，却又被分配学法文去了。二老有些意见，但不好提。赵部长在这类问题上从不多言。

赵部长与我们同欢乐。我们有时"吟诗"消遣，他也参加。1958 年 10 月 15 日清晨，像通常那样，我们三个年轻人在楼下等赵部长一起上车去编辑部。一层楼便是食品商店。我开玩笑作打油诗一首：工作生活三人行，每晨店前停一停；糖果罐头张脸笑，不由而然生感情。赵部长听后笑了，还加上两句：只要口袋有克朗，要吃多少保你成。逗得大家哈哈大笑。1959 年 2 月 20 日，布拉格之冬，阴多晴少。阴中又分雾、霜、云、雪几类情况。赵部长作了一副对联来描绘：霜镀铁树雪铺地，云遮青天雾满城。横批：一片灰白。我认为"霜镀铁树"一句特别好。我说，如果横批改成"朦胧世界"呢？赵部长含笑点头。赵部长包得一手好饺子，我们跟他学，却赶不上他。有时周末随赵部长去使馆看电影，开映之前和他打打乒乓球。假日我们经常和赵部长一起玩扑克牌。

勤于思考 讲究方法

我们在编辑部工作，首先涉及的是苏联，更多也是和苏联人打交道，所以赵部长和我们讨论苏联问题比较多。1958 年 10 月 8 日晚间，支部讨论人民公社问题，赵部长谈到苏联当年类似做法失败的原因，一是平均主义，二是人民群众觉悟不够，三是物质生产尚不丰富。1960 年 2 月 12 日，午前讨论稿件时，赵部长拿出《列宁文集》，给我讲列宁是怎样论证和平和战争问题的。在 20 年代初或更早一些，列宁严正地、透彻地批评了形形色色的机会主义者，而他所举的例子，恰恰是现时某些同志（指苏联人）在"贯彻"之中。这些人早已把列宁主义忘得精光了。

赵部长强调说，我们与苏联人共事，既合作，又斗争，但斗争是有理、有利、有节的。1959 年 5 月 10 日，星期日，支部会上一位同志将"反对大国主义"的学习小结给凌莎同志看，她觉得片面了，提出了批评意见。赵部长说，不要两个口袋，一个装"左"倾，一个装右倾，领导要检查时，应手取出。内部的谈论与对外坚持中央方针，是两回事。1959 年 5 月 20 日，支部补课，再次讨论大国主义问题。赵部长说我们这里没有大国主义，但对苏联人的有根有据的不满，也不应任其发展到否定一切，形成片面，应该警惕这个问题。

赵部长善于运用并不断向我们传授辩证法。1959 年 5 月 16 日，星期六，他传达毛主席在七中全会上提出要多谋善断的讲话，对我们进行方法论的教育，使我们十分兴奋。1960 年 1 月 25 日，在讨论世界观问题的支部会上，赵部长做了十分精彩的发言，他说：学习运用辩证法，首先要了解它的实质。不要大头著作读得很多，没有读通。有些讲马列主义课的人却成了反党分子，他们只是"鹦鹉学舌""留声机"。看了作品，要成为自己的血肉。毛主席的作品引证并不多，但作品的深浅不在于引证的多少。工农学哲学，首先他们有立场，又在实践中，所以容易接受辩证法。反对工农学哲学是僵化的教条主义的头脑。实事求是就是辩证法。不能"想当然"就哇里哇啦。看问题要全面，不要只看一段就作结论。对人的认识，不要盖棺论定。找出主要矛盾，还要找起决定作用的主要矛盾方面。找不到主要矛盾方面，就找不到解决的好方法。有人不懂为什么隔一天对蒋军打一次炮，这是辩证法。王炳南与美国人谈判，也是辩证法，那儿是中国唯一与美国接触的地方，将来新东西可能就产生在那儿。小道理中出大道理。

赵部长善于将原则性与灵活性结合。举几个例子：

1959 年 6 月 16 日，编委会工作会议讨论主编的大文章《苏联农村通向共产主义的经济前提》，会上形成对垒。一方认为太长，至少须削减 20 页，持此见者以波兰编委为代表，赵部长支持，并主张分两期刊登；另一方认为文章虽长，却很好，刻不容缓应一次登完，持此见者以捷克斯洛伐克编委为代表。捷克斯洛伐克编委认为文章是创造性的，有很高的理论水平，捧得太高，被波兰编委插话挖苦，弄得面红耳赤。赵部长的话非常有力：前几天秘书长还在为反对长文章而斗争，今天则否；写短文要主编带头。主编的脸绯红，双手相搓，心中颇不乐，却无从答对。

1960 年 1 月 14 日，编委会展开了一场激烈的战斗。在苏联同志（首先是主编的授意）和法国编委的极力支持下，要在本杂志上介绍一部美国电影《在海滩上》，为写文章，还派专人去莫斯科看了这部电影。这部电影宣传的是原子战争毁灭全人类。赵部长在上午的会议上第一个起来发言，全面地论述了反对刊登特别是不加批判地刊登文章来为美国电影作义务广告的做法。下午 4 时续会，大辩论。法国编委谬论百出，被赵部长驳得体无完肤。结论是留待下期讨论。赵部长的发言得到绝大多数编委的支持。

1961年6月1日，编辑部组织编委分批去苏联休假，首批排上赵部长。自然不是时候，故以 esta enfermo（西班牙语"生病"的意思）婉却之。我们从赵部长处理问题的原则性与灵活性上，学到不少书本上学不到的东西。

重视理论 深入浅出

与赵部长相处的日子，提高了我对理论问题的认识和兴趣。我经常记录他的精彩发言。现举两个例子。

1960年1月17日，星期日，支部讨论群众路线。赵部长说：革命时期，党依靠群众路线取得了胜利。建设时期，又有了新的体会、新的创造。立场观点方法是否正确，可以从对群众路线的态度看出来，这是分水岭。苏共不是从理论上、原则上否定群众路线，而是做得不彻底，未处处做。干革命，总是要提这几个问题：干什么、怎么干、依靠谁，就是群众问题。社会主义建设时期也是如此。如果说代表群众利益，而五亿农民利益看不到，那还行！群众是一切的源泉。知识源于群众，干部来自群众，经验、革新创造都来自群众。没有群众就没有运动。任何困难只有依靠群众克服。没有群众就没有民主，也没有集中。毛主席说"放手的民主，高度的集中"。苏加诺、尼赫鲁很羡慕中国的集中，但看不到本质，学不去。没有群众，不通过群众，就没有任何改革。没有群众就没有社会舆论，新的社会面貌建立不起来。提高到辩证法来讲，没有群众就没有质变；从量变到质变，"量"就表现在群众中。要问中国是不是有文化的国家，如五亿农民不识字，就不能说有文化。从生活水平来看也是如此。没有群众就没有任何社会实践。普遍就是指群众。提高点讲，没有群众就说不上责任心（毛主席说到海瑞，就是因为海瑞较清正，代表一定群众的利益，敢伸张正义），就说不上一致，就没有真理的标准。毛主席说，真理的标准，就是代表最大多数人民的最高利益。没有群众路线，就无法生根巩固。匈牙利事件，就因为党没有生根。"人心所向"，是个根本问题。阎锡山有两句话，我倒挺欣赏——群众不组织起来是空子（意思是共产党要组织他们），组织起来是乱子。连阎锡山也懂"群众"这个道理。在什么情况下容易脱离群众、忘掉群众、贯彻群众路线不彻底？威信高了，办法有了，斯大林就是。科学家掌握了最新科技时亦然。赫鲁晓夫只领导群众、教育群众，而没有向群众学习。接近群众有几种心情、几种方法。毛主席说，农业四十条纲要，只有除四害是自己的，都是从群众中得来的。"虚心使人进步，骄傲使人落后"是有所指的。有了好武器才产生唯武器论。如果物质刺激没有作用，苏联也就不会强调它，可是忘记了另一面，而且是主要的一面。经验主义就是出于曾经有某些经验的人。教条主义出于有几条的人。高高在上发号施令是出于曾经有某些威信的人。立场问题，只有在无产阶级与个人主义立场冲突时才表现出来。一个人可以对敌人很坚决，但对自己的错误斗争不坚决。有人经得起敌人的任何打击，但经不起党内打击。好干部要经得起任何打击。小孩子跌跤后就会走路了。毛主席曾对讥笑犯错误者说：别骄傲，将来犯错误的可能就是你。我们必须按辩证法办事。

1960 年 1 月 18 日上午，在编辑部办公室讨论马纯古同志在使馆做的报告《阶级、政党和领袖的作用》。我们讨论时，赵部长又做了一个发言。以下为摘要。

阶级斗争与领袖的作用，是历史的必然。有阶级以来的整个历史证明，有阶级斗争，必然有政党（尽管名字不同），政党自然必有领袖。作为领袖，必须有一定的品质、能力、知识，这也是必然的。而这一切又必须经过考验，长期的在斗争中的考验，这也是必然的。品质，一般是指无限忠诚，高度的马列主义修养，相信群众，有超人的创造力。斯大林在《论列宁》中讲了五条，那是很对的。

毛主席的思想，主要是：把马克思主义基本原理同中国具体实际相结合，这几乎为世界各国所接受。农村包围城市，马列都没说过。革命根据地的学说，星星之火，可以燎原。关于资产阶级民主革命与社会主义的区别及联系的思想，改造资本主义的思想（赎买、定息），历史上没有过；要将资本家的生产资料拿过来，这是普遍真理；赎买而不是没收，这是与中国革命具体实践相结合。社会主义建设总路线和两条腿走路，等等。

毛主席的品质：敢于坚持真理，善于坚持真理。小例子如挂斯大林像。随时修正错误，如"大跃进"、人民公社中的一些缺点，首先是毛主席看出来的，他从不把东西看成百分之百正确。敢于反潮流，这是辩证法，有时少数人比多数人对。群众的东西不能和盘接受，要有分析研究。同样的问题，为什么有些人得出错误的结论？原因在于毛主席用阶级分析的方法。分析必须掌握材料，所以必须调查研究，不调查研究没有发言权。为此，必须相信群众。在一堆问题中，要善于找纲，抓中心，抓关键。要用辩证法，否则同样的材料，有人就得不出正确的结论。例如，强调团结，不能像王明那样，一篇文章中间写 23 个委员长。要有理有利有节。到处是辩证法。经验主义和教条主义是两个极端，都是主观主义，其基础是资产阶级思想。"利令智昏"也很有道理（当然不是指人民之利）。有人就是利己，对人明白，对自己认不清。"一叶障目，不见泰山"，只看到鼻尖下的事情。改造的方法：整风。"惩前毖后，治病救人"，这话马列主义著作中也没有。团结—批评—团结，既弄清思想，又团结同志，不单靠组织处理。对犯错误的人，要一看二帮，人家认识了错误就好，不要不等他改错，像《阿 Q 正传》中的赵太爷不准革命那样。不要一棍子打死，不给出路。遇到问题，多从坏的地方想想。对新的领导同志的设想也是，不要想得天花乱坠，结果到处失望。

战略上藐视敌人，战术上重视敌人。和平过渡，太缺少辩证法了。毛主席对国际形势的意见日益被证实（如对匈牙利事件）。总的说是时势造英雄（我在发言中谈到"时势造英雄与英雄造时势的问题"）。这是一般的，但英雄不是被动的产物，当然英雄不能超越规律，但可以对时势有影响。中国的一句老话"不以成败论英雄"，不对。失败了，如项羽，哪还是英雄。毛主席在斯大林登上权力巅峰时，就提出在中国不祝寿，不以人名命街、厂名等。毛主席自动提出不兼国家主席，马列史上也没有。

赵部长做报告，深受大家欢迎。1960 年 1 月 20 日晚间，赵部长向在布拉格全体人员做关于世界观的报告，一致反应很好。一是深入浅出，从使馆代办到勤杂人员等不同水平的人都喜欢听；二是道理说得透，把中央提出的路线、方针、任务、口号的内在联系连贯起来，使大家有一个完整的理解；三是语言简洁，穿插有趣的比喻，使整个报告生动活泼，引人入胜。只有很高的理论水平才能做出这样的报告。赵部长很谦虚，说他不是什么"家"，我看他就是马克思主义宣传家。

1961 年 5 月 4 日，使馆请赵部长为青年节晚会做一个报告。我去听了，深感满足。赵部长着重讲起毛主席的思想，谈年轻时已经形成的思想，今天是如何发扬光大的。我从报告中得到的启发很多，最大的一条是：事事要有辩证法。辩证法用于生活，即胜不骄，败不馁；经得住打击，赢得起赞扬；从最坏处着想，从最好处下手；调查研究，实事求是；学无止境，理论联系实际……

国外离别 永志不忘

这是指在布拉格期间与赵部长的最后几次接触。

1961 年 6 月 7 日，赵部长启程回国。他在布拉格三年，这至少是第八九次回国了吧！他为党的事业，仆仆风尘于空中。今天仔细瞧他，显得老颜多了。赵部长对我的教育帮助之大，可以用一句话概括：他是我走向社会之后的第一位导师。

1962 年 11 月 9 日，得知赵部长是派去参加意共代表大会的中共中央代表。可能经布拉格去罗马，月底来。听到这个消息，我十分兴奋。大家议论，赵部长带我们回国就好了！11 月 27 日，我与使馆领导一起去机场迎接赵部长。白天赵部长同使馆党委同志谈问题。晚间我们向他汇报情况，方知凌莎同志是患肝癌去世的。11 月 28 日下午，赵部长向使馆全体人员做报告。日共领导人袴田里见和米原昶夜间去使馆同赵部长会面，我作翻译，直至子夜。11 月 30 日，星期五，赵部长下午 2 时起飞赴罗马，我们于 3 时 50 分乘火车离开布拉格经莫斯科回国。

（载《赵毅敏纪念文集》，原标题《耳提面命 言传身教——感恩赵毅敏同志》）

我的三位导师

我从 20 世纪 50 年代中后期起，便从事苏联问题和国际问题的研究，是二战后苏联发起的几次改革，特别是戈尔巴乔夫时代的改革与动乱的目击者和研究者。在戈尔巴乔夫当政的六年又九个半月时间里，因工作关系，几乎每年都要去苏联访问考察。1986 年 5 月至翌年年初，还曾在中国驻苏联大使馆工作过一段时间，对苏联改革之初的设计蓝图和政策形成进行了实地了解。在戈氏政权风雨飘摇的岁月，几度亲临观察，1991 年 5 月，曾随同江泽民总书记出访苏联，并一睹那位既充满自信却又一筹莫展的传奇人物之"风采"。总之，这个时期苏联改革的每个阶段、每个重大举措、每个新"理论"，我都比较及时地在各种刊物上、在讲坛上，留下了自己的看法。这些便构成了出版文集《苏联解体前后》的基础条件。

《苏联解体前后》，主要选编了从 1985 年 3 月戈尔巴乔夫上台，经过 1991 年 12 月苏联解体，直至 1994 年年中，我在这风云变幻、惊心动魄的将近十年中的部分文章和言论。全书由上篇（苏联解体以后）、下篇（从戈尔巴乔夫上台至苏联解体）两个部分组成。上篇包括苏联解体以后的 22 篇文章和言论，下篇包括自戈尔巴乔夫上台至苏联解体的 22 篇文章和言论。文集内容力求保留原貌，即使今天看来有的提法不一定合适，在编书过程中亦不予改动，必要时加一注释。

在选编这部文集时，我情不自禁地想到在我研究苏联问题和国际问题几十年过程中的三位导师：赵毅敏同志、李一氓同志和宦乡同志。

一

老一辈无产阶级命家、马克思主义宣传家和教育家赵毅敏同志，是我走上国际问题研究之路的启蒙导师。1958 年各国共产党和工人党联合举办的理论性和报道性刊物《和平和社会主义问题》杂志在布拉格创刊，赵毅敏同志作为中共代表担任编委，我在他的直接领导下从事翻译和研究工作，一起在国外相处四年多（回国后又有几年继续在赵老手下工作）。赵老在 20 世纪 20 年代就曾在莫斯科东方大学学习，30 年代又作为中共代表团成员在共产国际常驻，新中国诞生后长期主管外事工作，他是一位著名的国际共运活动家和国际问题专家。在布拉格期间，他结合讨论编辑部的工作乃至来自各党的每篇文章，时时刻刻对我言传身教，指导我洞察和研究国际问题的方法，教会我掌握处理兄弟党（当时是这样表述的）关系的原则，特别是经常对苏共和苏联进行精辟的分析。杂志的内容和杂志编辑部的活动涉及整个国际关系和国际共运，其中与苏联有关的事情占很大比重。我们又整天同苏联人打交道。因此，那些年无论是理论上还是实践上，都使我增加和积累了对苏共和苏联的认识。《和平和社会主义问题》杂志的创办过程以及由苏联人主持的编辑部日常活动，暴露了赫鲁晓夫时期的路线、政策和作风方面的许多弊病，而这一切又在相当大的程度上被他的后人（包括戈尔巴乔夫）所继承。出于这个因素的考虑，也是为了表达对年逾九旬的赵毅

赵老题字

敏同志的崇敬，本文集特将《〈和平和社会主义问题〉杂志初创的几年》一文列入附录。

20 世纪 80 年代中，我们夫妇去赵老老家看望，他欣然挥毫给我们一幅字。

二

从 1975 年至 1990 年，我一直在李一氓同志的直接领导和关怀下工作。这位老一辈无产阶级革命家、著名社会活动家和知识渊博的学者，给过我许许多多的亲切指点和帮助。他常对我说，研究苏联问题要从该国的实际情况出发，要把握全貌，要了解它的历史，要有发展的眼光，又要把苏联问题同整个国际关系和世界局势联系起来加以考虑。我写的一些文章，有时我向他口头陈述，在这种时候，我见他总是端着烟斗，微笑着，耐心听我的说明。他对我那些年以笔名"啸楼"在《人民日报》发表的系列文章非常关心，多次促膝评说；其中对 1976 年 2 月苏共二十五大召开前夕发表的长文《江河日下的五年》，谈论兴致更浓。这本文集中所收 1982 年 3 月 1 日《人民日报》观察家文章《评意共和苏共的论战》，便是一氓同志亲自交代我撰写并由他定稿的。使我难忘的还有一件事。1981 年年初，他提出，应该将中国"文革"以后几年来苏联出版的反华图书集中一下，看看那里究竟讲了些什么东西。他指定由我负责，带领一些同志，用去半年时间，通过各种途径找到 68 册书，编成了一本 10 万余字的《苏联反华著作简介和论点提要（1977—1980）》。从编选原则、体例直至封面设计和字体选择，都是经一氓同志反复斟酌并在他的亲自指导下完成的。他还利用在青岛休息的时间，写了一篇极富特色、别具风格的前言，注明时间是 1981 年 8 月 18 日。

一氓同志对我个人更是寄予殷切期望。他曾亲笔题字，将他

的著作《一氓题跋》《花
间集校》等赠给我。
1982 年上半年机构调整，
他曾找我谈话，领导上
打算让我担负更重的工
作。我向他表白了想把
精力主要用于研究方面
的意愿，并在《北京晚
报》"百家言"栏中撰文
《李典的风格》以明志

一氓同志赠书

（据《三国志》记载，名将李典"好学问，贵儒雅，不与诸将争
功"，自认为"驽怯功微，而爵宠过厚"），对此一氓同志大为
欣喜。1989 年秋，一家出版社曾打算将我有关苏联问题的研究
成果汇集出版，一氓同志欣然题写了书名：《苏联——今天与昨
天》。鉴于种种缘故，那本书当时未能问世；尊敬的李老于 1990
年 12 月与世长辞，而苏联亦于 1991 年 12 月消失了。《苏联解体
前后》这本文集，我原意依然采纳一氓同志当年所赐的书名和手
笔。这既符合内容的要求，也是对李老的纪念。但最终我还是尊
重和接受出版社的意见，采用了现名。

三

宦乡同志，这位中国当代最著名的国际问题专家和资深外交
家，是我的又一位导师。我很早就仰慕他，但直接受到他的教
益，却是 20 世纪 80 年代的事情。他从中国社会科学院副院长的
岗位转任国务院国际问题研究中心总干事之后，我同他的接触增
多。那是个新建单位需要人，而我也颇想在他的直接指导下从事
研究，所以他曾几经努力，设法把我商调过去。遗憾的是，鉴于

诸多原因，直到他 1989 年 2 月谢世，这件事终未办成。在此过程中，我得到中联部领导允许，可以协助国际问题研究中心做些事情，因而有较多机会当面聆听宦老的教诲，并荣幸地被聘为该单位的特约研究员。使我深受感动、终生难忘的是，1987 年年初，我因病从国外归来，宦老到海淀区芙蓉里我家住处来看望。他向我谈了他对今后国际问题调研的部署，分析了当前国际问题领域的各种倾向，还讲到研究方法上的一些问题，使我获益极大。本文集收进的《苏联对外政策调整的性质问题》《苏联政治生活面临重大变革》等文，就是遵照宦老的嘱咐写成，首先在他主管的刊物上发表的。宦老还将于 1987 年 8 月 11 日在"中央国家机关和北京市领导干部科学决策"讲座上的讲稿《科学决策与国际环境》赠我，并题写"俞邃兄盼正"，让我这个晚辈万分惶恐！

宦老赠稿

宦老选定我为《当代世界政治经济基本问题》（由宦老主编，1989 年 4 月问世）作者之一。写作酝酿过程中，宦老领着诸位作者（其中有何方教授、厉以宁教授、李琮教授、周纪荣教授、徐葵教授等）多次共同商讨，每一回都使我感到如入博大精深的知识之宫，有学不尽的新鲜东西。宦老还在生命垂危之际审阅了我的稿子。宦老对我的器重和期望，是我多年来在研究工作中不敢稍有懈怠的一个重要原因。为表达我的缅怀之情，我于 1991 年 1 月在《外国问题研究》杂志第一期发表了《当今世界格局与苏联的地位——兼纪念宦乡同志逝世两周年》。2020 年 10 月，宦老的长女、我的老同事、中联部原副部长宦国英同志，赠我当代中国出版社刚出版的《宦乡往事——回忆父亲人生四季》一书，我爱不释手反复阅读，感受这位恩师崇高的人格和思想境界。

（载俞邃：《苏联解体前后》，南京：江苏人民出版社，1995年版，"前言"，略有补充）

贺父施士元教授百岁寿辰

父亲百岁，铸造了人生的一大辉煌。

父亲是一位科学工作者，又是一位教育工作者。他毕生从事物理学方面的高等教育，直至退休，凡55年。父亲对我们的影响之大之深，源于他那崇高的精神境界。

父亲是一位赤诚的爱国主义者。在几个历史性转折关头，他都能把握自己，很好地处理了个人与祖国的关系。这可以举三件事情来说明。第一件事情，1933年父亲在法国获得博士学位之后，婉拒了他的导师居里夫人的挽留，决心随即回来，立志报效祖国。第二件事情，1949年南京解放前夕，身为中央大学物理系主任的父亲，抵制学校要把物理系迁往台湾的命令，与之巧妙周旋，消极应对，终于将物理系的人力物力全部保留下来。我们年长一点的女儿清楚地记得，父亲和母亲对于解放军进入南京，是由衷地感到欢欣鼓舞的。第三件事情，20世纪50年代，鉴于国家对于发展钢铁业的迫切需要，父亲满怀热情、积极主动地将自己的研究方向转入金属物理，并带动他的学生们在这一领域取得了开拓性的成果。在此之后，为了配合国家发展原子弹事业，他又领导创建了南京大学核物理专业，为国家培养了大批这方面的专门人才。

父亲是一位孜孜不倦的学者。父亲一生勤奋好学，勇于攀登，不知疲倦地追求科学真理。无论是幼年时期在穷乡僻壤的崇明读小学，还是少年时期在世面开阔的上海读中学，还是青年时期在中国最高学府之一的清华读大学，父亲一直是名列前茅的佼佼者。所以，他能同时获得了赴法国和美国的公费留学机会，最后选择了法国，成为居里夫人唯一的一位中国物理学博士生。父亲走上教学岗位之后，数十年如一日，始终保持刻苦钻研、开创求新的精神，令人肃然起敬。父亲的挚友王淦昌老伯曾对我们说过：你们的父亲总是在跟踪观察科学的最新成果，很厉害，别人比不过他。父亲思想不保守，且多才多艺，兴趣广泛。他要做什么事情，只要认为必要，就坚持到底，非常投入。例如，父亲进入耄耋之年，还热衷于编辞典，画油画，全力以赴，毫不苟且，甚至想用电脑写书。父亲精通英文、法文等多种外文，中国历史文化的素养亦很高。他在祝贺王淦昌老伯80寿辰的文章中称赞地写道："西马反超泡室前，国际风云路八千；投身核弹研制中，沐阳山沟十几年。""几十年来，他日日夜夜克服了无数艰难险阻，才登上一个又一个高峰。唯其难能，因此可贵。际此寿辰，千里之外，高举美酒，敬祝一杯。"这一番话，表现了父亲不仅感情真挚，而且富有文采。

父亲是一位成就卓著的教育工作者。父亲平生的业绩，主要在教育战线。从抗战前到新中国成立后，他开设了一门又一门课，培养了一批又一批学生，其中包括世界著名的物理学家吴健雄。按照父亲的聪明才智，本可在科研领域取得更大的成就，可惜受制于环境和条件。旧中国不可能为他这位中国核物理学的先驱之一创造施展才能的天地，新中国成立后他又未能如愿地转去中国科学院工作。这对于他，不能不说是一大遗憾。这也正是之所以称父亲的业绩主要体现在教育战线，为国家培养了大批成为栋梁之材的优秀学生的主要原因。

父亲是一位豁达大度的乐观主义者。常言道："人生不满百，常怀千岁忧。"父亲年已满百，却从不知忧。他风度儒雅，胸怀宽阔，顾全大局，在教育岗位数十年，从不追名逐利，不计较个人得失，不与他人"博弈"争高低。有不少人表示，据我们父亲的平身所学和对事业的贡献，本应在待遇上得到应有的体现。然而，父亲总是不以为意，顺乎自然。父亲对于任何一件事情，即使经受挫折，也总是多从好的地方着想。甚至"文革"期间住牛棚，首先想到的也是"不幸中之大幸"的一面。所以他能始终保持豁达开朗。看来这也正是父亲高寿的一大要诀。父亲为人坦诚，惯于直言，不讲假话。

2007 年 9 月 19 日，我和夫人施蕴陵向百岁父亲报喜：《施士元回忆录及其他》出版啦！

他不会玩政治，可也过于不明政治之可畏，以致多次惹来麻烦。例如，当年有人提出"反对苏修，打到莫斯科去!"父亲则不假思索地接话说："历史上打到莫斯科的人，都失败了。"父亲讲的其实是真情，但不合时宜，于是被当作反动教授受到严厉批判。父亲曾对我们说过，他想加入共产党，没有被认可，组织上动员他加入民盟，他也就欣然接受了。

父亲又是一位慈祥宽厚的长者。在我们家，母亲更多承担管教子女的责任，父亲较少过问，但父亲没有家长作风，对子女十分平等。子女生病，他会站到"第一线"关照。子女上学选择专业，他起决定性作用。例如：蕴陵高考，为她选择了物理专业。蕴渝高考，先是为她考虑学核物理，后来进一步选择了前沿性边缘学科生物物理；这个决定对于蕴渝事业的影响，无疑是举足轻重的。父母的笃诚人品和敬业精神，母亲的认真细致，父亲的豁达大度，相辅相成，相得益彰，哺育着子女的成长。父亲不看重名位，可以说这是对我们最重大、最主要的影响。父亲与母亲相濡以沫 60 年，也给我们树立了榜样。三个女婿都出身清贫，父母不仅能够接受，而且给予"小家庭"以多方面的帮助，相处十分融洽。我们之所以有这么一个和谐家庭，特别要感激其缔造者——百岁高龄的父亲和九泉之下的母亲。他们的高尚风范和情操，是引导我们从年轻时候起就能够一直沿着正路走过来的重要因素。

这就是我们的父亲。我们为有这样一位杰出的父亲而引以为自豪。

（载《现代物理知识》，2007 年第 6 期，与施蕴陵、施蕴渝、施蕴中、陈惠然、程树培联署）

在岳母孙瑞瑾*老师告别仪式上的讲话

我代表我们的父亲施士元教授，并代表我们全家三代人，向今天前来参加我们的母亲孙瑞瑾老师告别仪式的亲朋好友，表示由衷的感谢；对南京师范大学、南京师范大学附属中学和南京大学的领导和同志们的关怀与帮助，表示深切的谢忱。

我们的母亲走过的 86 年人生道路，既崎岖坎坷，又光彩夺目，是同我们祖国的命运、同祖国的教育事业息息相通的。

母亲的一生，是从一位民主主义者转变为共产主义者的一生。她自幼受到《论语》《孟子》《春秋》《左传》等儒家经典和孔孟哲学思想

1957 年 8 月 16 日合家欢

的影响，在天主教办的启明女学养成严格的生活方式，在耶稣教会办的沪江大学形成平等博爱与人为善的道德品质，最终在共产党的培育下和长期的教学实践中树立共产主义世界观，于 20 世纪 50 年代就成为一名光荣的中国共产党党员。

母亲的一生，是一位忠心耿耿、成就卓著的教育工作者的一生。她热爱教育事业，将毕生精力奉献给人民教育，并且培养的三个女儿至今仍坚持在教育战线。母亲以她精湛的业务能力、高

---

　　* 岳母毕生从事教育事业，1964 年担任南京师范大学英语教研室主任直至 1981 年退休。

尚的道德情操、严谨的治学态度、高度负责的工作精神,培养造就了一代又一代人。桃李满天下,有口皆碑,异口同声都说孙老师好。母亲在 70 岁高龄时,还受学校委托出差去北京,认真细致地调查收集北京大学、北京师范大学、北京外国语学院等高校英语教学的经验和资料,受到这些学校的尊敬和钦佩。母亲退出教学岗位之后,仍念念不忘一生为之奋斗的教育事业,经常关心国家大事。

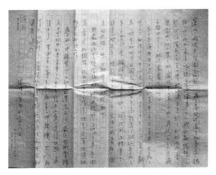

岳母 1965 年 12 月 8 日手迹

母亲是一位伟大的母亲,也是一位坚强的女性。她一生严以律己,宽以待人,追求真理,孜孜不倦,不计名利得失,从不向邪恶势力低头。母亲在外是良师益友,在家是贤妻良母。母亲从年轻时代到耄耋之年,始终保持清白、廉洁、艰苦、朴实。患病期间,母亲与病魔顽强斗争,置生死于度外,安详平静。在母亲身上,集中体现了中华民族知识分子勤勤恳恳为祖国、为人民服务的优秀品质。

如今母亲离开我们走了。妈妈,您的崇高品德和光辉业绩将永存;您的事业后继有人。

亲爱的妈妈,您就放心安息吧!我们永远想念您!!

(1993 年 4 月 9 日上午)

写在吾妻米寿年

我与妻施蕴陵少年同窗，后来结为连理，相濡以沫70年。在我人生的转折点上，她是第一功臣。2024年10月21日，她88岁生日，称作"米寿"。谨以此短文略抒情怀。

1950年2月，我从南通平潮中学转学到南京大学

我与妻在母校合影

附属中学（现南京师范大学附属中学）读初三。学校共有党员五名，三位老师和高三即将毕业的两位同学。我去之后，党支部六名党员。我还不满17岁，同学们很好奇，有一天大家竟然拥到我教室门前来探望，其中就有蕴陵。进入高中之后，我担任学校团总支书记。没有脱产团干部，一些文字抄写工作，由高年级各支部派同学来帮助。有一次蕴陵轮值，我认识了她。高三毕业时，她因医生误诊，休学一年。我填写高考志愿，决意报考中国人民大学外交系。第一志愿为学校，要填三个系。第二个系和第三个系就不知填何为好。鉴于我在附属中学学了一学期俄文，蕴陵说，第二个系填俄文系吧，这毕竟是一门专长。孰料中国人民大学外交系不在南京设招生点，我被录取到俄文系。因此我后来才有了被中联部选调的可能性，并走上毕生从事国际问题研究的道路。

1958 年 9 月，我被中联部选调，派去布拉格各国共产党和工人党合办的刊物《和平和社会主义问题》编辑部工作。1959 年 10 月，回国结婚。1960 年 5 月，蕴陵被北京大学派到苏联科学院化学物理研究所进修一年。1961 年 4 月，驻苏使馆领导同意蕴陵到布拉格探亲 18 天。4 月 29 日，她与出访布拉格的世界第一位宇航员加加林同机返回莫斯科，这才有了加加林给唯一中国人留下签名的故事。

人生的道路不可能笔直，往往总是曲折的。在经受政治风云不断考验的岁月里，妻子对我最大的帮助就是鼓励并配合我从事学术研究。她历来反对我"当官"。我于 1994 年退休之后，着力著书立说，但只能靠手书写。于 1992 年四川人民出版社约我撰写、1993 年 5 月出版的《莫斯科的冬与春——一个时代的总结》一书，就是家人们帮助手抄完成的。1993 年年中，蕴陵的一位"下海"的学生借给我一部大型 286 计算机，从此我的写作方式实现跃进，并多次更换新计算机，至今已持续操作 30 年。在计算机运用过程中，蕴陵为我排忧解难，成为坚强后盾。

蕴陵退休后，作为北京大学无线电电子学系教授，学校原本想要返聘她，她却婉拒了，为的是全力支持我的工作、照顾我的身体。她想方设法调整饮食结构，严格规范我的作息时间，不惜代价为我一再更新助听器。如今我年逾九旬，思维敏捷，身板硬朗，还能写作，这不能不归功于蕴陵！

每逢大生日，我就要感恩于她。

我 70 岁时，给蕴渝、蕴中两位妹妹写信，要点如下：

今天，10 月 21 日，是你们的大姐 70 周年寿辰。经商议，不举办什么庆祝活动，燕子远在海外，小凡忙得也回不来。我个人的感受很多很多。鉴于手头有写作任务必须马上完成，时间紧迫，所以只能简要地向你们抒发几句。

我和你们的大姐相处半个多世纪，她对我的帮助、关心和照顾始终如一，无微不至。例子不胜枚举。在"文革"期间的揪心日子里，尤其是小凡出生时，她在月子里一个人照料，条件十分艰难，她却从没有对我失去信任，哪怕有一句怨言。退休之后，她完全放弃自己的专业和爱好，不顾身患严重眼疾，千方百计地支持我的事业，把我的饮食起居安排得井然有序。我的身体能有今天这样的良好状态，你们的大姐应记头功。我和你们的大姐都是个性比较强的人，有时难免也有过"斗嘴"争执，但从未伤了和气，相反，总是彼此尊重爱护，相互吸取所长，共同塑造美好的家庭生活。

在这个有意义的日子里，我特别要感激耄耋之年的爸爸和九泉之下的妈妈。他们的高尚风范对我的一生都有积极影响，是我从年轻时候起就能够一直沿着正路走过来的重要榜样因素。

我同样感激你们两位妹妹。数十年来，你们三姐妹之间贴心相处，彼此照应，其和睦、融洽、亲爱，为当今社会所罕见。你们对我的信任和尊重，是你们姐妹密切关系的延续。你们堪称模范姐妹！小妹精心照顾爸妈，任劳任怨，为大姐（也就是为我）分担了巨大的辛劳，如今自己也快进入花甲之年了！

好，就说这些。祝愿你俩事业成功，身体健康，合家幸福。

我 75 岁时，2008 年 5 月 7 日，写道：

生日有感·赠吾妻

老汉年届七十五，岁月峥嵘且酸楚。
爱妻携手半世纪，相濡以沫共甘苦。
人皆怀志走高处，毕生治学是为主。
真知灼见乃瑰宝，名利无非烟云浮。
文明世家有目睹，挥洒汗血不落伍。
风云往事恍如昨，爹妈兄姐多作古。
文理兼容乐互补，成就子女堪鼓舞。

待到孙辈立业时，含笑漫步黄泉路。

蕴陵 80 岁时，她的学生们于 2016 年 10 月在北京大学博雅酒店为她举办了隆重的庆祝活动，远在国外的几位学生也赶回国参加。我在联欢时讲话：

今天为施老师举办的祝寿活动，隆重、热烈、亲切，不违反"八项规定"，让我尤其产生特殊的感激之情。

第一，感恩学校。北京大学崇高的校训、卓越的导师、优良的学风，在施蕴陵学生时期培育了她，任教时期锻炼了她，退休之后照顾着她。再说，我的女儿北京大学计算机系毕业，儿子光华管理学院毕业，我是北京大学国政系（现国际关系学院）兼职教授。可见我们一家与北京大学渊源之深。

第二，感激老师。这里包括施蕴陵的老师与后来并肩工作的同事。施蕴陵曾对我谈起从汪永铨教授到项海格教授历届系主任的领导特色，经常谈起王义遒老师、唐镇松老师对她的帮助，还有董太乾、许培良、黄晚菊等老师的名字我都很熟悉。这里我举一个例子。20 世纪 80 年代有一年，医院查出施蕴陵乳腺瘤是恶性的（后来知道是误诊）。我陪她一起找到系主任王楚教授报告情况。王楚教授二话没说，拿出支票让去医院办理相关手续。我只见过他一面，他的人情味让我印象深刻。

第三，感谢同学。我亲身感受到，大家对施老师的敬爱，蔓延到我这个"俞老师""俞伯伯"身上。在计算机上，南凯是我的"救星"；遇到什么事，我们找黄玮；在座的刘彤宙带我们走遍山西；杨桦领我们游览牡丹江，记忆犹新；到西雅图，邢观斌、黎颖热情接待；等等。为筹划这次祝寿活动，从去年就作精心准备。今天刘捷等同学从国外赶来，不少同学从外地赶来。我注意到，在座的同学一批是 50 岁左右，一批是 60 岁左右。我祝大家 110 岁快乐！

附：夫人施蕴陵的《在北京大学成长》*

在北京大学成长

与物理学的不解之缘

我毕业于南京师范学院附属中学**。当时我们这些年轻人，受到新中国诞生的鼓舞，都希望远走高飞，闯闯天下，见见世面。我受父亲施士元教授的影响，立志于物理学。父亲是居里夫人为中国培养的唯一物理学博士生。父亲毕业后婉拒了居里夫人的挽留，依然回国以求在事业上报效祖国。然而，在旧中国，核物理无用武之地，他的才能得不到充分发挥。父亲的处境在我幼小心灵中便留下深深的记忆。新中国给我们这一代人学习和创业的良机，因此我力争到全国第一流的北京大学物理系学习，希望以此作为我一生事业的起始。当我拿到了录取通知书，便急忙打点行装北上。记得我们由老同学带进燕园时是一个漆黑的夜晚，我们被安排在外文楼一个阶梯教室里。由于旅途的劳顿，倒下很快入睡了，但是难以抑制的兴奋又使我早早醒来，拉了旁边的同学便跑到校园去。哪知迷了路途，反倒让我们认真仔细地把校园参观一番：多么美丽的燕园，多么迷人的未名湖呀！

当时我们一个年级有 200 人，女生仅仅十几名。学习是紧张的。课程是按照苏联莫斯科大学的教学大纲和教学方式进行。每周 32—35 学时，每天上午六节课。每次听课都背着一个大书包，

---

* 载魏国英主编：《她们拥抱太阳——北京大学女学者的足迹》，北京：北京大学出版社，1995 年版。彭佩云在"序"中称："为迎接和庆祝第四次世界妇女大会在中国北京召开，北京大学中外妇女研究中心组织编写了《她们拥抱太阳——北京大学女学者的足迹》一书。书中几十位女学者真实地记录了自己奋斗的经历，袒露了人生之旅的求索和奉献，给人以激励，给人以启迪。"

** 现南京师范大学附属中学。

里面装满书和笔记本，再加两个大饭碗。我们的老师大多是全国甚至世界物理学界有名的学者（如王竹溪、黄昆教授），同学们又是来自全国的尖子，老师的严教，同学的勤奋，使我整个的身心都处于拼搏与竞争状态。

北京大学的学风从来不是填鸭式。在科学上老师总是谆谆引导、启发，让我们自己动脑筋想办法。为了一个习题、一个实验结果，同学们可以推出各种方法和途径，老师再作归纳和提高，真是有趣极了。当然，老师也从不放过我们的丝毫马虎，哪怕是一个数学符号的角标位置或实验的有效数字。老师的科学态度与严谨作风，逐渐成为我们严谨治学的习惯，使我一辈子受益匪浅。记得我毕业后到莫斯科苏联科学院化学物理研究所进修，与莫斯科大学毕业的一位苏联高材生共同调试设备，他对我科研工作中的认真细致十分惊讶和钦佩。是的，北京大学培养了我，我也为祖国争了光。

唯有执着的追求

知难而进是北京大学优良的学风和校风，执着追求方是北京大学学子的本色。

大学五年并不是平静的，我们这一代学生与建国初期的历史紧密相连。同年级不少同学因为讲了几句不合时宜的话，受到了不公正的待遇，有的同学甚至从此改变了生活道路。我称得上是同年级中的一个幸运者，当然也受到过各种非难，使我想不通，但反过来却又激励我自强、奋发。也只有这样，在竞争激烈的北京大学才有立足之地。

"四人帮"倒台后，我选择了当今世界前沿科学——计算机应用与通信技术作为我的研究方向。我先后为无线电系和全校理科大学生、研究生开设"微机原理及其应用""近代无线电实验技术"等课程，并在将计算机运用于远程控制等方面做了大量的工作。因此，我先后被评为"北京市高校实验工作先进个人""北京大学优秀教师"，并荣获多种科学进步奖。

由于我的课程内容大多反映了当前最新的技术，所以深受同学们的欢迎。每次200人的大教室都是满满的。我喜欢和年轻人在一块儿。他们的思路敏捷，富有朝气，我也从他们身上受到启发，从而更加充实我的课程内容。尽管很多同学早已毕业，但我和他们仍保持经常的联系，他们不断地将国内外最新技术信息传递给我。说实话，我平时对年轻人还是比较严格的。我的一位研究生刘捷在1992年被评为全国"十佳大学生（研究生）"，国家领导人接见他们时问他：你为什么取得这么好的成绩？他说：我的导师是一位很严谨的人。是啊，老师教育了我，我又传授给学生。我想，北京大学的优良传统一定会代代传下去。

生活是丰富多彩的

在北京大学的40年，生活是多样化的，酸甜苦辣俱全。做一名教师本来就不容易，而女教师则难处更多，既要在事业上竞争，还要料理家务，可以说是难上加难。当然，我还是比较幸运的。

许多年来，我之所以能够全身心地投入教学与科研工作，是因为我从不存在家庭后顾之忧。我有一个通情达理的丈夫和两个十分懂事的孩子。我的丈夫和我是少年同窗，他现在是一位国际问题专家，与我干的不是一行，但是在事业上向来相互理解、相互体谅、相互支持。我们几十年同甘共苦，分享欢乐与忧愁。我工作中遇到多么不顺心的事，总可以从他那儿得到排解。他从来认为没有克服不了的困难。在我随北京大学下放江西期间，他既当爸，又当妈，在紧张工作的同时，带着两个年幼的孩子（小的才一岁）。近些年来我也有了一点"闲情逸致"。我喜爱养花，休息日我乐于到树木稠密的郊区呼吸新鲜空气，观赏大自然风光。我们全家经常在节假日骑车去香山、颐和园，带上点亲手做的小菜和发面饼。这时什么烦恼也没有了。的确，要在事业上有所成就，家庭的和谐是必不可少的。

在我进入"知天命"之年以来，特别是在我生病期间，北京大学无线电系从领导到同事，再到学生，都曾给予我无微不至的关怀和帮助。我的直接领导在我病愈后对我非常照顾，在业务工作中我们配合得也非常协调。学生们对我的信任和厚爱，也温暖着我的心，给予我很大的鼓励。我深感作为北京大学校风重要内容之一的与人为善、助人为乐的精神，几十年来非但毫不减色，而且在不断地发扬光大。每念及此，我充满感激。

总之，我是在北京大学培育下成长起来的，我将坚持不懈地继续为北京大学作出贡献。

妹妹施蕴渝*院士 80 华诞时

战火纷争，诞生渝城。

科教世家，濡染殊深。

自幼怀志，仰望星辰。

脚踏实地，读书勤奋。

永不言弃，顽强攀登。

追求卓越，院士荣称。

步入耄耋，与爱同行。

家人热贺，学界共庆。

祖国辉耀，享受盛景。

蕴渝惠然，携手并进。

（2022 年 4 月 21 日）

---

* 施蕴渝，女，1942 年 4 月 21 日出生于重庆，分子生物物理学家，中国科学院院士、第三世界科学院院士，中国科学技术大学教授、博士生导师。

1965 年，施蕴渝从中国科学技术大学本科毕业后，进入卫生部中医研究院担任实习研究员；1970 年，进入中国科学技术大学工作，先后担任助教、讲师、副教授、教授；1979 年，开始先后在意大利罗马大学物理化学系、荷兰格罗宁根大学物理化学系、法国巴黎第十一大学 C. N. R. S 酶学及生化结构实验室、法国 NANCY 大学CNRS 理论化学实验室，进修或合作研究；1997 年，当选为中国科学院院士；1998 年至 2003 年，担任中国科学技术大学生命科学学院首任院长；2001 年至 2010 年，担任教育部高等学校生物科学与生物工程教学指导委员会主任；2009 年，当选为第三世界科学院院士。

施蕴渝将学术生涯的理念表述为：仰望星空，脚踏实地；与爱同行，努力奋斗；追求卓越，永不言弃。

一封袒露人生轨迹的信
——致一位小兄弟

在我 70 岁生日的前夕，接到你的热情洋溢的来信和珍贵的礼品，我很感动。谢谢你的诚挚的美好祝愿！

"人生七十古来稀"作为一种信条，相传了许多世纪。如若用"与时俱进"的眼光看待，此说则可束之高阁了。在生活水准空前提高、医学成就突飞猛进的今天，70 岁绝对算不上"稀有"，所以我有理由持淡化的态度。可惜的是，由于存在着社会不公正，当今世界除了少数国家而外，人的平均寿命还远没有达到这个标准。就我个人而论，较之周围那些早已作古的同龄人，较之我的已故父兄，算是幸运的了。我开始体会，长寿而又健康，才有意思。我现在体质尚结实，精力较充沛，社会还需要我，每日的工作量基本上一如既往。倘使上苍开恩，假以天年，我颇有雄心继续做一些于国家、于社会有益的事情。

我走过的 70 年，经历复杂，感慨殊多。

我的家庭出身清苦而高尚。父亲是乡村小学教师，母亲是家庭妇女，他们以忠厚诚信、勤劳刻苦、热爱知识的美德熏陶了我，使我从小懂得要堂堂正正做人、踏踏实实求知、兢兢业业办事。我的兄弟姐妹都是清廉的共产党人，他们在我成长道路上给予的影响和帮助是无可估量的。

我有一个美满的家庭。诚如你所一再强调，你们的大姐不仅事业有成，而且对我的关怀胜过对她自己。无论是顺风还是逆境，我俩相濡以沫，始终如一。这是我得以保持身体健康、事业获得进展的一大重要原因。燕子、小凡知书达理，孝敬父母，都有出息。我们的第三代，聪慧淳朴，前景可以乐观。

我有至爱可敬的亲属。岳父母的知识层次和人格品位极高，在事业上和生活上都曾给我巨大的鼓舞和支持。他们培育的三个女儿，有志向、有教养、有知识、有成就。姐妹之间亲密相处、彼此体贴、超凡脱俗的境界，为中国现社会乃至知识界中所罕见。

我的生活哲学是，奋发进取，锲而不舍；勤能补拙，俭以养廉；"春风大雅能容物，秋水文章不染尘"。

我对事业的态度是，知识行当无分贵贱，但必须在自己从事的研究领域攀登高峰。

我的处世之道是：所发必正言，所履必正道，所居必正位，所迎必正人。

我对金钱的看法是，此乃身外之物，不必斤斤计较。大姐俞梅（余枚）说我从小就"甩大袖子"（"穷大方"之意）。现在，我的离休问题尚未像有的同学那样解决，收入相差不小，但我想：每月多数百元成不了大款，少数百元照样可以活得潇洒。

我的晚年心境是，知足常乐，自得其乐，助人为乐，读书寻乐。

我对未来的憧憬是，尽力而为，量力而行，避做力不从心之事，所谓"余热"未必不能比在岗当年发挥出色。

断断续续，想到以上一些话，姑且作为兄弟之间的感情交流吧。

（2003 年 5 月 7 日）

情怀逾越半世纪

我是一位年届八旬的老人了。我和俄罗斯的故事，多半是绵延半个多世纪的老故事，但这些故事让我珍惜，令我难以忘怀，不禁使我联想到中国人民与俄罗斯人民世世代代友好相处的美好未来。

铭记——莫斯科的桩桩好事

第一件事，发生在1958年。我第一次到莫斯科，是在1958年9月16日。当时我去捷克斯洛伐克的首都布拉格公干，路过莫斯科。我们乘坐的是图-104飞机。我在当天的日记中写道：我先上的飞机，透过窗户看到手持拐杖的中国地质部部长何长工送别苏联科学院院士、著名地质学家、地质部部长安特列诺夫，他们握手拥抱，气氛非常热烈。安特列诺夫部长进机舱之后，在我的对面落座。我喜出望外，又有点紧张。我腼腆地第一次用俄语与这样的外国大人物交谈。他温和地打量着我这个20岁多一点的后生，询问我的经历，完全是一副慈祥长者的样子，让我感觉亲切。我还在日记中记录：图-104飞机大而稳，我没有丝毫不适。到伊尔库茨克天气变冷，奥姆斯克更冷。抵达莫斯科是下午4时25分，北京时间为9时25分，时差5小时。

下飞机之后，我由使馆接待人员梅文岗引领，住进机场附近的一个旅馆。我好奇地观赏周围的风光，感觉特别新鲜，建筑装饰别致，人们穿着讲究，相比北京，给人以繁华的印象。当晚我去餐厅用餐，一位中年女服务员绽露出"阿姨"般的神情，提醒我先要脱去大衣和帽子，并帮我挂好。这让我首次领略了俄罗斯人高雅文明的习惯。

我到达布拉格之后，时隔一个月，10月17日，据说也就是我曾乘坐的那架图－104飞机，在从北京开往莫斯科时失事。由著名文学家郑振铎先生率领的中国访阿富汗、阿联文化代表团十人，外交部、外贸部负责干部六人和外宾49人，不幸遇难。听到此噩耗时我们大家悲痛的情景，记忆犹新！

第二件事，发生在1960年。这年1月1日，我因事从布拉格去莫斯科，元旦的钟声是跨越边境时在火车上听见的。到达莫斯科之后，我想去莫斯科大学看望朋友。那是我第一次自己乘坐莫斯科的公交车，由于我手头兑换的卢布是大票面的，所以我在车上掏出卢布准备买票时，有点不知所措。这时，一位站在我身边的小学生，大约10岁多一点，见此情景，毫不犹豫地主动拿出零钱为我买了一张车票。我惊异而又感激地看着他，急忙还他钱，他摇摇手，说声"再见"，就快步下车了。我目送他的背影直到被人流阻挡。此事已过去54年了，这位小朋友的形象一直在我眼前浮现。我时不时想起他，时不时与亲友谈起这件往事。算起来这位小朋友如今也该年过甲子啦！我还幻想过，如果当时有他的住址存着该多好，我一定会利用后来多次去莫斯科的机会，设法找到他，报答他！

第三件事，发生在1986年。那年的5月，我到中国驻莫斯科大使馆工作。按照规定和工作需要，所有一般年轻馆员都要学会开车，而我的年龄和职务，属于可免之列。我的年轻同事们都在专心致志地学开车，其中就有高玉生（当时是三等秘书，后来相继成为中国驻土库曼斯坦、乌克兰等国大使和上海合作组织副秘书长）。有一个假日，他兴致勃勃地开车带着我，到莫斯科的奥林匹克村去参观并购物。半路上，一只车胎破裂瘪气了，由于他是生手，并没有察觉，仍一个劲儿地朝前开。后面一位驾车的俄罗斯工人师傅叫嚷着提醒，我们却没听见。这位师傅一直跟踪我们到目的地，开始我们颇觉诧异，但见他用手指着我们瘪气的车轮说："你们看，好险呀！"我们这才恍然大悟，真是心有余悸，感激万分。他二话没说，动手帮忙，将备用车轮换上。然后，他似乎也如释重荷，微笑着与我们握手道别。

第四件事，发生在1999年。我的夫人施蕴陵（北京大学教授），一直没有去过圣彼得堡。1999年9月，我们到俄罗斯科学院远东研究所参加国际学术活动，一位在圣彼得堡工作的朋友邀请我们去那里看看。他委托一位俄罗斯司机鲍里斯师傅带领我们游览。这位经历过卫国战争、年近60岁的朋友，想尽办法让我们多看多转，陪伴我们参观了夏宫、皇村一带所有名胜古迹与景点。他为人质朴、做事勤快、态度温和，给人以极大的愉快。据说第二年他就退休了。我想，他的行动恰恰体现了俄罗斯劳动人民对中国的真切友情。

庆幸——难得会见加加林

1961年4月12日，加加林胜利地完成了人类破天荒的宇宙飞行。这一天被定为国际宇航节。加加林实现宇宙航行的当月，访问了捷克斯拉伐克首都布拉格。加加林给我们留下深刻而美好的印象，正是在这个时候。一连串的事情是我和夫人共同的或各自的亲身经历。

当时，我在布拉格的国际刊物《和平和社会主义问题》杂志编辑部工作，我的夫人在莫斯科苏联科学院化学物理研究所进修。4月12日，在加加林登上太空的同一天，我的夫人乘坐图-104飞机前去布拉格探亲。4月27—29日，加加林访问布拉格时，我俩一同参加了欢迎仪式，共睹了这位轰动世界的传奇人物的风采。4月29日，我的夫人与加加林同机返回莫斯科，本子上留下了加加林的签名。机舱内没有其他中国乘客，于是，加加林的签名被作为一位中国人的独家珍贵文物保存至今。

我在日记上曾经这样写道：4月12日，吾妻来布拉格的当天，苏联空军少校、年仅27岁的加加林，驾驶"东方1号"飞船，飞向距离地球300多公里（千米）的太空，绕地球一周，历时108分钟，胜利地完成了人类破天荒的宇宙飞行，

加加林签名

开辟了人到其他星球去旅行的新纪元。这确是一件特大喜讯。日记中还写道：当天下午，编辑部举行隆重集会，庆贺世界上第一位宇航员加加林的辉煌业绩。会议由主编鲁缅采夫院士主持，编辑部全体成员出席。鲁缅采夫和即兴发言者情绪都非常激动，一致强调指出这一史无前例壮举的伟大意义。关于加加林这次宇宙飞行，事后知道，也曾遇到过险情：在返回地面进入大气层时，乘坐的下降装置无法与飞船分离，周折了十多分钟才得以脱离危险。

布拉格人群欢迎加加林的盛况，我在日记中也曾有所描述：4月27日，布拉格春光明媚。加加林应邀前来布拉格访问，这是他完成宇航后出访的第一个地方，成为轰动世界的新闻。捷克斯拉伐克民众欢喜若狂，人群挤满大街广场，到处是加加林的画像和"加加林万岁"的欢呼声，布拉格沉浸在旗帜和花束的海洋之中，比欢迎外国总统还要隆重热烈。

加加林于4月29日从布拉格返回莫斯科时，在机场上与群众惜别的情景亦很感人。飞机原定于中午12时许启航，结果由于加加林被热情的欢送者包围而无法脱身，直到下午两时才起

飞。我的夫人登机后，同其他乘客一样，与加加林握手。加加林还主动地从前舱走过来，向鼓掌的人们致意。当走到我夫人座位面前时，也许发现是一位中国人，所以显得格外亲切和彬彬有礼。她拿出随身带的本子，加加林高兴地签上名字，反而说了一声"谢谢"。

加加林的签名弥足珍贵。几十年来我们的住处几经搬迁，但始终小心地将其收藏着。签名的纸张已经变黄，墨迹却依然清晰。

我们手头还保存着当年鲁缅采夫院士赠送的一张刻录有加加林从太空向地面传话的录音唱片。唱片外包装的正面印着地球图像、加加林头戴宇航帽的照片和签名，标注"12 – IV – 1961 CCCP"；背面印着用俄文、英文、法文、德文、中文、西班牙文和阿拉伯文书写的"尤里·加加林在宇宙飞行"。

加加林录音唱片

从唱片中可以听到加加林的声音："能见度良好""一切正常""自我感觉非常好"……

半个多世纪过去，弹指一挥间。每当翻开纪念册见到加加林的照片和签名，或者听到加加林发自太空的声音；每当访问莫斯科在加加林大街抬头凝视这位宇航开拓者的勃发英姿，不禁往事翻涌，感慨万千……

1999 年 9 月，我们在莫斯科参观了宇航中心，事后才知道加加林夫人就住在那里的一幢房子里，错失拜望机会，一直感到遗憾。

感激——在俄罗斯获得荣誉

1999 年中国国庆节前夕，我由夫人陪同，应邀专程前往莫斯科，接受俄罗斯科学院远东研究所授予我荣誉博士学位，并出席为庆祝中华人民共和国成立 50 周年举办的题为"中国、中国文明与世界——过去、现在、未来"的国际学术研讨会。我们到达莫斯科之后，远东研究所所长季塔连科院士（俄中友协主席、俄汉学家协会主席）告诉我，我还当选为国际自然和社会科学院院士。我有幸出席了颁发两项证书的隆重仪式。

据主人称，授予国外学者荣誉博士学位一般都是在学术委员会小范围举行，但是，这次为我举行的双重授衔仪式，特意安排在来自 18 个国家 100 多位代表出席的国际会议闭幕式上。时间是 9 月 24 日下午，地点在俄罗斯科学院远东研究所会议大

授衔仪式

厅。仪式分两段进行，先是授予荣誉博士学位。季塔连科院士先是介绍了我的简历和学术成就，接着学术委员们登上主席台当场表决，一致通过后，按照惯例，全场起立，主席宣布结果，并向我提出今后是否继续献身科学以造福人类的问题，得到肯定回答后，掌声四起，主席给我颁发荣誉博士证书，并在胸前别上徽章。这之后，主席请国际自然和社会科学院代表致辞，宣布我因在国际问题研究领域的"卓越成就和突出贡献"，于 1999 年 9 月 9 日当选为该科学院欧亚学部院士，并向我颁发院士证书、证件和爱因斯坦头像金质证章。全场又一次响起热烈掌声。我致谢时

说，这不只是我个人的荣誉，也是体现了对中国学者的友好情谊。我还说，送旧迎新的世纪钟声即将敲响，我深信共同的战略利益、相似的奋斗目标、对世界和平与发展承担的历史使命，将促使我们两国人民和两国学者，携手并肩迈向辉煌的 21 世纪。随后，我在大会上用俄语做了题为《冷战后的世界格局与中俄关系》的专题演讲。

会议间歇，我们兴致勃勃地参观了远东研究所画廊，那里悬挂着 21 位荣誉博士的大幅照片，他们当中有中国人、美国人、日本人、韩国人、意大利人等。

国际自然和社会科学院是 20 世纪 90 年代中期成立的一个跨国科学机构，据其章程称，它是"由俄罗斯联邦和外国在自然科学和社会科学领域工作的最具权威性的、最卓越的学者和专家组成""目前世界上已有 20 个国家的 300 多位学者和专家被选入，其中有各种奖金获得者、各国的科学院院士（俄罗斯的、美国的、意大利的等）、科学发现者、主持科研组织和高校的科学博士和教授、人文科学和自然科学领域科研方向的奠基者"。

顺便讲一个小插曲，说明知识分子在俄罗斯社会上如何受到尊重。俄罗斯名胜古迹的门票价，外国人要远高出本国公民。我们回国的前一天去参观克里姆林宫，我出示院士证件，同样享受了俄罗斯公民的待遇。

惦念——俄罗斯的诸位师友

数十年来，我先后在布拉格、莫斯科和北京，结识了许多俄罗斯朋友。他们有的是师长，有的是同龄人，也有的是晚辈。与几代俄罗斯人和睦相处，是非常开心的。

先说在布拉格。1958 年 9 月至 1962 年 11 月，我在那里与俄罗斯人相处四年多，不受当时政治气候的影响，结下了深厚友谊。

西班牙语老师戈罗霍娃，她的先生戈罗霍夫是在编辑部工作的一位学者。由戈罗霍娃老师执教、于 1960 年 10 月 8 日开设的西班牙语课，持续了两年，最后采用了莫斯科国际关系学院二年级的教材。这位老师尽心尽职，讲课认真细致，考虑到现实工作需要，尤其重视口语运用，因为编辑部同事中有许多拉丁美洲朋友。相对来说，西班牙的发音比较单纯，较为易学。多亏戈罗霍娃老师，让我又多了一门交际工具。有趣的是，1996 年 6 月，我到美国去访问，在一家墨西哥餐馆吃饭，我用西班牙语赞扬饭菜如何可口，老板听了得意之至，居然给了我们优惠。他还问我在哪里学的西班牙语，我告诉他，是一位俄罗斯女老师教我的。

汉学家杰柳辛，编辑部民族解放运动部主任张仲实先生的副手。他很年轻，对中国了解也较深刻。我们之间接触频繁，三教九流、典故笑话，无所不谈。后来他在俄罗斯科学院东方学所工作，我们在莫斯科见过面。1991 年 5 月，我作为工作人员随从江泽民主席访问莫斯科时，在中国大使馆又遇见杰柳辛。他把我引到一位老人面前，啊，原来是令人尊敬的鲁缅采夫院士！时隔近 30 年，这位耄耋之年的著名学者，恳切地谈到当年在布拉格与中共代表赵毅敏共事的岁月，并对中国改革开放取得的巨大成就深表赞佩。后来我在接待齐赫文斯基院士访华时听他说，这位经常去中国使馆做客的老朋友，于 1991 年谢世。

汉学家丘巴罗夫，我的业务同行。我们经常彼此请教，讨论一些词汇的涵义。有一次谈到俄文"великий"（"伟大的"）的用法。中国文章里经常出现"伟大的事业""伟大的贡献""伟大的领袖"之类的说法。他说，在他们国家，活人没有称"великий"的。我觉得有道理，但又有点纳闷，我说，在《真理报》见过德国人的文章，称呼当时苏联领导人为"великий борец за мир"（"伟大的和平战士"）和"великий друг"（"伟大的朋友")。他无言以对。又有一次，他问我"大呜（wu）大放"是什么意思？我告诉他，那是"大鸣（ming）大放"，发扬民主畅所欲言的意思。汉字"呜"和"鸣"，涵义不同，写法就差那么一小点，确实太让外国人为难了。在当时政治生态条件下，相互"逗趣"甚至"抬杠"，朋友之间也是免不了的。

我和上述两位汉学家多次同行，集体外出参观。我在日记中写道：1959 年 7 月 5 日，我们一起参观了二战期间捷克斯洛伐克最大的纳粹集中营泰雷津。阴森的监狱和残酷的刑场让我们深感战争的恐怖、法西斯的野蛮，也深感我们两国人民作为二战盟友的珍贵。

再说在莫斯科和北京。我曾与三位研究历史与国际关系的学者密切交往，他们是齐赫文斯基院士、季塔连科院士和米亚斯尼科夫院士。

我与齐老相识于 1986 年。1992 年，我率中国国际交流协会代表团访问俄罗斯，齐老夫人当时患重病，我曾专程去拜望他，让我印象最深的是我们就彼此两国改革不同结局的原因作了探讨。1993 年，齐老率俄罗斯汉学家代表团访华，由我全程陪同，在前往山东曲阜等地途中一路畅谈。前述 1999 年 9 月我在俄罗斯科学院远东研究所接受荣誉博士证书之后的第二天，齐老还曾邀请我和夫人到他家中做客，热情款待，亲切交谈。

我与齐老合影

2013 年，上海举办第五届世界中国学论坛，齐老荣获世界中国学研究贡献奖。作为通讯评议专家之一，我对此感到由衷高兴。齐老如今 97 岁高龄，我祝福他老人家攀登健康长寿新高峰！

季塔连科院士是与我年

纪相仿、在莫斯科和北京频繁接触的老朋友。在我心目中，他是一位孜孜不倦的卓越的学者，又是一位致力于中俄友好的著名的社会活动家。而米亚斯尼科夫院士，则以其治学严谨、为人谦逊和举止儒雅的风度，给我和许多中国朋友留下美好的印象。

（载周晓沛主编：《我们和你们——中国和俄罗斯的故事》（俄文版《Мы и Вы：Истории о Китае и России》），北京：五洲传播出版社，2015年版，原标题《友情逾越半世纪》）

电视剧《丁宝桢》引发的系列回忆

中央电视台播出的历史电视剧《丁宝桢》，引起我与丁宝桢的两位曾外孙——朱鸿同志（中国人民解放军空军政治部首任宣传部部长）和陈忠经同志（隐蔽战线"龙潭后三杰"之一）相识和交往的联想。我与朱鸿同志初次相见是在1951年7月我出席中华全国学生第十五届代表大会期间，因此又唤起我对这次学代会的美好回忆。非常幸运的是，72年过去，我记录这次学代会全过程的笔记本居然还在书柜里珍存着，于是得以形成这样一篇内容还算比较翔实的回忆文章。

一

中华全国学生第十五届代表大会于1951年7月在北京召开，历时12天。会议地址在辅仁大学（现北京师范大学）。这是新中国成立后的第一次全国学生代表大会，党中央和毛主席非常重视。中央人民政府副主席朱德莅临大会并讲话，中央宣传部部长陆定一代表党中央致辞，中央政治局委员、北京市委书记兼市长彭真做政治报告，中央人民政府政务委员会委员、财经委副主任李富春等多方面负责人做专题报告，全国政协副主席沈钧儒、中央人民政府政务院副总理郭沫若、全国总工会副主席李立三、全国教育工会主席吴玉章等各方面领导人到会致辞祝贺，这样高规格的庄严隆重的场面是后来历届学代会难以再现的。

代表团以省市为单位组成。南京市（当时是省级单位，苏南、苏北和南京尚未合并为江苏省）代表团由来自南京大学、金陵大学等高校和三所中学（包括一所教会学校）的共七位代表组成。南京大学附属中学（现南京师范大学附属中学）有一个名额，经全校同学们选举，由我作为代表。代表团团长是南京大学学生会主席赵维田。赵维田是一位青年才俊，能力很强，作风朴实，他还是当时南京大学附属中学党支部书记刘英杰的入党介绍人。南京市与全国各省市同步成立

南京市代表团七位代表合影，后排右一为我，后排右二为赵维田

抗美援朝慰问总团时（总团团长是市委书记柯庆施），赵维田是学生分团团长，我是学生分团秘书长。此次学代会后不久，赵维田被调到团中央学生部工作。

限于篇幅，这里只能概要地记录一下大会的进程，许多报告和讲话的内容就只能从简了。

大会进程如下：

7月19日，召开党团员大会，团中央书记冯文彬做报告，谈几个问题：一是大会的意义；二是目前学生中存在的缺点和问题；三是会议如何开，内容是什么。随后，杨诚宣布党组干事会名单，特别说明，鉴于工作需要，学联主席谢邦定是预备党员，也在党组成员之列。

当晚召开大会预备会，宋福恒通报会议议程，谢邦定汇报筹备经过。通过大会议程与规则；通过大会主席团名单，共27位，每个大区（大单位）三位。

7 月 20 日，举行开幕式。正式代表 422 人，按 415 人统计。按性别：男，297 人，占 71.6%；女，118 人，占 28.4%。此外还有台湾地区、留学生和华侨学生代表。按水平：大学，132 人，占 31.5%；中学，276 人，占 66.8%（此处余下百分比记录不清楚）。按年龄：15—20 岁，234 人，占 56.4%；21—25 岁，152 人，占 36.4%；25 岁以上 29 人，占 7.2%。

中央宣传部部长陆定一代表党中央致辞。他对学生运动作了评估，指出了存在的问题，提出了今后的任务。下面记录了他讲话的三段原文：

我代表中国共产党中央委员会，祝贺全国学生第十五届代表大会的开幕。中国的革命的学生运动，从 1919 年"五四运动"算起，到现在已经有 32 年的历史。在新民主主义的革命运动中，革命的学生运动有很光荣的地位。中国的革命学生运动之所以是光荣的，是因为它是在中国共产党的领导下，与工农兵相结合，反对国际帝国主义与国内的封建主义和官僚资本主义的反动统治。

由于毛主席和共产党的领导正确，由于全国人民的团结和努力，中国人民已经推翻了反动统治，建立了工人阶级领导的、以工农联盟为基础的人民民主专政。在人民政权下革命的学生运动受到国家的保护。现在再也没有人敢来摧残和迫害革命的学生运动了。你们的代表大会可以在首都公开召开。你们的代表可以参加政治协商会议和全国委员会、参加中央人民政府政务院文化教育委员会。你们的团体——中华全国学生联合会可以自由地公开地进行活动。

在毛泽东的时代，在人民的政权之下，学生是幸福的，是有远大前程的。你们的幸福、你们的前程是与人民政权的胜利和巩固，与祖国的独立、自由、民主、统一和富强分不开的。中华人民共和国成立两年，在这两年中，革命的学生运动有了空前未有的良好的发展条件。绝大多数同学，积极参加了各种革命工作，积极参加了革命理论和政策的学习，积极参加了教育事业的改革。这是值得表扬的。

接着先后致辞的有全国政协副主席沈钧儒，政务院副总理郭沫若，教育部长马叙伦，全国总工会副主席李立三，全国教育工会主席吴玉章，团中央副书记、全国青联主席廖承志。

7月21日上午9时，中央政治局委员、北京市委书记兼市长彭真做政治报告。报告分国际与国内两大部分。国际部分讲到目前所处的时代和中国在世界上的地位，国内部分讲到抗美援朝运动、土地改革、镇压反革命、政权建设、经济建设。最后讲到在各项工作中学生应该怎么做。他的结束语是：青年应该站在时代当中，推动时代前进。这个时代是属于青年的。我们应该站在无产阶级立场——中华人民共和国领导阶级的立场，好好学习马列主义、毛泽东思想，以毛泽东思想武装自己，这样才能担当起新中国的领导工作。

当日晚8时，谢邦定汇报第十四届执委会工作。

7月22日，未留下笔记，可能是组织去参观故宫和颐和园。

7月23日上午，团中央副书记蒋南翔做报告，题为《目前学生运动中的几个问题》。内容为三个部分：一是在全国学生中普遍和深入爱国主义的思想教育；二是努力提高学生的知识水平；三是开展体育和文化娱乐活动，改进学生的健康状况。下午3时阅读研究蒋南翔报告。

7月24日上午，中央人民政府政务委员会委员、财经委副主任李富春做报告，题为《财政经济建设的方向》。他在全面介绍新中国经济状况之后，特别强调国家缺少人才、需要人才。他说，建设这一切，首先要解决人才问题。这是建设根本之道。要靠我们代表的青年一代。青年的前途无量，就是这个道理。各种工业需要各种工程师，5—10年中工程师要10万左右，技术人员要 100 万左右。除此之外，还需要下列人才：地质探矿人才、设计人才、统计人才、会计人才、建筑工程人才、工厂管理人才。还有农业、水利、航业、银行、商业、贸易，要十万人，加起来要 20 万人。新中国青年，特别是学生，责任多么重大呀！他要求学生具有最高尚的品质——为国家服务，与工农兵结合，理论与实际结合。新中国的技术人才具备上述特点，才能发挥积极性与创造性，创造别人做不到的事情。新中国依靠了这些人才，建设将更有把握、更快成功。

当日晚大会讨论。

7 月 25 日上午 9 时，教育部副部长钱俊瑞做报告，题为《新中国的教育建设和爱国主义教育问题》。当晚 8 时，大会发言。

7 月 26 日上午 9 时，小组讨论大会收获。

7 月 27 日，未留下笔记，可能是组织去参观石景山钢铁厂。

7 月 28 日，政务院参事室主任廖鲁言就土地改革做报告。

当日晚 7 时半，教育部举行座谈会，马叙伦部长致欢迎辞。他说，过去学生运动与教育行政对立，毛泽东时代完全相反了。今天的机会不能放过，希望同学们提出对教育行政的意见。希望代表们今后号召同学们努力学习，加强政治学习，练好身体。随后各地区代表发言，谈看法、提建议。华北地区发言的是管平同学，华东地区发言的是张渝民同学（我记得他是华东区学联主席），接着是东北、西北、中南地区代表以及西藏代表发言。代表们的意见多涉及缺乏师资（尤其是女教师）、师资培训、大小城市和城乡教师薪水差别较大、对工农出身学生的关照、课程改革问题不大清楚等方面。最后，曾昭抡副部长对大家提出的有关问题作了解答。

7 月 29 日上午，中国人民解放军总政副主任萧华做报告，题为《为建设强大的国防而奋斗》。

会议结束前一天，朱德副主席莅临大会并致辞。事前听说中央领导同志要接见，大家兴奋不已，私下里讨论猜测。当朱总司令缓步走上主席台时，会场沸腾起来，全体起立，热烈鼓掌经久不息。朱总司令的讲话非常亲切，让我印象最深刻的一句话：你们很幸运，生活在毛泽东时代。希望你们好好学习，将来报效祖国。这句话让我铭记在心，成为我毕生的座右铭。

当晚，彭真同志在中山公园举办火树银花露天晚餐会招待代表。他坐在走廊栏杆板凳上，笑呵呵地向周围的代表介绍坐在他左右两侧的文人，说：这位是著名作家老舍先生，这位是《谁是最可爱的人》作者魏巍同志，年轻人噢。（说起魏巍同志，后来我还有一个小故事。魏巍和其他几位军旅作家住在同一座楼的同一层。作家王愿坚的夫人翁亚尼是我的同班同学，有一天我去看望王愿坚，她领我去见了邻居魏巍和电影《上甘岭》导演曹欣。魏巍知道我们是学俄语的，风趣地说，他前不久访问苏联，在莫斯科住在大楼第八层。俄语"第八"的发音是"沃斯莫伊"，他上楼时对开电梯的人就说"袜子毛衣"，还很管用呢！）

会议开得比较紧凑，我们只能有重点地游览了雄伟的故宫和秀丽的颐和园，观看了首钢的前身——石景山钢铁厂炼焦炭和铸铁作业流程。当时北京给我留下的最深刻印象，是她那独特的古朴风貌与浓郁的文化氛围。

此外，安排代表们观看了话剧《长征》。著名剧作家李伯钊（杨尚昆夫人）编剧。著名表演艺术家于是之扮演毛泽东。中国话剧中首次出现伟人毛主席的形象。我们进剧场之前就听说，这部话剧中有毛主席出场，大家激动不已，翘首期待。当演出展示

学代会上使用的笔记本

大渡河奔流的场面时，毛主席缓步登上了舞台，侧面静静地挥着手，短暂持续了一两分钟。大家屏住气，看着看着，突然爆发出热烈掌声。数十年后我从一篇回忆文章中看到，年轻的于是之先生为演好这场戏，下苦功反复练习了几十遍。

二

大会安排记者对代表进行群体性采访。共有七篇访谈刊登在开明书店 1951 年 9 月出版的《进步青年》（原名《中学生》）第 239 期上。先后次序是：《从小就受革命锻炼的俞邃》《回族青年马定邦》《工农子弟解学勤》《摆脱美帝文化侵略影响的江天箴》《军干校学习模范赵发玉》《女坦克手徐辉碧》《新中国第一个女跳伞员林莉》。访问时，记者铺开白纸，边问边记，但见他东写一句，西画一道，几张白纸上笔迹斑斑，让我觉得不可思议。访谈之后，记者问我有没有照片。我身边其实有一张与本校学生会主席眭璞如的合影，但那时很穷，拍一张照片不容易，况且也不知道记者干什么用，我就没舍得将照片剪开给他。后来见刊物上发表了访谈，多少有那么点懊悔呢。

附：《从小就受革命锻炼的俞邃》全文

从小就受革命锻炼的俞邃
——中华全国学生第十五届代表大会代表访问记

俞邃同学是南京大学附属中学（南大附中）高一的学生，是出席这次全国学生第十五届代表大会的华东区代表。

他是一个 18 岁的青年，身材不高，但很结实。你和他一谈话，立刻便会感觉他十分诚挚，十分坚定。他说话很有条理，也很有力量；每句话都充满自信，可又一点儿不是自负。

他从小就受到革命的锻炼。1941 年他的家乡——苏北如东县解放，三年后（此处年份对原文做了补正），那时他才 11 岁，刚从小学毕业，便投进革命队伍，在苏北四分区联合中学读书。蒋

访谈刊登在《进步青年》上

匪进行"苏北京大学扫荡"时，这个学校不可能进行正规教育。学校跟着军队，学生跟着学校，大家参加游击，共同打敌人。他每天背着几十斤重的行李，从这个乡村到那个乡村，有时走二三十里*，在艰苦的环境下，坚持学习，从来不间断。每次学习测验，他的成绩都比别人好，有时走一百多里。他又加入了当时的青年先锋队，担任学校中的文化队长，一面学习，一面工作。在土地改革中，在对反动分子的斗争中，他都做了许多工作。这样经过三年，他已经锻炼成一个坚强的青年。

苏北全区解放，各地成立了正规学校。他进了如东中学，重新从初一读起。青年团建团，他首先入团。在学校中，他不但学习好，文娱活动也很积极，是（南通分区夏令营）学习队的俱乐部主任。后来他改到南通的平潮中学读书，被选为学生会主席，又被推选出席苏北第一届学生代表大会。从学生代表大会回校，便光荣地入了党。从此以后，他直接受党的教育，学习、工作、活动都得到不断进步。1950 年，因为哥哥姐姐在南京工作，他转入南大附中。在南大附中，他先被选为团总支委，今年又被选为团总支书。

---

*　1 里 = 500 米。

他的学习成绩很好：每门课程都在八九十分以上。语文、数学、物理特别好；就是英语，尽管他初三以前没有读过，在短短一年的补习中，现在也追上了全班的同学。他的工作虽然很忙，但他抓紧时间学习，上正课用心听讲，上自修不做外事，因而并不觉得负担重。

他说："随着自己年龄的增加，积累了一些工作经验，在工作方法上也有了一些进步。"从前他只凭热情搞工作，缺乏计划性，有些乱抓一起的样子。现在他已经学得一些掌握工作的要领，不再把自己陷在事务堆里，不再有一个人包办代替的倾向。他在南大附中学生会的工作相当有成绩。南大附中同学的思想觉悟和工作热情都很高，在不到 800 个同学之中，有 292 个团员，有 300 个队员。华东区教育部把南大附中看作典型学校之一。他说："同学们对我的信任是鼓励我的原因之一。在这次出席全国学生代表大会选举中，我获得90%以上的选举票，我怎么能不好好地为同学服务呢？"

"我并不是只管忙学习，只管忙工作，不参加一般性的活动的人，"接着他又说，"我从小就是个顽皮的孩子，最喜欢文娱活动。""现在，口琴、风琴、胡琴、象棋、海陆空棋都能玩。乒乓球、排球、篮球也都玩得不坏。""我一定要注意健康。我的身体原很好，除掉鼻炎外没有别的病。"

我曾问他：你怎么忙得过来呢？他笑了一笑说："其实也不能说完全忙得过来，有时候也觉得身体很累，但，我日常生活很有规则，因而不觉得太忙。"他的生活秩序是：每天下午 4 时至 5 时一定参加文娱或体育活动，下午 5 时至 6 时专心工作，晚上自习的时间一定复习正课。星期天上午补习一些正课或看些课外书。每星期一定要看一本书，或是文艺，或是一般的政治书。

他接着告诉我，他有许多缺点：学习上多少还有些自满情绪，往往做好笔记，搞好正课就算了，缺乏钻研精神。工作上也还不够深入，布置的时候虽然认真去了解情况，检查工作总做得不够。群众关系虽然好，但和积极的同学很接近，对落后的同学就帮助太少。个人思想过去一个时候上大学的念头很重，现在却想清楚了。他笑着说："我有时想做一个工程师，或做一个新闻记者。现在，我一切听从组织。"

最后说到他对家庭的态度，他说："我对家庭是有情感的，因为我的家庭是革命的。父亲是一个教了二十几年小学的革命知识分子。我们兄弟姊妹七人，有五个入了党，两个入了团。我觉得我生活在这个家庭里很幸福。"（薰）

三

我来北京之前，我的姐姐俞梅（余枚）将信息告诉了她的老战友、好朋友鲍虹大姐和朱鸿同志夫妇，二位非常高兴也特别重视，把我当作亲弟弟看待，作好接待我的准备。鲍虹大姐是新四军老战士，她与我姐姐多年一起在华中解放区从事财经方面的工作。1949年4月随着南京解放，我姐姐被分配到中国人民银行南京分行工作，鲍虹大姐后来转到北京中国人民银行总行工作。

学代会期间，朱鸿同志和鲍虹大姐利用一个间歇，由司机开了一辆吉普车到会场门外，接我去劳动人民文化宫游览畅叙。言谈之中，深感他们对我的喜爱和寄予的厚望。我们三人兴高采烈地合影留念。

联系到电视剧《丁宝桢》，我在这里侧重介绍一下与我关

三人合影

系密切、同为丁宝桢杰出后裔的朱鸿同志和他的嫡亲表哥、被周恩来总理赞为隐蔽战线"龙潭后三杰"（熊向晖、陈忠经、申健）之一的陈忠经同志。

丁宝桢是朱鸿母亲和陈忠经父亲的外祖父。丁宝桢（1820—

1886年），字稚璜，祖籍江西临川，贵州平远（今贵州省毕节市织金县）人，晚清重臣，盐业改革者。咸丰三年（1853年），33岁的丁宝桢考中进士，此后历任翰林院庶吉士、编修，岳州知府、长沙知府、山东巡抚、四川总督。任山东巡抚期间，两治黄河水患，创办山东首家官办工业企业山东机器制造局，成立尚志书院和山东首家官书局。任四川总督十年间，他改革盐

丁宝桢雕像

政、整饬吏治、修建都江堰水利工程、兴办洋务抵御外侮，政绩卓著、造福桑梓、深得民心。丁宝桢为官生涯中，勇于担当、廉洁刚正，一生致力于报国爱民。光绪十二年（1886年），丁宝桢去世，享年66岁。朝廷追赠太子太保，谥号"文诚"，入祀贤良祠，并在山东、四川、贵州建祠祭祀。

朱鸿（1917年8月—2017年6月），江苏宝应人。1938年12月，加入中国共产党。1939年，入抗大一分校学习。抗日战争时期，历任八路军第四纵队和第五纵队、新四军第三师政治部干事、股长、宣传科副科长、宣传部副部长，兼任《先锋》杂志副主编。参加了苏北抗日根据地历次反"扫荡"和解放阜宁、淮安等战役。1945年9月，随新四军第三师挺进东北。解放战争时期，历任东北野战军第二纵队、第四野战军第三十九军、第四野战军第十四兵团政治部宣传部部长，参加了四平保卫战、辽沈战役和平津战役。1949年，调到组建中的中国人民解放军空军，是空军政治部宣传部首任部长、《人民空军》杂志社和空军

报社首任社长。1957 年，荣获中华人民共和国二级独立自由勋章、二级解放勋章。1988 年，荣获中国人民解放军独立功勋荣誉章。

我与朱鸿同志和鲍虹大姐相处 60 多年，始终亲如家人。1953 年，我考进中国人民大学，周末常去东交民巷他们家，有时留宿在那里。有一次，一位志愿军团政委（他的夫人与我姐姐、鲍虹大姐是老战友）也去他家，我和这位政委在东屋同睡一

2001 年 1 月 7 日，朱鸿同志与我交谈

张床，一晚上听他讲了志愿军的英雄事迹。1958 年 9 月，我被派往布拉格各国共产党和工人党合办的刊物《和平和社会主义问题》编辑部工作，行前匆忙制装和准备日用品，钱不够，朱鸿同志代垫 50 元。翌年，中国人民银行总行有人出差去布拉格，鲍虹大姐给我捎去北京酱菜。"文革"期间，朱鸿同志被隔离住在物资总局一间小屋，我打听到之后，冒风险去看望，见他依然保持从容儒雅，无丝毫悲观情绪。鲍虹大姐因单位发生的一大事故而蒙冤，她把我这个弟弟的关心当作最大安慰。东欧剧变、苏联解体之后，朱鸿同志亲自去芙蓉里我家住处，把我接到空军干休所做了一场国际形势报告，接待之亲切，无以复加。2005 年，我出版了一部 60 万字大型著作《俞邃文集》，朱鸿同志和鲍虹大姐见后欣喜万分，给予我莫大鼓励。仁者寿，他们二位赤胆忠心，为人善良，无愧寿享百岁。他们的儿子朱宏佐、朱宏佑、朱宏任，从小就管我叫舅舅。在父母言传身教熏陶下，在党组织精心培育下，三个儿子都很优秀，为社会作出了积极贡献。老三朱宏任从工业和信息化产业部党组成员、总工程师岗位退下之后，

至今仍担任中国企业联合会常务副会长兼理事长和党委书记。

陈忠经（1915年12月—2014年7月13日），原籍江苏仪征，出生于江苏扬州。1936年，参加革命工作；1940年，加入中国共产党。革命战争年代，在党的领导下从事秘密工作，为保卫党中央作出特殊贡献。（他打入胡宗南部的核心，开展党的秘密情报工作。在1938—1947年的九年当中，陈忠经获得了大量关于蒋介石的反共部署以及国民党政府政治、经济、内政各方面的重要情报，及时以秘密方式报送给党中央。）新中国成立后，长期在外交战线上从事对外文化工作，为党的外交事业作出了重大贡献。1950年11月，出席联合国特别会议。1960年，率领百人艺术团赴多个国家访问演出，增进了国际社会对中国的了解。陈忠经历任国务院对外文化联络局副局长、代局长，中央宣传部国际宣传处副处长，中国国际活动指导委员会委员兼秘书长，对外文化联络委员会秘书长、副主任，对外文化友好协会秘书长、副会长，中共中央调查部顾问、副部长，中共中央对外宣传小组成员等职务。陈忠经是第一、二、三届全国人民代表大会代表，政协第五、六、七届全国委员会委员。

陈忠经同志在离开一线领导岗位后，继续从事国际问题研究。此后我与他接触的机会多了起来。他长期担任北京大学国际政治系兼职教授，每年都给学生做报告，直到2009年起因病长期住院。在我印象中，他是一位真君子，毫无"官架子"，视野开阔，学识渊博，谦和诚笃，平易近人，深受学界尊敬。他作为我的老师和长辈，给我树立了学习的好榜样。

附一：陈忠经同志与我于 1991 年 11 月 7 日作为北京大学国际政治系兼职教授一起出席会议的报道

发挥专家作用 共商办系大计

本刊讯（特约记者伍皓）东欧剧变、苏联解体……国际形势纷繁复杂。国际政治学科如何适应国际新秩序的需要？11 月 7 日，国政系邀集该系聘任的兼职教授来校，共商办系大计。

国政系自建系以来，陆续延聘了一批知名学者和政府部门领导人担任兼职教授。系党委、系行政重视发挥兼职教授的作用，扩大对外学术交流，把握最新学术动态，使教学、科研渐上层楼。

座谈会上，兼职教授们纷纷献计献策，坦陈己见。中国

校刊《北京大学》的报道

现代国际关系研究所学术委员会主席陈忠经建议，国际政治专业师生要加强唯物辩证法的学习，要用两点论来观察和研究国际问题，建立起以马列主义为指导的国际政治学体系。他说，国际政治专业要成为高校反和平演变的重要阵地，为此，国政系师生要多研究资本主义。他说，马克思就是从研究资本主义入手。当前，反和平演变根本的途径之一就是要用科学的态度研究、分析资本主义。前外交部副部长宫达非提出，培养青年国际政治人才，要特别注重了解世界放眼二十一世纪。

出席座谈会并发言的兼职教授还有：廖盖隆、徐达深、刘克明、高梁、张之毅、段连城、鲁毅、周纪荣、俞邃。

附二：陈忠经同志于 1994 年 11 月 29 日给我的信

俞邃同志：

　　我因脑血栓明显先兆，正在住院
治疗。因此 12 月 15 日的研讨会，不
能来参加了。失掉一次学习和交换意
见的机会，非常可惜。您的新任和新
所很重要，而且有特色。希望病愈后
有机会向您请教。

　　此致

敬礼

陈忠经同志的信

　　　　　　　　　　陈忠经

1994 年 11 月 29 日于病房

（2023 年 11 月 16 日）

第六部分

文史篇

郭沫若是扬杜抑李吗？
——《名家著作也可以讨论》读后

陈师捷同志文章《名家著作也可以讨论》（见 4 月 16 日《光明日报》），提出了一个重要问题，但读来却令人觉得缺乏实事求是之意，值得商榷。

文章作者主张，要在报刊上"对于前辈或者名家著作中的是非"公开提出意见或者展开讨论。这符合党的百家争鸣的方针，是无可非议的。不过，我想无论是对名家或非名家的著作，在讨论中起码都要有一个实事求是的态度，否则既不能活跃正常的讨论，也不能提高学术水平，弄不好甚至会把讨论引向歧途。就拿陈师捷同志这篇文章来说，其中对郭沫若同志的指责就是没有根据且不合道理的。

第一，文章说："郭老曾经是扬杜抑李的，但他在 1972 年出版的《李白与杜甫》中，一下子变成扬李抑杜了。"其实并非如此。对于李、杜二位，郭老一直是推崇李白的。早在郭老于 1928 年写的自传《我的童年》一书中，就有这样一段记述："唐诗中我喜欢王维、孟浩然，喜欢李白、柳宗元，而不甚喜欢杜甫，更有点痛恨韩退之。"郭老也说过称赞杜甫的话，但若就扬抑而论，郭老绝非"扬杜抑李"。文章作者提到了郭老于 1962 年撰写的《读随园诗话札记》，然而恰恰在这篇著作中，也表明了郭老"抑杜"态度。札记有两处批评了杜甫，而在后记中郭老又特地用了一半的篇幅谈杜甫，提出反对把杜甫抬到"神圣不可侵犯的地步"，反对"一定要把他看成'神'，看成'圣'"，主张"把杜甫看成人"。郭老直言不讳地说他就是"指责了杜甫的错误";在肯定杜甫是封建时代一位杰出诗人的同时,指出"前人之所以圣视杜甫,主要是因为他'每饭不忘君'",并认为杜甫所擅长的排律在今天并没有很高的价值。

第二,文章作者"想起了另一桩事",说郭老在发表《读随园诗话札记》时,反而"责备和批评了向他提意见的同志"。事实上,恰恰是郭老在这本札记后面,附录了五篇来自读者的补充、修改和批评意见的材料。郭老在后记中特别提到这些来信"补充了我的缺陷,有的纠正了我的错误",肯定这些"都是很宝贵的收获",并表示感谢。当然,郭老对"有一两位读者替袁枚抱不平""更有一两位朋友在替杜甫抱不平"的意见未予采纳(这更可说明郭老斯时并非"扬杜")。郭老在讲明道理之后,对指责他"吹毛求疵""多此一举"的人回敬了"似乎有点嗜痂如癖"一语。这居然被今天的文章作者斥之以任"个人好恶而随意褒贬"古人,未免言过其实。更有甚者,文中作者还使用了诸如"不允许别人批评""霸道""神人"之类的话,怕是更欠公道了。难道贯彻百家争鸣方针,是只允许甲方批评乙方,而不允许乙方保留意见或反批评吗?总之,"霸道""神人"之类确应反对,但这样的帽子扣不到生前在学术研究中不尚苟同而又虚怀若谷的郭沫若同志头上。

毛泽东同志曾经提倡说话、写文章要有实事求是之意,而无哗众取宠之心,并把这种作风提高到党性原则的高度看待。看来这在今天开展百家争鸣的学术讨论中,仍然有其现实指导意义。

(载《光明日报》,1980 年 5 月 9 日,署名俞汲深,原标题《要坚持实事求是——"名家著作也可以讨论"读后》)

老革命家李一氓的学者风范

2013 年 2 月 6 日是李一氓同志（1903—1990 年）诞辰 110 周年。李老既是一位著名的革命家和社会活动家，又是学贯中西的大学者。在他近 70 年的革命生涯中，从事过地下工作、军队工作、保卫工作、政权建设工作、宣传教育工作、经济工作、文化工作和外事工作，以百折不挠、襟怀坦荡、博学多才而为人们所崇敬。李老于 1975 年调到中联部担任领导，此后的十年我有幸在他的亲切关怀和直接领导下工作，对他的学者风范感触至深。

李老树立严谨治学的榜样。他不仅善于从政治角度，而且更多关注运用科学方法研究国际问题。他经常对我说，研究苏联问题要从该国的实际情况出发，要把握全貌，要了解它的历史，要有发展的眼光，又要把苏联问题同整个国际关系和世界局势联系起来加以思考。记得 1981 年年初李老召开过一次会议，提出将中国"文革"以后几年苏联出版的有关中国的图书归总一下，看看那里究竟讲了些什么东西。我们用半年时间编成了一本十万余字的《苏联反华著作简介和论点提要（1977—1980）》。从编选原则、体例直至封面设计和字体选择，都是经李老反复斟酌并在他的指导下完成的。他还亲自动笔，写了一篇气度恢宏、极富特色的前言，注明时间是 1981 年 8 月 18 日，当时李老已是 78 岁高龄了。

李老在中联部工作期间的卓越贡献之一，是实现了对一些重大国际问题的拨乱反正。从 1980 年年中至 1981 年年初，在他领导和乔石副部长参与下，组织专门写作班子，向中央报送了涉及世界革命形势、国际共运大论战、欧洲共产主义、三个世界划分和存在的问题、苏联经济发展情况及其前景、新建的左派党和组织的情况和我们工作中的经验教训等议题的六篇重要文章。他还将他关于国际共运问题的一些思考，于1979年10月在中央党校做了题为《关于国际共运问题的讨论意见》的报告。因为见解新颖独到，理论性强，紧密联系实际，加之语言精辟，报告深受欢迎。

李老对后辈寄予厚望。他将亲笔题字的《一氓题跋》《花间集校》等个人专著赠给我。他非常细心，签名盖章之后，唯恐印章油墨未干，还特意撕开一小块粉红色吸水纸覆盖着，免得弄脏。1982年年中，有关部门将《中国外交史纲》初稿"送请一氓同志审阅"。李老让我先看看，我阅读并提出看法之后，经他审阅、斟酌、修改，将意见送出。李老在国务院古籍整理出版规划小组会议上的讲话和有关文稿，有时事先也让我过目，使我获益匪浅。

李老平易近人，许多职级不等的同志向他索要毛笔字条幅，他总是欣然挥毫相赠。1985年，李老借古喻今，选择韦应物的《滁州西涧》，为我曾在滁州工作、时任安徽省哲学社会科学联合会副主席的长兄俞远书写了条幅。

我从各种史料中得知李老孜孜不倦、随遇而学的故事。例如，在皖南期间，新四军军部（他任秘书长）迁到歙县的岩寺，他想起明朝李日华《礼白岳记》关于岩寺的记载，尽兴抒怀。在苏皖边区，他开始搜集字画、瓷器，偶获刻有"小松所得"字样的笔筒，系黄小松遗物，爱不释手，相伴终身（所有这些文物后来都捐献给了国家）。1943年秋冬，他在苏北淮海地区主持工作时，为了丰富文化生活，曾亲自组织一个京剧团，他还将当时在延安作为整风文件来学习的郭沫若写的《甲申三百年祭》，改编成京戏《九宫山》，连场公演，曾轰动一时。

李老一生不唯书、不唯上、只唯实，这是他数十年来刚正不阿、言必行行必果之源泉所在。直到晚年，李老仍保持自己动手查阅资料、撰写文章的习惯。他的文字清新活泼，不落俗套，自成风格，古籍专家们赞扬他"学问可佩，为人严谨，言之有物，精彩难得"。作为诗人和书法家，他是郭沫若的挚友。他高度评价郭老的非凡成就，同时也坦然指出其不足。他以思想和学术为纽带与乔石同志的忘年交，久已传为美谈。

李老的高尚风范集中地体现在他关于如何对待身后事而留下的感人肺腑的遗言中："我的后事从简。只称一个老共产党人，不要任何其他称谓。不开告别会和追悼会。火化后我的骨灰撒在淮阴平原的大地上。"这是 1990 年 10 月 27 日他在北京医院病房面对前去看望的乔石、郁文夫妇，留给乔石同志的委托。李老逝世后，乔石同志曾在《人民日报》发表了一篇影响很大的文章《一位令人崇敬的老共产党人》。这里要提及一个新情况，2013 年 1 月李老之子李世培同志与我们商议李老诞辰 110 周年纪念活动事宜，正准备请教郁文同志，孰料郁文同志突发脑溢血，于 1 月 28 日不幸逝世。

李老的高尚情操和学者风范，将永远铭刻在我们的记忆之中。

（载《新民晚报》，2013 年 3 月 2 日，原标题《李一氓的学者风范》）

一日所见物理学界四位泰斗

1977 年春，在"文革"结束后恢复科学春天的氛围中，岳父施士元教授来北京开会。在一个星期日，他嘱咐我陪伴，从下午 3 时至晚 10 时，先后连续看望了吴有训、周培源、赵忠尧和钱三强四位物理学界的泰斗。我或是在席间旁听，或是在一侧等候，接触到主人的时间并不长，但还是让我见世面、开眼界，领教了四位科学大师的学者风度和人格魅力，并引起我非常想了解他们的卓越成就并关注岳父与他们之间交往的渊源。这篇简短回忆，只能是浮光掠影。

下午 3 时拜见吴有训先生，他给我的深刻印象——慈祥。

他家住在一处独院。他们交谈时我没进屋，结束之后吴老先生和夫人送我岳父到大院门口。吴老先生时年 80 岁，手拄拐杖，身体显得有些虚弱。他高高的身材，面带笑容，完全是一副厚道长者的模样。吴师母是一位体育老师，精神饱满，体格健硕。我向吴老先生鞠了一躬，他笑笑打量了我一下，与我握手。孰料，同年 11 月，这位德高望重的物理学界元老与世长辞！

据史料记载，吴有训（1897 年 4 月 26 日—1977 年 11 月 30 日），字正之，江西宜春人。物理学家、教育家，是中国近代物理学研究的开拓者和奠基人之一，被称为中国物理学研究的"开山祖师"。1920 年 6 月，毕业于南京高等师范学校数理化部；1925 年获美国芝加哥大学博士学位，后任该校物理研究室助手和讲师，师从康普顿教授；1945 年 10 月任中央大学（南京大学前身）校长；1948 年当选为"中央研究院"院士；1950 年 12 月任中国科学院副院长；1955 年被选聘为中国科学院学部委员（院士）。

人们盛传吴先生担任中央大学校长的一段佳话。1945 年 8 月，日本侵略者以失败告终，此时暂居于重庆的中央大学也迎来了一位新校长来执掌学校未来的发展，这便是以科学家身份出任校长的吴有训。他深知，无论是外部对中央大学的控制，还是学校内部派系的矛盾都相当复杂。他对于国民党官场腐败深恶痛绝，极不愿卷入矛盾中去；但中央大学是全国规模最大的综合性大学，也是他的母校，他怀着深厚的感情，希望抗战结束后，自己的"教育救国""科学救国"理想能在母校实现。在这种矛盾的心情下，他接受了此项任命。他为自己立下了"办教育而决不沉浮官场""合则留，不合则去，决不苟同"的原则。担任校长期间，吴有训始终履行"决不苟同"的原则，曾向当局递交过 14 次辞呈，成为当时很有名的"不愿当校长"的校长。吴有训以清廉处世、淡泊名利的品德和正直的人格，博得广大师生的理解和支持。

我岳父从 1925 年进清华大学物理系读书，到 1933 年在中央大学物理系任教，都与吴有训老师有着密切的交往。1928 年，吴有训先生应清华校长罗家伦及物理系主任叶企孙的邀请，开始了长达 17 年的清华执教生涯。我岳父于 1929 年从清华大学物理系毕业，是吴老师的学生。1933 年，我岳父从巴黎大学镭学研究所学成、婉拒居里夫人挽留回国之后，一直在中央大学任教。吴有训老师于 1945 年 10 月任中央大学校长，又是作为物理系代系主任的我岳父的顶头上司。

下午 4 时半，去北京大学燕南园看望周培源先生。他给我的美好印象——谦和。

那是一座被树竹环绕的平房，进屋之后，周先生笑嘻嘻迎接让座，师母王蒂澂老师拿出茶点招待。我早先见过周先生，身材魁梧，仪表堂堂。岳父将我的工作岗位作了介绍，周先生笑称：

啊，搞理论的，不简单！我冒昧地插话说：周先生 1959 年上半年到布拉格，正巧那天我去使馆见到您，当时没好意思向您打招呼。他笑道：哎呀，错过机会！周先生熟悉我的妻子施蕴陵。"文革"期间，1972 年，周校长去汉中 653 分校检查业务建设进展情况，当时形势比较复杂，学校派出三人——其中有无线电电子学系施蕴陵——陪同前往照顾，并充当掩护，以免让红卫兵发觉而引起麻烦。

据史料记载，周培源（1902 年 8 月 28 日—1993 年 11 月 24 日），江苏宜兴人，著名流体力学家、理论物理学家、教育家和社会活动家。中国科学院院士，中国近代力学奠基人和理论物理学奠基人之一。1924 年，毕业于清华学校；1927 年，在美国加州理工学院学习，获博士学位，是加州理工学院毕业的第一名中国博士生；1929 年，回国后任清华大学物理系教授；1959 年，加入中国共产党。曾任清华大学教务长、校务委员会副主任，北京大学教务长、副校长和校长，中国科学院副院长，全国政协副主席，中国科技主席，九三学社中央主席等职务。

我岳父于 1929 年从清华大学毕业期间，周先生进入清华大学物理系任教，他们早就相识了。

傍晚 5 时半到中科院高知楼看望赵忠尧先生。他给我的难忘印象——儒雅。

这是我陪岳父第二次见到赵忠尧先生。赵先生和颜悦色，文质彬彬。好像受类风湿影响，右手不怎么灵活。桌子旁边还放了一张轮椅。他们二位就学术问题进行畅谈，我当然一窍不通。他们间或谈及赵先生于 1950 年回国遭遇障碍的一段故事，引起我的兴趣。那年 8 月底，赵先生从美国洛杉矶登上"威尔逊总统号"起程回国时，受到美国联邦调查局的特务调查。9 月 12 日，轮船经日本横滨，他拒绝了台湾当局驻日代表探监访问时要他去台湾工作的要求。如此这般，经过反复刁难折腾，终于 11 月 28

日回到中国大陆。这让我回忆起当年国内外舆论强烈声援赵先生回国的情景。赵先生还介绍在场忙着招待的续弦夫人，原是北京大学校医院的护士长。那天赵先生的女儿赵维勤正巧也在，她说起父亲生活起居的情况。赵维勒上初中时因一次偶然机会，当上了家喻户晓的电影《祖国的花朵》的主角。后来她没有从事电影艺术，而是成为一位高能物理研究专家。主人留岳父晚餐，我借故回避，随后再去接了岳父，并拱手向赵先生告别。

据史料记载，赵忠尧（1902 年 6 月 27 日—1998 年 5 月 28 日），浙江诸暨人，物理学家，中国核物理研究和加速器建造事业的开拓者。1920 年，考入南京高等师范学校（南京大学前身）。1930 年，获美国加州理工学院博士学位。1948 年，当选为"中央研究院"院士。1955 年 6 月，被聘为中国科学院学部委员（院士）。赵忠尧主要从事核物理研究，特别是硬 g 射线与物质相互作用等方面的研究，主持建成中国第一、二台质子静电加速器，为在国内建立核物理实验基地作出了重要贡献。他第一次发现了正电子的存在，是人类物理学史上第一个发现反物质的科学家。他观测到的正负电子湮灭辐射比后来安德森看到的正电子径迹早两年。赵忠尧的研究成果为研制正负电子对撞机提供了理论基础，同时也奠定了他在世界物理学界的地位。

1925 年，赵忠尧从东南大学毕业后任清华大学助教，这一年我岳父进清华大学物理系，他们从此相识。1937 年，抗日战争全面爆发，赵忠尧先生离开北平，先后到云南大学、西南联合大学和中央大学任教，并担任中央大学物理系系主任。1946 年，赵忠尧受政府委派赴比基尼群岛参观美国的原子弹试验，之后又在美国麻省理工学院、加州理工学院等处进行核物理和宇宙线方面的研究。此时由我岳父代理中央大学物理系主任直到新中国成立。

晚 8 时半过后到中关村一座普通干部大院看望钱三强先生。他给我的突出印象——豪爽。

晚间 9 时过了，钱三强先生还没有回来。他的夫人何泽慧教授热情接待我们。她是一位著名学者，看上去朴素得就像一名家庭主妇。她与我岳父站着攀谈，回忆了当年留学德国和法国的一些往事，让我听得津津有味。他们家非常简朴，朝南一间房作为客厅，摆了一张旧的长沙发，我就坐在沙发上听他们说话。大约 9 时半，钱三强先生回来了，跨进屋第一句话：这么晚还等着！快人快语，亲切豪爽。接着岳父和他们夫妇到另一间屋里谈话。我们 10 时多才告别离开。

据史料记载，钱三强（1913 年 10 月 16 日—1992 年 6 月 28 日），原名钱秉穹，出生于浙江绍兴，原籍浙江湖州，核物理学家，中国原子能科学事业的创始人，两弹一星功勋奖章获得者。1932 年，从北京大学预科毕业；1936 年，从清华大学本科毕业；1937 年，到巴黎大学镭学研究所居里实验室攻读博士学位；1940 年，获得法国国家博士学位；1946 年，获得法国科学院亨利·德巴微物理学奖；1947 年，升任法国国家科学研究中心研究员、研究导师，并获得法兰西荣誉军团军官勋章；1948 年，回国，担任清华大学物理系教授；1950 年，担任中国科学院近代物理研究所副所长；1951 年，接任所长；1954 年，被任命为中国科学院学术秘书处秘书长；1955 年，被选聘为中国科学院学部委员（院士），同年加入中国共产党；1956 年，担任第三机械工业部副部长；1978 年，被任命为中国科学院副院长；1978—1982 年，兼任浙江大学校长。

我岳父与钱三强先生先后在巴黎大学镭学研究所居里实验室攻读博士学位。我岳父于 1929 年师从玛丽亚·居里夫人（1934 年去世）；钱三强于 1937 年师从伊雷娜·约里奥-居里夫人（小居里夫人）。

（1977 年 8 月记录，2024 年 12 月完稿）

中华民族的传统道德伦理与中国现代化建设
——1992 年 7 月在西伯利亚第三届"阿尔泰-喜马拉雅"国际学术讨论会上的演讲

尊敬的主席先生，

尊敬的各国专家学者：

"海内存知己，天涯若比邻。"这两句富有哲理的中国古诗，在这次会议上得到了很好的体现。

中国是一个有 5000 年历史的文明古国。中华民族丰富的传统道德伦理，是人类文明的组成部分。诚然，道德作为社会的、历史的产物，是建立在一定的社会经济基础之上的，它既要受社会经济关系的决定和制约，又要反映并服务于一定的经济基础。因此，自古以来，随着人类社会的变迁和进步，道德伦理也是不断发展和更新的。新中国诞生之后，中国政府和人民一贯奉行尊重历史、合理继承和古为今用的方针，把传统道德伦理视为祖先们的智慧和经验在一个重要方面的遗产，吸收其精华并发扬光大，用以培养和造就一代又一代新人，为国家的建设、为世界的和平与发展事业服务。最近十多年来，中国人民以豪迈的步伐，坚定不移地走上了改革开放、建设中国特色社会主义的康庄大道，精神文明建设被放在了与物质文明建设同等重要的地位。中华民族传统的道德伦理，以其焕然一新的面貌，正在现代化建设中发挥越来越重大的作用。

中华民族高尚的传统道德伦理，博大精深，源远流长，深深扎根于社会和人民群众之中，在漫长的岁月里经久不衰，富有生命力。那些脍炙人口的警句，铿锵有声，感人肺腑，在中国几乎家喻户晓，老少传诵。例如：

要立志：有志竟成；志不强者智不达，言不信者行不果；哀莫大于心死。

要追求：朝闻道，夕死可矣；学而不厌，诲人不倦；学然后知不足。

要勤俭：勤能补拙，俭以养廉；居安思危，戒奢以俭。

要律己：躬自厚而薄责于人；求同存异。

要真诚：精诚所至，金石为开；路遥知马力，日久见人心。

要从善如流：良药苦口利于病，忠言逆耳利于行；兼听则明，偏信则暗。

要以德为重：德不孤，必有邻；得道多助，失道寡助；多行不义必自毙。

要有责任感：先天下之忧而忧，后天下之乐而乐；天下兴亡，匹夫有责。

这些金玉之言所反映的崇高道德与情操，曾经哺育了中华民族无数的精英和仁人志士。就近代来说，为中华民族解放事业奉献一生，深受中国人民爱戴的伟大文学家、思想家鲁迅就说过："我好像一只牛，吃的是草，挤出来的是奶、血。"中国民间流传着关于松树风格的比喻，说人们要像松树一样，不管在怎样的恶劣环境下，都能茁壮地成长，顽强地工作，不被困难吓倒，不屈服于恶劣环境。"富贵不能淫，贫贱不能移，威武不能屈"的豪言壮语，更是成为人民大众喜爱的座右铭。

新中国诞生后，中国共产党和中国政府非常重视发扬传统美德。在青少年教育方针中，明确规定以德育、智育、体育、美育为内容，德育领先，要求他们做到德才兼备。幼儿园和小学生课堂里到处可见这样的训言：爱祖国、爱人民、爱劳动、爱科学、爱护公共财物。传统的口号"人人为我，我为人人"在新中国的大地上转化为现代语言"为人民服务"，这成为每个公民的天责。

在新中国建设的各个时期，涌现了许许多多道德高尚的先进代表人物，他们的各种现身说法，丰富了中华民族传统道德的宝库。20世纪60年代的先进石油工人王进喜提出，对待祖国的建设事业，要"当老实人，说老实话，做老实事"；对待日常的工作要有"严格的要求，严密的组织，严肃的态度，严明的纪律"。以其短暂一生默默无闻地为人民做好事的普通士兵雷锋写道："对待同志要像春天般的温暖，对待工作要像夏天一样的火热，对待个人主义要像秋风扫落叶一样，对待敌人要像严冬一样残酷无情。"中国各行各业都以"学习雷锋"为荣，雷锋的名声和影响早已超越了中国国界。

"和为贵"的格言是中华民族传统道德的重要内容。新中国诞生伊始，全国上下洋溢着《我们爱和平》的歌声。1953年中国提出的和平共处五项原则，充分体现了这个特点。互相尊重主权和领土完整、互不侵犯、互不干涉内政、平等互利、和平共处这些原则，是将人与人之间应当具备的行为规范延伸到国家关系方面，它们概括了国际法——国际关系中国家的行为规范——最基本的内容，反映了新型国际关系最本质的特征。

当今中国处于现代化建设的发展新时期，正在加快改革开放的步伐，集中精力把经济建设搞上去。"他山之石，可以攻玉"这句古训，启示我们认真地研究和借鉴外国一切对中国有用的东西。中国人民面向世界，面向未来，面向现代化，立下雄心壮志，决定实现"三步走"发展战略目标。第一步，自1980年起，用十年时间，实现国民生产总值按不变价格比1980年翻一番，这已经完成；第二步，到20世纪末实现国民生产总值按不变价格比1980年翻两番，人民生活达到小康水平，目前正在为此而奋斗；第三步，到21世纪中叶，使我们这个人口占世界22%、耕地占世界7%的国家，人均国民生产总值大体上达到中等发达国家的水平。中国现代化建设的目标，包含具有高度的物质文明和高度的精神文明两个方面。

物质文明和精神文明是互为条件、互为目的，相互促进、协调发展的。精神的力量在一定条件下可以转化为巨大的物质力量。高度的精神文明包括思想道德建设和教育科学文化建设，思想道德建设则规定了整个精神文明建设的性质和方向。作为精神文明建设的一项重大措施，中国在持续地开展提倡新道德风尚的群众性活动，以心灵美、语言美、行为美、环境美为内容，要求提高人民群众的道德素质，推动有理想、有道德、有文化、有纪律的一代新人的成长。新时期的干部标准更强调德才兼备。现代化事业的接班人不是要当官发财、以权谋私，而是吃苦在前、享乐在后、艰苦创业，随时准备为人民的利益奉献个人的一切。与此同时，中国正在加强廉政建设，同消极腐败现象进行着不懈的斗争。

中国人民把自身的现代化建设看作人类社会发展的一部分，也是履行自己的世界义务。

当今世界是一个多样化的世界。人类面临着和平与发展两个重要问题。世界各国人民都在向往一个更加美好的未来，希望建立公正合理的国际政治和经济新秩序。在这种情况下，人类社会发展过程中形成的高尚的道德伦理，在国际关系中理应凝聚为独立、平等、公正、互利和共荣这样一些基本原则。独立——任何一个国家都有权根据本国国情选择自己的社会制度、意识形态、经济模式和发展道路。平等——国家不论大小、强弱、贫富，都是平等的主权国家，都有权利参与协商解决世界事务。公正——各国的主权和领土完整应受到尊重，国际争端应通过和平谈判合理解决。互利——在平等互利的原则基础上开展经济技术合作和贸易往来，不附带任何歧视性条件。共荣——克服发达国家与发展中国家经济关系严重失衡、富者愈富而贫者愈贫的状况，促进各国的共同繁荣。这些应该说是世界各国人民的共同理想。为崇高的理想而斗争，这不仅是政治家的历史使命，也是专家学者们的道德责任。

中国人民希望自己的朋友遍天下。中国古语说："有朋自远方来，

"灵山杯"优秀报告、党课评出 *

不亦乐乎。"我们热烈欢迎各国朋友有机会多到中国去看看。你们将亲身体会到中华民族是好客的民族。

谢谢诸位。

（载《北京日报》，1992 年 9 月 1 日）

---

* 1992 年 7 月 27，北京市委常委兼宣传部部长李志坚同志主持第二届"灵山杯"优秀报告、党课发奖仪式。他得知我在西伯利亚国际会议上有一个发言，建议在北京日报刊载。李志坚同志后来担任北京市委副书记兼宣传部部长、国家体育总局党组书记、副局长，不幸于 2016 年 3 月去世。借此机会表达对李志坚同志的怀念。

李典的风格

曹操手下的战将李典，勇谋兼备。在《三国演义》中，他虽同张辽、许褚等人被并誉为"勇不可当"的大将，但他总是以甘当副手和配角而又有远见卓识的形象出现，显示了自己的独特风格和气度。

曹操灭袁绍吞冀州后，便命曹仁、李典屯兵樊城，虎视荆襄。此时刘备依附刘表，扎营新野。曹仁兵犯新野，惨败，于是同李典商议报仇。李典审时度势，晓以"知己知彼，百战百胜"的道理，不赞成轻举妄动。曹仁反而给他扣上"胆小鬼"的帽子。李典处之泰然，仍衔命出战，但深感对方精锐，复又建议罢兵，并表示为樊城担忧。他如此忠言直谏和深谋远虑，竟差点被曹仁以"慢吾军心"等罪名砍掉脑袋。待到曹仁亲自出马，大败亏输，方信李典的灼见；但仍不听李典规劝，坚持黉夜劫寨的冒险行动，结果几乎全军覆灭，连大本营樊城也丢了。事实证明李典对了。——坚持原则和实事求是，又能任劳任谤，置个人得失安危于不顾，此所谓李典风格之一。

曹操自赤壁失败后，命张辽并李典、乐进镇守合肥，以拒孙权。张、李素来不睦。张辽因失却皖城，心中郁闷；又逢孙权统大兵进犯合肥，于是决意主动出击。张辽见左右怯敌，一气之下，大呼要独自与孙权"决一死战"。此时的李典，挺身而出，慨然表示："将军如此，典岂敢以私憾而忘公事乎？愿听指挥。"在关键时刻给主帅以巨大支持，结果以寡克众，大获全胜。——顾全大局，公而忘私，不念旧恶，共同对敌，此所谓李典风格之二。

　　《三国演义》对李典谦虚谨慎、豁达大度、处处不忘副手本职的刻画，笔墨寥寥而栩栩如生。据正史《三国志》记载，李典从不追名逐利，相反却自认为"驽怯功微，而爵宠过厚"，对他的评语是："好学问，贵儒雅，不与诸将争功。敬贤士大夫，恂恂若不及，军中称其长者。"还特别为他的"义忘私隙"而啧啧称道。其实"长者"李典，仅活到 36 岁，足见他在寻常人血气方刚之年已深有涵养。李典风格，颇有寻味和借鉴之处。

（载《北京晚报》，1982 年 7 月 6 日）

诸葛亮与"休克疗法"

蜀汉著名的战略家和军事家诸葛亮，以其非凡的智慧和卓越的业绩，给后人留下许多佳话。经小说《三国演义》的生动描绘与着力渲染，这位神机妙算的历史人物更是家喻户晓，名垂万世。诸葛亮舌战群儒的一场高论，融军事学与哲学于一体，其见解之高明，蕴含之深邃，不禁令人联想起当今世界风靡一时却又争议迭起的"休克疗法"。

诸葛亮是在刘备寄寓刘表而同曹操交战屡败，经与鲁肃精心策划之后，受命去东吴共商联合破曹大计的。东吴以张昭为首的谋士们，多被曹操"八十三万人马"威势所慑，力劝孙权降曹免战。他们见诸葛亮"丰神飘洒、器宇轩昂"，料此人必是游说东吴，怂恿孙权发兵。于是张昭等人抢在吴侯接见诸葛亮之前，利用礼节性拜会时机，蓄意发难，群起而攻之，对诸葛亮自辅佐刘备以来"弃新野，走樊城，败当阳，奔夏口，无容身之地"，极尽讥讽之能事，并责问何以刘使君"既得先生之后，反不如其初？"面对咄咄逼人的挑战，诸葛亮不卑不亢，随机应变，针锋相对，语惊四座。他"哑然而笑"道："鹏飞万里，其志岂群鸟能识哉？譬如人染沉疴，当先用糜粥以饮之，和药以服之；待其肺腑调和，形体渐安，然后用肉食以补之，猛药以治之：则病根尽去，人得全生也。若不待气脉和缓，便投以猛药厚味，欲求安保，诚为难矣。"张昭等人听后窘迫不堪，竟"无一言回答"。诸葛亮这一番鞭辟入里、充满辩证法的话，用现代时髦的说法，就是坚持从实际情况出发，不贸然搞"休克疗法"。

　　"休克疗法"本是医学上临床使用的治疗方法，原意是对病体注入大剂量药物，杀死有病毒细胞，使健康细胞处于休克状态，然后复苏，从而使病人得以逐渐康复。这种"休克疗法"后来被移植于治疗经济"综合征"——通货膨胀，基本出发点是以紧缩的财政金融政策和抑制消费的手段，强行弥合总供给与总需求之间的缺口，达到遏制恶性通货膨胀的目的。由于这一措施具有强烈的冲击性，整个经济和社会在短期内受到极大震荡，甚至处于"休克"状态。此法曾经在当年的联邦德国和拉丁美洲的玻利维亚运用过，产生过较好的效果。东欧的波兰等个别国家，后来在采用过程中也尝到了一点甜头。"休克疗法"本身并不解决经济体制转轨的问题，更不是万灵药方。然而，例如俄罗斯的盖达尔等人，为扭转经济颓势，曾经不顾本国国情，照搬西方模式，采用"休克疗法"，使之肩负治理通货膨胀和经济体制转轨的双重使命，结果适得其反。"休克疗法"的后遗症在俄罗斯至今犹在，乃至成为影响国内经济回升和政局稳定的一个重要因素。

　　诸葛亮根据当时刘备所处的内部和外部条件，权衡利弊，谨慎从事，避免盲目采用激进的"休克疗法"，其远见卓识终于促使大业告成。在当今世界经济改革的浪潮中，乃至在大变革的整个时代，每个国家确实都需要拥有像诸葛军师这样明智的设计师。

（载《中国测绘报》，1998 年 5 月 1 日）

就党徽问题致函国家广播电影电视总局[*]

刘习良同志：

您好！

关于党徽不是"镰刀斧头"而是"镰刀锤子"一事，我在电话中请笋季英同志作了转达。现再写一份书面材料。国家广播电影电视总局的现任领导我不熟悉，所以仍寄给您。

《中国电视报》最近一期（第 25 期）头版报道，6 月 30 日将举办现场演唱的大型文艺直播晚会《镰刀斧头的誓言——98"七一"晚会》。1997 年 10 月，中共十五大结束后，中央电视台也曾在"镰刀斧头"的总标题下举办了一场隆重的晚会（附上我那时给郑必坚同志的信）。我觉得在电视中一再将党徽图案"镰刀锤子"说成"镰刀斧头"，是不合适的。

党旗上的徽记"镰刀锤子"，象征着工农联盟，"锤子"代表工人阶级，"镰刀"代表农民阶级。这个徽记来自苏联。苏联（成立于 1922 年 12 月 30 日）国旗上的徽记是"镰刀"（俄文叫 серп）和"锤子"（俄文叫 молот；斧头有另外的词），上方还有一颗五角星。我因工作关系，当年曾目睹苏共党的会议上悬挂的旗帜就是苏联国旗。中国共产党成立初期学习俄共（布尔什维克），学习苏联，所以模仿苏联的革命红旗不足为奇。世界上其

---

[*] 1998 年 7 月 1 日，收到国家广播电影电视总局采纳意见的感谢信，内容包括处理经过、更改晚会名称（6 月 28 日电视预告，易名为"党旗下的誓言"）、向有关部门和人员发了通报、在内刊上摘要转载此函等。

他一些共产党、工人党，也有照此将"镰刀锤子"作为党徽的。中共以"镰刀锤子"为标志的革命红旗，早期见诸秋收起义和红军时期。当时也许由于识别和媒介有误或其他原因，将"锤子"的图案画成了"斧头"，带有"镰刀斧头"徽记的红旗颇为流行，例如：1928 年，福建平和农民起义时所用的红旗；20 年代末，井冈山根据地红军使用的红旗；等等。但同时，也出现了带有"镰刀锤子（榔头）"的徽记，例如：红军时期，中国共产党党证上印的就是"镰刀锤子"与五角星相叠的图案。总之，在中国革命史上，"镰刀斧头"和"镰刀锤子"曾经并用过。中央文献出版社于 1996 年 9 月出版的《毛泽东诗词集》（第 169页），编者对《西江月·秋收起义》（作于 1927 年）一词中"军叫工农红军，旗号镰刀斧头"特意加了注释："中国共产党党旗上的锤子当时常被误认为斧头。"这个注释是正确的。

自从中共七大以来，党徽图案就明白无误地被确定为"镰刀锤子"。既如此，今天我们就不应该再将"镰刀锤子"说成"镰刀斧头"了。

此致
敬礼！

俞鐩
1998 年 6 月 26 日

就一件史实致函中央文献研究室

中央文献研究室：

《邓小平文选（一九七五——一九八一年）》第 361 页《中国经济建设的历史经验》（会见利比亚国家元首多伊时的谈话）一文中，有这样一句话："苏联在斯大林时期对我们有些帮助，赫鲁晓夫上台后，则对我们采取敌视的态度，不仅不帮助我们，反而在中苏边境陈兵百万，威胁我们。"从上下文看，"陈兵百万"是赫鲁晓夫上台后干的。事实上，赫鲁晓夫执政后期（1960 年以后到他 1964 年 10 月 14 日下台）除挑起过多次边境事件外，在中苏边境的兵力并未明显扩充。"陈兵百

中央文献研究室回函

万"，包括在蒙古国驻军和设立导弹基地，是勃列日涅夫上台后干的（具体过程这里就不叙述了）。所以中国在同苏方谈判中，一再提出希望苏方将边境的军队减少到赫鲁晓夫时期那样。我想，小平同志口头谈时"赫鲁晓夫上台后"意思也许指从那个时候以后，未必不包括勃列日涅夫时期。但是，在形成文字正式出版时，编辑者似有责任加以斟酌和推敲，免得误解。

以上意见不知当否，请指正。

中联部工作人员俞邃

1983 年 9 月 12 日

我与钱李仁同志的 20 年通信

钱李仁同志曾经担任中联部部长，是我的老领导。他后来转到人民日报社当社长，我们依然保持联系。彼此离退休之后，从 2002 年 1 月 17 日开始第一次互发电子邮件，直到 2021 年 8 月 7 日他身体虚弱最后一次用简短英文邮件回应我，历时近 20 年之久。

我与钱李仁同志合影

我与钱李仁同志初次见面，要追溯到 1959 年。那时我在布拉格各国共产党和工人党合办的理论性和报道性刊物《和平和社会主义问题》编辑部工作，他作为全国青联负责人于 1959 年 8 月率团去布拉格出席世界青年节活动。他乘坐编辑部为我们领导人配置的专车同行，一路介绍青年节情况，我在一旁听着。8 月 17 日晚 7 时半，他还在中国驻捷克斯洛伐克大使馆做了通报世界青年节情况的讲话，团员、新中国第一代劳动模范黄宝妹同志介绍了自己的光荣事迹。钱李仁同志时年 35 岁，却显得老成干练。这次我个人并没有给他留下特殊印象。

我与钱李仁同志 20 年交往的电子邮件，有 6 万多字，内容包括传递信息、交流看法、彼此问候、节日祝贺和互赠有意义的精美图像和视频。本文只是侧重将邮件中反映出的钱李仁同志谦虚和蔼、豁达大度、视野开阔和学而不倦的品格，借助相关原件作一概述。2024 年 8 月 20 日是钱李仁同志百岁华诞，在此谨表达对他的深深敬意。

谦虚自律 拒绝虚荣

钱李仁同志不让为他祝寿。2014年8月5日，我给他发电子邮件说：今年是您的90大寿，记得您80岁那年，我曾询问可否采取什么方式为您祝寿，您回答"80不言寿"。真快，一转眼十年过去了！我想征求您的意见，可不可以约同中联部相关的一些同志，为您祝寿，找一个合适的时间，在附近餐馆一聚？希望您能答允！当晚他即回复：多谢你的盛情美意！虚度年华，当自我反顾，激励自己，弥补不足。祝寿活动，一概敬谢婉辞。对你的提议，恕不从命，但深深铭感于心，尚祈见谅！向你和蕴陵道一声谢谢！

2019年8月20日，我发邮件：刚才从一位朋友微信中偶然见到纪德来同志的文章《给钱李仁社长当司机兼秘书》。今天8月20日是您的生日，热烈祝贺您95岁高寿，祝您福如东海，寿比南山！当晚他回复：深深感谢你发的生日祝福！你作为近龄人，请接受我崇高的敬意！至诚的祝福！

2020年8月20日，我发邮件：今天是您96周岁生日，我向您致以热烈祝贺！您不仅健康地达到超乎寻常人的高龄，而且思维敏捷，使用电子邮件游刃有余，实在难得。深信"寿期颐"将陪伴着您，祝您精神饱满，天天快乐！随即接到他的回复：深深感谢对我的生日祝福！你的祝福激励着我与你《同舟共进》，健步奔向更加健康幸福的未来！

钱李仁同志不接受对他的赞誉。2002年4月30日，我发邮件，告知江苏人民出版社即将出版我的一本书《俄罗斯萧墙内外》，我在前言中有这样一段话：在出版这本书的时候，我要特别感谢中联部近期历届部长、著名国际问题专家和国际共运活动家钱李仁同志、朱良同志、李淑铮同志和戴秉国同志，他们为我从事研究和写作提供了宽松的环境和条件，给予了很大的理解和支持。他回复说：谢谢发来文章，已下载，待阅后再联系。只是给加的"头衔"太大，实在不敢当，可否"脱帽"，请考虑。祝节日愉快！

2011 年 9 月 10 日，他与我一起出席中国国际问题研究基金会在怀柔举办的活动之后，给我们夫妇来信：此次活动，得到俞邃同志热心帮助与扶持，深表诚挚谢意！我说：这次长时间接触，见您思维敏捷，精神饱满，我们十分高兴。您是我各方面的榜样，我要不断向您学习。他回复：褒奖之词，愧不敢当。我的缺点不少，当不了榜样。让我们相互学习对方的长处，坦诚指出对方的不足，互补互学，好不好？

2012 年 12 月 29 日，我在邮件中顺便说起：前不久开会遇见张虎生同志（人民日报社原副总编辑兼海外版总编辑），他非常尊敬您，说您是他所遇到的人民日报社里最好的领导，让我转达对您的问候。当即接到他的回信：张虎生同志对我十分友好，有些赞誉之词，实在愧不敢当。

2019 年 7 月 10 日，我写信：最近接到朋友转来的通讯文章《万寿庄路：茂盛树木下的人民日报老社长》，见您精神矍铄，行动灵敏，非常高兴。即将迎来您的 95 岁寿辰，敬祝您幸福安康愉悦！您的老部下、小学生俞邃。他回复：晨起，喜迎夏雨纷飞之际，接到你的来信，带来你的盛情厚谊，敬致谢忱！只是在称呼上……对我自称"老部下""小学生"，我实在愧不敢当！我即将认真拜读你刚刚发来的大作，当个小学生。多谢！

2020 年 1 月 1 日，我去信贺年：新的一年到来，谨祝您身体健康，心情舒畅，精神矍铄！您的政治素养、业务知识、工作能力、健康水平，都是我学习的榜样。他回复：喜接新年祝福，盛情厚谊。深致谢忱！赞美称誉，愧不敢当！迎鼠年，恭祝吉祥如意，幸福安康！

亲切和蔼 待人以诚

钱李仁同志是老领导，更像是一位兄长。他给我信落款常用"李仁"或"老钱"。

2002 年 3 月 18 日，我给他邮件，告诉他我家已迁居万寿路 15 号北院，离他家很近。他回复：恭贺乔迁之喜，很高兴我们成为近邻，有更多交流机会。

2003 年 1 月 12 日，他给我信：很高兴得知你回到北京的消息。你刚从长途旅行回来就给我发材料，实在太感谢了。旅行的收获不小吧？基金会下周四在钓鱼台有个新春酒会，你收到请帖没有？望能在此会上见面。同年 5 月 12 日，他来信：我去上海帮助我姐姐安排住房动迁事，前不久才暂告一段落。我这里一切都正常，请放心。也希望你多保重。期待着能在不久的日子内再面叙。

2005 年 12 月 29 日，他来信：随着岁月流逝，年龄增长，许多往事涌上心头，与你的 64 字（我在中联部六局新年联欢会上的即兴朗诵）有不少同感。我们在一起时能相互理解，值得珍重。你工作孜孜不倦，祝你在新的一年中继续取得新的进展！

2006 年 12 月 8 日，他来信：有劳你打回再补发，大可不必如此费心，谢谢！你提到的感谢我去的贺卡，我在你上次已补发过来的 3 日信息函中读到，知道你收到了就好，何需言谢？基金会于 11 月 25—26 日开过一座谈 2006 年国际形势的会，我是与会者中唯一的非外交部人员。有机会时再谈。

2007 年 12 月 30 日，他给我们夫妇来信：昨天和前天，我们曾三次向你们这个网址发去贺卡，但都被网上退回；后来只发一封简短的贺信，不附图片，还是被退回。现在只好用回信的方式向你们先表示对 2008 新年的祝贺，祝你们健康快乐幸福如意！

待网络能畅通时，再发图片。

2008 年 4 月 4 日，我告诉他：我应邀将于 4 月 6 日去广东讲学，顺便到港澳看一看，16 日返京。电脑笔记本随身带着，只要有可能，就会继续给您传发信息。他当即回复：祝你和蕴陵一路顺风，外出再发信息，务必不要过于加重你们的负担，我这里机动性很大，你们有时间就多看看，发信息不是主要的。千万注意勿过于劳累，也请注意安全。

2008 年 9 月 8 日，他得知我身体有所不适，住在医院治疗，这段时间的信息难以转发。他来信安慰：希望你安心治病，争取早日康复。这是头等大事，其他如信息等等，不要放在心上。衷心祝愿顺利康复！

2009 年 5 月 6 日，接到他的来信，得知郑韵大姐患病，深感不安。我表示：见到来件，知郑大姐病情，我和蕴陵都很难过。我们却又帮不上忙！我曾有打扰之处，请见谅。您多保重！他回复：谢谢你的问候。你绝对不是打扰，而是关心，只是我未能将最新的恶化情况及时通知你，才有在关注点上的差异，此点我很清楚，不存在"见谅"的问题。请放心，两位也请多保重！此后他多次及时将郑韵大姐病情详细告诉我。同年 10 月 17 日，给我的邮件中说：多谢你们的关心！亲朋好友（包括你俩在内）的关心照顾是我能保持身心健康的重要因素！深深地感谢你们！郑大姐不幸去世后，2012 年 1 月 6 日他给我寄来《阳光风雨路——怀念郑韵》一书。

此后每年都保持互致问候。2013 年 12 月 25 日和 2019 年 12 月 4 日，他先后两次给我寄来新年挂历。2015 年 10 月 19 日，他说后天就是重阳节，还特意给我附来王维的诗《九月九日忆山东兄弟》。我一位南京的老同学给我发来的视频《精选》，图文并茂，他特别喜欢。他渐渐习惯用英文回复我。例如，2020 年 12 月 24 日写道："《精选》RECEIVED, THANK YOU VERY MUCH！"

（《精选》收到，非常感谢你！）。2021 年 3 月 10 日写道：《精选》早已发到我的电脑，但是我自己操作晚了，拖到今天 3 月 10 日才回复，实在抱歉，敬请原谅。最后一次回复是在 2021 年 8 月 7 日，写道："《精选》RECEIVED, THANK YOU VERY MUCH! WISH YOU HAPPY & GOOD HEALTH!"（《精选》收到，非常感谢！祝你幸福、健康！）。

不忘故交 尽心关注

他对李一氓老前辈尤其尊敬和关怀。2012 年 12 月 29 日，我给他邮件告知：昨今两天，一氓老的儿子李世培同志（住天津）与我联系，说 2013 年 2 月是李老 110 岁诞辰，他想通过我问问中联部能否举办纪念活动。我觉得他这个想法很合理，况且，按照李老的身份和贡献，最好能有更高层次的纪念座谈会之类的安排。我答应帮助斡旋，并建议他直接向您、朱良同志、李淑铮同志求教，因为你们几位的声音会对现部领导产生更大推动作用。当日便接到他的回信：你来函中提的关于纪念李一氓同志的事，是一件应该做、也值得做的事。

这里让我想起一件往事。李一氓同志于 1990 年 12 月去世之后，商务印书馆曾与钱李仁同志商议整理出版李一氓文稿事宜，并商定由钱李仁、朱良、何方、商务印书馆总编辑和我五人，组成一个班子负责筹划。钱李仁同志力推在岗的中联部部长朱良同志牵头。我们开了两次会议，后来由于朱良同志表示公务繁忙，而将此事搁浅。

2015 年 12 月 1 日，我给钱李仁同志邮件，告知：氓公的孙女李莲联系到一家网络科技公司，准备邀请熟悉氓公的同志以"一对一"方式进行详细访谈，然后合成一部纪录片。她托我问您一下，届时请您参与，可以吗？您若同意，她将直接与您联系，告知具体操作方法和时间。他当日回复：请转告李莲，我可以在力所能及的范围内参与。

2016年7月19日，我转达给他：有一个新情况。李一氓老前辈的孙女李莲告诉我，成都市委决定制作一部关于李一氓同志的专题片，成都电视台最近即将派人来北京运作。您是采访的主要对象之一。他们可能要搞一个采访提纲要求，届时转发给您。特告。他回信：星期三（27日）下午来采访，对我比较方便。李莲如要来电话商定时间，可在今晚或明天上午打电话找我。

2017年9月12日，他接到我转发的视频《李一氓的家风家训》，给我回信：李一氓同志曾经是国务院外事办公室副主任，我曾经在他领导下工作。"文革"期间，我和他都被造反派隔离审查，一度成为"同窗难友"。你发来的《李一氓的家风家训》，有助我追思半个世纪前的风云变幻，擘海沉浮，加深对一氓同志高风亮节的崇敬！深谢！

中国社会科学院副院长李慎之同志是一位著名的哲学家和社会学家。他于2003年4月逝世后，学界纷纷撰文悼念。我将何方教授的纪念文章转发给钱李仁同志。5月13日，他给我回信，写了以下一段深情的话：昨晚收到来函后，当即回复，想已奉达。该信发走后，连夜打开附件，阅读至深夜。慎之不幸去世，我是从你这次来件中才得以知晓。我与慎之同志主要是在共同参加一些会议或写作活动中有接触，几乎没有一对一的深入交往，但他的才华横溢、胸怀坦荡，给我留下深深的印象。我对于中国学术界失去这样一位难得的英才而深感悲痛和惋惜。转来的何方文章和你的去信，情真意切，既使我感动不已，也令我得知许多历史内情，对我很有教育意义，也向你表示感谢。再次希望你多保重，平安如意！

陈乐民同志才华横溢，被公认是"欧洲学"观念的首倡者。何方同志撰写了一篇《悼念陈乐民》的文章，我觉得很好，于

2009 年 1 月 3 日转发给钱李仁同志。他接到后当天即给我回信：
非常感谢你征得何方同志同意把他的大作转给我，拜读了一遍，
就得益匪浅，因为我与陈乐民同志虽曾有断断续续的共事，但只
是在他比较年轻的时候，主要是在一些对外活动中，只知道他在
当时年轻同志中是聪明有为的一位，之后就各奔东西了。何文使
我对陈的一生业绩有比较全面的了解，并从中学习到不少。如有
可能，请代我向何方同志对他写出这篇作品表示感谢。另外，我
同资中筠同志也是在早期有过共事，之后就缺少联系，如有可
能，请代我向资中筠同志对陈乐民同志的不幸去世表示深切哀
悼，并对她表示诚挚的慰问。谢谢！

勤于思考 学而不厌

钱李仁同志知识面很宽，且爱好广泛，勤于思考。

2002 年 9 月 26 日，我给他发去美国总统小布什关于美国安
全战略的报告，我担心对他是否多余。他回答：谢谢你发来的材
料，这正是我想看而尚未看到的该报告全文。如有后面的几个部
分的全文时，也请发来。再次感谢！

2003 年 5 月 28 日，他在信中写道：对于你即将发表的大作，
我甚感兴趣，但我这里已有好长时间收不到《当代世界》，6 月
号出版后可否借我一阅？所述学术信息，亦乐于知晓，不知如何
获得，便中望告。我一切正常，请放心。望多保重。第二天，他
又写道：发来的 mail（邮件）和两个附件已收到，谢谢！杂志如
能借到一份，可交由部里老同志阅览室的人转交，阅后归还给
你。与你保持交流我也很高兴，不存在占时间之类的问题，请千
万不要客气。6 月 29 日，他又告知：《当代世界》送给我的 6 月
号杂志，已收到，谢谢！我定于 7 月 1 日去上海一趟，大概 8 日
回来。9 日下午将去通州区参加 10 日基金会的会。特向你通气，

希望在会上见到你。

2004 年，江苏人民出版社出版了中国社会科学院同志集体撰写的一本书《重塑超级大国——俄罗斯经济改革和发展道路》。5 月 7 日，我将为该书写的序送钱李仁同志参阅，请他指正。他当日回复：收到发来的大作，对我了解普京的政略颇有帮助，谢谢！

2006 年 6 月 6 日，他给我信，说他在基金会的《交流》第 23 期看到今年 4 月 26 日基金会请李际均将军做了题为《战略思维和战略机遇期》的报告，问我：你参加了没有？如是，望告你听后的感觉。6 月 22 日，又给我信：如果你有机会得知李际均将军的报告内容，我倒颇感兴趣，但也不必强求。他在这次信中还表示，见到中国社会科学院《世界经济与政治》杂志约请我写了卷首语《世局嬗变中的文化哲理性》，说有别开生面之感。

2007 年 12 月 29 日，他来信：今天刚回来，晚上打开电脑，你每天发来的材料均收到无误，特此鸣谢！还来不及看，明天要埋头细读。

2008 年 11 月 30 日，他接到我发去的莫斯科新圣女公墓一组图片，包括一些代表性人物，回复称：照片已收到并打开看了，确实很有意思，有很高的历史和艺术价值。多谢你给我们带来了美的享受。

2009 年 7 月 19 日，来信：每天得到你发来的大量信息，让我大开眼界。我定于星期二（7 月 21 日）去北戴河，星期日（7 月 26 日）回京，是报社组织的。其间，儿孙辈会陪住几天。由于我没有配备手提电脑，这几天就收不到电邮，因此请暂停发数日，可在 27 日起恢复。顺致深切谢意！

2011 年 7 月 5 日，给我信：为纪念建党 90 周年，6 月 27 日的《人民日报》第 5 版刊登了我的一篇小文章，便中可以设法查阅并请指正。

2012 年 12 月 7 日，给我信：谢谢你有趣的《英译汉》！发去一首我们都熟悉的俄语歌，供欣赏。

2013 年 3 月 3 日，我给他发去《新民晚报》刊登的纪念文章《李一氓的学者风范》。他回复：发来大作，拜读中，也引发我重温对氓公的崇敬与怀念之情，谢谢！

2014 年 5 月 17 日，给我信：刚刚发给你的复信中，遗漏了一项请求，补充如下。你昨天来信中提到你此次出访中做了两次学术演讲，能否将两次演讲的记录（或底稿）发给我拜读？没有别的意思，就是让自己增加一点见识，希望你能同意！第二天来信：谢谢你接受了我的请求！已发来的《我看乌克兰危机》已拜读了一遍，我发现我与你的观点比较接近。这样的交流很有益处。谢谢！

2015 年 8 月 11 日，他告知：我已在电脑上打开五篇大作，并下载，开始拜读。

2016 年 8 月 23 日，他见到《新民晚报》刊发我写的《郎平的战略思维与辩证理念》一文。来信说：拜读来文，深受启发。我对郎平的辩证思维，也有一点感受，就是"知己"与"知彼"的关系。对方球员的强点与弱点，她也看得很准，并在安排我方球员的位置时也计算在内。一得之见，与你交流。回赠视频，既是乐趣，也是"辩证法"，来而不往非礼也，哈哈！附去《提高记忆力的建议》，供参阅。今日处暑，说明秋天又跨前了一步，祝秋安！

2016 年 9 月 16 日，来信：谢君赠我百科全，胜似中秋明月光！11 月 8 日，来信：两段四言诗，深入我心田。甘蔗两头甜，越老越鲜甜。人老心不老，千里共婵娟。12 月 21 日，来信：冬至日好！收到你发来珍贵的清代画作，值得反复欣赏，深致谢意！你开讲的都是热门话题，祝你成功！不知你是否注意到，昨天（20 日）《人民日报》第 18 版，刊登了我的一篇署名文章：

《毛泽东：学生运动是"第二条战线"》。如需要我发给你，请告，可照办。

2017年4月5日，给我信：收到两份资料，此前未曾见过，十分珍贵，深致谢意！7月21日，来信：收到你的回复，探讨是件乐事，不必言谢！下面复制一段王毅外长谈话，供参考。7月12日，我送上一位音乐老师演唱的我写的歌《我的中联部》，请李仁同志指正。他当日回复：这首歌，从内容到形式，都颇有创意，也唱出了我的心声，多谢！

2017年7月21日，给我信称：对发来的大作，在拜读中学习，得益良多。对其中一小段，我有一种粗浅的感觉——中国在加强对俄罗斯关系的同时，确实也在努力加强对美关系；但对美关系似乎不可能"类似于"（similar to）对俄关系，因为这两组关系所处的主客观条件不同。一得之见，仅供切磋。8月12日，我给他去信，告知前不久我给中联部领导送去一份材料，谈谈我对一些理论和政策提法的意见与建议，受到重视。他当日阅后回复：周密思考，值得称颂！8月18日，他又来信：内容丰富胜百科，电脑充盈超负荷，多谢！

2018年2月8日，我告诉他，我原在的中联部六局今天下午举办老同志与在岗同志新春联欢茶话会。我突击两三天撰写了一首歌曲《六局颂》，并录制了由一位专业音乐老师演唱的视频。他表示：高兴地接到尊作歌曲，深致谢忱！2019年1月31日，中联部举办新春联欢会，六局同志演唱《六局颂》。他接到两组视频后回复：送来了欢乐！特别是六局的节目，让我领略了你的音乐才能。既喜迎耳乐，又大开眼界，深深谢！

2020年1月9日，我给他转去新年伊始发表的两篇文章，一篇中文谈金砖国家，一篇英文谈中俄关系。他回复：新年接到大作两篇，十分高兴地开始拜读。深致谢忱！5月1日，送他前不久发表的《普京主政20年业绩概说》一文。他回复：你发来大作，初步拜读，得益良多！恭祝进一步发挥著作，欢度五一国际劳动节！他见到我于 5 月 12 日在中美聚焦网上刊发了文章《面对疫情中美人民共命运》（"We're All in the Same Boat"），说：高兴地收到大作，正在开始拜读，深致谢忱！

2020 年 7 月 25 日，我给他信，说起郭业洲副部长给我发来他在一个双休日拍摄的中联部办公大楼图像，我即兴写了 16 字令词三首，合成一张图片。他回复：高兴地接到中联部大楼图像和 16 字令词三首！对我来说，既十分熟悉，又觉得很有气势！深致谢忱！

从 2020 年 9 月 9 日至 2021 年 8 月 7 日，我将一位朋友从南京发来的《精选》持续转给钱李仁同志，他特别喜欢。我问他：每间隔四五天发来一次，可能已成为编制者的安排，这样的密度您不会觉得负担太重吧？他回答：我不觉得负担太重，每期都有值得一看的内容。多谢你关心与辛劳！

（2024 年 8 月）

敬爱的主席，我们欢迎您

敬爱的伏罗希洛夫主席：

　　您好！

　　早在两个月以前，我们就知道了您将于4月中旬访问中国的消息。我们高兴极了！兴奋极了！期待呀，期待啊！您终于在我们的欢乐声中来到了。敬爱的伏罗希洛夫主席：请允许我们用你们的语言向您问候，向您表示最崇高的敬意和最热烈的欢迎！

　　敬爱的伏罗希洛夫主席：我们从记事的日子起，就知道了苏联，也就知道了您的名字。您在暴风雨般的1905年的革命年代中的英姿多么令人敬仰；您在千钧一发的国内战争年代，在保卫察里津的战役中那卓越的军事指挥天才和英勇精神多么令人钦佩；在那扭转人类历史命运的卫国战争年代，作为苏联红军统帅之一，您为苏联人民和世界和平事业建立了卓绝的功勋。而今天，敬爱的伏罗希洛夫主席，我们能在自己的国土上亲自和您见面，向您致敬，聆听您的教诲，啊！我们这年轻的心，该是多么的激动呀！

　　敬爱的伏罗希洛夫主席：您是带着苏联人民的伟大友谊来的。我们这5000多名学习俄罗斯语言的青年，在日常的生活和学习中，已经深深体会到了苏联人民珍贵的友谊。

　　敬爱的伏罗希洛夫主席：北京俄语学院在七八年以前还不过是一所数百人规模的俄文学校。自从苏联专家来了以后，学校的面貌就起了日新月异的变化，而今天已经成为一所设备相当完善、拥有5000多名学生的专业性高等学院了。由于苏联专家的热心帮助和亲自教导，北京俄语学院已经培养了数以千计的助教、讲师和翻译工作干部；而我们这些原来不认识俄文字母的孩子，今天已经能够阅读普希金、托尔斯泰以及列宁的原著。在和苏联老师的接触当中，我们每天都会遇到反映苏联同志崇高国际主义精神的动人事件。我们从苏联老师身上清楚地看到了苏联人民的优秀品质，看到了苏联人民对中国社会主义建设事业大公无私的帮助和兄弟般的关怀。我们也正是在他们正确的培养下成长起来的。

敬爱的伏罗希洛夫主席：您听到一定会很高兴吧，我们和苏联青年一直保持着亲密的联系。我们和莫斯科、列宁格勒、基辅、西伯利亚等地的苏联大学生经常联系，互赠礼品。从他们热情的信件当中，我们了解到了苏联人民的劳动和生活，了解到了苏联人民对我们的友好祝愿和关怀。

敬爱的伏罗希洛夫主席：我们为学习俄语而感到骄傲，因为我们每天都能直接地从俄文报刊上看到苏联共产主义建设的宏伟图景。我们把苏联建设中的每一个成就和胜利都当成自己的成就和胜利。中苏两国人民的利益是不能分开的，正是这样，我们感激地看到多少苏联专家正在中国的工业、农业、文化教育事业等各条战线上付出巨大的努力和劳动。

敬爱的伏罗希洛夫主席：在最近一年的国际生活当中，我们深深体会到伟大的苏联对世界和平的意义。帮助匈牙利劳动人民保卫社会主义果实的是苏联，有力地制止了英法帝国主义侵略埃及罪行的也是苏联。当前面对以美帝国主义为首的侵略集团仍在继续进行破坏和平的活动，我们要更好地和苏联人民站在一起，为维护世界和平而斗争。我们一定和苏联青年一道，继承革命前辈的事业和不屈不挠的精神，为发展和巩固中苏友谊和加强社会主义阵营的团结，为谋求世界持久和平而奋斗。

敬爱的伏罗希洛夫主席：请再次接受我们对您的欢迎和敬

意！请您转达我们对苏联人民的感谢！请您代我们向苏联青年表示最好的祝愿。

　　祝您身体健康！

北京俄语学院全体学生敬上

　　（载《人民日报》，1957 年 4 月 15 日）

苏斯洛夫及其死之影响

苏联领导集团第二号人物苏斯洛夫于 1982 年 1 月 15 日病故。他生前，特别是最近 25 年，在苏共党内起过特殊的重要作用；他的死，对于苏联领导集团今后一个时期内的决策和权力分配，将会产生不小的影响。他被埋葬在斯大林墓旁，足见其地位的显要。

苏斯洛夫（1902—1982 年）于 1921 年入党，1947 年起担任中央书记，1952 年进入中央主席团（后称"政治局"），是现时苏共领导人中资历最深的。他又是一个"大理论家"，加上从 1948 年日丹诺夫逝世后便主管苏共中央与外国党的联络工作，更是增添了他的资本。他作为一个在苏共最高领导核心中以老谋深算著称的人物，由于先后拥戴赫鲁晓夫、勃列日涅夫有功，勃列日涅夫对他有需要，"第聂伯帮"也惹不起他，所以在历次人事更迭中他非但不倒，反而权势越来越大，直到老死在政治局委员兼中央书记的终身职位上。

苏斯洛夫曾凭借自己的有利条件，在苏联领导集团中成为关键时刻的举足轻重的人物。例如：1956 年召开的苏共二十大的总结报告，他是主要起草人之一；1957 年 6 月，苏共中央全会处理莫洛托夫等人"反党集团"事件，由他主持会议并做报告；同年 10 月，苏共中央全会解除朱可夫职务，由他做报告；1964 年，他同勃列日涅夫等人策划"倒赫"，他在全会上做长篇报告，历数赫鲁晓夫的罪状；1957 年 5 月，他主持苏共中央全会，宣布波德戈尔内"退休"，致使"三驾马车"解体，并由他提名勃列日涅夫兼任最高苏维埃主席团主席；1978 年 11 月，有他"门徒"之称的 47 岁的戈尔巴乔夫被擢升为中央书记，两年后又成为中央政治局委员。由于这一切，讣告中说他是"杰出的组织者"和"不屈不挠的战士"。

苏斯洛夫在苏共对外事务方面也起过突出的作用，一些重大事件常常由他出面处理。例如：1856 年 4 月，保加利亚召开中央全会，契尔文科夫被撤，日夫科夫上台，当时苏斯洛夫在场坐镇；1956 年 7 月，他去匈牙利处理拉科西下台问题，同年 11 月还同米高扬一起赴匈牙利督阵；1963 年 7 月，他率苏共代表团参加中苏两党会谈；1964 年 2 月，他在苏共中央全会上做长篇反华报告，扬言要对我"采取集体措施"；1976 年，老挝的凯山率党政代表团赴苏联会谈，苏斯洛夫作为团长出面，而部长会议主席柯西金副之；直到不久前发生波兰事件，他还于 1981 年 4 月赴波兰施加压力，导致卡尼亚下台。这一切大概就是讣告中所谓"加强同社会主义大家庭国家的兄弟团结"在苏斯洛夫的活动中"占有重要位置"的由来。

苏斯洛夫的经历表明，他对于稳定以勃列日涅夫为首的苏共领导集团在国内的统治、保持苏共在国际上特别是在同其他党关系中的地位，确实起了重要作用。勃列日涅夫在悼词中列举他在有关这些方面"所作的贡献是无法估量的"。苏斯洛夫的这种作用不是苏共现在领导中他人所能替代的。他的死当然不会致使苏联内外政策发生大的变化，但是也可以从一些方面看到由此可能产生的某种影响。

第一，对于苏联最高领导核心特别是勃列日涅夫的接班问题。勃列日涅夫上台后，有些苏联人就说苏斯洛夫的能力比勃列日涅夫强得多。但苏斯洛夫一直处于所谓"王位拥立者"这一角色的有利地位。目前苏共中央政治局成员中，在中央工作的平均年龄 72 岁（包括较年轻的戈尔巴乔夫）。勃列日涅夫已过 75

岁，身体一直不好。苏斯洛夫一死，在最高领导核心的组合，特别是选择和确定勃列日涅夫的接班人问题上，失去了一位最有发言权的人。这将使苏共所面临的本来就非常麻烦的接班问题，变得更加复杂。

第二，对于国内外重大问题的决策。勃列日涅夫上台以后，遇到了一系列棘手的问题。在国内，有经济建设的理论和实际问题、民族关系问题、人权运动问题和领导集团内部的斗争问题等等。在国际，有中东危机、侵捷事件和波兰事件、苏中关系、苏美关系、同"欧共"等一些党的分歧问题等等。苏斯洛夫在处理这些问题的过程中作用显著，国际上甚至认为他是苏联内外政策的主要决策人。苏斯洛夫死后，苏联领导在面对此类重大问题时，缺少了摇羽毛扇的人，其影响也会在不同程度上表现出来。

第三，对于理论界和国际共运的活动。苏斯洛夫是苏共关于意识形态和国际共运方面的"权威理论家"，迄今还没有看到苏联国内对他这种地位的挑战。以他为代表的理论界，对所谓"发达社会主义""现实社会主义"和针对其他党独立自主原则的所谓"无产阶级国际主义"，形成了一整套的说教。所以讣告中说他是"党的大理论家""为创造性地发展马克思列宁主义的理论做了许多工作"。看来，无论是从地位还是影响来说，在苏共领导层中一时还没有人能够发挥他那样的"台柱"作用。

（1982 年 1 月 30 日）

尼亚佐夫的文化历史观

尼亚佐夫总统所著的《鲁赫纳玛》一书，以饱满的激情、丰富的史实、豪迈的气概、生动的笔触，纵论民族古今，展望国家未来，与人民亲切对话，既有推心置腹的谆谆教诲，又是语重心长的拳拳企盼。从这部人文巨著中，可以领悟到这位领袖人物淳厚而广阔的文化历史思想。这里简要谈几点体会。

第一，《鲁赫纳玛》的诞生有其深刻时代背景与重大的现实指导意义。《鲁赫纳玛》是时代的产物，显示了国家最高领导人的强烈使命感。该书的写作正处于千年交替的时代，面临着宏伟的历史性变革，领导人意识到在这转折关头自己所肩负的建设国家、建设民族的重大责任。他深感寻觅自己民族真相的必要性，确认人民必须具有长远的精神目标。《鲁赫纳玛》提供了一种能够作为国家社会生活依据的学说。

尼亚佐夫总统为完成本书，毕生殚精竭虑地为之构思。这部倾注满腔热血所写成的书，廓清了土库曼民族的历史轨迹，讲述了土库曼人的智慧、传统、风习和意愿，蕴含着这位领袖的全部事业和主张，体现着他对祖国炽热的爱和执着的信念。《鲁赫纳玛》反映了国家最高领导人一切政治主张和经济主张，为土库曼斯坦当今社会改革和文化改革指明了方向。

历史是一面镜子，透视今昔，折射时代。《鲁赫纳玛》讲述的是人民命运的过去、现在和未来，既与时代息息相关，又具有深厚的历史积淀。它所阐述的世界观本质，正在深入土库曼人的自我意识之中，是土库曼民族的行动指南。

《鲁赫纳玛》是宣言书，是动员令，是治国纲领。《鲁赫纳玛》的使命是要激活人民的潜力，促使土库曼人从中获得精神力量并加强团结，为实现祖国强盛和人民富裕的辉煌目标而共同奋斗。

第二，《鲁赫纳玛》对土库曼民族史的描述展示了尼亚佐夫总统恢弘的历史观，以史为鉴，感化人民、规范人民、鼓舞人民，充满深情与哲理。《鲁赫纳玛》是一部百科全书，集中体现了尼亚佐夫总统的历史观、民族观和世界观。他以其深厚的文化底蕴和广阔的理论视野，将土库曼民族的兴衰历程和土库曼人的悲欢离合描绘得淋漓尽致。

土库曼人在历史上有过辉煌，也有过沦丧，反复多变，可歌可泣。在漫长而曲折的民族历史长河中，土库曼人的智慧和业绩曾不断被世人称颂。然而，土库曼人民近300年来的命运却尤其多舛，其中最重要的原因在于完整国家被瓦解，他们创造的存在了千百年的精美艺术象征物开始退化。可是，土库曼人的历史却没有得到一个统一的说法，土库曼人被盲目地歧视、贬低，这是长期令人郁闷的一大遗憾。《鲁赫纳玛》填补了这个空白，从历史的深处发掘越来越多的足以说明真相的明证。

《鲁赫纳玛》开卷醒目的"誓言"，表达了对祖国的赤胆忠心，这是该书的核心和灵魂。

《鲁赫纳玛》让人们懂得：土库曼人走过了漫长的道路，经受住了严峻的考验，创造了巨大的物质财富和精神财富。奋发向上和精诚团结是土库曼人不可磨灭的特点。

《鲁赫纳玛》让人们懂得：土库曼民族历史上的悲剧是外来干预造成的。在14—16世纪，由于闭关自守的土库曼民族长期内讧和自相残杀，昔日那个实力强大、威震四海的民族的光辉开始被磨灭。某些人抹杀土库曼人光荣的历史、诋毁他们的国际声望，则是别有用心的。

　　《鲁赫纳玛》让人民懂得：从领袖到每一个普通土库曼人，都应对民族命运、对自己的国家和社会、对它的完整和团结负有各自的责任。要使重建国家不断获得巩固，就要有巨大的耐心并付出艰苦的劳动。一切都要从零做起，要牢固地建立国家管理、民族经济、国际交往、军事防御的基础。

　　第三，《鲁赫纳玛》展示了尼亚佐夫总统的民族自豪感和历史责任心，蕴涵着为国家民族开拓美好前景的博大胸怀与坚强意志。他从国家民族的命运中，从父辈的业绩中，也从自身的经历中，认识和强化了民族自尊心和爱国心。尤其是在苏联时代，他在年轻的时候就看到了各方面的衰落，看到了人们精神上的空虚和对公正的怀疑。正如他自述那样："任何生活的磨砺都未能摧垮我的意志，没有使我变得更软弱，成功的喜悦也未能冲昏我的头脑，相反，我的心中始终有一个充满渴望的源泉在汩汩流淌——为自己的人民、自己的国家、自己生存的这片热土，为祖国神圣的历史，为祖国的今天和子孙后代而生活。"

　　《鲁赫纳玛》高度体现了"最宝贵的财富是智慧，最重要的遗产是教育，最可怕的贫穷是无知"的祖训。之所以能做到这一点，如尼亚佐夫总统所说，那是因为"土库曼的大自然是我感情灵感的源泉，土库曼人的历史是我思维灵感的源泉，土库曼人的记忆是我哲学灵感的源泉"。

　　1991年10月27日是宣告土库曼人精神发展过程的黄金时期开始的日子。土库曼精神进入了成熟时期。尼亚佐夫总统深信土库曼人拥有驾驭历史的能力、拥有创造自己未来的再生能力，并决心为政治生活、经济生活、社会生活和精神生活所需财富的持续性再生产创造条件，让人民过上丰富多彩的生活。

　　尼亚佐夫总统深情地道出自己的心声："我有幸在两个千年交替之际来领导土库曼人民。我肩负的责任促使我将我的全部能力和精力集中起来并把它们转化为全社会的力量，推动我国人民向前迈进。"

第四，《鲁赫纳玛》反映了土库曼人的共同心声，绘制了国家和民族走向美好未来的蓝图。《鲁赫纳玛》庄严地指出，为了自己伟大的历史，为了后代的幸福，应当卓有成效地完成现时提出的任务，建立一个不辱人类使命的社会。为此，书中提出了一系列重要的思想和主张，例如：

必须保持自身一切优秀的东西，放弃自身固有的、有害的东西，学会理智地、自尊地接受新事物，学会看到世界所发生的变化；

国家制度既要保持民族的独特性，又要符合联合国信守的全人类的所有准则；

力求使自己迈出的每一步不仅符合土库曼斯坦的民族利益，而且不会与本地区稳定和国际安全的要求相抵触；

不能忽视全人类的精神价值，不能从我们的现实生活中取消这种价值；

决定走自己的路，不仿效任何国家和任何民族；

不要在强大的民族面前卑躬屈膝，也不要在弱小民族面前趾高气扬；

中立国的大门向外部世界敞开着。

《鲁赫纳玛》自豪地指出，贵国用十年的时间跻身于世界经济发达国家的行列；同时又谦逊地谈到，这并不意味着土库曼人优越于另一个民族。《鲁赫纳玛》的一个重要论断深印在我的脑海之中：新的土库曼国家的思想有三个突出的基本特征，即民族独立、永久中立和鲁赫纳玛。

11 年前我曾来到贵国进行友好访问。土库曼人的纯朴和热情好客使我永不忘怀。贵国是世界上唯一无偿地向其公民提供燃气、电、盐和水的国家，对特别贫困的公民还免费提供面粉。这一切给我留下了极为深刻而美好的印象。《鲁赫纳玛》称："我们能够富裕、殷实地生活的时代已经到来。"

我衷心祝愿土库曼人民在尼亚佐夫总统领导下，再创辉煌！

（2004 年 11 月 17 日，在土库曼斯坦首都阿什哈巴德国际研讨会上的发言，原标题《〈鲁赫纳玛〉与尼亚佐夫的文化历史思想》）

公允原本是可以做到的

陈琼芝老师是我夫人施蕴陵的朋友，我也熟悉。她从 2002 年起患癌症，几年来一直在与病魔作顽强抗争，不幸于 2005 年 6 月 26 日逝世，享年 66 岁。出于理智和感情的驱使，我不得不写下这篇短文。

2003 年巴金先生百岁诞辰之际，北京各大书店里陈列了鹭江出版社出版的陈琼芝的论著《生命之华：百年巴金》。11 月 28 日，《北京晚报》在"阅读巴金"专栏中发表了一位作者的评述，介绍该书称，这本传记精心剪裁取舍，采用了纪年与专题相结合的形式，展现了巴金曲折坎坷、丰富多彩的一生，缕述和评价了他对中国文化发展事业作出的巨大贡献。本书对向来争议不断的巴金与无政府主义的关系作了清晰的梳理并重新评价，认为巴金是一位踏着无政府主义阶梯奔向光明的真正的人道主义者、理想主义者和爱国主义者。传记高度评价了巴金"最后的杰作"——82 岁完稿、用八年时间写成的《随想录》，它不仅控诉了"四人帮"的罪行、封建制度的流毒，还是巴金灵魂的忏悔录。因此，这本传记不仅写了巴金的辉煌，也忠实地写了他的迷惘、失落和复旧。这本传记内容翔实严谨、朴实流畅、深入浅出。掩卷之时，在我们面前会树立起一位真实可信的巴金形象。

这本书曾由山东画报出版社于 1998 年出版过一次，印数为一万册，这次鹭江出版社增加了一篇文章，又印一万册，销路极好。正如《北京晚报》编者所说：阅读巴金，是阅读一个有良知的中国优秀知识分子的典型遭遇，是阅读中国知识分子晶莹曲折痛苦的思想道路，是阅读一部缩微的 20 世纪中国社会变迁实录。

这本书的作者是我们熟悉的中国青年政治学院的陈琼芝老师。

由此，我联想到一件令人遗憾的事情。

陈琼芝老师和她的丈夫窦英才老师，都是搞文学专业的，分别研究中国现代文学和古典文学。从 1986 年至 2002 年，他们家和我家住在芙蓉里小区的同一座楼，只相隔一个单元。加之我的夫人施蕴陵是北京大学的老师，知识分子的特点使得我们两家过从甚密，成了好朋友。陈、窦这两位大学老师都有较高的专业造诣。据多方面信息，学校领导决定将陈琼芝老师评为教授，但由于错综复杂的人为因素干扰，她只能抱憾退休在副教授岗位上。面对这一段不该出现的周折，我们只能慨叹一声：公允原本是可以做到的！

（2005 年 10 月）

读书趣谈
——与中联部青年同志座谈

书，是成就一番事业的伴侣。我这是从人文学科角度漫谈。

小时候曾听长辈说，幼学如深漆。此言不假。我大约六七岁的时候，过春节，我和发小们在麦场上玩打钱墩，我的三哥俞进（江鹜）把我叫回家，拿出一本明朝解缙大学士少年时藐视当朝大官的对联故事集。相传解缙家穷，父母靠做豆腐谋生。他家对门是曹尚书竹林环抱的大院豪宅。解缙年方十岁，给自家茅屋贴上春联"门对千竿竹，家藏万卷书"，全然不把尚书大人放在眼里。曹尚书因之愤怒，命他前往，以对对子为放行条件。曹尚书不让他从大门进，出对讽刺：小犬无知嫌路窄。解缙昂然答称：大鹏展翅恨天低。曹尚书又挖苦他：出水蛤蟆穿绿袄。解缙给予反击：落汤螃蟹着红袍。曹尚书自视高明，再度责问：天作棋盘星作子谁人敢下。解缙哑然一笑：地为琵琶路为弦哪个能弹。这些压倒豪强让人解气的对子，至今还深刻在我脑海里。

一位长辈为引起我读书和做作文的兴趣，曾考问我：老师给学生的一篇作文写下批语"大有高山滚鼓之势"，你说说是什么意思？我脱口而答：形容作文很有气势。长辈说：否，闻其声可解其意思——"不通不通不通"。让我笑得肚子都疼了。

小时就听说"腹有诗书气自华"这句名言，却不解其意。《三字经》背诵过，似懂非懂，食而不化。长大一点，父亲拿出《古文观止》，试从《醉翁亭记》开篇，让我熟读。"环滁皆山也。其西南诸峰，林壑尤美……"至今不忘，且慢慢懂得"醉翁之意不在酒"被后人引申的妙处。长辈们常叨叨"书到用时方恨少，事非经过不知难"。这在成年之后尤其是走上工作岗位，才逐渐加深体会。

为什么要读书？宋代文人韩驹说："唯书有真乐，意味久犹在。"俄国作家契诃夫说："人要有三个头脑——天生一个头脑，从书本中得来一个头脑，从生活中得来一个头脑。"郭沫若曾寄语青年，要想取得成功必须具备"三大基础"，即思想基础、科学基础和语文基础。"万般皆下品，惟有读书高"这句套话，往往受批判；其实，从积极方面去理解，更可汲取其中合理的精髓。

书有多种：成形的书，成文的书，见闻的书。既要勤于读书，更要善于读书。中国古人读书有"三上"一说：马上、厕上、床上。又有"三余"一说：冬者岁之余，夜者日之余，阴雨者时之余。还有"三味"一说，据绍兴寿镜吾老先生后人称：读经味如稻粱，读史味如肴馔，读诸子百家味如醯醢（醯音 xi，醋之谓；醢音 hai，鱼酱肉酱之谓）。还有一句俗话：三更灯火五更鸡，正是男儿读书时。法国天文学家戴布劳格林说：自学有"三大原则"，即"广见闻，多阅读，勤实验"。

要博览群书，精读与泛读结合。正所谓：海不择流，有容乃大；锲而不舍，厚积薄发。读书忌讳的是不求甚解，浮光掠影，浅尝则止。

读书益处良多。就《论语》而论，内涵极其丰富，足可终身受用。

如何做人？那里说：君子喻于义，小人喻于利。君子坦荡荡，小人长戚戚。知者不惑，仁者不忧，勇者不惧。乐而不淫，哀而不伤。君子成人之美，不成人之恶。小不忍，则乱大谋。饱食终日，无所用心，难矣哉。人无远虑，必有近忧。多行不义必自毙。少之时，血气未定，戒之在色；及其壮也，血气方刚，戒之在斗；及其老也，血气既衰，戒之在得。

如何进取？那里说：学而时习之，不亦说乎。学然后知不足，教然后知困。不耻下问。博学而笃志，切问而近思。学而不思则罔，思而不学则殆。三人行，必有我师焉。朝闻道，夕死可矣。

我们还可以从各类好书中得到营养。《周易》说：天行健，君子以自强不息。司马迁提倡：究天人之际，通古今之变，成一家之言。魏征逝世，唐太宗亲临吊唁，痛哭失声，并说：夫以铜为镜，可以正衣冠；以古为镜，可以知兴替；以人为镜，可以明得失。朕常保此三镜，以防己过。今魏征殂逝，遂亡一镜矣。《淮南子·泰族训》云：智过万人者谓之英，千人者谓之俊，百人者谓之豪，十人者谓之杰，是为"英俊豪杰"。林则徐的对联大家耳熟能详：海纳百川，有容乃大。壁立千仞，无欲则刚。西方的许多名言也值得借鉴，例如，古希腊唯物主义哲学家、原子唯物论创始人之一德谟克利特说过，智慧有三果：一是思虑周到，二是语言得当，三是行为公正。

至于"书山有路勤为径，学海无涯苦作舟""宝剑锋从磨砺出，梅花香自苦寒来"可谓千古恒言，家喻户晓、脍炙人口。

当今腐败现象严重，古之箴言值得借鉴。《范增论》云：物必先腐也，而后虫生之；人必先疑也，而后谗入之。《菜根谭》云：人只一念贪私，便销刚为柔、塞智为昏、变恩为惨、染洁为污，坏了一生人品。故古人以不贪为宝。隋朝王通言：不取于人谓之富，不辱于人谓之贵。明朝吕坤言：鉴不能自照，尺不能自度，权不能自称，囿于物也。明朝汤显祖"四香"律己准则：不乱财，手香；不淫色，体香；不诳讼，口香；不嫉害，心香。他极其鄙视侧行俯立，好语巧笑，随人浮沉，都无眉目的软骨头、贱骨头。

陶冶情操的名言，更是数不胜数。清朝名仕吴青题于无锡惠山至德祠的一副对联：得山水清气，及天地大观，意思是获得山水精神，尽赏天地景象。唐朝王勃《滕王阁序》：落霞与孤鹜齐飞，秋水共长天一色。唐朝刘蕡：所发必正言，所履必正道，所居必正位，所迎必正人。元朝马致远《天净沙·秋思》：枯藤老树昏鸦，小桥流水人家，古道西风瘦马。夕阳西下，断肠人在天涯。清朝《格言联民璧·接物类》：人之谤我也，与其能辩，不如能容。人之侮我也，与其能防，不如能化。陈独秀在国民党狱中为刘海粟写的对联：行无愧怍心常坦，身处艰难气若虹。

我们是搞外事的，常见古为今用之范例：和为贵；君子和而不同，小人同而不和；德不孤，必有邻；己所不欲，勿施于人（被镌刻在联合国大厦上的一幅大型壁画上）。——以上皆出自《论语》。毛泽东的"东风压倒西风"说，引自《红楼梦》；大论战时为抓住主要矛盾，提出"豺狼横道，不宜复问狐狸"策略，来源于汉朝班固《汉书·孙宝传》。

我们还不妨从负面东西中透视出知识性。记得"文革"期间京剧被否定，有人将京剧内涵归纳为"明君贤臣、义主忠奴、痴男怨女、厉鬼天神"16个字横加批判。这恰恰让人从多角度回味起京剧承载的历史经典。

（2005 年 10 月 20 日）

南大附中是如何加强政治思想教育的[*]

在南大附中本学期开学之初，同学们不重视政治现象相当严重。高三同学一心巴望考大学，当"专家""工程师"；一般同学亦多认为"学好数理化，吃穿都不怕"；高二同学听说政治常识教师不能来上课都喜气洋洋，感到"舒服"。大部分同学不重视读报，生活作风自由散漫。因忙于啃书本，体育文娱活动亦不如上学期活跃，有些人利用体育文娱时间到图书馆看参考

文章发表在《新华日报》上

书。问题最严重的时候，有三分之二的学生干部不想工作。学生会宣传部副部长原来工作很积极，回到班上看见同学们都埋头啃数理化，心神不定起来。个别团员甚至说："如果现在我不是团员的话，我就不再入团了"。（因为团员要工作、要开会）上述情况，充分说明了同学们对学生当前任务——在爱国主义思想基础上提高知识水平，做一个才德兼备、体格健全的全面发展的青年——的认识尚很模糊，而个人主义的学习思想占着统治地位。

学校发现上述情况后，在党支部和行政的领导下，团和学生

---

* 本文写于18岁，当时担任青年团南大附中总支部书记。

会步调一致把纠正忽视时事政治学习现象、加强爱国主义思想教育列为两个月来的中心工作。经过不断的宣传教育和各项实际工作的提高，目前情况已有基本改变。

以下是我们纠正忽视政治倾向的一些情况：

第一，抓紧干部思想教育和团内教育，批判错误的学习思想与学习态度。

要通过学生干部和团员去解决同学中的问题，首先要解决干部和团员的思想问题。一方面对表现积极的予以表扬，一方面展开对错误思想的批判。特别要求干部和团员以新中国模范学生和优秀团员的标准来衡量自己。在团内则以团课和总支部大会为主进行教育，明确团员的任务和作用，通过典型人物事例进行批评与表扬。通过以上教育，学生干部和团员都加强了责任感，团真正发挥了它的先进作用和组织作用，对修订爱国公约、开展时事政治学习起了很大的保证作用。

第二，结合中心活动，贯彻爱国主义思想教育。

领导层抓紧了国庆节宣传访问工作，作为打开时事政治学习局面的开始。在动员访问时，使每一个同学较深刻地了解这一光荣而重大的政治任务，不仅是在教育群众，同时也是在教育自己，这在工作中将考验我们爱国热情的程度。由于进行了充分酝酿，工作中党、团、行政、学生会负责同志又亲自掌握了解情况、及时指导，同学情绪一天比一天高涨。晚上不愿睡觉，交谈着自己政治水平太低、时事常识懂得太少，不如居民。领导层针对这些具体事实，通过黑板报、广播、报告进行分析和鼓励，收效很大。

如，高三乙班张同学原来不高兴学习时事政治、不愿与干部讲话，此后即有很大转变。再如，庆祝志愿军出国作战一周年时，各班宣传员介绍了志愿军出国一年来的战绩，许多同学检查了自己的学习，感到和志愿军比较相差太远，因而积极要求学习。有的同学说："志愿军同志为了使我们能安心学习，不惜抛头颅、洒热血和美军搏斗，如今我们连报上关于他们的消息都不想看，真是可耻。"有的同学说："我们如果再这样下去，简直无脸和志愿军同志并称为祖国儿女。"这次对比后，高二乙班的同学即完成了70%的捐献计划，还写了很多慰问信，此外结合学生代表会传达的决议，扭转了师范班许多同学不愿做教师的思想情绪。

第三，宣传网的有力配合和宣传工具的正确运用。

各班宣传员（高中是本班的，初中是高中分配下去的）利用早操、降旗及饭后空余时间，针对同学中存在的各种思想问题和坏风气，展开宣传教育。例如，钱同学在初一甲班讲他们不很好遵守学习制度和生活规律，对不起祖国和志愿军同志，很多小同学听后哭了。该班风气就有很大转变。同时广播台、黑板报亦充分发挥了作用，成为常态化宣传教育的主要方式。

第四，采取自我检查和教育的方式展开思想斗争。

全市学生代表会决议传达前，我们在初三以上同学中进行过一次自我检查，内容主要是对全国学生第十五届代表大会决议的认识、时事政治学习、文化学习、体育文娱活动的表现，及今后如何纠正和克服等方面。这次全校修订爱国公约工作即在上述基础上进行。同学在讨论漫谈中展开了自我检查和思想斗争。这种经常的自我检查和思想斗争，不但推动了修订爱国公约的顺利完成，而且是今后促进同学重视政治的重要方法。

通过以上这些活动，目前南大附中同学中政治学习风气已日渐浓厚。不仅爱国公约已修订完成，而且在时事政治学习方面，高中同学能做到上政治课时记笔记，并进行预习。高三同学在课后还结合自己思想进行讨论；此外时事学习已开始常态化，固定每星期二、星期五自由活动时间为讲报时间，同学们习惯得如听课一样，初中同学觉得两次太少，主动要求多讲几次（目前大部分学校已做到每天读报，领导层亦可考虑改为每天讲报）。高中同学做到每天看报，各班经常举行时事测验。但南大附中在贯彻爱国主义思想教育上尚存在缺点，同学学习不正确思想尚未完全纠正。为巩固已有成绩并保证爱国公约的执行，除行政层仍继续提出加强政治思想教育外，学生会成立了爱国公约检查委员会，各班成立了爱国公约检查组，将通过检查工作，不断地提高同学们的政治热情，以取得更大的成绩。

（载《新华日报》，1951 年 11 月 22 日）

大学一年级课堂两篇作文

一处七排十四号

三轮车夫没有讨价还价，把我从火车站一直拉到了中国人民大学。到了地头，他还主动帮我将行李搬进传达室。我很感激，并且深深觉得首都工人不平凡。细想起来，"三轮车夫"这个名称未免太陈旧了，我内心只觉得"三轮车工人同志"这样的称呼才能确切地表达我对他的敬意。

俄文系办公室位于教室大楼的第二层。我怀着无限的喜悦去办理入学手续。正巧，李福德同学也刚进校办手续，我第一个认识了他。办妥手续后，我俩由系学生会福利部长引导，暂住在新建的灰色平房宿舍一处七排五号。

李福德同学是从河南新乡来的。我俩很快地熟悉起来了。这时五号房间还只有我们两人住着。新同学——应统一招考分配在人民大学的——尚未到齐。我们算早到了，几天无事，为排解一些寂寞，我俩就在学校各处观光，同时也想借此熟悉一下人民大学的环境。李福德同学对我说："这所学校多空旷呀！似乎无法辨认出这是一所大学，既没有阔绰的门面，又没有完善的设备，活像农村里初建的工厂宿舍区。"看来，人民大学并不是他想象中的那么美好。我不由得奇怪起来：初来乍到，还没有弄清楚人民大学的实质，他为何竟显示出不甚喜悦，甚至带有失望情绪呢？

9月13日晚上，五号房间的七张床位住满了人。五位带上海口音的同学成了我们的新伙伴。我一向不习惯上海话的生硬难懂，但是，对于这些新伙伴，我却由衷地表示欢迎。他们也不因为我是异乡人而有所隔阂。他们也能说一口带口音的普通话，这毕竟比"哈马子"要悦耳得多，这也给我们的共同生活带来了不少方便。

两天之后，寝室调整，我们搬到一处七排十四号。寝室的成员也略有变动：搬走了两位上海同学，加入的两人，一位是北京的，一位是开封的。李福德同学没有和我分开，我俩很愿意住在一道。

七个人和谐地生活着，彼此的了解逐渐加深。李毓杰同学曾经在上海俄文专科学校读过一年半俄文，现在已经具备阅读简单图书和进行普通会话的水平。吴仁富同学曾经在中学学过三年俄文，每周仅有四课时，所以他的俄文水平较前者略逊色。我也听过俄文课，能识得33个字母和少许词汇。李福德等几位同学一向读的英文，还没有见过俄文字母。——如此水平不等的现象，马上引起了两种反响：学习过的同学认为从字母开始学毫无意思，没有学过的则害怕追赶不上。开课前，大家怀着观望的心态，等待系办公室的合理安排。

"俄文系的宗旨是培养中等师资"的消息传开了，这引起全室的骚动。寝室里原本观望的平静被打破了！

"我的第一志愿是外交，谁高兴当教员？做教员又何必学俄文？体育教员岂不是比俄文教员更轻松吗？"李福德同学喉咙粗、声音大，想说什么就说什么。他每天嗟叹不已，后悔没报考体育学院，认为录取到人民大学俄文系，吃了亏、上了当。"早知道人民大学俄文系培养教员，考上北京大学俄文系将来做文学翻译工作多好呢！"李毓杰同学的第一志愿原是北京大学俄文系，他的口吻不是遗恨填错了专业志愿，而是惋惜考不上北京大学。应寿礽同学是经组织动员报考人民大学外交系的，他不能理解为什么分配在俄文系。他比较冷静，不在口头上乱叫，也不在脸上显出埋怨。杨育桥同学和应寿礽同学的性格差不多。他是报考对外贸易系的，人民大学并没有招收这方面的新生。他在脑子里打着问号：那么为什么在升学指导上注明对外贸易系呢？有趣的是范若尧同学，他平时少言寡语，但说出一句，就叫人哭笑不得。他说："我们很'幸福'，考取了中国人民大学'师范系'。"他的不满潜藏在心里，碰上机会，偶尔来一句妙语，发泄一下。再一个是赵文良同学，他是北京人，比较熟悉人民大学。他知道上届一年级的俄文教员是苏联人，而今年却改为中国教员，他很不中意。他来校得早，听过了几天课，于是在寝室里常常用"创造性"的"女高音"模仿俄文教员的俄语口头语，这往往逗得全室人哈哈大笑，有时甚至吸引不少"外宾"，结果更助长了他的神气，整天陶醉在笑话之中。

某星期日，全室同学分别去清华、北京大学参观，晚上便畅谈起外游观感。大家都纷纷赞美北京大学的美丽校景和清华大学的学府气魄，归根结底觉得人民大学徒有虚名，更重要的是谁也不肯干教师这一行。于是，有的想转系，有的想转学，甚至还有个别同学打算回家待上一年，明年再考工科。

情况发展到极其严重的地步：晚自修时吵闹，熄灯后聊天，寝室几乎被牢骚和怨言所笼罩。我是民选的室长，既必须对同学负责，又必须对领导负责。因此我及时将以上情况反映给组织，并要求立即给予解决。

正在这当儿，我又奉调搬到十五号房间住。李福德同学也一道搬了。他是发牢骚的主将，这样一来，大可削弱十四号房间的力量。但是，从此以后我毕竟对他们了解得很少了。我离开了牢骚的环境，却不能平静下来……

系办公室非常重视本班，特别是十四号房间的情况，便采取了一连串的措施来改变这种混乱状态。罗俊才系主任亲自向本班同学介绍了人民大学的内部情况，谈到了俄文系的教育方针，并且针对不愿做教师的思想进行了批判，还答应学过俄文的同学在经过测验后可以调到一、二班（进度快一个半月）。学生会召集本班同学座谈，由几位模范生介绍了学习经验和学习方法。我无法很快知道这些措施使得十四号起了什么变化。但是近来，作为十四号的邻居，已经不容易听到他们牢骚性的语调了。偶尔从十四号门前经过，由窗外探头窥视，李毓杰同学、赵文良同学……都埋着头在写练习、翻字典……

也许这就是一处七排十四号初步转变的景象吧！我真想抽出较长的时间，如同回到亲切的故乡一样，去十四号访问一次。我想，他们的进步定会使我吃惊的。十四号将会如同我的故乡一样，获得解放，获得新生！

（1953 年 10 月）

附：汪金丁老师批语

这是一篇活泼生动的速写，并且明确地表达了作者的观点。有几个人物还可以更加夸张刻画一下。

《可爱的中国》读后

正如冯雪峰同志的《影印本说明》一文中所说："《可爱的中国》，这是一个伟大的共产党员的、非常朴素的一段自述；同时也是一篇非常真实、优美和有力量的文学作品。"我阅读了方志敏同志这部遗著，有着同样深切的感受。

方志敏同志是伟大的爱国主义者，爱憎分明。他痛恨帝国主义，恨它野蛮地踩躏着中国；他热爱祖国，比祖国为母亲，视人民为亲人，为人民的痛苦而痛苦。方志敏同志是具有远见的革命家。他痛骂了卖国贼，并深信中国有得救之日，对中国的未来怀抱着伟大的理想。方志敏同志是不屈不挠的共产主义战士。他忠于人民解放事业，直至献出了宝贵的生命。《可爱的中国》告诉了我：方志敏同志是一个不平凡的人，是毛泽东式的伟人，是中国人民的优秀儿子，是我们青年一代的崇高典范。同时，《可爱的中国》又使我更加明白：新中国诞生是多么不容易呀！我们这一代是幸福的了！不仅如此，他还给我们描绘了一幅祖国的美丽远景，号召我们为社会主义的祖国而奋斗！

方志敏同志出生在清贫家庭，小时受着经济的压迫，上不起学校，这就促成了他对旧社会的仇恨，对帝国主义的仇恨。还是在小学时期，他就参加了反对日本帝国主义的"拒用日货"运动，亲手销毁了家中的日本牙刷、席子、面盆……爱国主义思想，这时已经在他的头脑中萌芽、生长！

旧中国的一切，是不能独立自主的。中国的邮政局长居然也是"碧眼黄发高鼻子的洋人"。方志敏同志这时还非常年轻，但是他感到奇怪："邮政并不是什么奥妙的事情，难道一定要洋人办才行吗？中国的邮政，为什么要给外人管理去呢？"就在方志敏同志读书的学校里，"西人教员，都是二三百元一月的薪水，中国教员只有几十元一月的薪水；教国文的更可怜，简直不如去讨饭，他们只有二十余元一月的薪水"。方志敏同志为这些不合理的现象而愤愤不平："只要你不是一个甘心亡国的懦夫，天天碰到这些恼人的问题，谁能按下你不挺身而起，为积弱的中国奋斗呢？何况我正是一个血性自负的青年！"

正是这样，在旧中国，到处是吃人的屠场。帝国主义在中国的土地上畅所欲为，为非作歹，而不受任何限制。在法租界的公园门口挂着"华人与狗不准进入"的侮辱中国人的招牌，这怎能不令人发指呢！方志敏同志正和无数革命家一样，内心已经燃烧起革命的火焰，随时会烧向封建主义势力和帝国主义者！

方志敏同志曾经在一只外国轮船上见到，三个贫苦的中国人因为买不起船票而被痛打和侮辱。他更加体会到中国人民的苦难，更加仇恨帝国主义者。

《可爱的中国》用很多鲜明的实例，写出了旧中国的黑暗、帝国主义者的可恨可耻。生长在新中国的我，从幼年起便呼吸着自由的空气，过着幸福的生活，并不知道旧中国的面目和实质，因此也不太感到新中国之来之不易。《可爱的中国》告诉了我很多中国的历史知识，同时也更使我热爱今天的祖国，这伟大的中国，可爱的中国！

《可爱的中国》教育了我什么呢？——在旧中国，"到处可以看到高傲的洋大人的手杖，在黄包车夫和苦力的身上飞舞；到处可以看到饮得烂醉的水兵，沿街寻人殴打；到处可以看到巡捕手上的哭丧棒，不时在那些不幸的人们身上乱揍；假若你再走到所谓'西牢'旁边听一听，你定可以听到从里面传出来在包探捕头拳打脚踢毒刑毕用之下的同胞们一声声呼痛的哀音……"这黑暗的时代过去了，永远过去了，一去不复返了！

《可爱的中国》教育了我什么呢？——"半殖民地的中国，处处都是吃亏受苦，有口无处诉。但是，朋友，我却因每次受到刺激，就更加坚定为中国民族解放奋斗的决心。我是常常这样想着，假使能使中国民族得到解放，那我又何惜于我这一点蚁命……"这是一个伟大革命战士的呼声，热爱祖国的共产党员的誓言，这就是不朽的烈士的形象，我生活道路上最优秀的榜样！

《可爱的中国》教育了我，对帝国主义对旧制度应该切齿憎恨，对伟大的祖国应该热爱，为了她，甚至可以献出自己的生命，这乃是人生最大的幸福！

方志敏同志具有革命远见。他所比喻的被帝国主义者蹂躏、糟踏的可爱的中国——母亲，今天已不再是一副憔悴褴褛和污秽不洁的可怜的形象了。"中国真是无力自救吗？我绝不是这样想的，我认为中国是有自救的力量的。"方志敏同志的预见是正确的。中国人民在中国共产党和毛主席的领导下，推翻了三大敌人。旧中国的面貌焕然一新了，中华人民共和国成立了！人民当了家，做了主人。

也正如方志敏同志所说："中国一定有一个可赞美的光明前途。"今天的中国，光芒万丈、前程万里的新中国，正是方志敏烈士所期望的中国。可以告慰于方志敏烈士：你的理想没有落空，你的血没有白流！人民永远悼念着你，怀念着你，不朽的烈士！

看了《可爱的中国》，既知道过去路，又知道了将来。方志敏同志以共产主义的笔、爱人类的热血，描绘了一幅社会主义、共产主义的图画。这幅图画，今天，正由毛主席提出的过渡时期的总路线，使之成为有生命的了。

"到那时，到处都是活跃跃的创造，到处都是日新月异的进步，歌声将代替了悲叹，笑脸将代替了哭脸，富裕将代替了贫穷，康健将代替了疾苦，智慧将代替了愚昧，友爱将代替了仇杀，生之快乐将代替了死之悲哀，明媚的花园将代替了凄凉的荒地！"这是一段烈士的话，同时也是新中国的缩写。烈士坚信的"这么光荣的一天，决不在遥远的将来，而在很近的将来……"完全证实了！

中国是可爱的，中国是伟大的。当我们想起无数为她而牺牲了的烈士的时候，我们更觉得她伟大可爱。因此，我们要好好保护住她，决不让帝国主义强盗再来伤害她；我们要建设她，让她更美丽起来！

（1954 年 4 月）

附：汪金丁老师批语

你能抓着可爱的中国里最主要的东西写，不仅是由于你会概括，还由于你的看法深刻。结构，不是单纯的技巧问题，你这篇结构好，是同自己的思想方法分不开的。

第七部分

游记篇

三次迁居看北京

凝思新中国诞生以来北京的沧桑变化，犹如一幕幕令人心潮澎湃的电影画面在脑际掠过。我想通过自身经历的一些小事，谈谈对北京"变"的感受，这样或许可以见微而知著吧。

我初次见到首都北京，是在 1951 年 7 月出席中华全国学生第十五届代表大会期间。代表们怀着十分崇敬又有点好奇的心情，在会址辅仁大学礼堂聆听了朱德总司令的讲话和李立三等负责同志的专题报告，参加了彭真市长为欢迎代表们在中山公园举行的火树银花晚餐会。我记得彭真同志曾兴致勃勃地将在座的老舍先生和《谁是最可爱的人》的年轻作者魏巍介绍给大家。会议开得比较紧凑，我们只能有重点地游览了雄伟的故宫和秀丽的颐和园，观看了首钢的前身——石景山钢铁厂炼焦炭和铸铁作业流程。当时北京给我留下的最深刻印象，是她那独特的古朴风貌与浓郁的文化氛围。

我隔年再次进入北京，已是中国人民大学俄文系的学生了。我在城里办完入学报到手续之后，与几位新同学结伴赴校，乘坐 32 路（后来改为 332 路）公共汽车从白石桥一直往北，感觉这里是一个既边远又空旷的郊区。环顾左右，大片庄稼地连着稀疏的农舍，很少见到高层建筑。路是狭长的，其总宽度大约是白颐路的八分之一。道路两旁栽种了整齐的白杨幼苗，有人告诉我，十年下来这些树苗便会穿天伫立。后来果真如此，且随着马路的拓宽更新了几茬儿。中国人民大学当时仅有一座比较"气派"的三层深灰色教学大楼，其余校舍都和居民楼相仿。部分教师住

447

的红楼，算是令人称羡的了。俄文系和外交系学生的宿舍是一排排的平房，灰色砖瓦，红棱窗户。梁思成先生有一次来校做报告时风趣地打比方说，那是"熬夜的记者——脸皮发灰眼圈红"。俄文系仿佛也是一株幼苗，曾被一再移植，先是从中国人民大学抽出与北京俄文专修学校组成北京俄语学院，后来又同北京外国语学院合并，经再度易名，成了今天的北京外国语大学。我的两个母校——中国人民大学和北京外国语大学，随着首都的蓬勃发展而茁壮成长，今天都堪称教学成就斐然、校舍恢宏美观的著名高等学府，而两校的所在地当年北京西郊的风貌，则看不出与城区有多大的差别了。

我在北京生活了将近半个世纪，不算在学校住宿，共迁居三回。个人的亲身经历证实了这样一个说法：自从实行改革开放以来，北京是世界上变化最快的首都，如果说 20 世纪 50—60 年代是几年变一个样的话，那么 70 年代末—80 年代则是年年变样，90 年代更是月月变样。我想，跨入 21 世纪之后，变化的节奏势必还会加快。

20 世纪 60 年代初，我从国外结束工作归来，把家安置在妻子施蕴陵任教的北京大学。当时所住的北京大学清华园六公寓，门前煤渣路已变成柏油路，但仍是狭窄而粗糙的。附近的公共汽车站设在蓝旗营，距家有 500 多米。女儿刚三岁时，妻子因工作需要远离北京，参加社会教育工作。孩子在我单位幼儿园全托。每逢星期一，我便进入周期性紧张，一大早抱着孩子赶到公共汽车站等车（步行至少 15 分钟），有时等候良久，先坐上 31 路公共汽车到中关村，再转乘 32 路公共汽车到动物园，又是一阵等待后，再转 2 路无轨电车，才到我的工作单位附近木樨地。路上要周折一个半小时左右。忙乱之中，尤其是冬天，我抱着"披头散发"的女儿赶路，在车上为她扎小辫儿。久而久之，售票员和同车的乘客已经认识"扎小辫儿"的了。一看到我来，总是亲切地给我让座。此情此景，不觉已是几十年前的场景，回忆起当时慌乱的窘态，不禁哑然失笑。如今，北京大学清华园六公寓门前已有 362 路、375 路和改道的 331 路公共汽车通行，加上从国防大学到北京西客站的专线车和横贯北京的 801 空调车，交通方便得多了。

1965 年夏秋之交，我家迁至木樨地大桥西侧。此桥本是一座老木桥，不止一次出现过险情，后来几经翻修重建，成了今天这样被高大的立交桥覆盖着的载重可观的水泥大桥。桥下的小运河，原先水浅道窄，经过多次疏浚，加上两岸护坡绿化，变得非常壮观，据说不久将开通游艇，可驶向颐和园。由于市政建设的需要，早年木樨地香飘遐迩的桂花树群，被割爱砍伐，我是一直为之惋惜的。我还目睹了北京地铁第一期工程从施工到运营的全过程，可惜就是没有通往北京大学的线路。妻子每天凌晨赶赴学校上课，来回倒车奔波，实在累得够呛。有一天，突然发现马路边竖起了从木樨地到中关村的 320 路公共汽车站牌，这简直是福从天降，我俩喜出望外，额手称庆。如今，从北京大学到木樨地，不仅北边铺设了现代化的白颐路，而且南边街道的改造亦在规划之中；除增设的公共汽车外，出租车招之即来，今昔相比，差别如此之大，实在令人振奋不已。

时隔 20 年，1986 年春，我又去国外工作。为了妻子和在北京大学就读的孩子方便起见，家又搬到北京大学附近新建的小区芙蓉里。当初这里名叫"万泉河北区"，除去几幢孤零零的楼房外，映入眼帘的是大片坑坑洼洼的泥巴地。据说这里原是养鸭场的一隅，所以瓦砾杂呈，群蝇乱舞，气味怪异。对于这样的环境，家人都觉得难以适应。有一次，时任海淀区委书记的沈仁道同志对我说，放心住吧，芙蓉里会越变越好的。此话丝毫不错，经过一些年的精心建设，芙蓉里变成了一座花团锦簇的小区。20 世纪 80 年代末，芙蓉里小区便跨入北京市第一批花园式居住小区的行列；90年代，开始实行全封闭式管理。1990年，成为海淀区"文明居民区"；1992年4月，被首都精神文明建设领导小组授予"首都共建文明居民区"称号；同年9月，被国家建设部命名为"全国文明居住小区"；1994年，被市政府命名为"市优秀住宅管理小区"；1995年，被国家建设部命名为"全国优秀住宅管理小区"；1997年，成为中宣部推荐的全国百家文明示范点之一；1998年12月，芙蓉里又被国家建设部命名为"全国城市物业管理优秀示范住宅小区"。桂冠一顶接着一顶，广播、电视和报刊也曾加以宣传报道，这些都是符合实际的。不过，憾事也还是有的。践踏草坪，攀折花枝，乱扔杂物，尤其是恼人的盗窃现象，仍时有发生。也不知什么缘故，去年冬天小区的供暖情况反常，室内居然要穿小棉袄御寒，离退休老人叫苦不迭。我想这些应属改善物业管理之列。从今春开始，按照北京市和海淀区总体规划，芙蓉里与北京大学畅春园宿舍区之间那块一度充作农贸早市而被搞得脏乱的农田，正在被改造成为一座布局别致的休闲娱乐公园。万泉河西侧的绿化地段也在从南边的巴沟村向北边的芙蓉里一带延伸。芙蓉里的周边环境处于不断优化之中。这里我要特意提到芙蓉里居委会。在年近古稀的居委会主任周静大姐的带领下，居委会同志积极配合物业管理，无分节假日，勤勤恳恳地操劳，想方设法多办好事，为美化小区、造福居民作出了难能可贵的贡献。

常言道，知足常乐。我家三次搬迁，住房面积从一间起逐渐增加，堪称上乘的了。居住环境也从脏乱，到洁净，到优雅，是够称心如意的了。再说，儿女以比我辈早得多、快得多的进度，各自构筑了安乐窝，住房又用不着做父母的操心。所以，我是不应该也不打算再搬迁了。但是，对于北京的大环境，我仍觉得有不少话要说。

由于工作性质的关系，我曾经到过欧美不少发达国家的首都和大城市，其中 1988 年那次赴南斯拉夫考察，是与贾庆林同志一起去的。一国之都，往往要反映其民族特色，这方面北京有着自己独特的、被世人交口称赞的优势。但是，从文明习惯和环境保护角度来看，北京同国外大城市的差距依然明显。北京要成为世界上一流的首都，尚需花大力气、大投入。我想，毕竟事在人为，关键在于提高人的素质和加强管理，说到底还是涉及教育程度与科技水平的问题。最近一个时期，北京市领导注重治理汽车尾气、违章建筑、白色污染和流动人口问题，初见成效，受到好评。人们期盼百尺竿头更进一步，努力把北京建设成为一个与中国世界威望相称的现代化首都。

（载京华出版社编：《家居北京五十年》，北京：京华出版社，1999 年版）

青岛广场音乐之夜

早先听说青岛有一个"广场音乐之夜"，精彩纷呈，深受群众喜爱。前些时候我应邀赴青岛参加一项文化活动，其间得以现场体验，确是百闻不如一见，令人振奋不已。

青岛音乐广场位于青岛东部浮山湾海滨，是岛城一处独特的、具有全新理念的文化广场，也是中国目前最大的音乐广场。所谓"独特"，因其设计以音乐、休闲、娱乐为主，融文化、观光、购物于一体。广场音乐之夜全称为"奥运之声——钢琴王之友周末音乐会"，演出场地高耸着白帆式顶棚，典雅而别致。广场内伫立着贝多芬、聂耳、冼星海等国内外文化名人雕塑。一架特制的长达数米的世界最大的数字钢琴，固定在演出场中。举目环顾，五四广场和市少年活动中心濒海毗邻，夜幕下灯火辉煌、波光粼粼，孤岛依稀可见，海水拍岸之声犹如天然配音，文化景观与自然景观浑然一体。

广场演出每逢周末举办，以大海为背景，以音乐为桥梁，以群众为主角。节目预先登记，亦可现场报名。演出者自备配音磁带，由音响伴奏。晚 7 时开始，持续两小时，由图书馆专业人员主持。我在文化局副局长、音乐广场策划人李雪华等人陪同下观看了演出，当晚的节目有独唱、小合唱、舞蹈和乐器演奏。演员年龄从 7 岁到 70 岁不等。一位八岁的小学女生和一位刚考取解放军艺术学院音乐系的男生，分别独唱流行歌曲，韵味十足。一位高中二年级学生演唱《乌苏里船歌》，颇有郭颂的风采。一位 50 多岁的女士清唱现代与古典京剧，从其演唱功底可以判断出她曾是专业演员。一位女学生的笙演奏之美妙，想象不出她才十岁。四位美国留学生表演即兴小合唱，边歌边舞，纯真中带着腼腆。一位酷似王洛宾打扮的老人，深情地表示"让我们不忘老一辈领导人"，慢节奏地高唱《绣金匾》，引得观众拍掌呼应。一个不到两岁的女娃，伴随音乐翩翩起舞，大胆地扭进演出圈，引起观众阵阵欢笑。观众来自各个行业、各年龄段，包括不少外地打工者。他们四围站立，秩序井然，尊重演员，不时报以热烈掌声。演出结束后，人们笑逐颜开，流连忘返。

　　青岛音乐广场那种观众与演员融为一体的动人情景，令我感慨万千，一直难以忘怀。群众如此喜闻乐见，又是免费休闲，周末将人们吸引到格调健康、文化氛围浓郁的娱乐场所，足以陶冶人们的情趣，提高青少年的精神素质，增强社会的凝聚力、亲和力。这是多么有意义的事情！文化在中国特色社会主义建设中的地位是何等重要！

　　青岛广场音乐之夜来之不易。李雪华向我介绍说，青岛能有机会承办2008年奥运会水上项目，是一次历史性机遇。通过举办奥运会推进城市各方面发展，人文奥运是一篇大文章。青岛与奥运文化接轨的项目仅此一个，务必要办好。她还介绍说，当初认识上的阻力还是不小的。她亲自组织策划，编写方案抓实施，经参与单位一致同意，奥运之声——钢琴王之友周末音乐会终于在2001年8月17日晚7时拉开序幕。著名电视主持人陈铎及其《话说青岛》摄制组曾去现场拍摄。

　　"奥运之声"奏响了大海与音乐的交响曲，至今已演出380多场，节目500多个，观众几十万人次。"音乐之帆"下面聚集的，不仅是一批音乐爱好者，还有来自五湖四海的观光游客。音乐广场的周末音乐会成为青岛广场文化的一个缩影。2002年4月，青岛文化局采取市场运作方式，举办了"青岛市公益文化项目推介会"，把近几年培育起来的公益文化项目进行梳理、筛选和包装，推出了 60 多个公益文化项目供企业和社会选择，结果有 65 个单位认领了 68 个公益文化项目。公益文化不仅由政府办，也要社会一起办，这是运用无形资产经营城市、倡导公益文化社会办的一条成功之路，也是弥补公益文化事业持续发展过程中经费投入不足的一种有效方式。

一定要把 2008 年奥运会办出水平、办出特色，这已成为青岛人的共同心声。"奥运之声——钢琴王之友周末音乐会"将以其独特的魅力，享誉国内外。青岛这座依山傍水、经济可持续发展的锦绣城市，会变得更加美丽。

（载《中国测汇报》，2002 年 11 月 19 日）

晋土诗情画意多

　　山西离北京不算远，我却知之甚少，总觉是件憾事。夫人施蕴陵当年在北京大学的一位山西籍女学生刘彤宙，改革开放后在家乡干出了一番事业，执意邀请施老师和我前往做客。身临晋北、晋中，我被那里的灿烂文化和奋发精神所深深感染。

　　常言道，陕西文化在地下，山西文化在地上。大同有瑰宝云冈石窟，有杰作悬空寺，有"世界之最"应县木塔，各具特色，令人赞叹。太原晋祠以"三绝"闻名于世，久仰的董寿平字画陈列其间为之增色。平遥古城是中国境内保存最完整的一座古代县城，作为国家历史文化名城被联合国教科文组织列入《世界遗产名录》。平遥城里的日升昌票号，创立于道光初年，是中国第一家专营银钱汇兑、存放款业务的私人金融机构，游客络绎不绝。途经阎锡山故居，第一眼便见到李一氓题写的五个金色大字，立即唤起我对李老的缅怀之情，这位老领导生前曾给我以深切的关怀。电影《大红灯笼高高挂》的拍摄地乔家大院，灰砖瓦屋群前后左右贯通，见证了主人当年从卖草料、磨豆腐起家的创业史。我们足迹所及，文化斑斓纷呈。至于自然风光，更不待言。登上恒山高处景点，想起有人曾形容五岳酷似姿态各异的巨人：泰山——坐着的巨人，华山——站着的巨人，衡山——蹲着的巨人，嵩山——躺着的巨人，恒山——奔跑着的巨人。比喻生动巧妙，难免心生对恒山的偏爱。五台山别有洞天，既不似庐山烟雾袅袅，也不比黄山云雨变幻；既不同于阿尔卑斯山逶迤绵长，也不像喀尔巴阡山乱石叠嶂。它犹如一只天然巨型陀螺，绿

455

山环抱，小溪穿流，密集的寺庙掩映在树丛中，车道蜿蜒仿佛从天而降。

此行，我结识了著名作家、书法家，山西宣传出版界的老前辈，小说《太行风云》的作者刘江先生。他赠我一册由他和谢启源合著的"有书、有画、有印、有评论"的大型精装本《傅山书法艺术研究》。这部巨著是三晋文化研究会的一大成果。我早年听说过傅山乃山西之骄傲，但对其知之甚浅。傅山原名鼎臣，字青竹，是一位大思想家、大文学家、大医学家，划时代的书法艺术大师，侯外庐先生称之为"十七世纪中国思想界的一支异军"。傅山早年丧妻，晚年尤其是出家之后，寄情于山林野趣之间，超然于红尘俗物之外，做妇科大夫，写诗，画画，穷得开心。鲁迅先生对傅山的道德和文章大加赞赏，曾在日记中抄录傅山语："老人家是甚不待动，书两三行，够如胶矣。倒是那里有唱三倒腔的，村老汉都坐在板凳上，听什么飞龙闹勾栏，消遣时光，倒还使得。姚大哥说，十九日请看唱，割肉二斤，烧饼煮茄，尽是受用……若到眼前无动静，便过红土沟吃两碗大锅粥也好。"事有凑巧，上海《解放日报》于7月20日登载著名画家黄永玉的文章，也引用上述鲁迅摘抄的傅山语，借古喻今，感慨万千，说眼前一些人离老和死还差好一段路，便急急忙忙把自己圣化起来，丢弃珍贵的人间平凡、欢乐温暖。

山西人奋发进取，耿直友善。大同市委领导知我此去，安排我利用双休日给县处级以上干部讲一讲当前世界形势和邓小平国际战略思想，他们听报告时的专注给我留下了深刻印象。我们驱车前往五台山途中，碰上赶修公路，民工们通融放行，指挥车还开道引送一程。太原至旧关高速公路段，经建设者加紧施工优质高效完成，从此贯通太原—石家庄—北京一线，"太旧精神"传为美谈。老百姓戏言精神岂能"太旧"，何不称作"原关精神"？太原迎泽大街堪称"大手笔"，可与首都长安街媲美。煤城大同却有北京难见到的湛蓝太空。汾河干涸，与长江、松花江洪水截然相反，山西人民正在为早日完成引黄河水工程大展拳脚。

改革开放在山西硕果累累，服务业唐都集团便是一例。1988年，一位26岁的复员军人承包了省电影公司的兴隆饭庄，奋斗三年，对之进行大规模改造，取名"唐都大酒店"，从此"唐都"开始在太原市饮食服务业崭露头角。十年下来，该集团已成为由九个子公司组成，以餐饮、住宿业为主，兼装饰装潢、房地产开发、养殖等多种经营的民营企业法人联合体。其中"三晋餐饮业的龙头"太原唐都大酒店和大同唐都大酒店，堪称初具规模的豪华大酒店，以粤菜经营为主，兼营淮扬菜、川菜、晋菜等菜系，荣获"特一级店""食品卫生信得过单位"称号。在政府关怀下，唐都集团正朝着与国际接轨的目标努力。与此形成对照并引人深思的是，我们见到一个毛家酒店，门口迎客者和流动服务员一概穿着灰色军服，裹绑腿，戴八角帽，佩红臂章。店里不停地播放各种革命歌曲，包括"文革"期间流行的"语录歌"。看似别出心裁，却似乎并不受青睐。

阔别多年的师生，此次情结山西，可说是北京大学百年校庆的一个小小延续。在太原工作的和从西安特意赶来的施蕴陵的学生们，举行了一次情谊深重的卡拉OK联欢会。大家要我出节目，我按照《十五的月亮》歌曲，即兴填了一首陋词相奉送："仲夏一个夜晚，师生相聚唐都大酒店。十八年风风雨雨，如今尽情地交流欢唱。以往的岁月令人难忘，未来的前程无可限量。彼此心情都一样，盼望幸福辉煌。改革开放，奋发向上，一分辛劳一分热和光。祝愿大家，心系祖国，事业不断兴旺。"

（载《中国测绘报》，1998年9月1日）

大连文明印象

最近，我和《人民日报》崔奇、外交部刘琪宝、国防大学黄宏一行四人，为完成一项使命，出差去大连。阔别多年，市容焕然一新，真想象不出大连变得如此之繁华。这座站在改革开放前沿，一度被称为"北方香港"的城市，以其独特的山明水秀和开放城市共具的经济繁荣，尤以其精神文明之佳，给我们留下了深刻的印象。

大连环境优美，绿化搞得好。这不仅得益于天时和地利，更重要的是靠"人和"——精神文明。大连的公园、广场和道路两侧，处处绿草如茵，干净整洁，几乎见不到随意乱扔的瓜果皮、冷饮包装纸盒等杂物，更没有被人乱踩的痕迹。市民爱惜草坪，懂得美，会生活。大家养成了自觉维护环境卫生的习惯，且能互相提醒监督。一天夜晚，我们去市中心广场参观。广场的修缮规划曾听取过群众的意见，决定改用白色方块大理石铺地，半月前刚竣工。广场能容纳数万人，灯火通明，乐音缭绕，秩序井然，确是民众休憩的好地方。老人静坐，青年谈笑，儿童戏耍，有喝饮料的，有吃零食的，也有吸烟的，但地面却保持非常干净。比起某些城市，这里的环境卫生高出一筹，我们不由得连连赞叹。大连的治安较好，也是依靠群众配合。许多离退休职工自愿担任纠察，打击和遏制"黄""赌"的积极性、主动性得到充分调动。

大连市政府机关，同全国一样，实行五日工作制。但是，双休日仍有许多人办公。他们说，事情做不完，就无所谓假日了，大家已取得共识，养成习惯。市政府机关原先工作秩序也有不少毛病，例如，提前下班去食堂吃饭，工间休息和午休时间下棋、打扑克。为保证工作质量，并在各级机关与市民中树立表率，市政府对这类现象曾明令禁止，但一度收效不大。后来，市领导明确指出：提前下班吃饭，说明没事做，那么就要精简机构；下棋、打扑克纠正不了，说明主管的局、处长工作不得力，那么就要调整领导班子。这么一来，问题便迎刃而解了。市政府机关又开展学习孔繁森主题教育和活动，使得大家精神面貌更加积极向上。由机关自编自演的诗歌联唱，收到很好的教育效果。演出过程中向孔繁森默哀致敬的场面、《公仆之歌》唱到"一身正气民心顺，两袖清风天下安"时的激昂高亢，让许多人热泪盈眶，情景十分感人。

大连的精神文明教育，还深入集体和乡镇企业。我们所参观的各处，都把自身的发展首先归功于党的好政策。多年来，它们不断捐助社会教育事业和贫困地区，以实际行动响应市政府"行善积德"的号召，与"为富不仁"决裂，并且表示要把自己的命运始终同国家和社会的前途紧密联系在一起。

我们此次去大连，逗留时间短暂，但获益匪浅。大连在加强物质文明建设的同时，狠抓精神文明并取得明显成效，使我们感受至深。市政府为加速解决诸如淡水来源、控制物价、扶贫济困等问题，为进一步提高社会精神文明和美化环境，正在积极运筹谋规划之中。他们"不求最大，但求最佳"的务实精神，"有第一就争，有排头就上，有冠军就夺，有红旗就扛"的豪迈气概，令我们难以忘怀。

写到这里，最后也得补充一点。2006 年 1 月 29 日 9 时，老学长周民潮来电话，方知我于 2005 年 6 月 18 日寄往大连沙河口区高尔基路 153 号的《俞邃文集》，他没有收到。2006 年 1 月中旬，我寄往大连沙河口区西南路 800 号的明信片回件，也没有被收到。大连的邮政，不知后来改进得如何？

（1995 年 9 月初稿，2024 年 6 月修订）

瑞士柯峰之行

1994 年 8 月 15 日至 25 日，在位于日内瓦湖畔与阿尔卑斯山麓交接处的"柯峰"宾馆，召开了由瑞士"道德重整"基金会发起的年度国际问题讨论会。会议主题同 1993 年一样，依然是"发生危机的地区和正在恢复的地区——相互学习"，重点讨论地区热点问题。来自世界五大洲 66 个国家的 500 多名代表共聚一堂。中国国际交流协会代表团一行三人，杨元恪理事、朱玲玲联络员和我，应邀参加了会议。

会议以其深刻切实的主题、丰富多彩的发言、周密细致的组织工作、友好融洽的气氛，对人类和平、安全与发展事业的共同使命感，给我们留下了美好印象。

虽然与会者来自五湖四海，但其实大家使用的是一种共同的语言，这就是：和谐、友谊、相互理解和彼此信任。

会议将地区冲突问题与道德重整联系起来讨论，适时而又确切。这是当今国际社会的重要课题，反映了各国人民特别是发展中国家人民的普遍愿望。地区冲突的发生，从本质上讲，便是人类共同的道德标准遭受破坏造成的。在会议发言中涉及的诸多问题，无论是波黑战争还是索马里、卢旺达纷乱；无论是柬埔寨政局还是中东和平进程；无论是原苏联地区旷日持久的冲突还是拉丁美洲一些国家时起时伏的紧张局面——这一切，都充分表明了与会者的共同认识和愿望，即：要求在人类文明的道德原则基础上，积极对话，平等协商，建立信任，消除误解，结束冲突，确立和保持世界各个地区的和平与稳定。

中国国际交流协会代表团在会议期间，应外国朋友的要求，通过不同场合，介绍了中国发扬优秀传统道德伦理、进行精神文明建设的情况。中国的现代化建设目标包含高度发达的物质文明和高度繁荣的精神文明两个方面。物质文明和精神文明是互为条件、互为目的，相互促进、协调发展的。中国是一个有 5000 年历史的文明古国，中华民族丰富的传统道德伦理，哺育了一代又一代人。随着社会的变迁和时代的进步，道德伦理的内容不断得到丰富和发展。勤俭廉洁，助人为乐，从善如流，"富贵不能淫，贫贱不能移，威武不能屈"，等等，在中国成为不朽的道德信条。青年人是社会的未来和希望，对青年的教育尤为重要。中国对青年人的要求是：有理想、有道德、有文化、有纪律。

我们主张国家之间也应当有其道德标准。当今世界是一个多样化的世界，人类面临着和平与发展两大主题。世界各国人民都希望结束冲突，向往美好的未来，要求建立公正合理的国际新秩序。在这种情况下，人类社会发展过程中形成的高尚的道德伦理，在国际关系中理应升华为独立、平等、公正、互利和共荣这样的一些基本原则。独立——任何一个国家都有权根据本国国情选择自己的社会制度、意识形态、经济模式和发展道路。平等——国家不分大小、强弱、贫富，都是平等的主权国家，都有权利参与解决世界事务，反对霸权主义和强权政治。公正——各国的主权和领土完整应受到尊重，国际争端应通过和平谈判协商予以合理解决。互利——在平等互利的基础上开展经济技术合作和贸易往来，不附带任何歧视性条件。共荣——克服发达国家与发展中国家经济关系严重失衡、富者愈富而贫者愈贫的状况，促进各国的共同繁荣与不断发展。因此，中国主张在和平共处五项原则——互相尊重主权和领土完整、互不侵犯、互不干涉内政、平等互利、和平共处——基础上建立国际政治经济新秩序。这些准则是人与人之间道德标准在国家关系中的延伸，它们概括了国际法（国际关系中国家的行为准则）中最基本的内容，反映了新型国际关系最本质的特征。

当代世界正处在重大变革之中，道德重建的意义与日俱增。"柯峰"国际讨论会再次表明，对于维护和平与解决地区冲突问题，民间组织将起着政府机构无法起到的特殊推进作用。

令人难忘的是，"道德重整"的传统精神贯彻着这次会议的始终。会议组织者——从东道主、瑞士"道德重整"基金会主席格兰迪先生及其夫人，到会议每个部门的负责人，都显示出高度负责、热情洋溢、豁达大度的风貌。以各国"道德重整"基金会成员及其志同道合者（包括已经退休的）为主体的会议工作人员，充分表现出勤勤恳恳、一丝不苟、不计报酬的服务美德。与会者当中，有国家元首、政府副总理、部长，也有著名的外交家和学者；有民间组织负责人，也有普通职员和家庭妇女；有七八十岁久经政治风霜的长者，也有 20 多岁刚刚跨进社会的年轻学生。大家社会背景悬殊、肤色不同、宗教信仰各异，然而都是自觉地以平等的身份出现，始终保持着互相尊重、互相帮助、互相学习的气氛。讨论问题时，各抒己见，既热烈又简明；帮厨做饭、端茶送水，人人有责，轮流值班；许多人充当文艺晚会的演员，自编自演，载歌载舞，共同欢乐；会议犹如一个和睦的国际大家庭。可以说，会议本身便是崇高道德的体现。

中国国际交流协会代表团在会议期间，会见了不少老朋友，结识了许多新朋友，切身感受到"海内存知己，天涯若比邻"这句中国古诗所蕴含的真谛。代表团已将会议的成果带回国内，并介绍给中国人民。中国国际交流协会今后将不断扩大同世界各国友好组织和人士的交往，增进了解，发展友谊，为世界和平与发展事业作出贡献。

（载《国际交流》，1994 年第 4 期，原标题《柯峰：相互学习与促进理解》）

哈萨克斯坦迁都印象

哈萨克斯坦迁都，是其独立后的一大举措。1993 年夏，我率中国国际交流协会代表团访问该国时，便听说其内部正在酝酿此事，"利大于弊"和"弊大于利"两派各执己见，未获定论。1994 年 7 月 6 日，哈萨克斯坦议会经过一番激烈争议之后，终于作出决定，要在 2000 年前将首都从阿拉木图迁到中部的阿克莫拉。1998 年 5 月 6 日，纳扎尔巴耶夫总统又签署命令，将"阿克莫拉"易名为"阿斯塔纳"。阿拉木图我曾多次访问，阿克莫拉我也专程去考察过，两座城市风格迥异。迁都与易名两则消息相隔四年，不禁引起我的一些回忆与思考。

哈萨克斯坦以哈萨克族和俄罗斯族为主，前者主要分布在南部和西部，后者集聚在北部和东部。哈萨克斯坦首都历史上几经变更，1920—1925 年为俄罗斯境内的奥伦堡，1925 年为克孜勒奥尔达，从 1929 年起为阿拉木图。赫鲁晓夫时期有过将首都迁往阿克莫拉的设想，因故未成。阿拉木图历史悠久，人口 150 万，是一座典型的现代中亚大都会。早些年我初次从乌鲁木齐跨进该市时，其环境风尚给我一种气息相通的感觉。阿拉木图面积辽阔，地势起伏，绿荫覆盖，朴素幽静，尤其是总统府所在地，广场与街道浑然一体，颇为壮观。邻近的名胜地梅得坳山腰大坝，原为截拦泥石流而建，后因作为高山滑雪场举办国际比赛而著称。阿拉木图地理位置偏南，给国内交通以及与独联体其他国家的联系带来诸多不便。举例来说，我们要从阿拉木图去吉尔吉斯斯坦首都比什凯克，既无飞机也无火车，不免令人困惑。

阿克莫拉属于另一类型。从阿拉木图到那里，飞行约一个半小时。阿克莫拉是 1830 年作为俄军堡垒被建立的，哈萨克语意为"白色坟墓"，堡垒建成后很快成为贸易中心和驼队集聚点。从 1832 年起称"阿克莫林斯克"，隶属鄂木斯克省，1961 年改名为"切利诺格勒"（意为"垦荒城"），1992 年亦即哈萨克斯坦独立后恢复"阿克莫拉"旧称。这座在苏联时期曾以"共青城"闻名于世的新兴小城，"被开垦的处女地"痕迹犹在。人口30 万，设计规范，街道整洁，房屋高层不多，绿化初具规模，市区交通设施发达，生态条件较好。当然，就总体物质条件而论，暂时就难以同阿拉木图相比了。

哈萨克斯坦当局决定迁都，我想自有它的道理。哈萨克斯坦官方说，阿拉木图已经不符合独立国家首都的要求，人口过于膨胀，市政发展潜力不大，距边界太近，交通不便。与其他城市相比，阿拉木图建设费用高昂，生态环境日益恶化，空气污染严重。而阿克莫拉处于全国交通枢纽，有利于管理国家，接近重要经济区，市政发展前景广阔，供热供气有保障，建成后的额尔齐斯—卡拉干达—伊希姆运河将解决供水问题。特别是，迁都将首先加强哈萨克斯坦在地缘政治舞台上的作用，使其更充分发挥地处欧亚结合部的优势，有利于逐步克服居民和生产力不对称分布的难题。迁都还将推动北部地区发展科学密集型生产、先进的农业机器制造和农业加工业，并便于逐步削弱南部激进民族主义势力的影响，革新国家体制。阿克莫拉将成为"意义仅次于阿拉木图的科学、文化和商业中心"。

总之，在哈萨克斯坦当局看来，迁都对国家未来发展战略十分必要。新首都如再被称作哈萨克语中的"白色坟墓"，显然不吉祥，"不利于树立新首都的形象"，故改为"阿斯塔纳"，意为"首都"。按照计划，2000 年前基本完成迁都，估计至少要花费100 亿美元巨额开支。行政中心将单独建在新都城南 400 公顷面积内。主要国家机关以及一些部委首先迁往阿斯塔纳，科学院、创作协会和某些部委仍留在原地。阿拉木图将继续作为商业、金融、科学和文化中心发挥作用。

（载《中国测绘报》，1998 年 6 月 5 日）

俄罗斯见闻点滴

2000 年国庆前夕，我再度出访俄罗斯，同去年这个时候我的访问所见相比，感觉有了一些细微的变化。

今年以来俄罗斯灾难丛生，特别是突发了"库尔斯克"号核潜艇沉没的悲惨事件，人们至今还被笼罩在其阴影里。新总统的威信一度受到挫伤，俄罗斯国内和西方心怀叵测者则极尽落井下石之能事，可是，普京的支持率依然无人可攀比。我接触了一些上层人物，也询问过公共汽车司机、售货员和其他普通老百姓，他们大多数对普京总统表示信任并寄予厚望。只是由于经济形势好转（国民生产总值以每年 5％左右的速度增长）在生活水平提高方面尚未得到充分体现，也有不少人表示对总统的作为和成效还要看一看，给我的印象是期盼中杂有某种观望乃至怀疑情绪。偶尔问及对前总统叶利钦的看法，老百姓较普遍持否定评价，道理很简单，因为经济搞糟了，生活水平下降了。

社会秩序在逐渐好转，给我的头一个印象是海关检查手续有所简化。去年下了飞机入关时，旅客一律要在申报单上填写携带外汇的数目，否则一经查出就要被没收，结果我们折腾了两个多小时才办完各种手续。今年的规定变了，只有随身携带 1500 美元以上者才要填写申报单。由于这一改进，今年我们只用了一个小时便完成各种程序，离开了机场。当然，这比起许多国家来说动作还是缓慢得多，但我们已感觉轻松多了。去年我们发现行李箱在莫斯科出关时被撬开过两回，今年没有遇到类似现象。

人们的文明程度颇值得称道。对于许多普通人来说，"穷"

并没有使他们变"野"。无论在城市还是乡村，几乎见不到随地吐痰、乱扔杂物的现象。向路人询问时，他们（特别是中老年人）总是彬彬有礼、热情主动。在熙熙攘攘的地铁车厢里，绝无争抢座位或喧哗吵闹现象，不少人埋头看书报。在剧场和马戏团，观众不会大声喧哗，而是全神贯注地欣赏，看到精彩处则报以热烈掌声或欢呼声，对演员极为友好、尊重。步行街阿尔巴特街上的摊商，普遍学会几句汉语，对中国人总是先说声"您好"，还会讲"漂亮""不贵""优惠"几个词。地铁站书报摊上那些刺眼的"性"报纸经过整顿不见了。

俄罗斯古建筑宏伟，道路平整，树木繁茂，风光优美，特别是秋天，树叶绿黄红色交织，一望无垠，处处是油画一般的景致。可惜的是，远未形成经济复苏的景象。从莫斯科到圣彼得堡，从诺夫哥罗德到图拉，几乎见不到新建工程。老旧的无轨电车和公共汽车还在圣彼得堡的一些街道上运营。

据了解，现在职工月均工资约合 100 美元，并有难以统计的第二乃至第三职业的"灰色收入"，赚钱的途径多样化，有的人说现在生活"轻松"多了。养老金在原先每月 500 卢布基础上增加了 20% 左右。卢布基本保持稳定，去年一美元约兑换 25 卢布，今年约为 27 卢布；一元人民币大致折合 3 卢布。物价存在变与不变两种情况。面包、鸡蛋、土豆、胡萝卜、圆白菜、洋葱等基本生活食品价格未变。西瓜尤其便宜，一千克 3 卢布。图拉的小苹果一大桶只要 25 卢布。在街头快餐厅吃饭，一般需花 60 卢布，吃得稍好一点 100 多卢布。我们曾到莫斯科大学食堂用过一次餐，价格便宜近一半，且味道甚佳。马戏团票价按座位等次为 30 卢布至 70 卢布。莫斯科大剧院芭蕾舞中等票价为 280 卢布。出于增税需要，烟酒糖价格的涨幅较大。国产"俄罗斯风格"牌香烟的价格从去年一条 48 卢布涨到现在 150 卢布；进口烟如"箭牌"，价格从去年一条 80 卢布增至 220 卢布；巧克力糖如有名的"熊牌",价格从一千克95卢布涨至145卢布。地铁票价从去年4卢布涨至5卢布。莫斯科的"小巴"不分距离远近,票价多为5卢布,个别也有六七卢布的。为增加服务人员收入,公厕费一般是5卢布。

名胜古迹和游览区的门票价,外国人比本国公民贵5至10倍。例如克里姆林宫门票,本国公民30卢布,外国人250卢布;叶卡婕琳娜宫门票,本国公民25卢布,外国人200卢布。如果携有当地居留证或政府部门证件,外国人也可以得到优惠。我出示国际自然和社会科学院院士证件,便享受了俄罗斯公民的待遇。

历史伟人在社会上受到极大尊敬。列宁故居如同列宁墓一样,观瞻者依旧络绎不绝。我们团组到达时,已近傍晚,差点儿关门,无论是初次踏上俄罗斯国土的中宣部同志李文清、曾康,还是多次访问过那里的翻译陈聪舒,都怀着深深的敬意,十分仔细地参观,只是觉得时间过于短促。列宁故居仍在维修中,管理欠佳,1924年1月23日抬着列宁遗体沿经的小道上,镌刻的说明文字已缺损若干字母。故居附近伫立着一座列宁边思考边漫步的铸像,曾康特意献上一束鲜花,并留影纪念。地处图拉州的托尔斯泰故居,位于树木丛中,环境幽静,给人以广阔的想象空间。托翁墓地是一座棺椁形状的土堆,上面布满青草和鲜花,寄托着人们对这位世界文豪的崇敬。

我们与俄罗斯同行谈论最多的当然是这个国家的未来。我的老朋友、俄中友协主席季塔连科院士说,俄罗斯的主要问题是缺乏管理和秩序。俄罗斯拥有丰富的人才资源、科技资源和自然资源,如果有好的管理和秩序,形势必然会好转。现在,人们将期望的目光投向了普京总统。

(载《中国测绘报》,2000年11月21日)

选举中的政治趣味
——美国之行掠影之一[*]

我们在美国的日子，适逢四年一度的总统选举；我们居住的华盛顿州，恰好又是改选州长的 11 个州之一。美国选举韵味究竟如何，百闻终得一见。

"远房表亲" 厮杀忙

总统选举定在 11 月 5 日。这之前数月，已敲响锣鼓，拉开帷幕。对垒阵势是：一边乃民主党候选人，50 岁的现任总统克林顿；另一边是共和党候选人，73 岁的原参议院共和党领导人多尔。还有一位独立竞选人裴洛，处于被贬斥地位。临近选举的几周内，两党总统候选人游说各州，相互揭短，争取民心。经媒体渲染，煞是热闹。且听：克林顿打入共和党传统范围获 2500 名企业主管支持，多尔紧抓非法移民和平等权益问题迎头痛击；克林顿力图摆脱政治献金丑闻，多尔抓不住妇女票流失情况严重；克林顿出新招高唱 "维护家庭价值"，多尔哗众取宠宣布减税 15%；克林顿以好莱坞节目制作方式庆祝 50 岁生日标榜年轻，多尔换新广告打出夫人牌；克林顿炫耀四年政绩，多尔猛批总统

---

[*] 我和夫人施蕴陵于 1996 年 7 月至 1997 年 1 月在美国逗留半年，其间经历了美国总统选举，目睹了第一位华裔州长的产生，接触了美国社会生活各个层面，体察了风土人情与环境保护，参观了波音公司和微软公司等高科技产业，了解了海外学子的境况。后与夫人合作撰写四篇《美国之行掠影》，以飨读者。

人品；克林顿故作镇静，多尔恼羞成怒。凡此种种，不一而足。混战之中，有人"考证"：追溯血统，克林顿和多尔原是"远房表亲"。

克林顿于 9 月 18 日到西雅图竞选，我俩去现场参观。万人集会定于 17 时，地点设在海滨超市广场。西雅图城市秀丽，山丘起伏，树木繁茂，无奈天公不作美，骤然彤云密布，细雨连绵。与会者凭证从一端入场，排队通过三座安检门。男女老中少，白黑黄皮肤，手拄拐杖的，肩扛小孩的，轻松随便，悠然而来。州长于 18 时开始致辞，但入场尚未结束，忙坏了警察。会场张灯结彩，伴以高亢音乐，有专人通过扩音器带头呐喊，与会者举小旗呼应。克林顿冒雨站到临时搭就的台上，笑容可掬，躬身抱拳，演说历时 18 分钟。他赞扬人均收入排列全美第十三位的华盛顿州的成就，并以诺言相许，感谢众人支持，结尾连喊三声"多谢"。后来证明不虚此行，克林顿在华盛顿州大获全胜。

总统竞选过程中的又一戏剧性场面，是克林顿和多尔的电视辩论。首次辩论安排在 10 月 6 日，星期日，电视现场直播。两人的讲台呈八字形，面朝公证人。多尔看上去比实际年轻，与克林顿相比不算逊色。他们从经济、减税、保健、滥用毒品到外交政策，就各个议题展开论辩。克林顿先开场："四年前诸位基于信赖，选我当总统。如今我的政绩有目共睹，大家的生活比四年前好。何不让我们继续保持下去？"多尔立即回敬："哟，他自己的生活可能比四年前好！"如此这般，哄笑声中，唇枪舌剑，历时 90 分钟。对两人的政见、口才和风度，观众评价不一，多认为克林顿略胜一筹。一位堪称选举积极分子的美国朋友对我们说："政治游戏，顶尖高手！"美联社特别报道称，当时"大批衣着古怪、装饰奇特的抗议者"，有的戴着鼻圈，有的穿着修女袍，有的身着鸡形外套，聚集在辩论场外叫喊：支持无家可归者、贫民和同性恋的权利，反对核武器、堕胎、美国对古巴的政策和公司出面赞助这场辩论。辩论后没几天，我们从《美国日报》上还看到照片，克林顿偕夫人和女儿在黄石公园观赏野生动物，多尔由家属陪伴指点着电视中自己的竞选演说镜头，他们都想给人留下处变不惊、怡然自得的印象。

这期间民意测验多次预示，克林顿一路领先。例如，10月31日，美国50个州的学生、家长进行演示投票，克林顿和多尔的得票率分别为55%和32.5%。新闻媒体使用诸如"全力冲刺""孤注一掷""拼着老命"等戏谑字眼，形容多尔奋起直追，力图"挽回颓势"。直至11月3日临选前夕，多尔还使出"撒手锏"，狠批克林顿"道德堕落"，但再无回天之力。

"真正行使自己的权利"

投票当天，我俩有幸由美国朋友带到伊萨夸城郊林区的一处投票站。那是一座平房，大厅里并排放几张长方桌，靠墙摆放着可供数人同时使用的选票打洞机。七八位值勤人员，多为中老年妇女，他们得知我俩来自中国，笑脸相迎，告诉我们可以进屋参观，但不能拍照。选票是很长的多层单子，除印有总统、副总统、州长、议员等一大串候选名字外，还包括就市政建设各种问题征询意见（例如，微软公司扩建后如何建立交通转运站，要不要兴建垒球训练场，等等）。无需动笔，直接将选票递进机器，在自己支持的候选人名字和征询意见旁边打上圆孔。全国统一规格，便于电脑统计。这位朋友对两位总统候选人都不中意，认为"改革党"才有望克服腐败；他明知克林顿当选可能性较大，但还是投了裴洛一票，说这叫"真正行使自己的权利"。与我俩于10月中旬同机去旧金山的一位电子工程师，也大谈他对现行政策不满，不希望总统连任。

按照美国宪法，总统由选举人团选举产生而非由选民直接普选产生。选举人票合计538张，大体上根据50个州和华盛顿哥伦比亚特区的人口来决定票数多少。任何一位候选人只要获得270张简单多数的选举人票，即可宣告当选（今年选举人团的投票日是12月18日，一般是走走过场，变卦的情况极少）。入主白宫的某个候选人，可能并未获得大多数选民的支持，其中一个重要原因就是各州的选举人票分配不均。例如，加利福尼亚州的选举人票多达54张，而华盛顿哥伦比亚特区和怀俄明州、阿拉斯加州等7个小州各只有3张。换言之，只要能拿下加利福尼亚州，便可经受其他小州的失利而占得明显优势。

《美国日报》在投票当天刊登了两幅克林顿夫妇、多尔夫妇及其支持者都在欢笑的照片，标题是"All Smiles at the Finish"（《最后一回大家乐》）。从傍晚开始，电视不停地通报统计数字，20时（东海岸17时）全部揭晓，至此仅剩"一家乐"：克林顿以379张选举人票的压倒优势当选，连任美国第42任、第53届总统，多尔仅得159张选举人票。记者先生惯于解嘲，说他们各自打完政治生涯最后一仗，"克林顿欣喜昂扬，多尔气概未衰"。当夜，克林顿总统及戈尔副总统偕同妻小在克林顿故乡阿肯色州小石城与选民聚会，多尔则携带家属在首都华盛顿与他的支持者晤面，酸甜苦辣，溢于言表。

这次投票率是历届美国总统选举中最低的，尤其年轻一代"冷淡选举""缺乏政党认同"。克林顿在投票率低于50%情况下，以不到半数的选票赢得这场选举。他是自威尔逊以来，第一位两度当选，且得票率均未超过半数（四年前获得43%的选票）的总统。但他毕竟又是继罗斯福之后，近半个世纪来，美国第一位民主党人连任总统。这次亚裔参选积极，其中华裔选民投票率高达85%，大多数支持克林顿。舆论沸沸扬扬，说亚裔本期望得到回报，能破例有代表在政府中占据一席之地，并看好加州大学伯克利分校校长田长霖就任教育部部长，结果大失所望。

关于克林顿获胜的原因，众说纷纭。《华尔街日报》称，智囊团不但针对多尔阵营的抨击设防有力，还有效地为克林顿塑造了一个"成功地领导美国迈向经济复苏的超然领袖"形象。回顾1992年美国总统选举，在国际上大出风头的老布什却输给了克林顿，主要受挫于国内经济形势严峻；这次克林顿赢了多尔，仍首先得益于经济状况好转。斯大林曾经称赞美国人的求实精神，这次总统选举也许是一个印证吧。然而，由美国著名历史学家组成的一个专家小组，经过历史类比作出论断，说克林顿其实是一位"低于一般水平"的总统。《纽约时报》援引独立竞选人百万富翁裴洛的话说，"得手的克林顿在第二任期内，势将被接二连三的丑闻缠身而难以自拔"；亦有评论认为，克林顿面临共和党在国会的优势，"将再度艰苦挣扎"。但克林顿毕竟最后胜出了。

（载《世界知识》，1997年第5期）

美国人的物质与精神世界
——美国之行掠影之二

在美利坚这个地域辽阔富庶、人种宗教多样但历史并不悠久的国度，人们的生活格调、精神风貌、经营之道乃至节日风习，都以其颇为别致而令人难忘。

经济宽裕但贫富差距拉大

人们说美国富，这不假；跨进其门槛，一种殷实感扑面而来。美国凭借得天独厚的地理条件和国际经济旧秩序发迹，乃举世皆知。东西部地区发展大致平衡，这在世界大国中堪称罕见。小汽车像中国自行车那么普及，光看它们在覆盖全国城乡的高速公路网上穿梭，就够气派的了。美国人物质生活水平较高，日子过得潇洒，但贫富悬殊不容忽视。我们足迹所及，爱达荷州森瓦利市郊价值百万美元以上的豪华别墅鳞次栉比，款爷们纸醉金迷；华盛顿州奥本市附近缺水少电的简陋木屋连成一片，贫困户叫苦不迭，其鲜明对照留给我们的印象太深了。

一份官方统计资料显示：1995 年美国人均收入为 22 788 美元，比上年提高 5%。榜首是康涅狄格州，人均年收入为 30 303 美元；密西西比州收入最低，只有 16 531 美元。全国五分之三的州在平均数之下。还看到一份材料：美国贫富差距从 20 世纪 60 年代末开始拉大，1994 年美国最富有的 10% 家庭所占有资产净值，占全国资产总值的 66.76%，这比 1984 年的 61.92% 上升近 5 个百分点。美国人视个人经济收入为隐私，承蒙一位美国朋友略告一二。据他所知，全美家庭年收入在 10 万美元的约占 7%，算是好的。以年薪计，工龄长、技术好的公共汽车司机，可达 3 万美元；教龄长、经验丰富的中小学老师，可达 4 万至 5 万美元；大学教授因所在地区、隶属单位、教龄长短和成就声望不同，收入差别较大，一般为 6 万至 7.5 万美元。他提醒我们，不要误以为美国居民的收入都像科技行业那么高，况且，所得税重，与收入成正比，纳税名目也多。

我们到美国不久，消息报道克林顿总统在白宫南草坪签署《社会福利改革法案》。60 多年来被人们视为"美国梦"最精彩之笔的社会福利，要作重大改变：6 年内约减 550 亿美元，对合法移民大幅度限制各种补贴，削减医疗、社会服务补助，公民一生中最多从联邦基金中享受 5 年的社会福利，等等，规定非常具体。贫困家庭和移民受冲击最大，媒体形容他们"反应强烈，惊恐万分"。

黑人的处境是社会生活的一个重要侧面。在西雅图，黑人经常出没在贫困的南北城角；在旧金山渔人码头，黑人装成机器人模样，站在电动圆盘上来回转悠，卖艺求乞。美国有 2000 多万黑人，受雇率不及白人三分之一，多从事技术性较低的笨重体力劳动和服务性工作，收入低，失业率高。32% 的黑人生活在贫困线以下（白人比例为 11%）。"死后只有白人才能升天堂"的谬说，颇为盛行。

从感恩节源头来说，印第安人早先拯救过从英格兰过来的美国人祖先，可是，数十万印第安人祖祖辈辈居住在破烂不堪的汽车、拖车和棚屋里。他们急需国家提供廉价住房，但因年收入低于 1.8 万美元无权获得银行贷款。报纸揭示，美国城市发展部门某些人竟在贫民窟圈内为自己建造豪华住宅，被斥之为"国家的耻辱"。

但求生活安稳不忘文明守法

有一种说法，在美国，公民只要不犯罪，有职业者只要按章纳税，就可以平安无事过日子。美国居民算是做到家了。

美国人消费结构中，"住行"远重于"衣食"，他们的心思更多花在如何购置、维护、美化住房和汽车。这也许是发达国家同谋求温饱为主的发展中国家的基本差别。人们平日穿着随便，T恤衫、牛仔裤、运动鞋，简直千篇一律，即使上剧院，也不像欧洲人那么考究打扮。生活习惯却是严格而自觉，守规矩、讲礼貌、爱卫生，无分老幼，公共场合很少有骂骂咧咧、随地吐痰、乱扔废物的不文明习惯。汽车让人，天经地义；遇有汽车减速或停顿标志，无论周围有无行人或别的车辆，基本都自觉遵守。美国人有独特的"饮食文化"，有趣的是蔬菜生吃、水果熟吃。午饭比较简单，晚餐是重头戏。在美国大中城市，外国餐馆林立，不算唐人街，中国的、日本的、意大利的、墨西哥的、泰国的、越南的，比比皆是，偶尔还见到俄罗斯风味小吃。有一种美国餐，将煮土豆破开，放进黄油、奶酪、蘑菇以及调料，伴以色拉，非常可口。

美国人注重自食其力，喜欢自己动手，男人干家务事不比女人少。一位电子专家坦然相告，他15岁那年学开车，租来的汽车被撞坏，父亲代他赔偿600多美元，要求他通过自己的劳动将钱挣回，为此他花了两年时间打工。劳动习惯从小养成，现在一般汽车维修、木工、花匠活儿他都能行。

美国人的文化素质普遍较高，这同国家重视教育有关。幼儿园里就有种种现代科技小玩具。小学生上学，有标有"学校用车"字样的大型客车每天接送。我们还经常碰到来自日本、中国台湾和东南亚国家的十多岁的自费留学生，专门攻读英语。美国大学的学费昂贵。我们参观了斯坦福大学、华盛顿大学、波伊斯大学等高校，或绿荫环抱，或依山傍水，校舍都很漂亮。据了解，从 1980 年至 1995 年，公立大学学费的涨幅比家庭收入的涨幅几乎高 3 倍，而私立院校学费目前所占家庭收入比例差不多是 1980 年的 2 倍。

美国市场商品丰富，许多轻工业品和纺织品来自第三世界国家，销路甚佳。中国货——衣服鞋帽、厨房用品、儿童玩具、圣诞节彩灯等，在城乡随时可见，质地好、信誉高。不过，中国瓷器的造型和色彩似乎变化少、欠新颖，不及日本同类品更受青睐。美国曾攻击中国对美贸易顺差构成对美经济威胁，其实错了。美国人开始意识到，真正构成威胁的，是在汽车、家用电器以及其他科技领域占领美国市场的日本。美国居民只认货色好坏，不在意哪家制造，对本国产品照样挑剔。具有讽刺意味的是，有人不满本国名牌伏特汽车，故意将英文 FORD 四个字母分解为"FIX OR REPAIR DAILY"，意思是"每天加固或修理"。

华盛顿州还有一种周末"清库销售"的民间风习。居民将自家多余的家具、衣物、儿童用品等"杂货"陈列门前，遍贴广告，廉价出售。半旧的、全新的皆有，互通有无，备受欢迎。有一次我们遇见一家售物主人，会说地道的汉语，原来他曾是亚洲国际紧急救援中心驻北京首席代表。

如果把美国描绘成升平世界，未免言过其实；但在多数地方，特别是像西雅图那样在美国十项指标（包括社会风气）评比中名列前茅的城市，百姓安全是有保障的。华盛顿州治安情况较好，例如办理信用卡，银行邮寄给你，不愁丢失。家中无人，邮件包就送到你家门外。人们使用信用卡，手头和家中很少留现金，这是偷盗行为少的原因之一。社会问题也常在报纸上被披露，例如我们刚到美国的一个月内，接连看到两则消息：距我们住地不远的伊萨夸的银行遭抢劫；一位从纽约来佩尔威游玩的中学生，在换零钱时被骗。

尊重顾客深谙经营之道

美国人的服务态度和经营之道，颇有特点。在西雅图，城里从早6时至晚6时乘坐公共汽车免费；郊区车定时定点，按距离分为85美分和1.1美元两种票价，上班高峰时间分别增加35美分和50美分。免费供应汽车时刻表，随意取用。车上设有残疾人专座，司机还会帮忙搀扶残疾人上下车。车前可以安放两辆自行车，给骑车人提供方便。为减少私家车尾气污染，鼓励人们乘坐公共汽车，在一定期限内周末减价，一律25美分，外加25美分则可购买一张全天通用票。两座以上的小汽车，上下班可走专线，快速省时。高速公路途中每隔一段便有休息点，餐桌、盥洗设施俱全。还辟有一种山坡小道，专为刹车失灵时减速使用，避免发生事故。警车不时突击巡查，对超速行驶者发出警告信号，违章者要受重罚。我俩步行时，不止一次有人停车询问：需要带你一程吗？我俩是往返于佩尔威和法克多利亚921公共汽车上的常客，一位中年白发女司机知道我们来自北京，非常友好，每次都主动在离我们住处最近的地点临时停车。我们赠她一盒工艺品中国豆塑，她和同车乘客都非常高兴。她的音容笑貌至今仍在我们眼前萦回。

商店售货员彬彬有礼，认真负责，名副其实把顾客当"上帝"。我们光顾过许多商店，很少遇见售货员与顾客争吵的事。你买与不买，售货员总是百问不烦，笑面相对。我们看到一家挂牌"走字号"的鞋店，售货员跪着给一位身材壮实的中老年人试鞋，这位顾客不中意，售货员微笑着目送他大摇大摆地离开。购货推车上设有幼儿座位，为母亲们提供方便。有天下雨，我们目睹一位女售货员帮助一位带小孩的年轻母亲，将所购之物提送到停车场，待帮忙把东西都装进汽车之后方才离去。我们询问过售货员，为什么能做到那么耐心周到？答称这是职业要求，否则会被炒鱿鱼。

美国人会做生意，讲究生财之道。商店天天有降价活动，报刊充斥减价广告。一家商店预告在节日前某一天出售乒乓球桌，从原价 199.99 美元减至 99.99 美元，人们清晨去排队，8 张球台一抢而空。有一天，我们和朋友去一家正宗美国餐馆吃晚饭，服务员动作迟缓了一点，经理亲自跑来向我们道歉，并赠送一张优惠卡，下次减免 20 美元。我们买了一只水壶，烧水后把手掉漆，半个月后去商店退了货。

美国公职人员忠于职守，在去年 11 月中旬西雅图一场罕见大雪中有突出表现。当时积雪造成 11 万人的居住点停电，损坏地方很多。供电局的技术人员和工人们坚守岗位，昼夜抢修，很快便逐段恢复供电。

美国的丑事也多，这在亚特兰大奥运会上暴露得尤其充分。我们从电视观看了现场转播，入场式对中国队和中国台北队的歧视，引起公愤。裁判不公对中国女垒的伤害，连美国人也嗤之以鼻。对于这次奥运会发生的爆炸事件，法国《新观察家》称之为"一场噩梦"。俄罗斯游泳运动员、奥运会两枚金牌获得者波波夫感慨万千地说："美国人一直吹嘘他们如何善良友好，如何热情好客，这些表白在亚特兰大被撞得粉碎。"

（载《世界知识》，1997 年第 6 期）

文体境界与节日风习
——美国之行掠影之三

美国人办事认真，也讲究休息，流行一句话，叫作"Work Hard and Play Hard"（"使劲干活尽兴玩"）。这也许正是美国人"生活潇洒"的生动写照。他们的业余文体活动和节假日花样繁多，鉴于接触有限，只谈论一二。

文娱生活色彩斑斓

我们很想了解城市居民周末休闲的情景，曾多次专程去一些城市观光。星期六街头热闹，星期日人影稀少。以西雅图为例，每逢星期六，繁华地段无一例外都有乐队表演。在购物中心主楼二层晒台，面对人群密集的广场，有一支由五六人组成的乐队，管弦乐器加上打击乐器，连奏带唱，吸引知音。乐队黑人居多，不向听众收钱，据说是自发性的。海滨公园那边，又有一支更大的管弦乐队。但见帆船飘荡，鸽子飞舞，游人围坐一张张桌旁，边吃喝边欣赏音乐。在我们捕捉的照相镜头里，老年夫妇促膝谈心，青年男女耳鬓厮磨，年轻母亲手推婴儿小车，儿童们在人群中穿梭玩乐。亚洲人甚多，一位黑人朋友竟能准确地猜到：你们是从北京来的吧！

我们参加过几次大型音乐会，感觉无论是古典音乐还是流行音乐，风格近似欧洲音乐。不过，也许由于黑人演员载歌载舞，一般动作比较粗犷，所以流行音乐更显豪放。圣诞节前夕，西雅图交响乐团仅演一场乔治·亨德尔的名作《救世主》，人们早已排队争相买票，容纳 2000 多人的中央歌剧院座无虚席。作品分为上下两部，男女独唱与 180 人大合唱交错进行，气势雄浑，不断博得热烈掌声。据传，当年德国国王观赏该作品及至下部某段时，曾兴奋地站了起来，于是，后来形成惯例，每当演到这一段，全场听众自觉起立。我们入乡随俗，当然也不例外。我们对西雅图五街音乐厅情有独钟。它的构造完全仿照中国建筑，红漆整木圆柱，组合木梁横架，帷幕左右上方绣有天坛和颐和园佛香阁图案，顶端悬挂宫灯，墙壁佛龛内安装精巧电灯。休息厅也布满中国壁画。据说美国一度非常崇尚中国建筑，故而留有此作。

公园讲究文化品位，是一个显著特点。佩尔威市中心公园偌大的草坪周围，伫立着多彩多姿的工艺小品——人体、动物、传说、典故和象征不同人种的石雕，并附有文字解说。草坪中央人工瀑布流淌，水渠里家禽嬉戏。许多年轻人在那里凝神读书，幼儿园小朋友们由阿姨陪着玩耍。公园入口的碑石上镌刻着著名诗人的诗句，诸如，"我望见绿色，万物悠然而来……""云朵轻柔地飘，枝头在水上摇，细声说道：请稍候……"，内涵与公园景色相呼应。这样的文化氛围，既给人以美的享受，又启迪智慧，不禁令人流连忘返。

首都华盛顿肯尼迪艺术中心在圣诞节翌日举办的文艺晚会，给我们留下另一种特殊印象。这是一场演出与表彰相结合的晚会，总统和副总统出席，电视现场转播。据美国朋友说，在每年的这个例行晚会上，都要表彰几位杰出的艺术家，这一次受奖赏的有芭蕾舞蹈家、乐器演奏师、诗歌朗诵者和电影滑稽演员。晚会演出过程中，总是突出他们的镜头，并通过电影回顾的手法，颂扬他们的成就和贡献。美国观众崇敬他们所表现出的激情，真切感人而毫不轻浮。

体育活动兴味广泛

美国公共体育设施比较普及，家庭和个人体育活动方式多种多样。在公园、河畔或林荫休憩处，往往可以见到网球场、游泳更衣室和儿童体育游乐设施。保龄球体育馆里设有电子游戏厅。不少住家门前挂着一只篮球架。自行车纯属体育运动工具。孩子们喜爱踢小足球、玩橄榄球、滑旱冰。许多人将可折叠乒乓球台安放在车库里，打球时将汽车挪到门外。

垒球十分普及，在华盛顿州更是被视为"州球"。西雅图有一座被称作"天国"的高大垒球馆，容纳六万人，呈拱圆形，十分壮观，为当地人一大骄傲。看垒球赛时，前后广场上小汽车密密麻麻，堪称一景。每场比赛变换吉祥物——或黄牛，或唐老鸭，或其他，赛前吉祥物绕场向观众致意。垒球明星亮相时，欢呼声四起，全场欢腾。比赛过程中，音乐声、口哨声、喧嚣声混成一片，震耳欲聋。赛至精彩处，观众分批轮番起立，形成人浪，整个大厅仿佛在摇荡。人们以获得"垒球迷"雅号为荣。

西雅图有一家体育用品商店，门旁竖立着一座假山，陡峭高耸，附设登山装置，免费让人练习爬山。小孩也尝试，锻炼胆量，有惊无险。西雅图北郊有个动物园，与天然山水融为一体，有些小动物栖息在修长弯曲的"昼夜展览馆"，配以幽暗灯光下的树草石水，给人以回归大自然之感。

钓鱼是备受欢迎的体育娱乐方式，垂钓者随处可见。在爱达荷的自然保护区（美国第二大自然保护区），涓涓山泉流淌，形成一条宽数十米的萨蒙河（意为"马哈鱼河"），野生和人工饲养着四种鳟鱼。钓鱼规矩严格，事先要到管理处登记付款，钓上来的野生鳟鱼必须放生，人工养殖的鳟鱼背鳍上剪有标志，钓上来的可以食用，但每回不得超过六条，否则受罚。现场无人监督，全靠自觉。有一天我们与伙伴垂钓，所获合乎标准，得以美餐一顿。

海滨散步、打排球、放滑翔机，更是人们健身之佳法。我们效此方式，在俄勒冈州沃得波特海滨度过数日。那里柔沙一片，茫无边际，天气多变，潮起潮落。每当夕阳西下，彤云变幻莫测。此情此景，酷似当年中国小学老师教授的一首诗歌："圆天盖着大海，黑水托着孤舟。远看不见山，那天边只有云头；也看不见树，那水上只有海鸥。"

登山、远足、滑雪，是季节性体育活动的重要项目。华盛顿最高的山雷尼尔山，巍峨秀美，乃常年登山之处，我们曾随大流踏雪登山一次。爱达荷的森瓦利（意为"太阳山谷"），是世界著名的滑雪中心，条件优越，早年由美国前驻苏联大使哈里曼等人创办，迎宾馆陈列着历届世界滑冰比赛的图片资料。离此处不远，便是以天池闻名的锯齿山脉，我们选择了一个好天气前往登山。道路崎岖，但有标志可循。登至四英里（约 6.44 千米）处山腰，出现一个小湖，碧绿如玉。再往上，穿过峭壁危崖，峰回路转，接近本山制高点，美妙的锯齿山湖镶嵌于山林之中。白雪、黄崖、绿水、青苔、红叶，在柔和的阳光下交相辉映。还有人骑马登峰，更是妙不可言。

长途旅行，是锻炼身体的又一方式。位于蒙大拿、怀俄明和爱达荷三州交界处的黄石公园里，神奇的各类天然"间歇喷泉"，成群的北美野牛和其他稀有野生动物，以及壮观的大峡谷和大瀑布，吸引着不尽的游人。我们曾驱车千里前往一睹风采。许多古稀之年的夫妇，从美国中西部各州驾车而去，精力和勇气令人称羡。

节日繁多妙趣横生

下半年美国节日尤其多，除老战士节、哥伦比亚节（纪念哥伦比亚发现新大陆）等小节日外，从 10 月起，大节日相继有万圣节、感恩节和圣诞节。在华盛顿，还有地方性节日——马哈鱼节。

饶有风趣的马哈鱼节，是华盛顿伊萨夸独特的节日，每年 10 月 5 日和 6 日该市举行游行、集市庆祝活动，去年是第 27 届。缘由是这样的：马哈鱼在伊萨夸的孵卵处产卵，人工将其分散到各个点去育苗，然后，将鱼苗放进一条小溪，流往大海去生长。每逢产卵时节，马哈鱼便从大海返回这条小溪，仍在孵卵处产卵，随后即死去。如此周而复始，年复一年。鉴于节日当天人群拥挤，我们提前两天去观赏马哈鱼"喜归故里"，也叫先睹为快吧。但见溪水甚浅，水底布满碎石，马哈鱼三五成群，有的露着背脊，匍匐逆流而上。一种红色大马哈鱼格外奇特。小溪通向广场一端，广场上辟有一个人工池塘，与小溪衔接，池塘水泵迎着马哈鱼向下喷水，鱼儿顶水冲刺，活蹦乱跳，不时跃上岸来。"鲤鱼跳龙门"的奇景，我们却在异国他乡领略一二。

马哈鱼节第一天，人山人海，我们只能在离市中心甚远的地方停车，然后步行进城。庆祝活动开始，几乎没有人致辞。游行者穿着节日盛装，由学生军乐队领头，接着是老年人驾驶的老古董汽车，妇女边走边扭的秧歌队，幼儿乘坐的滑动大花坛。再往下，徒步的，乘车的，驾船的，骑马的，牵动物的，一个方阵接着一个方阵，千姿百态，十分有趣。意味深长的是，人们手推一组抽水马桶，横幅上赫然写着："请节约用水！"游行队伍末尾是坦克车和装甲车，身着迷彩服的战士们模拟示范，不停地转动射击。游行历时一个多钟头，随后人们纷纷转向喧闹的集市。那里吃穿用品，五花八门，目不暇接。我们在场看到一位中国留学生，销售中国名胜摄影作品，颇受青睐。

万圣节（10月31日）也叫"鬼节"，家家户户买南瓜，掏空后雕成鬼怪模样，内插蜡烛烘托，形状越离奇越好。白天便有人戴着魔鬼面具出没于公共场所。夜幕降临后，我们等待不速之客，先后有七八拨小孩来敲门，每拨两三人，小的三四岁，大的十岁左右，有的戴着假面，口中喊着节日惯用语："让我们恶作剧呢，还是招待我们？""不给糖果就捣蛋！"他们接到糖果后，道声谢谢，跳跳蹦蹦地离开，接着又去按邻居家的门铃。天真无邪，确实招人喜爱。我们还发现，路远的孩子是由大人开着汽车送来的。

感恩节（在美国是11月最后一个星期四）以吃火鸡为主要习俗。火鸡买来时就里外一干二净。烤火鸡是细活儿，先将芹菜末、面包干以及各种调料塞进肚内，用锡纸包口，再放在烤箱用文火慢烤，并适时在表皮上浇点油。我们边看边学，花去五小时才大功告成，据美国朋友说，感恩节就是要求整天不断地吃。电视播放感恩节景象，以纽约和夏威夷最为热闹。

圣诞节是美国最大的节日，与元旦几乎连接，假日长达一周。我们跟随主人去松杉苗圃选购并亲手锯下一株圣诞树，拉回来后装饰打扮，披挂彩灯和银丝。传说圣诞老人夜间从烟囱里悄然降临，所以我们在壁炉墙上悬挂了与家中人数相等的红靴，好让圣诞老人将小礼品放进靴内，大礼品则放在圣诞树下（其实就是自己准备互换的礼品）。圣诞节和元旦期间，从城市到乡村的千家万户，张灯结彩，银蛇狂舞，灯火辉煌。我们引以为自豪的是，带给美国人民极大欢乐的精美圣诞珠灯，为咱们中国所制造。

（载《世界知识》，1997年第7期）

科技与环保所见所闻
——美国之行掠影之四

我们此行，对美国的科技与环保领域亦有所接触。华盛顿州的两颗明珠波音公司和微软公司，加州因之增色生辉的硅谷高科技开发区，爱达荷州神秘的美国第二大自然保护区，俄勒冈州对海洋野生动物的精心保护，凡此种种，都给我们留下了值得回味的东西。

势头看好的波音和微软

波音公司有几个制造基地，其中波音 747、767、777 三厂并列，我们重点参观了波音 747 工厂。领取免费参观证后，9 时开始由一位导游小姐带领乘车集体参观。先看半小时电影史料，波音公司因首创人比尔·波音得名，波音几经变革方才有今天这个样子。厂房很大，七架波音 747 飞机同时制作装配，完成一架需历时四个半月。从仿生角度看，波音飞机的几种造型似乎得益于美国常见的鱼类，波音 747 就很像鲸鱼，尤其是脑袋和嘴巴。厂房前面是飞机成品停放场，导游小姐指给我们看，有一架波音 777 是供给中国的。波音公司去年共生产 270 架飞机，中国购买 36 架，占 13%。目前中国用于商业运营的波音飞机超过 200 架，占一半。波音公司还为中国航空公司建立了网络系统，并与环球供应网络联结，以便中国航空公司的波音用户通过北京的零配件服务中心，及时定购到飞机零配件。据报道，考虑到生产费用和

市场的不确定性，波音公司今后将集中力量研制和投入 767 和
777 这一类飞机的改进型生产。1996 年 12 月 8 日首次展出该公
司研制的第一架 737-700 新客机，后来在西雅图一次试飞成功。
这种新机种航程 5500 千米，载客 128 人至 149 人，比 737 原有
系列客机飞得更高、更快、更远，非常畅销，中国西南航空公司
已订货。我们参观后十天，12 月 15 日，波音公司和麦道公司宣
布以换股方式合并，沿用"波音公司"名称，业务涵盖航空、
太空和国防工业。新公司员工达 20 万，年营业额 480 亿美元，
成为全球规模最大的航空公司。

　　位于西雅图东北数十千米的微软公司，面貌巨变。四年前我
去参观时，还只是一方褐色主楼，如今新建楼群环布，绿化精巧
别致，静谧而秀丽，宛然一座壮观的科学城。微软公司创办于
1975 年，当时人员仅 3 名，产品仅 1 种，收入 1.6 万美元。时隔
20 年，现在已拥有雇员 17 800 多名，产品 200 多种，年收入 60
亿美元，成为风靡全球的巨型高科技公司。微软公司之所以能一
飞冲天，其成功奥秘在于，一是聘用大批既懂技术又善经营的高
素质人才，二是面向未来产品不断创新。微软公司总裁比尔·盖
茨精明能干，谋略超群，1995 年跃居世界首富，去年他个人净
资产产达 160 亿美元。他在华盛顿湖畔建造的超豪华私人住宅，里
面设有家庭剧院，可乘坐游艇直通大海。去年盖茨对美国慈善事
业的捐助，排列在第三位。继他所著《未来之路》之后，揭示
该公司成功之道的另一本书《微软的秘密》，又开始流传开来。

　　加州从帕洛阿尔托到圣何塞之间长 30 英里（约 48 千米）、
宽 10 英里（约 16 千米）的地段，是举世闻名的硅谷。这里集聚
了苹果、惠普、英特尔等数以千计的微电子工业和其他高科技企
业。崛起于半导体芯片的硅谷，进入 20 世纪 90 年代以来成为美
国多媒体产业的发源地，与之相关企业增至 1300 多家。夫人施
蕴陵的几位北京大学无线电电子学系学生，数年前便来到这里奋

斗。据介绍，作为美国第九大制造业中心，硅谷是美国经济增长最快速的地区，拥有6000多位博士，占整个加州（博士数居美国之首）总数的六分之一。同时，这里的社会环境恶化，失业率、犯罪率增高。中国学子克勤克俭，以其杰出的才干，致力于软件开发，成绩斐然。

科技的军用与民用一瞥

我们刚到美国一个半月内，便发生了两起科技带来的灾难事件。1996年7月17日我们抵达当天，美国环球航空公司800号航班在纽约长岛上空爆炸，230人丧生。对于事故原因，美国官方一直守口如瓶，据美国前白宫顾问塞林杰后来在法国一次航空研讨会上宣布，飞机是被美国海军导弹误射击落的。我们清楚地记得，这一天刚播完奥运会开幕式排练预演的实况，电视屏幕上突然播出了这条惊人的新闻。另一件事，从9月3日起，美国使用新技术导弹对伊拉克发动袭击。5日，美国报纸不无炫耀地报道称，自从克林顿向萨达姆发出警告之后，美国连续发射数十枚巡航导弹，其中31枚是"战斧"巡航导弹。这种导弹可从军舰、潜艇或飞机上发射，飞得很低，贴近地面，避免雷达监视，摧毁了伊拉克的雷达设施和防空导弹15枚。这是自海湾战争结束以来，美国又一次对伊拉克发动战争，和者甚寡，结果颇不光彩。

位于波音737工厂附近的航空展览馆，集美国民用与军用航空技术之大成。那里陈列着各个时期的著名飞机，有写下辉煌篇章的航天飞机，也有轰动全球的阿波罗登月机舱，有无人驾驶的"黑鸟"高空侦察机，也有劣迹昭彰的B-52轰炸机。我们怀着浓厚兴趣参观了肯尼迪和尼克松当年使用过的、尼克松于1972年2月访华乘坐的专机"空军一号"波音707（后来美国总统专机改为波音747），机舱内陈列着周恩来总理在机场迎接尼克松总统，标志着中美关系揭开新页的历史性照片。该展览馆既显示了美国航空航天科技的卓越成就，也留下了对外侵略扩张的物证。

在西雅图海湾，我们先后参观了航空母舰和飞机表演。航空母舰乃远道而来，载 40 架战斗机，还有直升机，观众乘坐类似电梯那样的大平台上上下下，军人在各个点面作解释示范。飞机表演也是专为老百姓准备的，由两架教练机轮番翻身飞行作为序幕，六架 F-18 战斗机以不同编队形式表演，特别惊险的是飞机高速对开，眼看要相撞，突然来个鹞式翻身，擦身而过。这类表演每年举行一次，观众云集。

科技用于社会福利，我们也略有感触，尤其是美国互联网给民众生活带来的便利。我们预订去外地的机票和旅馆，都是从互联网上掌握行情，然后通过电话办理。据说成龙、张艺谋等人拍摄的汉语电影，也开始走上美国互联网。一般认为，美国的计算机网络超前于欧洲、日本分别为三年和十年左右。

黄石公园的特大型电影银幕实在令人惊讶，它比普通银幕大八倍之多，称作世界之"最"，音响也是新技术，立体效果极佳。美国的微型助听器质量甚好，我经过配置使用，声音明晰，毫无杂音，聋者复聪，颇有枯木逢春之感 。这种助听器已在中国苏州开发区设立制作和维修点。我们还目睹了美国处理树枝的巧妙作业法，工人们坐在机车上，截断公路旁的多余树枝，当即锯成小段，再磨成木屑，立刻灌入箱内运走，既快速又干净。

在爱达荷，我们弯路经过美国核能研究开发中心，参观了20 世纪 60 年代的核反应堆设备，当时科学家们曾设想将其用作飞机的动力，但未获肯尼迪总统批准。我们还从美国报纸上读到一则消息，说苏联解体后不到一年，俄罗斯一批核科学家得到官方认可，同意为美国撰写一份详细文件，叙述苏联 41 年间 715 次核测试的历史，价格不到 30 万美元。美国为捡到一大便宜而沾沾自喜。

华裔科学家对美国科技发展的非凡贡献，有口皆碑。这里我们想特别提到曾经担任美国物理学会会长、世界著名的实验物理学家吴健雄教授。我们欣喜地看到《吴健雄传》中文本在美国发行，12月初一家华人报纸用几大版篇幅登载有关内容，称颂她的成就"至少可得三次诺贝尔奖"。吴先生素有"东方居里夫人"之称，该报在谈及她学生时代对居里夫人的仰慕时说："吴健雄在中央大学毕业论文的指导教授施士元（夫人施蕴陵的父亲），曾经跟随居里夫人研究，所以吴健雄和居里夫人似乎还说得上有间接师承关系。"引用杨振宁、李正道等诺贝尔奖获得者和美欧几位著名物理学家的话，吴健雄与居里夫人、麦特勒一起，被公认为20世纪最有贡献的三位女性物理学家。元旦那天我们给吴健雄、袁家骝先生去电话问候，袁先生告诉我们，吴先生患肠癌，刚动过手术，还算幸运，发现早，切除得干净。我们深深抱憾的是，我们因改变行程未能完成父亲的嘱托前去看望吴先生，而在我们回国后不多天，1997年2月16日，这位一代女杰因第二次中风与世长辞。

环保是文明的一面镜子

环境保护往往综合体现一个国家的物质文明和精神文明。美国的环保比较先进，不只得益于得天独厚的自然条件，更多在于经济保障基础上的人的自觉。

据统计，每个美国人每天产生1.6千克固体垃圾，国家花大力气回收废品特别是废纸。在我们居住的华盛顿，每家门前一般都摆着三种垃圾桶，一个放报刊，一个装塑料袋包好的杂物，一个盛树枝草叶，大型垃圾车每周前来收拾一次。废纸回收带来巨大经济效益，据报道，全世界有35%的商品木材用于造纸，回收一吨废纸可生产 800 千克"再生纸",节约木材 4 立方米,同时还保护生态。美国利用废纸除满足国内需要外,每年出口废纸创汇 4 亿美元。

人们的环境卫生习惯值得称道。我们在旅途中,即使空旷地段,常常可以见到塑料装好的垃圾包放在道路两旁。爱达荷森林区为避免山路陡峭,周折较多,称作"switch back"(形容像"开关"那样来回),游人宁可绕圈子,也不践踏花草,破坏生态。南佩尔威野外公园,用木板铺架成路,四通八达,绿草茵茵。罕见的爱德荷"黑色公园",山丘和平地一片黑色,由火山爆发(据说每 2000 年爆发一次)遗留的黑色熔岩构成,人们自觉维护公园,无人违章拣走一块煤炭。人们在高速公路休憩点野餐后,也是收拾干净才走。

保护野生海洋动物,俄勒冈海滨做得出色。18 世纪末,一位船长偶然发现的海狮群居点,如今构成一座水山相通的天然博物馆,海狮时而停留在小石岛上嬉闹,时而游回石洞休息,人们透过玻璃仍能听见它们吼叫的回响。这比起旧金山渔人码头的海豹群体,还要浪漫。鲸鱼馆的观众更是络绎不绝,名叫"凯哥"的鲸鱼已成家喻户晓的"电影明星",通过把鲸鱼人格化宣扬保护野生动物的影片,深受人们喜爱。这里母螃蟹受到法律保护,人工饲养的蓝色母蟹方可食用,有一天我们见到一只潮落时埋在沙滩的母蟹,欣然将其救出放回大海。

环境保护的良好效果,还表现在海滨游览区"胆大妄为"的鸽子、海鸥,特别是鸽子,居然敢于从游人手中夺食,甚至站在游人肩上,无所畏惧。黄石公园的野生动物生活在自由王国,绝对惹不得。有一次我们游人车队被成群野牛堵截在公路上,只好等它们慢悠悠地走开才得以通行。有趣的公麋鹿总是充当"老板",带领一批母鹿,不容别的公鹿接近,否则格斗,胜者继续当"老板"。大自然竟是如此之奇妙!

最后不免发一点感慨。环境保护和资源开发理应并行不悖，美国却在保护生态环境的美名下尽量贮存本国资源，同时竭力挖掘和利用他国资源，这恐怕有其远谋吧，至少是美国致富的一大诀窍。

（载《世界知识》，1997 年第 8 期）

埃及日本以色列约旦文化之旅

一

尼罗河之夜

2008年12月19日凌晨，随中国国际战略学会代表团访问埃及，仿马致远《天净沙·秋思》填词一首。

古城名川豪艇，
佳肴歌舞霓景，
畅叙碰杯合影。
友谊常青，
访埃不虚此行。

苏伊士运河船上

2008年12月20日，参观西奈半岛回返时在苏伊士运河轮渡上，以《十五的月亮》为谱，填写歌词一首。

岁末几天时光，
代表团欣然来访。
古国埃及绮丽风貌，

亲目所睹内心深藏。
三千年前建筑多么辉煌，
尼罗河景色反复观赏。
西奈半岛战役硝烟弥漫，
更显今朝和平景象。
中埃友谊，地久天长，
为之贡献值得颂扬。
多谢武官处，多谢大使馆，
祝愿你们顺利、健康！

二

游日本

2014 年 10 月游日本即兴诗两首。

冒雨登富士山

五湖四海十一人，
雨登富士抖精神。
焦粒遍布地坎坷，
雾气弥漫天混沌。
游客稀影藏壮志，
苍树多姿显诗韵。
弱冠学子诚可爱，
更有长者逾八旬。

（2014 年 10 月 15 日）

伊豆美

伊豆乃久仰，今日愿以偿。
热海浪碧透，净莲芥末香。
修善寺肃然，竹林溪水淌。
媲美桂枫桥，瀑布奏乐章。

（2014 年 10 月 17 日）

三

　　2015 年 9 月 20 日至 29 日一行 17 人以色列与约旦之行，除被神奇古迹与美妙风光吸引外，还有其他特殊收获，那就是对于涉及耶路撒冷、戈兰高地等国际争议问题有了实地感受。现按照行程先后，以几首小诗抒发点滴情怀。

深入耶路撒冷

　　9 月 21 日凌晨到达以色列伊始，便去耶路撒冷。犹太教、伊斯兰教和基督教世界三大宗教都把耶路撒冷视为自己的圣地。1947 年 11 月，联合国大会通过了关于巴勒斯坦分治的第 1818 号决议，规定耶路撒冷由联合国管理。1948 年 5 月，第一次中东战争爆发后，以色列占领了耶路撒冷西区，城东区由约旦控制。1967 年第三次中东战争，以色列占领全城。1980 年 7 月，以色列议会通过法案，将耶路撒冷定为以色列"永恒和不可分割的"首都。多数国家都将大使馆设在特拉维夫。1988 年 11 月，巴勒斯坦建国，定都耶路撒冷，包括中国在内的近 100 个国家予以承认。根据巴勒斯坦和以色列于 1993 年在挪威首都奥斯陆达成的原则协议，双方将在和谈的最后阶段，即 1996 年 5 月以后对耶路撒冷的地位问题举行谈判。此前双方均不得采取改变人口结构等措施以改变圣城现状。以色列却多次征用圣城土地，兴建犹太人定居点，企图通过征地计划造成耶路撒冷犹太化的既成事实。耶路撒冷是巴以冲突的中心。有感而发，作诗一首。

> 耶路撒冷，浑然神秘。三大宗教，汇源圣地。
> 纠葛弥久，曲折离奇。弱肉强食，霸者恣意。
> 二战甫息，陡升争议。联合国上，庄严决议。
> 罔顾之流，各怀玄机。五次搏杀，血染泪洗。
> 私欲驱使，刻骨分歧。困扰中东，对立巴以。
> 谈判频仍，欺人自欺。黑手操纵，从中渔利。
> 拉宾惨死，警钟凄凄。土地和平，难以交替。
> 痛心热点，此伏彼起。当今环球，亟待治理。
> 人类依存，命运一体。举世团结，力拔山兮。
> 清除邪恶，伸张正义。和平发展，怡然可期。

（2015 年 9 月 21 日）

四

近觑死海

2015 年 9 月 22 日日程安排宽松，可尽情享受黑泥浴和死海飘浮。死海是世界奇观，又是欧洲人的度假胜地，十倍的含盐量、数百种矿物质、海拔-400 米使这里的湖水成为世界上最棒的保养皮肤之地。有感而发，作诗一首。

儿时地理有教材，悉听老师话死海。
黑泥沐浴健身躯，稠水飘浮舒心怀。
年届耄耋腿跋涉，亲临其境眼界开。
友伴欣然下水戏，吾则怯步旁观哉。

游览佩特拉

2015 年 9 月 23 日参观约旦古迹佩特拉。佩特拉希腊文意为"岩石"，它被群山环绕，峡谷和通道穿越其中，建筑大部分是从岩石上雕刻和开凿出来的，具有东方传统和希腊风格。游人成群，马车飞驰。有感而发，作诗一首。

千年佩特拉，遐想愈添遐。
峡谷岩石铸，天柱嵌泥花。
游客漫步悠，马车奋蹄下。
古迹奇中奇，天工巧无涯。

参观杰拉什

2015 年 9 月 25 日 9 时 30 分，乘车前往约旦境内的杰拉什古城，这是世界上保存最完好、规模最大的古罗马城市遗迹之一。城内的古迹分别属于古希腊、罗马和拜占庭、阿拉伯伍麦叶王朝和阿巴斯王朝等时期。有感而发，作诗一首。

直奔杰拉什，
重温古罗马。
遗迹堪完整，

抗过浪淘沙。

据导游介绍，造型壮观的大门于公元 129 年建成。有感而发，作诗一首。

构思不复旧，
豪门先造就。
留待后人赏，
平添约旦秀。

沉思戈兰高地

2015 年 9 月 26 日下午，乘车穿越约以边境，前往提比利亚。面前呈现戈兰高地。戈兰高地南北长 71 千米，中部最宽处约 43 千米，面积 1800 平方千米，其中以色列控制 1200 平方千米，占三分之二。位于叙利亚西南部，约旦河谷地东侧。东到鲁卡德河，南到亚尔木克河，北到赫尔蒙山东坡，西南临约旦河上游的太巴列湖，具有丰富的水资源。最高峰为黑门山，海拔 2814 米。1967 年第三次中东战争期间被以色列占领至今，联合国在边界设置缓冲区。有感而发，作诗一首。

戈兰高地似屏障，毗邻警戒怒目张。
传统版图本姓叙，以国夺地凭一仗。
历史经纬谁人信，是非曲直实力扛。
领土纠纷成死结，强权公理不相让。

体味基布兹

　　2015 年 9 月 27 日中午，在加利利湖畔有"人民公社"之称的基布兹农庄享用彼得烤鱼午餐。久闻以色列基布兹，百闻不如一见。基布兹引人兴趣并产生联想。有感而发，作诗一首。

　　　　社会主义从天降，初出难免带空想。
　　　　马恩理论开先河，列斯实践且悲壮。
　　　　此处遗留基布兹，百年居然有余香。
　　　　喜看中国今胜昔，成就特色威名扬。

第八部分

诗墨篇

改革开放 40 年礼赞

2019 年 1 月 16 日，中联部举办老同志春节联欢会，《改革开放 40 年礼赞》为书画协会和休干五支部联合演出的《诗画配》的朗诵内容。

一

改革开放 40 年，祖国奇迹不断涌现。中共十一届三中全会拉开改革开放序幕，中共十八大、十九大指引新航向。那就是：

改革开放，伟大觉醒。人心向党，众志成城。群策群力，砥砺前行。艰难困苦，玉汝于成。举国上下，经济打拼。世界第二，全球震惊。

宏图大略，全面小康。"四全""五发"，纲举目张。反腐脱贫，艰巨荣光。时代楷模，树立榜样。当今祖国，繁花满园。信息畅通，公路成网。铁路密布，巨轮远航。高坝矗立，飞机翔翔。西气东输，南水北调，高铁飞驰，北斗天上。中国制造，创新发展，辉映苍穹，万里霞光。

二

改革开放 40 年，中国巍然屹立在世界东方，让世人刮目相看。那就是：

大国外交，蒸蒸日上。跻身世界，引领有方。"一带一路"，聚正能量。命运共体，强势回响。正义友朋，支持赞扬，唱衰我者，阴沟颓丧。历史伤痛，却不能忘，居安思危，警钟敲响。

抚今追昔，昭示心迹。煌煌苏联，何以匿迹？马列大业，毁及根基。模式僵化，毋庸置疑。究其实质，两制关系。历史规律，唯有遵依。文明成果，人类传递。终极目标，并非梦呓。社会主义，必然可期。且看中国，昂然奋起。

三

改革开放40年，中联部人勇于担当，作出贡献。那就是：

中联部人，献身外事，集体谱写，党际史诗。忠诚敬业，求实开拓。自强不息，实现价值。功名利禄，等闲视之。

初心不改，永葆天良。磊落人生，如诗绝唱。喜逢新年，心田灿烂。古稀耄耋，无非几关。大雪高压，苍松昂昂。梅花过去，又有牡丹。

曲谱

中国梦

中国梦

1=bE 2/4　　　　　　　　　俞蓬词曲
庄严豪迈地

(5 3 3 | 3 5 6 | 2356 321 | 1 — |)

111 216 | 5 — | 3555 6165 | 5 — |
十八大 举国赞 颂， 领导亲民 敲警 钟。

555 3 | 356 6 | 2356 321 | 1 — |
空谈误国， 实干兴邦，迈步坚定 多从容。

1 3 3 | 1612 321 | 3 3565 | 321 2 |
忆往 昔，雄关漫道 真如 铁，勿忘历史 山河 痛。

3 5 5 | 5612 653 | 5616 5 | 5 — |
展未 来，人间正道 是沧桑，造福百姓暖 大众。

5·5 1 1 | 3·2 1 1 | 1112 321 | 5 — |
清除 腐败，告别 贫穷，任务艰巨 又光 荣。

3·2 5 5 | 5 5 66 | 6561 5321 | 5 — |
民族 复兴，中国 特色，志存高远 更恢 宏。

111 216 | 5 — | 3555 6165 | 5 — |
十八大 举国赞 颂， 领导唤起 中国 梦。

566 6 | 6536 6 | 6535 61 | 1 — |
东方欲 晓， 莫道君行 早，党群心灵 相沟 通。

1 1 10 | 312 6 | 6 22 | 20 5612 |
中国 梦， 长风破浪 会有 时。中国 梦，理想变成

330 312 | 1 — ||
现实，在我手 中！

曲谱

新时代举国赞颂，
领导亲民敲警钟。
空谈误国，
实干兴邦，
迈步坚定从容。
忆往昔，
雄关漫道真如铁，
勿忘历史伤痛；
展未来，
人间正道是沧桑，
情系百姓大众。
清除腐败，
告别贫穷，
任务艰巨光荣；
全面小康，
中国特色，
志存高远恢宏。

新时代举国赞颂，
领导唤起中国梦。
国家富强，
民族复兴，

人民幸福，
曙光喷薄遍地红，
党群心潮汹涌。
欢呼吧，
长风破浪正逢时，
且看东方巨龙！
中国梦，
犹如万里彩虹，
辉映苍穹；
中国梦，
理想变成现实，
在我手中！

（载《南通日报》，2013 年 11 月 12 日；2021 年 5 月修改）

中联部贺诗七首

一

我的中联部

我的中联部（曲谱）

我的中联部
六十年风云飞渡
忠诚，肩负党中央重托
绘制一幅幅党际交往蓝图

我的中联部
六十年辉煌建树
敬业，倾心于调研联络
无论环境多复杂又多艰苦

我的中联部
六十年厚德载物
求实，务实求真不褪色
言行一致满怀战友情愫

我的中联部

六十年高瞻远瞩
开拓，配合国家总体外交
彰显和平发展合作之路

忠诚、敬业
求实、开拓
优良部风光彩夺目

中联部——我心中的明珠
中联部——我情感的眷顾
中联部——我理想的依附
中联部——我人生的归宿

啊，我的中联部
甲子轮回迈新步
啊，我的中联部
美好未来我欢呼

（载《当代世界》，2011 年第 2 期）

二

中联部人

中联部人，献身外事。集体谱写，党际史诗。
斗转星移，七十年齿。辉煌历程，昂然颂之。
老同志们，花甲古稀。老而弥坚，青春未逝。

毕生辛劳，实事求是。荣辱贵贱，等闲视之。
壮年中坚，使命秉持。奋力开拓，义不容辞。
崭新格局，令人遐思。众目聚焦，心向往之。
年轻朋友，满怀壮志。振兴中华，生逢其时。
自强不息，实现价值。前程无量，当共勉之。
希望一代，横空出世。弘扬伟业，雄鹰展翅。

（载《中联青年》，2012年第1期，原标题《感怀》，词句略有变动）

三

中联部新春团拜感怀

　　一年一度欢乐的新年新春团拜，
　　体现了部领导对老同志的深切情怀。
　　我们认同岁月的流逝，笑对自身的年迈，
　　但是，我们毕生的理想追求永不言败，
　　我们的心扉始终向着入党誓言敞开！

　　一年一度欢畅的新年新春团拜，
　　凝聚了年轻同志对老一辈的传统厚爱。
　　我们不能再站立第一线，且难免日渐体衰，
　　但是，我们的坚定信念不会有丝毫徘徊：
　　中联部的工作必将一代胜过一代！

　　一年一度欢腾的新年新春团拜，

展示了党的对外事业传承创新、方兴未艾。
坚持科学发展观，不动摇、不折腾、不懈怠，
奋发进取、排除干扰，慎对国际环境中的阴霾。
让我们举杯共祝中国特色社会主义的辉煌未来！

（2009 年 1 月 7 日）

四

贺中联部老同志国际问题研讨小组建立十周年

智慧交融的平台，
畅所欲言的讲台，
晚晴抒发的舞台，
活跃生活的擂台。

（2016 年 10 月 12 日）

五

老同志群里贺新年

新在适逢新时代，
年届离退何惧哉。
快慰源自心地宽，

乐迎第二青春来。

（2018 年 1 月 1 日）

六

贺中联部老同志摄影画展

珍摄晚年，心态为先。
风光美景，随吾笔尖。
重温青春，倍感香甜。
超凡脱俗，老而弥坚。

（2024 年 4 月 12 日）

七

《奉献》歌词
——仿《公关小姐》电视剧主题曲

自从踏进中联部大院，
穿过了秋天和春天。
人生总有所追求，
为崇高理想奉献。
啊！在寻觅在跋涉，
在工作中奋发争先。
既然是选定方向，

啊！从此不见异思迁。

自从投身国际共运事业，
激情便升起风帆。
人生有几多波澜，
让成就带来欢颜。
啊！在研究在探索，
在协作中增长才干。
尽管那风云变幻，
啊！苏欧局团结无间。
既然是亲密一体，
从此不分离手手相牵。

（1990 年 12 月 30 日，苏欧局新年联欢时即兴填写）

赵（毅敏）老逝世十周年祭

赵老离世，倏忽十载。往事历历，留下厚爱。教诲永存，音容犹在。思之念之，心潮澎湃。

岁月苦短，时不再来。膝下子女，鬓发斑白。后生学子，亦趋老迈。欣然聚首，追思缅怀。

赵老一生，极不寻常。出身农舍，门第书香。少年立志，远涉重洋。留法转苏，顿显锋芒。

回国伊始，隐蔽伪装。秘密交通，迎来送往。抗日烽火，燃遍故乡。义愤填膺，投入战场。

艰险历尽，斗志昂扬。疾书宣言，堪称绝唱。身陷囹圄，气宇轩昂。健康受损，意志成钢。

惟党是从，几度改行。任军政委，兼管地方。纠"左"之偏，紧跟中央。共运活动，色彩多样。

三九年初，回到延安。主持鲁艺，任副院长。解放报社，当秘书长。文化新闻，谱写华章。

解放战争，再起烟瘴。辗转北南，神采飞扬。中南军政，核心成员。执掌宣传，成就辉煌。

八大二会，选进中央。同年赴捷，参与办刊。任务繁重，面对霸权。团结斗争，不卑不亢。

"文革"期间，蒙受祸殃。恢复工作，耄耋在望。呕心沥血，风范一贯。百岁永别，神态安详。

赵老毕生，襟怀坦荡。"临风挺立，不畏雪霜。"淡泊名利，宽厚慈祥。扶掖后辈，语重心长。

吾侪追随，心情舒畅。回首既往，思绪激荡。举酒一杯，倾诉衷肠。赵老安息，伏维尚飨。

（2012 年 6 月 2 日，在职工之家举行中联部老领导、我的恩师赵毅敏同志逝世十周年追思会，其间我朗读了 6 月 1 日撰写的祭文）

厉以宁教授诗词读后

前些日子我去看望厉以宁教授，他送给我两本诗词集。其中《厉以宁词一百首》于 1998 年由民主与建设出版社出版，曾在社会上广为流传。另一本《厉以宁诗词又一百首》，是不久前由北京大学光华管理学院内部汇编，说明"印数很少，谨供院内诗词爱好者收藏"。我将 200 首诗词一口气读完，被其中的诗情画意所吸引。关于《厉以宁词一百首》，报刊上已刊载不少评论。这里仅就"又一百首"，谈一点浅见和感受。

厉先生赠书

20 世纪 80 年代中，我与厉先生等学者曾合著过一本书，于是接触较多，相知颇深。厉先生知识渊博，治学严谨，为人谦和。他擅长写诗词，我则是后来才知道的。作为一位著名经济学家，厉先生以逻辑思维见长。同时，他写的那些充满正义感、人情味儿和浓郁生活气息的诗词，也以丰富的形象思维令人倾倒。他的诗词最大特点是以情动人，情贯百篇，饱含亲情、友情、师生情、故乡情、祖国情，以及奋发向上的积极情怀。这里择举数例。

亲情篇如《鹧鸪天·记外祖母八十九高龄在北京逝世》（1975 年）：

蔬菜养身淡饭香，老来清静自安康，终将归去无遗憾，唯念亲人各一方。 烟霭霭，海茫茫，小船难越几重洋，他年有幸回乡见，代转心思盼吉祥。

这首词文字淡雅，感情饱满，细腻地刻画了外祖母这位高寿老人简朴而宁静的晚年生活，并通过转述在安详中过世的外祖母的遗愿，表达了厉先生自己对远方亲人的思念和祝福。

又如《采桑子·知外祖母骨灰洒入长江》（1977 年）：

骨灰流向何方去，咫尺天涯，咫尺天涯，海峡那边也有家。当年叮嘱须常记，积善为佳，积善为佳，利禄功名镜里花。

这首词借题发挥，既表述了对个人名利的态度，又抒发了对祖国统一大业的看法。"积善为佳""利禄功名镜里花"，表达了厉先生牢记外祖母的教诲——为人要乐善好施，淡泊名利。厉先生在这里赞美了一位高尚的女性，也说明了厉先生不违祖训的处世之道。"咫尺天涯""海峡那边也有家"，这不仅指厉先生有亲属生活在海外，那里"也有家"；而且是一个双关语，可以理解为海峡那边的台湾乃是祖国的一部分，那里"也有家"。

再如《七绝·送厉伟去深圳》（1991 年）：

一叶轻舟下急滩，舵非亲掌不知难，浪中礁石虽艰险，坦荡心怀路自宽。

诗中告诫后辈该如何迎接人生之路：万事必须亲历实践，知难而进，勇往直前，而"坦荡心怀"则是征服一切艰难险阻的基本。

友情篇如《相见欢·江西归来，在京与马雍、何持方等同学晤面》（1972 年）：

那年暮雨霏霏，朔风吹，道别无声应比有声悲。　赣江渡，津浦路，悄然归，疑是苍天知我让春回。

这首词运用对比手法，道出了厉先生与同学久别重逢的欢快心情，以离别时暮雨朔风笼罩下的依依不舍，反衬晤面时犹如春回大地的开怀心境，颇富感染力。

又如《七绝·送沈家杰同学去北京大学荒》（1958 年）：

今朝且尽平生醉，明日荒原梦里回，草海苍茫君自重，晴空仍记避惊雷。

从诗的寓意与写作时间可判明被送别者在 1957 年反右政治漩涡中的境遇，抒发了厉先生同情、无奈的凝重心情及对远行者的忠告。

爱国篇如《采桑子·北京一月街景》（1976 年）：

声声哀乐催人泪，处处灵堂，处处花墙，一夜京城换素妆。音容虽已天边去，留下忧伤，留下彷徨，预感风来雨更狂。

这首词犹如一幅血泪写成的挽联，准确地描绘和再现了当年人民群众在天安门广场自发悼念周恩来总理的悲壮情景，充分地表达了厉先生对周总理的深情怀念，对祖国前途的忧虑，对"四人帮"的愤恨和对粉碎"四人帮"的强烈预感。

又如《秋波媚·由延吉至长白山途中》（1993 年）：

白发苍苍护林人，终日在山村。一沟一坎，一花一木，如数家珍。　红松幼树何时种？暗自计年轮。成材太慢，谨防虫害，托付儿孙。

这首词道出了厉先生对环境保护的细微关注，对绿化祖国的由衷赞美，对护林工人献身精神的热烈颂扬。寥寥数句，将一位精心劳作、一丝不苟、忠心耿耿的老劳模形象刻画得栩栩如生。

乡情篇如《卜算子·访母校上海永嘉路小学》（1983 年作）：

离去已多年，偶忆儿时境，往事悠悠似彗星，一闪无踪影。转眼老将临，反觉心平静，回味当初似白云，散合都成景。

这首词的意境，饱含着幼年回味、往事倏忽、坦荡人生、自然永恒的情思与哲理。

又如《鹧鸪天·偕蔡士德同学赴长沙参加高考，夜宿桃源境内》（1951 年）：

大雾漫江水气凉，船家熟路也迷航。徐徐桅上风帆落，喷喷舱中米饭香。　青豆角，热鱼汤，油灯虽暗谊深长。今宵泊在芦湾里，默数潮声到梦乡。

厉先生写这首词的时候，年仅 21 岁，风华正茂。词中恬静的乡土气息和悠然的农家生活，如诗如画，情趣盎然。此情此景，不禁令人联想起中国历代出身清寒的书生才子负笈就学、赶程赴考的艺术形象。

勤奋篇如《鹧鸪天·大学毕业自勉》（1955 年作、1985 年修改）：

溪水清清下石沟，千弯百折不回头。兼容并蓄终宽阔，若谷虚怀鱼自游。　心寂寂，念休休，沉沙无意却成洲。一生治学当如此，只计耕耘莫问收。

这首词从写作到修改，历 30 年之久。从中可以体味厉先生一生中不断奋发进取的精神境界。厉先生信守"一生治学当如此，只计耕耘莫问收"的准则，且矢志不渝，这才有了誉满中外的经济学家厉以宁。

又如《浣溪沙·六十自述》（1990 年）：

落叶满坡古道迷，山风萧瑟暗云低，马儿探路未停蹄。　几度险情终不悔，一番求索志难移，此身甘愿作人梯。

词中"一番求索志难移，此身甘愿作人梯"的品格，与上首词"只计耕耘莫问收"展示的风貌，彼此呼应，相辅相成，多角度地构成了作者真实的自我写照。

文如其人，诗词如其人。厉先生的诗词既抒发了他的思想情愫，也彰显了他的道德操守。我期待着厉先生今后能有更多的诗词华章问世。

（载《中国测绘报》，2000 年 6 月 27 日，原标题《经济学家的形象思维——厉以宁诗词读后感》）

附：致厉以宁教授

厉以宁教授：

　　我拜读了大作诗词集，深受感染，受益匪浅。我在《中国测绘报》副刊上发表了一篇读后感，事先未征得你本人同意，尚请见谅。其中有些诗词背景，我的理解未必准确，本想听取你的意见，又怕打扰，欠妥之处请予匡正。

　　今年是你的七十大寿。这篇小文章，聊作我的一份绵薄贺礼吧！

　　今夏奇热，望诸多珍摄。

俞　邃
2000 年 7 月 1 日

赞朱文泉上将巨著《岛屿战争论》

写罢雄文逾七旬，
豪情纵笔志惊群。
图书五百细研读，
昼夜三千润苦勤。
深邃思维犹静水，
飞扬词采若行云。
疾呼世界大同者，
乃是中华上将军。

附：朱文泉和诗

窃以为，拙著乃予在海边转悠 50 多年幸运捡到的一枚美丽的贝壳而已。出版后得到俞老赋诗谬赞，至为感激。

七律·依韵酬中联部俞邃院士赞《岛屿战争论》诗

皓首涵青气愈神，
七年沥血著经文。
沿湖跬步捡珠贝，
纵目环球说楚云。
虽未锦囊添妙策，
但期麟阁画殊勋。
冀希放牧南山下，
鼓角齐喑无举军。

在"未来广岛组织"欢迎晚宴上的演讲

我们为了解日本而来，
我们为介绍中国而来，
我们为结交朋友而来，
我们为促进中日两国人民友好而来。

从各位亲切的面容，
我感受到了你们的热情好客；
从各位焕发的神采，
我感受到了你们的事业成就；
从各位企盼的目光，
我感受到了你们与中国发展合作的渴望。

中日两国人民勤劳智慧、爱好和平，
我们应该友好相处，
我们也能够友好相处，
这是两国人民根本利益决定的。

中日两国人民友好源远流长——
我们有着深厚的传统文化基础，
我们有着坚实的经济贸易基础，
我们有着切肤的历史认识基础。

我们深切悼念六十年前蒙难的广岛人民：
他们在九泉下哭泣——
决不能让战争悲剧重演！
他们在天空中呐喊——
决不容许美化侵略战争历史！

发展中日两国人民的友好关系，
不仅要有政治家们的努力，
还要有企业家们的奉献。

中日人民友好是永存的，
中日人民友好的路障是暂时的；
致力于中日友好的人将受到尊敬，
破坏中日友好的人将被历史淘汰。

总之，历史选择就是一句话：
（日语）中日两国人民ゆ友好です！

（2006 年 8 月 24 日，中国国际交流协会代表团访日期间）

贺北京大学三位物理学教授 80 寿辰[*]

贺侯自强教授（夫人干晓英）

侯门骄子，毕生自强。
聪颖勤奋，业绩辉煌。
学术为本，不恋官场。
携手晓英，愉悦安康。

祝寿条幅

---

* 夫人施蕴陵在北京大学物理系的同班同学侯自强、林宗涵和陈秉乾，都是卓有成就的教授。2017 年，他们三位同为 80 岁，4 月 23 日，由施蕴陵主持举办集体祝寿活动，我书写条幅相赠。

贺林宗涵教授（夫人陈宝珏）

宗涵教授，风度儒雅。
师承竹溪，堪称大家。
致力创新，有口皆夸。
宝珏璧合，温馨潇洒。

祝寿条幅

贺陈秉乾教授（夫人陈正英）

学者秉乾，器宇轩昂。
倾心执教，誉满同窗。
精益求精，声名远扬。
双陈并蒂，幸福绵长。

祝寿条幅

527

感怀诗词十二首

一

庆祝中国社科院《世界经济与政治》创刊 30 周年

同步国策而立年，
理论求索占前沿。
曲高和众屡夺标，
更待跨越展新颜。

（载《世界经济与政治》，2009 年第 9 期）

二

回复黄曾阳教授[*]

才华横溢诗中吟，

---

[*] 黄曾阳教授，物理学家，国学大师黄侃先生的后裔，文理精修，赋诗并赠我大作《论语言概念空间的基础概念基元》《论语言概念空间的总体结构》。

沐浴古稀又一春。
相识恨晚神交乐，
文理兼备启后人。

（2009 年 5 月 5 日）

三

师生聚会*

昔日同窗今白头，
时光倏忽奔东流。
深情厚谊与日增，
欢歌快语爆满楼。

（2009 年 10 月 26 日）

四

应休干局征集书法

同声相应中国梦，
霞光喷薄心潮涌。
长空破浪正逢时，
举世瞩目东方龙。

---

* 因我和夫人施蕴陵回母校南京大学附属中学（现南京师范大学附属中学），53
届 16 位同学与李夜光老师聚餐，此为即席之作。

（2013 年 8 月 12 日）

五

喜庆相连贺毋瞩远将军 *

国庆重阳接喜闻，
瞩远同志届七旬。
衣着抖擞多帅气，
品格儒雅乃文人。
处世不苟恭俭让，
履职有嘉建奇勋。
将军三代同堂时，
挚友遥祝酒一樽。

六

赞周伯荣将军回乡探望老母

将军亦届七旬矣，
慈母膝下情依依。
辉煌业绩载史册，
忠孝两全能有几？

（2015 年 10 月 26 日）

---

* 2014 年 10 月 1 日为国庆节，2 日为重阳节，3 日为毋瞩远将军 70 岁生日。

七

答谢老同学*

挚友馈赠健身槌，
悠然点击各部位。
超级按摩焉能比，
仿佛酒后小陶醉。

（2019 年 2 月 12 日）

八

十六字令三首
——观中联部办公大楼摄影有感

楼，
英姿勃发威风抖。
居其间，
问心无愧否。

楼，
中央指示铭心头。
部局处，

---

* 老同学吴锡华及先生吴宗华所赠健身槌很好用。夫人施蕴陵说写首诗，然后朗诵，做个视频回赠二吴。

日夜忙运筹。

楼，
党际交往凯歌奏。
事业兴，
人生有操守。

（2020 年 4 月 11 日）

九

赞爱凌

一跃腾云万目追，
姣身翻板雪中飞。
神奇登顶呼声啸，
冬奥一绝立丰碑。

（2022 年 2 月 10 日）

十

玉渊潭公园美 *

苍穹入夏蔚然新，

---

* 老朋友群里传发玉渊潭公园图像，碧蓝天，两岸楼群与树丛呼应，几只小船在湖面荡漾，涟漪柔和。

楼树对唱赞庇荫。
小船坐怀涟漪笑，
玉琢渊潭迎嘉宾。

（2022 年 5 月 16 日）

十一

见丁聪漫画册*

书赠二十六载前，
作者驾鹤访西天。
人生苦短寻常事，
珍品传世千百年。

（2023 年 4 月 1 日）

十二

寄刘永坦兄

旧年飘然辞行，
新岁应运而生。
何虑鬓发异化，
但听太平钟声。

（2023 年 12 月 31 日）

---

* 刘东老友发来 1997 年著名漫画家丁聪赠他的画册《我画你写》图像。

四言诗十首

一

就苏联解体 24 周年答友人

抚今追昔，昭示心迹。
感慨万千，实难提笔。
百思不解，垮台何急？
悲剧去矣，唯恐续集！

（2015 年 12 月 28 日）

二

元旦党支部聚会

喜逢元旦，心田灿烂。
磊落人生，弥足平安。
古稀耄耋，无非几关。
梅花过去，又有牡丹。

（2015 年 12 月 30 日，现场即兴）

三

复中国文化促进会主席王石先生

宏图大略，全面小康。
一带一路，乐听回响。
万里茶道，犹如臂膀。
文促引领，独支绝唱。
智慧启示，物流衡量。
多国合作，利益至上。
事物发展，难免波浪。
锲而不舍，必有辉煌。

（2016 年 1 月 18 日）

四

复在美国探亲的阮慎康教授

天刚蒙亮，悄入书房。启动电脑，忽见慎康。
猴年贺忱，情真意长。感激之余，联翩遐想。
五微高论，非同凡响。身心协调，唯愚至上。
阮兄力行，堪称榜样。金石言辞，胜过华章。
恭祝二位，幸福满堂。享乐天伦，远涉他乡。
挚友难逢，互勉互奖。跨越耄耋，期颐在望。

（2016 年 2 月 6 日）

五

春节颂

猴年吉祥，事业日上。
"四全""五发"，纲举目张。
反腐脱贫，成果辉煌。
"一带一路"，聚合能量。
拓新外交，强势回响。
领导伟哉，人心向党。
正义友朋，支持赞扬。
唱衰我者，阴沟颓丧。

（2016 年 2 月 7 日）

六

回敬老同学马鸿将军发来"老两口"视频

马万伉俪，相亲相爱。
耄耋之年，柔情满怀。
老何足惧，童真犹在。
生命旅程，百花绽开。
豁达坦然，笑对未来。
超脱浮尘，快哉乐哉。

（2017 年 3 月 31 日）

七

送别二姐[*]

送别二姐，不尽悲伤！回首既往，老泪流淌。
二姐一生，饱经风霜。艰难岁月，出生冒庄。
家境清贫，求知欲旺。父亲从教，廉洁高尚。
母亲持家，任劳任怨。子女七人，苦中成长。
父母品德，誉满家乡。助人为乐，勤劳善良。
二姐传承，堪称榜样。战争年代，坚定顽强，
参与民运，兼职课堂。转入南京，获得新岗。
毕生奉献，工商银行。天作之合，幸识老庞^{**}。
宗兄挚诚，和睦相伴。孝敬父母，共同扶养。
二姐晚年，搏斗病恙。享寿九旬，驾鹤西翔。
天意回报，人生绝唱。送别二姐，百念激荡。
二姐千古，安息安详！

八

接获抗病毒佳音^{***}

将军陈锋，疫期从容。

---

* 2019 年 3 月 4 日，亲爱的二姐俞菊（余勤）逝世。

** 二姐夫庞佑宗，在重庆地下党与江竹筠（江姐）同一个支部，彼此很熟悉。南京解放后，他奉调接管并担任南京一家银行行长。他处事周到，性格温和，深受家人喜爱。

*** 陈锋将军发来一篇有关克制新冠病毒的好消息，令人欣慰。

病毒狡猾，令人懵懂。
佳音慰藉，仍需保重。
告捷之时，握手相拥。

（2020 年 2 月 23 日）

九

生日乐

生日快乐，乐在健康。
伉俪濡沫，阖家吉祥。
挚诚待人，友朋守望。
心地宽阔，兴趣多样。
梳理世情，写点文章。
无求寡欲，福寿绵长。

（2020 年 5 月 7 日）

十

贺《心海放歌》诗集出版*

心海拾玑，诗兴绽开。
泛舟潮涌，放歌又来。

---

* 年轻军旅诗人赵海荣先后出版诗集《心海拾玑》《心海泛舟》《心海潮涌》。《心海放歌》为第四部，应作者邀请写一首简短四言诗以作序。

538

妙笔刻画，家国情怀。
豁然担当，赞美时代。
赤子之心，毕显豪迈。
坚贞不渝，人生满载。
中华瑰宝，锐意传脉。
风格独具，海荣壮哉。

（2022 年 11 月 14 日）

藏头诗十五首

一

回复毋瞩远将军来贺

谢君厚谊年复年，
毋忘幸会十载前。
瞩目神交意真切，
远在京城润心田。

（2007 年 2 月 3 日）

二

回复周伯荣将军贺年

伯乐难识汝，
荣辱由自主。
新知务追索，
年岁不足怵。
快车尽管乘，
乐在为人助。

（2008 年 12 月 30 日）

三

回贺如东中学校友黄先祥院士

先进坚强，
祥和为上。
春风待人，
节度有方。
快马扬鞭，
乐在故乡。

（2010 年 2 月 13 日，除夕）

四

老同学耄耋之年相聚*

联中启迪励振志，
知行铭正匡一青。
务实求真须深邃，
五子情笃聚北京。

（2010 年 10 月 21 日）

---

* 薛一青从南通来北京，住曹振志家。今天吴迪、俞铭正和我前往聚会。四联中的五位老同学，时隔 65 年相聚并合影留念。

五

回应江凌飞教授*

惊游澳址，
喜抱景致。
江壁如绘，
凌驾环视。
飞流云霞，
才蕴于斯。
气度海涵，
大笔成诗。

（2013 年 4 月 8 日）

附：江凌飞教授来诗

七律·大洋洲游历印象记

南洋往事悲闻久，国人今日开怀游。
镜里石花照鱼眼，釜底喷珠洗客愁。
林森草劲歌牧野，天朗海青舞碧绸。
把盏他乡秦淮月，漫夜星坠挂银楼。

---

* 国防大学江凌飞教授于 2013 年 4 月 8 日晚间发来其于 4 月 2 日旅澳新途中所作的一首诗。

六

中秋节恭祝诸位老友

祝君共樽歌百回，
中华志壮在腾飞。
秋风送爽人舒坦，
节日思友情增倍。
非为世乱扰志向，
常备佳肴润心扉。
快递贺忱添寿福，
乐极笑语胜鼓擂。

（2014 年 9 月 8 日）

七

回贺浙江理工大学储昭根教授

挚诚传贺讯，
友情何其深。
谭兄素沉稳，
荣在做学问。
根深枝叶茂，
春色最宜人。
节日心情爽，
多福托子孙。

快语表谢意，
乐哉寿长存。

（2015 年 2 月 16 日）

八

回复休干局胡云岭局长

胡氏世家富精神，
云集中枢数代人。
岭颠开拓变革道，
春华秋实图创新。
节制自我乃典范，
多流血汗最亲民。
快马加鞭奔小康，
乐为中国梦献身。

（2015 年 2 月 18 日）

九

回贺储昭根教授

储智备力做学问，
昭示勿忘读书人。
根在祖国求真理，
春回大地伴我身。

节制私念显大度，
多图公益唯谨慎。
快马奋蹄奔梦界，
乐将毕生献人民。

（2015 年 2 月 18 日）

十

唱和昆明市社联龙东林主席

东风温和春暖人，
林木万种不求匀。
快慰源自私念少，
乐见生涯又一春。

（2019 年 2 月 5 日）

附：龙东林主席来件

祝俞老师阖府新春如意，万事顺遂！

春城春色春暖人，
万树千红色未匀。
谁言人间新意少，
悠然不觉又新春。

十一

学生传来信息 *

林中萧瑟声，
秋意未远行。
晶莹雨露滴，
好个自然景。

（2019 年 11 月 2 日）

十二

回贺黄仁伟教授 **

仁者成就五洲飞，
伟业不愁后人随。
中兴时代气势旺，
秋实造福全人类。
快慰一生知足矣，
乐见世事常态归。

（2021 年 9 月 21 日）

---

* 下午 4 时出门散步，接到学生林秋晶从上海发来的学术座谈信息。
** 接到黄仁伟教授发来长篇中秋诗有感而发。

十三

回应林间风 *

林中鸟语天籁鸣，
间奏激起诗人兴。
风雪相伴多遐想，
妙句篇篇引入胜。

（2022 年 3 月 19 日）

十四

赞刘江永教授**

江涛倾泻宏论，
永葆青春神韵。
大局把持得体，
家国情怀纯真。
手握世界动向，
笔墨刻画时运。

（2022 年 4 月 29 日）

＊　友人李军（化名林间风）在群里发诗歌颂风雪天鸟儿乐。
＊＊　清华大学刘江永教授晚间发来"周末感怀"，谈国际形势与中国安全环境，见地独特新颖。

十五

赞小辈路晓军从军—攻读外语—致力外事

人生之路，
日渐分晓。
洛外从军，
专业选好。

是非之路，
历程破晓。
告别恩军，
外事定好。

成败之路，
业绩揭晓。
坚强若军，
岗位守好。

(2024 年 1 月 3 日)

自律四首

一

重阳节感怀*

岁岁重阳，今又重阳。触景生情，联翩浮想。物是人非，风云涤荡。自然规律，无可争抗。生命价值，唯求质量。一路走来，难免跌撞。初心不改，永葆天良。感恩中联，育吾成长。风烛之年，犹如在岗。快哉乐哉，心身健康。——俞邃谨记

承蒙过奖，实不敢当。论及人品，无需谦让。至于业绩，绵薄分量。与生俱来，尚知自强。时运若何，笑对上苍。虽逾八旬，焉能颓唐。志趣所在，奋笔如常。假之以寿，拔力洪荒。友朋关爱，助我健康。鞠躬致谢，再写重阳。——俞邃又记

（载中联部《中联晚晴》，2016 年 12 月第 5 期）

---

* 重阳节当日，接到朋友们来贺，我以"谨记"回应。"谨记"却得到不少朋友的鼓励，于是我又以"又记"致谢。

二

反思

岁月激流如梭，
奋力上下求索。
徒望一帆风顺，
静坐常思己过。
践行誓言由衷，
无须自嘲开脱。
安然逾越九旬，
遑论人生蹉跎。

（2023 年 5 月 7 日）

三

自律

力戒好为人师，
尽心领悟世事。
不失神闲气定，
走向人生极致。

（2024 年 4 月 16 日）

四

严冬有感

窗外寒刺骨，室内暖如春。

心静犹若水，读书伴健身。

逞强非选项，常念已故人。

彻悟尘世事，悠然逾九旬。

（2024 年 1 月 21 日）

附：俄文译诗

За окном морозы дикие,

Дома—уют и теплота.

Как будто бы пора весенняя

К тебе пришла.

В душе течет спокойно, тихо

Полноводная река.

Со мною книги, чтение

И физзарядка, нужная

Иногда.

Не берусь за задачи трудные—

Не года!

А в голове проходят кадры

Друзей, ушедших

Навсегда!

И мысли, жизни осмысления
Мелькают,
Что-то мне шепча.
Вот так спокойно, беззаботно
И протекает жизнь моя.
И вот уж девяностолетие подкралось,
Не спрося меня!

翻译：Ира Чжао（赵绮莲）
校订：李英男
（2024 年 5 月 7 日）

书法一束

贺改革开放 40 周年

贺建党 90 周年 "风华正茂"

贺建党百年

贺中共二十大

贺新中国成立 75 周年

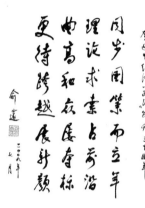

贺世界经济政治研究所

贺上海外国语大学欧亚班

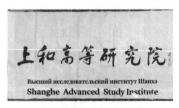

上和高等研究院匾牌

为江苏省如东高级中学建校 70 周年题字

为江苏省如东高级中学新校舍弘毅楼题字

为江苏省如东高级中学新校舍育才楼题字

贺宦国英同志 85 寿辰

贺曹振志学兄 90 寿辰

贺彭望东老友 85 寿辰

贺黄宗良教授 80 寿辰

贺万成才老友 80 寿辰

贺李静杰老友 80 寿辰

贺叶军老友 80 寿辰

贺老友陈继峰、李景春伉俪寿辰

贺关愚谦先生 80 华诞

贺张志明老友 80 华诞

附　录

熊光楷:《俞邃》

2012 年 2 月的一天,我接到中国国际战略学会高级顾问俞邃的电话。他告诉我,他到战略学会开会,给我带了一本他最新出版的著作,因为没见我,已经托人转交了。

第二天,我就看到了这本《其兴也勃焉 其亡也忽焉——二十年后再看苏联演变》。同时,他还托人带给我一枚签名的中俄建交 60 周年纪念封。

书影

俞邃是中联部俄罗斯–苏联问题专家,现任中联部调研咨询小组成员、当代世界研究中心研究员等,和我是战略学会的同事。我在担任会长期间,曾经邀请俞邃为战略学会的高级顾问和研究员做报告。他对俄罗斯的研究深入而全面,很有独到之处。

2011 年 11 月是苏联解体 20 周年。国内出版了不少研究专著,《其兴也勃焉 其亡也忽焉——二十年后再看苏联演变》是其中之一。早在 20 年前,苏联刚刚解体后不久,俞邃就开始撰写《莫斯科的冬与春——一个时代的终结》,这本书于 1993 年 5 月由四川人民出版社出版,随后越南国家政治出版社于 1994 年 12 月翻译成越南文出版,并连续出了三版。《其兴也勃焉 其亡也忽焉——二十年后再看苏联演变》反映了俞邃在苏联演变 20 年后在前书基础上再思考的成果。

“苏联发生演变的原因是多方面、综合性的,政治、经济、民族、理论、意识形态、文化、外交等诸多因素，执政党因素则是决定性的。"在《其兴也勃焉 其亡也忽焉——二十年后再看苏联演变》中，俞邃这样写道。这句话体现了研究问题的一个方法：全面而不偏废，在综合分析的基础上，把握关键的决定性因素。根据这个方法，俞邃指出，导致苏联演变有内因，也有外因，内因是主要的；有现实原因，也有历史原因，现实原因是主要的；有领导人的错误，也有改革本身的难度，领导人的错误是主要的。"我们不应忽视其中任何一种原因，但又不能孤立地只用某一种原因来对苏联作总体上的解释。"俞邃说。虽然如此，俞邃仍然指出了苏联解体的根本原因——"执政党及其领导者的路线错误与僵化的管理模式弊端相交织所体现的现实内因，则是问题之根本"。

　　研究历史，是为了面向未来。对于俄罗斯未来发展道理，俞邃首先用"破、乱、治、兴"四个字概括俄罗斯独立以来的历程。叶利钦时代是"破"与"乱"，从普京到"梅普组合"再到2012年之后普京重回总统岗位，俄罗斯需要从"治"而"兴"。俞邃认为，如果俄罗斯找到一条适合本国特点的成功之路，有可能会加快复兴进程。

　　作为一名学者，俞邃颇有学者风度，戴着深度眼镜，说话十分严谨。但有一天，他给我一张复印件，上面是庆祝中联部成立60周年的歌曲《我的中联部》："我的中联部，六十年风云飞渡。忠诚，肩负党中央重托，绘制一幅幅党际交往蓝图……"整首歌充满激情，昂扬向上，朗朗上口，催人振奋。我一看，作词作曲都是俞邃，不仅对他刮目相看。

　　俞邃知道我喜爱签名盖章书。有一天，他说，他要把他岳父的回忆录盖章后送给我，我当即表示感谢。等我看到这本盖章的《施士元：回忆录及其他》时，我不禁大吃一惊，原来他的岳父、中国著名物理学家、教育家施士元不但成就非凡，而且曾经受教于居里夫人，是居里夫人唯一的中国物理学博士生。

　　施士元出生于 1908 年，毕业于清华大学物理系，1929 年考取公费留学，进入巴黎大学镭研究所，在居里夫人指导下，从事放射性物理研究，1933 年获得巴黎大学博士学位。回国后，25 岁的施士元被聘请为全国最年轻的教授之一。他的学生中，包括被人们称为"东方居里夫人"的华裔科学家吴健雄。当年，美国实施研制原子弹的"曼哈顿计划"，吴健雄是参与其中的唯一女性科学家。2007 年 9 月 19 日，施士元迎来百岁华诞，其文集《施士元：回忆录及其他》同时发行，俞鐩代表施士元致辞。2007 年 9 月 28 日，施士元在南京逝世。

　　我与俞鐩的弟弟也认识。他与我一同在军委和总参的办公楼共事多年，我们经常见面，我知道他也是一位学者型人才。当我知道他是俞鐩的弟弟时，不禁想到，有其兄必有其弟，这对兄弟还真有不少相似之处呢。

　　(载熊光楷：《藏书·记事·忆人：签名封专辑》，"学术界"，北京：新华出版社，2012 年版)

俞邃：世局风云变幻的研究者

少年成长

俞邃的父亲俞笃周毕生兢兢业业从事小学教育，还是一位书法家。母亲陆崇祜勤劳、慈祥而又豁达，父母以其正直宽厚的品质培育了俞远、俞迪（俞启元）、俞进（江鹜）、俞梅（余枚）、俞菊（余勤）、俞邃、俞适七个子女，相继走上革命道路。在家庭影响下，俞邃从小追求进步。1944 年他小学毕业，长途跋涉，

书影

穿越日伪封锁线，投身到"小抗大"四联中。由于战乱，学校通过"席地课堂"和组织社会民运活动，着重培养学生的政治素质。即使在那样艰苦的环境下，俞邃仍坚持文化学习，从不间断，而且对世界局势分外关注，萌生未来学外语从事外交的念头。抗日战争结束后，俞邃辗转入如东中学栟茶分校和合并后的如东中学，其间又经受了解放战争烽火的历练，担任党的外围秘密组织青年先锋队支委。青年团建团，他首先入团。后来他随恩师吴景陶校长转去平潮中学读书，担任学生会主席，被推举出席苏北第一届学生代表大会，并光荣入党。1950 年年初，因兄姐随军胜利渡江后在南京工作，他转学到南京大学附属中学（现南京师范大学附属中学），担任校团委书记，直至 1953 年考取中国人民大学俄文系。1951 年 8 月，俞邃曾作为华东区

代表出席中华全国学生第十五届代表大会，当时《进步青年》杂志"代表访问记"专栏首篇以《从小就受革命锻炼的俞邃》为题报道了他的成长。

与国际问题研究结下不解之缘

俞邃走上国际问题研究之路，并终于成为著名的国际政治学者、中国外交与世界战略问题研究专家，是一个偶然的机缘。1958年9月，毕业于北京俄语学院（现北京外国语大学）并留校任教兼做团委工作已一年且有八年党龄的俞邃，突然被中央外事部门选调，派往各国共产党和工人党合办的理论性和报道性刊物《和平和社会主义问题》杂志编辑部工作，直至1962年11月因中苏关系恶化奉命撤回。俞邃说：这四年多的锻炼确定了他一生的航标，从此他与国际问题研究结下了不解之缘。

《和平和社会主义问题》是特殊历史条件下的产物，于1958年9月创刊，编辑部设在当年捷克斯洛伐克首都布拉格沃尔托瓦河畔。1958年3月，由王稼祥、刘宁一、赵毅敏同志组成的中共代表团参加了在布拉格举行的创刊会议。6月，中共中央候补委员、中联部副部长赵毅敏作为中共代表赴杂志编辑部担任编委。该杂志是月刊，稿量很大，突击性很强，来稿涉及理论和实践各个领域，包括政治、经济、哲学、历史、军事、科技乃至文艺。这项工作对于刚跨出大学校门不久的俞邃来说，难度很大，却为他毕生从事国际问题研究奠定了坚实的基础。俞邃说："记得我到达布拉格的当晚便投入工作，接手的第一篇文章是苏联哲学家米丁写的《自然和社会的关系》，内容深奥，俄文生词连篇，我熬了个通宵，不断出冷汗，到头来有些话也没弄得很明白。第二天介绍文章内容时，我十分惶恐。这时引领我走上国际问题研究之路的第一位导师赵毅敏同志鼓励我、开导我，叫我不着急，只要勤奋，会逐步提高、适应工作的。"

"不着急，只要勤奋，会逐步提高"，这样的教诲，让俞邃找到了研究道路上应有的姿态：缓步徐行静不哗。从此，他开始潜心研究国际共运问题，接着又深入苏联问题各个领域并拓展到世界战略形势的研究。正如外交部《世界知识》杂志为祝贺《俞邃论集》出版写的评论《问渠那得清如许，为有源头活水来》所形容的那样："他像是一棵根深叶茂的大树，深深扎根于苏联俄罗斯研究、枝叶向全球四面八方伸展、成果像鲜花般在枝叶间开放。"俞邃的工作岗位让他有机会经常出席各种智库会议，参与起草文件，撰写专题文稿，常年为领导层提供形势与决策咨询。用他风趣的话说，也许是"命运"使然，20世纪七八十年代他又受到了李一氓和宦乡两位长辈学者的器重和悉心指点。

俞邃善于随着形势的发展变化，不断提出自己独到的新鲜见解和深层次的理论分析。例如，他一贯强调方法论的重要性。他总结出成功研究国际问题的基本规律：跟踪研究，发展地看问题；温故知新，历史地看问题；把握规律，辩证地看问题。他牢牢把握时代潮流，通过对一系列实例的剖析，阐述在国际形势中普遍存在着的对立统一性、事物两重性、内因与外因、渐变与突变、现象与本质、主流与支流、相对与绝对、必然与偶然、一般与特殊、矛盾转化、否定之否定等规律，由此得出的结论和认识经得住时间的考验。

他经常就国际问题提出科学预见。例如，在2000年普京上台伊始，他根据长期对苏联–俄罗斯国情的深入了解以及对普京纲领性文章《千年之交的俄罗斯》的综合分析，将普京的治国方略归纳为十点：以国家利益为核心、以强国富民为使命、以经济发展为前提、以民族精神为动力、以强有力政权为依托、以团结全社会为手段、以历史教训为借鉴、以选择适合本国国情道路为方向、以创造良好外部环境为条件、以重振大国地位为目标。这一创新论断被普京主政 17 年来的事实所印证，并曾得到俄方的高度赞赏。

他总是巧妙地对一些重大事件及时作出概括。他针对人们关注的中国安全环境，曾作出这样新颖的论断：确定因素多于不确定因素，认识这一点，可避免模棱两可；总体因素高于局部因素，认识这一点，可警惕以偏概全；直接因素重于间接因素，认识这一点，便于区分轻重缓急；传统因素逊于非传统因素，认识这一点，有助于适应新形势；主流因素优于非主流因素，认识这一点，不至于本末倒置；长远起作用因素强于暂时起作用因素，认识这一点，可防止迁就眼前事变。鉴此，有理由说中国国际环境首先是周边安全环境中的有利因素大于不利因素。这种别开生面的精辟概括被学界称作"俞邃风格"。

他进入耄耋之年以来，仍保持凌晨工作两三小时才用早餐的习惯，笔耕不辍；作品频频见诸报刊或网站，还经常接受电视台采访。习近平总书记倡导的人类命运共同体引起国际社会广泛共鸣，他解读这是由于人类命运共同体具有五大特性：时代性、务实性、包容性、示范性和普适性。2017 年 11 月 30 日—12 月 3 日在北京召开的中国共产党与世界政党高层对话会获得成功，他阐述五大要素发挥了作用：构建人类命运共同体的感召力、和平发展合作共赢精神的凝聚力、新时代中国特色外交的吸引力、中国国际威望提升的震撼力和党际关系四项原则的生命力。

研究成果获得国内外赞誉

俞邃的论著丰厚，且富有前瞻性，视野开阔，善于透过现象看本质，文字也精练、生动，表现力强。他曾出版《俞邃文集》、《俞邃论集》、《苏联解体前后》、《俄罗斯萧墙内外》、《变化中的中国与世界》（英文本 *China in a Changing World*）等十多部专著，《当代世界政治经济基本问题》《普京：能使俄罗斯振兴吗?》等数十部合著,主编《外国政党概要》以及主持翻译《国际共产主义运动》《当代的政治体制》等译著。1993 年年初出版国内最早阐述苏联解体原因的专著《莫斯科的冬与春——一个时代的终结》,并于 1994 年在越南翻译出版,并连出三版。

俞邃的许多论断不仅得到学界的普遍肯定,而且直接为中国的外交决策提供了重要参考。2001 年 1 月,党的最高领导人在俞邃撰写的研究报告《二十世纪全球性问题回眸》上面亲笔批示:"此件写得很好,篇幅不长,观点明确。"还曾单独约请他前去详细征询对国际形势的看法。

丰硕的研究成果,让俞邃赢得广泛的赞誉和尊敬。他先后被北京大学、中国人民大学、国防大学、外交学院、电子科技大学等全国六省市十二所高校聘为兼职教授,担任中国国际战略学会高级顾问和中国社会科学院世界社会主义研究中心特邀研究员。1999 年,俞邃当选为总部设在莫斯科的国际自然和社会科学院院士,同时被俄罗斯科学院远东研究所授予荣誉博士学位。当年 9 月,俞邃应邀偕同夫人施蕴陵教授专程前往莫斯科参加授衔仪式。本来,授予国外学者荣誉博士学位都是在学术委员会小范围内举行,但这次为他举行的院士与博士双重授衔仪式,却特意安排在有 18 个国家 100 多位代表出席的国际会议闭幕式上。9 月 24 日下午,授衔仪式在俄罗斯科学院远东研究所会议大厅隆重举行,俞邃现场用俄语做了题为《冷战后的世界格局与中俄关系》的学术演讲,受到高度评价。

俞邃把自己数十年的研究心得总结为"足够的勤奋、必备的知识、敏锐的头脑、辩证的方法"20 字。短短数语,却能给人以深刻的启迪。

(载本书编写组编著:《从南师附中走出的院士》,南京:江苏凤凰科学技术出版社,2017 年版)

当惊世界殊 *

苏联解体、冷战结束，不觉十多年过去了。20 世纪终结前夕发生的这一重大历史事件，对于世界局势产生的影响是深远的。面向 21 世纪的世界各国，无不以科技促经济为主轴，注重综合国力的提高，优化周边环境和国际环境，精心筹划和着力开拓自己的未来。在此背景下，十多年来，世界多极化曲折发展，经济全球化进程增速，科技进步日新月异，大国关系在摩擦中调整，原苏联和东欧国家在转型中探索，发展中国家的政治地位上升，世界总体形势在波动中趋向缓和。然而，时局依然复杂多变，特别表现在经济领域的竞争加剧、南北之间乃至许多国家内部的贫富差距拉大、单边主义越发霸道、恐怖主义空前猖獗、地区热点丛生、非传统安全因素凸现、国际安全环境更加复杂化，总之，我们这个地球村并不安宁。确如毛泽东著名词句所言：当惊世界殊。

2005 年是中国人民抗日战争暨世界反法西斯战争亦即二战胜利 60 周年。这场战争是在帝国主义国家发展不平衡规律支配下，由法西斯德国、意大利和日本所发动，旨在建立世界霸权的一场全球性侵略战争，同时也是包含着深刻人民性的反对法西斯奴役的群众斗争。结局是社会制度迥异的苏联（欧洲战场打垮德国法西斯的主力）、中国、美国、英国、法国等结成同盟的国家和反法西斯的各国人民赢得了胜利。跨越 60 年历史长河的今天，

---

* 于 2005 年 5 月为当时准备出版而未果的《国际新知识要览》所作的序言。

世界战略形势的内容、特点以及人类肩负的使命是怎样的呢？我们又应该如何认识和应对国际形势的发展变化呢？这里试用若干个"化"加以概述。是为序。

时代主题明朗化

当今时代的主题是和平与发展，这已渐成共识。这一时代主题的形成并被人们所揭示，是有一个过程的。

20世纪上半叶是以战争与革命为主题的时代。这是后人根据列宁关于帝国主义时代和无产阶级革命时代的学说，融汇其精神实质，概括而成的。列宁提出：帝国主义是资本主义发展的最高阶段，是无产阶级革命的前夜；由于帝国主义经济政治发展不平衡，争夺市场和原料、争夺投资场所和势力范围、争夺世界霸权和扼杀弱小民族的帝国主义战争是不可避免的；帝国主义造成的恐惧、灾难和破产，使现阶段的资本主义成为无产阶级共产主义革命的时代；这种世界性的革命，要求各国工人阶级结成紧密的联盟，采取尽可能一致的革命行动，已经取得胜利的国家要为推翻国际资本承担最大的民族牺牲，否则一个国家的革命是不可能巩固的；等等，这些观念为确认战争与革命这一时代主题奠定了理论基础。毛泽东后来又引申出"不是战争引起革命，就是革命制止战争"的论断。不同时期的这些提法，比较切实地体现了20世纪上半叶世界上发生的一切。

时代主题从战争与革命向和平与发展转变，经历了一个复杂的发展过程。二战后数十年未发生世界大战，维护和平的力量增强，经济因素作用飙升，民主潮流风起云涌，这些是肯定和平与发展成为时代主题的重要依据。但人们的认识开始时比较朦胧。20世纪50年代中叶，苏联提出过世界大战"不是不可避免"亦即有可能避免的看法，但当时并没有上升到时代主题发生变化的

当惊世界殊

高度来认识，况且苏联在行动中仍加紧军备竞赛，工作重点并没有及时转向经济。后来又出现了苏美两个超级大国争夺世界霸权的局面，造成国际形势紧张，和平与发展时代主题更是无从说起。直至20世纪80年代，邓小平率先揭示了这一时代主题。

邓小平基于对世界战略形势的科学分析，高瞻远瞩地指出："国际上有两大问题非常突出，一个是和平问题，一个是南北问题。还有其他许多问题，但都不像这两个问题关系全局，带有全球性、战略性的意义。"（1984年10月）"和平和发展是当代世界的两大问题。"（1985年3月）中共十三大政治报告中，概括为"和平与发展是当代世界的主题"。（1987年10月）关于时代主题的这个崭新论断，是中国乃至世界上许多国家决心致力于以经济建设为中心的重要理论基础。

邓小平对国际形势的发展变化洞若观火，1992年年初，他在肯定上述时代主题论断的同时，又特别强调指出和平与发展这两大问题"至今一个也没有解决"。这可以理解为，我们既不应该怀疑和平与发展作为时代主题的确定性，又要承认这一时代主题在不断地经受干扰。由此可见，战争与革命这一时代主题所赋予的历史使命并没有终结，从战争与革命完全转向和平与发展乃是一个渐进的、漫长的过程。实现持久和平与稳定发展，任重而道远。

时代主题是认识和判断国际形势的基本依托。无论国际形势怎样变幻，我们决不能对和平与发展这一时代主题的信念产生任何动摇。

世界格局多极化

世界格局问题是研究国际形势的一个立足点。所谓世界格局，通常是指具有不同程度世界影响的力量（国家）或力量中

571

心（国家集团）的战略布局及其相互作用的结构性状态。世界格局多极化，简称"世界多极化"，或者就叫"多极化"。冷战结束之前，世界多极化趋势已露端倪，却没有及时受到人们足够的重视。苏联解体、冷战结束之后，美国唯一超级大国的地位凸现，世界多极化继续发展的客观现实又被种种迷雾所遮盖。

最早指明世界多极化趋势的是邓小平，他于 20 世纪 80 年代提出这个问题。一是强调，第三世界的力量成为世界和平力量发展的重要因素，第三世界国家在国际事务中的政治分量越来越重，作用越来越大；二是认为，虽然强权政治在升级，少数几个西方发达国家想垄断世界，但是完全由两个超级大国主宰世界的时代已经过去。1990 年 3 月，邓小平明确地提出"极"的概念，说："美苏垄断一切的情况正在变化。世界格局将来是三极也好，四极也好，五极也好，苏联总还是多极中的一个，不管它怎么削弱，甚至有几个加盟共和国退出去。所谓多极，中国算一极。中国不要贬低自己，怎么样也算一极。"这期间，中国学术理论界开始注视和研究世界多极化问题。较为一致的看法是：20 世纪 70 年代末至 80 年代初，除了美国和苏联两个超级大国而外，在政治上、经济上逐渐形成了具有不同程度世界影响的新的力量或力量中心——欧洲、日本和中国，亦即"两超多强"的局面。由于"两超"推行全球霸权主义，故将其称作"两霸"。苏联解体后，剩下一个超级大国美国，但是多极化势头并未消减，相反在新形势下继续发展。国际政治学术界将此局面概括为"一超多强"。

当今世界格局的基本特征是单极抑或多极化，这是美国与包括中国在内的许多国家的一大分歧点，也是学术界存在的一个争议问题。冷战结束以来，特别是小布什政府上台之后，美国凭借唯一超级大国的实力地位，利用反恐怖主义之机，竭力推行单边主义，强化单极世界势头，结果事与愿违，反而激起更多的国家主张建立多极世界。事态的发展表明，冷静观察世界格局的动向，认真研究多极化，努力促进多极化，摆脱美国"单极世界论"的困扰，成为摆在我们面前的一项无法回避的重要课题。

多极化的存在不等于多极世界的形成。在旧的世界格局被打破、新的世界格局最终定型之间，有一个过渡期。但过渡期的世界格局并非空白。在"一超多强"架构中，"一超"美国的优势地位在相当长时期内不会发生根本性变化。多极化中的"化"，反映了"多强"与"一超"之间的差距在缩小而不是扩大。"多强"的数量逐渐增多，必然产生于发展中国家或发展中国家集团。地区多极化不断积累、上升的结果，将充实和丰富世界多极化。

中国领导人关于世界多极化的思想和主张，归纳起来大致是：世界多极化趋势的发展有利于世界的和平、稳定和繁荣，给世界的和平与发展带来了机遇和有利条件；世界多极化进程的特点是复杂性、长期性和曲折性，但这一历史方向不可逆转；世界多极化与建立国际新秩序、国际关系民主化、经济全球化、科技进步和反霸斗争紧密相关；世界多极化并非针对特定国家，而是世界各种力量在平等互利的基础上，加强协调和对话，不搞对抗，共同维护世界的和平、稳定与发展；推动世界多极化，不是要重演历史上大国争霸和瓜分势力范围的旧剧，而是要推动世界各国各地区平等竞争、互利合作、和平相处、共同繁荣；世界各大力量和地区性强国或国家集团，将在相互交往的过程中彼此借重、相互牵制、竞争共处；单极与多极的矛盾、称霸与反霸的斗争，将成为21世纪相当长一个时期内国际斗争的焦点；单极世界是行不通的。

世界多极化问题的提出，既有理论价值，更有实际意义。多极化是一种客观现象，在更大程度上反映了广大发展中国家的利益需求。看到多极化趋势，可以恰当地衡量超级大国（无论是当年的"两超"还是后来的"一超")究竟拥有多大能量，也便于清醒地估计本国在世界上的地位。既不应否认美国的优势地位和特殊作用，又不能因为仅存"一超"而漠视其他具有不同程度世界影响的力量或力量中心所构成的多极化。美国不得不与其他大国建立或者致力于建立名目繁多的战略伙伴关系，客观上被多极化牵着走。多极化趋势与单极欲望之间的较量，正在成为国际关系中的一大矛盾焦点。

当今承认多极化并主张建立多极世界的国家，日渐增多，不仅有中国、俄罗斯、法国、德国、印度等大国，而且扩大到亚非拉的许多国家。人们的基本共识是：国际关系具有建设性的多极化进程有助于建立一个平衡、稳定、民主、不对抗的新秩序，这一趋势客观上符合所有国家的根本利益。"一超"美国则竭力宣扬由它"领导"的"单极世界"，千方百计阻挠多极化的进程，这是导致多极化曲折发展的主要原因。2003年6月25日，美国总统国家安全助理赖斯在伦敦国际战略研究所发表演讲，公然批驳多极世界。美国政要亲自出马攻击多极化，尚属罕见。

当今围绕世界多极化问题仍然存在着争议，究其根本，乃是国际形势复杂多变使然，也有一个观察问题的方法和角度问题。现在仍不时听到否定世界多极化的各种说法，主要原因为：一是将美国成为当今世界唯一超级大国这个事实，与单极世界混为一谈；二是将世界多极化与多极世界相提并论，从而用确实尚未形成的多极世界来否认无疑存在的世界多极化。

经济趋向全球化

经济全球化已成为当今世界最大的热门话题之一。中共十五届三中全会公报中明确指出，中国面临着经济全球化的挑战。

经济全球化是不可避免的趋势，其主要标志是形成了全球经济系统，贸易自由化程度提高、范围扩大，世界贸易迅速增长，对外直接投资迅猛增长，跨国公司更趋活跃且成为世界经济的主体，国际规则和国际惯例日益规范化，国际贸易组织的地位更显重要。1997 年的七国集团经济声明和八国首脑丹佛会议公报给出一个定义，说"全球化包括扩大思想与信息、商品与服务、技术与资本在国际上的流通"，强调要"促进世界所有地区的过渡中的和发展中的国家成功地融入全球经济"。尽管目前世界上几乎还有一半地区没有加入全球化进程，但是经济全球化潮流是不可阻挡的。

经济全球化的成因非常复杂。一方面，西方发达国家对经济政策进行改革性调整，技术创新速度加快；另一方面，广大发展中国家普遍改变发展战略，实行开放政策；两者结合，从而出现了经济全球化、经济一体化和经济自由化三者并行的局面。从根本上说，经济全球化取决于资本的作用。马克思曾经说过："创造世界的趋势已经直接包含在资本的概念本身中。"资本从它诞生之日起，就力图把它的关系推向全世界，要求把生产变成国际的生产，把市场变成国际的市场。

经济全球化是一把"双刃剑"，既会给世界经济带来活力、促进世界经济持续增长，也将使各国的经济安全面临风险和挑战。一切国家均受其左右，也都可以加以利用。发达国家的处境当然更为有利，发展中国家则难免被动。中国是发展中国家，只能是"明知山有虎，偏向虎山行"，争取机遇，迎接挑战。

要认识全球化。全球化是在市场化和信息化条件下，随同经济一体化和经济自由化应运而生的。鉴于生产要素的全球自由流动主要是在资本主义制度内进行，所以全球化将在很大程度上导致资本主义的影响向全球扩张。目前主要是美国等西方几个经济大国控制着全球化进程，并试图将其变成主宰国际社会的工具。美国的意图十分明确，就是要使"全球社会"建立在美国的价值原则、行为规范和文明特性的基础上。经济全球化虽然有利于当代资本主义的发展，如：为资本主义国家开辟了更大的商品市场，获得了更广阔的投资场所，在世界范围内形成新的资本主义生产体系；但也给资本主义带来一些消极影响，如：加剧贫困和失业等社会矛盾，导致新的种族隔离和种族暴力冲突，保守主义势力与工会结合起来反对全球化，等等。所以，经济全球化并非造成资本主义的一统天下。对于主要依靠出口原料和初级产品的发展中国家来说，处境会变得艰难，但只要政策和策略运用得当，亦可趋利避害，借助引进资金和技术来深化产业结构调整，促使本国产业向高技术、高增值方向转移。

要适应全球化。面对经济全球化这一世界潮流的挑战，我们不能置之度外、无所作为。我们要确定自己的原则立场，拿出行之有效的对策，争取在尽可能大的程度上掌握主动权。要力争在承认经济发展模式多样化的基础上，建立一个统一开放、利益均衡和非歧视性的世界市场，形成和完善国际通用的经济活动准则和惯例。

要驾驭全球化。全球化是世界经济联系日益密切的时代产物，作为一种趋势，其进程会有急有缓、时急时缓，但总体上不大可能出现逆转和倒退。反全球化运动的出现有其道理，但终难形成主流。我们不可存有任何侥幸心理，而必须致力于加速中国的经济发展，缩小中国经济同世界先进水平的差距，有效地维护国家的经济主权和经济利益，这样才得以在经济全球化进程中应付裕如，破浪前进。

人类社会需要的是世界各国平等、互惠、共赢、并存的经济全球化。中国对于经济全球化的原则立场，早在1998年11月23日发表的《中俄高级会晤结果联合声明》中就有充分的表述："世纪之交，世界经济的全球化和区域化正在成为决定世界经济状况的重要因素。中俄支持并积极参与这一进程。同时，各国经济相互依赖已发展到了必须将保护主权国家的经济安全列为最迫切的问题的阶段。因此，尤其重要的是必须在经贸关系中恪守平等互利和地区开放原则，消除国际贸易中各种形式的歧视，摒弃利用货币金融杠杆将有损于某国合法民族利益的政治经济条件强加于人的企图。一系列地区和国家出现金融危机的教训证明，困难时期应该相互支持，而不应借机谋取私利。"多年来中国正是根据这样一些原则，来认真应对和处理与经济全球化密切相关的种种问题。

大国关系互动化

大国关系虽不等于世界格局，但两者紧密联系，至少可以说，大国关系是构成和影响多极化的重要内容。

早在 1989 年 10 月邓小平在会见美国前总统尼克松时就说过："……考虑国与国之间的关系主要应该从国家自身的战略利益出发。着眼于自身长远的战略利益，同时也尊重对方的利益……"

冷战结束以来，在大国关系调整过程中，维护自身国家利益与尊重别国国家利益是同时起作用的。在多极化条件下，大国之间应当是一种彼此受益的、互不敌对、互不对抗的新型关系，都要以对话、协商的办法来解决彼此之间的矛盾和分歧，而不应诉诸武力或以武力相威胁。任何两个大国之间的关系势必牵动第三方，形成多角，既相互牵制，又互动促进，从而保持某种相对平衡。双边关系的健康标志在于不针对第三国，三角关系的合理运行在于"不打牌"，即联合一方反对另一方，而集团政治则完全不符合冷战结束后的时代潮流。保持大国关系的良性互动，对于国际形势的稳定至关重要。

从最近一些年大国关系调整的态势来看，初步呈现一些新的特点。一是在和平与发展的时代主旋律下，各大国几乎无例外地都在推行面向 21 世纪的战略。对内"自强不息"，将经济建设置于首位，借助科学技术推动经济发展，实行变革或政策调整，以提高和壮大综合国力；对外"竞争共处"，力求在相互关系中改善自己的处境，赢得尽可能有利的位置，加强自身的作用和影响，为本国的发展创造良好的外部条件。二是大国关系因其长远性、全面性和多维性，无不具有一定的战略含义。大家都提出要面向 21 世纪，致力于建立诸如"战略协作伙伴关系""建设性战略伙伴关系""全面伙伴关系""友好合作伙伴关系"等长远目标。"战略关系""伙伴关系"而不具结盟性质，是冷战后多极化进程中的新鲜事物，可能成为重建国际经济政治新秩序的一种过渡现象。三是经济因素成为大国关系中首要的、具有决定意义的因素。大国关系调整的前提应该是竭力谋求、协调和平衡彼此的经济利益。同时，在经济一体化和经济互补基础上形成的外交，必然带有全方位性。四是国际政治民主化将成为大国关系调整中的一个重要目标。各大国受制于时代主题和国家利益，包括实际推行霸权主义的国家在口头上也要表明对促进世界和平、谋求共同发展的意愿。鉴于大国之间的利益难以协调，它们的关系能否产生良性互动，甚至走向机制化，还需要作坚持不懈的努力。反对冷战思维、霸权主义和强权政治将是大国关系调整中不可避免的一项长期任务。五是大国关系调整不可能一帆风顺，其复杂性反映了国家利益的特殊性和世界的多样性。依存性加强，同时竞争性加剧；自主性加强，同时互补性日增。竞争与合作同在，摩擦与妥协并存，矛盾迭起，对话增多，彼此制衡，相互关系将越来越在深层次发生变化。

当今大国关系的状况还表明，利益不平衡往往导致国家之间的摩擦和斗争。国际关系中出现的平等互利原则，就是要保持这种利益平衡。平等互利原则包含在和平共处五项原则之中，也就是双赢原则，适用于一切国家。中国始终坚持平等互利原则，在此基础上形成了中俄关系的迅速发展、中欧关系的平稳发展、中日经济关系的持续发展、中印关系在日益改善中发展和中美关系在曲折中发展。

在解决重大国际事务和国与国之间的分歧时，平等协商也属于平等互利原则。大国关系调整离不开这一原则。如今，随着经济因素的作用飙升，国家之间的竞争（包括对市场、自然资源、科技和人才的争夺）变得日益激烈。但同时，各国为了自身的安全利益和发展利益，彼此之间谋求合作、借助互补性的势头也越来越突出。尤其是大国之间，出现良性互动的可能性在增大。这种良性互动是有条件的，包括起点、过程与结果三个环节。起点——维护各自的国家利益，同时必须尊重他国的利益，两者缺一不可。过程——竞争与合作同在，矛盾与妥协并存。合作要诚信，妥协要适度，竞争要守规矩，摩擦要不导致对抗。竞争对手与合作伙伴其实是一个硬币的两面。结果——双赢、共赢，而不可能是任何单方面获益。

对于当今大国关系中可能出现的问题，要有正确的理解和合理的分析。

例如中美关系。两国之间的关系一直是在曲折中发展，其中影响两国关系最重要、最敏感的问题是台湾问题。最近一些年来，中国的成就举世瞩目，尤其是自从美国战略重心转向反恐之后，中美之间的合作与支持明显增多，美国社会对中国在国际舞台上的积极作用也有所认同。2005 年，中国在处理台湾问题上获得新进展，与台湾主要在野党领导人进行接触，就坚持"九二共识"、反对"台独"、谋求台海和平稳定和促进两岸关系发展等方面取得共识，从而引起世界注目。小布什一再表示美方高度重视美中关系，并重申美国政府坚持奉行一个中国政策，遵守美中三个联合公报，反对单方面改变台湾现状。他还积极评价美中经贸关系的发展，并希望双方的合作不断取得进展。经过与中国多年的交往，美国对中国的认识总的来说更趋理性化。对于我们来说，要理解美国推行单边主义与存在某种合作可能性的关系，处理好发展与美国合作与反对霸权主义的关系。

再如中俄关系。中俄关系多方面成就卓著，堪称大国关系的榜样。中俄不以社会制度和意识形态作为发展国家关系的准则，建立了着眼人民、着眼未来的战略协作伙伴关系以及各级对话机制。中俄都坚持奉行和平共处五项原则，创立了保障边界安全的独特模式，不仅明确划分了边界，还规定了在边境地区削减军队、建立相互信任和增加军队透明度的措施。两国领导人本着对世界和平与发展和对人类未来的历史责任感，在国际事务中不断加强协调与合作。中俄边界问题的圆满解决，将为中俄战略协作伙伴关系长期、健康、稳定发展创造更加良好的条件。两个元首都强调要继续推进和深化两国在各个领域的合作与交流，开创中俄关系的新局面。但是，两国之间也曾在石油管道问题上出现一些暂时波折，这其实不是怪事。冷战结束之初的一些年，中俄两国在维护安全利益方面存在着许多共同点，合作非常默契。安全利益方面的问题理顺之后，发展利益方面的需求便突出起来。随着两国关系的深化，涉及经济利益的问题愈来愈多，因而矛盾与摩擦在所难免。中俄在铺设石油管道问题上出现曲折，原因即在此。鉴于两国领导人都重视推进和深化两国在各个领域的合作与交流，所以，经过磋商与磨合，石油管道问题终于得到妥善解决。

又如中印关系和中日关系。中国和印度同是和平共处五项原则的倡导国，又是两个发展潜力特别巨大的发展中国家。印度总理瓦杰帕伊于 2003 年 6 月对中国进行正式访问期间，两国签署《中华人民共和国和印度共和国关系原则和全面合作的宣言》，两国关系在互信互动的基础上走向正常化，不断通过对话协商解

决彼此之间的分歧，改善势头良好，受到国际社会的重视。中国
与日本的关系目前比较紧张，主要由于日本当局在二战历史问题
和台湾问题上丧失诚信的所作所为，一再背离历史公正，伤害中
国人民的感情。中国希望与日本保持和发展睦邻友好与全面合作
关系的愿望是真诚的，并为两国关系的改善进行不懈的努力。
2005 年 4 月，胡锦涛主席在参加印尼亚非峰会期间与日本首相
小泉纯一郎会见时提出五点主张，内容包括：严格遵守《中日联
合声明》《中日和平友好条约》《中日联合宣言》，以实际行动致
力于发展面向 21 世纪的中日友好合作关系；坚持以史为鉴、面
向未来；正确处理好台湾问题；坚持通过对话、平等协商，妥善
处理中日之间的分歧；进一步加强双方在广泛领域的交流和合
作。小泉纯一郎作出口头回应，说日方愿根据胡锦涛主席提出的
五点主张的精神，积极推进日中友好合作关系。

　　总之，大国之间彼此借重的良性互动关系，或者那种不正常
的摩擦乃至对立关系，无不对世界局势产生举足轻重的影响。

　　我们在讨论世界多极化、大国关系以及经济全球化等问题
时，都要涉及发展中国家的地位。重视大国关系不等于可以忽视
与发展中国家的关系。中国共产党几代领导人历来都非常重视发
展中国家的作用，强调中国是一个发展中国家，永远同广大发展
中国家站在一起。中国领导人还提出了大国是关键、周边是首
要、发展中国家是基础的重要外交构想。冷战结束以来，由于发
展中国家政治上加强团结和经济上加速发展，其政治地位和联合
反霸意识增强，同时也在逐渐提高自己的经济作用，发达国家对
发展中国家的经济需求增大。这种客观趋势将会在 21 世纪进一
步发展，并且越来越要求缩小南北关系中的经济差距，增强发展
中国家政治地位与经济作用之间的协调性。

地区热点频仍化

如何看待地区热点问题，关键在于弄清世界总体形势趋于缓和与经常出现地区热点的关系、地区热点产生的原因，以及减少乃至消除地区热点的途径。

冷战结束后的事实证明，国际总体形势仍在朝着缓和的方向发展，其含义主要是（也仅仅是）指爆发世界大战的可能性进一步减小。冷战结束并没有排除地区热点的发生，相反，一些地区的矛盾和冲突此伏彼起、连绵不断，带有一定突发性。据不完全统计，冷战结束前地区冲突事件平均每年 7 起，而冷战结束后的这些年平均每年达 12 起左右，反而增多。举其大者，例如：北约东扩，巴尔干地区动乱（波黑战争、阿尔巴尼亚骚乱），中东和平进程受挫，阿富汗内战，非洲暴力冲突［刚果（金）卡比拉武力推翻蒙博托政权、安哥拉和平出现曲折、卢旺达难民问题、布隆迪部族矛盾一再激化等］，东南亚金融危机，印巴核试验，科索沃战争，"9·11"事件以及世界各地其他许多恐怖事件，伊拉克战争，朝核危机，独联体范围内在格鲁吉亚、乌克兰和吉尔吉斯斯坦接二连三发生的"颜色革命"，等等。原因是错综复杂的。从一国内部或国家之间的关系来看，领土、民族、宗教和资源问题是引发矛盾、纠纷和冲突的基本因素。民族国家竞起，一些国家的民族扩张主义恶性膨胀。极端原教旨主义在宗教狂热中抬头，恐怖主义成为一种严重国际公害。发展作为时代主题之一的地位急剧上升，围绕资源开发连同领土归属方面的争执增多。从地区范围来看，如在欧洲，当年北约与华约两大军事集团对峙，保持着紧张的稳定，华约解体后制衡力量骤然消失。从世界范围特别是透过美国谋求霸权的全球战略来看，与"冷战结束"相悖的冷战思维依然存在，地区热点给美国的干预提供了可乘之机。冷战结束后美国历届政府的全球战略，均未脱出霸权主义和强权政治的窠臼。美国修改国防计划过程中，"为了维护美国国家利益，必须积极干预世界局势"的气势颇盛。可以断言，只要产生矛盾和冲突的内外根源犹在，地区热点就无法根除，因而地区冲突对于世界总体形势的消极影响也就不容低估。

从地区热点此伏彼起的状态中，可以看到苏联解体的作用因素。

原苏联外高加索地区的武装冲突频仍。外高加索地区包括三个国家：阿塞拜疆、亚美尼亚和格鲁吉亚。耐人寻味的是，当年成立苏联时的四个发起国除了俄罗斯、乌克兰和白俄罗斯等三个斯拉夫民族国家而外，另一个国家就是含上述三国的外高加索联邦。苏联解体后，这三个国家成了原苏联大地上的热点所在。

纳戈尔诺-卡拉巴赫（纳卡）纠纷由来已久。这块面积为4400平方千米、人口约有18万的自治州，位于阿塞拜疆境内，四分之三居民属于亚美尼亚族。1921年7月4日，苏维埃政府曾将该州划归亚美尼亚，1923年7月，俄共（布）中央高加索局又将该州归并于阿塞拜疆，对此该州亚美尼亚族和亚美尼亚都认为是"空前的不公正"。与此同时，在亚美尼亚境内有一块飞地纳希切万，居民多为阿塞拜疆人，历史上也是划归阿塞拜疆。这种区划早已引起亚美尼亚人的不满，只不过在苏联稳定时期矛盾被掩盖着。在戈尔巴乔夫当政期间，"公开性"风靡全国，在经济政治形势恶化、民族分立主义日益抬头的情况下，纳卡问题爆发成灾。苏联解体后，局面变得更加难以收拾。

格鲁吉亚境内的阿布哈兹冲突，是原苏联的又一个地区热点。阿布哈兹地处富饶的黑海之滨，从1931年起归属于格鲁吉亚，面积8600平方千米，人口50多万。这里有重要的工业基地，是格鲁吉亚通往黑海的出海口，还是避暑胜地，可以说是格鲁吉亚的一块宝地。1992年，阿布哈兹议会宣布独立，成为主权国家。格鲁吉亚拒绝承认，并派兵进驻阿布哈兹，控制了首府苏呼米及阿布哈兹大部分地区，从此格阿战争爆发。俄罗斯从格阿交火伊始便介入其中，以调停者身份进行斡旋，但又向阿布哈兹军队提供武器弹药。格鲁吉亚领导认为，格阿冲突实际上成了格俄冲突，解决该地区冲突的关键在俄罗斯。此外，格鲁吉亚还有南奥塞梯自治州试图加入俄罗斯带来的纠纷和冲突。

苏联解体后，才有了旷日持久的车臣动乱和战争。车臣问题是迄今威胁俄罗斯稳定和统一的最尖锐的问题。

地区热点转移到相对平静的欧洲，是苏联解体后的又一特点。冷战时期，欧洲是美苏两个超级大国争夺的重点。当年北约和华约两大军事集团对峙，曾造成欧洲局势长期处于紧张状态，但相互制约的结果是，该地区反而数十年未发生战争。华约解散、苏联解体后，失去制衡，重心倾斜，"紧张的稳定"被打破，代之以"动荡的缓和"。欧洲成为美俄欧三角激烈较量的地区。波黑战争是在南斯拉夫解体过程中继斯洛文尼亚、克罗地亚两国境内先后发生武装冲突并基本平息之后，爆发的又一场更大规模的战争。科索沃危机则是"巴尔干火药桶"的又一次爆裂。欧洲这种状况，源于苏联和东欧急剧的"裂变"与西欧强劲的"聚变"。两者反差悬殊，严重失衡，不稳定因素增多。人们较普遍认为，如果不是苏联解体和华约解散，那么波黑战争和科索沃战争也有可能避免，南斯拉夫就不至于四分五裂乃至最终消失，北约东扩步伐会受到遏制，欧洲的局势将完全是另一种模样。

北约东扩与其说是地区热点问题，还不如说是全球性问题。北约作为冷战时期的产物，是美国确立和保持它在欧洲的军事存在和"领导地位"的主要手段。华约消失和苏联解体之后，北约理当相应地解散，美国却带头策划和竭力推动北约东扩，在冷战结束条件下继续谋求世界霸权。事实已经并将继续证明，北约东扩的后果是严重的。以美国为首的北约历次战略调整，从来都是主要针对苏联及其继承者俄罗斯。无论是 1949—1954 年奉行的"地区性遏制战略"，还是 1954—1967 年实施的"大规模报复战略"；无论是 1967—1991 年运用的"灵活反应战略"，还是在华约瓦解和苏联解体之后推行的"处理危机战略"，无不如此。现在，面向 21 世纪，北约试图采取美国提出的"战略新概念"，亦即"全球干预战略"，这对俄罗斯的利害是不言而喻的。

中东和平进程受挫，特别是从伊拉克战争可以看出，俄罗斯显得无能为力，已不能发挥当年苏联的调解作用。

面对地区热点的变化，俄罗斯在其安全战略中有所反应。俄罗斯调整安全战略，作出两个论断：美国企图建立单极世界和北约东扩是俄罗斯面临的主要威胁，民族分裂势力、宗教极端势力及其所进行的恐怖活动是俄罗斯面临的现实威胁。并且认为，各种内部因素如极端组织、团伙犯罪和恐怖主义，也对俄罗斯构成威胁。这样的形势估计，被北约东扩、美国退出《反导条约》以及车臣、外高加索和中亚的局势所证实。

值得引以为戒的金融危机，重要性在于总结其原因。金融调控机制不健全，汇率政策失当，债务负担过重，经济结构存在缺陷，经济增长乏力，等等，属于内因。这是遭受金融危机冲击而损失惨重国家的通病。信息技术和交通、通信技术迅速发展，国际资本的扩张突破了国家间传统经济疆界对经济活动的限制，等等，属于外因。这是必须正视的客观存在。内因和外因的界限日益模糊，且相互交织，黑手极易插入。金融危机在某种程度上也是国际经济体系固有缺陷的必然反应，是国际经济旧秩序产生的严重后果。所以，要防范金融危机，就必须调整好内部经济结构，处理好同国际经济体系的关系。

至于引起世人愤怒和警惕的国际恐怖主义及其如何应对问题，将在下一节阐述。

在消除和防止地区热点方面，联合国肩负着特殊使命。联合国有必要也有可能成为维护世界秩序最具权威的国际机构，理应担当起协调和管理世界事务的责任。美国在其霸权主义恶性膨胀的时候，往往把联合国看作对它为所欲为的束缚，竭力利用自己的特殊地位和影响，总想绕开联合国单独行事。这不仅无助于地区热点的缓解，有时反而产生推波助澜的恶劣作用。

中国领导人一再呼吁要把一个和平与稳定的世界带进 21 世纪。这就必须避免和消除地区热点，至少将其影响减小到最低限度。这也是和平与发展时代主题的本质要求。

安全环境复杂化

当今世界备受关注的问题莫过于安全形势。没有安全环境就谈不上经济建设、谈不上和平发展、谈不上人民安居乐业，这对于任何国家皆无例外。

当今世界总体上尚属安全，但与人们的愿望相距甚远。

从时代主题来看。和平与发展反映了世界各国人民的普遍愿望，展示了人类社会的共同努力方向，因此也就体现了时代的基本发展趋势。这是把和平与发展认定为当今时代主题的由来。在这个问题上取得共识，意义是深远的。但是，我们又不能对和平与发展这一时代主题作片面的理解，以为这就等于天下太平了，甚至把我们的时代定义为和平与发展的时代。历史和现实一再告诫我们，实现持久和平和促进稳定发展是一项需要长期为之奋斗的艰巨任务。中国历届领导人反复号召全党和全国人民要保持忧患意识和树立居安思危观念，根本原因就在于这两大问题至今一个也没有解决。

进一步说，和平与发展这一时代主题与复杂多变的国际形势之间存在着明显的反差。时代主题要管一个很长的历史时期，是相对稳定的，而国际形势则经常发生变化，突发性事件甚多。时代主题覆盖着全球，而国际形势的动荡往往由局部性地区冲突引起。维护和平与促进发展的口头承诺者，有时恰恰是世界安全的直接威胁者。《联合国宪章》体现了和平与发展这一时代主题的精神，而那些要么打着联合国旗号、要么将联合国抛在一边的人，却往往违背国际法准则行事。也就是说，国际形势中常常发生同和平与发展这一时代主题背道而驰的事情。

再从世界战争危险性来看。当今爆发传统意义上的世界大战的可能性较小，所以说世界总体上比较安全。但是，频频发生的地区冲突和局部战争，层出不穷的热点问题，导致天下并不太平。总体和平，局部战争；总体缓和，局部紧张；总体稳定，局部动荡——这是对当今世界局势的一种精当概括。各国之所以有可能致力于经济建设和推行改革开放，前提条件就在于有那个"总体"；给各国带来严峻挑战和造成困难与风险的，就在于那个"局部"。"局部"的变数有时非常之大，足以"牵一发而动全身"，对安全构成的威胁最为直接。

当今世界安全形势的主流是好的，但要重视支流可能发生转化。"安"与"危"是对立统一，"安"具有相对性。"居安思危"的现实性，不妨诠释为"居不甚安而思危"。概言之，当今世界安全是不断经受冲击的安全，是带有较大脆弱性的安全，因而是要切实加以维护的安全。

冲击当今世界安全形势的消极因素，如中共十六大报告中指出：一是不公正不合理的国际政治经济旧秩序没有根本改变；二是影响和平与发展的不确定因素在增加；三是传统安全威胁与非传统安全威胁的因素相互交织，恐怖主义危害上升；四是霸权主义和强权政治有新的表现；五是民族、宗教矛盾和边界、领土争端导致的局部冲突时起时伏；六是南北差距进一步扩大。总之，世界很不安宁。

令人特别关注的是，非传统安全威胁与传统安全威胁相互交织，彼此作用，使得国际形势复杂化。冷战结束以来，特别是"9·11"事件和伊拉克战争之后，人类安全面临的不仅有传统威胁，而且有呈上升趋势的非传统威胁。传统安全威胁通常是指领土、主权、人口、资源等受到外敌的侵犯，是指使用军事威胁、外部入侵、领土蚕食、情报刺探等方式。而非传统安全威胁的范围更为广泛，不限于军事和政治领域，扩及领土、资源、政治、经济、军事、文化、科技、信息、生态环境等方面。这既有社会原因，也有自然原因。传统安全威胁与非传统安全威胁搅和在一起，致使国家安全与国际安全越来越紧密地联系在一起。"9·11"事件之后，绝大多数国家出于各自的利益需要，支持美国反恐，甚至形成某种反恐国际联盟，根本原因即在于此。

在反对霸权主义和恐怖主义时，不能不涉及人权问题。冷战结束后，美国为了谋求世界霸权，蓄意将人权与主权割裂开来，主张废弃和限制主权，以"人权高于主权"理论来构建所谓的"世界新秩序"。恐怖主义是严重破坏人权的公害，反恐斗争与维护人权也有着密切的关系。

还有一个重要动向，就是美国不择手段地"输出民主"。对此，国际社会不乏公论。英国《卫报》于2005年1月22日刊发署名文章称：小布什及其支持者致力于一项通过"传播民主"来重建世界秩序的计划，这种想法十分危险。依靠军队"传播民主"这一危险想法低估了世界的复杂性，强国改造世界的行动造成了这个时代的野蛮化，也不可能通过向境外输出制度轻而易举地影响社会变革。

此外，自然因素造成的灾难，如大地震、大洪水、禽流感、疯牛病、非典、海啸等等，层出不穷，屡见不鲜；社会因素带来的祸害，如核电站事故、金融危机、"9·11"事件、别斯兰人质事件等等，此伏彼起，防不胜防。

如何应付对世界安全构成的威胁，这是世界各国人民最为关切并在竭力加以解决的问题。不仅要树立正确认识，还要讲究斗争方法。例如，面对霸权主义与恐怖主义两大祸源，不能以暴制暴，否则只能将受害人降到与施害人同等的道德水平，只会陷入恶性循环。必须将反霸与反恐结合起来。反对霸权主义不应妨碍发展国家关系。反对恐怖主义必须标本兼治，"综合整治"才是成功的关键所在。为了世界的长治久安，必须致力于建立国际政治经济新秩序，建立有效安全机制。

至于中国的周边安全环境，也要有一个全面的评价。纵观大势，似可作这样的归纳：确定因素多于不确定因素，认识这一点，可避免模棱两可；总体因素高于局部因素，认识这一点，可警惕以偏概全；直接因素重于间接因素，认识这一点，便于区分轻重缓急；传统因素逊于非传统因素，认识这一点，有助于适应新形势；主流因素优于非主流因素，认识这一点，不至于本末倒置；长远起作用因素强于暂时起作用因素，认识这一点，可防止迁就眼前事变。鉴此，有理由说，中国国际环境首先是周边安全环境中的有利因素大于不利因素。

国际关系民主化

国际关系民主化的诉求，是与建立公正合理的国际政治经济新秩序主张孪生的，彼此是相辅相成的。

国际关系民主化是为了更好地规范各种力量之间的相互关系。国家无论大小、强弱、贫富，都应当作为国际社会的平等成员参与国际事务，应当相互尊重、平等协商。国际关系民主化要求各国无例外地都遵守《联合国宪章》的宗旨和原则以及公认的国际关系基本准则，各国的事务应由本国政府和人民决定，世界上的事情应由各国政府和人民平等协商。任何国家都无权把自己的意志强加于人。当今国际社会中强权国家往往在政治上占据主导地位，并借此垄断国际事务的发言权。这种现象便利了强权国家实现政治霸权，使得弱小国家难以维护自己的权益，也为某些极端势力求助于恐怖手段准备了条件。霸权主义和强权政治是国际关系民主化的大敌，只有反对一切形式的霸权主义和强权政治，才说得上国际关系民主化。

冷战结束以来，导致世界局势复杂化的是美国政策影响下的地区热点，在很大程度上影响国际事务进程的是以美国为主要矛盾方面的大国关系。这表明，美国是当今世界无可争议的唯一超级大国，它既对世界安全负有特殊责任，又是阻碍、破坏国际关系民主化进程的主要势力。

小布什第二任就职演讲时宣称，美国政府要在全球推进民主、自由，最终结束暴政。这表明，他将继续第一任期内反恐防扩政策中掺和着变更政权的意图。美国不仅怀有"改造"中东的庞大计划，而且还要在独联体以及世界上更大的范围内进行试验，并庆幸自己得心应手地取得了"颜色革命"的成果。事实表明，美国推进所谓"民主战略"，不仅针对发展中国家，甚至包括像俄罗斯这样的文明大国。美国国务卿赖斯在 2005 年 2 月 11 日的一个采访中称，美国将通过非政府组织支持俄罗斯民主社会的发展，说："我们对俄罗斯的形势感到担忧。根植于相同价值观的美俄双边关系的进一步加深，必须以俄罗斯的民主发展为基础。"她还宣称："我们正在寻找一切可能的途径支持和加强俄罗斯的民主社会建设。通过非政府组织支持俄罗斯民主社会的发展是我们能够帮助俄罗斯在未来变得更加民主的一个途径。"这不能不说是导致美俄关系倒退的重要原因之一。

国际关系民主化既是一种客观发展趋势，也是各国民众特别是广大发展中国家民众的奋斗目标。这里所说的国际关系民主化，在很大程度上是针对霸权主义和强权政治的，这与美国谋求全球霸权推行的所谓"民主化"不能同日而语。

对于美国所谓"输出民主",国际社会不乏公论。这里引用一些论述,也许可以说明不少问题。美国《华盛顿季刊》2004/05 冬季号刊登的署名文章《作为世界价值观的民主进程》称,"9·11"事件以来,小布什竭力鼓吹"促进世界民主"是美国对外政策的主要目标,强调在国际范围内"促进自由"这一道德和战略使命。与此同时,美国却越来越不为世界上其他国家所喜欢和敬仰。美国的国际形象处于历史低点。美国不应该再垄断民主运动。世界经济论坛网站发表的 2005 年《全球议程》专辑刊登了哥伦比亚大学一位教授题为《历史的教训》的文章,指出 20 世纪中东地区为建立民主自由付出很大努力,但战争、外部干涉与外部占领损害了这种发展进程。历史经验证明,外国军事占领与民主相抵触,会导致民族主义者的强烈抵抗。

发展模式多样化

世界上约有 200 个国家,无论是社会制度、价值观念和发展程度,还是历史传统、宗教信仰和文化背景,都存在着差异。多样化的世界决定了各国人民有权根据本国的国情和自己的意愿,选择社会制度和发展道路,而不应受到任何外来势力的干涉。同时,各国人民又有着共同的理想和追求,这就是:世界要和平,国家要稳定,社会要进步,经济要发展,生活要提高。和平共处五项原则成为国家间关系的必然选择。试图将某一种模式强加于人是行不通的,因为它不具备必然性的条件。

中国历届领导人都非常尊重和重视世界多样化这一现实,认为各国人民有着不同的经济发展水平、文化背景、社会制度和价值观念,延续着不同的生活方式,这是世界多样化的体现。多样化构成丰富多彩的世界,没有多样化就不能成为世界。各个国家、各个民族都为人类文明的发展作出了贡献，应充分尊重不同民族、不同宗教、不同文明的多样性。各国文明的多样性是人类社会的基本特征，也是人类文明进步的动力，世界各种文明和社会制度应长期共存，在竞争中取长补短，在求同存异中共同发展。处理意识形态分歧的最好办法是求同存异。鉴此，各国人民有权根据本国国情和自己的意愿，选择社会制度和发展道路，而不应受到任何外来势力的干涉。这种多样性决定了发展模式的多样化，所以邓小平说"世界上的问题不可能都用一个模式解决"。

世界多样化的一个不容忽视的特点，就是发展中国家政治地位上升与经济发展滞后的矛盾现象。面对经济全球化大趋势的冲击，发展中国家要求迫切增强南北关系中政治经济作用的协调性。这是体现世界多样性、实现国际关系民主化从而维系世界和平与稳定的一个重大课题。

世界多样化必然还要涉及资本主义和社会主义两种社会制度的关系。这两种社会制度在共存中竞争，并不排斥彼此之间的衔接关系。历史教训告诉我们，要纠正过去那种将社会主义与资本主义断然割裂、认为社会主义发达程度已远远超前于资本主义的错误观念。要承认社会主义（更不用说初级阶段）必须充分运用人类社会在资本主义发展阶段取得的物质文明和精神文明成果。资本主义世界目前是高新科技和知识经济的主要载体。资本主义社会拥有的克服自身弊端的手段，包含着一定程度的社会主义因素。资本主义的弊端还为社会主义提供了与之竞争的有利条件。

无论是资本主义还是社会主义，其管理和发展模式并非一种。对于任何一个国家来说，社会制度（资本主义或社会主义），必须适合本国的国情和特点。如今世界上出现了各色各样的"第三条道路"。发达资本主义国家为了自我完善，提出了

"第三条道路"。办法是调和左、右两个极端倾向，在自由放任与政府干预之间寻求平衡，主张经济增长重在提高购买力，扩大公共开支，优先控制失业，促进社会公平，确保经济和社会稳定。实质是要市场经济，不要市场社会。目的是笼络人心，提高经济效益，加快生产发展，从而适应世界多极化和经济全球化趋势，巩固和提高自身的国际竞争力和影响力，最终维系和延长资本主义的生命。

原苏联和东欧转型国家的一些政治力量，正在寻找自己的"第三条道路"。这是一条既区别于苏联社会主义模式，又不同于西方资本主义模式的发展道路。它们也面临两种选择：本国特点社会主义或是本国特点资本主义。如今各种政治势力之间还在进行反复较量，意在选择适合本国国情的道路，问题尚未根本解决。在原苏联和东欧转型国家，那些曾经和盘照搬西方模式的所谓"民主派"红极一时，结果纷纷落马。而坚持社会主义方向的一些政党和组织，经过历史反思和政策调整，已经或者正在重新获得人民的信任，在探索适合本国国情的道路上展现风采。

原苏联和东欧转型国家，先后都遇到这样一些问题：

如何解决政治独立与经济自立的关系。它们在政治上取得独立之后，尖锐的经济问题便迫切地摆在了面前。严峻的经济形势反过来影响政治上的稳定。它们宁愿忍受经济困难的煎熬，也不愿丧失来之不易的政治独立性；但有时为解救燃眉之急，又不得不在政治上作出某些让步。目前它们正在探寻维护政治独立与实现经济自力的最佳结合点。

如何处理经济转轨与社会政治制度的关系。它们在实行艰难的经济转轨的同时，也在矛盾和斗争中探索社会政治发展模式。它们选择了市场经济。如果仅从这些国家选择市场经济和与之相联系的所有制初步变革这一点，便断定它们终究走的是资本主义发展道路，结论未免为时过早。

如何对待所谓"中间路线"与本国特色发展道路的关系。在国际共运史上,"中间路线"或"中间道路"几乎成为机会主义和修正主义的同义语。其实,相对于历史上的极"左"路线(绝对坚持苏联模式)和剧变后的极右路线(无条件照抄西方模式)来说,"中间路线"可能恰恰是从本国国情出发的一种正确选择。原苏联和东欧转型国家的共产党人或者在政党易名后坚持社会主义方向的人们,正在探索适合本国国情的社会发展道路。在这些国家建立和发展真正的社会主义事业,条件是艰苦的,任务是复杂的,道路是曲折的。

"第三条道路""中间路线"的概念对于社会主义国家虽不适用,但也有一个怎样才能作到既扬弃苏联模式社会主义,又避嫌西欧民主社会主义的问题。

发展模式多样化既是现实状况,又是各国人民的追求。重要的是,任何国家的发展模式和社会制度,都必须适合本国的国情和特点。

维安组织机制化

冷战结束后,由于东西力量失衡,霸权主义肆虐,恐怖主义猖獗,民族主义膨胀,极端原教旨主义抬头,地区热点增多,安全形势更加严峻。世界局势表明,国家安全-地区安全-世界安全是相互贯通的,维护世界和平与安全的机制需要网络化。为了建立和平、稳定、公正、合理的国际新秩序,奉行和平共处五项原则是基础,摈弃冷战思维是前提,建立安全机制是保障,发挥联合国作用是重中之重。

和平共处五项原则问世半个世纪以来,长盛不衰,和者日多。和平共处五项原则之所以富有生命力,原因是它植根于特定的历史背景,具有深刻的本质特征,符合当今的时代精神。

　　和平共处五项原则产生的历史背景，概括说来是：它反映了二战结束之后、殖民主义瓦解过程中广大新独立国家维护主权成果和建立国际新秩序的强烈愿望。它融会了新独立国家试图运用软实力防御任何强大外来侵略势力的卓越智慧。它的问世，体现了和平与发展开始成为时代主题所产生的强大动力，尽管当时人们还没有像后来那样有意识地从时代主题的角度提出问题。和平共处五项原则以联合声明的方式提出，显示了中国、印度、缅甸等发展中国家一批政治精英对人类历史的责任感和二战结束后在世界舞台上崭露头角所起的独特的进步作用。

　　当今维护和平与安全的多边机制或双边机制，都要以和平共处五项原则作为基础。这是因为和平共处五项原则具有重大的理论意义。一是完整性。它高度概括了国际法（国际关系中国家的行为规范）中最主要的基本原则，反映了新型国际关系最本质的特征，是一个比较完整的体系。二是兼容性。当代国际关系中经常提到的一些原则，如反对霸权主义和强权政治，反对领土扩张主义，反对革命输出和反革命输出，各国人民有权选择自己的价值观念、社会制度和发展道路，以和平方式解决政治争端、不诉诸武力或以武力相威胁，主张彻底裁军尤其是核大国率先裁减核军备，各国共同解决和平、发展、生态、人口、资源等全球性问题，等等，从根本上说，均可在不同程度上纳入和平共处五项原则体系之内。打个比方，如果说宪法是"母法"，其他法律是"子法"，那么，从国际关系角度说，和平共处五项原则堪称各种国际关系准则中的"母法"。三是稳定性。和平共处五项原则具有长远的普遍性意义，其内容无可争议，连和平共处的实际破坏者也不得不至少在口头上表示承认它。而有一些原则，如"尊重人权"等，由于可能有不同解释，不一定能充分体现共性，因此难以被各国所一致接受。

　　当今维护和平与安全的多边机制或双边机制，都要以和平共处五项原则作为基础，这是因为和平共处五项原则具有深刻的实践意义。一是务实性。和平共处五项原则不是空洞的口号，其矛头旗帜鲜明地指向绝大多数国家和人民所坚决反对的霸权主义、强权政治、扩张主义和新老殖民主义。对于这种客观上存在的针对性，不必有什么忌讳，但在公开宣传中应讲究策略和方法。二是普适性。和平共处五项原则反映了一切国家特别是弱小国家的利益，它不仅适用于社会制度不同的国家，也适用于社会制度相同的国家；就其实质而论，由于超越意识形态差异，它不仅适用于国与国之间，也适用于政党与政党之间。后来我们党提出的党际关系四项原则（独立自主、完全平等、互相尊重、互不干涉内部事务），就是从和平共处五项原则派生出来的，两者相辅相成，相得益彰。三是动员性。当今世界上所出现的处理国际关系的诸多原则中，影响最大、最能引起共鸣和反响最强烈的，莫过于简明扼要的和平共处五项原则。这已经被半个世纪的历史所证明。

和平共处五项原则体现着时代精神并在新时期将继续得到深化，原因在于：一是符合历史潮流。世界要和平，国家要独立，民族要振兴，社会要进步，经济要发展，生活要提高，已成为不可抗拒的历史潮流。这一潮流急切地要求履行和平共处五项原则。二是突出国家利益原则。在经济全球化背景下，国家之间的依存性加深，国家利益原则成为处理国与国之间关系的基本原则。和平共处五项原则的本质，恰恰是既能维护自身国家利益，又要尊重他国的国家利益。三是构成国家关系良性互动的条件。在国家关系特别是大国关系中，贯彻实施双赢、共赢原则才符合各国的利益要求，而和平共处五项原则正是产生这种良性互动的基本条件。

联合国是国际多边机制的核心，是实践多边主义的重要舞台。坚持《联合国宪章》宗旨和原则，采取集体行动，加强联合国作用，维护联合国权威，是国际社会的普遍呼声。

联合国核心作用原则可概括为：坚决维护《联合国宪章》宗旨和原则，继续发挥联合国及其安理会在处理国际事务、维护世界和平方面的积极作用，确保全体会员国平等参与国际事务的权利；安理会在维护国际和平与安全方面负有首要责任，安理会是国际集体安全机制的核心；在涉及国际和平与安全的重大问题上绕开安理会自行其是的做法，是与广大会员国的意志背道而驰的。

联合国应进行必要、合理的改革，目的是：提高工作效率，解决各方最关切的问题，加强在国际事务中的主导作用，增强应对新威胁和新挑战的能力，更好地反映广大发展中国家的共同呼声和需要。

面对严峻的国际形势，地区安全组织（以维护和平之名行扩张之实的地区组织不在其内）的作用也在上升。例如上海合作组织，反对恐怖主义的主张就是该组织富有远见地率先提出的。应当鼓励联合国继续加强与其他国际和地区组织的联系与合作，完善以联合国为中心、各机构相互配合和补充的多边机制。

形势认识哲理化

正确认识我们所处的国际环境，这将有助于增强自觉性，减少盲目性，提高警惕性，发挥主观能动性，从而把国内的事情办好。在观察和研究国际问题时，应力戒主观片面性，切忌走极端，不能孤立地、静止地就事论事，要抓住事物发展变化的内在规律，透过现象看本质。这就需要历史地、发展地、辩证地看问题，需要辩证唯物主义的方法论。

第一，事物两重性。这就是通常所说的对问题必须作具体分析，要"一分为二"，坚持两点论，不搞一点论。两重性引申开来便是多重性。例如世界局势。和平与发展成为时代主题，爱好和平的力量居于主导地位，所以世界形势总体上趋于缓和，如中共十六大报告所指出："新的世界大战在可预见的时期内打不起来。"但由于存在霸权主义和强权政治，由于在领土、民族、宗教、资源等因素的诱发下和贫富差距扩大的背景下，恐怖主义和极端主义凸显，所以经常爆发地区冲突。绝对的缓和、稳定是没有的，永无休止的紧张、动荡也是不存在的，这也是两重性。再如经济全球化，它既加速世界经济发展，又加剧全球竞争中利益失衡，带来机遇与挑战。盲目乐观、一味地加以美化，或者无端恐惧、绝对地加以敌视，都不是现实主义的态度。反经济全球化的势头强劲，说明对其负面效应的抵制，但遏制不了全球化的总趋势。

第二，对立统一性。这是一切事物赖以存在、发展和变化的基本哲理，它可用来解释诸多国际现象。例如资本主义和社会主义两种社会制度，二者始终在竞争中共存，在共存中竞争。社会制度同一切事物一样，既然有存在的价值，就无法凭借主观愿望随意把它消除。再如独联体状况。顾名思义，"独"与"联"意味着对立统一性。十年多来，"既不是国家，也不是超国家实体"的独联体始终是协作与摩擦并存，虽不景气，却未消失，以内含多结构、多层次的方式维持着。独联体处于"独"与"联"的不断磨合之中，并经受西方大国的分化离间，一直是蹒跚而行。"颜色革命"连续发生之后，情况趋于严峻，但也不像某些人预言的那样危在旦夕。

第三，内因与外因。这是指分析事物究竟"为什么"时，要对其产生的基础与条件加以区分和界定。例如苏联剧变，内因是基础，外因是条件，外因通过内因起作用。导致苏联剧变的各种原因在深层次盘根错节，执政党及其领导者的路线错误与僵化的管理模式弊端相交织所体现的现实内因，则是问题之根本。再如北约东扩，原因绝非美国和其他西方大国渲染的那样，是形势要求填补中东欧安全真空，亦即外因带来的必要性。欧洲可以选择其他安全机制，现成的就有欧洲安全与合作组织。北约是美国跻身欧洲、称霸全球的军事手段，也是它用来遏制俄罗斯、防范其西欧伙伴（尤其是德国）的工具。

第四，渐变与突变。这是说事物从发生、延续到结果，经历一个渐进的、不断的过程，直到性质变异，也叫量变与质变。例如时代主旋律。和平与发展是现时代的主题，但两大问题"至今一个也没有解决"。这意味着时代主题从战争与革命转向和平与发展是一个渐进的过程。再如世界多极化。它是由政治、经济、科技、军事等综合因素相互作用构成，显示了各种具有不同程度世界影响的力量或力量中心的布局及其相互作用的结构性状态，不能把它误称为"政治多极化"。所谓"化"，表明在多极世界形成之前要有一个漫长、复杂的过渡期。多极化受到唯一超级大国美国的阻挠，进程是曲折的。

第五，现象与本质。这是指事物外在表现形式与内在本质特征的关联。月晕而风、础润而雨，透过现象可以看到本质。但现象与本质有时一致，有时并不尽然。例如美国反恐目的，它既要真正反对恐怖主义，又想借此开拓称霸全球的新途径，乘机占据以往难以得手的欧亚大陆战略要地，包括觊觎中亚的石油资源。再如日本"有事法制"相关的三项法案——"武力攻击事态法案""自卫队法修改案""安全保障会议设置法修改案"。以加强防卫为幌子的"有事法制"，实质是一种"战时法制"。当年炮制的所谓"周边事态"扩大了日本自卫队的活动范围，如今的"有事法制"相关法案与"周边事态"的性质一样，违背了日本的和平宪法规定，为日本自卫队海外作战进一步构筑了法律依据。

第六，主流与支流。这是说凡事不应无分巨细而等量齐观，更不能因小失大，"抓住芝麻、丢掉西瓜"。例如俄罗斯对美政策。普京出于振兴国家的需要，竭力优化外部环境，特别是着力改善同美国的关系。"9·11"事件为俄美双方的政策调整提供了机会。一方面，俄罗斯积极配合美国反恐，并在削减战略武器、与北约关系方面取得进展。另一方面，俄罗斯不顾美国的压力，与伊拉克、伊朗和朝鲜发展合作。而美国，既要在一系列重大问题上与俄罗斯协调合作，又处心积虑地弱化其综合国力、挤压其战略空间。协作与摩擦相交织，这是俄美关系的主流。再如中俄关系。两国在各个领域的合作都取得显著的成就。一度滞后的经济贸易关系，经过双方努力，也摆脱了停滞状态，进入活跃期，2004年贸易额突破200亿美元大关，这是两国关系的主流。国情不同，政策措施和价值取向就会有差异，这属于支流。

第七，相对与绝对。这是说一个道理往往存在相对性，且有大小道理之分，凡事不可一概而论，不能绝对化、"认死理"。例如美国全球战略，自冷战结束以来，特别是"9·11"事件发生后，呈现实用性和机动性的特点，战略重点的相对性增强。美国一面推行北约东扩，一面强化日美安保系统，使得欧亚两翼并举，从排序讲欧洲仍在前。美国插足外高加索和中亚，试图沟通欧亚两大战略区，大大弥补了美国在中亚地缘方面的缺陷。这是美国全球战略重点的延伸。再如发展中国家作用。中国历来主张并竭尽努力，来加强发展中国家在国际事务中的地位。但这主要靠发展中国家在政治和经济等诸方面的综合因素来实现。发展中国家的政治地位不断增强，而落后的经济状况又迫使其影响力相对减弱。经济全球化愈是深入，发展中国家的被动处境愈是突出。"9·11"事件之后，包括伊斯兰国家在内的广大发展中国家政治地位与经济影响之间的反差愈益明显。要正视这个现实，设法全面增强发展中国家在国际事务中的作用。

第八，必然与偶然。这是说事物的存在和发展是由多种因素决定，既有必然性，也有偶然性，不能牵强附会，要区别情况找出合理的答案。例如世界多样性。其必然性决定了各国人民有权根据本国的国情和自己的意愿，选择社会制度和发展道路。试图将某一种模式强加于人是行不通的，因为它不具备必然性。再如大国关系调整。当今大国关系呈现良性互动，受到一种内在规律的支配，这不是偶然的。前面已经谈到，遵循各自的国家利益原则，同时要尊重别国利益；竞争与合作同在，摩擦与妥协并存，实现双赢、共赢，而不是单方面获益。这些是导致其良性互动的必然条件。

第九，一般与特殊。这是指事物纷繁复杂，存在个别与整体、点与面的关系。常说要点面结合，看问题要全面，不可"攻其一点，不及其余"。例如科索沃战争。以美国为首的北约对南联盟发动侵略，一是要拔掉南联盟这颗北约东扩道路上的钉子，推翻敢于对北约说"不"的米洛舍维奇；二是要排斥俄罗斯在巴尔干地区的传统影响；三是要贯彻美国提出的旨在撇开联合国、扩大北约行动范围的"新战略概念"。科索沃战争被看作一个特例。再如"摩尔多瓦现象"。摩尔多瓦共产党在 2001 年和 2005 年两次议会选择中获得多数并组阁，共产党领导人当选连任国家元首。这并非特殊现象。当然，如果摩尔多瓦共产党搞不好经济，无法提高人民的生活水平，不能增强综合国力，辜负人民的期望和信任，还会被其他政治力量所取代。

第十，矛盾转化。这是说事物总是在矛盾中发展，而矛盾往往不止一个，同一对矛盾本身还有主要方面和次要方面之分，且主次地位相互可以转变或替代。例如中美关系，美国对华政策是"接触加遏制"，中国对美国的基本方针则是"增加信任，减少麻烦，发展合作，不搞对抗"。当美国强行"遏制"时，中美关系就恶化；当美国认真实行"接触"时，两国关系就前进。再如主权与人权，两者其实不可分割，理应受到同等尊重。美国在人权问题上频频碰壁，纯属咎由自取。

第十一，否定之否定。这是生活中时常发生的现象，在国际关系中亦屡见不鲜。借助这个观点，我们可以辨别真伪，保持清醒，弘扬正气，树立信心。例如恐怖主义与霸权主义。本·拉登当年曾帮助美国反对苏联入侵阿富汗，后来却又起来反对美国。消除恐怖主义的根源，必须通过国际社会的协同努力，根据《联合国宪章》的宗旨和原则，公正、合理地解决地区冲突，并从根本上解决贫富差距问题。再如在东欧剧变、苏联解体过程中"民主派"的浮沉。标榜"民主派"的政治势力曾经利用这些国家历史上确实存在的错误和人民群众的不满情绪，打着"民主"的旗号，以否定社会主义发迹，得意一时。这是一种否定。他们无视本国的国情和历史，投靠西方国家，照搬资本主义模式，结果把经济越搞越糟，丧失民心，在大选中纷纷落马。这是否定之否定。

我们还可以换一个角度来观察世界局势。冷战结束以来，特别是"9·11"事件和伊拉克战争之后，影响国际形势发展的主要因素大致上有几个方面的关系，这就是：和平与发展时代主题与"天下并不太平"的关系；单边主义凸显与世界多极化趋势的关系；世界多样性与国际关系民主化的关系；国家利益原则与双赢、共赢原则的关系；国家之间和平共处与意识形态的关系；人权与国家主权的关系；非传统安全与传统安全的关系；反对恐怖主义与反对霸权主义的关系；联合国维和核心地位与地区安全组织作用的关系；中国和平发展与所谓"中国威胁论"的关系。

中国奔向现代化

中国领导人历来是把自身的发展同世界的发展联系在一起，把继续推进现代化建设、完成祖国统一大业、维护世界和平与促进共同发展作为中国在 21 世纪肩负的三大历史任务。中国办好自己的事情，这本身就是对人类和平与发展的重大贡献。中国是一个发展中国家，尽管人均收入较低，仍在力所能及的范围内支持国际正义事业。

中国走的是和平发展之路。和平发展，就是要在安全、稳定的条件下加速社会经济发展，为此营造一个良好的周边环境与国际环境；就是要本着崇高的以人为本的和平目的，造福于中华民族，同时也造福于全人类；就是要采取和平的方式到达胜利的彼岸；就是要维护世界和平与稳定，促进人类发展与进步，实现中国几代领导人所倡导的"中国应当对于人类有较大的贡献"。

中国奉行与邻为善、以邻为伴的方针，丝毫不会妨碍别国发展，当然也不应受到他国的歧视。中国和平发展经受着各种压力，其一便是所谓的"中国威胁论"。之所以出现"中国威胁论"，无非一是误会，二是疑虑，三是恶意攻击。如今广为流传的说法是"中国机遇论"，或者说"中国是机遇的同义词"。

自从中共十一届三中全会以来，中国领导人针对复杂多变的世界局势，提出的一系列关于国际战略和外交政策的构想和主张，经过实践检验是完全正确的。从对于世界战略形势的宏观把握来说，包括时代主题观、战争和平观、世界格局观、国际秩序观和社会制度观；从对于自身的认识以及世界走势来说，包括自我认识论、世界多样性与国际关系民主化论、本国国情与时代特征结合论、大国关系互动论和机遇挑战并存论；从反映中国外交的新思想和新经验来说，包括如何处理好国家利益与对人类作贡献的关系、不结盟与战略协作的关系、外交布局中大国与发展中国家的关系、党际交往与国家外交的关系，以及原则坚定性与策略灵活性的关系。这一切构想和举措，都取得了世人有目共睹的卓著成效。

中国举国上下在中国共产党的领导下团结奋斗，致力于实现物质文明、精神文明和政治文明现代化。中国正处在蒸蒸日上的一个新起点。中华民族是一个酷爱和平的民族，永远珍惜"和为贵"的道德传统。一个以和平与人本价值为导向的中国，必将与国际社会一道，成为 21 世纪世界和平、民主、正义和繁荣的重要保证力量之一。

(2005 年 5 月 7 日，于北京万寿路寓所)